過去與現實交錯扭曲，往事如碎片打亂拼接

江湖之遠

一部小說
×
四重身份
×
兩大生態系統

蔣峰

著

蔣峰全新力作！初嘗古典懸疑！

你說，現在的結果，總能在過去的細節裡找到答案。
可若斷了魂，由他人言語拼湊的自己，到底是不是真的？

目錄

第一章　宮中大火

1

八月十五日夜，大火，宮中亂作一團，宮女太監們三五成群地四處亂竄，嘴裡還喊著「有刺客，快去救駕！」。可是誰也沒撞見刺客，也沒見著皇上、太子。宮裡說了算的依次往下排，小順子拉著侍衛隊長一直等到五公主回來，才算找到個主事的。

五公主那天本在宮外，看到皇宮上空有火光。她讓車伕趕緊掉轉回宮，剛一進宮門就有幾十名宮女太監跪地請命。小順子和侍衛隊長稟報，皇上不在寢宮，三宮六院都找遍了，也不見太子蹤影。皇上就這麼一個皇子，沒出嫁的公主中，五公主排行最長，請五公主快快給大家做主。五公主讓所有人起身讓開，走進內門她才發現，火勢原來那麼大，從後花園丁香叢，沿著甬道兩側的蒼松翠柳，一路燒到了池塘邊。她看得雙眼發乾，問剛才是誰服侍父皇。侍衛隊長遞過來一個名單，今晚輪值的太監宮女，一夜之間全沒了蹤影。

「是誰放的火？」五公主問，「到底有沒有刺客？」

侍衛隊長不說話，他也答不上來。

大火映得漫天血紅，肯定有刺客，這麼大的火，不是意外碰倒倆油燈就能點著的。

「宮裡還有什麼人？」這次她問所有人，「太監總管常公公在哪裡？」

沒人知道，又不敢吭聲，多說一句話沒準兒都要掉腦袋。五公主倒吸一口涼氣，好半天不知道該下什麼命令。遠處一株快被燒枯的古柏轟然倒下，火花掉到池塘裡吱吱作響。晚風將煙霧吹過來，熏得五公主眼淚直流。她用食指關節部位抹抹眼睛，清了清嗓子，盡量讓自己的聲音保持鎮定和最後一絲威嚴。她命令這些人把水桶放下，不要管火，都去找皇上、找太子。

「要是父皇出了什麼事，」她停了幾秒鐘，巡視著每一個人，牢牢記住他們的臉，「誰也別想活過今晚！」

2

滿地的屍體讓他腦子都空了，旁邊的蘇妃講了什麼他都沒聽進去。地上也不全是死人，有兩個人還活著，夾雜在屍體之間。有一個是年輕人，一身素衣，躺在地上昏迷不醒；另一個年紀大些，身著龍袍，雖然腦後淌了一地的血，但似乎並沒有死，胸部時起時伏。顯然，他和蘇妃還不打算殺掉他們倆。

皇上是不在寢宮，這裡是尚書房。不是沒有人發現他們，只是先前進來的人都死了。剛才找進來的是兩個小宮女，她們被五公主的一番話嚇壞了，相互打著氣，要活過今晚。兩個小姑娘逆著火勢結伴而行，一路哭著摸到尚書房，看到裡面影影綽綽地站著人，先隔窗喊話，問皇上是不是在裡面，太子是不是在裡面。蘇妃說在的，都在的，有什麼話快進來說。兩個小宮女一陣竊喜，一前一後地小跑進屋。剛一進門，大點的那個喉口一涼，被蘇妃用匕首割了喉。小點的那個轉身要逃，也沒

躲過，蘇妃匕首一揮，劃開了她脖頸側部的動脈，跟蹌幾步死在了院子裡。

又是兩條人命，她們太小了，小的十四歲，大的也不過十六歲。對著這些屍體，她有點恍神。蘇妃從腰間拽出一條手帕，擦掉刀刃上的血，然後將手帕扔到那個昏迷的年輕人的胸前，低聲細語地說：「常公公，把他帶走吧。」

常公公還在發愣，一時緩不過來。本來就是老太監，聲音一發顫，顯得更尖了。他問送到哪裡，「你們讓我把他帶哪兒去？」蘇妃沒理他，踩著帶跟的弓鞋向門口走去，出門之前將擦好的匕首拋還給常公公，對他笑了笑：「百花谷。」

蘇妃走後，只剩他一個人了。他長吁一口氣，不小心把眼淚帶了出來。也沒時間悲傷，外面呼天搶地地喊著救駕救火，再撞進幾個人，也是白討幾條人命。他彎腰將地上的年輕人扛在肩上，踏過屍體，大步出了門。人們東奔西跑，沒人注意到他，他也不知道跟誰講，嘴裡念叨個不停，反覆說著對不起。

房間裡還有一個偷聽者，一直悶在東南角的書箱裡。等了好一陣兒，確定沒人了，一個長者探頭探腦地從箱子裡爬出來。看到這一地的屍體，他有點眩暈。他先吹滅油燈，雙腿發軟地抱住皇帝，摸了下脈搏，確定皇帝沒有死，又用手按住其後腦的傷口。長者四下張望沒找到一塊乾淨的白布，慌亂中從懷裡掏出一張羊皮，將嘉和皇帝的頭包紮上。

這些常公公不知道，他悔恨不已，卻還要躲避凶險。逃走的路上，他被一個太監認了出來。太監追問他跑哪兒去了，五公主一直在找他。常公公敷衍幾句就向前大步走，可惜這太監沒眼色，跟在屁股後面問背著的是誰。沒辦法了，再多條人命吧。他轉身捅了他一刀，太監的生命

凝結在驚恐不解的表情上。需要偷天換日，活要見人，死要見屍。常公公把自己太監總管的衣服脫下來，換到他身上，又用那把匕首將他的臉劃花，想想還不放心，提著他的頭髮甩到火焰上方燒了十幾秒，然後用力一拋，屍體穿過大火，落到了池塘裡。

人可以見一個殺一個，但總要逃出這皇宮，即使是最小的側門，也有四個侍衛把守。西側偏門的一個侍衛是老熟人，姓張，四十有餘，大老遠就看見常公公背著人往這邊來。常公公知道對方有所察覺，又是四個人協防，沒那麼好下手。他試著攀談幾句，投其所好，說這是三王爺要的人，出去領賞一起喝酒吃肉。張侍衛端著不說話，忽然發力將另外三個侍衛給殺了，隨後一臉嬉笑，對他作揖說：「常公公眼力果然厲害，隱藏這麼多年，還能知道我是三王爺的眼線。」

張侍衛將門推開一道縫。剛一出宮就感覺天光暗了下來，走了半裡地常公公才想明白，裡面的是火光，圍牆把大火擋在了皇宮裡。張侍衛帶他直奔王爺府，其間還總想驗驗貨，看看他背上的是不是三王爺要的人。常公公不想給，岔開話題，問他是從哪年開始成為三王爺的人的。

「眼線又不止我一個，」張侍衛說，「宮裡一半都是他的人。」

常公公點點頭，倒吸一口涼氣，當年要不是他建議將太子召回，嘉和皇帝可能早就遇害了。張侍衛問他皇上怎麼樣，是死是活。常公公沒說話，心裡想著怎麼才能解決這個張侍衛。主要是肩上扛著一個，第一刀捅不準，就是一死兩命。遠處傳來馬蹄聲、腳步聲，轟隆隆得像有軍隊朝這邊碾來。張侍衛說三王爺來救駕了，說完還生怕常公公沒聽懂，一臉猥瑣地在那兒笑。他拉常公公站到路中央，乾脆就在這兒攔住三王爺的乘輿，直接交人換銀票。

聲音愈來愈近，感覺幾千人在行進，連地面都震了，再不動手就來不及了。常公公說：「你驗驗人吧，到時別說我常公公誤了你。」說完把

人放地上，故意讓臉朝下，等張侍衛翻過來。張侍衛彎腰抱起年輕人，剛看見臉就感覺後脖頸發涼。常公公一刀從後脖扎進去，一直穿過去，在喉嚨口冒出一個刀尖。他把屍體踢進草叢，在軍隊趕來之前抱著年輕人，閉眼一跳，一路滾到了半山腰。

常公公把年輕人抱得很嚴實，弄得自己渾身是傷，跌跌撞撞地到後半夜才找到一間破廟。沒死就好，他將年輕人放下來，端詳半分鐘，痛哭起來。常公公脫下他的衣服，雙手抵著他的後背，將最後一點兒氣力傳過去，為他續命。直到自己渾身無力，昏倒在地上，才換來那個年輕人睜開眼睛。

年輕人渾身不舒服，咳了幾下，吐出一口濃血，然後一臉疑惑地看著旁邊的這個昏倒的太監。他覺得眼熟，但是實在想不起來這個人是誰，是敵是友。他從常公公身上翻出那把匕首，看著刀刃上的血跡思索，是坐在這裡等這個老太監醒過來，還是趁他睡著，把他殺死在破廟裡。

3

三王爺感覺自己一天都在趕路。他一大早就起床了，雖沒有早朝，卻要把京城裡的幾個大戶全見一遍。中秋佳節，身邊的幕僚早就建議他，皇上只有一個皇子，等到駕鶴西去那一天，他作為皇弟，與太子的王儲之爭還要指望這些大戶人家的財力勢力。請他們一造成王爺府吃一頓是最省事的，但是太招人耳目，他得一家一家走，一直忙到傍晚，還要去皇宮和文武百官一起賞月。月亮是扁是圓他根本不在乎，他只關心這些官員的立場，打點一下自己的眼線，觀察哪些人可以試著拉攏，哪

些人是太子的死忠，找個機會殺雞儆猴。

　　回到王爺府時已入夜，雙腿累得直打顫。即便他這般淫色之徒，這一天也是早早就上了床。他最近一直在做夢，白天實現不了的事情，希望夢裡可以黃袍加身。三年前做過一次這樣的夢，甜到笑醒，後來就一直沒再夢過這美好畫面。今晚的夢有那麼點意思，皇陵祭祖，他點好三炷香，死活沒見著皇兄，回頭一看身後百官對他跪叩，難道他已登基？他正要低頭看一眼自己是不是身著黃袍，西北的六公子在門口將他喚醒了。

　　換別人早被殺頭了，唯有少數幾個幕僚有這樣的特權。三王爺深知，少了六公子這樣的左膀右臂，這輩子也就只能做做皇帝夢了。隔著門他聽明白了，宮裡出事了。三王爺趕緊讓六公子進來，問他老東西死沒死，有沒有缺手臂少腿。六公子搖搖頭，見三王爺有些失望，他補上一句，太子被崑崙公子掠走了。聽到這個，三王爺來了勁，從床上蹦下來，問六公子怎麼辦。六公子建議他多帶些人去宮裡救駕，待他將皇宮占領，別說太子進不來，皇上的生死也在他股掌之間。

　　這主意倒挺好，可是沒有兵。皇上這幾年每逢洪水地震就跟他借兵，把他幾十萬軍隊裁得就剩百十名家丁，殺個豬都得滿院子追，還指望他們去宮裡救駕？六公子說他有人，這幾年他在京城中祕密養了三千兵馬，以備緊急狀況；在河北定州還招了五萬人的軍隊，即刻就可以向京城出發。

　　好像是天賜良機，三王爺趕快喚人更衣，鞋子穿好後他才反應過來，三千人占領皇宮，明天再有五萬人將皇宮包圍，登基之事指日可待，但總有哪裡不對勁。

　　「那麼，」袖子只套一隻，三王爺停下來，盯著六公子問，「這五萬三千人，是你的人，還是我的人？」

4

天快亮時才知道太子被人掠走了。先是有人在池塘裡找到了常公公的屍體，已經被燒得不成樣子。五公主讓人將屍體放置到棺材裡，那些死了的宮女太監，也一併堆到御膳房後身的馬廄旁。後來終於找到皇上了，他在尚書房裡昏迷不醒。五公主問太醫皇上傷勢如何，太醫支支吾吾，說睡醒就好了。只剩下太子未有下落。五公主命令宮人一間間搜查，沒多久便有人在皇宮後門發現一行血字，八個字從右至左是：三年之內，歸還太子。侍衛隊長驚呼這是崑崙公子的手段。

「誰是崑崙公子？」五公主問。

死一般的沉寂，看表情好像那些習過武的侍衛，個個都知道崑崙公子是什麼來路。五公主追問道：「到底是什麼人，哪門哪派，能把皇家侍衛隊嚇成這樣？」

過了好一陣兒，侍衛隊長說：「崑崙公子沒有門派。」

「那你們怕什麼！」五公主吼起來。沒有人回答，弄得她也害怕了，顫著聲音問：「為什麼要三年？太子能不能活著回來？」

「太子不會死，」侍衛隊長說，「崑崙公子沒殺過人。」

五公主鬆了一口氣。但是侍衛隊長沒講完，他說他們不是怕太子死，是怕太子生不如死。所有見過崑崙公子的人，或被挖雙眼，或被斷腳筋，總要留下點什麼。

五公主蒙在原地，她命人把血字擦掉，讓九門提督李準駙封鎖京城所有大門，就算挨家挨戶地查也要把太子活著救回來。李準駙還未領命，小順子過來通報三王爺前來救駕。總算有個可以倚仗的自家人了，五公主要親自迎接。侍衛分列兩側，給五公主讓出一條路，她大步走向

大門。在距離宮門三十米遠處時，她做了個開門的手勢。宮門在她面前緩緩開啟，進來的不是三王爺，十幾個手持盾牌的衝鋒兵正往裡擠，後面黑壓壓的全是人，一個個地將刀槍舉過頭頂。

「關門！」五公主在後面聲嘶力竭地下命令。

最先衝進來的盾牌兵先後被刺死，幾百名侍衛拼著老命將宮門頂了回去，插上門閂的一剎那，幾乎所有的侍衛都癱坐在地上。五公主還不能倒，她對著宮門喊話：「父皇並無大礙，早已休息，請皇叔午後再來請安！」

話音未落，她示意放箭。弓箭手分三列登上城樓，向宮外放箭。五公主看不到外面，她一直盯著城樓最高處，詢問侍衛隊長哨兵是否都已被買通。隊長低著頭不說話。城樓上的負責人宣布叛軍已散，是否開門追擊。

五公主搖搖頭，命令侍衛隊長將昨晚在城樓巡邏的人，全部斬首。

隨後她又一次跟太醫確認：「我父皇果真睡醒即好？」太醫強調，他在宮裡已二十多年，小到風寒，大至絕症，沒有一次誤診。五公主點點頭，那就等父皇睡醒吧，又向小順子傳令：「通知文武百官，聖上偶染風寒，早朝取消！午後待命！」

她想了想，又派人將皇宮內外清理乾淨，所有人不得洩露三王爺叛亂的事，對方底細不明，還不是硬碰硬的時候。

「崑崙公子那邊，」她說，「查出這個人，就是把京城捅出幾個洞，也要找到太子！」

5

崑崙山莊在汴梁，圍牆上面也有八個字：要務在身，擇日再聚！各大門派已約好在八月十五日夜絞殺崑崙公子。

江湖已不剩幾個門派，強的不強，弱的怎麼說呢，也就比種地的農民強點。大家打打殺殺上千年，留下來的都是苟活者以及苟活者的後代。人類的發展就是負基因的擴散，那些最好的死士、最好的忠烈之士，早早地就將自己以及自己的基因，自絕於他們的時代。樊於期讓荊軻提著自己的頭去見秦王，於是自刎於荊軻面前；荊軻身子被剁成肉餡餵狗，腦袋被掛在城樓上示眾，兩人都沒有留下後代。倒是見勢溜掉的秦舞陽日後可以生上十個八個，將自己膽小懦弱的基因子孫萬代地傳下去。適者生存，強者，都絕種了。

三大幫派——少林、武當和丐幫留存至今。寺廟、道觀一直兼具福利院、孤兒院的功能，養活了一幫孤兒流浪兒；至於丐幫，歷朝歷代都少不了要飯的，把他們整合到一起，倒解決了朝廷的麻煩。大概化緣和乞討是一回事，找大戶人家施捨，也不需要與人相爭，自然存活至今。倒是其他門派輪流坐莊，占個山頭就是王，自己的買賣都沒做明白，還總惦記著對方盤口的那點生意。

過去是亂象，明爭暗鬥；崑崙公子出現後，大家倒是同仇敵愾地抱成了一團。要說大惡倒也不算，就是自打半年前，各門派的老大陸續收到一封請帖，邀請他們於八月十五日夜來山莊賞月，賞一賞九宮圖。江湖中這種想博名的人多了，就是王公貴族拿張金帖來，也不一定請得動各路名宿。只是崑崙公子送帖的方式有些特別，在客棧酒館遇見一些遊俠，便打聽對方是哪門哪派的，然後雙手奉上請帖，客客氣氣地請他們宗主中秋賞月，臨了還提醒對方別不當回事，怕對方忘了，挖一雙眼睛

或是砍掉一條腿，以加強記憶。小門小派就不說了，三大派都未能倖免，收到請帖的宗主看著自己缺手臂少腿的弟子，不為賞臉為復仇，總得去一趟吧。

聽說崑崙公子不殺人，謠傳到最後人也殺了不少。黃山派迎客道長的師兄就是被崑崙公子所殺，屍體也沒找到，死無對證。虎頭教也有類似的情況，不同的是教主被弄死，教主夫人上了位。

唯有丐幫算是例外，現任幫主不但沒死，前任幫主居然也還活著，只是他們都不在幫中。之前有個姓向的老幫主，後來去練無為掌了，將幫主之位傳給了徒弟何振生。沒幾年，徒弟也不幹了，陪師父練功去了，丐幫便交由關、馬二位長老打理。兩人倒也不敢爭權，逼急了，向老幫主出山每人五十大板。不過關長老的眼睛確實是最近才瞎的，被人下了毒，一日不如一日，後來什麼都看不見了。馬長老逢人就說，一定是崑崙公子下的毒。對此，關長老回以冷笑：「我是怎麼瞎的，沒人比你更清楚。」

喬幫主跟關長老一樣，好事壞事要捋清楚，有些帳要跟崑崙公子算，有些可能是借刀殺人。崑崙公子總是要死的，但他絕不姑息欺師滅祖的敗類跟著渾水摸魚。

喬幫主掌管獅吼幫，負責在河上喊號子，押送船上的貨物。往來江河，只要聽他自稱一聲喬三，大家都會給兩分薄面。兩個月前他也收到了請帖，崑崙公子托女兒喬文君送來的。他當時驚出一身冷汗，所幸女兒毫髮無損，也許她是江湖上唯一一個全身而退的人。然而流言很快就傳開了，喬姑娘借宿崑崙山莊兩天一夜，崑崙公子不但沒要喬姑娘點什麼，怕是還送獅吼幫一個外孫。這兩天一夜到底發生了什麼，也不好問女兒，他知道以她剛烈的性子，要是真有那種事發生，怕是早就不堪侮辱，自刎了。

除了賞月，請帖中還提到了九宮圖。就是江湖上瞎傳的東西，說是集齊九張圖，就能坐擁天下，活到五十歲的喬幫主至今也沒見著一張。前兩年聽別人說，嘉和皇帝有一張，給了太子；武林至尊沈老前輩有五張，依次給了他的四個弟子，剩下一張到時陪他下葬；百花谷谷主有一張；兩朝宰相文再興也有一張，後來他被抄了家，把房子翻漏了也沒找到；還有一張不知所終。

九宮圖是這二三十年才興起的事，再往前好像還有過「五行卦」、「十二生肖獸首」，反正都是號令天下的寶貝，可是沒聽說哪個開國皇帝是靠攢寶貝登基的。少林思考生死，丐幫思考飽暖，他獅吼幫喬三就思考這些寶貝，思考了很多年，終於想通了，這是朝廷制定的遊戲規則。朝廷看江湖太和平了，練了一身本事，人丁又日益興旺，聯合起來叛亂怎麼辦？於是定了奪寶規則，讓江湖內部消化。要是哪天真有人踩著屍體集齊了寶物，朝廷就換個寶貝重新玩。

喬幫主是想了二十年才想明白的，換個道行淺點的，一聽「九宮圖」就雙眼放光。能看出來，有人就是為這個來的，能得著九宮圖做鎮派之寶，即使滿門盡喪於此，也能含笑九泉了。大家各懷心思，跑到崑崙山莊撲了個空，牆上留著八個字：要務在身，擇日再聚！再發請帖，是不是又要挖幾十隻眼睛，斷幾十根腳筋啊！

崑崙公子還夠客氣，人不在，還擺了宴席等著眾賓客。看起來很美味，但沒人敢以身試毒。都是從五湖四海奔這兒來的，就地解散好像不對勁。喬幫主提議在外面安營紮寨，等天亮再說。迎客道長附和，十五的月亮十六圓，沒準兒明天就出現了。喬幫主瞪了他一眼，既然坐實了武林敗類的名聲，怎麼說話還這麼沒條理？

夏日的傍晚，蚊蟲亂飛，周圍人聲喧囂，喬幫主以為自己睡不著，結果一眨眼已快天亮。喬姑娘不在身旁，找了半天，原來是在屋後嘔

吐，也沒吐出什麼，就是噁心得難受。喬幫主皺了皺眉，將手絹遞過去。他盯著女兒，看她擦淨嘴角的汙穢，猶豫著該不該問清楚，張嘴卻只問出：「你沒有吃他們留下的東西吧？」

遠處，一匹快馬朝這邊行進，有人從京城帶來消息。少林方丈最早得知，召集各派集合商議。他說崑崙公子果然有要務在身，他潛入皇宮，行刺皇帝未遂，將太子劫走了。這是大忌，武林與朝廷井水不犯河水，崑崙公子作為武林人士，他的所作所為必定讓朝廷向武林發難，大家的日子不會好過了。

用不著再動員，擱置分歧，暫停各幫各派的事務，合力追殺崑崙公子獻於朝廷，是武林唯一的活路。大家揮拳贊同，喬幫主全沒聽進去，他還在想著，要是他喬家真走到最壞的那一步，他該怎麼辦。這時喬姑娘從屋後回來了，她拉著父親的衣袖，有個請求要他應允。她說：「若是有一天真抓到崑崙公子，求爹一定留他一條活命。」喬幫主瞪大眼睛看著女兒，舌下生津，止不住嚥唾沫。東方既白，真是的，剛出來的太陽，還沒有昨晚的月亮圓。

6

醒來時還在廟裡，只是被綁在柱子上。不遠處的年輕人早就醒來，光著膀子在門口烤著匕首。常公公扭頭看一眼，雙手正是被年輕人的上衣綁住的。他那麼認真，也不知道要幹嘛。匕首已經夠鋒利了，他還把匕首捆在掃帚棍上，在火焰上方來回晃動。刀刃都被燒紅的時候，他舉著掃帚棍走進來，見常公公醒來也不驚訝。他吹著刀尖上的火花，好像這把匕首是他剛打造出來的，一邊欣賞一邊說：「我還以為你死了呢，

一會兒我問你是什麼人，你先別告訴我，等我把這一套刑罰玩夠了，你再講。不然就算你說了，我要是不盡興，一樣殺了你。」

他說完還是不放心，過去拍常公公的胸口，點他的啞穴。食指中指戳了十幾下，常公公吸口氣勸他別胡亂點了，他不說就是。

年輕人沒面子，自言自語道：「記得啞穴就在這一帶。」他彎腰把常公公的襪子脫下來，團巴團巴塞進其嘴裡。之後充滿儀式感地舉起燒紅的匕首，去燙常公公的腳心，用刀尖在他的每一個腳趾縫穿一遍。

常公公不說話，也不叫，耷拉著腦袋，一腦門兒的汗。他擔心常公公死了，動刑固然好玩，但他還是好奇月圓之夜，怎麼會和這麼個老太監待在破廟裡。他把襪子從常公公嘴裡掏出來，還頗有耐心地替他穿回到燙傷的腳上，用勸解的語氣講：「說吧，我也累了，你到底是什麼人？」

常公公吐出一口氣，看著他的後方，說出了第一句話：「小心身後！」

有六個人站在廟門口，其中一位公子引弓射箭。年輕人側身一躲，箭朝常公公的喉嚨飛去。常公公被縛住，左右無法閃躲，只好低頭用牙咬住箭頭。過了好一陣兒，將箭和震碎的半顆門牙吐了出來。

年輕人來氣了，六個人又如何！他跳起來喊道：「要打出去打，別傷到我的人！」說著他跑出廟，直往草堆後面跑。五個年長些的追了出去，剩下的一個是西北六公子，他盯了常公公好半天道：「我就說常公公這麼大的本事，怎麼會被燒死在宮裡？」

西北六公子也出了廟，常公公被綁在柱子上獨自嘆息。聽起來外面還沒打，也不知道年輕人是在叫囂還是在求饒。他喊著：「既然你們是六兄弟，那就合葬在這廟裡。誰是老大，誰是老二，你們做個決定，我是從大到小地殺，還是從小往大來？」有兩個不忿的，大吼兩聲朝他劈

去。常公公聽出來，年輕人在草堆旁上躥下跳的，一時砍不到他。後來聽劍法，應該是六個人將他包圍在草堆上。

「那就一起死！一個抵六個，值了！」一陣草堆燃燒的聲音，火光映得廟裡都發紅。後來的劍法他聽不真切，直到年輕人再次叫囂：「殺了你的五個哥哥，就留你一條性命傳我威名，日後若是再讓我撞見，非把你先剮再殺！」

常公公聽得一頭霧水，以一敵六，不知道他是怎麼做到的。沒過兩分鐘，年輕人進來了，看到柱子上的常公公，三步並作兩步地跑過來給他鬆綁，嘴裡問個不停：「常公公，是誰害的你？」

繩結打開，常公公坐在地上，脫下襪子給他看腳底的傷口。他指了指年輕人手上的匕首，低聲說是他弄的，繼而仰天大哭：「孩子，你這是中了斷魂掌啊！」

年輕人看了看手上的匕首，環顧一圈這破廟，不時地搖頭，他終於害怕了，幾乎哭出來：「我還有多久？」

◆
7

「還有多久才能醒來？」一個上午，五公主問了太醫三次，「你說醒來就好了，但是什麼時候能醒來？」太醫支支吾吾，堅持說皇上的確醒過來就好了，可是何時醒來無法預估，可能三年，可能三十年，也可能明天。

五公主打斷他：「那現在算是活著還是死了？」

「活著，肯定是活著。」

「所以，不可以立新皇！」

可能是比昨天更糟糕的一天，沒有一個能她讓喘口氣的消息。九門提督李準駙帶著兩萬名禁衛軍，一夜之間查了京城九十萬戶人家，還是沒有太子的下落。涿州知府上午發來快報，從定州過來的五萬精兵正經過涿州準備進京。五公主下令全力阻截，並要求固安、淶水派兵增援。直至午後，前方也無快報傳來。小順子進來通報，三王爺和文武百官想向皇上請安。五公主讓他傳話，皇上身體欠佳，請眾官稍候。她還在等，等前方戰事的結果，等父皇突然醒來。黃昏時，小順子勸她不要再等了，京城已經傳遍了皇上駕崩、太子被刺的消息，大臣們都以為三王爺要登基，已經開始搖擺了。五公主看著沙漏，將桌上的髮簪扎到髮髻裡，一字一句地說：「宣百官上朝！」

龍椅上是空的，五公主坐在一側的偏椅上聽文官辯論。她在觀察哪些是三王爺的人，哪些又是她可以託付的大臣。兩派的觀點很明確，一方說皇帝還活著，現在就是太子回來也不得繼位；另一方則表示，倘若皇帝永遠不醒，又不算駕崩，活個十年二十年，豈不是天下大亂？五公主和三王爺都不表態，兩個人偶爾面帶微笑地對視幾眼。有人建議暫時由五公主代理朝政，直到皇上醒來或太子歸來；另一些就嘲笑，既然公主能代理朝政，那為什麼偏偏是五公主，六公主、七公主、八公主，皇上有二十七個公主，每個公主當一年皇帝好了。

雙方僵持不下，輪到三王爺說話了。他一反常態，贊成由五公主代理朝政的提議，如果有利於黎民百姓，他可以放棄這個皇位。「可是，你不是呂后、武則天，你日後的孩子還不知道姓什麼，你是公主，生不出皇子。」

那些擁護五公主的大臣，此時也沒了聲音。無論如何都不能退讓，倘若讓三王爺登基，不出一個月，皇上一定會無疾而終，三王爺一定會

舉全國之力絞殺太子。

　　小順子送來前方快報，她掃過一眼，長吐一口氣：「三皇叔，前方剛剛剿滅五萬來自定州的叛軍，你可知道這是誰的部下？」

　　三王爺皺眉凝思，差不多用了十幾秒才確定：五公主並沒有詐他，前方已經全軍覆沒。梳理一番，他表示自己久疏朝政，無法推斷何人有弒君之心。五公主追問：「若是朝中有人和崑崙反賊裡應外合，謀害父皇，是否該斬立決？」三王爺連連點頭，直言叛賊為何人，請五公主明示。

　　五公主伸出右手食指，指過每一位大臣。在三王爺處停留片刻後，她指著三王爺身旁剛剛最張狂的兩位大臣，宣布他們的罪行，然後喚侍衛進來，將其斬首示眾。

8

　　年輕人在吃麵。不知道為什麼，這家麵館的麵條特別長，一根麵喝不到頭。常公公在桌對面對他說，江湖上只有兩人會斷魂掌，一個是沈老前輩，另一個是沈老前輩的弟子南海真人。剛開始時，南海真人的掌力未練到家，中掌者只是片段性失憶，要麼被一掌打死，要麼傷好後恢復了記憶，總之遠遠達不到他師父的功力。聽說他後來跑回南海修練了，算起來也該練成了。

　　「練成是什麼樣？」年輕人問。

　　「二十四個時辰，中掌者只有二十四個時辰料理後事。這期間，中掌者的記憶還是時有時無的，時辰一到，記憶將徹底消失。任何人對中掌

者來說都是陌生人，中掌者可能會被仇人利用，可能殺自己的愛人。中掌者失去的不只是記憶，所有的感情都沒了。」

年輕人停下筷子，看著麵湯，低聲說：「你不要走，你要告訴我，哪個是我該愛的，哪個是我該殺的。」

「沒有用的，兩個時辰前，」常公公搖著頭，「你差點兒把我給殺了。」

年輕人不說話了，麵湯搖搖晃晃，隱約能從中看見自己的臉。

常公公接著說：「失憶跟死了一樣，就像投胎，誰能記得自己上輩子是怎麼過的，愛過誰，恨過誰。但萬幸你還活著，萬幸你還在我身邊，我不會讓你活得那麼羞恥，莫名其妙地給哪個仇人當家丁走狗。」

年輕人把碗朝前一推，麵湯從碗邊溢出來。「你誰啊？」他環視一圈麵館，敲著桌子說，「那麼多空桌，你跟我擠一桌？」他端著麵站起來，坐到旁邊的桌子前，「沒錢吃麵你說話，跟誰套近乎呢？」

下午他又回來了，坐在房裡發呆，桌上攤著紙筆，想到什麼寫什麼，有些想不起來了，就使勁抓頭髮，弄得常公公一陣陣心疼。後來常公公說：「你別寫了，寫了也沒用，三更一到，我就把那些字條燒掉，以後我想讓你怎麼活，你就怎麼活。」

他不接話，害怕常公公說的是真的，把已經寫好的字條放到衣服的最深處。常公公笑了，問他藏得住嗎。他站起來，抄出匕首將常公公抵在牆角，威脅現在就可以殺了常公公。

「你殺了我吧，賭一賭你再睜開眼能碰見誰。」

刀尖都已經劃到喉嚨時，他將匕首甩了出去，渾身發抖地大吼兩聲，將客房中的每一個物件都砸碎，然後懷揣著字條下了樓。

他要刻很多字，他要刻「瑤」，他要刻「百花」，他要刻「五」，

想了想他又刻上「斷魂」，他得知道自己是怎麼失憶的。匕首劃在手臂上，每一刀下去，都湧出血滴，夕陽的餘暉掠過樹林照射過來，映得血滴晶瑩剔透。最疼的時候，他揪一把山坡上的草攥在手心裡，牙齒咬得咯咯響。常公公坐在草坪上整理包裹，哪些帶走，哪些扔掉。太監總管的衣服是不能再穿了，不過料子真好，他在想改成什麼合適。再刻就要死人了，他放下匕首，吹乾上面的血，和常公公較勁：「到時候你得砍我手臂了吧？」

常公公抬頭看看，他的小臂上血肉模糊，什麼字都看不出來。常公公不理會他，繼續思考綢緞料子能用來幹點什麼。

「你打算讓我下半輩子怎麼活？」年輕人問，「帶我去哪兒？」

「不知道，我還沒想好。」常公公放棄了，把衣服塞進包裹裡，先帶著再說，「上面要我帶你去百花谷，重新塑造你。」

「塑造成什麼？」

常公公看著他，一時間覺得他的臉還挺柔和的，說：「殺人機器。」

「我很殘忍嗎？」年輕人仔細回想，過去彷彿被拆解成小碎塊，三五成群地從他的記憶裡離家出走，「沒想好是什麼意思？你還想怎麼塑造我？」

「殺豬，找個偏遠的地方，讓你在肉舖當一輩子夥計，殺一輩子豬，把你那火暴脾氣發洩在豬身上，別再踏進武林半步。」

太陽就要掉進山溝裡，年輕人瞇著眼睛直視陽光，跟想明白了似的，把上衣穿上，蓋住小臂上的血字，站起來拍拍屁股說：「帶我去百花谷吧。」

夜裡下雨了，年輕人忽然驚醒，常公公還在睡覺，他出了客棧，去偷馬。馬都已經牽出來了，他又忘記要幹嘛去了。在雨中站了幾分鐘，

又將馬牽回馬廄。回到客棧，他把常公公搖醒，用哭腔哀求道：「我什麼都不求你了，你就答應我一件事，帶我去見她，讓我告訴她這一切，別讓她在那兒一直等著我。我要是真失憶發狂了，你就把我隨便扔在個什麼地方，不用管我。但是我得讓她知道，我死了，這輩子結束了，我不能讓她一直在那兒等著我。」

常公公還沒完全醒，不緊不慢地把蠟燭點上，問道：「要我帶你去見誰？」

他盯著蠟燭，眼神茫然，抓著常公公的肩膀哀求道：「去見誰？你告訴我，你肯定知道，我應該去見誰！她是誰？」

9

她見不到谷主，跪在帷帳前聽谷主訓話。谷主說常公公不可能叛變，百花谷誰叛變也輪不到常公公，之後停了一會兒又說：「我本來是要你帶少谷主回來的，為什麼要轉交給常公公？」說完，谷主又不說了，朝帷帳外揮了揮手，讓她去找。外面的女孩沒聽清，她清清嗓子又講了一遍：

「找回來，我命你走遍天涯海角，也要把少谷主找回來。」

她聽明白了，起身後退。這時谷主叫住她：「蘇子瑤，他是不是你相公？」

「是。」

「那就對了，你去把你相公找回來。」

方丈他們到了，正在外面候著。五公主吩咐御廚拿出最好的點心招

待他們，她想再跟父皇說會兒話。這是九門提督李準駙的主意，他說崑崙公子來無影去無蹤，長什麼樣都畫不清楚，就是派八十萬大軍也不一定能找到這個人，解鈴還須繫鈴人，何不請些武林前輩組一個同盟來找人。救太子，殺崑崙，同盟的名字他都想好了，就叫尋龍屠狼。聽起來不錯，不過也就是形式感十足。反正也沒別的辦法了，五公主看著李準駙苦笑：「你倒挺會起名字，李準駙，你的名字是你自己起的嗎？」

此時她和嘉和皇帝共處一室，她不知道該說什麼，父皇有二十八個孩子，還要操心朝政，也不剩什麼時間給她了。她感覺過去二十年加起來，也沒有這幾天跟父皇相處的時間多。她讓人把父皇抬起來，她來餵吃的。

全都是流食，米湯和菜汁攪在一起。她舀起一勺，吹一吹，打開父皇的嘴輕些灌進去，然後將他的頭向後仰，用食指中指抻他的喉嚨。她覺得他能聽到，句句進心裡，只是懶得醒來。她說：「父皇您放心，太子一定給您找到，萬一太子有什麼閃失，我也不會將皇位交給三皇叔。我可以一直等，等到三皇叔也百年，把皇位傳給他兒子，天下還是我們孫家的。」

文思清抱著骨灰盒，頭上插著稻草站在集市口。集市裡人來人往，天上飛的，地上走的，什麼都有的賣。頭上有稻草意味著文思清也是可以賣的，頭上稻草的數目就是文思清的價錢，然而沒人看這個，每個人都只報自己想出的價錢。一個窯婆子出價三兩銀子，文思清身後的女人笑著直搖頭，點著文思清的頭頂說：「這是兩朝宰相文再興的女兒，三兩銀子是開玩笑吧？」

窯婆子忙說：「不少啦，上個月買一公主才花二兩半。」

「這真是文宰相的千金，他就這麼一個女兒。」

窯婆子懶得戳穿她，伸出左手說，一口價五兩。女人在猶豫，按理

說這身分應該換黃金才對，可是行情就這樣，再拖兩個月過了十八，就更出不了手了。文思清轉身跪地求女人：「把我留下來吧，我什麼都能幹，別把我賣到窯子裡。」

「你會幹什麼啊？你是宰相的女兒啊，我們全家伺候你還差不多！」

女人對窯婆子點頭，示意出錢交人。一位搖著摺扇的白衣公子叫停了這筆生意：「強人所難賣到窯子裡，這位姑娘的一輩子就被你們兩個毀了。」他出五十兩銀子替女孩贖身。窯婆子氣得直跺腳，那女人當然樂得這筆大買賣。文思清看著白衣公子，感覺自己終於熬出頭了，春天就要來了。

春天也不總是好天氣，白衣公子一直想弄清楚一件事。難得的晴天，他把文思清帶到花園裡，鳥兒成對，蝴蝶成雙，他問文思清是不是真是宰相的千金。文思清點點頭道：「多謝公子的救命之恩。」

「那你以後不要再做那些髒活累活了，那些不是你該做的。」他撥開她的瀏海兒，望著她的眼睛說，「你以後讓我一個人舒服就行了。」說完撲到她身上，撕開她衣服的前襟，嘴裡還唸唸有詞，「宰相的千金被我收了。」

上衣被撕爛，待要拽她褲子的時候，文思清從骨灰盒的側壁抽出一把匕首，抵住自己的咽喉，警告他不要過來：「五十兩銀子我保證雙倍還你，要是不想這五十兩銀子打水漂，永遠不要靠近我。」

窯婆子雙手叉腰，氣鼓鼓地聽芙蓉月彈古箏唱小曲。這幾個月她都在懊悔，五十兩怎麼了，管她真千金還是假千金，把她弄到紫竹院，肯定比芙蓉月能賺錢。曲子快結束的時候，她整理下髮髻，上臺講每天都要講一遍的話，什麼春宵一刻值千金，哪位想和芙蓉月共度良宵，價高者得。

幾個紈絝子弟相互抬價，價錢一度到了二十兩。奇怪的是，有個長

者坐在那兒不說話，一直盯著芙蓉月看。總會出手的，窯婆子想，一大把年紀了，留著錢還有什麼用。果然價錢還沒敲定，長者就上了臺，把一袋銀子扔給窯婆子，走向芙蓉月。窯婆子打開數了數，衝下面的人喊：「三百兩！」

長者沒回頭，還在看芙蓉月，吐出兩個字：「贖身。」

又是贖身！這次她可不會貪小便宜吃大虧了。窯婆子掂了掂銀子，說：「這可是我們的頭牌，不贖身。你就是把紫竹院買下來，我也要帶著芙蓉月走。」

長者沒理會，指甲在古箏的弦上滑過，依次發出由低到高的聲音。弦隨即斷了，大概又過了兩秒，古箏斷成兩半，掉在地上。他對芙蓉月說：

「跟師父回去吧。」

芙蓉月含著淚搖頭。

「江湖出事了，師父需要你幫忙。」

京戲很好看，生旦淨末丑輪番登場，臺下獅吼幫的弟子不時地站起來喝彩。可是喬幫主的心思不在這兒，他老是不自覺地瞥一眼喬文君的小腹。其實也沒有，離顯形還早著呢，可他就覺得這孩子隨時可能蹦出來。

他和喬文君中間隔著靈牌，是他髮妻的。喬文君的母親，去世十來年了，活著的時候就愛看京戲。喬幫主那時開玩笑說，就算哪天她不在了，他看京戲也帶著她。一語成讖。其實他以前不喜歡看京戲，打打殺殺都是假的，照京戲這樣一言不合就開打，他喬三早死幾百回了。因為要給髮妻看，便請戲團隊來獅吼幫，他相信她能聽得到。看多了，他自己也看出了一些門道。

今天來的是最好的戲團隊，約了好幾年，回京路過才演上這麼一出。

可此時他真看不進去，不只因為喬文君，煩心的事多著呢。皇帝昏迷了，太子不見了，朝廷中是五公主和三王爺並行，武林也分成了兩派。按五公主的意思，絞殺崑崙公子，但更重要的是太子必須活著找到；三王爺呢，崑崙公子怎樣他不在乎，雖說以尋太子為名拉攏各門各派，可誰敢把活的太子帶到他面前？大家都在站隊，太子是死是活，押上幫運來賭國運。聽說丐幫幾乎一分為二，馬長老帶著人押寶三王爺，眼瞎的關長老則堅持太子是正統的皇位繼承人。

他獅吼幫雖然算不上百年大幫，但百十號弟子的身家性命都在他一念之間。觀望一下吧，還好離京城足夠遠，請個戲班唱戲都要等三年，反應慢了點總比站錯隊伍強。某個名角出來的時候他閉眼聽了一會兒，再睜眼時又看了一眼女兒的小腹。這一次他氣炸了，他看到喬文君在揉自己的小腹，好像擔心胎兒在裡面太擠，揉一揉騰些地方給他。他一直盯著她的手，恨不得雙眼射出兩把刀，把胎兒扎死在腹中。她的雙手停住了，喬幫主抬起頭，發現喬文君正瞪著他。

他不怕她，家族之恥，眼睛張得更大回瞪她，低聲說：「別在你娘面前揉，她如果知道這件事，會替你蒙羞，再死一次的。」

喬文君看了看空位，拿起靈牌貼在小腹上，眼淚在眼中打著轉道：「爹，娘，我會死的，你等我把孩子生出來，我以死謝罪。」

10

好像時辰不多了，常公公抓緊最後的時間，和他並排趕著夜路。腳下不停，他時不時地看常公公幾眼，忽然右手一探，手持匕首刺向常公公肚子。常公公彎腰閃開，試圖抓他的手腕，此時匕首已換至左手，向常公公肩膀劈去。

「你一直在跟蹤我，都快貼上我了，你當我瞎啊？」

常公公點頭，做出請的手勢，讓他先走。之後的路程是他在前面走，常公公滿眼淚水地望著他的背影。他們往東走，太陽就要從前方升起來，附近的農莊裡已經有公雞在打鳴，雨後的清晨道路泥濘。時辰要到了，常公公希望年輕人的記憶能再恢復一次，認一認他，和他聊一聊。無論現在是好是壞，他們將再也不會回到現在這種關係。然而他沒有回頭，常公公看見他越走越艱難，磕磕絆絆，終於面部朝下摔倒在泥潭裡。

常公公一時間傻了幾秒鐘，蹚著泥水跑過去扶起他。泥巴糊住了他的臉，看見是常公公，他緊緊抱住他，試著去摸他的臉，睜大眼睛說：「我快完了，你別走，求求你，千萬不要帶我去百花谷，我害怕，你別走。」

時辰到了，他捂著腦袋，直到昏過去前，他都使勁咬著嘴唇，好讓自己的眼淚不要甩出來。倒是常公公大哭起來，嘴裡不停地念叨：「爹對不起你，爹錯了，爹再也不為難你了。爹現在就帶你走，我們去沒人知道的地方，我們再也不去百花谷了。」

常公公一邊說，一邊從他身上翻出那些字條一一燒掉，然後哭哭啼啼地把他抱起來，背著他向遠方走去。

第二章　小五子

1

通常要早上五點鐘醒來，殺豬，刮毛剔骨，趁集市開張前把一整頭豬分割成一塊塊擺到案板上。小五子總要早醒來幾分鐘，他得花點時間尋思一下，自己是誰，睡在哪張床，昨天的事還記不記得，好確認新的一天是否可以繼續，不用從頭來過。他現在都有點怕了，來田獨近一年，每件小事他都認真記下來，生怕哪天一睜開眼又忘了。

想不了多久就會被錢老闆進門叫起，開始一天的工作。錢記豬肉之所以好吃，是因為他們從來不把豬綁起來殺。打從小五子進肉舖，錢老闆就跟他說明白了，讓豬跑起來，一刀致命，豬肉裡不會有瘀血，全身的活肉。

其實錢老闆什麼都不會說，他是個啞巴，咿咿呀呀的聲音都很少發出來，也不見他打手語，估計是中年失聲，現學都來不及了。不過也無所謂，殺豬就那幾個步驟，把刀磨好，用竹竿捅捅鐵籠裡的豬，差不多快把牠激怒時，打開鐵籠，任其在院子裡橫衝直撞。近一年的時間，小五子早已熟悉這工作，左躲右閃，還不至於讓豬撞到。他在等錢老闆的手勢，等豬活動開了，錢老闆手臂一揮，小五子抄起殺豬刀，迎著發狂的活豬，一刀從脖子劃下去，再順勢一挑，剛好把豬放到案板上。

錢老闆講不出話，但是聽得懂，每當這時候小五子都會說：「我這使刀的本事絕對是天生的，打進你們店我也沒練過啊，沒準兒以前是一位武林高手，啥都記不起來，給你殺豬來了。」他打聽自己到底是怎麼來的，「只記得一覺醒來，就在你這兒殺豬賣肉了。」他是叫小五子嗎？

以前叫什麼名字？手臂上刻了不少字——瑤、百花、斷魂、五，看來看去也就這個「五」字和自己有關係。父母是誰不知道，上面兄長肯定有四位，就叫小五子吧，沒準兒他們以前都叫他五爺呢。他連自己的生日、年紀多大都搞不清楚，說著說著還挺難過，忍不住抱怨幾句。錢老闆說不了話，也懶得搭理他，背著手走出肉舖，留他一個人，守著一頭死豬，等待第一個客人。

第一個客人遲遲不來，小五子看著手臂發呆，百花又斷魂，這個「瑤」字一定是某個姑娘。他找了將近一年的時間，田獨沒有哪個姑娘帶「瑤」字。那就走出田獨，往南方去。可是他又不敢，人生地不熟，連個朋友都沒有，生怕哪天睜開眼睛，又把現在給忘了。

百花一定不是這裡，田獨哪有花，極北之地，一年最多有三個月的夏天，大概有九個月處於寒冬之中。等進了臘月，天都不怎麼亮了，每天從下午開始就黑下來，一直要熬到第二天中午才能勉強見到太陽。有事得抓緊辦，買肉的客人陸續上來，也就兩個時辰，天色又暗下去了。盛夏時節剛好相反，根本沒夜晚，天就那麼一直亮著，直到三更才能抓緊時間休息。可也沒多久，感覺剛睡著，公雞打鳴，天又大亮，人們又出來活動了。

客人沒上來，倒是來倆官兵，捲一張通緝令讓他貼在店門口。他問這次通緝誰。當差的說，還不是崑崙公子，朝廷的命令，抓不到這個人，就永久通緝。當差的退後兩步，將牆上能撕的全都撕掉，又問舊版呢。小五子說，畢竟是做買賣，門口總貼通緝令不好。

「下次再撕，把你家豬牽走。」當差的說，「貼新版的吧，據說這版和崑崙公子本人更像了。」

小五子多刷點糨糊，把通緝令貼牆上，也沒覺得和舊版有什麼變化。

畫像的師傅本事有限，再加上有偏見，故意把崑崙公子畫得賊眉鼠眼的，想靠這個抓人，別說一年，十年都抓不著。

到了下午，人多起來。明天是立秋，貼秋膘的時節，彷彿不吃點豬肉，就撐不過冬天似的，個個舉著銀子讓小五子割肉。每份三五斤他都短個三五兩，三百斤豬能剋扣三十斤肉錢。不到下午，一頭豬賣得就只剩下二十斤。這個不能賣，這是他給何員外留的。何府是田獨的大戶人家了，老爺姓何，大腹便便，成天笑呵呵的，特別喜歡吃錢記的豬肉，有時候路過還會跟小五子閒聊兩句，估計是在中原犯了事被流放到這裡的。

小五子每天都會給何府留二十斤臀尖，把這個送過去，這一天就算是收工了。給何員外的肉可不能短斤少兩，吃好了是要領賞錢的。這一次他扛著臀尖捶大鐵門，老管家慢悠悠地打開一條縫，門縫裡露出滿臉褶子的半邊臉，說：「把肉放下吧，老規矩，月底一起算。」門都不給開。小五子偏要見見何員外，讓他看看這肉新鮮不新鮮。他的心思很簡單，見著何員外，說幾句奉承話，賺點賞錢花。每當這時，小五子都覺得這管家狗仗人勢，門縫裡看人。

員外當然不在，肉還不錯，跟老管家要不來半文賞錢。送完肉，小五子耷拉著腦袋往賭場走。他連輸幾天了，希望今天能好點。剛開始也不行，幾把色子搖下來，本錢差點兒輸光，直到有個姑娘出現在賭場，手氣開始好起來。

一般賭場不會有姑娘，這是個少爺帶過來的丫鬟，誰知道是私奔的還是被拐賣的，跑到田獨來了。小五子才不管這些，玩兩把就知道，這少爺他吃定了，色子都聽不明白，更看不出他手上那點活兒。

小五子是殺豬的，賭場裡碰到這種人傻錢多的大戶也叫殺豬。小五子對那些眼熟的賭客使個眼色，有個年輕點的明白了，幾錢幾錢地逆著

少爺押，少爺押大，他就押小，反正色子在小五子那裡，每次都是他贏少爺輸。也就三五十把，少爺把錢輸光了，從裡到外翻了一遍，錢都堆在小五子桌前呢。小五子挑出兩貫錢扔給他，這是規矩，輸光了返點回去的盤纏，不至於出門轉彎就跳河。

小五子把錢裝好，起身準備告辭。少爺一把拉住他，問：「我這丫鬟，你看能值多少兩？」

小五子打量了她一番，她從頭到尾都捧著一個盒子，也不知道幹嘛用的。小五子搖頭說：「我又沒買過人，再說，人不都是搭錢的嗎？」

「我五十兩買的，」少爺伸手對他比畫著，「養了一年多，各種開銷算起來怎麼著也得一百兩，你看值多少錢？」

「那不還是搭錢嗎？」

「你還沒娶媳婦吧？」少爺讓丫鬟退後一步，站直了給小五子好好看看，「這是兩朝宰相的女兒，絕對的大家閨秀。你也知道我今天賭運不行，既然你把我的錢都贏完了，那就把我的人也贏走吧。」

小五子再好好看看她，姑娘二十歲左右，管她是不是宰相的女兒，長得確實好看，不知道他的「瑤」跟她比起來怎麼樣。他看看手裡的銀子，十兩不到，便坐下來攔桌上，說：「咱就來最後一把，大不了就當今天沒贏錢。」

少爺這次留了個心眼，他後押，讓那個年輕賭徒先押。既然年輕賭徒一直在贏，他就跟他押一樣的。小五子拿起三個色子，故弄玄虛地對著色子吹了口氣，一併投進色盅裡。三個色子在裡面叮叮噹噹，最後落成了三個六。小五子贏了，年輕賭徒和少爺都輸了。

少爺倒也不難過，好像卸了個包袱，把丫鬟一推，說：「願賭服輸，以後她就是你的了。」

小五子低頭不應，將灌鉛的色子換回來，站起來拍拍屁股，對少爺講：「當你欠我十兩，丫鬟你留著吧。跟你賭這把，也就是賭口氣。以後你要再想跟我賭錢，就去錢記肉舖找我，隨時奉陪。要是你還想賭人的話，就找個稍微漂亮點的。」小五子說的這是反話，不然不會一直盯著丫鬟，都邁不出賭場的門。路上他還在猶豫，回去把那姑娘領走吧，錢老闆要是不答應，他們就搬出去住。

回到肉舖已入夜，錢老闆已經睡了，留盞小燈和半盤冷菜在桌子上。

吃到一半，外面下起雨來，錢老闆披著衣服走出來，坐到他對面看著他吃飯。小五子將黃瓜掰一半遞給他，錢老闆擺擺手，小五子把右手那半根塞到嘴裡，嚼著黃瓜說：「你看我像多大，二十多？三十多？我是不是該找個女人成家了？」

錢老闆不說話，笑了笑，回房間繼續睡覺了。小五子倒沒了胃口，左手那半根黃瓜還沒吃，推門又去了賭場。哪裡還有少爺丫鬟的蹤影，他張望了一圈，頂著大雨，回了錢記肉舖。

雨下了一整夜，醒來就聽見雨水夾著冰雹砸在屋頂上的聲音。那就用不著殺豬了，錢記肉舖停業一天。他在房間裡把衣服洗掉，下樓將爐火引燃煮點白粥。錢老闆還惦記著圈裡的豬，撐著傘出去看豬圈有沒有淹水。

剛出去十來秒，就砸著門讓小五子出來一趟。

外面雨太大，落在地上劈里啪啦的，錢老闆正在房檐下，站在一個姑娘面前。那姑娘換了一身粉衣服，頭上多了簪子，但手上依然捧著那個盒子。小五子愣了幾秒，讓她先進屋再說。姑娘低聲說了兩句，大雨中也沒聽清，小五子讓她大點聲。姑娘衝他望過去，滿臉的雨水，使足力氣說：

「我進去就不出來了！」

小五子想了兩秒，不敢再拉她進來了，問她怎麼了，難不成在房檐下待了一宿。姑娘點點頭，說：「我家少爺講，既然把我輸給你了，我就該跟著你，他沒臉再帶我回去了。你覺得我醜，我給他丟人了，」她指指身上早已澆透的粉衣說，「他讓我梳妝打扮一番再過來。」

這次是小五子不好意思了，他低聲說：「也不是嫌你醜，先進屋吧。」

屋裡果然暖和些，他看見姑娘打從進來就渾身發抖。她自我介紹說叫文思清，跟著少爺出關後，一路往北到了田獨。小五子想多問兩句，比如問問她多大，跟那少爺到底怎麼回事，為什麼說她是宰相的女兒。想想也不大對，好像真是談婚論嫁，便找來兩件衣服，讓她上樓換了，一會兒出來喝熱粥。

文思清進去後就沒了動靜，好半天都不見她出來。小五子幾次想進去催催，擔心她萬一正在換衣服，便在樓下看白粥在鍋裡咕嘟。可能是睡著了，白粥咕嘟咕嘟都要乾鍋了，文思清都沒有出來。

2

錢老闆不同意文思清住進來，這是他的肉舖，這個家他說了算。小五子說：「沒問題，你去把她趕走。」為此，錢老闆還認真地寫了封長信，揣了幾天送不出去，見文思清還挺勤快的，把家收拾得也乾淨，便默認她先住著，跟小五子商量，明年開春必須讓她回中原。

分房是個麻煩事，一樓是錢記肉舖，二樓一共就兩間房，小五子的

房間讓給文思清了，他只能和錢老闆擠一擠。別看錢老闆白天是個啞巴，晚上呼嚕聲倒是不小，將近十天總算習慣了。有天夜裡，小五子被說話聲吵醒了。聽不清在說什麼，聲音尖細尖細的，講的內容又含糊。他在夜裡睜開眼睛，明白是錢老闆在講夢話。他仰躺在錢老闆旁邊，一動不敢動。直到錢老闆翻了個身，一把抱住他，右腿騎在他胯上，又打起呼嚕來。

第二天吃早飯時，他一直在留意錢老闆。文思清出去餵豬的時候，他盯著錢老闆說：「你不是啞巴？」錢老闆皺著眉，表示沒明白。小五子接著講：「我昨晚聽見你說夢話了，說什麼不知道，但是你能說話。」錢老闆把筷子放下，指著自己臥室的門，示意他再也不許踏進一步。

怎麼跟文思清解釋呢？晚上他抱著被子來到文思清房間，告訴她錢老闆不讓他住了，咱倆以後就在這兒過日子吧。文思清坐起來，把自己裹在被子裡，問他為什麼。

「因為我聽見他說夢話了。」

「他不是啞巴嗎？」

「對，所以他不讓我再進去了。」

別說文思清，連他自己都不信。房間裡就一張單人床，小五子把被子扔上去，讓文思清往裡一點兒，襪子都沒脫就上了床。文思清從床上跳起來，表示雖然她是他的丫鬟，但他要是對她有非分之想，她寧可一頭撞死。

小五子眨巴著眼睛，不明白她為什麼那麼激動，就算不上床，打地鋪也不合適，好像賴著不走一樣。他讓文思清把門窗鎖好，然後抱著被子出了門。

一樓地面太冰，他試試案板，像頭死豬等著被分割賣錢，冷風從被

子縫一股一股地擠進來。有個地方一定暖和，只是得有勇氣，但真的暖和。

兩頭豬對著他的臉呼熱氣，弄得他一腦門子汗。他捲點紙把鼻孔塞上，大口呼氣，總算睡著了。後半夜，他被一陣陣的雷聲驚醒，小五子起來瞧瞧雨有多大，雙手伸出去，沒見半個雨滴，轉身一看，是這幾頭豬在打呼嚕。

他徹底不敢睡了，擔心一覺醒來，自己的腦子被震得再次失憶。他坐在豬圈裡發呆，東想西想，想到文思清這麼剛烈也算是好事，起碼她和那富家少爺不會有什麼，自己要做點什麼事情取得她的信任。做點什麼呢？

女孩子喜歡什麼呢？直到再次睡著，他都沒想明白。

文思清把他搖醒時，他還在豬圈裡。文思清說：「你還是回房睡吧。」

小五子不幹了，正是表現的好機會，可話一說出口又是賤賤的。他說不行，他回房睡覺，有人又要呼天搶地、撞牆尋死了。文思清保證不撞牆，小五子這才抱著被子爬出豬圈。

也許好事將近，洞房花燭夜，金榜不題名。但文思清沒有跟出來，她留在豬圈裡，自言自語：「我保證不撞牆，我就在這裡睡啦。」她鋪平身下的乾草，拍一拍，躺了下來。

那可不行，怎麼能把文思清丟在這裡。小五子又鑽了進來，倆人在豬圈裡一頓瞎聊。文思清說小時候的日子可好了，花園裡種的都是雲南的小月季、廣西的桂花、洛陽的牡丹，長大了倒是四處顛簸，睡慣了牛棚馬廄。但總還是活著，上面的哥哥、爹爹、伯伯都死了。小五子問因為什麼事啊，瘟疫橫行嗎。「我爹爹是宰相啊，」她說，「惹怒了朝廷，一夜之間死了一萬多人啊。」說完她看著他，似乎奇怪這麼大的事，他

怎麼會不知道。

　　小五子假裝想起來一般點點頭，心裡盤算，一萬多人，比兩個田獨的人還多，每天得吃幾頭豬，居然可以在一夜之間全殺掉。聊著聊著，那幾頭豬扛不住了，窩成一團打起呼嚕。文思清也越來越睏，意識恍惚，不知不覺睡著了。

　　小五子把她抱回房中，放在床上，拿著鐵鋸、繩子出門上了山。傍晚時分，他拖著一棵水曲柳回到肉舖。照著圖冊邊學邊做，花了一個星期的時間打了一張床，擺在房間的另一側。鋪被縟的時候，小五子就想，以後睡醒睜眼，再也不用想昨天發生什麼了，只要看看對面睡著的姑娘認不認識，就知道新的一天還要不要繼續了。

　　秋天就這麼過去了，從十一月開始，大雪封山，人畜都進不來。到了臘月，錢記肉舖將關門封店。田獨也進入極夜，有時候一整天都見不到太陽，除了睡覺，便是望著漫長黑夜裡的飄雪。來田獨四個月了，文思清也摸清了田獨的地形，三面環山，一條小河狹長穿過。偶爾會有好天氣，撥雲見日，他們會抓緊這一兩個時辰，上山攏火烤馬鈴薯烤肉。錢老闆才不會來，只有小五子和文思清靠近火堆坐下。以前都是小五子一個人上來，看山望雪，想想過去的事情。也沒有多過去，他對文思清講了自己的病症，就這一年的記憶，再往前，什麼都想不起來。小五子說，除夕夜，就他和錢老闆，連年夜飯都沒準備，兩人就著花生喝了兩壺酒。可能是喝多了，再加上他難過，車軲轆話反覆問，自己從哪兒來，父母在哪兒，有沒有老婆孩子……後來錢老闆被問煩了，摔了酒壺要回房睡覺，他就追進去問。

　　沒準兒錢老闆也喝多了，指著夜壺，阿巴阿巴地示意他，這是你爹用過的，拿去拜吧。

　　「我知道不是，」小五子說，「我當然知道不是，可是大年初一的早

晨，我還是端著夜壺上山，跪下來衝它磕了三個頭，挖個雪坑把它給埋了。」

文思清拉過他手臂，看著上面的字，說：「這不還有一個瑤姑娘嗎？等開春了，我陪你去找她吧。」小五子搖頭，忘了就忘了，想不起來也就沒感情了。再說，名字裡帶「瑤」字的姑娘多了，天南海北沒處找。文思清把他手臂上的每個字都摸了一遍，最後落在「百花」兩個字上說：「去百花盛開的地方吧。」

小五子撕一塊肉塞嘴裡，他不想只聊自己，岔開話題問文思清，為什麼老帶著這個盒子，上山都得抱著爬上來。文思清有意抱緊盒子，說只要盒子在，爹娘就在她身邊。文思清不讓別人碰這個，小五子俯下身瞧了半天，問她裡面裝的到底是什麼。

「我爹娘的骨灰。」

小五子盯了她一會兒，抽了一下鼻子說：「你我都一樣，都沒過去了，我找不到過去，你回不到過去，就往前看吧。其實田獨也挺好，錢老闆也不錯，雖然苛刻了點兒，但待我還算不薄。他肯定不是啞巴，誰知道碰到什麼事躲這兒來了，歲數也大了。管他過去是好人壞人，既然要在田獨終老，真到走不動那天，咱們就給他養老送終吧。」

3

眼看著就要過年了，因為有了女人，年味也濃起來。臘月二十三這天，文思清拉了好長的一張貨單，吃穿飲用一直到正月十五，要小五子和錢老闆去集市採購。晴朗的日子來回也要一個時辰，何況大雪天，馬車根本拉不動，他們便下了馬車牽馬。離家不到兩里路時，錢老闆留意

到雪地裡有一行腳印，積雪一尺多厚，每一步到底都要到膝蓋處，但這行腳印只有一指多深，好像身負輕功之人腳尖點著雪趕路。錢老闆示意他先回去，查看是否有埋伏。

果然有人造訪，一個身後佩劍的女子背對著門口坐在桌前等待。文思清剛煮好一鍋肉湯，跟小五子說，那女的迷路了，說買碗肉湯喝，雪小點就走。小五子接過湯碗，說他去會會這個女人。

「會什麼會，可狐媚了呢，一看就是小狐狸。」

說完她還不放心，拿著抹布跟了進來。小五子把肉湯放在桌上，從她身後繞過去，坐到她對面，想瞧瞧這姑娘到底怎麼個狐媚法，冰天雪地地跑到田獨，非奸即詐。話還沒有問，姑娘先是驚到了，半張著嘴盯著小五子。最後把小五子都看毛了，問她是不是認識自己。文思清留了個心眼，連忙過去，擋在他倆之間用抹布擦桌子。小五子晃著頭，借空再看這姑娘兩眼，倒真是狐媚，尤其含情凝望他的時候，感覺要把心掏出來求你揉揉。

小五子繼續問她：「我們過去認識？」

那姑娘皺眉望著他搖頭。小五子明白那不是否認，而是失望。她又看了看文思清，此時文思清恨不得整個人都趴到桌子上，把他們倆完全隔開。姑娘穿著蠶絲綢緞，一看就是從南方來的，雖然名貴，但無法禦寒。

文思清輕蔑一笑，說天寒地凍的，讓小五子去房間拿件厚棉衣送給姑娘。

小五子問哪個房間。

「就是咱倆的房間啊，壓被子的那件。」

姑娘反應了幾秒，明白他倆已經成了親，忙說不必了。她扭頭看看

外面的大雪，說時候不早了，她要趕路了。出門前她又望一眼小五子，忍不住地叮囑道：「少谷主，以後沒人照顧你，一個人去賭場時，別再搖三個六了。」

小五子徹底傻了，記憶可以丟失，但是習慣永遠不會丟。他跑過去堵住門，撸起袖子讓她看手臂上的字，問她：「你認識我，這裡面你知道哪一個？」

文思清過來拉他，讓他去修修豬圈，隨後瞪著這姑娘說：「有隻母豬發情，把豬圈給拱壞了。」

小五子讓她閉嘴，等這姑娘說話。她看著上面的字忍不住掉了兩滴眼淚，正要講話時，錢老闆頂著風雪推門進來了。看到是她，他揮揮袖，示意她跟他上樓。

小五子和文思清看著他倆踩著樓梯上去，將房門插上。裡面在說話，他沒有聽錯，先是這姑娘說話，隨後是一個尖細的聲音，跟他那天聽到的說夢話的聲音一樣。說話聲越來越大，最後是那姑娘高聲說了一句：「谷主有令，找到少谷主，不惜性命也要把少谷主帶回去！」

隨後他們打了起來，房門裡面叮叮噹噹的。小五子盯著房門發呆，自顧自地說著：「我是少谷主。」他抓著扶手上了樓，站在緊閉的房門前。

裡面傳來擊劍的聲音，小五子聽見一劍下去，花瓶碎了。他深吸一口氣，一腳踹開房門。姑娘回頭朝門口看了一眼，錢老闆赤手奪下她的劍，抵住她的喉嚨。大概持續了十幾秒，似乎在等她服輸。錢老闆將劍收回，劍柄朝外遞還給她，做了個出去的手勢，不知道是針對誰，反正姑娘先掩面下了樓。小五子愣在原地，看著錢老闆，他跟沒事人似的把家具扶正，將地上的花瓶碎片掃乾淨。一陣冷風吹進來，姑娘推門離開了。

小五子一路追出去，雪下得更大了。果然是她的腳印，每一步只借一層雪的力，便踏出下一步。小五子一腳深一腳淺地拚命追，實在沒力氣了就坐在雪地裡喊她。他說他只問幾句話，問完他就回去。姑娘停下來轉身，慢慢朝他走回來。

「你一直在找我，對不對？我是誰？」

姑娘猶豫片刻說：「我既然答應了常公公，就絕不會再講半個字了。」

「誰？」姑娘沒說話，小五子想明白了，那麼尖細的聲音，裝啞巴就是不想讓人聽出他是宮裡的太監，「總要告訴我一點，我叫什麼名字？」

姑娘衝他搖頭：「名字不能說，說了你就知道你是誰了。」

「你叫我少谷主，是什麼谷？」

她含淚望著他，咬了咬嘴唇，作揖告辭，說自己只能講這麼多了，有緣再見，此生多保重。

大片大片的雪花撲進他嘴裡，他衝她的背影喊：「百花谷！我是百花谷少谷主！那你是我什麼人？」

她在遠處停下來，但不打算再過來。遠遠望去，她的肩膀一顫一顫的，應該是迎著風雪在哭。小五子也不敢走過去，生怕一上前她就消失了。大概過了幾分鐘，全身都掛滿了雪，她才又哭又笑地說：「謝謝你，謝謝你在努力記得我，請你忘了我吧，請你忘了蘇子瑤吧。」

4

他試過各種辦法，錢老闆——可能現在得叫他常公公了，仍然隻字

不提。自己打不過他，單是看他空手奪白刃的功夫，就知道自己永遠沒辦法逼他講什麼。他想再等等，總會有下手的機會。

只要他還裝啞巴，就算不上常公公。錢老闆最近焦慮起來，蘇子瑤能找到，別人也有可能找到，他每隔兩個時辰就出去查看一圈周圍的腳印。

他還擔心蘇子瑤會帶救兵殺回來。不過人都在中原，田獨那麼遠，至少可以安心地把年過完。除夕夜裡，錢老闆終於喝多了。文思清做了一桌子的好菜，彷彿要對得起她的手藝，哪怕小五子下了兩大袋的蒙汗藥，錢老闆第一杯酒下肚就開始額頭冒汗，他也堅持著把菜吃得差不多了才轟然倒下。

文思清嚇壞了，她看小五子把錢老闆扛進臥房，又去廚房拿了繩子菜刀，以為他今晚就要殺了錢老闆。她拼了命地抱住他，求他不要幹傻事。

他把她推開，將她反鎖在門外，隔著門向她保證，不會殺了他。

小五子把錢老闆綁在床頭，結結實實地捆了三圈。怕錢老闆不服軟，他找出捅火鐵棍，放在爐火裡烤紅，右手提著棍子，左手脫下錢老闆的襪子。腳底已經有了燙疤，兩指寬的一條，像是匕首烙上去的。他看看右手燒紅的鐵棍，又看看那道疤，想不起來，但他確定，這是自己幹的。

這時錢老闆醒了，似笑非笑地看著他，這多少激怒了小五子。小五子舉起鐵棍在他眼前晃著，警告他不要不信，這次他要燙瞎他。錢老闆眨眨眼睛，他當然相信，他小五子就是這樣的人。

反正還是那些問題：「你不是肉店老闆，我也不是殺豬夥計，你是誰，我是誰，把我藏到這兒，到底要幹什麼？」錢老闆沒有回答的意

思，小五子把烙鐵靠得更近一些，感覺臉上的汗毛都在吱吱作響。

「我不殺你，不管你是誰，這一年多你確實沒動我，反倒對我不錯。我只求你告訴我，我是誰。這是我的事情，你應該讓我知道。我答應你，我不跑，不管我是誰，我都在田獨被你看著，行嗎？」

小五子的聲音都顫了，錢老闆依然不為所動。外面有人放起了鞭炮，田獨雖然人少，地處偏僻，但每年過年時，鞭炮都放得特別多，彷彿聲聲響響都想讓中原聽到。劈里啪啦地響了十幾分鐘，錢老闆看看窗外的天光，轉回頭看看眼下的烙鐵，終於要說話了，那麼尖的聲音，不男不女的。他說：「你是嘉和三年五月初七生的，今年二十五歲，無父無母，沒有兄弟。百花谷的事就別問了，我早晚讓你知道。新年了，咱們也過個年，去外面把鞭炮放了吧。」

鞭炮放到一半啞了，炮捻子落到地上被雪撲滅了。他想過走，往南方去，一路獨行，看看哪裡才是百花谷。可是他一沒銀子，二沒武功，怕是沒進山海關就被餓死打死在路上了。最想不明白的就是這一點，他都已經是少谷主了，為何除了殺豬搖色子，一點兒功夫都不會。他冒出個奇怪的想法，就從搖色子做起。

色子自然要在賭場搖，小五子答應過文思清戒賭的，好好開肉舖賺錢，給錢老闆養老。現在看來全是扯淡，早晚有一天他會殺了常公公。大年初一，賭場人不多，兩三桌的賭客幾錢幾錢地押，更像是找個地方取暖。他每個桌子巡視一遍，有對師兄弟似乎有些功夫。小五子坐過去，隔著桌子跟他倆說他來坐莊，一起玩兩把。趁他倆不注意，小五子換好灌鉛的色子，扣過色盅搖了三圈，開底之後他贏了。

年紀小些的端不住了，嚷著「在老子面前出千，我剁你一隻手」，拔劍就要弄小五子。年長的那個按住他肩膀，朝小五子笑笑，說：「這把多押點，還是你坐莊。」小五子點頭繼續，示意他們看看這三個色子，

將色盅罩在上面搖起來。想要什麼點數，都可以照口訣搖的，這次別是三個六，險勝就行，一套動作下來，應該是倆四一個五，開了色盅，居然是三個一。

小五子數錢給他，要他們再押。這次他慢點搖，就奔三個六去，豎起耳朵聽色子。他知道問題出在哪兒了，三個六剛剛要落好，裡面的色子自己動起來，變成了三個一。他再去搖三個六，色子還是要多動兩下，變成三個一。他遲遲不開，盯著對面的四隻手，注意到年長的那個人的右手搭在桌上，時不時地用內力震動桌面，將色子變點。年紀小的那個催他快點，小五子笑道：「再搖最後一圈就開。」小五子重新奔三個六搖，對方剛要發力時，他忽然跳起來，抓住那個人的右手，叫道：「兄臺，這麼玩是要剁手的！」

那個人的手就這麼被小五子抓著，等了半天也不見小五子出招，他便反手扣住了小五子的脈門。小五子只是想找人打一架。這就是他奇怪的想法，一直使不出功夫，也許是沒遇見強敵，這兩個人剛剛好，生死攸關之際沒準兒就把功夫逼出來了。可功夫遲遲使不出，反而一次次地被這兩個人羞辱。

年長的師兄與他交手兩個回合，便知道小五子只是個賭場混混。這時那個師弟來勁了，好像難得找個人肉靶子練，一次次地把小五子放倒，踢出賭場大門。小五子不服，每次站起來後都還往賭場裡衝。最後一次，這個師弟連給他三掌，又坐在小五子臉上，結結實實地放了一個屁。

賭場裡的人都笑了，師弟舉著手跟大家一起笑，撿起小五子輸掉的銀子跟賭客們分。小五子躺在地上，好半天才支撐著站起來。肯定有肋骨斷了，從衣服裡摸進去，左邊第三根骨叉已經支在外面。他讓他們倆等著，他回去拿錢，一會兒好好賭一把。

　　他扶著肋骨，一路跟蹌地回到肉舖，翻箱倒櫃地把這一年多的積蓄掏出來，抄起殺豬刀又折回賭場。他把殺豬刀揣在懷裡，一進門就把一百多兩銀子撒在桌上，喊著全押了，一人一色盅，直接比大小。年輕點的笑道：「沒這麼多錢，你慢慢押，慢慢輸。」

　　「沒錢沒關係，賭命。」

　　師兄弟相視一笑，年輕的先來。小五子規定這次來硬的，誰也別玩貓膩。年輕的點頭同意，年長的把手拿開，叉著腰看他倆玩。這時有個要飯的拄著拐過來討錢。小五子本來說沒有，轉身發現是個瞎子，一時有點難過，便喊住他說：「你別走，這把贏了全給你，輸了你幫我收屍。」

　　他和那個師弟，一人一個色盅，搖好之後，他讓對方先開，兩個六一個五，一共十七點。小五子將自己的色盅露出一條縫，三個六。

　　他沒有作弊，這回是真贏了，他在思索對方會不會乖乖讓他宰。他蓋住色盅，手伸進懷裡捂住胸口，說：「你贏了，桌上的錢都是你的了。」

　　師弟笑話他：「看把你心疼的，小心肝都撲通撲通的。」說著站起來弓著身子，雙手伸過去劃拉小五子面前的銀子。小五子看準時機抄出殺豬刀，手起刀落，將那師弟的左手剁了下來。

　　師弟的手腕開始噴血，小五子第二刀去砍他的右手，被他師兄擋開。

　　暫時沒法理會小五子，他連忙撕下布條，繫在師弟的左手手腕上止血。抓不到另一隻手，小五子將留在桌上的左手連剁三刀。看著自己的手被剁成肉泥，師弟也顧不上止血了，右手拔出劍朝小五子捅過來。第一劍被小五子用殺豬刀隔開，第二劍砍向他的肩膀。這次小五子擋都不擋，轉身就往外跑。年長的師兄一個躍身堵住門口，後面師弟的劍也直

抵他後背。小五子側身躲開，又往賭場裡面跑。

　　賭場早就亂了，小五子拿每個賭客作擋箭牌，剛躲到身後，賭客馬上就跪了，有的賭客直接倒在地上裝死，只剩下那個要飯的瞎子頂著桌角摸桌上的銀子。小五子拉著乞丐的肩膀躲在後面，突然感覺一陣陣的內力傳來。他看眼乞丐，乞丐沒事人似的數著散碎銀兩。兩個發了瘋的師兄弟從後面繞過來，一左一右朝他劈來。小五子無處逃遁，乞丐低聲說：「先砍左邊的大杼穴，再去點右側的大腸腧。」小五子完全不知道他說的是什麼位置。乞丐透過瞎眼僅存的一點兒視力看了看他的殺豬刀，換了個方式說：「左邊豬頸肉，右邊大里脊。」

　　這是小五子的強項，就是活豬衝他跑過來，他都一砍一個準兒，加上剛獲取了內力，左右兩刀便將師兄弟砍翻在地，靠在牆角哼哼唧唧。乞丐把銀子收好，作揖道「多謝公子施捨」，點著拐杖走出了賭場。年長些的看出來這乞丐非同尋常，可等他日小五子落單再算帳，便要小五子報出山頭姓名，待傷養好後前去赴會。要是早半年，不用對方問，小五子自己都往外說，「不服來錢記肉舖找我」。他和死太監兩條賤命也就算了，現在多了個文思清。但不報山頭真的太 了，他朝門口看看，那個乞丐已在雪地裡走遠，變成了一個黑點。他轉過頭，對師兄弟二人搖著食指說：「你們兩個，不配打聽我的名字。」

5

　　小五子出去找了好幾圈，這回雪地裡連個黑點都見不著了。田獨沒乞丐，自己活得都費勁，哪還有閒錢施捨別人。中原要飯的也不至於到田獨來，那他就是為什麼人而來。有一陣兒小五子感覺他找的是自己，

沒準兒百花谷還是江湖中數一數二的門派。冷靜一下他明白不是，要是找少谷主，就在賭場門口等他了，用得著他在大雪裡兜三圈嗎？那麼是常公公嗎？田獨還有什麼大人物呢？

常公公不在店裡，文思清也說，沒見著什麼要飯的。他點點頭，肋部疼得厲害，他要上樓躺一會兒。樓梯爬到一半，腳下一滑，他滾了下來。

錢老闆晚一點兒回來，扒下他的衣服查看傷勢，確定只是硬傷，不是什麼高手所為。他捏著折成兩半的肋骨，忽然發力，將骨縫合到一起。小五子也沒叫，咬著牙忍了半天，想著殺豬剔骨那一套手法也是錢老闆教的。緩過來一點兒，他喘著粗氣問道：「你以前在宮裡，到底是殺豬的，還是看病的？」

錢老闆沒搭理他，用紗布將他的肋骨纏好，起身拍拍他說：「好好躺著吧，這半個月，你別想下床了。」

文思清怕他悶，給他弄了一箱子書。小五子哪看得進去，有時候盯著書名都能睡著。後來他就臥床上嗑瓜子，可他從來不吃，香香膩膩的，嚼兩口就反胃，他只是把瓜子仁剝出來攢著，留給文思清晚上一大口吃完。

要躺十五天，他怕等能出門的時候，乞丐早離開田獨了。他想過和錢老闆聊聊這件事，田獨還有哪個深藏不露的狠角色。可是從哪裡聊起呢？

他連自己是誰都不知道，聊的那些人都不知道是敵是友。

他還在猶豫，錢老闆先出事了。有天快天亮，錢老闆才回來，腳步沉重，直奔小五子房間，告訴他豬圈底下有一個地窖，一會兒扶他進去，他身上有一個方子，讓文思清這幾天把藥湊齊，等他七天後上來服

用。要是七天後他沒能自己爬上來，就地給他豎一塊墓碑好了。小五子問他：「墓碑也得有名有姓，你叫常什麼呀？」錢老闆說了幾次「沈」字，隨後一大口血吐出來，癱倒在床邊。

錢老闆姓錢，常公公姓常，這回立個墓碑又他媽姓沈！文思清把豬轟出去，撥開上面的一層乾草，果然露出地窖的門。底下漆黑冰冷，將油燈點亮，說是一座地宮也不為過。老傢伙天天不在店裡，原來是跑豬圈裡挖這個來了。底下有半畝地大小，正中間擺著一個紅色的冰床。小五子把常公公放上去，用手在冰床上化點冰水，手指被染紅，湊到鼻子前聞一下，不是血水，像是某種草藥的味道，估計是用某種植物熬出來的紅湯，一點點鑄成的冰床。

那就等七天。文思清跑了附近三個鎮子的藥局，唯有一味紅參全都斷貨。藥局老闆說這東西山上有的是，只是季節不好，大雪封山，誰都上不去，等開春雪化了，要多少，他賣多少。

等不到開春，既然誰都上不去，文思清就自己上。小五子攔著不讓她出門，老傢伙不殺他就不錯了，怎麼能冒著生命危險救他！再說七天之後，他既然能從地窖裡爬出來，少吃點藥還能死回到地窖裡去？說不動文思清，小五子答應，再等兩天他肋骨接好了，陪她一起上山。

他以為文思清答應了，一覺睡醒發現她悄悄出門了。只到山腰的話，來去兩個時辰，他想如果晚上不回來，他就上山找找。可半個時辰不到，他腦子裡就閃現了十幾個雪崩墜崖的畫面。他拽出紗布將自己的肋部繃緊，打了個死結，抄起殺豬刀上了山。

一直找到半夜，手腳都使不上力氣了，腦子裡那十幾種死法差點兒都發生在自己身上。爬到山頂看到幾株紅參，他揪兩把揣在身上。那就換一條路下山，沒準兒回去的時候，文思清已經做好早餐等他了。下來的路上，他看到石縫間有兩隻老虎仔嗷嗷待哺，這讓他有種不祥的預

感。沿著腳印尋找，一隻成年母虎堵在山洞口，遠遠望過去，困在山洞裡的正是文思清。他把殺豬刀掏出來，輕輕走過去，在距離老虎三十米遠的時候，大叫一聲。老虎嘶吼一聲，轉過身子朝小五子衝來。他讓文思清快跑，離開山洞，自己則紮穩馬步盯著老虎的頸部，好像在等錢老闆的手勢，活動開了，解決吧。猛虎躍起的瞬間，他一刀砍過去，順勢將老虎挑到頭頂，開膛破肚。老虎的內臟瀑布一般洩出來，灑到他的頭上。老虎還在雪地上奄奄一息，小五子忍不住吐了出來。

他捧一把雪擦臉，頭髮裡淨是老虎的血腥味。文思清扭傷了腳，小五子背起她，半步半步地下山。小五子怕她睡著了著涼，一路編著笑話講給她聽。他自嘲道，自己這個也不知道是什麼本事，兩條腿的都打不過，四條腿的，哪怕獅子老虎，他都不怕。文思清好半天沒說話，他擔心她睡著了，捏了捏她的大腿。文思清用臉蹭蹭他的肩膀，手臂在他脖子上勾得再緊一些，低聲說：「我聽著呢，一句都沒忘。你答應我，小五子，不管你過去怎麼樣，不管你以後跟誰好，你這輩子一定要娶我一次，好不好？」

6

冬去春來，三月過後轉四月。五月初七，小五子給自己過了二十六歲的生日。錢老闆一臉嘲諷的表情，不過生日當天還是煮了兩個雞蛋當作禮物。文思清去山裡兜兜轉轉，找到了那隻死老虎，扒下虎皮給小五子做了把椅子。每天小五子坐在虎皮椅上切肉收錢，好不神氣。

六月開始，田獨進入極晝，街上的人也多了起來。夏天時，小五子幾乎不睡覺，接近三更天才黑下來，躺上一個時辰天又大亮，人們又出

來活動了。今年多了一幫從中原來的俠客，騎著馬在田獨兜了兩圈，挨家挨戶地找崑崙公子，找太子，見沒有線索，繼續往北找去。他們不是一起的，各找各的，估計從京城組團一路往北，終於到了田獨。好像有兩夥兒人意見不統一，在賭場裡還打了起來。人一個沒傷，倒是把賭場砸了個稀巴爛。

小五子後來聽何員外說，這兩夥兒人中一夥兒是五公主的，一夥兒是三王爺的，他們都找太子，但目的不同，五公主的人要救太子，三王爺的人要殺太子。

「那皇上呢，他想殺，還是想救啊？」

何員外瞪大眼睛，覺得這孩子不可理喻，「不知有漢，無論魏晉」，皇上在昏迷啊，都快兩年了。小五子搖頭，這可怪不著他，他的記憶也就兩年，過去的事誰知道。何員外來了興趣：「真的一點兒都不知道？沒受過什麼傷？」他瞇著眼睛看小五子分割切肉，似乎想看看有沒有哪門刀法的底子。直到身後的錢老闆故意咳嗽一聲，何員外才識趣地離開。

那兩夥兒人走後，田獨又恢復了平靜。賭場被砸，小五子沒地方去，沒事就自己拿色子在豬肉案板上搖，左手和右手賭。有天，他大老遠就看見一個老熟人往肉舖這邊跑。正是被他砍掉一隻手的師弟，估計是來尋仇。小五子把文思清支走，抄起殺豬刀，只等動手。

那人慌慌張張、左顧右盼地往前跑。經過錢記肉舖，見是小五子，一時間滿臉殺氣，隨即撲通一聲跪在地上，說後面有人追殺，請求大俠庇護。

「我成大俠了，」小五子一樂，「幹嘛追殺你啊，只剩一隻手了，還能出千呢？」

看著自己僅存的一隻手，他恨不得跟小五子拚命，可是後面還有勁

敵。他繼續跪著，邊回頭邊說：「不是，是兩個姑娘。」

那得看看熱鬧，小五子讓他把劍交出來，躲在肉案底下。

小五子一刀一刀地使勁在案板上剁豬爪，遠處過來兩個白衣姑娘，身上沒劍沒刀，只是手上托著一盆仙人球，見到小五子也不打聽一下，完全無視，從門前匆匆走過，任憑他叮叮噹噹地剁肉。小五子不高興了，人家都過去了，他喊住她們：「兩位姑娘不買點肉啊？」

其中一個看樣子是師姐，讓他別搗亂，她們有急事。小五子在後面喊，不管追什麼人，聊兩句再追也不遲。年輕一點兒的奇怪了，低聲問師姐：「殺豬賣肉的也敢過來和我聊兩句，我長得真有那麼難看嗎？」師姐安慰她：「一個殺豬的懂什麼？」其實年輕的這個漂亮，師姐倒是個醜八怪，也不知道誰安慰誰。師妹折回來，走到小五子面前，問他：「你怎麼知道我們在找人？」

小五子盯了她半天，說：「看面相看出來的，一隻手的那個，對不對？」師姐看出小五子知情，過來搶話說，那人是她師弟，偷了師父的錢，她們奉命來剁他一隻手。

「還剁手？」小五子笑起來，「又不是我家養的豬，四個豬爪，人哪有那麼多手給你剁啊？」

師姐讓他閉嘴，隨後和師妹對了一下眼神，問：「你們家是不是有後院？」

「有啊，是豬圈，剛才有個一隻手的跑過來找工作。我看他都那樣了，也就幹幹餵豬的活兒吧，賭是不行了。」

這跟賭有什麼關係？師妹不解，跟著師姐衝進後院。錢老闆正在豬圈弓身餵豬，師妹衝過去，先拍一下仙人球，然後連刺帶血地對著錢老闆的後背又是一掌，嘴裡還喊著：「賊子，看你還往哪兒躲！」

錢老闆吃痛轉身，師姐又一掌過去。錢老闆拿盆擋，盆被一掌擊碎，豬食濺了他一臉，更看不清是誰了。師姐師妹一起動手，一掌掌拍在錢老闆身上。直到打累了，她們才發現這個人的年紀好像差得有點多。相視一愣，師妹抱怨道：「這麼大年紀了，還餵什麼豬啊？」

兩個姑娘耷拉著腦袋回到前院，師妹低聲對小五子說：「後院有個老頭兒擅自餵豬，我們幫你教訓了他一頓。」

「你們把我的老闆打了？」

「為什麼老闆餵豬，你賣肉啊？」師妹又不解了，「這盆仙人球送你，就當我賠不是了。」

她遞過仙人球，小五子並未伸手去接，他搖頭道：「仙人球你留著吧，長得這麼好看，把你名字告訴我就行。」

師妹皺了皺眉，手掌拍了一下仙人球，接著給了小五子一掌。小五子沒顧上喊疼，右手抬起給了她一耳光。師妹瞪著他，扔掉手中的仙人球，掐住小五子的喉嚨。

文思清剛好從外面回來，拼了命地要去救小五子，脖頸被師姐一把抓住，掙脫不動。於是嘴上開始撒潑，從未見她如此失態，一時間把罵女人最髒的話全抖摟出來了。錢老闆用衣袖抹著臉走到前院，袖子裡藏著暗器。他盯著師妹的手指，倘若她發力，寧可暴露身分，他也要先將她擊斃。

師姐掐著文思清勸阻：「師妹，這人不會武功，就算了吧，師父不是說了嗎，一次出門最多只能殺五人，你已經殺了七個了。」

「一人殺五個，咱倆加起來十個，你再讓我一個，我先取了他性命。」

「不行，我這名額還要留著殺我那小白臉和他那三個小賤人呢。」

師妹翻眼皮算了算，提醒她，全殺完就十一個了。師姐說那就殺三個，刺瞎一個。

「上次那一隻手還不知道是不是你剁的，這次又說要刺瞎雙眼，就知道你捨不得殺他。」

兩三句話，師妹消了火，放開小五子，跟師姐離開了。文思清跑過來解開他的上衣，查看他的傷勢，幫他拔掉仙人球的刺。除了點皮外傷，也沒什麼大事。「一隻手」從案板下面戰戰兢兢地爬出來，也不知道該謝該怨：「讓她們過去，不就完了嘛，非要叫回來，總之多謝你救我一條命。

但斷手的仇，還是要報的。」

小五子說：「好啊，那我們就好好算算。一隻手值多少命？算你半條命吧，我救你一條命，扣掉半條，還剩半條，以後別讓我見著你，不然我要你半條命！」

話講得惡狠狠的，總覺得哪裡不對，又不知道怎麼反駁，「逃了一天的路，飢腸轆轆，銀子都跑丟了，索性你再給我點吃的，算我欠你半條命加一頓飯。」

小五子揮手讓他快走吧，欠太多怕他還不起。「一隻手」還挺懂規矩，說了句「後會有期」，就要告辭。小五子叫住他，還有句話要問他：「你那小師妹叫什麼名字？」

「一隻手」慢慢走回來，手撐在案板上，一字一句地告訴他：「吳思若。」

小五子正回味這三個字，「一隻手」抓起案板上的豬爪就跑。小五子拎刀追出去，連追兩條街，撞倒了街邊的何員外。何員外要小五子扶他起來，說：「我這是不差錢，你要是真撞到個窮光蛋，像我這個歲數的，把你們肉店搭進去都不夠賠的。」

「一隻手」一邊回頭笑，一邊朝前跑。他太餓了，生豬爪都忍不住舔兩下。他舉著豬爪對小五子揮舞，正得意間，撞到了前面兩位姑娘的後背。

小五子目瞪口呆，他看到小師妹搶過「一隻手」的豬爪揣進自己的行囊；師姐拿起繩子要反綁他，卻不知道只剩一隻手了應該從哪裡綁起，最後氣得師姐連打了他幾巴掌，又心疼地抱著他哭起來。

7

小五子好幾天都吃不下東西，文思清都氣死了。她抱怨小五子想著那個小狐狸，茶飯不思。倒是偷偷想一點兒，但真的是沒胃口，後來他發現錢老闆也沒吃東西。五日不食，小五子瘦了一圈。文思清做了一桌子好菜，兩個人就是不動筷子，弄得她酸溜溜地吟詩作賦：「為伊消得人憔悴。」錢老闆拿起筷子，將每個菜都夾過一遍後，難得地說了一段話：

「那兩個姑娘是大漠仙人的弟子，還好火候沒練到家，等過幾天毒性消失，就可以恢復正常了。如果碰到高手，比如大漠仙人，他能讓你持續不吃不喝，直至乾枯而竭，死的時候形如枯槁。」

「好大的本事！」小五子問他，「這把仙人球的刺扎手上，再拍過去的掌法是什麼掌？」錢老闆嘆了口氣說，仙人掌。小五子以為他聽錯了，重問一遍。錢老闆還是回答仙人掌，仙人是仙人掌的仙人，掌是掌法的掌，仙人掌是江湖三大毒掌之一，就是借用了仙人球不吃不喝也能茂盛生長的特性。練掌的過程中，修練者要不斷提取刺裡的毒素。這兩個姑娘還是初學者，出掌之前還要現向仙人球借刺，練到大漠仙人的程

度，已是滿手倒刺。

「另兩個毒掌是什麼？」

也不知道是沒胃口，還是不想回答，錢老闆只是搖了搖頭，又把每盤菜夾了一遍。小五子握住他的筷子尖，盯著錢老闆問：「其中一個是不是叫斷魂掌？」

8

後來小五子想明白了，人活的就是一口氣、一股魂，終其一生，一貫至底。有人把它人為地斷掉了，這就是斷魂吧。他問錢老闆：「如果大漠仙人使的是仙人掌，那麼斷魂掌是誰的絕學？」

錢老闆不說，岔開話題：「你這肉切得不對，精肉要帶點肥，肥肉一點兒不能有瘦肉。肉皮別剔，帶皮跟著賣。照你這麼弄，一頭豬少賣七八十貫。」

小五子打量著錢老闆，好像初次見面似的，從頭到腳地打量一遍，然後搖頭冷笑道：「你沒這本事，我要找的不是你。」

找到也沒用，這是小五子更不明白的地方，啥本事沒有，大人物憑什麼要給他一掌斷魂掌？不是百花谷少谷主嗎？靠什麼當上的，難道谷主是他爹？蘇子瑤怎麼說的，「谷主有令，找到少谷主，不惜性命也要把少谷主帶回去」。不用帶，他早晚會自己過去。錢老闆那天要死要活地下地窖，到底是誰傷的？還有，那個乞丐來田獨究竟要找誰？斷魂沒有用，事情總會露出端倪，要是一死了之就算了，所謂的重新開始，根本不可能。

倒是有人在夏天死了，何員外的老管家，門縫裡看人的那個，估計活到歲數了，在躺椅上搖著搖著就掉下來摔死了。何員外要大辦，遠近都通知到了，又不是死了爹，老管家而已。小五子接到通知，葬禮那天挑一頭上好的肥豬送到何府。

扛一頭太麻煩，小五子一大早就趕著活豬過去了。何府的人早起來了，上上下下忙著籌備葬禮。新來的管家更跋扈，讓他到後院殺豬刮毛，可別弄髒了廚房。今天先忍了，找個日子總要弄一下這個新管家。小五子在後院把豬殺好，開膛破肚，掏乾淨內臟，喊人拎壺開水出來，他要刮毛了。喊了三聲，沒人答應，他只好自己把豬扛進廚房。

廚房瞬間沒人了，小五子巡視一圈，每個活兒都是幹了一半就撂下，是不是何府有點名做早操的習慣？他不管這些，洗洗手準備找新管家算帳。這時大廳裡有人說話了，狠巴巴地問：「何振生，你師父向問和躲到哪裡去了？搞這麼大的陣仗，棺材也是空的吧？」

話未說完，這人躍過去一掌劈碎了棺材，裡面躺著的是一個紙人，一時間紙屑亂飛。怪不得跟親爹似的操辦，原來是假的，辦給仇人看的。小五子想等會兒再出去，別錢沒要來，惹得一身騷。外面有人回答了：「我師父早就知道，師兄弟中出了一個叛徒，所以讓我留下來，誓死也要看到是哪位師伯。」

聽聲音好熟悉，小五子從窗縫看過去，正是大腹便便的何員外。對面領頭的把臉蒙上了。帶了幾個人他看不清楚，不過何府的幾十號人都站在何員外身後。

那領頭蒙面的說：「還口口聲聲地叫師父，我看叫老烏龜還差不多，這麼縮著腦袋，能活到一百五十歲。躲到這麼偏的地方，裝模作樣地蓋起了員外府，讓我找得好苦。」

蒙面人的幾個弟子一起鬨笑。小五子也沒聽出哪裡好笑，倒是何員

外有意思，原來是假員外，來田獨躲命的，起碼換個姓啊，常公公還知道開個肉舖叫錢記肉舖，你何府那倆大字兒，生怕別人不知道你姓何。

他們還在笑，何員外被惹急了，怒斥蒙面人。貌似蒙面人也一肚子怨氣，還回去一大段話。兩夥人不動手，一來一往說了好半天。小五子慢慢捋明白了，有個沈師祖，是何員外師父的師父，早年創立了三種掌法——斷魂掌、蓬萊掌、仙人掌，三個弟子各傳一掌，這樣互相牽制，有所畏懼，哪個都不至於霸行於世。可偏偏出了個叛徒，可能就是這蒙面人吧，二十多年前把《三藏經》偷走了，帶回家偷摸練，三種掌法全部練成。這時三個師兄弟再見面就沒那麼愉快了，除了寒暄打哈哈，就是互相猜忌，說不上哪天就被師弟或師兄下黑手拍死了。沈師祖知道出了逆徒，研發了無為掌，專破這三大掌。幾年前，沈師祖選了何員外的師父向問和做關門弟子。向問和當時還是丐幫幫主，為此他辭掉了幫主之位，將幫主之位傳給了何員外，自己則專心修練無為掌。到明年八月十五，即可練成。蒙面人當然不幹，要趕在無為掌練成前除掉四師弟向問和。為此，何員外帶著向問和東躲西藏，換了七八個地方，本以為可以在田獨撐到向問和出關，沒想到還是被找到了。

小五子在廚房尋思，江湖的事真亂。賭場那個乞丐他清楚了，來田獨找的就是何幫主和向問和。何幫主就是何員外，可是向問和又是誰呢？

哦，修練呢，沒準兒何府也有個地窖，擺個紅冰床黑冰床各種修練。那蒙面人是何員外的哪個師伯呢？小五子就知道一個大漠仙人，吳思若的師父，希望不是他，不然上梁不正下梁歪。給他斷魂掌的也是一個，還有一個叫蓬萊掌，那個中掌後不知道怎麼樣。斷魂掌是斷片兒，仙人掌是耗得生不如死，沈老前輩這麼毒，蓬萊掌肯定好不到哪裡去。

可何員外不覺得沈老前輩狠毒，還說沈師祖已百十歲，還在因他這

樣的逆徒蒙羞，他勸蒙面人顧念師徒情分，回頭是岸。這時候蒙面人急了，吼道：「不要提那個老賊，他不是我師父。要不是他把我剛出生的女兒摔下懸崖，我也不會偷祕笈。」

何員外哈哈大笑，說道：「我知道你是哪位師伯了，何必還蒙著臉！要不是你做了苟且之事，沈師祖也不會奪走你的女兒。」

「本想饒你一命，可你自作聰明，知道了我是誰！」

蒙面人說著朝何員外撲過去，後面的弟子與何員外的家丁也兵戎相見。現在想想，這些家丁應該都是丐幫的。大堂裡叮叮噹噹的好不熱鬧，小五子忍不住透過窗縫偷看。看來蒙面人也不一定打得過何員外，兩人糾纏不休地打了十幾個回合，反倒是何員外逐漸占了上風，一個虛晃順勢扯掉了蒙面人的頭巾。何員外手握著頭巾，一臉驚愕地問他：「怎麼是你？」

說著被一個蒙面的弟子抓住，那弟子低聲問他：「你師父的那張九宮圖在哪裡？」何幫主回頭笑道：「你這無名小卒，哪有資格問我師父？」

蒙面弟子瞬間移動，一眨眼的工夫，就在何員外的前胸後背各拍了一掌，繼續追問他九宮圖的下落。何員外面色蒼白，嘴裡說著沒有九宮圖。

蒙面人搖了搖頭，一掌拍在他的胸口。何員外空揮了幾次手臂，要抓這個人的頭巾，終於還是倒在了大廳裡。

其他人還在撕打，這名弟子在混亂中快步穿過人群，等他從人群中出來時，何府所有的家丁都被擊斃了。他和已經被扯掉了頭巾的「蒙面人」對了下眼神，蒙面人命令弟子搜搜何府是否還有其他人。

小五子看見他們來了後院，好像有丫鬟抓著繩子藏在井下，有人一刀斬斷繩子，丫鬟尖叫著落井。腳步聲臨近廚房，小五子無處藏身，蜷

縮成一團，鑽到了大肥豬的下面。兩個弟子進來一頓亂踢，其中一個說，火灶裡面有一個。那是新上任的管家，趴在柴火堆裡，死抓著火灶門不出來，口中喊著饒命。

「那就別出來了。」

一個人說著點了個火摺子，扔進柴火堆裡，關上了火灶門。裡面的管家拚命拍打，兩個弟子關心起地上的肥豬。嘴饞的弟子提議，火都點起來了，乾脆吃完再走。他提了一下，沒提動，要另一個人搭把手。小五子身子一輕，豬被提起來，他使勁抓著豬肚子兩邊，裹在裡邊，以讓自己別掉出來。身子晃了兩下，忽然一震，連人帶豬都被扔進了鐵鍋裡。

鍋還沒熱，隱約聽見下面的新管家踢著火灶門掙扎。兩個弟子倒是有了分歧，一個說加水煮，一個說烤熟了吃。小五子心裡罵娘，你們這麼討論，有想過豬的感受嗎？下面沒了動靜，估計新管家已經被燒死了。鍋熱了起來，小五子把自己封進豬肚子裡，裡面又悶又臭。那個領頭的蒙面人進來喝斥他倆胡鬧，趕快離開這是非之地。兩個弟子連連認錯，蒙面人身後的弟子忽然上前，一人一刀，把他倆都刺死了。

「你這是卸磨殺驢！」蒙面人嚇得聲音都顫了，「你答應我們陪你演完這齣戲，就送我們馬幫一張九宮圖的！」

那個弟子冷笑幾聲，伸手去掐他的喉嚨。剩下的弟子聞聲而來，一個個拔劍喊著：「放下我們幫主。」

那人掐著幫主的喉嚨，提起他身子掄了一圈。那些弟子臉上都留下了幫主的鞋印，不出三秒鐘，鞋印迅速發黑，弟子們倒在了廚房裡。而幫主被放下來的時候，喉管早已被捏爆，噴出來的血漿黏在那個弟子的手上。

他蹲下來，用幫主的衣服把手擦乾淨，收劍出了門。

終於沒人了，該死的都死了，小五子打算在豬肚裡再數十個數，要是沒有動靜，就趕快逃命。數到六時他就從鐵鍋裡蹦出來了，踩著死人磕磕絆絆，舉一盆冷水澆到頭頂。鐵鍋裡的肥豬已經吱吱作響，煎出板油。新管家還在火灶下燒著，小五子忽生惻隱之心，想給他留個全屍。他打開灶門，蹲下來用木棍掏了半天，只勾出一塊大腿的骨頭。他搖搖頭，把骨頭又扔回火灶裡。

大廳裡屍橫遍地，小五子倒吸一口涼氣，感覺這兩年殺的豬，都沒有今天見到的死人多。平靜過後，小五子反倒捨不得走了，他裝模作樣地查看每具屍體。他又不懂，還煞有介事地分析，這個是中掌，這個也是中掌，這個呢？還是中掌。一點兒新意都沒有，江湖的邏輯他想不明白，有刀有槍幹嘛都拿手拍？他扶起何員外，真看不出來，平常吃得比豬還多，居然是丐幫幫主！都他媽會武功，就我小五子不會！小五子剝開何員外的上衣，對著前胸的掌印，比比自己的手掌。尋思什麼掌，自己怎麼就整不明白，一掌能把人劈死？他深吸一口氣，右手奔著掌印拍下去。好像有點感覺了，他加點力拍第二下，最後使出全力拍第三下。屍體打了個激靈，一口血吐出來，噴在小五子臉上。

人家是一掌打死，他竟能一掌打活！小五子蹦起來，退後一步，聲音顫顫悠悠地提醒他：「你看好了，我可不是殺你那人，我是肉舖的小五子，你肉錢還沒給我呢。」

何員外指了指小五子，半天才想起來，說：「對對對，你是送肉的，正好肉來了，我去給我師父燒倆菜。」何員外站起來，貌似傷好了，腿腳俐落地往後廚走，轉身又對小五子說，「你也別走了，留下來吃口，咱爺仁好好喝一頓。」

小五子「啊」了好幾聲不知道怎麼接，看著何員外進了廚房。雖然

你沒死沒傷，可你們何府被滅門了啊，心再大，也不至於坐在屍體上喝兩盅啊。也許就是個冷血動物，自己活命比什麼都強，這些家丁都是上輩子欠你的，為你戰死都不多看一眼。得了，我打不過你，但也絕不會和你這種人坐一桌喝酒。

小五子準備撤了，他要插空蹦過去，才能到大門口。有兩個人並排死在一起，小五子跳過去時踩到一具屍體的手背，習慣性地說了聲對不起，身後的人還不滿意，抱怨道：「疼！」

他以為是幻聽，慢慢扭過頭，被踩手的那個人坐起來揉著手背，嘴裡罵著：「跟你說過多少回了，要玩出去玩！」

小五子半張著嘴不敢出聲，趕緊走吧，轉轉身時發現面前的屍體也在動。他揉揉眼睛，再睜眼時，那具屍體已撐著手臂站了起來。大廳裡的「屍體」陸續醒了，一個個地站起來。他們有人傻笑唱歌，有人手舞足蹈，有人盯著身上的血跡凝眉思考，到最後有個女人大哭起來，說：「娘，你買這麼好的布料，為什麼不給我做件衣裳？」

就像被困在車水馬龍的路口，前後左右都是人，小五子一下子蒙了，他站在原地，一動不敢動。

9

「誰把一整頭豬下鍋裡了，還把火點上了？」何員外把豬從鍋裡拽出來，放在馬幫弟子的屍體上，用刀割了一片臀尖，切好蔥薑蒜，扔到剛熬出的板油裡。他想做紅燒肉，把肉切成拇指寬的小塊。這是他的老本行，以前在某個大戶人家做廚子，每天都會用剩下的邊角餘料亂燉一鍋，送給破廟裡的那些乞丐。老爺發現後，亂棍把他打出門，還叫人一

把火燒了破廟，讓那些乞丐無容身之處。不管多委屈多不忿，當乞丐們提出把老爺宅子一把火燒了的時候，他還是硬生生地把這些人攔住了。

這事過去多少年了，二十年總有了吧？豬肉被他均勻切好，攤在菜刀上下進鍋裡，鍋裡劈里啪啦地往外濺油，要找個鍋蓋燜一會兒。好久沒下廚了，當上「何員外」就沒進過廚房，灶臺右下方應該有個鍋蓋架，大戶人家好點的廚房都是這麼擺放的。他彎下腰，手臂在下面掏著，腳底下軟軟的，低頭看一眼，踩在了一具屍體的肚子上，喉結上都是血。他蹲下來看一眼，是漠河馬幫的劉幫主，旁邊還有四五具屍體，應該是馬幫的弟子。而他在幹什麼，他看看左手中的菜刀，鍋裡的肉還在等他翻炒扣蓋。

他扒著灶臺邊站起來，知道自己中的是什麼掌了。

大廳裡已經亂了套，剛推開門就有兩個家丁要拉著何員外出去放風箏。他看著這兩個小夥子，一個是何府的馬伕，丐幫的二袋弟子，負責和外界弟子保持聯繫；另一個是他收養的義子，為了避嫌，何員外遲遲沒有給他名分，他打算秋後讓他從一袋弟子做起。要乾淨俐落，少些痛苦，他嚥了口唾沫，揮劍對兩人胸口各插一劍。

沒人注意這邊殺人了，每個人都有自己的世界，唯有小五子目瞪口呆。他看到何員外屏息咬牙，含淚刺向每一個人。幾十秒鐘，幾十號人被一一刺死，到最後只剩下他們二人。何員外呼吸急促，太陽穴上青筋暴突，控制著不讓自己哭出來。他將劍扔在地上，背對著小五子往外走，邊走邊說：「我等下交代你件事，之後你要把我也殺掉。」

這回是真死了，小五子雙腿發抖，撲通一下坐在血漿中。何員外再回來時，托盤上放了兩碗米飯和一盤紅燒肉，嘴裡還不住道地歉：「好久不下廚了，手都生了，讓你久等了。」紅燒肉色澤不錯，小五子接過米飯，卻一點兒胃口都沒有。一口米飯一塊肉，何員外給他做著示範。

吃到第三塊時，他恢復了理智，將托盤打翻，抓緊時間向小五子交代：
「我中了蓬萊掌，這屋子裡的所有人都是，現在是時有時無，再過幾個時
辰，我會徹底瘋掉。」

小五子舉目望去，血流成河，流到前面的血已凝固，擋住了後面血
流的去路。他低聲回應：「就算是中掌，但他們是被你殺的。」

「這是蓬萊閣老的伎倆，他們如果活著，丐幫就毀了。」他在打翻
的托盤裡翻找，後來把小五子手中的銅碗奪過來，將米飯倒掉，捧著碗
對他說，「這是幫主之碗，我並非員外，而是現任丐幫幫主。我師父向
問和是前任幫主，現在已在京城皇宮大牢裡閉關修練，明年八月十五之
前，把這個銅碗交給他，點他的百會穴和膻中穴，幫他老人家出關。」

小五子擺弄著碗，這碗也沒什麼特別的，碗底鑲著一塊拇指肚大小
的玉，他看得直皺眉，他不願攬和進來，屁大點功夫沒有，還想去京
城，不等進關就被像螞蟻一樣碾死了。他擺手推辭說：「我得留在田獨，
你師父是老人家，我們肉舖也有個老人家，你自己去吧，把碗親手交給
他老人家。」

何員外等了等，知道求不動他，轉身拾劍，劍柄朝著小五子遞過
去，說自己真的要瘋了，身體髮膚，受之父母，以前曾起誓絕不自盡，
拜託小五子刺他一劍。小五子站起來搖頭，他沒法答應，過去什麼樣他
不知道，但是從來田獨開始，他這輩子都不想殺人。他想起文思清總說
的一句話，有時候他要親她，要抱她，文思清總會扭身躲過去，她說：
「不是不行，是有些事一旦開了頭，就一發不可收拾了。」

小五子轉身要走，何員外在身後最後一次求他：「殺了我，不然我
還能瘋癲地活三十年，別讓我在這世上受辱三十年。」

小五子仰頭看看梁頂，轉身接過長劍。何員外用食指從肚臍往上，
一直指到喉嚨，畫了一條線，「用你殺豬的本事，開膛破肚。」

可殺豬的時候手沒有這麼抖，小五子右手拿劍，左手抓住右手的手腕，告訴他：「我數三個數，你抓緊跟這世上的一切告別。」

一、何員外閉上眼睛，活了四十五年，告別只要一秒鐘；二、他睜開眼睛，眼神堅毅地說，來吧；三、小五子將劍壓低，只待起手將對面這個人挑落。何員外低頭看了看地上打翻的飯菜，抬頭看著刀刃說：「你要是沒吃飽，我府上還有上好的糕點。」

小五子左手鬆開，右手依然握著劍，盯著他問：「你是又瘋了，還是怕死？」

「你嘗嘗嘛，吳州張知府託人送過來的，放我這兒一年了，都沒捨得吃。」

何員外說完就要去後廚取。小五子輕吐一口氣，右手鬆了劍，將地上的銅碗踢還給他，頭也不回地走出何府。

10

鎮上傳開了，何員外在葬禮那天發了癲，將何府上下滿門殺絕，一個人跑到山上當野人去了。幾十個當差的進山搜了三天三夜，誓要將何員外繩之以法。繩是繩了，但始終沒有以法，過去五年，大大小小的差人多多少少都受過何員外的好處，眼見他瘋得不成樣子，不忍心他坐牢問斬。

何府還有幾十具屍體，他們一把火燒了滅證，又把何員外放回田獨。

錢老闆問小五子是怎麼回事，「你那天一大早趕著豬過去，滿屁股

是血地回來，到底發生了什麼事？」

小五子這次講得很明白：「等你告訴我我想知道的，我再說說你想知道的。」

錢老闆點點頭，笑了笑，說：「我明天再知道也不遲。」

明天什麼樣呢？他和文思清逛了一天的集市，買好布料回來時，肉舖的門口已經堆了兩個包裹。錢老闆說：「我年紀大了，肉舖幹不動了，你們去別的地方吧。」文思清不知所措，求錢老闆工錢可以少給點，但留他們住下來。小五子知道他要什麼，死太監多少也會點功夫，算是江湖上的人，辦事的手段怎麼這麼下三爛！他提起兩個包裹逕自走進去，路過錢老闆身邊時說出三個字：「蓬萊掌。」

三個字引出更多的問題，錢老闆跟著小五子上樓，看著他鋪被縟追問，何員外是什麼人，闖進來的是誰，為什麼馬幫的人也在裡面，那些人是怎麼死的……一連串問了七八個問題，小五子把床鋪好，拍了拍，對錢老闆耳語道：「以後每過一個月，我回答你一個問題。」

用不著一個月，七月中旬以後，田獨逐漸轉涼，何員外也從山上下來了。何府被燒為平地，他住街邊，喝髒水，捧著一個銅碗，撿著什麼吃什麼。每次路過肉舖，小五子都會切一片肉扔給他。何員外就地坐下啃起生肉，直到打飽嗝，才擦擦嘴角上的血，心滿意足地離開。

有時候小五子會後悔沒殺了何員外，至少有三次，小五子看見他在別人的窗下撒尿，被房屋的主人追出來痛打。眼看要入秋，小五子讓文思清做了一套被縟，自己打了一排木柵，在豬圈隔出一塊空地留給何員外住。

有天夜裡，文思清嚇壞了，她把小五子搖醒，哭著讓他去管管。他披上衣服，趕到豬圈，看到何員外正騎在一隻母豬身上酣暢。小五子的眼淚馬上湧了出來，他去廚房拿刀，一把將粗喘著的母豬頭砍了下來。

何員外號啕大哭，褲子都沒有提，抱著豬頭哭：「我沒本事，保護不了你。」小五子都回房了，他還在哭。後來小五子又回到豬圈，切下一塊死豬屁股上的肉，說：「我們去把牠厚葬吧。」

他們走到河邊，攏起火，把豬肉架在鉗子上。火化的過程中何員外一直流口水，一再催促「熟了熟了」。小五子用刀把肉切成塊推給何員外，他抓著往嘴裡塞，燙得他吐出來，捧在手裡吹個不停。

小五子問：「你還記得自己是誰嗎？」

他不急著回答，注意力都在肉上面，感覺涼一點兒了，他一口咬下去，閉上眼睛細細地嚼，嚥下去的一刻他睜開眼睛問：「什麼東西，這麼好吃？」

「臀尖，何幫主。」

何員外愣了一下，恍然大悟，「啊啊」了半天說：「臀尖肉，我最愛吃臀尖肉！」

「那就多吃點，吃飽。」小五子把剩下的肉烤熟切好，看他狼吞虎嚥。

後來他吃不動了，看著剩下的肉發愁，忽然想到說：「這些就下葬吧。」然後他開始挖坑，挖出兩個拳頭大小的坑，畢恭畢敬地讓臀尖肉入土為安，還跪下來磕了三個頭。

再看下去，小五子都要哭了，他拍拍他的肩膀，讓他看著自己，告訴他：「你是何員外，何振生，你師父是向問和，你不能再這樣丟臉地活著，你是丐幫幫主！」

他掏出刀，對著何員外的心臟一刀捅下去。何員外眼睛睜大，不知道是迴光返照，還是這一刻怕死了。小五子從他身上摸到銅碗，確認碗底有塊玉，之後他鬆開何員外的肩膀，不敢再多看一眼，轉身走開了，都不知道何員外倒下的時候，是躺著的，還是趴著的。

還是殺了人，他狠掐大腿兩把，讓自己別太難受。天就要亮了，這是最正常的時節，白日和黑夜旗鼓相當，彼此較著勁，看誰先被吞噬掉。過了秋天，贏的總會是黑夜。都走出挺遠了，後面有人呼喊救命。小五子腦袋嗡的一聲，停住腳步。殺個人都不俐落，應該狠狠抽自己倆耳光。

何員外躺在河邊火堆旁，一隻手抓著胸前的刀把，一隻手伸向他，求他救救自己。小五子跪下來，哇地大哭起來，鼻子一抽一抽地說著：「對不起，對不起，讓你受苦了。」

呻吟、粗氣和那種輕聲的言語混在一起，何員外說：「我身上有一張九宮圖，你等下拿走。」小五子瞪大眼睛，問他是清醒的嗎。何員外點點頭，勉強說：「我清醒，我知道你在幹什麼，我也知道我這段時間都在幹什麼。」

何員外示意他動手，自己快挺不住了。可已經沒有第二把刀了。小五子向四周看看，咬牙跺腳，使勁把插在何員外心臟的那把刀拽出來。何員外疼得坐了起來，大口大口地喘著粗氣。小五子握著刀把，閉上眼睛連捅十幾刀。他怕他不死，他怕他再遭一次罪。

他說到九宮圖，小五子在他身上翻，從褲腿裡拽出一張羊皮。不清楚有什麼用，何員外臨死都讓他收好。他抱起他，蹚著河水往裡走，水位大概到腰間，他把何員外平放在河中。

11

田獨已經不想待了，小五子和文思清計劃私奔。出了那麼多事，死了那麼多人，那之後每回經過被燒成一片焦土的何府，小五子都覺得有

些未竟之事，要替何員外辦完。再說年紀輕輕，他不能在田獨窩一輩子。他想馬上就走，已經是八月份，再等兩三個月就要大雪封山，又是一年廝守。

文思清建議他再等等，就此南下總要做點準備，再說現在是八月十一，怎麼著也得陪錢老闆把中秋過完，別留他一個人在這兒孤苦伶仃。小五子當時只是覺得她善良，可憐錢老闆，直到很久以後他才明白，是文思清想和他再過一個中秋，她根本沒打算跟他下中原。

八月十二，他們去集市挑了兩匹腳力好的馬。肉舖倒是有匹馬，可嬌氣死了，碰上雪天，都得人拉馬。文思清說，一匹馬就好，她喜歡坐在他懷裡，被他抱著。八月十三，文思清給他打包裹，裝的全是小五子的衣物，她說她的就不帶了，等著小五子賺錢給她買好的。八月十四，她把那些沒戴過的首飾都賣了，塞給他做路上的盤纏。八月十五，他趴在案板上磨洋工，盼著太陽下去，月亮上來。文思清在廚房做中秋宴，三個人，她準備了十幾道菜，好像真把小五子當駱駝了，吃一頓能頂半年。

快打烊時發生了一件小事，一幫京城口音的人騎馬路過田獨，不知道是什麼身分，「王爺」、「公子」地互相叫著，穿得都不錯，就一個帶補丁的，他們喊他馬長老，小五子知道那是丐幫的。走到錢記肉舖時，他們停住了，幾個人側頭看他。小五子猶豫著要不要把何員外那碗拿給馬長老。

這時有個背弓挎箭的走過來，聽他們的叫法是六公子，非要買五斤精肉、五斤肥肉、五斤三肥兩瘦的五花肉。小五子也是跟他們較勁，看準了一刀切，個個上秤，三塊肉都在五斤上下不超一兩。六公子扔了二兩銀子在肉案上，盯了他好半天，對旁邊的那個王爺搖頭說：「不是他，確實是個殺豬賣肉的。」

　　管他是誰呢，過了今晚，他連殺豬刀都不帶碰的。不過這樣也好，最後一單生意，像是對他兩年肉舖生涯的肯定。他們連肉都沒拿，空賞二兩銀子，那就是佩服他刀下的準頭。

　　晚飯的時候他還在高興，和錢老闆連乾了五六杯。雖然十幾個菜，中秋宴，但總還是散夥飯，幾杯下肚他忽然有點動情。他說：「我來你這兒兩年了，說不上好壞，總算沒把我餓死。還有啊，以後你可得吃點好的，這麼大歲數，沒幾年活頭了，還天天喝粥吃鹹菜。還有肉舖的生意就別做了，又不是沒錢花，有幾個像我這麼趁手的夥計？」

　　錢老闆也動情了，微醺著跟他表態：「你要是走了，我肉舖就關了；你要是還想幹，等我死了就把肉舖留給你。不了，不用等我死，我明天就給你。」

　　小五子飲盡杯中酒，去上廁所。出來時他拐彎去了趟豬圈，當然不至於跟豬告別，前天買的馬被他養在這裡──當時給何員外隔出了一片空地。遠遠看去，馬頭從下面露出來，躺在地上。他走過去的時候還尋思，馬不是站著睡覺的嗎？可能這是匹好馬，睡得香，跑得快。把簾子一掀，酒醒了一半，馬背上被砍了好幾刀，馬死在馬廄裡了。

　　回到房間，錢老闆還在喝，小五子舉起酒罈子砸在地上，問他馬是不是被他殺的。錢老闆倒是沒否認，滿嘴胡話，說馬是一般，馬鞍真不錯，可惜卸不下來，只好殺馬割皮，再取下來。小五子揪住他的衣領，瞪著他問：「你是不是知道我要跑？」

　　錢老闆繼續裝醉，說：「你要是覺得虧，肉舖是你的了，我就喜歡那鞍子。」

　　文思清也不知道是好是壞，出去闖一闖挺好的，留在她身邊當然更好。她說：「其實小五子天生就是殺豬賣肉的料，今天來了一幫人，王爺公子的，要小五子三樣肉各切五斤，小五子刀刀切得準呢，弄得那六

公子還說，『王爺，肯定不是他。』」

小五子讓她閉嘴，這店白給他，他都不要。錢老闆問，那個六公子是不是張弓搭箭的。文思清看看小五子，不知道該不該答。錢老闆接著問，王爺是不是三王爺。這回是小五子點頭了，還有個乞丐，他們叫他馬長老。小五子想了一會兒，問道：「他們說不是他，其實就是我，對吧？」

錢老闆沒說話，背著手上了樓。文思清已然被這爺倆兒繞蒙了。下樓的時候，錢老闆拿著一塊巴掌大的羊皮，他告訴小五子：「這張羊皮萬萬不可以丟掉，還有，你現在就走。」

「真是喝多了，馬都被你宰了，我靠什麼走？」

「想活命的話馬上走，他們肯定會找回來。出去以後，別管你過去是誰，你就記住兩件事。第一件事，你過去不是什麼好人，仇家太多，江湖上有一半的人要取你人頭。你現在誰都不認識了，要提防每個親近你的人，沒準兒哪個就是要殺你的。第二件事，真到性命攸關時，你就說九宮圖在你手上，再適時拖延，想辦法保命。這張圖你藏好了，別放在身上，讓他們搜出來，你就徹底沒命了。你要活下來，慢慢你就什麼都知道了。」

文思清半張著嘴聽錢老闆講完，咚咚咚地跑回去收拾包裹。小五子終於忍不了了，他問這玩意兒有幾張。常公公食指勾成一個彎，說九宮圖自然有九張，隨便一張都是無價之寶。

「是挺無價的，」小五子把何員外給他的那張掏出來，「真巧，我也有一張。」

常公公愣了一下，搶過羊皮檢查一番，奇怪這居然是真的。來不及多問了，兩張都給小五子，讓他藏好。之後，他喊文思清：「行李收拾好了嗎？」文思清說快了，都打好結了。她想了想，把頭上的簪子摘下

來，準備塞進去。剛解開一個結，包裹一沉，一支箭從下面飛進來，將包裹釘在了牆上。

他們已經來了，白天那七個人。錢老闆上前作揖，把房門關上說：「三王爺、六公子，好久不見。」

領頭的三王爺看到錢老闆一愣，說：「果真是你常公公，我還當你死在宮裡了呢。」他指了指小五子說：「都還活著。常公公，我三王爺跟你要個人，總可以吧？」

「那得看你要的是誰。」

常公公話音未落，備好的鏢已朝三王爺甩過去，他身旁的六公子揮弓將三王爺罩住。常公公藉機連打三隻鏢將蠟燭全熄滅，房間裡瞬間漆黑。

小五子什麼都看不見，只聽鏢器亂飛，房間裡叮叮噹噹，彷彿到處都是常公公。有人喊著先保護三王爺，常公公則喊小五子從後門上馬。這間房住了兩年，閉著眼睛都能找到方位，黑暗中小五子先是上樓梯，從牆上拽下包裹，接著拉起文思清往外逃，耳邊嗖嗖嗖的全是飛鏢聲，扶牆跑了小半個房間才想起來，肉舖沒後門！

可那些人都在往裡衝，在正門的對面摸著找後門。咯吱一聲，正門開了，中秋圓月，大片的月光瀉進來，兩個身影溜了出去。剛踩到門檻，遠處伸出一隻手，拽住他的包裹。小五子往後拉，又不敢太大力，怕對方一鬆手，自己又摔回房間裡。就是那個乞丐，左手拽著包裹把小五子往懷裡扯，右手已蜷成鷹爪狀抓他的肩膀，拳出一半忽然收回去，痛叫一聲。文思清把簪子插進馬長老的手背，簪尖從手心穿出來。馬長老鬆開包裹，用右手拔左手上的簪子。小五子彎腰接過包裹，拉著文思清向月色中跑去。

外面果然全是馬。小五子拉著文思清問上哪個，文思清說好看的。小五子在七匹馬前過一遍，挑了匹白的。裡面的人一時出不來，常公公堵在門口朝屋裡發暗器，將月光擋在門外，將敵人擋在門裡。六公子張弓搭箭朝身影射去，飛鏢連擋了三支箭，第四支箭射到了常公公的左腿上。

小五子把文思清抱上馬，看著常公公一瘸一拐地跑出來，他要常公公上馬逃跑。常公公懶得理他，嘴裡念叨：「沒你拖後腿，我讓車馬炮跟他們打。」他拔下左腿上的箭，箭頭倒鉤帶出一大塊肉。常公公咬牙忍痛，告訴他，跑多遠，跑多久，都記著回來，自己給他看店。說完手握箭頭一下扎在馬屁股上。白馬吃痛開始狂奔，也沒個方向，就是撒了歡地跑。小五子和文思清四手捆著韁繩，才不至於摔下來。

12

可能是往西，白馬一口氣跑了一個多時辰，行進山林深處不見人煙之地，一聲長嘯，倒在了泥地裡。小五子抱著文思清提前跳下馬，馬屁股還在流血。文思清問這是哪兒啊。小五子也不知道，北方地廣人稀，一個地名能管方圓百十里，沒準兒還在田獨。文思清仰頭看看天色，月圓而皎潔，嘴裡算著，馬跑一個多時辰，走回去要多久啊。出都出來了，還走回去？小五子被這念頭逗樂了，跟她算了一下，走回去大概要十八年。

文思清瞪眼睛尖叫：「不可能那麼久！」

「當然不可能。」

「那你說十八年！」

「哦，那我算錯了。」小五子找個石頭坐下，歇一會兒。文思清執意回去，她父母的骨灰還在店裡，要是三王爺一把火把肉舖燒了，就分不清哪個是她父母，哪個是豬了。而且她壓根兒就沒想跟他南下，她知道他怎麼想的，他去找他的「瑤」，找他的梅蘭竹菊。要是他過去花心，南下一趟，不得拉上一車女孩回田獨？百花谷少谷主，聽著就八九不離十。她才不要跟著去，當個礙眼的、拖油瓶的。

「再說，你這麼機靈，遇到事肯定能逢凶化吉，有我在就是拖累你。」

她看小五子搖頭，補充道，「你真的特別好，遇到你，是我文思清的福氣，要是早幾年，你都看不上我。」本來挺深情，說說又跑偏了，文思清開始抱怨，「賭場第一眼，你就沒看上我。贏都贏了，還說下次要賭人就帶個好看點的，就是嫌我醜。不管了，醜也要回來，一起睡一年了，不能說扔就扔。」

小五子連忙打斷她：「別，別這麼說，那是一間房的兩張床。」

「以後拼起來，不就是一張床了？」

小五子有些猶豫，文思清又不高興了：「果然嫌我醜，我都這樣說了，你還猶豫。」說完，她轉身就往山下走。小五子跟在後面解釋，真不是在猶豫，他想歪了，他在想，那倆床不一樣高，拼起來有點怪。文思清回頭撲哧一笑，示意他下山再說。

後來兩個人沒怎麼說話，踩著月光往下走。小五子偶爾拉住她的手，擔心她滑下去。前方越走越亮，從山腰就可以望到田獨的輪廓了。文思清在一條小溪前蹲下來，喝了兩口水，告訴小五子，溪水盡頭就到南方了。

喝過水後她掏出小刀，早準備好的，在手臂上刻了一個「五」字，血從這四畫中湧出來。小五子沒攔住她，搖頭說：「我叫不叫小五子，還不一定呢，萬一我跟錢老闆一樣，好幾個名字，能在你手臂上湊首詩。」

「以前叫什麼我都不管，反正在我這兒，你就是小五子。」

她把小刀遞過去，說：「該你了，刻個『羚』字，別哪天再中一回斷魂掌。」小五子拿刀比畫半天，跟她商量刻「兒」字行不行，「羚」字筆畫太多了。「我就要『羚』字，我要刻『文思清』。」

文思清搶過小刀，把他手臂拽過來，摸著上面的「五」字，有點心疼，不忍心落刀。她放下他的衣袖說：「你順著溪水走吧，我想通了，你就算找著了你的蘇子瑤王子瑤，我也不怕，她們跟你沒關係了。你上輩子是她們的，你要記得，你這輩子是我文思清一個人的。」

總之是告別，叮嚀的話一輩子也講不盡，她不願再說了，掩面離開，都不敢回頭看小五子蹚過那條小溪。

第三章　丐幫幫主

1

他想找丐幫，把碗還回去，跟他們說三件事：一、你們何幫主死了；二、向老幫主在皇宮大獄等著你們去救；三、馬長老是壞人，差點兒把碗搶去。可是哪有乞丐啊，人生無常，丐幫還沒找到，他先成了臭要飯的。

有錢的時候，南行八百里也不見一個要飯的；等盤纏沒了，終於硬著頭皮討口飯，剛坐下來吃兩口，丐幫的人就出現了。七八個乞丐把他圍成一圈，用竹竿敲著石頭，問他是哪堂哪會的。小五子吃著剩飯直搖頭。

「沒堂沒會，那你就是個臭要飯的，這裡可是丐幫的地盤。」丐幫不就是臭要飯的嗎？小五子聽得直搓臉，仰頭問他們領頭的是誰。一個二百多斤的胖子站了出來，一臉的橫肉，讓人覺得真的是跟著丐幫有肉吃。小五子終於把那番溫習無數次的話講了出來，你們何幫主死了，向老幫主在大牢裡，馬長老是壞人。後兩句還沒說出口，領頭的就擺手打斷他，回頭問他的幾個弟兄：「誰是何幫主？」

估計是新來的，看他胖得不成體統，最多也就要過兩個月的飯。小五子換個問法：「丐幫現在誰說了算？」

「我們長老。」

「你們長老是誰？」

七八個人不是瞎子就是瘸子，在這個問題上，跟一二三預備齊似的

異口同聲：「馬長老。」

　　小五子倒吸一口涼氣，那完了，後面的話不用說了。人家在田獨沒殺成你，你現在倒是追著人家往南跑。他起身拍拍屁股，低頭說那沒事了。

　　這時，剛才的「合唱團」裡發出了不和諧的聲音，一個瞎子弱弱地說：「我們關長老說了算。」

　　小五子轉轉身，卻看不到那個瞎子。以胖子為首的一幫瘸子把他圍住了，揪著他的衣領，問他敢不敢再說一遍。旁邊的幾個瞎子彷彿被感染了，說出了心裡話：「我們聽關長老的。」

　　「我沒問你們！」領頭的胖子有點鎮不住了，又揪揪那個瞎子的衣領，「我讓你再說一遍。」

　　瘸子圍著他，幾個瞎子又把瘸子圍住了，大腸包小腸，瞎子想了想，說：「關長老管事，不過在這兒，我們聽你的。」

　　死胖子算是滿意了，轉轉身，瞪著小五子，看他再問點什麼。小五子也聽明白了，無非是群龍無首，兩個長老相互奪權那點事，碗總要送到，希望關長老比馬長老好點吧。他長吐口氣，先走一步說：「那就帶我去見關長老吧。」

　　這下他們不幹了，大步跨過去。小五子愣了一下，看來要飯也要憑本事，這些人根本不是瞎子、瘸子，一著急全都跑他前面來了。領頭的胖子這回腰板也硬了，剛才幾句話，差點兒讓這小子帶到溝裡去。他帶著頭用竹竿敲地面，威武升堂似的喝斥他：「你個臭要飯的，哪配見我們長老！」

　　那就跟著他們，走在隊尾，看先碰見哪個長老，隨時準備跑。走了幾天，小五子打聽明白了，關長老在錦州呢，這幫人就是要往南走，入關跟其他兄弟們會合，一起去崑崙山莊參加尋龍屠狼大會。殺龍宰狼的

事他不關心，重要的是和其他弟兄們會合。他相信那些弟兄中總有些老人，哪怕沒有關長老，但是瘦骨嶙峋的，一看就是要了十年二十年的飯，受過何幫主的恩澤。到那時小五子再去跟他們講，何幫主死了，快去救向老幫主。

老前輩們抱頭痛哭，跪下來接碗，感謝他是丐幫的大恩人。他要的就是這個結果，不像這幾個新來的，都覥著臉要飯了，還要挑葷素。

一臉橫肉的胖子姓胡，在隊伍裡負責炊事，丐幫居然還配廚子。白天他們邊趕路邊要飯，晚上一人端一盆剩菜回來，堆在胡胖子面前。他把鐵鍋燒熱，十來盆剩菜一股腦兒地倒進鐵鍋裡，燴成一大鍋。一人一大碗，菜品齊全，營養豐富，裡面有菜有肉，多吃兩口還能發現麵條和飯粒。

小五子既不是瞎黨，也不是瘸黨，每天要的比誰都少，可是餓的比誰都快。鍋還沒燒熱呢，他先偷摸把何員外那銅碗推到第一個。胡胖子把碗踢開，跟他說兩條規矩：第一條是，要不到飯就賣點力氣，以後趕路時他背鍋灶；第二條是，吃飯別再用碗了，空著碗來，盛滿了回去，讓弟兄們看見不像話。

那就像話一點兒吧。第二天小五子早早起來，把鐵鍋綁後背上，等著隊伍出發。胡胖子皺眉瞅了他老半天，指著地上燒黑了的磚說：「鍋是帶了，灶呢？」

灶？灶太沉了，幾十塊磚捆結實了，扛肩上比一頭母豬還重。那也強過拉下臉要飯，最難受的是吃飯沒碗，還得排隊尾，一人一碗零一勺，輪到他剩多少抓多少，雙手捧在臉上。幾乎頓頓吃的都是鍋底的鍋巴，硬得要死，嚼起來青筋暴起，太陽穴跟著牙床疼。有一天他忽然意識到，這似曾相識，他吃過這個，他以前過的絕不是什麼富貴生活，他是苦出身，說不定是吃著百家飯長大的。

天天吃鍋巴，又要幹力氣活兒，九月初五，他扛著鍋灶在山路上暈倒了。午後烈日下，他躺在泥地裡喘著粗氣，黑磚掉了一地，大鐵鍋滾來滾去，一直落到山下的溪水裡。胡胖子下馬過來，低頭看著他，一大坨肥肉在小五子臉上投下重重的一道陰影。他問他怎麼樣，死了沒有。小五子使勁搖搖頭，可別把他活埋了。胡胖子點點頭，意思是很好，要死也別死在丐幫。他叫人下去把鍋撿上來，磚收好，捆在馬背上繼續趕路。臨走時還過來關心一下小五子：「我們先下山了，你在山頂不要急，慢慢死。」

　　對啊，他們有馬載貨。小五子仰躺著，聽馬蹄聲嗒嗒遠去，叢林裡的知了依然吱吱亂叫。想死也不容易，太陽照得他睜不開眼睛，也不知道是暈死還是睡著，合上眼睛都是一片光芒。

　　傍晚下雨了，醒來的時候身上溼透了。小五子張開嘴灌了幾口雨水，他還不能死，文思清還在田獨等著他。他大喊一聲給自己打氣，撐著雙臂爬起來，迎著大雨往山下走。飢腸轆轆，找到半山腰才看到掛在樹上的幾個果子。他抱著樹幹往上爬，下過雨太滑了，一次次地從樹上溜下來。後來他就靠樹下，等雨停，把衣服脫下來擰乾，那時他已沒半點力氣，死活也爬不上去，他大喊兩聲繼續下山。

　　跌跌撞撞地下到山腳，遠處有篝火，丐幫的人已經安營紮寨，貌似又來了一隊乞丐，合在一起百十來號人。他不管這些，先坐在角落裡候著，到開飯的時候混到隊伍裡。分飯的還是胡胖子，離老遠見著他就樂了，伸手示意他上前。小五子走過去，看到兩個大桶裡分別裝著雞腿和饅頭。胡胖子稍顯浮誇地欽佩道：「你命夠硬，來吃點熱乎的，養胃。」他豎起拇指，把兩個鐵鍋搬下去，端一口新鍋上來，隔著鍋蓋都能看出來裡面熱騰騰的。開蓋之前，他提醒小五子：「老規矩，你空著碗來，只能用手。」

鍋蓋都快被熱氣頂開了，小五子先嚥口水再咬牙，雙手伸出去。掀開鍋蓋，一鍋白粥剛煮好，胡胖子用鐵勺在裡面舀了幾下，一層層白氣撲上來，然後他抬頭看小五子。

小五子的手沒有撤，攏成碗狀等著他。一舀稀粥澆上去，疼得小五子雙手打顫。他把米湯瀝掉，指間還剩個十幾粒米。胡胖子一臉笑意，說：「你先喝著，不夠我再給你打一碗。」小五子盯著他，舔掉手上的十幾粒米，掏出身上的那個碗，說再來一碗。胡胖子對他搖著手指，提醒他空碗來的沒有碗。小五子依然盯著他，將碗伸進鍋裡，不緊不慢地舀了一碗粥，送到嘴前。

第一口還沒喝到，碗就被胡胖子掀翻了，整碗粥都揚到他臉上。小五子左手抹著臉上的米湯，右手捏著碗邊，瞪著眼睛扇了胡胖子一個鐵巴掌。血從耳根順著臉頰淌下來，胡胖子抄起鐵勺朝小五子的太陽穴鑿去。

小五子向後躲，鐵勺還是一下子將他鼻梁打折了。鼻血崩出來，混著米湯，一時間，小五子滿臉是血。從來都是這樣，屁大點武功沒有，但是賤命一條。小五子不要命地往胡胖子身上撲，揪著他頭髮把頭往盛粥的鐵鍋裡按。

場面亂了起來，近一些的弟兄們跑過來幫架，其實是趁亂偷鍋裡的雞腿。那些還在等雞腿的乞丐看出端倪，一個個從遠處跑過來，將小五子、胡胖子和一大鍋雞腿結結實實地圍成了一個圈。架不能打得太快，一刀捅死小五子，誰都別想吃雞腿。在裡圈吃飽了還出不來的乞丐，一邊拉著胡胖子要殺人的手，一邊扒小五子的衣服，一件件衣服從圈裡扔出來，小五子始終死攥著銅碗。大家使勁掰開他的手，將碗奪下來，扔出人圈。碗在空地上轉了幾個圈，扣在地面。

先跟丐幫會合的是關長老，晚飯都沒吃，就找地方休息了。不知道

是乞丐做慣了，還是修身養性，這幾年關長老都是過午不食。他二徒弟幫他在兩里之外找了一間破廟，前後無門，四處透風。他讓二徒弟早點回去，自己摸黑找到一個避風的凹槽睡了一覺。聽見打架聲，他也沒急著趕過來，丐幫嘛，天天都有衝突，伙食不好搶粥，伙食好了搶肉。只是醒來後，他發現這凹槽原來是菩薩盤起的兩腿間，他向上摸去，摸到菩薩的臉。這讓他嚇出一身冷汗，連滾帶爬地跪在地上磕了三個響頭，求菩薩恕罪：「我關震有眼無珠，冒犯了。」然後他舉起右手的食指中指，摳自己的眼睛給菩薩看，自己的確是有眼無珠啊。

他離開寺廟，循著打架聲，磕磕絆絆地走回營地。也許管不了這麼多了，只是別讓途經此地的武林中人看笑話罷了。這次去關外，聽說何府被滅門，他圍著田獨找了個遍，也不見何幫主及向老幫主的蹤影。倘若他們死了，最擔心的還不是丐幫散了，畢竟百年江山也有易主的時候，他在憂慮誰來繼任幫主。換幾年前，哪怕那時他已經眼瞎，但總還年輕幾歲，也不會將幫主之位讓給馬長老，任由他一人獨大。而現在不行了，兩位幫主既死，他關震被馬長老殺了倒也不足惜，可丐幫在他手裡早晚會發展為邪教。

人群在扎堆，不斷地往外扔東西。他喊了兩聲「住手」，無人應聲。

外圈幾個正往裡拱的弟子回頭看看他，欺負他眼瞎，悄聲地繞到人圈的另一側，繼續往裡擠。他清楚自己就是個廢物，那些弟子之所以還喊他一聲長老，其實只是想學學怎麼裝瞎子討飯吃，除了一點兒內力，他已經沒有本事再教給弟子們了。他心中有個盤算，在與馬長老會師前，將既有的丐幫解散。那就讓他們打吧，這種想法大逆不道，打散夥了，總比跟著馬長老作惡強。

他仰著頭，邁著碎步，用拐杖扒拉地上的東西。被扯爛了的長衫攤在地面，幾根雞骨頭杵在上面，不知道誰吃的，還要發著內力往地上

扎。關長老用拐杖撥了兩下，雞腿骨攔腰斷開，下半截依然插在地裡。往前走幾步，好像是靴子，挑起來卻不見鞋底，靴筒將拐杖套住半截。任憑他們打吧，別讓外幫外派看見取笑就好。他緩慢轉頭，辨別風向，打算迎著晚風回寺廟。大概走出三步，踢到了一個銅碗。丐幫淪落至此，他心中苦悶，抬起拐杖朝碗底戳去，銅碗嚴絲合縫。他皺了皺眉，難不成這雙眼瞎了，功力也退步了？他用拐杖沿著碗邊劃了一圈，深吸一口氣，發力向碗鑿去。一聲悶響，似乎地面都已經被鑿出一道細紋，而這個碗卻全然沒有破裂的脆響。

他蹲下來撿起碗，在碗底摸到嵌在裡面的玉，這一下去就沒再站起來。他單膝下跪，將碗舉在頭頂，朗聲道：「丐幫關長老拜見幫主！」

聲音在山間迴蕩，乞丐們全部停住，仰頭張望一圈後開始往外擠。人圈變大變疏，裡圈的胡胖子也鬆開了手，捂著已經血凝的耳朵看關長老。

最後是小五子，他都快被扒光了，從盛滿雞腿的鐵鍋裡站了起來。

2

這是個真瞎子，小五子見過，他是好人。關長老要和他單獨談談，丐幫弟子原地駐紮。他們往山裡走一點兒，站在瀑布腳下。小五子覺得該說了：「我見過你，以前在賭場救過我一命。」

關長老點點頭：「原來是你啊。」他問他碗從哪裡來的。小五子說，何員外給他的，他只是田獨一個賣肉的。何員外辦喪事時，他送豬過去，正好趕上何府被滅門。何員外臨死前把碗給他，要丐幫在明年八月

十五之前去京城大牢幫助向老幫主出關。說了幾句，小五子停下了，一路上想了那麼多遍，居然沒想過最重要的一點。何府滅門，碗是何員外給的，那何員外是怎麼死的呢？

他得換個說法，不是說兩個長老爭權嘛，順水推舟送個人情。他說：「碗差點兒被馬長老掠走，我拼老命搶回來的，現在我給你，你來做幫主，丐幫千萬別落到馬長老手裡。你就說是何幫主傳給你的，需要的話，我去給你在馬長老面前做個見證。」

這樣就好了，首先是你們何幫主求我殺的他，再就是，你萬一查出來是我幹的，還有用得著我的時候，不至於殺了我。全是要飯的，也不圖你封我個一官半職，留我條小命就好。

關長老不說話，也不知道想什麼呢，沒準兒就這麼站著睡著了。小五子額頭上直冒油，拽起袖子抹一下，感覺更油了。他扯一綹頭髮聞了聞，在桶裡待了那麼久，哪兒哪兒都是雞屎味。小五子跳到瀑布下面的池子裡，把衣服脫掉。冷水從懸崖撲下來，把他澆個通透。

上來時關長老還站在原地，瞎就算了，話還那麼少。小五子把衣服盡可能擰乾，一件件穿上。碗就在小五子腳邊，小五子把碗撿起來遞給他，說：「消息我也傳到了，這裡先恭喜關幫主，以後要是馬長老不信你，儘管去田獨找我作證。」

關長老不接碗，直接抓住他的手腕，面對瀑布說道：「我現在不行了，就算我做了幫主，馬長老一樣會殺了我，篡奪幫主之位。」

小五子使了半天勁，掙脫不開，說：「他本事這麼大，就讓他做幫主啊。」

關長老搖頭，鬆開他的手，指著小五子的方向說：「找到向老幫主之前，你來做幫主。」

小五子連連往後躲，擺著手說：「不行，我被他打過，他弄死我更容易，幫主還是他的。」

「你死了再想辦法，不能讓他那麼快得逞。」

小五子倒吸一口涼氣，朝關長老吼了起來：「殺死我也就三秒的事，能爭取多少時間讓你再想辦法？要不你現在就弄死我得了。」

關長老也不殺他，提著小五子的肩膀往營地走。轉過一個山坡，關長老安慰道：「你不會白白送命，你是丐幫幫主，他若把你殺了，我自可以號令天下討伐逆賊。」小五子腦袋嗡嗡的，他沒想這些，他還在想，剛才那麼大的瀑布聲，怎麼轉個山坡，就什麼都聽不見了。

3

關長老的眼睛雖然瞎，吹牛的功夫倒是一等一。大清早的，他把關外的丐幫弟子集結起來，讓小五子站旁邊，聽他往大了吹。他先說咱們何幫主仙逝了，向老幫主尚未出關。說完他連嘆三聲，這幫弟子也不解風情，沒一個掉眼淚的，瞪大眼睛等關長老往下說。也難怪，都是新來的，個個肥得流油，吃得比鹽商富賈還好，「不知有漢，無論魏晉」。關長老又嘆三聲，哀其不爭，那就使勁地吹唄。他先說：「諸位也不必太難過，我旁邊的這位五先生是丐幫的新任幫主。他是向老幫主的關門弟子，可武功比他師兄，也就是我們的何幫主不知強多少。向老幫主叱吒江湖數十年，到老了將一身的武學悉數教給了他的關門弟子。我二人昨夜在瀑布下切磋一番，即使是老夫，也全然不是五先生的對手。」關長老捅捅他，要他跟大家打個招呼。

小五子有點走神，他一直在跟自己新換的衣服較勁。以前聽說過，

丐幫沒什麼好行頭，地位越高穿得越寒磣。可這幫主的衣服實在是太邋遢了，打幾個補丁也就算了，這顏色搭配得他一時靈魂出竅——灰衣服上打個綠補丁，綠補丁上又嵌了兩個紅補丁，前襟還甩出兩道彩虹色的百褶，往臺上一站，就像掉了毛的孔雀。關長老讓他打個招呼，他好半天才把手從翻毛袖口裡伸出來，勉強作了個揖，低聲說：「諸位弟兄好，我是你們的幫主。」

下面的弟兄直搖頭，胡胖子帶頭嚷嚷：「這臭要飯的怎麼成了我們幫主了，昨兒連個雞腿都搶不著，今天就成什麼關門弟子了？要選幫主，也要在馬長老在場時一起商議！」說著，他提著菜刀就往上衝，後面幾個也都舉著棍棒跟著他。

小五子想往後躲，什麼事啊，馬長老沒見著，先讓這幾個死胖子給宰了。大步剛跨出去，就被關長老提住了後衣襟，跑都跑不掉。他聽見關長老說：「幾個逆徒，任由他們胡鬧，你先扶我下去吧。」

可是往哪下啊，人家從兩頭堵過來，左邊的胡胖子上得快一些，第一刀就下死手，直奔他面門砍去。慌亂之中小五子只能伸手擋臉，關長老在後面輕推一下，小五子腳步一亂，右手正好抓住胡胖子的手腕，左手上去一抄，奪下他的砍刀。他把刀換到右手，朝胡胖子腰上橫劈，劈到一半，關長老收力，感覺左腿騰空，一腳踹過去，上來的又一個弟兄被他蹬到臺下了。後面幾個舉槍舉棒的，跑到一半見情況不妙，當場就跪下了。

有人撐腰就好辦多了，小五子拍拍前襟的彩虹百褶，讓那些人跪成一排，他提著菜刀走過去。關長老在後面撲通一聲跪下了，求五幫主手下留情。小五子回頭看看，這也太浮誇了吧，再轉回來，一百多個弟兄全都跪了。那還挺好的，他把菜刀扎地上，拍拍手說自己不是不出手，被自家弟兄打兩下又怎麼了，他跟向師父學了一身的功夫，出手即殺

招，傷了自己兄弟，他心裡也難過。當務之急不是爭誰強誰弱，而應該萬眾一心，助向幫主練成無為掌，待他大功告成，他就是把這天下第一的位子讓出去又何妨。

好像有點過，小五子轉身看關長老，想怎麼把天下第一的大話收回來。奇怪的是，下面也沒人質疑，等了片刻響起一片歡呼聲。也是，丐幫勢弱這麼多年，不管是真是假，起碼有五十年沒聽過「天下第一」這幾個字了吧？就當他是真的，就讓大家高興這麼一回。

4

頭幾天還蠻威風，快入關的那天他忽然有點難過了，可能入了山海關，就徹底離開田獨了吧？他問自己當初為什麼南下，給丐幫送碗是一個，再就是看看百花谷是個什麼地方。那個蘇子瑤，不是喊他少谷主嗎？

他現在不想去百花谷了，那個少谷主不做也罷。百花谷，聽起來就是妻妾成群的地方，沒準兒他這個少谷主以前就是江湖第一大淫賊。百花又怎麼了？哪怕個個貌美如蘇子瑤，也不及文思清的一根頭髮絲。

人是會變的嗎？倘若他過去真的是萬惡淫為首，如今怎會毫無興趣？

也許是因為遇見了文思清吧。他開始想念文思清了，彷彿被蚊蟲咬的包，一陣一陣地想她，想她做的精緻飯菜，想與她同房的另一張床，想一旦有姑娘和他多說兩句話，她就跳出來罵街的樣子。連帶著常公公他也想，跟老太監死了似的，他說的每句話都記得真真切切。有一句是什麼來著？

「要時刻小心，江湖上起碼有一半想殺你的人。」應該是嚇唬他的，怕他斗膽跑出田獨，他小五子哪有這本事。但多少得注意，用不著一半，哪怕仇家就一個，他又沒記憶，還當是新交的仗義朋友，聊著聊著突然來一刀，含著眼淚罵：「我平生娶了五個老婆、六個小妾，全他媽被你戴了綠帽子，快拿命來！」

沒準兒，百花谷少谷主嘛。那得化化妝，小五子對著銅鏡盯了好半天，哪裡會易容術，真要是世仇，不都說「化成灰我也認識你」嗎？乾脆就弄點爐灰，和水糊在臉上。已然是要飯頭子了，破罐子破摔吧。關長老眼瞎，看不出來，下面的弟子開始一愣，以為這是防曬的土法，再走兩天，他們連五幫主長什麼樣都不記得了。

幫主他也不想當了，尤其是給一幫要飯的當頭兒。浩蕩大軍沿著山路前行，回頭一看全是破衣爛衫的乞丐，鍋碗瓢盆，殘羹剩飯，比土匪還寒酸。關長老說，到了關裡人就多了，到時候他一家一家介紹，讓整個江湖都知道，丐幫的新任幫主是他小五子，而不是馬長老。

那我死得更快了！

入關頭一天晚上他睡不著，在山海關客棧想著如果明天他就死了，今晚要和文思清說點什麼。別等我，把我燒了，骨灰就放那盒裡，好讓你成天抱著，但別忘找個板隔開。想著想著下雨了，馬棚裡傳來揚蹄嘶叫的聲音。丐幫就這一匹馬，有時候他騎，有時候關長老用，但大部分時間都是他用，走兩個時辰就腰酸背痛，關長老不想別人看出來這屆幫主內力不行。

他從窗戶跳下去，還好雨夠大，崗哨的乞丐都撤了，跳下去那麼大聲都沒人聽到。他踩著泥水把馬牽出來，上馬的一瞬間，他覺得他經歷過這場景，當時也是夜裡，大雨，偷偷把馬牽出來，急著去見一個人。見到那個人了嗎？是誰呢？蘇子瑤？他晃神幾秒，這一次不能再錯過，

跳上馬背揚鞭而去。

　　他往北跑，是來時的路。越往北雨越大，每一腳都踩出一個泥坑。跑出半個時辰，一個趔趄把馬跑翻了。他趴在泥湯子裡，側頭喘了兩口氣，灌進一大口雨水，努力爬起來。馬早就不見了，他抓著樹枝前行，每一腳都要使好大勁把靴子從泥裡拔出來。真夠諷刺的，丐幫衣服沒法看，倒是配雙上好的靴子。後來他把靴子繫腰上，光著腳走。

　　大路積水更多，他揀小路走。前方一片影影綽綽的光點朝他這邊來，側身退到樹後，趴地上等著看都是什麼東西。

　　有隊伍在前行，穿得花花綠綠的，那些光點都是小傘，每人打著一把小傘，扇子那麼大，不撐在頭頂，全都撐在胸前，給手上的什麼東西擋雨。人人手上都捧一個，走過五六排，小五子才看清楚，手上捧著的都是仙人球。他大概知道這些人是誰了。

　　「他們有多少人？」

　　小五子被嚇了一跳，關長老就在離他一米多遠的地方，跟他一樣，也趴在泥漿裡。變成蒼蠅飛我兜裡了吧，你個瞎子能跟我這麼遠？小五子不想理他，腦袋耷拉在肩膀上。紅男綠女陸續從小路走過，也沒多少人，隊伍雖然挺長，但是道窄，每排也就三五人。

　　「幫主大老遠頂著雨過來，是要見仙人教裡的哪位朋友吧？」

　　喲，幫我找臺階哪。我誰也不見，就是不想在你們丐幫待了，不想給你當擋箭牌了。跑不掉我認栽，弄死我，就地把我埋了得了。他盯著隊伍，想過衝出去會怎樣。反正都是死，仙人掌他中過，不吃不喝，滋味更不好受。隊伍走了一大半，後面的斷斷續續，有的隔百十米才又上來幾個，就是有要見的，黑燈瞎火的也看不出誰是誰。

　　「有個叫吳思若的在仙人教，你把她弄出來見我。」

「吳思若是誰？」

小五子抹抹臉上的雨水，說：「我朋友的女兒。」

「哪位朋友？」

「何幫主的女兒。」

「何幫主姓何。」

他編不下去了，你不是會找臺階嗎，再給我找一個，何幫主的女兒為什麼叫吳思若，找好了我還是你幫主，給你當傀儡。人走得差不多了，最後幾個人過去十幾分鐘了，也不見再有人經過。關長老從泥裡站起來，把小五子也提了起來，懇求道：「先回去吧，幫主，屬下明日幫你辦成此事。」

5

小五子最初聽到的是江湖三大高手 —— 南海真人、大漠仙人和蓬萊閣老，到關長老這兒變四大高手了，他們的向老幫主也算一個。估計少林的方丈、武當的道長，在他們的版本裡面都有自己的四大高手。三個老怪物是毋庸置疑的厲害，斷魂掌、仙人掌和蓬萊掌，他親眼見過這令人髮指的陰毒。

天一亮就可以進關了，守在山海關關口的關長老讓人回去打探，仙人教行進到哪裡了。回來的人報告說，他們還有兩個時辰就可以到關口。關長老說再等一等，他讓胡胖子準備午飯，說大家吃飽了再入關，別讓人以為咱們這些關外的是餓死鬼投胎。

可是早飯還沒打完，鍋還沒騰出來呢。胡胖子一肚子氣地劈柴燒

火，丐幫三堂十六會，自己大小也是個會長，五幫主一上任，他徹底淪為廚子了。雨下了一夜，木頭都是溼的，胡胖子趴在爐灶前搧風吹氣，燻得眼淚直流。他爬起來揉眼睛，想著跟他們拼了。這時關長老卻大哭起來，雙手拍地號啕：「向老幫主，我對不起您，丐幫對不起您，女兒託付給我們，卻由她入了邪教。」

那就先不動手，把耳朵留著聽，胡胖子趴下去繼續往爐灶裡吹氣。小五子開始也是一愣，聽了幾句知道他是唱哪出了，過去低聲提醒他，不是向老幫主，是何幫主的女兒。說完，他站起來大聲問：「關長老，為何如此難過？」

這回他改過來了，說何幫主年輕的時候風流不羈，情事不順，跟心愛的女人、黑苗五毒教教主的女兒吳玲在外面留下一個私生女。幾經輾轉，女孩已隨母姓改叫吳思若。誰知她長大後誤入歧途，加入了仙人教。何幫主臨死之前曾囑咐他，一定要找到這個女兒，留在他師弟五幫主身邊，代他嚴加管教，去一去她身上的邪氣。

「那向老幫主呢？」眾人還在等，他到底是怎麼對不起向老幫主的。

關長老停住不語，他編不下去了，一個勁地搖頭，說：「至於個中緣由，我們五幫主是再了解不過了。」有幫主的指示最好不過了，他們又扭頭看著五幫主。

小五子後退兩步，上了個臺階，面對丐幫眾人，清了清嗓子說：「我師父向老幫主是天下四大高手之一，當然不懼怕什麼大漠仙人，只是他們仙人掌的刺著實令人討厭。況且兩派交好，能不正面交鋒，就不要拚個兩敗俱傷，還請各位獻計獻策，讓這個姑娘落單，從而把她救出來。」

能有什麼計策呢，這些人天天吃殘羹剩飯，腦子都不大好用了。大家閉眼冥思，只等著開午飯。有個進來沒多久的、腦子還在的，舉手說

他倒是有個辦法。胡胖子大老遠咳嗽一聲，意思是你是我的人，好主意要留給我來出。新來的過去跟他耳語幾句，胡胖子放下鐵鍋大勺，過來說：「幫主，仙人教是實實在在的邪教，您想要哪個人，準備好銀子，問問她身價，過去買就是了。」

這也太邪了吧？小五子左右看看，除了閉眼睡著的，沒一個像他這麼驚訝。那就是真的了，他指指胡胖子，讓他接著往下說。胡胖子說：「江湖本來就不好混，他們又不能像我們丐幫肯低下頭要飯乞討。這麼多教徒，多大一筆支出啊，不賺點銀子能撐得住嗎？大多數門派維持生計的辦法，就是收些年輕弟子，讓他們練一些功夫，明碼標價地賣給鏢局，或者是給達官貴人做侍從。」

如果只是錢，那就好辦了，小五子讓人把銀票兌現。關長老死活不幹，這點銀票都是十文二十文攢下來的，就怕哪兒地廣人稀，要不到飯，好拿來買乾糧。前任蓋個員外府沒問題，我買個人都不行，真當我是傀儡幫主啊。受兩任幫主的囑託，小五子不禁凜然，為了丐幫的復興大業，從即日起開始一日一餐運動，不吃最好，直到把這筆虧空填補上。

跟著馬長老最高能混到什麼職位呢？堂主？副長老？可眼前的這位是幫主啊，胡胖子終於想明白這一道理，鞍前馬後地伺候小五子。一直等到黃昏，仙人教才稀稀拉拉地過來，五十多人能分成四十多排。估計大漠仙人不在，遠望過去，打頭的是吳思若那師姐。小五子問，要不要躲起來。

胡胖子搖頭道：「躲什麼，咱們丐幫光明磊落，我去給您打頭陣。」

胡胖子迎上去，擋住仙人教的去路，和師姐一番交涉，轉身喊著有請五幫主。小五子踩鐙上馬，確定自己臉上的爐灰還在。師姐已然認不出這是店鋪的夥計，雙手作揖說：「仙人教弟子見過丐幫幫主。」

　　兩隊人馬停在路上，後面的教徒也陸陸續續跟了上來。小五子看到了隊伍裡面的吳思若，還是那身白衣。這一點小五子在田獨時就沒想明白，老是那些紅衣少女、綠衣公子，行走江湖，他們的衣服都不洗的嗎？胡胖子問小五子吳思若是哪位，還不等小五子指給他，他就揮舞著手臂說：「今日兩幫偶遇，我們幫主一時仁心大發，想買你們一個教徒收為弟子，不知哪位有這個福分？」

　　富商人家，達官顯貴，賣哪兒不好，偏要賣給丐幫！生怕被挑中，仙人教的人都低頭不敢對視。這時人群裡一隻沒有手的手臂舉起來，高喊著：「買我！買我！」

　　師姐回頭喝斥他：「早說你這一隻手賣不上價錢，還是乖乖地跟我回去，看是被師父處死，還是罰你下半輩子伺候我！」

　　搶豬爪這小子等會兒再說，小五子指指吳思若，問這位姑娘是什麼價錢。師姐滿臉笑意，奉承他：「五幫主好眼力，一眼就能看出這是個姑娘。」

　　小五子接不上話，長女相，穿女裝，當然是姑娘。

　　「那可未必呢，」她指著關長老說，「像這位長老，就不一定看出她是個姑娘。」

　　他眼瞎，還看不出這是個人呢。小五子懶得理她，想他們長期在大漠，乏於交際，寒暄一兩句都讓人尷尬。胡胖子去跟他們討價還價，一張口就二百兩，比買棟樓還貴，好說歹說殺到了三十六兩。師姐收過錢，將吳思若拱手奉上，問小五子要不要買個保險。

　　「這是什麼東西？」

　　師姐解釋：「買了我們教的人，如果她跑了，或是傷了你，我們負責把她抓回來，懲罰過後奉還給你。」

小五子問：「保險要多少錢？」

「一百六十四兩。」師姐回答他。

那不還是二百兩嗎？小五子差點兒笑出來，擺手說：「不必了，我的人我自己會管好。」

師姐把銀子揣好，忽然喝令一句：「吳思若，歸隊！」

吳思若一躍，又回到了隊伍裡。小五子帶人正要去搶時，仙人教個個揚起右手，左手捧起仙人球防禦。

那算了，小五子叫胡胖子數出一百六十四兩。這時師姐又談條件了，她說：「一百多兩不夠，要二百兩。你花六十四兩買人，沒買保險，人給你了，她又回來了，剛才的買賣清了。」小五子瞪著她，倒吸一口涼氣。

關長老在旁邊說：「我早提醒過你，他們是邪教。」

「拿二百兩。」他讓胡胖子數錢，「不過這『一隻手』我也要，連人帶保險，這兩個人都是我的。」

「一隻手」樂了，歡天喜地地自己往這邊走。要飯怎麼了，不會死在師父掌下，也用不著伺候這母夜叉幾十年。

聽起來可以，誰讓他出去搞三捻七的，真到師父那裡也不一定能活命。人錢兩清後，師姐還是好奇，要他這個廢人做什麼。小五子雙手合十，轉著手腕，說自己在練五臟俱裂掌，苦於找不到活體做實驗，既然這有個半殘的，早晚要被你師父處死，不如拿來給自己練一練。

師姐愣了半晌，作揖別過，行至盡頭還回頭看了兩眼。「一隻手」用僅存的一隻手伸向師姐的方向，痛哭流涕地不讓他們走。小五子讓「一隻手」放心，好不容易找到他這麼個活人，怎捨得一掌把他打死，要慢慢來，青蛙用溫水煮，味道才最美。說完小五子拍拍「一隻手」的胸

腑，問他這兩掌感覺怎樣。「一隻手」瞪大著眼睛感受心肺，說胸口悶，心慌。

那就對了，小五子點點頭，吩咐關長老收拾行李入關，這兩人雖買了保險，但也要看住了。「至於你，」他朝吳思若笑了笑，「晚點到我房間來，我細細跟你講你的身世。」

6

入關後就熱起來了，田獨兩年，他都不知道出汗是什麼滋味。一切妥當，到晚上他糾結起來，是先調戲「一隻手」，還是吳思若呢？銀錢擲了三次都是「一隻手」，但他還是想見吳思若。關長老比他還猶豫：「這麼晚把何幫主的女兒送到你房間，不合適吧？」

「她是我師兄的女兒，關長老何出此言？」

關長老想了想，皺眉道：「可何幫主不是你師兄啊。」

「她也不是何幫主的女兒啊，不都是你編的嗎？」

入戲太深，關長老想了半天才反應過來，退身出去，說：「我這就送吳姑娘進來。」

「把她的仙人球收掉，既入了丐幫，就得學我們丐幫的功夫。」小五子還在戲裡呢，「先把她捆起來，若是她反抗逃跑，我武功這麼高，怕一出手殺了她。」

小五子想想先不洗臉，等吳思若進來。她是被綁好了蹦著進來的，關長老說聲「幫主請慢用」，就在外面把門關好了。老傢伙夠不正經的。小五子拽張桌子從裡面頂住門，走回來打量吳思若。還是那身白

衣，這不行，入我丐幫，就得穿我丐幫的衣服。小五子說著去解她的衣服，可是五花大綁著，連袖子都拽不下來。吳思若看他忙乎半天，說：「我這衣服再穿幾天就髒了，跟你們的不就一樣了？」

說得有道理，那就進行第二步。小五子拉開桌子，將門打開一條縫，讓人把仙人球送進來。巴掌大的花盆，他捧著仙人球在她臉旁比畫半天。

吳思若始終盯著仙人球，就快扎到時尖聲叫道：「五幫主，要是你對我有什麼非分之想，我寧可咬舌自盡！」

小五子退後一步，鼓勵她咬吧，長這麼大總聽說咬舌自盡，還沒見過誰咬呢，咬吧！吳思若使了半天勁，臉憋得通紅，終於口齒不清地說：「我咬到澀（舌）頭了。」

小五子有點失望，真以為她能吐半截舌頭出來。小五子又拿起仙人球，問她是劃左臉，還是劃右臉。吳思若說容她想想。等得小五子都犯睏了，她還沒想好。小五子打了個哈欠，說：「我慣用右手，就先劃左臉吧。」

眼看刺就要貼到臉上了，吳思若高喊：「且慢！」

「又怎麼了？」小五子看她還能玩出點什麼花樣來。

「幫主白天不是說，要細細地給我講我的身世嗎？我父親是誰，我母親是誰，我堂兄堂弟是誰，我表姐表妹是誰，一定要細細地講。」

你的身世，要我告訴你？小五子翻眼皮回憶了半天，雖然是編的，但也得把謊話圓了：「你父親是丐幫幫主何振生，受情事所擾，愛上了你的母親，黑苗五毒教教主的女兒吳玲。但是他有家室，出於大義不能陪在你和你母親身邊，後來你就隨了母親姓吳。」

「原來是這樣！」吳思若眨著眼睛問，「我父親有老婆，為什麼我母

親還會愛上他？」

小五子左右看看，實在編不下去了，端起仙人球湊到她面前。

「等等！」

這都第幾回了，他放下仙人球，再等最後一回。

「為什麼呀？花二百兩銀子，就為了扎我兩下？你就是脫我衣服，我也不至於這麼蒙啊？」

「那我就告訴你。」他喊人打盆水進來，把臉上的爐灰洗掉，露出真面目，反問她：「你說呢？」

吳思若看了他半天，搖搖頭：「不知道。」

你他媽不記得我！鼻子一酸，想哭的心情都有了。他繼續暗示她，往北邊到過哪兒，田獨去過沒有，在哪兒抓的「一隻手」。吳思若一直搖頭，小五子原地打著轉，我就這麼不起眼？他去照照銅鏡，臉上一點兒泥都沒有了。又捧回仙人球，他問她有雙胞胎姐姐妹妹嗎，還是中過斷魂掌。吳思若依然不解，搖頭。小五子長嘆一聲，將仙人球對準她顴骨，說：「希望你以後記得我吧。」

「啊啊啊！我想起來了！你是賣豬肉那夥計！我還以為你早死了。」

她興奮起來，蹦了兩下說，「快快快，快把我解開，快給我講講，你個殺豬的，怎麼就當上丐幫幫主了？」

小五子還站在原地，吳思若衝他聳聳肩，讓他快點：「你是丐幫幫主，你怕什麼呀，好好給我講講，殺豬賣肉的，怎麼就成五大幫主了？」

7

　　醒來時他發現自己在地上，隔著褲子他掐一下自己大腿，還疼，還活著，然後他問了自己三個問題，我是誰，今年多大，我最愛的女人是誰。

　　第一個答案他不知道，繼續當他的小五子吧；第二個他不確定，是常公公告訴他的，嘉和三年生人，五月初七的生日，今年二十六歲；唯有第三個千真萬確，他很想念文思清。

　　那就是沒有中斷魂掌。床上還有一個人，好像還有細細的鼾聲。他努力爬起來，站到床邊，抓起枕頭旁邊的仙人球。床上的姑娘早已被鬆綁，嘴唇微張，仰面熟睡。小五子舉起仙人球，想著數三個數就把這玩意兒落下去。數到第十六時，吳思若睜開了眼睛，怒視他：「你敢！」

　　不敢。我要是敢，你今早都不用洗臉了。一整天他都難受，行進時，小五子一直霸著那匹馬，關長老倒也理解，只是提醒他，雖是洞房花燭夜，但一定要注意身體。可能是那麼好的事嗎？小五子回頭看了眼吳思若。都知道這是幫主房裡的人，也沒人敢看她，倒是「一隻手」鞍前馬後地求她說說情，五臟俱裂掌害人害己。他們背著陽光行進，一時間看得他瞇起眼睛。到底是怎麼了呢？感覺被醋泡了一夜，從頭頂到腳尖都酸得要死。

　　丐幫其他人今天也不行，沒走多少路，就一個個喊餓。安營紮寨，胡胖子給幫主開小灶，把吳思若拉過來，倆人面前擺了四個菜。小五子說：「你先吃吧，我還不餓。」他打了兩個飽嗝，起身看幫裡的弟兄都在狼吞虎嚥，太陽正從西邊緩緩下落，原來他們走了一天了。他明白了，走回來奪下吳思若手中的碗，低聲質問道：「你他媽又給了我一掌仙人掌？」

小五子一整天都食不下嚥，早早地就進帳篷休息了。睡又睡不著，腦子空空地看著帳篷裡的兩隻蚊子。關長老過來通報，何幫主的女兒求見。

小五子騰地一下坐了起來，問她又來幹什麼。

「她說，還要跟你打聽她的身世。」

小五子趕緊起來穿衣提鞋，囑咐關長老：「跟她說我不在，一會兒把『一隻手』給我帶過來。」

排不了毒，總得把一肚子氣排出去。小五子走出帳篷，丐幫的弟子們就地靠在樹下，或納涼，或酣睡。他穿過人群，於不遠處找到一個山洞，外面沒有老虎，裡面沒有文思清。他在黑暗中靜坐了一會兒，讓人把「一隻手」帶進來。

行進了一天，「一隻手」也沒動逃跑的心思，跟得比誰都緊。他堅信，既然這世上有五臟俱裂掌，沒準兒就有五臟俱愈掌。一進門他便跟小五子講：「幫主如果想拿我練五臟俱裂掌，我建議啊，還是等到了京城，找個郎中先給我檢查一遍身體，這樣幫主才能知道這掌法有沒有練到家。」

有道理啊，可這五臟俱裂掌都是沒有的事啊。小五子摸著黑給他號脈，一分鐘裡東想西想，最後放下他的手腕，說：「你五臟沒問題，咱們開始吧。」

小五子看不到，聽聲音應該是撲通一聲跪下了。那就先聊聊吧，他問「一隻手」那隻手哪兒去了。賭場裡被一個雜種給剁了。哎喲，也就背後這點能耐，手都被剁了，敢當面罵雜種嗎？可惜見不著啦，那雜種早就被我給宰啦。用不著可惜，我送你去見他，咱們開始吧。

小五子堵在山洞門口活動筋骨，「一隻手」看著月光下伸腰拉背的黑影，失聲哭了出來。那就等等唄，一邊熱身一邊聽他哭，後來他也哭

不出來了，殺豬似的乾號。小五子聽得直煩，喊著「五臟俱裂掌」就往上撲。

第一下沒打著，「一隻手」也不敢往外跑，昨天打那兩掌還指望五幫主解呢。於是兩人就在山洞裡繞著圈。「五臟俱裂掌！五臟俱裂掌！」小五子一遍比一遍大聲，最後一下用盡全身的力氣撲上去，「一隻手」大叫一聲，倒在了山洞裡。

瞅你這小膽兒。小五子讓人拿些蠟燭，圍著自己點了一圈，再把臉上的爐灰洗掉，盤著腿坐到蠟燭中央。大概過了兩刻鐘，「一隻手」睜開眼睛，看見被燭光籠罩的小五子，認出是肉舖的夥計，眨著眼想了半天，說：「原來你真死了。」

「死了也不會放過你！」小五子跳出蠟燭圈，繼續喊口號，「五臟俱裂掌！」

「一隻手」哭都哭不動了，咚咚咚地磕頭。同樣是露出真面目，吳思若的反應是，你個殺豬的，怎麼當上幫主的？「一隻手」想的則是，你都是幫主了，怎麼還去殺豬？他想起關長老他也見過，當時陪同幫主賭錢的乞丐，丐幫不是要飯的嗎？他們還有些什麼祕密組織啊？

「一隻手」佩服得五體投地，這回是真磕頭。小五子彎腰下去，卻不打算扶他。他要先把暗器搜出來，說不準一會兒彈出點什麼。「一隻手」身上全是亂七八糟的東西，一根拐棍，不知道從哪兒偷來的，拔出來是一把刀；幾串銅錢，喝壺酒都不夠；一對水銀色子，要幾打幾，這個小五子收了；衣服最裡面，貼著胸口，他摸到一塊羊皮。可能是九宮圖，小五子要平靜一下，他裝作不在意，說：「怪不得你不怕我這五臟俱裂掌呢，原來你有羊皮護體。但我告訴你，沒有用，我這掌就是拿羊練的。」

小五子把羊皮拽出來，「一隻手」馬上抓住另一頭，死活不給他，

說這個九宮圖，是他冒死從師父那兒偷來的，留身上保命。哪天萬一師父要殺他，還能把這個交給師父，撿回一條命。

「那我這兒丟的就不是命了？」小五子背手問他。

「一隻手」這次硬氣了，說：「在你這裡也是命，不如你殺了我吧，九宮圖一樣是你的。」

小五子皺眉看他，搖頭笑了笑，找出一張紙，說：「我不殺你，這欠條是你摁了手印的，你欠我半條命。你剛說宰了那雜種，是說我嗎？」「一隻手」直搖頭。小五子表示先不找他算帳：「記著，現在你欠我一條半的命；我從你師父手裡把你救出來，又是一條；我今天沒給你用五臟俱裂掌，是第三條命，一共三條半命。我先不能讓你死，殺了你，你還欠我兩條半的命，你死後投了胎，我還不一定能找得著你。」

「一隻手」頻頻點頭，真是集功夫與智慧於一身的大人物。他爬過去求小五子收了他，下半輩子給師姐做牛做馬他可不甘心，要是給五幫主，三生三世都嫌不夠，還要再加上半輩子呢。

8

過了關就慢下來了，走走停停，第三天才到北京。羊羔熊掌鹿尾兒，花鴨雛雞兒子鵝，京城那麼多好吃的，小五子卻什麼都嚥不下去，勉強能喝點開水，加兩片茶葉都忍不住地反胃。吳思若有點不好意思了，中午吃飯時坐他對面。本來想安慰他兩句，但是實在太餓了，菜剛一上桌就被她席捲一空。小五子遠離桌子，向後靠在椅背上，眼神渙散，他連瞪吳思若的力氣都沒有了。

第一碗吃完她放下碗，把嘴角上的飯粒塞到嘴裡嚼掉，跟小五子說：

　　「不然喝點稀粥，吃點麵條，這麼乾耗下去可不是辦法。」

　　「你是在勸我嗎？說得好像是我沒心情吃東西。」小五子想說要不是你給我這一掌，這一桌子飯菜根本就沒你的份兒。話到嘴邊卻說不出，嗓子乾得說不出話來。他指了指吳思若，嘆了口氣，轉半個身子對著門口坐。

　　「先跟你借一碗，回頭好了再還你。」吳思若拿起小五子的銅碗，開始吃第二碗飯。有個手捧鮮花的小姑娘從外面走進來，到小五子跟前說：「大俠，買朵花吧，送給這位女俠。」

　　小五子苦笑擺手，吳思若卻笑出聲來，敲著銅碗說：「小姑娘你也不看看，這人自己就是要飯的，哪兒來的錢買花？」

　　小姑娘看到吳思若手裡的碗，扔下懷裡的花跑出去了。過一會兒領了一大幫人進來，也是破衣爛衫的，不過每人手裡都有點東西，有的拿著二胡，有的舉著刀槍棍棒，還有個年紀大點的，牽了隻猴。這些人看到他們兩個也不知道朝誰跪，先是一邊一下鞠個躬，然後雙手作揖，單膝朝中間跪下。牽猴的老頭兒朗聲道：「北京堂堂主陳少卿，拜見幫主！」

　　這也是丐幫的？小五子將他們扶起來，清了清嗓子，說悄悄話似的向他們問話。陳堂主沒聽清，小五子又問了一遍，聲音比剛才還小。陳堂主看著小五子，還是沒聽見。之前他們還懷疑來著，怎麼年紀輕輕就做了丐幫幫主，現在看這病懨懨的樣子，一定是少年英雄，練了某種神功，大功告成之日沒準兒都能發出女聲來。小五子又問一遍，只見張嘴不聽聲。

　　陳堂主帶著人乾脆又跪一次，「北京堂堂主陳少卿，拜見幫主！」

小五子嘆了口氣，坐回到椅子上。吳思若抓緊時間吃完第二碗飯，替小五子翻譯道：「快起來吧，幫主問你們，堂堂丐幫的人，怎麼又是賣花，又是耍猴的？」

不問則已，提起傷心事，他們幾個抱頭痛哭。陳堂主說，京城人家非富即貴，對乞丐卻是十二分瞧不起，不與施捨也就算了，碰上蠻橫的還要棍棒驅趕。所以北京堂的弟子光靠要飯難以為生，為了活命只能自謀生路，賣花、耍猴都已經算好的了，天橋下面的幾個弟兄，天天都要表演胸口碎大石。

小五子聽不下去了，嘶啞著聲音喊起來：「還胸口碎大石？你們這麼幹，對得起丐幫的稱號嗎？」

陳堂主愣了兩秒，慌忙跪了第三次，抹著眼淚說：「北京弟子何以為繼，還請幫主指條明路！」

哪裡是明路呢，燒殺擄掠肯定不行。既然是丐幫，還得是伸出雙手看人臉色。小五子要等兩天，他要給弟兄們做個樣子。第二天醒來突然就有胃口了，一個人吃了半個滿漢全席。他警告吳思若，要是再敢碰他一下，丐幫這麼多要飯的，拿她當福利發下去。之後他帶著隊伍出發，浩浩蕩蕩，走最繁華的大街，敲最有錢的人家的門。張府、李府、王府，把響噹噹的名號報出來：「丐幫五幫主請張大人、李大人、王大人賞口飯吃。」

個個都一樣，話沒說完就被管家關在了大門外。

小五子對著大門思考了一陣兒，轉身對陳堂主說：「這就是我給你指的明路，你就像我這樣，一家一家地敲門，持之以恆，不言放棄，一定能要到錢。」

陳堂主把猴兒抱在懷裡，盯了一會兒小五子，既沒有哭，也沒有

發火，轉身對眾弟子說：「都散了吧，該幹嘛幹嘛，別耽誤五幫主時間了。」

還好花還在，大石也沒扔，猴子還活蹦亂跳的，沒毀了這些人的生路。小五子沒臉看他們，低著頭等他們散場。吳思若湊到他耳邊說：「不然我幫你再指一條明路吧。」隨後衝他們大喊：「幫主有令，全體弟子過來，跪在張府門口，府內老老少少不了出入，直至給錢為止！」

有人把大石搬過來，請小五子坐上面，眾人跪在他身後，幾百人烏泱泱地糊在張府門口。府上的人報了官，巡捕過來一看，都是下跪請願的，奇怪為什麼不拿點銀子打發了呢。到了午時，張大人終於想通了，讓管家出來商量。

「五十兩行不行？」

「當然不行！」小五子指著他的臉質問，「你打發要飯的呢？」

管家蒙了，撓著頭看這滿地的乞丐，你們不是要飯的嗎？管家進去跟老爺商量，出來重新報價：「二百兩怎麼樣？」小五子搖搖頭：「男兒膝下有黃金，我們還是繼續給您守門吧。」這次回去久一些，小五子聽到裡面的幾個奶奶跟張大人吵了起來。瓷器摔碎滿院，管家開門送出銀票：

「一千兩，再不走我家老爺就要出兵了。」

小五子起身對他鞠躬，目送他進院關門。大門合上的一刻，小五子舉起銀票跳到大石上，跟著丐幫弟子一起歡呼。他揮舞著手臂，帶大家去下一家。他看著陳堂主，總覺得哪裡不對勁，命令道：「陳堂主，你還是把你牽那猴兒放了吧。」

9

要是以後小五子有子孫，有機會對他們描述這段經歷，他該怎麼定義江湖呢？行走於江湖，天天都是在趕路。偏安一隅守在一方不是挺安逸嗎？一大幫人候鳥遷徙似的南行北進，也不知道圖點什麼。到了京城還要往南走，日行幾十里，說要去崑崙山莊，說要參加尋龍屠狼大會。

小五子說：「你們去吧，我在京城晃晃，到了明年八月十五，救向老前輩出來。」

「可你是幫主，」關長老提醒他，「丐幫這麼多年才等來一個肯露臉的幫主，怎麼能留你在京城當小混混？」

行進隊伍浩浩蕩蕩，這回是真的，沿途不時有丐幫分隊匯進來，在關長老的引見下，一一拜見新幫主。彷彿雪球越滾越大，小五子成了大要飯頭子，但他知道總會有一天躥出一個人，一腳將雪球踢碎，將隊伍打散，他知道這個人就是馬長老。

關長老命令他不得走遠：「我不管你是收了吳思若，還是『一隻手』，但不許離開我的視線，不許超出我伸出手臂就能給你助力的範圍。」小五子聽著叮囑，手掌在關長老面前畫圈，還不能逃出你的視線，真不知道多遠才算遠啊。

馬長老遲遲未到，已經有人發覺新上任的幫主是個草包。剛過行唐的那個上午，不知誰拽了一下馬尾巴，馬蹄前揚，小五子從馬上摔了下來。

他躺在地上，聽著千八百人憋不住地笑。他在回想剛才都誰在馬後，誰成心讓他出洋相。他是領頭的，千百號人在身後。關長老伸手過來，說山路崎嶇，請幫主攙扶一下。

小五子沒理會他，自己站起來，看陸續從他身邊經過的人群。他們還在笑，是那種即便捂住了嘴，鼻孔仍憋不住的笑。吳思若也衝他似笑非笑，唯有「一隻手」滿臉費解，幫主智慧與武功齊飛，怎麼能被一匹馬甩下來呢？關長老又問一遍，小五子搖搖頭，也不管他能否看見自己拒絕。他重新上馬，走在最前面，他要看看是誰這麼大膽子，能摔他第二遍。

　　餘下行程總算平安，行至高邑，他們安營紮寨。胡胖子還是一臉諂媚地備好小灶。小五子沒胃口，這次是真的沒臉吃，他說出去轉轉，關長老摸到身邊的拐杖，說陪幫主一同前往。

　　「不必陪同！」連同吳思若、「一隻手」在內，小五子怒視丐幫所有人，打從當上幫主，他第一次用這樣的口氣命令眾人，「容我一人獨處！」

　　關長老還是摸起拐杖，朝他這邊走。小五子迎面過去，低聲對他說：

　　「你既當我是幫主，就別這麼盯著我，你放心，我不會那麼快就死了。」

　　他沒往遠走，前面轉一個彎，握著殺豬刀守在關卡，看有誰跟上來。

　　直到日頭西下，天色漸暗，連隻野兔子都沒守到。他收起刀，走遠一些，坐到河邊。不然就回去吧，他對著河水想，馬長老在前面等著宰了他，在那之前，還得被這一千多號人恥笑個夠。他又想念文思清了，他根本就不屬於江湖，一點兒武功不會，走二里路就喘個不行，還冒充什麼少年英雄？他撿起石子打兩個水漂，回去吧，回田獨殺豬賣肉，把文思清八抬大轎娶過門，今晚就走。他起身，拍拍屁股，剛一轉身肚子上就挨了一腳，面前一片黑，有布袋套在了他頭上。他伸手去扯，腰上

又被踹了一腳，黑暗中他三晃兩晃，倒在了河邊。

他喘著粗氣，哈氣被布袋擋回來糊在臉上。他們一共三人，伸手在五幫主身上捋一遍，抄出一把殺豬刀，然後讓他臉朝下趴在岸邊。不時湧上來的河水攪著稀泥，透過黑布滲到他嘴裡。他聽到他們在笑，這回不用憋了，開懷大笑。「真是一草包，還好意思當咱們幫主，用不著馬長老，我動動手指頭就能捏死他。」說著，還掐了一下他肋骨。小五子也不叫，咬著牙回想，這些聲音都是誰發出的，以前有沒有聽到過。

掐不過癮，另一個都上腳了，單腳踩在他後脖頸，「平時看你趾高氣揚的，怎麼一落單就這麼廢物啊？知道我們是誰嗎，知道嗎？你不知道，你五大幫主怎麼能記得我們呢？」說著腳跟向上，前腳掌在他後脖頸上又碾了兩下，追問他，「你倒是說話啊，五幫主，跟我們聊兩句啊。」

小五子咬著浸溼的布袋，後脖頸頂著他的腳往上撐，頂出點空隙把泥水吐出來後，咳了幾聲說：「你們三個別讓我認出來，不然我讓你們活不到明天。」

說完就沒了力氣，脖子一鬆，又趴到泥水裡。最刻薄的那個樂了：「那倒認識認識啊，來來來，我把你翻過來，認認我們，看誰活不到明天。」

小五子死豬一樣被掀起來，又被重重地仰摔在地上。後腦還在震盪，臉上又挨了耳光。他們隔著布袋抽他臉，說：「你醒醒，認認我們是誰。」

六七個耳光吧，小五子感覺頭頂的布袋在往上提。有個同伴覺得過分了，說：「要是掀開，咱就真得殺他了。好說歹說，他也算咱們幫主。」另一個同伴也勸提他的人：「是不是幫主倒無所謂，主要是今天把他殺了，明天咱玩什麼呀。留著他，隔三岔五地玩玩，不是挺好嗎？」

貌似有道理，那人說：「那就收工吧，改天再來找你玩。」

小五子仰躺著，耳邊「嗖」的一聲，他們把殺豬刀扎在泥地裡。聽不到他們走遠，也聽不到他們說話，小五子知道這次他不能舉刀拚命，跟賭場那次不一樣，他多了文思清，還多了何員外的遺願。什麼時候他的命這麼值錢了，哪怕被百般凌辱之後？

等了幾分鐘，他又吐口河水，在布袋裡睜開眼睛，他打算站起來。忽然傳來一陣急促的腳步聲，布袋忽然被拉起來。只回來一個人，那人把殺豬刀提起來，說：「咱倆沒玩夠呢，你倒是睜眼看看我啊，看著我了，我就不留著你了。」

小五子緊閉雙眼，他說：「你們走吧，我今天認栽。」

「你不栽，好東西我還給五幫主你留著呢。」

小五子不說話，只閉眼。那人也不說話。好半天都沒動靜，忽然有水噴下來。那人一邊噴，一邊大笑，讓他睜眼看看，是什麼好東西。他閉著眼感受，水是溫的，一柱衝下來，噴在鼻孔，噴在嘴角，很重的味道。他指甲向地裡扣，將汙泥捏在拳頭裡。

最後幾滴落下，那人打了個哆嗦，彎腰把殺豬刀塞到小五子手裡，讓他握緊了，說：「你這他媽是什麼玩意兒，菜刀還是殺豬刀啊？裝腔作勢也得選個差不多的啊。你歇著吧，我先回去了，我給你倆選擇，要麼追過來砍我，要麼數一百個數，可別讓我回頭看見你睜眼。」他拍拍小五子的臉，想起來很髒，手又在褲子上抹了兩下，「記住了，沒了關長老，你屁都不是。」

他還真在數數，閉著眼睛，想一個人，數一個數，錢老闆、文思清、蘇子瑤、何員外……他只有兩年多的生命，認不到一百個人。後來他就想事情，想自己都做了哪些事，想自己還需要做哪些事，趁自己還活著。差不多一百了，他在河邊滾兩個圈，頭朝下浸在河水裡，這一次

他終於把眼睛睜開了。

　　事情還沒有想清楚，也許都不知道自己要想什麼，他從河裡坐起來，露出半個身子。營地裡在喊幫主，已經有人發現他不見了。倒是吳思若先找到了小五子，他不肯上來，讓她先回去。吳思若就抱腿坐在岸邊，兩人一個水上一個水下對視。吳思若問誰幹的，用什麼兵器，穿什麼鞋，說哪兒的口音，她錯殺一百個，也不能這麼算了。

　　小五子不說話，一頭紮進河水裡。他怕再望一會兒，吳思若就要哭出來了。大概有一分鐘，還是兩分鐘，他從河裡站起來，一步步上岸，他說：「以前在田獨，我們錢老闆，你見過他，餵豬的那個常公公，他希望我一直留在他身邊，怕我不聽話跑了，騙我說江湖凶險，說我是武林第一大通緝犯，甚至還扣我工錢。我當時氣得要死，現在想想這算什麼呀，常公公是太監，留我的手段也都婆婆媽媽的。但江湖不是，沒那麼多情分道義，想讓我聽話很容易。」他蹚著水上來，經過吳思若往營地走，走出十幾步，停下來，背對著她說：「這事是關長老幹的。」

10

　　尋龍屠狼大會在汴梁舉行，到了封丘縣，意味著只剩半日的路程。各門各派都會早到幾天，提前通通氣，小幫小派會結盟，萬一會上有人起膩子，彼此還有個照應。丐幫用不著拉攏關係，少林、武當、丐幫，三大幫派幾百年來都是堅定盟友。可是關長老這次要擺宴，破天荒第一次，要飯的請客吃飯。小五子明白，這是要顯擺他，告訴整個武林，丐幫有新幫主了，以後他要是被害了，那一定是馬長老幹的。

　　小五子倒盼著馬長老來，帶著一隊人馬，跟關長老拚個你死我活，

起碼還有一次斡旋的機會。這半個月來，他確定了一件事，在關長老身邊他逃不掉的，必死無疑。

關長老備了十幾份請帖，陪著小五子一家家送過去。大多數掌門人和他是老相識，雙方作揖寒暄，都快聊完作別了。關長老拉著小五子對他們說：「對了，這就是我們的新幫主。」掌門人打量這個滿臉爐灰的小夥子，心裡都明白，丐幫看來是要姓關了。

請帖裡沒有百花谷，收帖人也不見常公公，小五子最後的希望也破滅了。送的最後一家叫獅吼幫，靠嗓門取勝的門派。離老遠就聽見屋裡面吵架，一男一女，好像是父女倆，問題是還有孩子哭。小五子和關長老在門外候了一陣兒，他們越吵越凶，後來直接變成了羞辱，小五子還沒聽過哪個當爹的這麼說女兒，說她生的是野種、小雜種，說一把摔死了都洗不淨他這張老臉。

小五子聽不下去了，隔著窗子咳嗽一聲，關長老雙手抱拳，自報家門：「丐幫關長老、五幫主見過喬幫主！」

屋裡也沒處躲，喬姑娘鞠躬問候過，抱著孩子背對著他們。小五子剛才也聽明白了，大概就是未婚生子那種事，問題是那孩子又不是剛生的，看樣子有一兩歲了，難不成天天被喬幫主奚落？

關長老介紹，這是丐幫新任幫主。喬幫主打量小五子，小五子卻一直打量喬姑娘的背影。喬幫主冷笑一聲，繼續與關長老寒暄。都是孩兒他娘了，小五子還盯著人家後身看。可能是心疼，自己過得不好，就特別心疼一樣苦命的人。喬姑娘左前方有面銅鏡，小五子裝作不經意地走了幾步，倚在房梁柱子上，剛好可以從鏡子裡看到喬姑娘的臉。他看到她在哭，一點兒聲音都沒有，就是眼淚充盈在眼睛裡，每次眨眼剛好有滴眼淚擠出來。

小五子看得都失禮了，關長老眼瞎看不到。喬幫主氣鼓鼓的，又不

好明說，一再請小五子這邊坐，老抱著那根柱子幹什麼。反正早晚要死在關長老手裡，那就活得撒野一點兒吧，小五子說：「我不過去，這邊好看。」

關長老好奇：「什麼字畫這麼好看？」喬幫主鐵青著臉不說話。小五子說，可是勝過好字好畫呢。這時喬姑娘也注意到了，瞥了一眼鏡子，把鏡面倒扣在桌上。

小五子坐回去，聽他們寒暄，可總忍不住偷看幾眼她的背影。喬幫主已經很生氣了，生怕關長老聽不出來，故意很大聲地拂下袖子，說時候不早了，喬某晚點定去赴宴。其實關長老也明白了，問題出在小五子和喬姑娘身上。他拉著小五子起身告辭。雖然很嫌棄，喬姑娘還是轉轉身衝他們微微點頭。就那兩秒鐘，小五子又看愣神了，為人妻，為人母，竟如美人出畫。是真的美。文思清也很美，可是小五子跟她同屋一年沒起過色心；吳思若也好看，五花大綁地到他面前，小五子只想拿個仙人球逗她；蘇子瑤是那種端莊的美，覺得有個這樣的妻子會是個很體面的人生；唯有眼前的喬姑娘，美得讓他心生淫意，只想天天跟她膩在一起。

晚宴她不會來，喬幫主絕不會讓女兒及外孫成為酒桌上的話題。挺不了幾天，早晚要死在關長老手裡，可能是最後一次見到她了。一生一期，一期一會，小五子想說點什麼留給她。都走到門口了，他回頭對她說：「你生得這麼美，其實用不著害怕的。」

在說什麼呢，他也不知道，挺好的意思講出來是亂的。喬姑娘這次沒有躲，皺著眉看他。他做了個見諒的手勢，想再解釋一兩句，手腕一吃力，被關長老拉出了房間。

晚上小五子喝多了，來了十三個掌門人，他一個也沒記住，各派拎來的酒他倒是記得一清二楚。又不為他，全是衝關長老的面子，小五子

就喝悶酒。最氣他的喬幫主，後來都有點看不過去了，陪他連喝了三杯酒。

戌時開席，不出三刻便開始暈了，但他一句話也不說，言多必失，他怕一張嘴會求助：「來的都是前輩，幫我主持公道，我不求幫主之位，只求活著回家。」他不能說這些，說出來也許活不過今晚。他想好了，尋龍屠狼大會也許是他最後的機會，趁亂逃走，或者乾脆跑臺上去申冤，沒準兒馬長老會跳出來保他這條小命呢。那就繼續喝，蘭亭派的女兒紅、桂黨的三花酒、峨眉派的五糧醇、黃山的宣酒。他以為他會倒下，有兩個幫主比他醉得還快，三五句不合，隔著桌子就要比試比試。後來他們扯到外面，找了一片空場。小五子瞇眼看了幾十個招數，胃裡一陣陣地噁心，拐到後門彎腰吐了起來。

連吐了兩三次，感覺腸子都要吐出來了，還是止不住地乾嘔。他雙手扶牆看著口水往下墜。有人輕拍他後背，牆上是一個女人的影子。這讓他些許感動，手背抹掉口水說：「還好你來了，我差點兒死在這兒。」

「你居然沒死。」

不是吳思若，他挺身站起來。是喬姑娘，她拿出溼手帕，伸手擦小五子的臉，從額頭到臉頰，從鼻尖到嘴唇，當爐灰擦盡，他的樣子一點兒一點兒地呈現在她面前時，她說：「真的是你，你還活著。」

他已然酒醒，左右看看。顯然，喬姑娘今晚一直在外面等他。他拉過她肩膀，再往裡躲一躲，問道：「你是百花谷的？」

「什麼？」

小五子說沒事，凝眉回想她到底是誰，過去怎麼會遇上這麼美的姑娘。他想多問幾句，比如我和你是否好過，比如難道那孩子是我的。這些都是褻瀆，他問不出口，近在咫尺，望著她的眼睛，等她說下一句話。

　　她看了看他，摸了摸擦乾淨的臉，低聲對他說：「你今晚就走，千萬別去崑崙山莊。」

　　「為什麼？」

　　有人朝這邊走，自言自語：「都好好喝酒，怎麼見面就打？」

　　她沒時間了，把手帕塞給他，又叮囑一次：「千萬別去，那種地方你有去無回。」

第四章　崑崙公子

1

文思清見到了小五子，快進汴梁城那天，坐在酒樓二層往下看，一大幫乞丐前擁後簇，他高高地騎在馬上，跟一個小狐狸眉來眼去。開始也不確定，小五子渾身打補丁，臉上還塗滿爐灰。不過那小狐狸很眼熟，一臉媚笑，她盯了好半天，原來是捧著仙人球來錢記找碴兒的那個師妹。跟她也能搞到一塊兒去，文思清氣不打一處來，面也吃不下去了，看著旁邊的西北六公子、馬長老，一時都想告發他。

她是有底線的，她其實想明白了，小五子沒記憶，要是來個老相好的，比如大冬天喝羊湯的那個，為了喚醒他記憶，真跟她舊情復燃，自己也就讓了。可那小狐狸算什麼，當時還給過你兩掌，見面都要拔刀的主兒，現在屁顛屁顛地給人提鞋。文思清氣得滿臉通紅，大口吸氣呼氣，盯著他們進了城門。她放下筷子，對六公子說：「我吃完了，走吧。」

「急什麼，三王爺還沒吃好。」

她朝包廂看過去，裡面一桌子飯菜，三王爺筷子都不動一下，兩個婢女卑躬屈膝地夾菜往他嘴裡送。跑這麼一路，淨等他吃飯了。她抽出一根剔牙杖，剔著牙看窗外的乞丐，清湯寡水，一點兒肉絲都剔不出來。眼不見為淨，她合上這邊的窗子，把剔牙杖掰成兩截扔麵湯裡，問：「馬長老，你們丐幫立新幫主了，你不下去露個臉？」

馬長老還在揉他的左手，文思清用簪子扎的洞，包了一個多月，包

紮布比桌上的抹布還髒。他也在看窗外，但不是看小五子，他在觀察關長老，看著看著還現出一抹胸有成竹的笑意。事情進展這麼順利，丐幫幫主之位已經不能滿足他了，保三王爺登基，大了不敢說，弄個巡撫總沒問題吧。

因為三王爺，酒樓被包了場。樓上客房的所有住客早上就已經被請走，樓下吃飯的客人全是換裝的侍衛，防著外人上樓。二樓除了王爺包廂，就剩他們三個人大眼瞪小眼。文思清百無聊賴，靠在椅背上雙臂環抱，看對面的兩個男人。六公子也無聊，把箭筒裡的每支箭都抽出來擦了一遍。

文思清讓他去催催，青天白日地在這兒瞪眼睛。六公子眼皮都沒抬一下，擦好最後一支箭放進箭筒，又抽出第一支箭再擦一遍。文思清又催一次，她還惦記著跟上去，看看小五子跟小狐狸是怎麼回事。六公子停下來，手指轉著箭，慢聲細語地警告她：「我只是暫時不殺你，你話不要太多。」

那就不說話唄，她再抽根剔牙杖，一截掰兩截，兩截掰四截，八截之後手指都捏不住了。有個婢女從包廂裡出來，邊整理衣服邊說：「三王爺說了，時候不早了，明日再進城，今天就在這裡休息。」

文思清上下打量著婢女，一臉的嫌棄：「是和你休息吧。」

婢女裝作沒聽到，轉身又回了包廂。文思清想求助六公子，但他根本沒打算搭理她，他收起弓箭，起身去安排下面的侍衛了。她向窗外探出頭，他們進城了，城外大道空無一人。丐幫就像個巨大的磁鐵，本來有那麼幾個要飯的，丐幫掃過之後，街上一個乞丐都不剩了。文思清轉轉身，瞪大眼睛看著馬長老，問：「午飯還沒吃完，又要休息了？」

2

　　他們是中秋夜跑出去的，騎了一夜的馬，文思清說她得回去了，她爹娘還在店裡呢，雖然是骨灰，那也是在店裡。經過小溪他們分開，她看著他往南走，消失在樹林盡頭。白馬向西跑了一個時辰，她回田獨走了兩天。所有人都不在了，錢記肉舖一片狼藉，那些豬竟然活得挺好。反正店是不開了，第三天，她喝了兩斤酒，抄起刀壯著膽子把幾頭豬都殺了，切成十幾大塊掛在繩子上做臘肉。第四天，她洗衣服，上面全是豬血，怎麼也洗不乾淨，攏一個火堆全燒了。第五天，她搬個小板凳坐在院子裡，推測常公公去哪兒了，一場惡戰後是誰贏了，是小五子先回來，還是常公公先回來，他們會在入冬之前回來嗎……第六天，下雨了，漏得屋裡都是水，她要學會很多事，她抱著新瓦爬上梯子，趴在房梁上看哪片瓦在漏雨。下來的時候梯子沒了，幾個打著傘的人站在房下，他們又回來了，還是那個王爺，有兩個侍衛在給他撐傘呢。

　　他們掠走了常公公，半路被人救走了。回馬槍殺回來，她還在這裡。

　　她說不知道，她連他小妾都不算，只是他賭場贏來的丫鬟。他們也不為難她，每天都去查看繩子上的臘肉怎麼樣了，聞起來不錯。六公子把那些箭磨光上色，一支支地審視，好像一輩子一支都不放，就靠這幾支箭活著似的。之後他修理箭頭，指甲刮著箭羽說：「他早晚會回來的，對吧？」

　　「好像是吧。」她知道他會回來，小五子答應了的。都是王爺公子，前不著村後不著店的，她以為他們一定受不了。三天，五天，他們真的待下來了。繩子上的臘肉一天少一掛，你們不走我走。上次給常公公的蒙汗藥還剩下不少，九月初一夜，他們睡得特別香，她抱著她父母的骨

灰跨過橫七豎八的侍衛，溜出了錢記肉舖。

　　她想好了，出門就往北，等著他們追上來。第三天時，她知道有人跟上來了，她不慌不忙地帶著他們向北走。他們也不抓她，三王爺英明神武，認定她一定是去找小五子。越走天越冷，過了冰川就是羅剎國，三千里路茫茫白雪，他們盯著雪地裡的黑點，明白自己被耍了。沒人能活著蹚過那條冰川，小丫頭是要和他們同歸於盡。三王爺做了個手勢，讓六公子前去攔住她，帶回汴梁，帶去尋龍屠狼大會。

3

　　他們包了一座塔，站在頂層剛好看到下面的崑崙山莊。武林那麼多人，透過大門看裡面，烏泱烏泱的全是人。原來有這麼多人會武功，文思清想不通，和平盛世五十年，這些人不好好在家過日子，出來打打殺殺幹什麼。三王爺說先休息一下，等他們會開得差不多了，再下去不遲。文思清可沒心思休息，她在找小五子，找不著小五子就找小狐狸，找不著小狐狸就找那一大幫要飯的。可是都好不到哪裡去，九門十八派，一個比一個穿得寒酸，也許丐幫今天是正裝出席呢。

　　主持的是個方丈，後面坐著一幫缺手臂少腿的，不知道是什麼人。方丈一口河南話，她也聽不明白。文思清專心找小五子，門派都是按區域分好的，一群道士，一群和尚，再往前瞅是一群要飯的，打頭的是個瞎子，雙手拄拐坐在頭一排。文思清往後看，連「一隻手」都看到了，還沒找到他。她從後面找，一排一排往前看，原來被一個胖子結結實實地擋住了。

　　小狐狸呢，原來換了男裝，正站在小五子旁邊說悄悄話呢，聊著聊

著，小五子還張牙舞爪地跟她比畫。文思清氣得直喘粗氣，恨不得從塔上跳下去罵他們。她轉轉身問六公子，是不是該下去了。六公子這次不玩箭了，專心擺弄麻袋，還抻開對著她的肩膀比量大小。

「短了點，」他自言自語，打開袋口，一個眨眼套在她身上，「我一會兒帶你下去。」

套完他就不管了，馬長老過來收尾，他讓她蜷蜷腿，把口繫上。躺在麻袋裡，反倒能聽懂方丈的河南話了，大概是說崑崙公子沒找到，朝廷對武林持續打壓，大家的日子都不好過。這時有人喊：「什麼狗屁公子，明明是崑崙小賊，倘若是公子，何必過街老鼠一般不敢露面？」有人起鬨，就有人附和：「是啊是啊，崑崙小賊。」文思清聽一會兒就走神了，她在想，要是小五子真跟那小狐狸好了，她也不能不要他，就算把那姑娘娶回家，那也是她做大，天天折磨小狐狸。

下面打起來了，兩個有過節的門派上臺盤道，打了一刻鐘，又上來幾個門派，朋友的敵人是敵人，敵人的敵人是朋友，後來他們自己也拎不清了，面前的門派是該暴打還是結盟。臺上一片混亂，文思清聽著下面劈里啪啦的聲音都要睡著了。這時有人喊：「諸位英雄住手！」文思清身上一輕，人在麻袋裡被倒著提了起來，先前喊話的那個人更賣力了，啞著嗓子喊：「三王爺駕到！」

4

喬姑娘囑咐小五子不要來，她自己卻跟著喬幫主坐在第一排。崑崙山莊真不小，比崑崙山還大，小一萬人進到莊園，還能留下五個豬圈那麼大的空地。昨天到莊園，他花了小一下午，才找著一個記得住的地

方，刨坑把兩張九宮圖埋了。錢老闆不是說羊皮能保命嗎，「一隻手」也說過。真假不一定，但他知道，想讓九宮圖救他的命，起碼不能放身上，得吊著人家走，一下子搜出來，第一個殺的就是他。

人群面前有一個兩米高的臺子，安靜下來後，先是一幫缺手臂少腿的，那麼高的臺子，騰地一下就上去了，一個個面對著他們入座。小五子問這都是幹嘛的。吳思若分析了一下，說既然這次大會的主題是絞殺崑崙公子，那這些人應該都是被崑崙公子害的。

都這樣了還能躥上躥下，當年不得上天入地啊，崑崙公子多大的本事，小五子對接下來的大會還挺期待的。他沒本事，幫不上忙，不過他握緊雙拳，隨時準備著喊打倒崑崙公子的口號。大家都安靜了，方丈上來講開場白，說承蒙各幫各派賞臉，從五湖四海來汴梁參加大會。小五子在下面還講了個笑話，他問吳思若，知道為什麼是方丈做主持嗎，因為方丈是少林寺的住持。吳思若半張著嘴醞釀了半天，實在是笑不出來。小五子講了句意味深長的話：「就算不好笑，那也是我這輩子講的最後一個笑話了。」

不笑就算了，怎麼還傷感了呢？吳思若有點不好意思了，說她講一個更不好笑的吧。她問他，沒來的那些門派都去哪兒了，因為他們聽錯了，都去崑崙山了。這種笑話，都能讓小五子笑得前仰後合，弄得關長老還得咳嗽一聲，提醒他別笑死在這裡。

前半段也沒提崑崙公子，方丈總結這一年江湖中的汙點及亮點、光榮與齷齪。批評的都不點名，聽來聽去都是爭搶九宮圖。他記得何府滅門有一半是因為這個，都是拿命搶來的，到底有什麼用，居然還有九張，湊齊了真的能掉下來天兵天將嗎？

年年爭名奪利，歲歲抄家滅門，江湖上多少還有點美好的事情。穆家拳的掌門人穆林雙水性極好，人稱「水上白條」，今年五月由於救人

淹死在洞庭湖，連朝廷都發匾，讓其他人向他學習。小五子沒法打斷方丈，只好又問吳思若：「水上白條，因為救人淹死了？」

「因為他救上來一個，又救一個。」

「救兩個淹死了？」

「不是，之後又救了第三個。」

「哦，救三個，然後自己死了？」

「還有第四個。」

「一共幾個？」

「一百二十七個。」

「原來救了一船的人。」小五子嘆息著，「要是少救一個，只救一百二十六個，穆老前輩也不會死了。」

「對，問題是第一百二十七個撈上來的還是一具屍體，白救了。」

「真的假的？」

「假的，我逗你玩的，我哪能知道這麼多江湖上的事？」

小五子不想跟她打聽了，好好聽方丈講課。方丈說，穆老前輩非但沒有得到武林中人的尊重，反而還有人趁著掌門人仙逝，一舉滅了穆家妻小以及九九八十一位弟子，盜走了穆家拳譜。說到這裡，全場寂然。小五子知道差不多了，該喊口號了，他高舉雙臂，冷不丁地喊了一句：「打倒崑崙公子！解放舊江湖！」

全場燃了起來，上萬人抬起右臂跟著喊。這幾年大家都習慣了，江湖上的大案死案，查不出來的，必是崑崙公子所為。真要是查出來了，冤有頭債有主，仇家十有八九也是受了崑崙公子的蠱惑或刺激，總之打倒崑崙公子，江湖必被解放。

所幸還有理智的人，喬幫主一躍上臺，示意大家安靜，聽他講兩句。

他說自己與穆兄相識三十多年，聽聞穆兄溺水後他連夜趕往鄱陽，想在下葬之前見上一面，一半出於交情，另一半原因是他始終無法相信，以他的水性會溺死在水裡。「開棺驗屍，穆兄肺部浸水，是溺水不假，可右手腕上的一處不起眼的紅點，才是他意亂神迷並淹死在鄱陽湖的真正原因。經我喬某仔細查看，江湖上只有一人會使此功，而此人已不在人世。」

臺下人都凝眉沉思，回憶小紅點是誰家的絕技。喬幫主接著說，當時他也不敢確定，可能是自己多慮了，畢竟穆兄救了一船的人，一百二十多人，體力難免不支，溺水也是情有可原。安葬好穆兄後，他回了重慶府，人還在長江上就聽說了穆家被滅門洗劫的事，可見仇家是有備而來，穆兄淹死是他計劃的第一步。

下面的人讓他趕快講，不要賣關子，這手腕的紅點到底是誰的絕學。

小五子不關心這些，他在追問吳思若：「你剛才不是說逗我玩嗎？真是整船人，一百二十多個。」

吳思若不想分心跟他聊，一直在聽喬幫主講話，她漫不經心地應付小五子：「哦，我說逗你玩那句，是逗你玩呢。」

小五子瞪大眼睛看著她，但凡會點功夫，真想在她脖子以下肚子以上，一邊給她一掌。

喬幫主背著手在臺上走了一圈，待眾人的議論聲減弱後繼續說：「喬某愚鈍，為查清事情原委，特地去鄱陽湖小住了一個月。眾所周知，穆兄一直在江西做客運生意，事發當日，仇家喬裝打扮後上了客運的船，行至入夜在船板上鑿洞。自己生意，穆兄自然要將這一百多號人一一救上岸。

而此仇家一直潛在水中，待穆兄筋疲力盡時，佯裝溺水。穆兄伸手

營救之時，此人在穆兄手腕處一紮。」喬幫主走到西南角時單膝蹲下來，看著一個道士說：「迎客道長，這門絕學你是再熟悉不過了，正是貴師兄蒼松道長的松針指。」

前半段，眾人聽得目瞪口呆，凶手揭曉後，眾人連說不可能，蒼松道長已死好幾年了。小五子又慢了半拍，他想問松針指是什麼東西，怕吳思若還跟他來迴繞，便問關長老。關長老解釋，首先要將指甲留很長，前面削成松針般纖細，之後起碼要練十五年，逐級食用各種毒物，功成後便能將體內毒素運到指尖，只要能扎進血管，對方便會心悸而亡。

「這麼麻煩，直接買根毒針不就好了嗎？」

「那不一樣，」關長老輕蔑一笑，說，「全都用道具，誰還練武啊？」

「那就不練唄，一樣地殺人，毒針還能飛出去，指甲削尖了，還得夠得著才能扎得透。」

關長老遲疑了一下，本來他是跟著大家的思路的，蒼松道長死好幾年了，怎麼能和穆林雙的死聯繫上。這下好了，小五子的問題讓他都開始懷疑人生了，自己也練了五十年，風吹日晒的，白練了？他上半身倚著拐杖，搖頭道：「肯定哪兒不對，你讓我想想。」

小五子等半天也沒個答案，就往西南方看。蒼松道長死後，一直由迎客道長做黃山派的掌門人。迎客道長側過身，伸出手臂對著人群轉半個圈，意思是聽聽大家怎麼說，還松針指，我師兄幾年前就死了。喬幫主還在盯著他，迎客道長笑了笑，說：「喬兄不會是認為我也練成了松針指吧？」

「你不會，我還要為兩件事向你道歉。」喬幫主說，「前兩天丐幫五幫主請吃飯，跟你推杯換盞，喬某仔細觀察過迎客兄的指甲，非但沒有

留長削尖，指甲肚上也不見餵毒的跡象，穆兄定不是被你所殺，這是我要道歉的第一件事。」

小五子聽見自己的名字還挺得意，頻頻點頭，高聲說：「喬幫主說得對，我當時也看出來了。」

吳思若讓他少說話，他能看出啥。喬幫主對他笑笑，繼續說：「至於第二件事，幾年前蒼松道長被害，你四處宣揚是崑崙公子下的毒手，我還曾懷疑你弑兄篡位，嫁禍於人，現在看來是我錯了，我向你道歉，因為蒼松道長根本沒死。」

迎客道長要說話，剛說兩個字就被喬幫主用更大的聲音蓋過去了，人家獅吼幫的嘛。他說蒼松道長不但沒死，而且正是在迎客道長的掩護下，為非作歹，屠害忠良，將各派的拳譜劍譜據為己有。這幾年，江湖慘案不斷，都說是崑崙公子所為，怕是有一半的帳要算在他們師兄弟二人的頭上。

迎客道長大吼一聲，提劍跳上高臺。正常的劍或長或短，總之是筆直的，他的劍果真如迎客松一般，九轉十八彎。小五子也沒看出好在哪裡，不過比喬幫主徒手要強一些。二三十招後，這把劍始終不得近身。迎客道長手腕一抖，彎彎曲曲的劍彷彿鐵鞭瞬間被拉直，直奔喬幫主的喉嚨。眼見喬幫主的喉管就要被捅破，喬幫主一聲嘶吼，就像一陣狂風，將鐵鞭又吹回到彎曲的形狀。

小五子跟大家一起鼓掌叫好，關長老看不到，不過還是點點頭，拍拍小五子說：「毒針可能扎到自己，自己練出來的松針指，是不會毒死自己的。」

還想這個呢，小五子說既然帶了毒針，順便把解藥帶上就好了。也是啊，關長老又開始低頭沉思，一定要想明白，這關乎大半輩子的價值觀。

臺上喬幫主那邊多了幾個幫手，指著迎客道長說：「我師父死時身上也有小紅點，現在想想，真是錯怪了崑崙公子。」一直坐著的老弱病殘不幹了，紛紛站到迎客道長那邊，破口大罵：「單是尋仇也就算了，還說是錯怪崑崙小賊，難不成我們身上的殘缺是自己磕出來的？」

臺上越來越熱鬧，有兩種人都上去了，不要命的和武功高的，大家紛紛站隊。小五子低頭問：「咱們丐幫站哪邊？」關長老正思考人生，哪有時間理他！他是幫主，他做主，丐幫跟喬幫主站在一起。一是因為他女兒喬文君；二是崑崙公子又沒害他，他這斷魂掌是南海真人乾的；第三呢，他想明白了，崑崙公子是這個齷齪江湖的遮羞布，如果哪天他被關長老殺了，肯定也是崑崙公子幹的。

他有點後悔剛才揮拳喊打倒崑崙公子，尤其是「解放舊江湖」這句，江湖現在陳舊迂腐，老邁得快轉不動了，需要崑崙公子這樣的人打破舊江湖，建立新秩序。丐幫的人都在等著他下令，他手臂一揮大喊：「弄死迎客蒼松，平反崑崙公子！」

臺上的人停手不打，齊刷刷地看著他。吳思若提醒他，迎客蒼松該死沒錯，但是崑崙公子真的是罪大惡極，應該千刀萬剮。小五子倒吸一口涼氣，讓吳思若擋一下，自己悄悄坐在地上。已經有人朝他這邊走來，幫主說糊塗話，丐幫的人都沒法護著他。小五子叫關長老保護他，只聽關長老說：「毒針可能被偷，但武功偷不走，所以練功還是有用的。」算了，彎腰埋住頭，看這些人下不下死手吧。還好這時從高塔上傳來一個聲音：

「諸位英雄住手，三王爺駕到！」

5

　　他們提了個麻袋，是中秋夜闖錢記肉舖的那班人：一個王爺，一個公子，一個乞丐，再加幾個侍衛。進中原轉了一大圈，這幾個人他都認識了，三王爺、西北六公子，再就是和他淵源頗深的馬長老。之前他從側面跟胡胖子打聽明白了，這西北六公子為什麼就一個人啊？因為他排行老六啊。那一二三四五呢，怎麼就他陪著三王爺啊？因為都被崑崙公子殺了呀。那為什麼殺了一二三四五，不殺六呢？因為若是把六公子也殺了，江湖就沒人知道是崑崙公子幹的了，就白殺了呀。那崑崙公子不太好，做好事還要留名。

　　三王爺上來就不好玩了，各種打官腔，各種朝廷政策，說大家聚在這兒是為了殺崑崙公子，共謀大計，怎麼能為了自家恩怨打起來呢。大家上面是父親，是師父，但更是朝廷！小五子聽得都想罵街了。六公子等人突然撲通一聲跪下了，磕了三個頭高呼：「王爺英明，王爺萬壽無疆。」

　　小五子在下面感慨：「還好他那五個哥哥被崑崙公子幹死了，不然我怕他們磕頭磕死。」

　　「給我們看呢，」吳思若說，「他要登基當皇帝了。」

　　三王爺還在說，小五子也不聽了，看那麻袋還挺好玩，撲棱撲棱地還會動。三王爺說幾句話，它還跑遠了，弄得六公子跪著過去把它拉回來。

　　三王爺說：「朝廷找了兩年了，終於在田獨查到了崑崙逆賊的下落，可惜讓他溜走了。不過也還算有收穫，我們把逆賊的妻子從田獨帶來了。」他打了個響指，示意六公子解開麻袋，一個捧著骨灰盒的姑娘從

裡面鑽了出來。

「那不是你媳婦嗎？」吳思若轉過身笑著審視小五子，忽然全明白了似的，表情僵住了，她指著小五子說，「你居然……你居然被崑崙公子戴綠帽子了！」

小五子完全蒙了，聲音發抖地問：「你以前見過我嗎，你見過崑崙公子嗎？」

「你是誰，你自己還不知道嗎？」

「我不知道。」

「你再想想，你要是崑崙公子，這就是你家。」

小五子四處望望，偌大的崑崙山莊，裝二百個錢記肉舖都綽綽有餘。

錢老闆說，你出不了田獨，江湖中有一半人想殺你；喬姑娘說，千萬別去崑崙山莊，那種地方你有去無回。小五子搖搖頭，盯著文思清，低聲對吳思若說：「我是崑崙公子，這山莊是我的，這山莊所有的人，都是來殺我的。」

6

小五子的腦袋嗡嗡的，吳思若還在耳邊喋喋不休：「你既然是崑崙公子，應該早點告訴我。一路這麼哄著我玩有意思嗎？還花二百兩銀子買我，你彈下手指就能把我搶過來。現在是我錯了，有眼不識泰山，希望你大人不記小人過，別把小女子逐出門。」

「我不知道！我要是知道能挨你那麼多打嗎！」

小五子忍不住吼起來，目光全轉向他，示意他不要吵。「一隻手」也在田獨見過文思清，他從隊尾說了一萬次「借過」擠到前面來，對小五子豎起大拇指道：「太厲害了，五幫主。」文思清在人群中找到了他，盯著他微微搖頭，那眼神失望至極。小五子衝她攤開雙手，表示自己真的一無所知。不是這個，文思清對他稍稍努嘴，哦，旁邊站著吳思若呢。小五子馬上向左跨一步，離吳思若遠一點兒，連連擺手，把「一隻手」拽到他倆之間。文思清笑了，都聽不到三王爺的問話了。

三王爺問她：「你男人是幹什麼的？」文思清說是殺豬的。後面的老弱病殘不幹了，打不過就死，還要被小姑娘羞辱我們是豬。文思清說真是殺豬的，讓豬先跑起來，等豬跑高興了迎面一刀就開膛破肚。後面有人氣得吐血，文思清回頭看他們：「我說錯什麼了嗎？」有兩個被鋸雙腿的，從凳子上跳下來跪在地上，請求：「皇恩浩蕩，三王爺，讓我們殺了這個小娼婦，我等以死謝恩。」

三王爺笑言不急，接過侍衛遞來的香一一點上，說：「我們先陪小丫頭再聊幾句，我賭崑崙逆賊今天在場。若是這炷香燒完，逆賊還不現身，我們再殺她不遲。」

底下上萬人，大家相互看著，小五子滿臉爐灰地低著頭，他隔著「一隻手」問，要是真殺她怎麼辦。吳思若說：「那你去救啊。」

「我真沒本事，那臺子我都上不去。」「一隻手」表態先去打頭陣，回頭讓小五子把山莊踏平。小五子嘆氣，吳思若好奇她手裡那盒子是什麼。

「她父母的骨灰。」

吳思若吐吐舌頭，說：「你要是不救她呢，你就把她也裝那盒子裡；你要是救她呢，我就把你們倆都放那盒子裡。」

「那我是救，還是不救？」

「肯定要死的，要看你是讓她自己死，還是陪她死。」

血海深仇，有人等不及了，在後面暗自發力對香吹氣，燒香比燒紙還快。眼看香即將燃盡，三王爺站起來從六公子那兒抽把劍，說我數最後三個數，再不現身人頭落地。三王爺數出一，文思清對小五子微微搖頭，讓他千萬不要上來。小五子渾身發抖，他推「一隻手」上去。「一隻手」都結巴了，說：「我就跟你確認一件事，你到底是不是崑崙公子？」小五子搖頭。「一隻手」為難了，說：「我這點本事，不是幫人磨刀嗎？」

三王爺數到二，一個黑影飛了上去，蒙著臉，大喊：「崑崙公子在此，別動我娘子！」

7

不知道這是不是崑崙公子，還沒近身，就被六公子用弓擋了一下。小五子一時看不懂了。吳思若說，沒準兒還被戴綠帽子了呢。那黑衣人武功不行，三下兩下就被六公子用弓抵住了喉嚨。三王爺持劍過去，說這還只是本王爺的護衛，以閣下這點本事，傷皇帝，劫太子，也太小瞧皇宮的御前侍衛了。說完劍尖一挑，面紗被揭開，長髮散落。三王爺一臉驚訝，先說是你，然後低聲說，剛剛好，早就想殺你了。這些外人聽不到，三王爺緩了幾秒，哈哈大笑，崑崙公子做了縮頭烏龜，想替他死的女人倒是又來了一個。

小五子在後面也看不到她的臉，文思清面對著她，認出這是臘月二十三來店裡喝肉湯的姑娘。她低聲問：「又不是救小五子，你上來是何苦呢？」蘇子瑤說：「我怕他上來送死。」這句話說得文思清一陣陣難

過，剛才快點數數，三王爺那一刀早點下來就好了。

六公子把蘇子瑤扭過來，和文思清並排面對大家。三王爺提劍繞到蘇子瑤這邊，說還剩最後一個數，再不出現，兩個一起殺。吳思若此時竟然輕聲笑了，問小五子：「這姑娘你總認識吧？」小五子望著臺上的兩個姑娘，咬了半天嘴唇說：「我以前認識，現在不認識。」

「再跳上來兩個，怕那盒子裝不下了呢。」

小五子看明白了，蘇子瑤這是要替他死，假冒崑崙公子被亂劍砍死。

眾人以為大仇已報，不會再找他小五子的麻煩了。過去到底發生了什麼，能有這樣一個女人為他死？

吳思若拿出胭脂，用拇指摁了幾下開始抹臉。她挺嫌棄地看看自己這身丐幫衣服，抱怨早知道這樣，換身衣服好了。小五子皺眉，剛要斥責她，她卻騰地一下上臺了。

吳思若可不跟他們打，上來就笑瞇瞇地說「三王爺好，六公子好」，還有模有樣地行了個禮。弄得三王爺也是笑盈盈的，問她又是誰。吳思若說：「我是誰不重要，就是在下面看得著急。你找我相公，抓兩個小姘頭有什麼用？」文思清睜大眼睛瞪她，吳思若警告她：「瞪什麼瞪，勾搭我相公的帳還沒跟你算呢！你看看你哪裡好啊，你就算死在這兒，我相公這輩子哪怕一秒，都不會想起你。」

文思清不經說，三兩句就哭起來了。吳思若不忍心多損她，走到蘇子瑤那邊。相比文思清的傷心，蘇子瑤更多的是好奇，她面帶笑意地看著吳思若。這把吳思若弄不高興了，指著她鼻子罵：「看什麼看，崑崙公子跟你什麼關係啊，一個個蹦上來獻殷勤，還蒙著臉，我相公根本就不認識你。」她拉起蘇子瑤的手腕，拇指不經意地在上面摁了一下，留下一點紅。吳思若笑得前仰後合，舉起蘇子瑤的手腕給臺下的人看，大

聲斥責道：「不要臉的賤人！守宮砂還在呢，竟冒充崑崙公子的女人。別說我相公，是個男人都沒碰過你，你就是裝也得裝出點樣子啊？」

六公子不信這東西，要走近一些看。吳思若一下子把蘇子瑤的袖子蓋上，笑道：「六公子，你急什麼，一會兒我給你送洞房去。不過我聽說當時在廟裡，你們六兄弟和我相公打過一架，你五個哥哥都死了，唯獨你還活著，但好像卸了你什麼物件。卸的什麼我不知道，反正愛好變了，以前對女人是見一個奸一個，自從那晚從廟裡出來，對女人是見一個殺一個。也好，三王爺早日登基，這太監總管的位子就是你的了。」

臺下哄笑，六公子臉色煞白，這對三王爺倒是很受用。吳思若又對三王爺行了個禮，說：「三王爺，我求求您別查數了，趕快把這倆冒牌貨殺了，到時候我和崑崙公子舉案齊眉，百年好合，我請你們喝喜酒。」說完她就往下走，避著小五子走向另一側。她低頭查著步子，今天就死到這裡吧，文思清不會讓她進那盒子的，她若進不去，說明她倆還活著。吳思若剛才想明白了，小五子是崑崙公子，他沒騙她，是不記事了。這倆姑娘肯定都愛過，一個是記事前的，一個是記事後的，反正都比她吳思若強。她已然賤命如此，能換她倆一條命，也算是不虧了。

走到臺邊都沒人攔她，她還不放心地回頭看。三王爺和六公子雙臂環抱，似乎在等著看她接下來唱哪出。她報以一笑，轉回頭，一個乞丐在下面等著他。她記得這個人，剛才他在臺上的時候，幫裡的兄弟都叫他馬長老。他朝吳思若努了努嘴，示意她轉身走回去，別想下這個臺子了。

8

女人們站在臺上，三王爺也不想數到三了，反正有三個呢，先殺一個，還剩兩個，看殺到第幾個，崑崙逆賊會出現。他右手握劍，左手對著三個女人來回地點，殺哪一個憑心情，停到誰那裡就把劍刺過去。「一隻手」緊張起來，他深吸一口氣，低頭掏出九宮圖遞給小五子，說：「這圖給你，算一條，我去救我師姐，算第二條，不是還欠你三條半的命嗎？先還你兩條，剩下一條半，下輩子慢慢還。」

小五子搖頭，讓他把圖收好，倘若自己不死，再要也不遲。小五子向前走幾步，俯身到關長老耳邊說：「你放心，我死不了，咱倆的帳，早晚要算。」關長老瞇著瞎眼不明白，哪根筋不對了，這小子要作妖上天啊。

小五子說完還往前走，忽然嚷了那麼一句：「崑崙公子在此！」

兩米多的高臺，個個腳尖一點兒就上去了，此時高臺擋前面，就像是羞辱。小五子繞了半個圈，連個臺階都沒有。他後退幾步向前衝，蹦到最高也才把指尖搭到高臺，撐了好半天，又掉回到地面。全場笑起來，獅吼幫有弟子說，師父，咱後山的青蛙都比他蹦得高。喬幫主也看迷糊了，自言自語道：「丐幫幫主怎麼會是崑崙公子？」

那就別上去了，他轉轉身，面對所有人，用袖子把臉上的爐灰一點點擦乾淨，讓大家看個清楚。有人認出來了，驚呼：「果然是你！」小五子笑了笑，別說他們，他自己都想驚呼，打他進錢記肉舖，崑崙公子的通緝令就貼在牆上，半年一換新，原來一直在找他啊！

人群裡有人喊殺了他，說這話時還不禁後退一步。小五子轉身看臺上眾人，示意誰過來拉他一把，死也得上去再死。大家都有點蒙，武林

第一惡人崑崙公子怎麼連個高臺都上不去。「一隻手」從後面衝出來，他怕幫主折了面子，抱著小五子的大腿使勁往上托。

從後面看，這畫面更丟人，但沒人敢笑，不知道崑崙公子唱的這是哪出，都怕他死前再殺幾個陪葬。好不容易上了高臺，他拍拍褲子上的灰，讓「一隻手」出門直走，別再回來了。見「一隻手」猶豫，他又說咱倆以後兩不相欠，那三條半的命不用還了。他看著「一隻手」往外跑，還沒到門口，就被崑崙公子的兩個仇家給摁住了。小五子怒視過去，瞪得仇家膽寒，放過了「一隻手」。然後他轉轉身，問六公子：「你那五個哥哥可是我殺的？」六公子還沒應答，三王爺倒是「咦」了一聲，對六公子耳語幾句，手掌向下做了個格殺的手勢，自己帶著幾個侍衛先走了。

小五子走到臺子中央，和每個女孩都對視幾秒，他讓六公子把她們都放了：「你五個哥哥的命，我今天還你。」

六公子走過來低聲說：「我可以放她們，但你看下面，全是想扒你皮吃你肉的人，她們跑不出這山莊。與其被那些人凌辱，死了反倒乾淨。」

小五子朝下面看去，幾乎都不認識，但顯然這些人認識他，咬牙切齒地瞪著他。小五子脊背發涼，他回頭看著文思清、蘇子瑤和吳思若，苦笑道：「我小五子沒本事，今天就一起死吧。」

說完他馬上轉轉身，他害怕看到她們哭，看到她們搖頭，看到她們點頭。他求六公子，就一件事，讓他死在她們前面。雖然不說話，但六公子答應了，他舉起劍，想了想又換成弓，退後幾步彎弓搭箭。文思清一下子明白了，一路上擦來擦去的，原來是在選用哪支箭殺死崑崙公子。小五子盯著箭頭，估計要射自己心臟，死到臨頭還是想不起來，自己以前到底是什麼人，腦子裡有個聲音，錢老闆說的：「真到性命攸關

時，你就說九宮圖在你手上，再適時拖延，想辦法保命。」

「慢著！」小五子揚手喊。

六公子不為所動，依然繃著弦。

「九宮圖在我這兒！」

沒有用，弦似乎繃得更緊了。下面倒是騷動起來，僵持了十幾秒，方丈起身請六公子且慢，待問清楚再殺不遲。六公子依然沒鬆弦，盯了他一陣兒，忽然放箭出來。箭迎面而來，畫了個弧線從頭頂飛過，扎在他身後的房柱上。六公子打開箭筒，仔細挑選第二支箭，漫不經心道：「你說吧。」

小五子輕吐一口氣，緩一緩心跳，問下面眾人：「諸位武林高手都是從小習武練功，少則十年八年，多則三五十年，圖的是什麼？名、色、權、利，都不是，無非是為了九宮圖。九宮圖自然有九塊，試問你們有幾塊？有的拿出來，數數一共多少？我崑崙公子有五塊九宮圖，比你們加起來還多一塊。你們現在就可以殺了我，但你們要想清楚，還有很多人沒有來，南海真人、蓬萊閣老、大漠仙人、向問和，四大高手都不在場。以前他們是找我要，倘若我今天被你們殺了，那他們日後自然是問你們拿。

可你們有嗎？保命的都沒有，我死後，今天來的所有人，都別想活過明年。」

說完，小五子還有點後悔，說有五張九宮圖，是不是太多了。他往臺下看去，賭這裡面沒人擁有超過四張的九宮圖。臺下一片寂靜，天天吵著追殺崑崙公子，等他手無寸鐵地露了面，反倒不敢動他了。下面有人提議把他關起來細細審，六公子不為所動，跟做精細活兒似的，把第二支箭搭在弦上。他左手端起弓，瞄準小五子，朗聲道：「人是我殺的，問起九宮圖，讓他們來找我西北六公子。」

那就這樣吧，雖說只活了二十多年，但一生過了兩輩子，也值了。文思清在哭，滿臉淚水，小五子說哭什麼，下輩子還去山頂給你烤肉吃。這句說得蘇子瑤直皺眉，小五子想跟她說對不起，憋了半天也沒說出口。吳思若卻在笑，那表情似乎在說，你真行，一個殺豬賣肉的，居然能換我們三個陪你死。這笑容讓他還挺欣慰，閉上眼睛，用命令的口氣對六公子說：「來吧！」

他聽到了箭的聲音，聽到了弓弦在震，聽到了文思清哭著喊他小五子，然後就是叮的一聲，有人用刀擋開了箭，他聽到六公子問「怎麼是你」。睜開眼睛，三個女人還不夠，臺上又多了一個女人，劍劍刺向六公子的面門。六公子也不出招，每一劍都在躲。小五子看著她的背影，想這又是誰家的姑娘。臺下有孩子在咿咿呀呀地喊媽媽，他看過去，是喬幫主抱著的孩子，上來的是喬姑娘。

前生掠過喬姑娘的心，那他小五子的一生更值了。他不由得多望了兩眼那孩子，越看越覺得像自己。三個姑娘神態各異，吳思若還在笑，好奇小五子到底哪裡好啊，反芻似的一會兒冒出一個。最驚訝的是喬幫主，問了好幾年，這孩子是誰的，竟是人人得而誅之的崑崙公子的。他愣在那裡搖著頭，眼見女兒直落下風，崑崙公子性命不保，他欲帶弟子衝上去救小五子。迎客道長第一個攔住他。過了十幾招後，更多的人舉槍提劍上來。

跟剛才不一樣，這次沒人幫他了，誰都想趁亂捅上崑崙公子一刀，好成為日後吹噓的資本。十幾個人擋在喬幫主面前，迎客道長左手揪著小五子的頭髮，右手提著迎客劍就要割他的頭。

喬幫主急了，大吼一聲，功力淺些的已經有些搖晃。他施展著獅吼功喊道：「南海真人、大漠仙人、蓬萊閣老，快請現身吧！」

大廳裡轟隆隆的，桌上的東西都被這吼聲震得搖搖欲墜。一些功力

尚淺的搖晃了幾下癱倒在地上，小五子、文思清這樣沒練過武功的，直接暈了過去。迎客道長的劍被震掉了，他向四周看看，明白喬幫主在使詐，幾大高手是假，喊出這話只是為了施展獅吼功。他右手中指拇指攢成一個鉤子，去掐小五子的喉嚨。喬幫主躥過去，手掌捂在小五子喉前。迎客道長兩指戳下去，扎進喬幫主的手背，血湧了出來，喬幫主的掌心就貼著小五子的喉嚨。喬幫主不好發力，只能用手背去頂迎客道長的鉤子指。拇指嵌在肉裡，中指已把手背戳穿。喬幫主咬著牙，用盡最後一點兒力氣又喊了一遍：「幾位前輩，晚輩有請！」

這次沒人信了，功力也弱了不少。六公子擺脫掉喬姑娘，朝喬幫主後心擊了一掌。喬幫主眼前一黑，心想罷了罷了，今日死在小人手裡。這時一個更渾厚的聲音傳來：「吵死了，吵死了，看會兒熱鬧都不行！」

9

那聲音似乎在較勁，好像在向喬幫主示威，就你嗓門大，就你會獅吼功。如果說喬幫主的嗓門是風捲殘雲，那這聲音雖然更大，但沒見哪個人暈倒、哪件兵器震彎。可緩了一陣兒，竟發現之前暈倒的人一個個都醒了過來，這著實令人嘖嘖稱奇。靠吼聲將人震傷已屬不易，竟然還能透過吼聲傳輸內力！

誰都明白一等一的高手來了，不約而同地往房梁上看，只見一個老頭兒躺在一根細桿上，滿臉的不高興。喬幫主側臥在地，手背血流不止，拱手恭敬道：「哪位英雄到場，勞煩下來相見。」

老頭兒伸了個懶腰，身子一滑，雙手抓著木桿懸在半空。有人啞然失笑，今天是怎麼了，崑崙公子是臺子上不去，這個老頭兒是從房梁上

下不來。老頭兒又往上撑了撑，彎曲的手臂一發力，像彈弓一樣，把身子射了下來，剛好落到喬幫主面前。

在場的都練過輕功，向來都是腳上發力，用手臂發力的，生平還是第一次見，眾人一時驚訝得忘了喝彩。喬幫主躺在地上仍不忘禮數，說獅吼幫喬三拜見老英雄。老頭兒聽得直搖頭，什麼喬光磊，這麼大嗓門，你還是叫喬叫喚吧。

在場的人都笑了，喬幫主努力坐起來，說恕在下眼拙，請問老英雄是哪位前輩。老頭兒這就不懂了，「你把我喊下來的，還問我是誰？」說完，他向下面望瞭望，召喚道，「兩位師兄，快出來吧。」

還有兩位師兄，喬幫主想，那就是蓬萊閣老了。可是哪裡還有人，都是他蒙的。蓬萊閣老又問了一遍：「出來吧，師兄！要不是大嗓門，我都不知道你們來了。」

從丐幫裡慢悠悠地走出一個乞丐老頭兒，吳思若離老遠就喊「師父」。

他瞪著她斥責：「知道為師捨不得你死，你就跑上來胡鬧！」大漠仙人藏在我丐幫？小五子這時才想明白，死到臨頭大家都在哭，就吳思若似笑非笑。

別人都裝著翅膀飛過來，大漠仙人不緊不慢，走到臺下腳尖一點，身子直上直下地落在高臺上。蓬萊閣老剛才喊兩位師兄，只出來一個，他問大漠仙人：「大師兄沒和你在一起嗎？」

大漠仙人長嘆一聲，怪他腦筋還是這麼不夠用，這個喬叫喚是狗急跳牆瞎叫喚，哪裡看到他們了。他轉頭對喬幫主點點頭，說：「你內力還不錯，差點兒嚇我一跳。」

喬幫主想回謝一下，張了半天嘴不知道該說些什麼。六公子過來拜

見，說晚輩西北六公子拜見大漠仙人、蓬萊閣老。都知道他們是數一數二的高手，眾人紛紛擠過來想一睹真容。

蓬萊閣老打量著六公子問：「你上面有五個哥哥，你父親怎麼單把西北射術傳於你？」

「家父因材施教，我五個哥哥也學了不少本事。」

蓬萊閣老哈哈大笑，說：「西北鄭家除了會射箭，還有個屁本事？」

六公子不好反駁，低頭不語。迎客道長起身拜見。大漠仙人說：「回頭讓你師兄來找我，假死都能想得出來，以後肯定用得著他。」

蓬萊閣老笑道：「再狡詐也不及師兄你的一半吧。」

大漠仙人反唇相譏：「就算是狡詐，也比你腦筋不靈活好些。」見蓬萊閣老不爭辯，只是呵呵傻笑，大漠仙人側身對方丈、馬長老等人點點頭，看到那些缺手臂少腿的，目光如炬，質問道：「你們被這小子弄成這樣，早該羞愧自殺，還有臉來崑崙山莊復仇？」

幾個人臉色煞白，坐在椅子上不應聲。蓬萊閣老看得直著急，倏地一下站到一個獨臂人面前，伸手點了一下，又瞬間站回來。那獨臂人一動不動，眼睛睜得老大，旁邊人搖搖他，他直接倒在地上斷了氣。

剩下的人一臉驚懼，不明何意。蓬萊閣老將地上的劍踢給獨臂人旁邊的道士，說：「我師兄讓你們自殺，你們就趕快死啊，猶猶豫豫的，在等我動手嗎？」第二個人雙手發抖地撿起劍，手握劍柄將劍倒過來要剖腹。

大漠仙人看這場面覺得好笑，畢竟師弟在討好自己，也不便阻攔。那人將刀捅入腹部，吐出一口濃血，倚在椅子上斷了氣。

大漠仙人搖了搖頭問蓬萊閣老：「師弟，你騎房梁上看那麼久，可不是看熱鬧這麼簡單吧？」

「二師兄不也和我一樣，扮成叫花子在底下看。」

蓬萊閣老說這話時還不忘維持自殺小分隊的秩序，讓他們別停，就那一把劍，一個傳一個，想想又不對勁，說：「人死了怎麼傳，你去把劍從肚皮上拔下來，以後再死的，別剖腹了，拔起來麻煩，割喉就行了。」

那邊連著自殺了五個人，少林方丈智明大師幾次想攔阻，但礙於蓬萊閣老、大漠仙人的功夫，只能雙手合十地重複「阿彌陀佛」。

蓬萊閣老和大漠仙人又試探性地聊了兩句，他倆都好奇一件事，過來問小五子，中斷魂掌幾年了，小五子說兩年多了。大漠仙人點頭，應該就是崑崙公子消失的這兩年。蓬萊閣老問他，過去武功怎麼樣，臺上這幾個打贏過誰。大漠仙人嘲笑他，斷魂了，怎麼記得住。他走到那些人面前，讓後面沒死的那些人別自殺了。他檢查每個人受傷的部位，回頭對小五子說：「你之前功夫不淺啊。」

蓬萊閣老不服了，說：「師兄你都沒誇過我功力不淺，他跟你我二人相比如何？」

大漠仙人又檢查一遍，說：「恐怕在你之上，我之下。」

聽這話，蓬萊閣老氣得要死，讓小五子起來，大家比畫比畫。

「又在犯渾！」

大漠仙人擋在他倆之間，摸摸小五子的手腕，感慨大師兄的斷魂掌已經練得這麼好了。忘記招式倒不難，居然連內力也沒有了。他抓起小五子，一把拋給蓬萊閣老，說帶上他去問問大師兄。

蓬萊閣老不高興了，誰都看得出來，他和大師兄有隔閡，他把小五子扔回給大漠仙人，說：「你去吧，回來講給我聽就是。」

小五子飛過來，大漠仙人接都不接，掌心一推，說：「你這麼怕大

師兄，那就讓他練好斷魂掌，到時候你可得藏好了別出來。」

小五子飄飄蕩蕩的，又回到蓬萊閣老身前。蓬萊閣老本來已經又將小五子推出了，但聽到大漠仙人的話，他跨前兩步，又把小五子拽轉身前，扛在肩上。幾輪下來，小五子一陣陣想吐。蓬萊閣老怕他吐自己身上，剛要甩下去。大漠仙人讓他小心點，別不留神弄死，就白跑一趟了。蓬萊閣老吐吐舌頭，威脅肩上的小五子：「你要敢吐在我身上，我讓你吃回去。」

吳思若覺得，這是她聽過的最噁心的威脅。兩位長者在臺上旁若無人地折騰了半天，決定去找南海真人。這時六公子展開雙臂攔住二位，說三王爺有令，崑崙公子一定要殺。蓬萊閣老表示沒問題：「等我們把事情弄清楚，幫你殺他就是了。」六公子為難，說需今日將此賊斬首。蓬萊閣老說：「那可不行，我們剛說好要帶他去見大師兄的。」

倒是大漠仙人懂得變通一點兒，體恤六公子說：「也不讓你難做，你就跟三王爺說崑崙公子是被我二人帶走了，辦完事情後我們把他送回皇宮。」

六公子鞠躬作揖：「這裡萬把餘人，若說攔不住您二老，三王爺恐怕不信。」蓬萊閣老不耐煩了，攔不住就是攔不住，這有什麼不信的。他扛著小五子，和大漠仙人對視一眼，同時躍起，在房梁的四個角各拍一掌，然後落到門口，哈哈大笑地走了。

眾人在大殿愣住了，馬長老喊了聲：「追！」而六公子此時卻仰頭看著房梁，大喊一聲：「跑！」房梁的四根柱子出現斷裂的聲音，裂縫從頂部向下延伸，也就幾秒鐘的工夫，房頂轟然坍塌下來。

第五章　大漠仙人

1

那就不是小五子了，是崑崙公子，醒來在河邊洗臉，看著水中的自己都想抱拳作揖，久仰久仰，恕在下有眼不識崑崙公子。多了他就不敢想了，當小五子要在文思清和吳思若之間糾纏，當崑崙公子竟然還有倆──蘇子瑤和喬文君。他衝著河水長嘆一聲，轉身對蓬萊閣老和大漠仙人說：

「洗好了，我們走吧。」

被他倆擒走也不算壞，拋開感情不談，真自由了，命都保不住。大會那麼多人，恨不得鑲上獠牙啃他兩口。二老看起來也不打算殺他，要把他活著帶到南海真人那裡。只是路上實在無聊，兩人不搭理他也就算了，他們倆也不說話，各有心事的樣子。那種漫長的無言，時光要多久，沉默就要多久。

到了晚上他們卻充滿著互動交流。頭幾天小五子還沒被綁起來，怕他夜裡跑了，大漠仙人和蓬萊閣老把他夾在中間睡。睡到半夜，小五子被摸醒。蓬萊閣老在後面把手伸到他衣服裡撫摸他後背，滿手老繭，摸在背上像在澡堂子搓澡，只是速度更慢，一寸一寸地往下摸。手就要伸到褲子裡的時候，小五子扭了一下屁股，大漠仙人在前面也把手伸了進來。他從領口進，從脖子往下摸，檢查完右胸，再檢查左胸。手在小五子心臟的位置停下來，感受他的心跳，時不時還要捏兩下。另一隻手從肚皮處進去，拇指壓在肚臍上，四根手指以肚臍眼為圓心畫了一個圓。小五子努力掙脫，可前後身都被他們用掌力吸住。他屏住呼吸，忍住不

吐，忽然四掌將他翻轉，這回換蓬萊閣老摸前面，大漠仙人摸後面。

持續一兩個時辰，來來回回翻了四五次，小五子都要呻吟了。等到掌力稍微鬆下來，他猛地坐起來喊：「你們倆一把年紀了，到底想要幹什麼？」

彷彿饞嘴被發現，蓬萊閣老馬上翻過去，背對著小五子打呼嚕。大漠仙人的手還在摩挲他的後背，嘿嘿地笑說：「師弟，你不是在背著我驗他的傷吧？」

「不錯，明人不做暗事，這一掌斷魂掌正是打在他膻中穴偏下一點兒。」

「是嗎？」大漠仙人眼珠子比螢火蟲還亮，他又摸了摸小五子的胸口，輕捏兩下，點著頭說，「果然如此。」

小五子牢牢記住這穴位，第二天夜裡，他們的手又伸進來了。小五子閉著眼睛說：「不用摸了，是打在膻中穴偏下一點兒。」人老會健忘嗎？

他們把他摁在地上，前後上下，一寸肌膚都不放過地又摸了一遍。

「確實是吧？」停手之後，小五子問。

兩個人都沉默，直到大漠仙人先問：「九宮圖在哪兒？」

「是啊，」蓬萊閣老補充道，「你說你有五張，在哪兒？」

小五子不知如何解釋，只說自己沒有，騙人的。蓬萊閣老嘆口氣，說：「本來你騙別人，跟我也沒關係，可你把我也騙了，你說該怎麼辦吧？」

「你問我該怎麼辦？」

「對。」

這下小五子急了，說：「被你們摸兩宿也就算了，現在已經開始要

我了。你問我怎麼辦，我說你們請我吃頓好的，行嗎？」

「不行。」

「那就不要問我啊。」

蓬萊閣老反而沒生氣，覺得小五子這話在理。他翻過身，背對著小五子。

後來大漠仙人講：「我那張九宮圖被我那不爭氣的弟子偷走了，你也用不著九宮圖，改天我拿寶貝跟你換。」蓬萊閣老反問他，能有什麼寶貝配得上九宮圖。大漠仙人故意賣關子，說：「到時候再看，沒準兒到時候你求著我換。」

兩個老頭兒吵死了，夾在中間的小五子翻來覆去，他想起身遠點睡，但被蓬萊閣老一掌按下去。沒辦法，他整整衣服，乾脆趴在地上放空。

好像都沒睡著，就又要起來出發了。白天一天都是睏的，三個人面無表情。大漠仙人永遠都在捻佛珠，二三十顆串成一條鏈子，不管是在吃飯、在趕路，還是在殺人前、殺人後，手上肯定有條鏈子慢悠悠地轉。

而且不是一顆一顆地捻，是跳著捻。小五子有一次看明白了，他先捻一顆，摸準了，圓圓的，下一次直接摸兩顆，第三次三顆一起過，第四次四顆、第五次五顆、第六次六顆，一直到第二十四次，中指指節頂著出發那顆，拇指一顆顆捻著查，第二十四顆是出發那顆。一整圈鏈子，一個輪迴，他又從第一顆開始捻。小五子就要瘋了，強迫症似的盯著他捻，一直等他捻完二十四顆，小五子抓緊時間揉揉眼睛，歇一下，好等他從頭再來。

蓬萊閣老就好很多，他不捻佛珠，也不看他二師兄捻佛珠，他看打身邊走過的年輕姑娘，眼珠子發亮，滿臉期待。小五子開始以為他是淫

賊，可惜不是，白瞎那麼好的功夫。他就是坐著不動，滿臉期待地把迎面來的姑娘硬生生地看成背影。一不用錢，二不用強，總以為哪個姑娘能被他吸引，在他這兒停一下，沒話找話問個路什麼的。姑娘一靠近，他還特顯擺，眼巴巴地向她露兩手，把筷子插桌子裡面，或是用手勁把金元寶捏成小兔子。問題是他都那麼大歲數了，要麼別想，想的話就敞亮點，花錢去窯子，或是當個採花大盜。這麼大本事，他就是當第一淫賊，武林裡能懲治他的也不超過仨人。頭髮沒幾根了，還總覺著自己貌似潘安宋玉，有姑娘主動倒貼。

　　一次還真有個姑娘過來了，十八九歲的樣子，一臉稚嫩。那時他們在客棧裡等麵條，小姑娘跟著她的十幾個師兄從外面進來。為首的年輕人在二老面前作揖鞠躬，說自己是崆峒派第十六代掌門人，想跟兩位老前輩借一個人。說著還滿腔怒火地指著小五子說：「我們祖孫三代都被這小賊給害死了。」

　　大漠仙人剛捻完第六顆佛珠，一二三，四五六，就要捻七顆了，生怕這會兒查錯了。他停了一下，說：「你想把他借走，可你怎麼還啊？」

　　「晚輩想把他拉到我父親、爺爺的牌位前，手刃了這小賊。」

　　「然後你怎麼還呢？」

　　少當家的也明白這麼還不合適，但是大仇未報，只好靦著臉說：「我跟您借活的，殺死了之後還您二老全屍，再打副棺材當利息。」

　　大漠仙人斜眼看他，不說話了，聚精會神地捻下面七顆佛珠。小五子滿臉憧憬地看著少當家的，心想著帶我走吧，現在就殺了我吧。店小二把第一碗麵端上來了，小五子望了他們好半天，嘆了一口氣，低頭吃麵。

　　蓬萊閣老倒是一直盯著小師妹，把筷子掰成十幾節，全都拍進了桌面，心想她怎麼這麼害羞，見到喜歡的男子都不敢抬頭直視。後來他

著急了，但他又不是主動跟姑娘說話的人，他只好跟那少當家的沒話找話：

「你們崆峒派三代人是怎麼被他害死的？」

少當家的又自我介紹一遍，說他是崆峒派第十六代掌門人，他爺爺，第十四代，當年就是被這小賊殺死的。他爹爹，因為尋仇，不小心墜崖身亡，崆峒派和崑崙公子有不共戴天之仇！

「那第三代呢？」大漠仙人問。

「啊？」

「你說，祖孫三代都被他害死了。」

他眼神迷離了一陣兒，說自己就是第三代，家破人亡，爺爺死了，父親死了，自己苟活於世也是行屍走肉。

大漠仙人想了想，跟蓬萊閣老說：「行屍走肉，還是你來吧。」

第二碗麵遲遲沒上，他把佛珠放桌上，拽過小五子吃了一半的碗接著吃。小五子只剩筷子沒有碗，抬頭看著他們，把還沒嚥下去的麵條細細再嚼一遍。蓬萊閣老也不掰筷子了，突然跳到少當家的面前拍了一掌，然後又坐回到位子上，吃剛上來的第二碗麵，並跟小五子說：「你真是造孽啊，害了人家祖孫三代。」

他的那些師兄弟開始時嚇了一跳，見掌門人也沒倒也沒暈，那就是沒事，剛要說「謝前輩手下留情」，少當家的就呵呵傻笑起來，夢遊一般出了客棧。有弟子明白了，這是蓬萊掌，就算是活著也瘋了，也是行屍走肉。哎喲，他們明白了，怪不得要蓬萊閣老出手。這些弟子的劍拔了一半卻不敢抽出來。

不愧是屬仙人掌的，半碗麵就吃飽了。大漠仙人放下筷子換佛珠，問他們誰來做第十七代掌門人。他們互相看看，誰也不敢應。

「不管誰做，別再尋仇了，你們回去的時候，順便告訴後面那些跟著的沙河幫、嵩山派，都散了吧，沒本事報仇，無非是再搭幾條人命。」

十幾個弟子低著頭走出客棧，那個小姑娘氣不過，沒一會兒又跑回來，右手揣在懷裡衝他們三個大喊：「看鏢！」隨後甩出一把毒針，不等他們反應過來，轉身就跑了。十幾根針對二老來說當然不在話下，蓬萊閣老拂袖要接。只可惜小姑娘功力不到，扔出來的暗器輕飄飄的，離他們還有好幾米，一大把全掉到了地上。

小五子借兩步，低頭看地上的毒針，問：「後面還有人尋仇？」

「跟兩三天了，就在後面五六里。」蓬萊閣老呼嚕著麵條說，「你停他也停，你走他也走，又不敢上來。前面還有人堵你，上午過去那幾個小道士，應該是報信的。」他說著端詳一下小五子，「你之前多大本事，招那麼多仇家？」

小五子搖搖頭，過去的事他也不知道，但本事再大也不及他們倆，怎麼就鬧到整個武林先殺之而後快？他說這幾天他都覺得奇怪，那天崑崙山莊那麼多人，居然沒一個找他們倆報仇。

大漠仙人和蓬萊閣老相視一笑：「這麼簡單的道理，你想想就明白了。」

沒仇家，是因為不殺人嗎？不可能。是他們不敢來尋仇吧？二老搖頭。第三碗麵上來了，大漠仙人推到小五子面前，讓他快吃，要趕路了。

小五子用筷子挑幾下面，熱騰騰的白氣撲上來。他吹兩下，入口還是燙，端著一筷子麵條繼續吹。大漠仙人著急了，佛珠換到左手，右手食指插到碗裡。只見他面不改色，食指在碗中散發出陣陣寒氣，不一會兒一碗麵結了冰。他拔出手指，刮掉掛在上面的冰碴兒，叮囑小五子：「快吃吧，現在不燙了。」

　　小五子用筷子敲敲上面的冰，為難地看著這一碗麵，起身跟夥計要兩個燒餅帶走。他走到店外，解開韁繩把馬牽過來。一共三匹馬，二老各騎一匹，照規矩白天趕路，小五子要橫著趴在第三匹馬上，大漠仙人用繩子把他綁在馬背上。小五子看著地面，說：「我知道了，早聽說你們已經幾十年沒行走於江湖了，沒人尋仇是因為你們把仇家都殺死了。」

　　「殺人很麻煩的，你殺一個人，他師父師母，他哥哥弟弟，甚至他兒子過了十八年，都來找你報仇。所以說，」繩結打好，大漠仙人把韁繩和自己那匹馬繫在一起，翻身上馬，慢悠悠地講，「要殺就滅門，免得被一茬兒又一茬兒的人煩。」

2

　　他們的兩匹馬走在前面，小五子趴在馬背上只能看見途經的草地、汙泥和沙塵。一路上，他也不消停，問個不停，南海真人在哪兒啊，是在南海嗎，南海在哪兒啊，咱們花兩三個月過去，萬一人家不在家，去長白山了呢，到時候咱們北上去長白山，人家又回南海了怎麼辦……後來把大漠仙人問煩了，下馬在他脖子後麵點了一下。小五子第一次被點穴，還覺得挺新鮮的，可惜已經被綁住，看不出效果。他眨巴了幾下眼睛，貼在馬屁股上的手指還能動。他用臉蹭馬背，懸在另一側的雙腿甩了兩下。他想問到底點的是什麼穴，張了幾次嘴就是出不來聲。完蛋了，他被點了啞穴。

　　露營休息時也沒給他解開，看樣子要一直啞巴到南海。

　　小五子沒胃口吃飯，跑到樹下去摳嗓子。手指夠到嗓子眼，連噁心的聲音都發不出來。以前在田獨擲色子聽哪個賭客說過，人被點了穴，

十二個時辰後會自動衝開。十二個時辰是一天一夜，他早早地躺下睡覺，等著二老晚點時把他圍起來。要是聲音還在，他肯定要抱怨，一個比一個摳，花點錢住店啊，攏一堆樹葉子當床算什麼玩意兒？

天不亮他就醒了，手腳被捆，像個粽子一樣勉強坐起來，看著二老洗漱。他要有耐心，等著時辰一到，「叮」的一聲，就可以說話了。從日出到日落，聲音還是沒回來。他拿樹枝在地上寫字，問他們是永遠啞巴，還是只是暫時的。一句話寫半天，大漠仙人看過一眼把這些字踩掉，然後衝他微笑，安慰他別擔心，人和人之間本來就不需要說話。

十幾個字他又寫一遍，拉蓬萊閣老過來看。雖然出不了聲，他還是張大嘴巴問了一遍，他是永遠啞巴了，還是只是暫時的。蓬萊閣老看看他的嘴型，又低頭看了半天。

「什麼意思？」

「阿巴，阿巴。」

「我不識字。」

「阿巴！阿巴……」

他計劃逃跑，尋找一個石片藏袖子裡。白天趕路還是他們倆在前，小五子在後面慢慢割綁在身上的繩子。大漠仙人今天的心事似乎更多一些，走了一個多時辰突然哈哈笑了起來。

「不識字這個辦法好，師父的祕笈自然不是你偷的了。」

「我打拜師學藝那會兒就不認字，口訣都是你和大師兄讀出來，我硬背。」

大漠仙人長嘆一口氣，說：「這麼多年也難為你了。」

「你說我裝這麼多年？後面那小子，你驗過他的傷沒有，祕笈就在大師兄那兒。」

大漠仙人回頭看。小五子馬上停住，將石片推進袖口。大漠仙人搖著頭說：「我看也未必。」

小五子等他們轉過去，不再聊這個話題，進入慣常的沉默，再試著把石片從袖口抖出來。一個顛簸，石片掉了下去，他想今天就算了，臉貼在馬背上瞇了一會兒。

醒來時他知道哪裡不對勁了，繩子割了一半，這麼大的口子晚上肯定要被發現，那就再沒有機會了。他盯著豁口，又看看日頭，時間不多了。他把頭伸過去用牙咬。咬到眼淚都出來了，最後一個細繩終於被他咬斷了。他將繩子在手掌上纏幾圈，挺起上身，用手臂撐著馬背，足尖離地面不到一尺遠。他心裡默數著三二一，前方就要拐彎的時候，他手腕一鬆，輕輕落了下來。他先不動，趴在草叢裡看著前面的二老。夕陽西下，二老的身影剛好擋住迎面的斜陽。只要再數十個數，就可以順勢從山坡往下滾。他閉上眼睛，盡量數慢一點兒，那三匹馬越來越遠。這時馬啼一聲長鳴，沒有了小五子的負重，那匹小馬高高興興地跑到二老坐騎的前面。

大漠仙人騎著馬朝這邊過來，小五子在想一會兒該怎麼說，乾脆反咬一口，你們怎麼搞的，正睡得香呢，被你們摔下來。要是三番五次地這麼摔，也別去南海了，還不如直接殺了我。話都想好了，忽然記起自己被點了啞穴，他瞪大眼睛朝大漠仙人搖頭。

馬停在小五子身旁，大漠仙人捻著佛珠，在馬上俯視他，那表情似乎很傷心，我們對你這麼好，你居然要跑？蓬萊閣老跟過來，建議道：「別找大師兄了，就在這兒把他剖了吧，受的什麼掌什麼傷我們看不出來嗎？」

大漠仙人點點頭，讓小五子站起來，把上衣脫了，接著問蓬萊閣老有沒有帶刀帶劍。

「手撕就行。」蓬萊閣老下了馬，手在小五子胸前比量，「先驗心還是先驗肺？」

「要是斷魂掌的話，直接驗腦子。」

蓬萊閣老兩隻手向小五子腦後摸去，他在找從哪裡下手。大漠仙人叮囑他輕點撕，腦漿崩出來就什麼都驗不出來了。看到小五子的表情，他扯一塊布，說蒙上他眼睛，別讓這孩子先嚇死了。

面前一片漆黑，小五子感覺到蓬萊閣老的兩個拇指壓在他鼻子的兩側，另外八指挦著後腦勺的中軸線，找受力點。指甲都已經嵌進頭皮了，他喉結一動，嚥了口唾沫，聽見蓬萊閣老說：「萬一發現不是大師兄呢，是你幹的呢？他死完就是我死。」

「真是我的話，我現在就能殺了你。」

「你還不敢。」

小五子身子一輕，被提到馬上。蓬萊閣老上了他身後的一匹馬，輕聲說：「好好想一想，到底是誰傷的你。」

雙眼被蒙，迎面是一陣陣的風，小五子搖搖頭，聽見兩側樹林唰啦啦地響。後來風更大了，有雨點打在臉上。蓬萊閣老停住馬，把小五子帶到榆樹林裡避雨。小五子解開眼前黑布，看著頭頂一串串的榆錢流口水。他爬上樹幹，讓蓬萊閣老遞他一根棍子打榆錢。

後來大漠仙人也到了，兩個老頭兒並排坐在樹下的大石頭上等雨停。

被打掉的榆錢從樹上飄落下來。大漠仙人手捻佛珠說：「我一度以為是你。

如果真是大師兄偷的，他照著祕笈練了二十多年，你我就算聯手也不是他的對手。」

「去還是要去的，又不至於死在他手裡。」蓬萊閣老說，「把事情查清楚，不是還有小師弟幫咱們。」

「何府被滅門的事，你聽說了吧。他們跑到極北之地，還是被大師兄找到了，師弟怕是也凶多吉少。」

「那就再叫上師妹，雖然幾十年沒聯繫了，但她百花谷也會助咱們一臂之力。」

小五子在樹上剛摘到兩串榆錢，聽到「百花谷」三個字愣了一下，他哇哇叫了兩聲，把手裡的榆錢扔下去。二老接住，一聲不吭地看著大雨吃榆錢。小五子留在樹上邊摘邊吃，小師弟是何員外的師父，前任丐幫幫主，他早知道了。他們還有個小師妹，竟然是百花谷谷主。小五子現在是丐幫幫主，以前可是百花谷少谷主啊。他嚼著榆錢笑了起來，雙重的關係，你們沒理由殺我啊。

天黑以後雨終於停了，有個送葬隊從山那邊翻過來，看到樹下有人，他們又開始敲鑼打鼓，一個個晃著腦袋吹喇叭。蓬萊閣老叫他們站住，問什麼人死了，高興成這樣。領頭的抱拳作揖，說家中私事，就不勞二老費心了。他身後的少婦估計看出來這兩個老頭兒不好惹，上前解釋說：「是我們家老爺的偏房。老爺早兩年就不在了，這個月小老婆也死了，你說我們當家的能不高興嗎？」說完，她笑瞇瞇地看著蓬萊閣老，弄得蓬萊閣老春心蕩漾，仰頭對樹上的小五子說：「臭小子，這個還真不是找你尋仇的。」

大漠仙人在一旁看著，有了主意。他一躍到車上掀開棺材蓋，裡面的女屍塗了厚厚的一層胭脂，面色蒼白，看起來比那少婦還多幾分姿色。他說：「你們把棺材、馬車留下來，剩下的路，我們幫你送。」

十幾個人一聽緊張起來了，領頭的說：「再不濟這也是我們王家的人，怎麼能隨便丟在路上？」

大漠仙人搖搖頭，那意思彷彿是，這事就這麼定了，怎麼還商量起來了？蓬萊閣老也不明白他二師兄是什麼嗜好，就算那女的好看一點兒，可畢竟是死人啊。

　　領頭的紮起馬步，擺好架勢，說：「閣下留下萬兒來。」小五子在樹上看得直搖頭，還留下萬兒，他殺人殺滿門，知道了他是誰，你們今天全都得死這兒。

　　小少婦又來幫腔了：「前輩息怒，有什麼事咱們好商量。」

　　「不商量。」大漠仙人奇怪這有什麼好商量的，「把棺材和車給我就行了。」

　　領頭的大吼一聲撲過來，後面的十幾個人一擁而上。看起來還不是尋常的大戶人家，這些人的功夫好像都不弱。小五子在樹上吃著榆錢，看大漠仙人從人群裡幾進幾出，半炷香的時間都不到，十幾個人都躺在地上了。

　　小五子揣滿榆錢從樹上下來，此時躺在地上的人一個個地都站了起來。他知道了，他在何府見過，是仙人掌。吳思若以前還給過他一掌，即便她功力不夠，也讓他個把星期食不下嚥。大漠仙人跟領頭的說：「你們還能活幾天，快回去料理後事吧。人就別送了，我怕等你們到了那兒，一起死在墳堆裡。」

　　「你是大漠仙人？」小媳婦問道，然後她指著蓬萊閣老問，「這又是誰？」

　　大漠仙人說：「他是我三師弟，我感覺他的蓬萊掌要比我的仙人掌凶殘多了。」

　　領頭的滿臉恐懼，雖然此刻身體不痛不癢，但他們都知道，自此以後他們將不吃不喝，直至身竭而亡。

　　斷魂掌、仙人掌、蓬萊掌，到底哪一個更凶殘，江湖上已經討論了

幾十年，如果你必須選一個，你希望是失憶、餓死，還是瘋掉？換現在，小五子覺得斷魂掌還好，重啟的人生還會有新的美好。他想問問崑崙公子，倒退幾年，那麼多難以割捨的愛與情感，他最怕的是斷魂掌嗎？可能，斷魂掌沒有傷害到他，真正傷害的是蘇子瑤和喬文君吧。

　　那些人離開後，大漠仙人要小五子把棺材裡的女屍抱出來。小五子不小心碰到了屍體的手，頭皮發麻。他比畫著問放在哪兒。大漠仙人說：「隨便，主要是你躺進去。」小五子雙手發抖地扶著棺材邊，兩條腿邁進去，慢慢躺在裡面。棺材裡寒意陣陣。小五子仰躺著看夜空繁星，大漠仙人將棺材蓋蓋上，讓蓬萊閣老找六根筷子釘進去，啪啪啪，啪啪啪！一面漆黑，他一時喘不上氣，他明早會被悶死在這裡。忽然一聲巨響，五個手指從棺材蓋戳進來，小五子吃了一嘴的木屑。原來是給他透氣用的。沒多久，他們找地方睡覺去了，留小五子躺在棺材裡。頭頂的幾個洞就像是骷髏頭，秋後晚風從洞口細細地吹進來，小五子偶爾睜開眼睛，還能看到洞外的微微星光。

3

　　棺材從外面看起來是木製的，打開蓋，裡面還是木頭。可是不管怎麼躺，小五子都覺得自己是躺在一塊鐵板上。何況也只有三種姿勢，雙腿伸直了平躺，左腿稍微彎曲地平躺和右腿稍微彎曲地平躺。小五子想，可能為了屍體防腐吧，哪怕午後烈日，棺材裡面都是一片冰冷。

　　屁股涼，尿就特別多，大漠仙人跟他規定好的，有事敲棺材蓋，敲一下是上廁所，敲兩下是餓了，敲許多下就是無理取鬧，沒人搭理你。可是馬蹄聲聲，一下兩下根本聽不到，這樣小五子又不尿急又不餓，一

天都在咚咚咚地無理取鬧。那天下午，他憋得在裡面直踢腿，恨不得用腦袋把棺材蓋撞開。馬車在山路上把他顛得一上一下，終於在最後一次落下來時他尿了褲子，眉頭舒展，長舒一口氣。原來那些臥病在床的人有臥病在床的爽法，尿了千百回，躺著尿最舒服。

　　所有不要臉的事情都一樣，一旦開頭就上癮。白天他在棺材裡睡覺，睡醒了就敲敲棺材蓋，沒人管就進入生活不能自理模式。要是睡太多，實在睡不著了，他就想這三大惡人、三大高手，也是三個師兄弟，到底是怎麼回事。

　　他們心不和麵也不和，生怕對方是偷祕笈的那個，練了二十多年大功告成，弄死另外兩個。老大南海真人、老二大漠仙人、老三蓬萊閣老，這都是後來的封號。幾十年前，他們都在一座山上，跟著沈前輩學藝。師父教每人一掌，各練各的，為的就是互相牽制，彼此能有個顧忌。不過後來事情失控了，有人偷走了祕笈。查不出是誰，沈前輩一氣之下將三個人都逐出師門。頭一個往南，做了南海真人；第二個往西，做了大漠仙人；三師弟往東，做了蓬萊閣老。

　　但這事沒完，總有一天，三掌都練成的人會跑出來禍害武林。沈前輩開始思索，能不能開創一種掌法，比這三種都厲害，然後收個品行還不錯的弟子傳授給他，於是就有了向老幫主的無為掌。何員外帶著他師父東躲西藏，最後還是被那個弟子找著了，蒙著臉將何府滅了門。向老幫主在京城大牢裡面，明年八月十五就可以出關了，也不知道大漠仙人和蓬萊閣老是否歡迎他。這件事他先不說。那百花谷谷主又是怎麼回事呢？他們的小師妹，沈前輩似乎也沒教她什麼本事，他又是怎麼當上少谷主的？

　　算了，反正也想不明白。他彎了一下左腿，打算再睡一覺。但隱約覺得哪兒不對勁。閉眼睛的時候知道問題在哪兒了，他在棺材裡吃喝拉

撒好幾天，主要是撒，怎麼會一點兒積水都沒有，那些尿都是從哪兒滲出去的？他把手墊在屁股下面捋著摸，果然正中間有一條縫，棺材底是可以開合的。那就有逃生的希望，他不睡覺了，也不尿尿了，在幾尺空間裡一寸一寸地找機關。

原來這木枕就是機關，推半圈就能把底板打開。他等待時機，從洞口看天色已晚，趁蓬萊閣老在趕馬，大漠仙人在車裡睡著的時候，他左手撐著身子以防掉下去，右手抓枕頭邊擰了半圈。底板打開時他差點兒叫出來，下面是實的，鋪了好幾層金條。

那些人不是送葬，而是鏢局送鏢，怪不得個個會武功，豁了命地保這棺材。還說什麼小媽死了，當家的樂開花。小五子把金條一根根挪開，最下面是一個檀木板，留了兩個拳頭大的透氣孔，可能那些尿液滲來滲去就從這裡流出去了。他頗為遺憾地摸了好半天，把這些一一復位，又躺回板子上看頭頂的手指洞。

他有點悲傷，倒不是怕死，是什麼事剛有點希望，就被一盆水澆滅了。晚點他們找了家客棧休息，大漠仙人和蓬萊閣老開了一間上房，把棺材推到馬廄裡。酒足飯飽後，蓬萊閣老下來把棺材蓋打開，扔給小五子兩個饅頭。小五子坐在棺材裡，吃一口饅頭，就一口饅頭。看著他乾嚼，蓬萊閣老有點心疼，進去拿了兩個空盤子出來，跟他講這家是廣東的大廚，做菜的味道還不錯，這個盛的是上湯焗龍蝦，這個盛的是脆皮燒鵝，盤子剛刷沒多久，用饅頭蘸蘸還有味。

小五子點點頭，滿嘴的饅頭噎得眼淚都要出來了。蓬萊閣老也是，似乎這輩子都沒對誰這麼好過，他嘆了口氣，說：「混江湖就是弱肉強食，你打不過我們，按理說該把你殺了的，怎麼可能再往你身上貼錢？」

饅頭嚼得直掉渣，小五子努力往下嚥，他摸摸底板，想說這下面

有一百來根金條，隨便抽出一根就能把這家客棧買了，但它買不來我的命。

我打不過你們，所以它就是你們的。

當然不能說，沒點啞穴也不能說。吃完飯他平躺下來，蓬萊閣老問他要不要上個廁所。小五子搖搖頭，衝他微笑，那意思是不管怎麼樣，我都謝謝你。蓬萊閣老把棺材蓋扣上，抽出六根筷子啪啪啪地釘進去，對著洞口說：「那就早點休息吧。」

他睡不著，四周除了黑就是黑，感覺自己都要被吞噬了。小五子迴光返照似的東想西想，但就是記不起過去。什麼他都想，各種人各種事，從文思清到錢老闆，從何員外到蘇子瑤，甚至連關長老這樣無關緊要的人他都要想一遍，揣測他能不能幹掉馬長老，當上丐幫幫主。想這些幹嘛呢？

他中斷魂掌的那幾個時辰，是不是也這麼瞎想？

冥想了小半夜，他一下子明白了，他是在告別，記得的人，見過的事，在離開這個世界以前，一點點重溫一遍。想清楚以後就可以死啦，他閉上眼睛，試著不喘氣，憋得不行了才吸一大口。然後再使勁憋住，悄悄喘兩口，直到呼吸均勻地睡著。

他夢到自己過鬼門關走黃泉路，牛頭馬面在前面帶路，兩邊藏好的妖怪時不時地蹦出來衝他吼，也不碰他，號兩嗓子又退回去藏起來。小五子不明白，這都是幹嘛呀，死都死了，還怕這些嗎？牛頭跟他解釋，這都是閻王爺安排的，怕有些人沒死透，黃泉路上就把他嚇死。馬面不說話，走在最前面，搶先兩步把鬼門關打開。門那邊居然一片白光，花團錦簇。馬面回頭說：「我們不喜歡陽氣太重的人，所以說，」他手臂伸向鬼門關外，忽然變成姑娘的聲音，「小五子，你死了沒有啊？」

他騰地一下醒了，大口喘氣，一腦門子汗。那聲音又來了，問他「你死了吧，痛快說句話」。那是吳思若，彷彿溺水十分鐘，就要沉到湖

底的一刻，有隻手把他拉了起來。他阿巴阿巴地亂叫，使勁敲棺材蓋。

　　這還不夠，他想抱住她，永遠不鬆開。可是在棺材裡翻個身都不行，他伸出右手食指，從洞口穿出去，怕她看不到，露在棺材外的半截手指拚命地動。

　　沒聲音，他手指扒著棺材蓋，就像墜崖的人死命地抓著岩石，生怕自己掉下去摔死。

　　「我看見你了。」她說，「你別急。」

　　他聽出來她要哭了。他將手指伸直，指肚似乎成了他的臉，他慢慢轉著手指，想知道轉到哪裡停下來能好好看看她。一個捲好的羊皮從洞口塞進來，吳思若說是「一隻手」讓她給他的。小五子把羊皮放在身下，外面有了新狀況。

　　大漠仙人出來了，質問她在馬廄幹什麼。吳思若連誆帶騙，故作歡喜地說：「師父，原來你還活著，他們都說你被閣老殺了，我還以為棺材裡面的……」後半句不說了，扶著棺材蓋假哭。

　　蓬萊閣老也醒了，見到這麼好看的姑娘，從窗戶上翻了好幾個跟頭蹦下來。他問大漠仙人：「這丫頭是你徒弟，那該喊我師叔。」

　　吳思若盈盈一拜，一聲師叔喊得可甜了，說：「崑崙山莊見過師叔一回，從此就天天想著您老人家。」

　　蓬萊閣老激動了，闖蕩江湖這麼多年，終於碰到欣賞他的女人了。他吞吞吐吐的，好半天也沒講清楚一句話。

　　吳思若說：「不著急，您若能把我師父請走，叫他別跟著我們倆，我好好聽您講什麼。」蓬萊閣老只是笑，隔著棺材都能想像他花枝亂顫的樣子。大漠仙人聲音壓低，讓她先進客棧，有什麼事明天再說。

　　那就明天吧，小五子聽見蓬萊閣老一連串的撲騰，跳回到客房。大漠仙人甩兩下袖子，朝這邊走來。「我得走了，」吳思若輕聲說，「你放

心，我肯定救你出去。」可能怕他不放心，可能她自己也沒信心，她又補了一句，「救不出去，我陪你一起死。」然後她伸出手指，點在了小五子一直在等她的手指上。

4

雖然還是老樣子，每天躺在棺材裡看頭頂的五個洞，但沒那麼悶了，一是因為吳思若時不時弄點花生瓜子塞進來，再就是可以聽她和蓬萊閣老聊天以打發時間。他們也沒聊什麼乾貨，除了打情就是罵俏。既然好事不常來，聽點噁心話，刺激刺激腸胃，時光也會不知不覺地溜走的。

加上吳思若，馬車裡已經放不下棺材了，大漠仙人在車外吊了兩根繩，把棺材懸在馬車的一側。這樣小五子更舒服，晃徘徊悠，跟搖籃似的，一會兒一覺。蓬萊閣老還是坐前面趕車，吳思若坐他旁邊為他加油打氣。大漠仙人倚在馬車的最後面，捻著佛珠瞇著眼，看前面那倆人啥時候能上天。

吳思若勾搭老男人確實有一套，也就一套，不管蓬萊閣老幹什麼，她都拍著手說「你好棒」「天哪，你這麼厲害」。蓬萊閣老策馬揚鞭，吳思若驚呼：「呀，你這麼厲害，你這手臂應該能一把抱起我吧？」蓬萊閣老吃飯拍筷子，吳思若裝傻：「筷子怎麼不見啦？」蓬萊閣老把桌子劈開，筷子就在桌縫裡呢。店小二不幹了，抬棺材進來也就算了，吃一碗蛋炒飯你劈我桌子幹嘛？可沒人搭理小二，他跟透明的一樣。吳思若睜大眼睛，嘴巴合不上，一字一頓地驚嘆：「怎，麼，可，能！」逼得小五子任督二脈差點兒打通，衝她喊：一整天一個路數，你換個姿勢

行不行？

　　到了晚上還真有新姿勢了，吳思若開始呻吟了。前後也沒個過渡，就是眼瞅著天黑，蓬萊閣老狠狠地抽了一鞭子，抓緊再跑五十里。這時吳思若跟著輕叫了一聲。蓬萊閣老愣住了，上一次聽到這種聲音，還是給小五子檢查身體的時候。他問姑娘怎麼了。

　　「你輕點，疼。」

　　蓬萊閣老又狠狠地抽了一鞭子，說：「不行，趕時間。」

　　「啊，疼。」

　　真聽不下去了，小五子把瓜子放下，打開底板去金庫轉轉。一根根金條騰出來，把瓜子皮透過最底下的通氣孔扔出去。不行，還不夠解氣，他拽根金條對著孔外揚起的塵土鬆了手。金條掉在了路上，可是馬車已經向前跑了五十米。一間酒樓就這麼被他扔掉了，還挺過癮的，他連扔了三根。時候不早了，他把金條一根根地歸位。金庫沒那麼滿了，少了三根金條就多了幾本書的空隙。他用拇指食指比畫金庫有多高，接著比畫一下自己的頭。他合上底板想，以後沒準兒會有用。

　　車速變慢了，蓬萊閣老也不抽鞭子了，他在和吳思若商量：「你師父也被我趕走了，現在只剩我們倆了，晚上你來我房間切磋武藝吧。」小五子鼻子一酸，他想起以前在丐幫的時候，也是叫吳思若晚上來他房間，那時說是講講她的身世。時過境遷，他寧可死，也不想吳思若把身子賣出去。

　　可是吳思若不知道，她還在跟蓬萊閣老討價還價，她說：「沒用的，我師父就在前面等著我，只有他死了，我才能和你遠走高飛。」

　　蓬萊閣老不說話，好長一段時間裡，吳思若都不敢多嘴。大概過了半個時辰，蓬萊閣老喊前面騎馬的二師兄，同時低聲對吳思若說：「哪怕我真殺了二師兄，就剩咱們倆，你也救不走這小子。」

5

吳思若要走了，她照顧他最後一餐，她說她沒辦法，然後她又說了那句話：「你要是死了，我跟著你死。」小五子在棺材裡吃糠咽菜，他想說你誰啊，咱們算什麼啊，還帶殉葬的？我相信我要是死了，你會難過，但最多倆月，日子往後過，結婚生子哪樣都不耽誤。過個十年二十年，這會成為你炫耀的資本，跟兒子說當年有個小夥子特別喜歡我，可惜他命不好，被你爹給殺了。小五子想到蓬萊閣老，也沒準兒，什麼事都可能發生。

真離開那天，小五子還是捨不得，他想說你別死，我不領你情，你好好活著得了。可是他啞巴了，說不出來，想寫下來又沒紙筆，只能不理她。他怕多看她兩眼會讓她動了情，以後真尋死覓活的。他躺到棺材裡不出來，對她伸進來的手指無動於衷。直到確定她已走遠，他才敲了敲棺材蓋。

後面的路程還挺順利，沒尋仇的，也沒救人的，三個人一聲不吭地往南走。從汴梁到黃陂，從黃河到漢江。進了漢口他們改行長江水路，馬車不要了，棺材還得留，卸下來擱在甲板上。

剛一上船他有點暈，隨著波浪忽忽悠悠。以前沒坐過，小五子確定，二十多年來他第一次坐船。船上食物緊張，能分給他的就更少了。反正他也沒胃口吃，趕上風浪大的時候吃什麼吐什麼。從漢口上船，還沒到九江他就已經開始虛脫，持續地昏迷。眼睛都不敢睜，面前全都是花的。偶爾二老關心他，怕他死在船上，把棺材蓋打開讓他晒太陽。他都會捂住雙眼，求他們把他送回到黑暗裡。

不過耳朵還沒壞掉，不時能聽到波浪、船伕的號子，以及迎面過來的船衝他們吹號角。大概跑了半個月，江上的號子多了起來。掌舵的說

他們到南京了，再跑個一天，就能從江寧換船出海了。小五子感覺天氣應該不錯，陽光肯定刺眼，四周都是號子聲，那些即將上路的和終於抵達的船伕們互相吹號角致意。掌舵的建議他們靠岸補給，等出了海可就再沒有加水補糧的機會了。大漠仙人點頭應允，船慢慢進港，迎面一艘花船擋住了他們的航路。

不是紙紮的，是真的花，從船艙到甲板，爬山虎一般包住整艘船，小五子在棺材裡都能聞到撲鼻的芬芳。花船上出來一個女人，後面站著如琴、如詩兩個丫頭。那女人問，對面船上可是大漠仙人和蓬萊閣老兩位前輩。聲音有點耳熟，小五子把耳朵側過去分辨，就快想起來的時候，那女人接著問：「老谷主要見怪呢，怎麼二位路過南京，都不來百花谷喝茶賞花？」

那就對了，原來是上輩子的冤家蘇子瑤。大漠仙人作揖稱謝，指著棺材說，他們要趕著出殯送葬，多有不便，還請谷主師妹不要見怪。

「我們老谷主可見怪了呢，」蘇子瑤舉袖遮嘴咯咯笑了起來，「出殯送葬，只怕棺材裡是個活人吧？」

大漠仙人說：「姑娘果然好眼力，裡面的確是活人，我們打算到了墓地現殺現葬。」

蓬萊閣老不耐煩了，句句圍繞半死不活那小子，他在一旁要那麼多功夫，甲板都要站出坑了，花船那姑娘也不看他一眼。他搶話說：「活人又如何，你們百花谷要是不滿意，我現在就讓這小子變成死人。」蓬萊閣老說完就朝棺材劈過去，蘇子瑤臉都嚇白了，連喊三聲「且慢」，質問他：「你可知道，這位公子是百花谷的什麼人？」

這算威脅吧，蓬萊閣老可不吃這套，隨便他是誰，弄死了再說。他抬起手臂從棺材中間往下劈。這時一個花籃向蓬萊閣老後背擲去，蓬萊閣老回手擋了一掌，花籃被打落，擊碎的花瓣飄得滿天都是。蓬萊閣老

抱怨：「原來小師妹你也在場，為何只讓小孩子和我說話？」一個老婦人伴隨著花瓣輕飄飄地落在甲板上，她頭頂著一尺多高的雙鳳翅龍冠，一身紅羅袍拖在地上都看不到腳面。她上前兩步，漫不經心地站在棺材和蓬萊閣老之間，笑盈盈地說：「三師兄，二十多年沒見，你怎麼還是這麼大的脾氣？」

那就是百花谷谷主了，小五子知道他們是來救他的，蘇子瑤不是問棺材裡面是百花谷什麼人嗎，少谷主啊。小五子使勁敲棺材蓋，谷主說話時掃了一眼，知道棺材蓋被釘死了，便一掌拍在蓋子上。小五子隨著棺材往下一沉，六截筷子被震了出來。谷主將棺材蓋推開一半，天氣晴朗，一道陽光照進棺材，小五子抬手擋住眼睛。他瞇著眼睛，還是看不清谷主，眼前一片明晃晃的光。谷主右手抓住他肩膀，準備把他抱出來。這時大漠仙人出手了，一掌拍向谷主。她鬆開小五子，騰出右手擋住這一掌，小五子又被摔回棺材裡。

這次是真的暈了，再醒過來，他看到大漠仙人和蓬萊閣老聯手圍攻谷主。三人出掌之快，掌力在船上形成一道密不透風的牆，弄得蘇子瑤一直找不到空隙上船救人。那些從漢口來的船伕、廚子和掌舵的，早被嚇傻了。半個多月來，棺材一直在甲板上，裡面躺著的居然是活人。他們都躲到船尾，討論是現在跳江逃命，還是等等看。畢竟這些人師兄師妹地叫著，沒準兒是所謂的切磋武藝，意思意思就收手了。

兩位師兄也確實沒使全力，大漠仙人揮著手掌勸師妹先退回去，有什麼事慢慢商量。谷主接他話說：「把人先給我，一切都好商量。」但她已然撐不住了，她知道退回花船，就別想再商量了。蓬萊閣老打一會兒忽然慚愧了，說咱們兩個大男人怎麼一起打起師妹來了。

「不對，不對，」他跟谷主說，「我剛才攻了你十八掌，現在還你三十六掌。」

　　他轉過身跟大漠仙人打起來了，一二三四五地查著，還見縫插針地說：「有什麼本事都使出來吧，趁小師妹在，看看到底是誰偷的祕笈。」

　　大漠仙人一再罵他糊塗蛋，手上的功夫不得不加快。大漠仙人快，蓬萊閣老也快，一邊打一邊數。數到三十六，眼看大漠仙人撐不住了，蓬萊閣老一甩手不打了，退到旁邊看熱鬧。

　　這時候起風了，有雨點打下來。谷主漸漸勢弱，身上已挨了兩掌，腳下一滑，雙手撐在甲板上才免於摔倒。她打算搏一下，大家五五開。谷主回頭看了一眼蘇子瑤，一掌向下拍在甲板上。一聲巨響，船頭往水裡傾斜，眼看著要沉船了，谷主拍下第二掌，整艘船都散了架，碎成上萬條木板墜進江水中，棺材彷彿一艘孤船浮在風浪之中。蘇子瑤盯著棺材，她知道谷主的意思，谷主拖住二老，她去棺材裡救人。

　　船伕、廚子紛紛落水，隨便抓一個板子向岸邊游去。谷主和大漠仙人踩在一根木板的兩頭伺機出招。大漠仙人嘛，鑽沙子騎駱駝沒問題，一碰水可就不行了。他搖搖晃晃的，也只是不掉到水裡，哪裡還顧得上還手。

　　蓬萊閣老不高興了，拽起帆布鋪在水上指責師妹：「你這就不對了，大家打打玩玩，把船擊沉了做什麼？」他長期住海島，面朝著大海看蓬萊幻境，水性要好得多，腳點一下木板，都能在水面連邁三大步。他踩著帆布，把師妹也拉上來練練，難不成你的長江比我的黃海還要凶？打兩下就知道師妹不行，他要慢點打，收點力，難得在江上打一會兒，還挺過癮的。

　　狂風推江水，江水推棺材，棺材搖搖晃晃向東漂流。一個浪打過來，整個棺材翻到長江裡。棺材口朝水面紮下去，散開的棺材蓋從水裡冒了出來。蘇子瑤好不容易追上了棺材，抓著棺材邊卻無處使力。她用背頂著棺材，憋一口氣，大叫一聲將棺材正了過來。她看看身下的江

水，老天爺保佑他還在，她上下牙打顫，撐直雙臂，從水裡躍到棺材上面看裡面。

蘇子瑤啞著嗓子喊谷主，聽聲音，天都要塌下來了。谷主朝那邊望過去，掌勢漸收。蓬萊閣老點點頭同意罷戰，拽起她踩著木板向那邊邁去。

一里多水路，他走起來比船還要快，最後一大步，他帶她來到水面的棺材板上。

蘇子瑤倚著棺材掉眼淚。「他不會水，」蘇子瑤哭著說，「一點兒都不會。」

谷主點點頭，咬著牙看四周的江水，也不知少谷主沉在江底的哪一處。蓬萊閣老也有點不好意思了，搓著雙手說：「算了，就當我殺的，有什麼仇，有什麼氣，找我撒好了。」

「我再問你一遍，你可知道他是百花谷的什麼人！」蘇子瑤衝他吼，「他是少谷主，是我們谷主的親孫子！」

6

日落時分，秦淮河上一戶漁家收網歸船，小姑娘指著水面問她父親，河上為什麼有一個棺材。她父親低頭不語，拉網上船。颶風下雨一整天，沒網到多少魚，今天算是白幹了。小姑娘又問了一次，怎麼棺材會跑到河裡面。她父親抬頭看一眼，說可能是西藏的喇嘛在水葬吧。

他也不知道，秦淮河上從來沒見過，就是以前聽說書的講過，西藏的喇嘛不埋不燒，要是死在內地，就把屍體放在大街上，等禿鷲老鷹吃掉。

可是南京城裡哪有禿鷲老鷹，連老虎豹子都沒見過一隻，扔一個月都放臭了也沒人管。後來朝廷禁止天葬，他們就改為水葬，將死人放在蓆子上，順水一推送進江河湖海。不過用棺材的真是沒聽說過。他起身望了一會兒，河上的棺材漂漂蕩蕩，好像從很遠的地方來呢。

小姑娘說要去看喇嘛，一個猛子扎到水裡，再出頭時已在二米開外。

他從漁網中撿些小蝦小蟹扔進鐵鍋，盛些河水，把火點著。水燒開，女兒回來了，爬上船說棺材是空的，裡面什麼都沒有。他扭頭看過去，說不是啊，棺材裡有個腦袋露出來呢。小姑娘睜大眼睛，真的哎，剛才怎麼沒有呢，有頭髮的喇嘛，還在動呢。

他醒來的時候先吐了一大口水，平躺的身子有一半浸在水裡，有個女孩在上面問有人嗎，是不是被吃啦。四週一片漆黑，他想起來這是金庫的暗格，棺材落水時他躲到裡面去的。當時浪太大，水從半拳大的通氣孔湧進來，他一隻手頂住那個孔，另一隻手脫掉衣服把孔塞住。隨著棺材在江中的幾個翻滾，他在暗格中徹底暈掉了，睜眼時就是這個女孩在問：「是不是被吃啦？」

他不敢出聲，屏住呼吸，一直等到那女孩離開，才吐出一大口水。他要確定安全，等到一點兒聲音都沒有時，打開隔板，上到棺材裡。看天色還沒有大黑，他扶著棺材邊坐起來。看水面的寬度，似乎不是長江，棺材順勢漂蕩，早就從長江下游的右岸拐到了秦淮河。兩岸都不著邊際，這麼漂著也不知道何時才能靠岸。剛才那小姑娘已經回到漁家，看樣子不是仇家，也許可以跟他們借身乾衣服，討口飯吃。

還是穩妥為上，小五子沒人管，想殺崑崙公子的人可多著呢。那些武俠話本，說的不都是背著深仇大恨臨水而漁的故事嗎？他坐下去，靠在棺材一頭，就這麼漂著總能到岸邊。命是保住了，他要想想以後怎麼

活。趕快跑吧，離江湖遠遠的。可江湖不是一個地名，到處都是江湖。那就一直往北跑，田獨就沒什麼江湖。要是那兒也不安生，就再往北，總有沒江湖的地方。他忽然明白錢老闆是自己人，應該是錢老闆把他帶到田獨的，他不讓自己離開，處處管著自己，就是怕自己遇見仇家。這麼說自己太傻了，天天跟有多大仇怨似的瞪著錢老闆，此生若是有機會再見他，真該磕兩個頭，跟他說聲對不住。

他坐不住了，肚子餓得咕咕叫，有小魚從棺材旁邊游過，他彎腰去撈，差點兒掉到河裡去。月上柳梢頭，秦淮河反倒熱鬧起來，河面上停了十幾艘花船，掛的都是假花，跟百花谷的船比可差遠了。兩岸人頭攢動，男人喊著價，看誰能上看中的花船。

小五子明白了，這是選花魁，「古韻凌波十里歡，風搖畫舫雨含煙。夜遊驚豔思八豔，情灑秦淮不夜天。」，還有那句更有名的「商女不知亡國恨，隔江猶唱後庭花」，他每次聽到，都是一臉壞笑。花魁還沒選出來，小五子先中了新郎官，棺材不受控制，朝著船頭撞了過去。

還好身邊有金條，不然看老鴇那破口大罵的架勢，是要將棺材拆了，再把他扔回河裡去。他手舉一根金條，老鴇趕緊笑臉相迎，朝上面說：「別叫價了，喊來喊去都是銀子，這位官爺可是帶金條來的，棺材棺材，升官發財。」

兩個龜奴把他抬上船，給他燒了熱水泡澡，換了身新袍。小五子還是無法說話，衝他們比畫要吃飯。龜奴說句「得嘞」，把他抬到花房閨床上，把桌子搬到床前，三趟兩趟就擺滿了一桌子佳餚，看菜品都舒服得想呻吟。小五子這輩子也沒吃過什麼好東西，在田獨天天都是豬肉燉粉條。到冬天大雪封山，粉條供應不上了，就豬肉燉大棒骨。進了丐幫更完蛋，基本上跟狗搶吃的，好不容易下次館子，還得把菜搗爛了再吃，說丐幫弟子不能忘本。跟著大漠仙人、蓬萊閣老更是吃糠咽菜，饅

頭蘸饅頭渣，還廣東的大廚，聞聞盤子上還有味兒。

一個姑娘進來給他斟酒，坐到他對面抱起琵琶，問小五子想聽點什麼。小五子想問後庭花有嗎，不然後庭開花也行，苦於開不了口，財主都當得不盡興。

邊聽邊吃，肚子快吃爆炸了，飯菜還剩一大半，兩壺酒下去，小五子覺得那姑娘越看越好看。他有點暈，後仰躺在閨床上，看著影影綽綽的燭火。姑娘過來把青紗帳放下來。他猶豫就在這兒過夜吧，苦了那麼久，難得對自己好一點兒。也就一念之間，他撐起來再喝了一壺酒，他知道不可以，現在已經夠亂了，崑崙山莊四個姑娘拿命來救他，他知道他最終只能選一個，肯定會傷三個女孩的心，但今晚在這兒過一夜，他小五子就真的不是人了。

他用手絹抹抹嘴，示意她別來服侍，接著把手絹展開寫了一個「岸」字，他要下船回去。老鴇聽說之後進來勸他：「怎麼好現在就走，要是不滿意，我再叫幾個姑娘來陪你。」小五子搖頭，他發現當啞巴也挺好，省了不少口舌之爭。

來時倆龜奴伺候，回時就一個龜奴劃小船。老鴇他們真可以，劃出去沒幾米，就聽見她宣布繼續選花魁，岸上的男人又活躍起來。小五子示意龜奴遠點走，找沒人的地方靠岸。下船時他有些不捨地看看船上的花火，他朝龜奴揮手，轉身進樹林，走出兩步腳下拌蒜，摔倒在草地上。他爬起來，扶著樹幹，兩腿顫顫巍巍，好半天才邁出一步。在棺材裡躺了個把月，他全身都要萎縮了。但總會好的，只要沒死，一切都會好的。

第六章　南海真人

1

　　方丈說要找文思清談談，但她在少林寺待了一個月，也沒見著方丈的面。她晚上住在寺外的菜園，白天跟著和尚一起進寺。第一個星期她就摸清了寺裡的日常，卯時敲鐘起床，天都是黑的；和尚們聚在千佛殿打羅漢拳，跟晨起早操似的，每天打一套；然後還不開早飯，要去誦經堂做早課。大家敲著木魚，根據自身修為，念什麼的都有，《金剛經》、《易筋經》、般若波羅蜜的《大般若經》。在混雜的琅琅讀經聲中，文思清清楚地聽到，有兩個小和尚含糊地反覆念叨六個字：「好餓啊，開飯啊。」問題是節奏還不對，人家木魚敲兩下，他倆咚咚咚能敲五六下。

　　這兩個小和尚是負責照看文思清的，照字在前，看字為後，好好看住她，別讓她跑了，也別讓她餓死，如果可能的話，也讓她聽聽經文、學學佛法，別白來少林寺一趟。兩個和尚是兄弟倆，哥哥十九，弟弟十六，淨字輩的，一個叫淨空，一個叫淨虛。文思清到現在也沒分清，淨空淨虛到底誰是誰，他們總是哥哥弟弟地叫。有一次弟弟叫了哥哥的法號，回頭被他哥哥好一頓打：「我是你哥你知道不，直呼其名，目無尊長。」

　　剛開始文思清還挺擔心，兩個男孩都不小了，擠在一間房裡，怕他們晚上摸上床。接觸幾天後，文思清明白方丈為什麼安排他們來照顧她了。兩個小和尚傻乎乎的，小時候更傻。弟弟七八歲時淘來一本《葵花寶典》——從一個乞丐那兒花二十文錢買來的。哥倆兒按照書上的指引，一人一刀把自己切了，一心一意地練神功。大概練了五年，他們發

現這本書是假的，別說上天入地，爬樹掏鳥都費勁。兩個孩子傻眼了，跟父母講了這本書的來龍去脈。文思清想他們的父母也夠可憐的，上輩子造的什麼孽，生了這麼兩個缺心眼的。

神功沒學會，大俠夢還在，反正都這樣了，不當和尚也是當太監，哥倆兒三年前跑少林寺來了。他們想學大力金剛指，可是入寺三年來，師父只叫他們到菜園裡種菜，清晨練練羅漢拳，每天打一套，九個小節，每節一八二八共八個節拍。這是學功夫嗎？弟弟鬧了好幾回情緒，每次都是哥哥給他講道理，少林寺不同於其他門派，講究打好根基，前三十年你打不過別人，後三十年別人打不過你。

「可是，鋤地施肥做早操是什麼根基呢？」

哥哥說不上來，他也有同樣的疑惑，找個機會跟師父請教：「我們打一套羅漢拳，其實就是練基本功吧？」

師父搖搖頭，沒聽明白，「什麼基本功，一日之計在於晨，早上打一套，是讓你們一整天都有力氣挑肥種菜。」

難道來錯地方了？可是天下武功出少林啊。哥哥叮囑弟弟：「彆氣餒，師父和方丈考驗咱倆呢，咱們好好種菜，侍奉佛祖，師父看在眼裡，吃在嘴裡，總會把十八羅漢的看家本領全教給咱們。」

弟弟不相信，每回這時候都要說：「藏經閣掃地的八光快五十了，不還是在掃地？」

八光也是和尚，十多年前出家，前一任方丈不給他法號，就讓他叫原來的名字，說一姓一名都是浮雲，名姓不改而品行轉善，才是真正的修成正果。修得可好呢，十多年來沒出過藏經閣的院兒，唸經敲鐘打羅漢拳，他通通不參與，吃飯都是兄弟倆輪流送。

「像他那樣可不行，」哥哥說，「我們準備好了，機會自然就來了。」

終於在前幾天，方丈從尋龍屠狼大會上次來了，還帶回一個姐姐，

說她是崑崙公子的女人，可一定要看好了。哥哥雙手合十，一百二十個保證。崑崙公子啊，說武林第一高手也不為過，聽說在這次大會上，上百個門派愣是沒攔住崑崙公子，讓他帶著大漠仙人和蓬萊閣老逃出去了。

哥哥老成持重，深知求人辦事得先把人伺候好，每天換著花樣地給文思清做齋飯。菜園裡沒有雞，但他會做素雞；沒有魚，但他會做漿水魚魚，天黑後還要給她磨碗豆漿 ， 說是安神補腦。忙活了一個星期，漂亮姐姐都吃胖了，哥倆兒覺得可以拜師了。這天晚上一如往常，弟弟把第二天她要穿的乾淨衣服放在床頭，哥哥端一碗豆漿過去，看著文思清咕咚咕咚地喝完。

「是不是覺得跟前幾天不一樣？」哥哥說，「裡面加了黑芝麻糊，又磨了些五穀摻在豆漿裡。」

剛才喝太快了，文思清咂巴嘴回味著，好像是香了一點兒，再來一碗吧。哥哥猶豫了一下，他想趁熱打鐵，先說拜師學藝的事。他問這幾天她對他們哥倆兒還滿意吧。

文思清認真想了想，說：「你倆挺好的，要是能放我走就更好了。」

哥哥賠笑說：「其實以妳的本事，想走就走，我們哪能攔得住！」

「怎麼攔不住？」

哥哥沒回答，跟在床頭疊衣服的弟弟使了個眼色。弟弟拿了兩個燭臺放在桌上，每個上面插四根蠟燭，並一一點亮。哥哥面對桌子，向後退幾步，扎馬步運氣，揮出一掌，八根蠟燭上的火焰搖搖晃晃，最終中間的兩個滅掉了。收掌吐氣，哥哥對文思清行了個禮，說：「這劈空掌我們哥倆兒練了一年多了，可惜不得其法，如何發力還請前輩指教。」

文思清完全蒙了，這都是什麼呀，她皺眉問：「你這麼費勁幹什麼呢，把蠟燭吹滅就好了呀。」

哥哥點頭稱是，說：「妳太高看我們了，外功還沒有練到家，吐息之法更是無從談起。」

吹個蠟燭有這麼難嗎？文思清過去查看，挺正常的蠟燭。她閉上眼睛，生日許願似的吹了一口氣，把剩下的六根蠟燭全吹滅了。哥哥搶過去說不是這樣的，他掏出火石把八根蠟燭一根根再點上，拉著文思清後退幾步到床頭，說要用排山倒海之勢把蠟燭吹滅。

文思清搖頭想笑，那神仙都吹不滅啊。她不去管蠟燭了，但還是想教育一下兩個孩子，走兩步都不行，人活著不能那麼懶。

都怪他哥太虔誠，弟弟早就不信這個女人了，他走過來說：「妳就承認吧，妳一點兒武功都不會，對不對？」

文思清點點頭：「當然不會，會我早跑了。」

「妳就是個欺世盜名的騙子！」弟弟好大的反應，情緒都要崩潰了，他早就不信這個女人了，這回連少林寺都不相信了。

「到底怎麼了？我騙誰了？」

「妳騙了全天下，妳說妳是崑崙公子的女人，可你什麼都不會！」

弟弟不玩了，把僧袍脫下來摔地上，甩手出了門。哥哥追出去，兩人先是爭吵，後是商量，一會兒又回到房間，撲向文思清，鎖住她的肩膀，把她從頭頂摔下去。文思清都嚇傻了，趴在地上疼得直掉眼淚，聲音一顫一顫地問：「你們為什麼打我？」

兄弟倆也慌了神，跪地上給她賠不是，說沒想摔她，就是想試試她的功夫。

「可我告訴過你們，我不會武功啊。」

「因為江湖叵測，有些高手深藏不露，功夫是試出來的，不是說出來的。」

文思清瞪了他們一眼，兩個孩子不敢說話，想把她扶起來，幫她揉揉肩膀。文思清警告他們，別碰她。哥倆兒便把手放下，跪坐在地上等文思清哭完。大家就這麼耗著，文思清越哭越厲害，渾身疼得不行，還一肚子委屈。她想小五子，又想當時臺上的另外三個姑娘，想到她們的樣子，她又放聲哭起來。

疊好的衣服裡有手絹，哥哥去床頭找出來，遞給她時又解釋一次：「真不知道妳一點兒武功都不會，妳可是崑崙公子的女人。」

「我也是最近才知道他是崑崙公子的。」

「那他看上你哪兒了？」弟弟問。

感覺問題怪怪的，文思清不搭理他，接過哥哥的手絹，擦完眼淚擤鼻涕。可弟弟還在追問：「妳一點兒武功也不會，長得又不好看，崑崙公子到底看上你哪兒了？」

文思清停下來，把手絹折好放進髒衣簍，瞪著他問：「你是認真問我，還是故意嘲諷我？」

「我認真問的。」

真是的，沒有比這再認真的表情了。文思清倒吸一口氣，起身看鏡子裡的自己，是過去的那種銅鏡，即使那麼朦朧，依然看不到自己有多美。

哥哥說了，高手都是深藏不露的，她心頭一酸，小五子，能看上她的崑崙公子，到底是個什麼樣的男人啊？

2

文思清是被方丈請到少林寺的，我請你來，你不答應，我弄死你。

尋龍屠狼大會那天，小五子被兩個老頭兒掠走，臨走時把房子弄塌了。屋頂砸下來的一刻，她以為自己完了，趕緊蹲下來，找個個兒高的擋一擋。混亂中，有個和尚揪住了她的頭髮，拖著她，趕在她粉身碎骨之前把她拽出了房子。文思清那次疼哭了，和尚雙手合十，說自己是少林寺的方丈，男女授受不親，更何況是出家人，還好抓的是頭髮，沒有辱沒了女施主。

她皺眉看著方丈，沒頭髮也沒鬍子，感覺眉毛也被刮掉了，一時間看不出來年紀，合起來的手掌上還殘留著幾十根剛拽下來的頭髮。文思清捂著頭皮也不好怨他，就說小女子謝過方丈。方丈點點頭，笑瞇瞇地不說話，弄得文思清也不好轉身告辭，便多說了兩句，說自己見識短淺，還請問方丈尊姓大名。方丈沒聽懂，讓她再說一遍。文思清說：「我問你叫啥名，大會上那麼多人，個個都喊你方丈，所以我還不知道你叫啥名。」

方丈恍然大悟，這回聽懂了，點點頭說：「名字都是虛幻浮雲，叫我方丈就好了。」

文思清眨巴著眼睛，真夠得意忘形的，她又一次雙手合十，半鞠躬說：

「後會有期，小女子告辭。」

可方丈不讓她走，從後面揪住她的頭髮，說她受傷不輕，建議她先去少林寺養傷，再慢慢商議江山社稷。

文思清又摸摸頭皮，看手上也沒血，便說自己沒受傷，而且她也不

179

能商議什麼江山社稷。方丈搖頭，說：「施主不要妄自菲薄，你是崑崙公子的妻子吧？」她說算是吧，反正小五子答應會回來娶她。

「他一定會來找你了？」

文思清點點頭，看來方丈對她的回答很滿意，還衝她微笑。突然，他伸手給了文思清一掌。文思清一口血噴了出來，方丈低著頭說「阿彌陀佛」，說她真的傷得不輕，還是隨他去少林寺養傷吧。

原先沒傷，現在受重傷了，文思清被拖上馬車。汴梁離少林寺不遠，連拉帶拽兩天就到了。等了一個月，也不見方丈來找她商議什麼江山社稷。小和尚弟弟說方丈忙，可忙呢，每天都有人帶著傢伙來打聽崑崙公子的女人的下落，方丈忙著招待他們，「阿彌陀佛，有失遠迎」，順便再露幾手功夫，把茶杯捏碎啦，把桌角踢下來一塊啦，爭取不吃飯就把他們嚇走。

「他們打聽我做什麼呢？」

「挖你的肉啊，今天卸你一條手臂掛在城樓上，告訴崑崙公子，再不出現，明天把另一條手臂也卸下來。」

「那要是明天還不來呢？」

「那就再卸一條唄，笨死了。」

但是大多數都走了，知道不是少林寺的對手，留點香火錢便作揖告辭了。有幾個門派不自量力，非要留下來吃飯，說要見識一下少林十八銅人。方丈到哪兒湊十八個人去，便跟人家攀交情，邊吃邊聊：「發現貴派師爺和我們師叔祖是朋友，大家能不打就不打，真要打，少林寺當然不怕你。」

月底的時候三王爺帶了幾個人來，先禮後兵，方丈招呼他們留下來吃飯聊聊。可能是一點兒葷腥都沒有，三王爺吃兩口急了，說天下武藝出少林，咱們切磋一下。方丈心裡發毛，忙跟師弟交代，湊十八個武功

還行的，抹上銅粉擺擺陣仗。可沒那麼多人，小和尚哥哥都被拽過去了，將近二十個和尚抹了半斤的銅粉。

三王爺尋思一下，說：「咱們一對一吧，我這邊出四個高手，你那邊也出四個，咱們切磋為主，殺人為輔。」三王爺說完轉身問：「你們誰先來？」

馬長老躍躍欲試，從田獨到羅剎，再到崑崙山莊，熬了那麼久，終於有表現的機會了。

少林寺這邊是方丈出戰，他不敢怠慢，丐幫除了向問和，就剩關長老和他兩大高手了。一上來，方丈就下殺手，同時出右腳和左拳攻擊馬長老的兩肋，馬長老沒見過這招式。本來應該是無影腳的，左右腿掃過去夾攻，但幾年前方丈的左腿壞掉了，他便自創了這右腿加左手的功夫。馬長老一個踉蹌，方丈一躍到了他的身後，拍了他後心一掌。

那天小和尚哥哥在場，弟弟留在菜園除蟲。風波過去之後，哥哥向弟弟比畫了一夜，一招一式，方丈是怎麼給馬長老留情面，陪他多打幾十招，一腳一拳，就是不把他打死，直到馬長老躺在地上起不來了，方丈才向後一躍，說「承讓承讓，老衲也只是僥倖得勝」。

「這些都是江湖上的規矩，」哥哥教育弟弟，「你把人家打個半死，還得說對方手下留情。」

弟弟猛點頭，真的是，江湖處處有門道。他問第二場呢，誰和誰對打。

第二場是迎客道長，他上前一步說馬長老識大體，不墮少林寺的百年威風，先讓了一場，說話的空隙還朝地上的馬長老輕蔑一笑，然後他抽出那把彎彎曲曲的劍，說在下不才，哪位領教幾招。

除了方丈就是十八銅人了，小和尚哥哥低下頭，盡量往別人身後藏。

　　方丈沉吟了一聲，說這些弟子年紀尚輕，下手沒有輕重，還是老衲陪道長再過幾招。迎客道長臉都嚇白了，說：「這可不行，說好你們四個我們四個，如果第二場還是方丈，那我們就繼續派馬長老迎戰。」

　　可是馬長老的腿都快被打折了，扶牆都站不起來。三王爺失望得直搖頭，他的人輸了就算了，居然還臨陣脫逃。六公子是硬骨頭，不能給三王爺丟面子，站出來接招。接下來一直到晚飯前，六公子生生被方丈毆打了一個多時辰。

　　眼看日落，方丈停手不打了，說：「四場比武我勉強贏了兩局，大家打個平手，留下來一起吃頓齋飯吧。」不說齋飯還好，青菜豆腐的，三王爺更生氣了，說先不忙著吃，他這還有一位高手，方丈若是能接得住三招，他轉身就下山，絕不再來叨擾。

　　應該不是說大話，方丈打量著三王爺說的高手 —— 鬍子全白了，頭髮卻是純黑色。方丈請教他尊姓大名。三王爺搶過話說，方丈若是知道他是誰，怕是要做縮頭龜了，說話時他還特意瞪了一眼迎客道長。

　　那就不問吧，不知道對方來頭，說是接三招，他也不敢應承五招，而且要偷換名目，把接三招變成打三招。他算準了第一招虛打推山掌，順勢彎腰掃他下盤，對方定會跳起來，這時一掌般若禪掌迎過去，三招任務就算完成。先試試人的虛實，要是高手，他就收手說承讓；要是不行，他就壓著他猛揍，把那一頭黑髮都給人揪光嘍。

　　按照計劃，方丈推山掌過去，對方身子後仰，他掃堂腿踢下盤，對方跳起來，方丈施展般若禪掌，對方在半空躲不過，只好出掌來接。起初方丈沒想發全力，震懾一下對方就好，然而對面的老人雙腳落了地還不收掌。對方的力道不大，方丈也摸不清他的武功路數，便提醒再不鬆手會震碎他的肝。老人臉憋得通紅，讓他儘管來。方丈搖頭惋惜，掌心加力頂上去，同時看著對方的臉色，但凡不對就收力放手。

一炷香的工夫後，對方快撐不住了。方丈沒傷著，除了頭有點疼，也沒感覺哪兒不對。可能對方的路數就是防守，跟你耗的那種。武林功夫大體分為進攻和防守，九成的門派練各種攻擊招數，防守很少見。這一掌沒多長時間，方丈有的是力氣，只是頭越來越疼，太陽穴青筋暴起，疼得都要爆炸了。他眼前一黑，捂著腦袋倒在了地上。

那些和尚呆住了，打進少林寺，就沒見方丈輸給過誰。兩個和尚把方丈扶起來，前胸後背地發掌續力。小半個時辰後，方丈醒過來，看看四周，讓寺裡的和尚快去把文思清帶到藏經閣，要跟藏《大悲經》一樣地把她藏好。說完看到三王爺又自言自語地補了一句：「我該小點聲說的。」

接著他宣布自己退位，將方丈的位子傳給他師弟。眾僧問是哪一個師弟。

方丈想了想，說名字忘記了，反正不是十六師弟就是二十一師弟。然後他站起來，朝對面的老頭兒說了一句「久仰」後又頓住了，凝視了他好半天，才想起自己要說什麼：「原來閣下是南海真人。」

3

方丈中了斷魂掌，少林寺就垮掉了，他帶著三王爺、南海真人、六公子在寺裡亂轉。他說：「我知道藏經閣，你們不要瞎找。我十二歲在那邊掃地，讀過一些書，沒一本讀完的。每本書讀上那麼幾頁，就已經超過了我師父。」他帶人穿過千佛殿，走出達摩堂，經過一片魚塘時停步不走了，轉身喝斥：「都是些什麼人，擅闖少林寺，看我去稟報師父！」彷彿時光倒退，方丈還在十三四歲的年紀，表面上氣勢不輸，不

過心裡怕極了，找個由頭拔腿就跑。三王爺看著方丈在寺裡亂竄，遲遲想不起來他師父住在哪一間房。三王爺搖了搖頭，責怪南海真人下手有些重了。

「三王爺，我可不是朝廷請來的，只是碰巧大家都要找崑崙公子。」

三王爺不說話，背過去看池塘裡的紅鯉魚。南海真人說：「罷了罷了，我接下來不濫殺無辜就是。」

也殺不著什麼無辜，寺裡和尚跑走了大半，剩下的躲在藏經閣門口。

八光不讓他們進閣，這些人圍著文思清商量著把她交出去，反正方丈也不行了。看那老頭兒本事夠大，再說還有三王爺，以後有朝廷罩著少林寺。

就這麼愉快地決定吧，可小和尚哥倆兒不幹。弟弟不吭聲，死命抱住文思清，不讓她被這些人拖走。哥哥去捶藏經閣的大門，哭著說：「救人一命勝造七級浮屠，我們死在外面也就算了，起碼讓這位女施主進去躲一躲。」門那邊的八光發火了，說小和尚什麼謊都敢撒，自己怕死還造謠少林寺有女人。說是這麼說，他還是忍不住好奇，推門出來，在眾多光頭裡一眼看到了文思清。十幾年未近女色，八光一下子看痴了，退回到閣裡，紅著臉自言自語：「女人要是都能來少林寺，我就不來這兒出家了。」

八光合上門的一刻，方丈領著三王爺和南海真人過來了。方丈雙手合十，讓他們等一下，他去稟報師父。然後他轉身問院子裡的和尚，師父是否在閣中清修。有人提醒他，你師父已經圓寂了。方丈愣住了，皺眉搖頭說不可能，師父早上還讓我背《金剛經》的。

看方丈已經這樣了，之前還有點猶豫的和尚也都想通了，想活下來就得把文思清交出去。弟弟抱著她大哭，和尚們拉不開他，索性把他倆

一起推過去。

「要一個給倆，」南海真人對三王爺笑著說，「我還怕不夠分，真好，小和尚是你的，這個女人歸我。」

三王爺有點為難，看看手下幾個 包，一世王爺居然被這個南海真人欺侮了。西北六公子站出來，說：「這個女人我們先借用一下，等請來了崑崙公子，我們王爺連帶著她，再多送你幾個女人。」

南海真人冷笑：「王爺當真以為我是好色之徒，我不過是也想看看這個崑崙公子的斷魂掌，是否為我所擊。」

雙方推來讓去，幾句話把八光惹毛了，一個個都是什麼玩意兒，跑少林寺來分女人？他抄起牆角的掃把，從藏經閣跳出來說：「這女人本來是老子田扒光的，老子這十多年轉性了，沒碰她，但也不能剩給你們。」然後他用掃把桿指著南海真人和三王爺，讓他們都滾蛋。田扒光，這名字好熟，但一時又想不起來這人是幹嘛的。

迎客道長哈哈笑起來，說：「田兄，十幾年沒見，原來是跑到少林寺睡尼姑來了。」

「你媽在這兒做尼姑，睡出你這個狗崽子。」話說完才認出來者是誰，「迎客，原來是你這個人渣，這麼多年還沒被你師兄清理門戶。」迎客道長一副哀傷的表情，說他師兄幾年前不幸仙逝。八光愣了一下，自言自語：「應該先弄死你，再來出家的？」

三王爺低聲打聽這掃地的是什麼人。迎客道長說：「田兄以前是武林第一淫魔，上至八十老嫗，下至五歲孩童，反正是個女的就扒光。久而久之，大家都叫他田扒光，倒沒人記得他真名了。」說完還不忘補一句，故意很大聲：「估計作惡的傢伙被人切掉了，居然在這兒當和尚。」

「切你奶奶個熊！」八光左手拉著褲帶，讓迎客道長過來看看聞聞，「老子只是轉了性，不幹那些事了。」

南海真人一直不說話，冷眼看著他。八光被瞧得不舒服，又舉起掃把桿指著南海真人：「說你呢，快滾吧。」南海真人還是笑笑不說話，八光將掃把倒個個兒，用掃把桿朝他臉上扇過去。南海真人上身後仰，出手去接掃把桿，手臂一震，發現這是用百十斤玄鐵打造的，當下有些狼狽地向後一個踉蹌。八光借勢上前，招招衝他面門，掃把穗子被抖得漫天都是，被南海真人用衣袖彈開。

迎客知道，田扒光以前的絕技是劍術，出劍極快，電光火石之間可以在你身上刺十幾個窟窿。掃了十幾年地，這百斤鐵掃把也被他使得如長劍一般輕盈。即便高手如南海真人，也只能出掌防禦。雙方鬥了幾十回合，掃把力道減弱，南海真人一掌強過一掌，掌掌生風。八光的掃把穗都抖下來了，光禿禿的桿子別有一番威力，彷彿一根鐵爪，南海真人也不敢貿然出擊。

小和尚兄弟倆左右搖頭地看著，雙方換招實在太快，弟弟看得一陣眩暈，哥哥捂住了他的眼睛。聽聲音會更清晰，他聽到出掌的風聲，掃把在空中抽動的聲音，腳落在地面的塵土聲，眾人時不時的驚呼聲，還有一聲咳嗽，好像是從藏經閣裡傳出來的。出掌聲慢了，掃把聲緩下來，一時沒人躍起，也聽不到塵土聲了。眾人把頭轉向藏經閣，發出疑問聲。裡面是一位老人，聲音低沉：「八光，你進來，你打不過他的。」

八光滿臉通紅，出招更快了，喘著粗氣說那就死在他手裡，豈能打不過就跑。小和尚哥哥提醒他，對方是南海真人，每一掌都是斷魂掌。八光手上沒停，凝視著南海真人，好像打了這麼久才刮目相看。南海真人後退半步，有示好罷手的意思。八光搖搖頭：「斷魂掌最好，往日餘罪剪不斷，剛好借你之掌了紅塵。」他開始亂打，右手掃把進擊，左手伸出迎掌，你給我一掌，我捅你個窟窿，大家同歸於盡。

南海真人早不想打了，可是對方瘋狗一樣搏命，出掌更快，腳下步

步緊逼。八光將掃把橫掃過去，南海真人左肋一陣涼風，衣服被抓爛了。他低頭看了一眼，左肋下被刺穿，露出巴掌大的一片肋骨。南海真人朝八光的天靈蓋擊去。似乎是二次皈依，八光面帶笑容，向著藏經閣方向大吼一聲：「師父，弟子不肖，無力再侍奉師父！」

南海真人皺了皺眉，手上停下來，但手掌依然罩著他頭頂。閣中老人輕嘆一聲說：「我說一百遍了，你不是我徒弟。」

比死還要悲傷，八光深吸口氣，閉上眼睛點了點頭。南海真人反倒很高興，朝八光一聲冷笑，手掌離開他的腦袋，面朝藏經閣，撲通一聲跪下來，帶著哭腔喊道：「弟子南海真人叩見師父！」

跟在場所有人一樣，小和尚兄弟倆倒吸一口氣，張大嘴巴看著藏經閣的大門，不只是斷魂掌，仙人掌、蓬萊掌都是裡面這位百歲所創。功夫練得好，天下無敵，充其量算是高手；而沈老前輩這般能自創武功、開山立派的，才是三百年一遇的大師。南海真人長跪不起，左肋噴出的血順著衣角滴到膝蓋上。大門緊閉，等了好半天，沈老前輩才說出一句話：「你更不是我徒弟，快些走吧。」

4

每天不到寅時，八光就會起床，一片漆黑中，溪水在屋外汩汩作響；卯時，少林寺的群僧才會陸續醒來。每次剛醒，八光都坐在床頭一動不動，對著黑暗發一會兒呆，彷彿黑暗深處有什麼東西在和他對視。當然是他贏，因為沒東西，但他會帶著勝利者的笑容穿好衣服，洗一把臉往山上爬。

　　人生苦短，每天還要睡丟幾個時辰，藏經閣裡的沈老前輩已經好幾年沒睡過覺了。為了這一點兒睡眠，八光在山谷的小溪旁蓋了間小屋，他怕人看見，和尚們休息了他才下山，和尚們沒起床他就要回到藏經閣。

　　這麼多年來，他沒跟別人講實話，他不是少林弟子，和尚都算不上，雖然他也剃了光頭，找人在頭頂點了戒疤，但方丈不收他。那是十幾年前，現在方丈的師父還活著，說他壞事幹太多，我佛是慈悲，但他這個淫賊太壞了。

　　軟磨硬泡不成，田扒光夜潛少林寺把方丈給綁了，脫掉襪子堵住他嘴，讓方丈別激動：「你聽我講，別總淫賊淫賊的，換個詞兒罵。」他先磕三個頭，說自己年初綁了一個姑娘，可是這次他沒扒光她，他發現他喜歡她，放了之後朝思暮想的。他又去找她，想著按他田扒光的方式，把姑娘扒光就好了。可他偏偏不敢，一見她，心就怦怦跳，雙腿軟得走不動道。他跟姑娘商量：「我這次還不扒妳，妳看怎麼才能自己把衣服脫了。」

　　姑娘告訴他去少林寺，當五年和尚，把他那些孽根修乾淨了，她自然會嫁給他。他看方丈聽進去了，點頭了，便把襪子從他嘴裡拽出來，說：「你看看怎麼辦吧，就五年，多一天我都不麻煩你。」方丈還是點頭，自我認同一般地說：「嗯嗯，對，確實不行。」

　　田扒光能怎麼辦呢，簡單直接就是揍。他擅長劍術，但不能把方丈捅死。八光用兩指掐著劍尖兒，用劍柄捅他。連捅了三天三夜，小和尚送飯都得放門口，別打擾方丈清修。也不用加餐，田扒光飯量沒那麼大，一人吃剛剛好。右手拿筷子吃飯，左手拿劍柄指著方丈。第三天夜裡，方丈終於搖頭了。田扒光把襪子拿掉，三天沒穿襪子，感覺涼著腎了。方丈搖頭念叨：「不行，這樣不好。」

田扒光問怎麼不好，說出來他幫忙分析分析。方丈說：「你可以把頭髮剃了，少林寺雇你掃地。我們不和外人說你是臨時工，可是你我之間要明白，你不是和尚，你就是給我們掃五年地。」田扒光雙眼放光，說這麼好的辦法，搖什麼頭啊。

「要分配你去人少的地方，免得人多嘴雜露了餡。」方丈講，「藏經閣人少，可已經有人在那兒打掃好幾年了。」

田扒光打聽是什麼人。方丈說：「和你一樣，都不是出家人，我們叫他老沈頭兒，年紀大了點，但活兒幹得不錯。」田扒光問多大年紀。方丈說九十多吧。

「老而不死是為賊！」田扒光拍桌子站起來，「一個掃地的也能占著位子，不給年輕人騰地方。」

田扒光那年已經不年輕了，四十出頭。他建議道：「我先跟老沈頭兒掃著，他年紀那麼大了，我猜他活不過這個星期了。」方丈先搖頭，再點頭，也不知道行還是不行。過兩個月，田扒光再回想這些，會明白先搖頭意味著，活不過這個星期的不是老沈頭兒，應該是田扒光；再點頭是說，讓老沈頭兒調教調教你，好像也不賴。

田扒光還要點臉，別讓人看出來近一百歲的老頭兒是被他弄死的。弄成意外死亡吧，下毒是首選，砒霜、鶴頂紅、斷腸草，十大劇毒熬成一鍋粥，盛一碗端過去讓老人喝。老人聞後直皺眉，問什麼東西，太難聞了。

田扒光拉下臉來，說難聞也得喝，不然一刀捅死他。

「為什麼？」

「因為你辜負了我的一片孝心。」

盛情難卻，老人有些感動，咕咚咕咚喝下去，一滴都沒剩。之後田

扒光就望著他，十大毒物，平均斃命時長是七秒鐘，田扒光數了七十個數也沒見沈老頭兒倒下去。他試探性地問沒事嗎。老人問他什麼事。還什麼事，一張嘴都能聞到劇毒混在一起的味兒。田扒光揮了揮面前的怪味兒，說：「十全大補，你吞吐一下，有沒有翻江倒海的感覺？」老人深吸一口氣，閉著眼睛慢慢吐出來，再睜眼時，田扒光已經昏倒在地上了。

活一百歲有什麼用，賤命一條，肯定是吃了一輩子髒東西，百毒不侵了。八光換個思路，意外殺人還不容易嗎？在回到藏經閣的必經之路上，他挖了一個深坑，裡面刀尖朝上插了一百多把刀子，然後蓋上一層浮土，踩上去相當於凌遲。他等了一天，搶著掃把掃地，說了不下一百遍：「你早點進去休息吧，我年輕，多幹點是應該的。」老人不理解，年輕人為什麼要多幹，年輕人應該多享樂，老年人玩不動了，才應該多幹活。老沈頭兒把院裡結結實實地掃了三遍，說：「你繼續歇著，我進去給經書撣灰了。」

田扒光可歇不了，他要看看老沈頭兒是怎麼死的。夕陽西下，沈老頭兒佝僂著身子，腿都抬不動，蹭著塵土往前走。地掃三遍又怎樣，還是滿院的塵土，老眼昏花，一個陷阱都劃拉不出來。他踩著邊兒了，往前一步就是刀山。田扒光在他身後停下，屏住了呼吸，半張著嘴看他在陷阱上面蹭了過去。他依然佝僂著身子，布鞋摩擦著地，跨一個門檻進了藏經閣。

哪裡不對點哪裡，八光走過去，腳尖輕探陷阱邊，嘩啦啦地往下掉渣。他可不蠢，一腳踩實了作繭自縛。他弄條鹹魚騙隻貓過來，蹲在陷阱另一頭咪咪喵喵地叫。波斯貓盯著鹹魚亦步亦趨，前腳踩到陷阱，後腳剛抬起來，地表坍塌，一聲慘叫，揚起的塵土撲了田扒光一臉。他拿著鹹魚站起來，不應該啊，貓有九條命，那個沈老頭兒，十條命也該下

刀山才是。

　　幾乎可以確定老人會武功，遠勝於田扒光。九十多歲了還跑這兒來掃地，難道他也有一個八十多歲的意中人？再給自己一次要臉的機會，不行就真刀真槍地幹，別怪他欺負百歲老人。

　　那天下午，沈老頭兒打掃完庭院閣樓，田扒光問西邊崖上的夕照石擦過沒有。老人不明白，首先那塊石頭很乾淨，時不時有人過去修練打坐；再就是他負責藏經閣，夕照石不屬於少林寺，那是嵩山派的地界，為什麼要跑那邊打掃。田扒光跟他講道理，「如果大家都是各掃門前雪，那麼，」他頓了一下，好像各掃門前雪就夠了，「那麼，那些不掃門前雪的人怎麼辦？就得由我們替他們打掃。再說了，」他說，「天下不掃，何以掃一屋？」

　　一老一少抬著掃把過去，他們要避開嵩山派的值崗關卡，不然人家以為他們是過來挑事的。夕照石在少林寺往西三里地，下面是深不見底的懸崖，日落時，石面會被夕陽照得反金光。田扒光說：「你上去擦，我替你放哨，咱們做好事千萬別讓嵩山派的人看見。」他看著沈老頭兒顫顫巍巍地往上爬，石面很滑，要跪在上面兩掌貼著石面，才不至於被風吹下去，哪裡還能拿起抹布擦石頭。田扒光給他加油打氣：「你行，你可以的，戰勝自我就會迎來更精彩的未來。」可是人家都快一百歲了，未來還想多精彩啊？老人撅著屁股在岩石上不敢動，田扒光想是踢他屁股，還是出掌推他下去。能用腳的盡量不用手，但萬一他真是高手，閃轉騰挪，一腳踢空，再把自己弄下懸崖怎麼辦。

　　田扒光朝夕照石猛跑，隨時準備收力，對方就算後腦生眼躲開，他也不至於衝下去。雙腳躍上石頭的一刻，他推掌出去。沈老頭兒沒躲，可他似乎也不吃力，渾身跟棉花似的，一掌下去打不到頭。田扒光擊他肩膀，沈老頭兒肩頭深陷下去，八光一掌拍到石面也沒碰到老人的衣

衫。他臉色煞白，半張著嘴看著沈老頭兒。借你慈悲，要你性命，田扒光掌掌下死手。沈老頭兒將縮骨之法用到極致，也不還擊。田扒光知道，絕世高手的身體是唯有頭部不能縮小騰開，於是他右掌朝沈老頭兒面門，左掌朝沈老頭兒百會穴擊去。無處躲閃，沈老頭兒依然不還手，一絲惻隱令田扒光停了下來，警告他再不出手就真沒命了。沈老頭兒搖搖頭，閉上眼睛，夕陽映在他的白睫毛上，閃著幾縷金光。

「罷了，罷了！」田扒光收手不打了，大不了不當和尚，硬著頭皮把那姑娘扒光了就是，什麼你情我愛至死不渝，衣服脫了，姑娘都一樣，以後還是做我的田扒光。田扒光打算下山，他向後跳一步，心中一凜，後面不是平路，雙腳沒有著地。不知不覺中，幾千斤的巨石已被沈老頭兒轉了半個圈。田扒光身下是萬丈深淵，指尖幾次搭到石面，都因太滑脫了手。

半空中，他雙手亂抓，抓到一隻乾瘦的手臂，順著手臂往上望，是沈老頭兒的白眉白髮白鬍子。

「你剛才為什麼不殺我？」沈老頭兒問。

田扒光羞愧得要死，紅著臉說：「你那麼大本事都不還手，我哪還有臉殺你。」

彷彿剛悟到一個禪理，沈老頭兒點著頭說：「有因有果，要是你方才殺了我，也就沒人救你了。」說完他鬆開手臂，背對著下了夕照石。田扒光以為自己完了，任憑身子下墜，仰頭看雲彩斜陽，死也要向陽而死。突然，他又感覺自己的身體在輕飄飄地往上，越過夕照石，臉朝下摔在了山坡上。他撐起身體往前看，已經走到山腰的沈老前輩時不時地出現在轉彎處。以前覺得他老不中用，現在簡直是張三豐再世，跟他一比，自己連個螞蟻都算不上。

5

頭幾年，田扒光每天都求沈老前輩收他為徒，他早就不喊他老頭兒了，天天跟在人家掃把後面，搶著幹活說：「要是能做您的弟子，哪怕只是一天，也死而無憾。」

老人停下手裡的活兒，斜眼看他，說：「你本事也不小啊，江湖上沒幾個人能打得過你。」沒幾個還是有幾個的，尤其這幾個人聯手的時候，他也只能撒腿就跑。但一般不聯手，好事壞事大家各幹各的，碰見好人，嘴上說聲「久仰」，惡人只要沒欺負到自己頭上，也犯不上多樹一個敵人。

武林中沒善惡，以暴制暴，勝者為王，本事大的自然朋友多，他田扒光惡事做盡，也沒聽說誰組團要幹他。近幾十年唯一一次聯手還是很後來的事，大家搞了個聯盟說是要剿殺崑崙公子，列了他十條罪狀，各地尋訪。

其實大家都明白，罪孽深重的多了，只是因為崑崙公子多了幾張九宮圖，早晚要當武林盟主，所以，不論好人壞人，大家都忿。

這些都是後話，那時八光還叫田扒光，天天磨著沈老前輩學藝。老人不明白了，以他的劍法，早該帶幾個徒弟了，怎麼還千方百計地找別人拜師。田扒光說以前收過一個女徒弟，合練了幾個月的玉女心經，結果姑娘含恨跳江了。沈老前輩聽得起疑，問他從哪兒學的玉女心經。田扒光承認他就是借一名，自己沒事瞎思索的，怎麼爽怎麼寫，寫完了跟弟子換著姿勢練，練不到半年就露餡了。女弟子感覺自己功夫沒長進，肚子越來越大了。他騙姑娘說是氣息不順，鬱結在丹田，為師今晚再幫你通一下任督二脈。換一般人也就信了，偏偏這姑娘絕頂聰明，孩子還沒生，就猜到自己懷孕了。

　　沈老前輩看看他，估計這些都是假的，就為博他一笑，這孩子骨子裡不壞，當然姦淫無數算不上好，他說的不壞是指，這孩子沒有那種令人恐懼的野心，就是習慣性地管不住自己。他不理田扒光，低頭繼續掃地。田扒光恨恨地站在一旁，揪頭頂的樹葉子，一揪再揪，揪得手指翠綠，就那麼一畝三分地，一天掃八遍。

　　田扒光缺點無數，如果說他只有一個優點，那就是有恆心。第二天他寅時就來，拿起掃把就開始劃拉院子，一直到中午，烈日當頭，前輩都沒從閣裡出來。那就得幹下去，讓前輩一推門就能看到他的勤快。午飯沒吃，晚飯沒吃，院子被他掃了七十多遍。月上梢頭時，他把掃把放在牆角，朝藏經閣的大門行了個禮說：「前輩，我先走了。」猶豫片刻，他又加了一句，「明天我還來掃地。」裡面沒動靜，田扒光數十個數轉身離開，院門打開，吱的一聲，他退到門外，將門合上。這時前輩在裡面說：「你明天鑄把一百斤的鐵掃帚來掃地。」

　　沈老前輩從未教過他一招一式，每天只是掃地。掃把每兩個月加三十斤，到二百多斤時已經很難再掃七十多遍院子了。他一直想問，到第二年，終於問了出來：「不教我功夫是因為不認我做徒弟，鐵掃把掃地是因為要練臂力，可是即使哪天我加到一千斤又有何用，你也只是用竹掃帚掃地。」

　　「用不著那麼多，」沈老前輩在藏經閣裡說，「鐵掃帚越用越輕，那不是功夫。等哪天你的竹掃帚越用越重，才算是有了一些底子。」

　　他隔著門和田扒光說話，細想一下，他們倆已經一年多沒見面了，老前輩一直在閣中足不出戶。田扒光跟他打聽，到底遇見什麼事了，讓他一把年紀不享天倫之樂，跑到少林寺收拾衛生。

　　「我是來讀書的，我要創立無為掌，借少林寺的典籍一閱。」

　　田扒光問什麼書，他也想看看。這一點，沈老前輩沒有藏私，從窗

戶裡扔出五六本書。全是經文，拗口難讀，有些還是天竺梵語。

田扒光請教：「你拿這個怎麼練功？」

「這些都是禪宗，當然練不了功，我只是要從這些經文中悟些武學上的道理。」

田扒光聽懂了，但沒有興趣，比鐵掃帚掃地還令人費解。他把書擺齊還回去。沈老前輩提醒田扒光以後別再進來了，連話都不要說了，他最近要閉關冥想，無為掌只剩最後一個環節沒想通。他要田扒光再堅持一陣兒，把衛生搞好，每日一餐放在門口，等到出關之日，絕不會虧待田扒光。

田扒光重重點頭，知道沈前輩看不見，他又大聲說了句：「弟子一切照辦。」

沈老前輩嘆了口氣，說：「你現在必須明白，你還不是我的弟子，我還不是你的師父。」

「嗯！弟子明白！」

最後一個環節要想通，這一想又是好幾年，秋掃落葉冬掃雪，第三年的時候方丈圓寂了，走得匆忙，沒來得及交代誰來繼任。第四個年頭，十幾個二代弟子打得不可開交，最終，一個五十多歲的和尚殺出重圍，力壓群僧。可是師兄師弟都不認識他。有一個和尚想起來了，這不是藏經閣掃地那個嗎，老沈頭兒來以前就是他，好像還給老沈頭兒打了兩年的下手。

新方丈開始編身世，說：「我在藏經閣掃過地沒錯，可哪來的師兄，你們全是我師弟，我是老方丈的祕傳大弟子，為了本寺的千年大計，蟄伏藏經閣取經學藝來著。」寺裡的和尚有一大半不信，沒關係，證明給你們看，揪起衣領就是一頓暴打，卸手臂卸腿，腳筋挑斷，看看是不是本門的正派武功。有幾個骨頭硬的，牙被打掉幾顆還滿嘴漏風地不承

認。新方丈退後一步，承認是自己的錯，出手太快，沒讓師弟看清楚。說完他突然上前，左手抓衣領，右手扇巴掌，要麼打死，要麼跪拜新方丈。

　　有一件事衝擊到了田扒光，新方丈只來硬的，不來軟的。頭二十天害死了一百多個和尚才順利繼位，八方來賀。也就過了半年，新方丈搖身一變，成了慈眉善目的得道高僧，像之前的每任方丈一樣，寺裡的和尚真心覺得新方丈是有大智慧、值得信賴、可以如大山一般依靠的一寺之主。活下來的大多數和尚都被他害過，毒打、禁閉、責罰、凌辱，如今也擁護他是少林寺百年難遇的好方丈。田扒光不明白，人怎麼會那麼快就忘了疼痛。

　　那一年方丈來了藏經閣，正午時分下了漫山的大雪。田扒光說沈老前輩還在閉關。方丈說沒關係，我們出去踏雪賞梅。雪是下了不少，可方丈根本不打算賞梅，走出去停下來，轉身對田扒光說：「我不知道你來少林寺是什麼目的，但我想讓你清楚，方丈這個位子是我的，我屁股下面的椅子可結實了，坐不壞。」

　　兩三句話，田扒光聽出來了，這方丈跟他一樣，也是假和尚，他從藏經閣學了不少本事，自然會提防其他後輩掃地僧。田扒光表示：「可能是你悟性高，從閣中經書裡讀出了武學奧義，我是屁也沒讀出來。」

　　「當然讀不出來！」方丈像隻母雞一樣咯咯咯地笑，他揚起下巴，點了點藏經閣的方向說，「你跟他學，偷點皮毛都夠你獨步天下一輩子。」

　　獨步天下，還能一輩子。田扒光確定他不行，少林功夫一代傳一代，丟得太厲害。田扒光說：「你去吧，只要你能獨步少林寺，屁股底下那椅子你能坐一輩子。我不管你，我對當和尚頭兒一點兒興趣都沒有。」

　　「我也是為了少林寺，」臨走時方丈說，「沒人比我更適合帶領這些

和尚了。」

　　田扒光信，坐穩位子這半年，方丈把寺裡的和尚當家人待，以弘揚武林第一門派為己任，平時都不見他睡覺，日夜處理繁雜瑣事，但凡武林出點事他都在思考，少林寺能撈著點什麼，怎麼解決才能看似公允，維持體面，而少林寺才是最大的獲利者。

　　誰要當和尚頭兒，田扒光是在等一個人。五週年的時候，那姑娘果然來了，不顧父母家人反對，八抬大轎上山。守門的小和尚看出來她是女的，不讓她進寺。田扒光掃把還來不及放下就飛奔出寺，遠遠看到意中人在跟小和尚打聽：「你們田師兄當真在少林寺掃了五年地，當真吃五年齋念五年佛？」小和尚不明白，誰是田師兄，見田扒光過來才反應過來，是他啊，在這兒待了足五年呢。

　　幾年不見，她更豐腴富態了，以前是閨房千金，現在倒像豪門少奶奶了。她問他法號是什麼，打聽半天不知道怎麼形容他。田扒光說八光，以前是外號，現在是法號，只是扒字去掉了提手，師父給他起的，寓意八樣罪孽通通消光。見她有疑慮，他又補上一句：「古人不是說嘛，掏光才能養晦，我這八樣都掏光，不知道以後要成多大事呢。」姑娘聽得淚眼婆娑，「你果然對我一片痴情，在這兒當了五年和尚。」說完她還是哭，五年相思苦，好像要在這一時片刻把它都哭出去。

　　田扒光伸手托住她的臉，抹掉她的眼淚，把她安頓在小溪旁的草屋裡。他說現下還不能走，師父在閉關，他答應過要等他出關才離開少林寺。話說一半他卡住了，看到她正含情望著他，他嚥了口唾沫，揮揮手說：「算了，你休息一下，我明天一早就跟你下山。」

　　他睡地上，把床留給心愛的女人。兩人誰也睡不著，互訴衷腸，講講這五年過得怎麼樣。田扒光是假和尚，一時不知道怎麼潤色這五年。

　　事實證明他想多了，主要是意中人在講，摻雜著哭聲從床上飄下

來。她哭著說：「你對我真好，無論如何我也想不到，這輩子對我最好的男人竟然是你。」她說他出家的下半年她就嫁了，京城的一個官宦子弟，家財萬貫，婚後第二年她給他生了個兒子。這男人別的都很好，就是脾氣有點大，喜歡打女人，抽著鞭子還能氣得聲音發顫。終於有一次，他照例把她吊在房梁上，一鞭子抽出去，這口氣卻怎麼也上不來，瞪眼指著她氣死了。第二個男人是江南才子，詩詞歌賦樣樣精通，雖然賣不出去，但他不打她，算是一種別樣的幸福，飢腸轆轆卻愛意綿綿，她給他生了個女兒。可人都有缺陷，對嗎？詩人才子都有點騷情，有錢的從窯姐兒那裡找靈感，沒錢的就只好從別人家媳婦那兒找靈感，就在上個月，她的第二任丈夫被人在當街用亂棍打死了，褲子都沒穿。聽說凶手是他姘頭的老公，帶人進家抓了個現行，但是她男人知道錯了，都光著身子跑出來了，何苦還要殺絕呢？

說完她長嘆一口氣，彷彿黑暗中一顆拉長線的流星。全講了出來，她感覺好多了，她說：「既然活著還得往前看對嗎？幸好有你愛著我，明天我們下山，去紹興把孩子接上。其實這五年也不算浪費，起碼你看，我們現在兒女雙全的。」

田扒光好半天沒說話，他總覺得哪裡不對勁。他從蓆子上坐起來，摸著黑把事情捋一捋，他問：「當時是你說，我若能去少林寺當五年和尚，你自然會嫁給我？」

「對啊，我這不是來了嗎？你做到了，我也會兌現承諾。」

「那也不對。」他想不通，對著黑暗深處冥思，「但是，你在這五年嫁了兩回。」

「你想多了，我說我會嫁給你，但我沒說我等你。而且就算我嫁了兩個人，生了兩個孩子，現在的我跟當年那個我還是一樣的，我還是我啊。」

還是不對，他不再問了，起身找支蠟燭點亮。他走到床頭，藉著燭光在她的面前晃了一圈，怪不得豐腴富態了許多，確實還是她，還是那麼好看。他將蠟燭放在桌上，用手指將燭光掐滅，黑暗中他都能聽到自己慌張的心跳聲。手上還沾著蠟油，他去撕她的衣服。意中人求他不要這樣，拚命掙扎往床裡面退，她說你若是想要，我們現在就可以拜天地。

　　田扒光手上一拽，黑暗中傳來布料被撕開的聲音。對他來說，這是那麼熟悉又舒服的聲音。他再扯一件，扯第三件時，有個奇怪的念頭冒出來，他不是在扒衣服，他是在告別，每撕掉一件，都是在向這五年的自己揮手說再見，可能也是在和她告別，有些許不捨，但要對這五年有個交代。手抓過去只剩下肚兜，他聽見她在哭：「遇人不淑，第三個男人對我也是這般。」手指捏著綢子邊，他開始害怕了，他鬆手下床，回到蓆子上。他怕這一扯下去，就再也見不到她了。

　　很奇妙，睡得還挺香，一個噩夢續接一個美夢，來來回回都是美好結局。睡到半夜他意識到有嘴唇在親自己的臉，她從床上下來了，雙手抱著他的頭連親了十幾下，用哭啞了的嗓子說：「我知道你很苦，我對不起你，原諒我吧。」田扒光渾身發顫，使了好半天勁才將抖動的上下牙合起來。

　　他側身抱住她，摸到後背知道她把肚兜摘掉了，手掌從背上往下滑，一直摸到小腿，她確實什麼都沒穿。再翻過半個身，他壓在她身上。

　　一片漆黑，什麼都看不見，可是撫摸她的感覺如此真實。他分開她雙腿，緊抱她肩膀，接著是長時間的停頓。她比他更慌，在他身下努力抬起頭親他的脖子。她說挺好的，特別好。然而他放棄了，從她身上下來，對著天棚仰躺。兩人一時無話，她留在蓆子上，側過身對著床邊，

說可以了，其實這些足夠了。他嘆了口氣，打斷她。她也知道，此時此刻最好什麼話都不講。

後來天亮了，面前模糊的臉漸漸清晰起來。彷彿自言自語，田扒光說什麼東西都一樣，越用越有，今天賭明天還想賭，今天喝醉明天還想喝醉，可要是長時間不用呢，可能就永遠失去這些東西了。

6

二月初二，沈老前輩出關了，滿面春風，神采奕奕，好像在裡面幾年還胖了一點兒。那天沈老前輩親自下廚，把鍋搬到山下田扒光的草屋裡，煮了個大豬頭，豬舌炒辣椒，豬耳朵涼拌，剩下的豬頭肉大塊蒸了蘸蒜吃。

田扒光一口沒吃：「我現在有法號了，還是八光，肉啊酒啊不能隨便用的。」

「少林寺把你收了？」

「少林寺沒收，是我把自己收了。」

說話沒頭沒尾，沈老前輩也不多打聽，嘴裡嚼著豬耳朵，糾結下一口吃什麼。今天心情特別好，話也多起來，他說：「我已經不是原來那個我了，現在的我更厲害。以前我只有三掌，現在我已經是斷魂掌、仙人掌、蓬萊掌和無為掌，這四掌的創立人了。」八光瞠目結舌，雖然以前隱約猜過，但沒想到真的是他。方丈說偷學一點兒皮毛就能獨步武林，那是他誇張，獨步少林寺吧。這三個人各學了他三分之一，卻實實在在地並肩成了當世三大高手。

八光跪地叩拜，說小僧有眼不識泰山，還望老前輩恕罪。沈老前輩說：

「你當年要殺我，我都不怪你，不認識我有什麼好恕罪的。」酒足飯飽，他拍拍肚皮，狠狠地打了個嗝。八光說今晚就不要上山了，不嫌棄的話，就留這裡過一夜吧。沈老前輩本來就沒打算上山，至於過夜呢，這幾年在藏經閣早就睡夠了，以後不睡了，一直到死也用不著睡覺了。八光問他這麼晚了要去哪裡。沈老前輩賣關子，說要去辦件大事，見八光滿臉不解，他一步一步地分析：「我自創了無為掌對不對？我這麼大年紀了對不對？我隨時可能老死對不對？無為掌不能失傳對不對？我得找個傳人對不對？」

「收徒？」

「對，我要收個關門弟子。」

心臟都要跳出來了，八光要克制，裝作不知地問他：「想收個什麼樣的徒弟？」

沈老前輩搖頭說：「不知道，出去看看，隨便找一個就好。」

怎麼會這樣，八光腦袋嗡嗡地響。沈老前輩出門時，他克制不住了，抱怨道：「我伺候你五年，你寧可上街隨便找一個，也不收我為徒。」

好像是不好，沈老前輩停住腳步，捋了半天鬍子，想到一個兩全的好辦法：「你別走，等我回來伺候你十年。」

第二天一早，沈老前輩就回來了，八光以為他改主意了，問他是不是徒弟不好找，現在風氣壞了，在江湖走走，發現師父比徒弟還多。沈老前輩搖頭，說隨便找有什麼不好找的，昨晚剛下山就碰著一幫要飯的，乾脆就收領頭那個做關門弟子了。八光臉上酸溜溜的，那表情彷彿在說：

「哼，好吃的餵狗也不給我。」

「那他什麼時候找你拜師學藝啊？」

「教完了，師父領進門，修行在個人。我教了他大半夜，這道門我起碼領著他進進出出了三回。」

「那可全看他個人的修行啦。」

八光面露喜色，美其名曰關門弟子，師父卻只教了半宿的時間，這種弟子不做也罷。這天，八光跑上跑下，特別勤快，有一種喜悅是，你沒得到的東西，別人也沒得到。到晚上，沈老前輩看出了他的心思，給他講故事。他說楚王約莊子畫條龍，問他多久能畫出來，莊子說十五年。頭五年過去了，楚王問他畫得如何，莊子說還沒動筆。又五年過去了，楚王問他畫得如何，莊子說還沒動筆。到第十五年該交稿時，莊子空著手進殿，楚王問他龍呢，莊子說還沒畫呢。楚王叫人準備狗頭鍘，莊子叫人準備紙和筆，畫畫看吧。莊子伏地揮墨，小半個時辰後，一條活生生的龍被他畫了出來。文武百官交口稱讚，莊子說，之前的十五年我雖沒畫，但我一直在想，畫很容易，想明白才是最耗時的。

「無為掌我想了十幾年，」沈老前輩說，「道理想通了，讓他去練，他也要明白，一掌苦練十幾年，打出去的時候，勝負成敗，是生是死，也只是一眨眼。」

故事講完，月亮從烏雲的後面出來，月光照在沈前輩的臉上，八光發現他一夜之間就老了，雖然之前也不年輕，但這次更像是垮了，整個人癱在那裡。八光起身準備下山，他說時候不早，您也早點休息。沈老前輩沒反應，眼睛直勾勾地看著前面說：「我睡夠了。」八光想勸兩句，看他那樣子不是聽不進去，而是根本聽不到。他行禮告辭，沈老前輩依然看不到，目光呆滯地看著某個點。

下山的路上八光明白了，沈老前輩是活太久了，人要活多久才會活

膩，活到你所有的事情做完，然後發現自己還活著。一百歲之前他創立了三掌，到無為掌創立，他實在找不到事情做了。後來沈老前輩真的不睡覺了，日夜十二個時辰一直睜眼。本來就沒事幹，多出來的時間更是煎熬。

他在藏經閣裡找了個角落，面牆而坐，有時三五天不吃飯不動身。好幾次八光都以為他死了，跟高僧圓寂似的枯坐而亡，一推就倒。八光輕手輕腳地走到他身後，看見他眼睛睜得老大，盯著牆角的斑點。看著牆能想些什麼呢？人真能面壁思過嗎？八光想他活了一百多歲，活過兩朝四帝，從上一朝的仁豐帝到亡國的隆治帝，再到新朝的凌武帝、嘉和帝，四個時代他都見證過，加上自己經歷的，那麼多的往事細細回想，面壁三五天哪裡夠啊？

八光在少林寺待到第十三年時，方丈給沈老前輩過了一百一十歲的大壽。做少林寺住持近十年，他越來越像一個得道高僧了，性格都變了，謙遜內斂，碰著什麼事都不緊不慢不慌張。他一個人過來的，知道沈老前輩的也只有他們兩個。方丈到藏經閣時已經很晚了，一天一夜從京城趕回來。中秋夜，皇宮裡出了大事，崑崙公子行刺皇帝未果，將太子劫走了。

沈老前輩問崑崙公子是什麼人。方丈說他也沒見過，這兩年的後起之秀，下手挺狠，被他戕害的門派能有幾十個。好在沒得罪少林寺，還不至於是他的心頭刺。沈老前輩點點頭，確定這人和他的三個弟子沒有關係，也就不想再打聽了。後來方丈說到九宮圖，沈老前輩來了興趣，連問好幾句。

方丈說他也不知道九宮圖是啥，少林寺沒有這東西，聽說崑崙公子那兒有幾張，還給少林寺發了請帖說要中秋賞月，實際上是請大家看看他的九宮圖。方丈覺得時間上有點蹊蹺，都是中秋夜，這邊邀請了好多

人去看九宮圖，那邊卻去宮裡行刺皇帝，讓大家去崑崙山莊撲了個空，一個晚上計劃兩件事，崑崙公子到底要幹什麼？

不知道方丈在問誰，八光轉頭看過去，沈老前輩在走神，嘴裡念叨著九宮圖。方丈岔過話題，說明來意：「從八光那裡聽說了您這幾年的情況，我知道您的時間太多了，每天都在熬，在想閻王爺怎麼還不把您帶走。」方丈建議他入佛門，「佛海無邊，到時候恐怕您每天都會覺得時間不夠用。」

沈老前輩回過神來，讓他再說一遍。方丈耐著性子又講了一遍。沈老前輩尋思片刻，婉拒了他的邀請。他先感謝少林寺收留了他二十幾年，感謝方丈替他著想，他說這是個好主意，但是這裡面有私心，「我苟活了一百多歲沒有出家，此時卻為我的這一點兒私心煩惱遁入空門，我是在褻瀆佛祖。」

方丈點頭稱是，不再和沈老前輩爭辯，他問八光有什麼打算，要不要少林寺給他補個收徒儀式。八光說他早就把自己收了，他已經是八光寺的弟子了，沒辦法再當少林寺的和尚了。說完他自己都笑，惹得方丈一起鬨笑。笑著笑著，二人停下來，他們看到沈老前輩又去角落面壁了。方丈在後面行了個大禮，說師父多保重，弟子先去了。

「你我沒有師徒的名分，快快去吧。」

方丈深深鞠躬不起，好半天才轉身告辭。沒師徒名分，卻有師徒的情分，第二天他就安排兩個小兄弟給八光送菜送飯，午飯送過來，到晚飯時，他們又來了。八光問他們要送多久，小和尚弟弟撓頭說不知道，反正方丈說從今天開始每日三餐往藏經閣送。

兩個小和尚挺勤快，就是話有點多，尤其是哥哥，每次過來都要打聽：「你在這兒掃幾年地了？你師父教你武功了嗎？少林寺的功夫到底行不行啊？」八光裝糊塗，說：「哪來的師父，掃地這種事還用教嗎？」

哥哥捅捅弟弟，衝他眨眼睛，在他耳邊輕聲說：「你看，我就說種菜比掃地有前途吧。」

春夏秋冬，八光先是不記日子，後來連年份都不查了，不知又在寺裡待了幾年，只看到兩個小和尚越長越高，聲音卻越來越尖。印象裡小夥子不是這樣發育的，可能是在少林寺待太久，外面的世界都變了吧。

有一陣兒，兩個小和尚有點怪，神神祕祕的，又忍不住想得意忘形。他們讓八光別說出去，這個祕密只對他講：「菜園裡來了一位高手，具體是誰我們不能告訴你，反正跟崑崙公子有關，她都答應收我們為徒了。」

「等我們哥倆兒學好了，」哥哥說，「就收你做開山大弟子，把一身的武藝傳給你。」

「兩身，」弟弟說，「咱們兩人呢。」

過個十來天，哥倆兒又耷拉腦袋了。他們不好意思說，八光也不問，估計人家不收，一個個五大三粗，說話卻女裡女氣的，換他也不要。好像又過了幾天，少林寺出亂子了，南海真人一路打到藏經閣，最終跪拜離開。更糟糕的在後面，那些和尚看到八光的本事，聽說閣中老人居然是南海真人的師父，一茬兒又一茬兒地過來拜師。一點兒規矩都沒有，帶藝投師沒問題，帶師學藝可是江湖大忌。方丈中了斷魂掌，少林寺已經亂套了。八光掄著鐵掃把守在藏經閣門口，警告他們各回各的廟，敢跨進一步，他用這掃把在他們臉上刺花。

小和尚兄弟倆這次倒出奇地乖，按時按晌送飯，多餘的要求不提。出事第三天，飯送得有點晚，月上樹梢才把晚飯送過來。弟弟臉上有兩條血道，似乎是打架被人撓的。哥哥先拎出一籃子酒肉，說這是孝敬裡面老前輩的，然後他使了個眼色，弟弟去外面抱進來一個麻袋，哥哥說：「這是孝敬您的。」

他太熟了，聞一下他就知道是什麼。先不管那麻袋，把酒肉送進去。

沈老前輩還在對牆想事情，出事後的三天裡，他一共說過兩句，都是第二天中午說的。第一句是，八光，我擔心他還沒練成，就被我那三個不肖弟子給殺了。這是在藏經閣裡說的，八光那時還在院子裡掃涼亭，他放下掃把進去，問他練什麼。這時沈老前輩說了第二句話，無為掌。

就這兩句話，換以前八光早說了：「再傳我一次吧，多一份保障。」

現在他不說了，跟沈老前輩相處了那麼久，他慢慢明白，有些東西不是因為你多想要，人家就會給你。再說他在少林寺待慣了，他不想下山了，就算練成天下第一，他還是想在這兒掃地。

今天晚上沈老前輩難得地又說了第三句和第四句話。先是八光把酒肉籃子放下，說：「這是那兩個小和尚做給您的。」

沈老前輩頭也不回地問：「那孝敬你的呢？」

八光知道他內力好，百步之外的腳步都能聽到，可能這就是活著的煩惱，耳朵太好，就像蜂巢，哪怕活到一百多歲，那些亂七八糟的聲音還是會一窩蜂地往裡鑽。八光說：「我一會兒原封不動地還回去。」

「還是打開吧，看一看，你能不能還回去。」

「我怕看過之後就捨不得還了。」

沈老前輩不說話了，沒準兒是今天兩句話的定額用完了。八光等了一會兒，走出藏經閣，到院子東頭的涼亭，從石凳下把麻袋拽出來，裡面還在動，前幾天聞過這味道。他解開繫口繩，不出所料，是那個文思清，崑崙公子的女人，嘴裡塞著東西，嗚嗚嗚地喊不出來。她望著他，不住地搖頭。八光扭過去，不敢再看她。沈老前輩說打開看一看，我能

不能還回去。不管是看一看我，還是看一看她，反正都看過了，我能還回去的。

可他還想再看一眼，看看她的眼睛。和以前的那些姑娘一樣，她的眼睛裡充滿恐懼、求饒、絕望，偶爾還會摻雜一絲不切實際的希望。他忽然意識到，不是別的，正是這類眼神讓他興奮不已，過去犯的那些罪行，似乎都是因為這樣的眼神。他不敢再看了，提起麻袋邊兒。今晚他終於明白了，他對騙他出家的那個女人的感情不一定是愛，他只是沒有在她眼睛裡看到求饒和恐懼，而錯把那當成兩腿發軟的愛了。被綁那天，她到底是什麼眼神呢？熱切？期待？無所謂？他說不上來，可能那就是一雙蕩婦的眼睛。

文思清還在掙扎，高舉手臂不肯被套進去，手腕從袋口露出，死活不讓繫上。八光看著她的手，情不自禁地摸了一下，這一下彷彿被吸住了，從手腕一直摸到手臂肘。然後他撕開麻袋，將她雙腳抓過來，扯掉襪子，用拇指、中指輕撫她的腳踝。文思清一直在哭，嘴裡塞著東西含混不清地求他放過。八光鬆開她雙腳，站起來，看著文思清坐地上往後退。

「你別跑了，跑不了，」他向她靠近一步，影子罩住她整張臉，「我絕不會放過你這樣的姑娘的。」

7

方丈說要找文思清談談，拖了將近兩個月，等再見面，方丈都不記得要跟她說什麼了。他們約在達摩堂，兩個人面對面盤腿坐在達摩腳下，中間放著一壺茶、兩個杯子，年輕和尚將左右兩扇大門打開，退到

幾百步之外。北方已是深秋，午後陽光映在每一片紅葉上，似乎在催它們早點落下去。

方丈不說話，冷眼看著她，中掌之後，這成了他的新習慣，腦袋裡是空的，全都是陌生人。他等對方說話，抓緊認識每一個人。有兩個自稱十六師弟和二十一師弟的老和尚，告訴他這是少林寺，而他是這裡的方丈。

他倆故意輕描淡寫，想看方丈滿臉驚訝，我怎麼這麼厲害！驚訝確實有，但不是因為位高權重，他摸著自己的光頭，驚訝自己怎麼會是出家人。到現在他都不相信，老懷疑這幫和尚有陰謀。已經快一個月了，他更了解自己了，天天做夢都是喝酒吃肉娶媳婦，天底下不可能有這樣的方丈。

他看經文，中文的都讀不明白，更多的是從梵文硬轉過來的，般若波羅蜜，唵嘛呢叭咪吽，讀都讀不俐落，怎麼可能倒背如流，還開壇講道？

他問過好幾個人，倘若中了斷魂掌，記憶是沒有了，本領會不會丟掉，比如學識，比如武功。所有人都告訴他，不會。我說少林寺，你知道是天下第一門派；我說和尚，你知道是吃齋唸佛，但這些可不是生來就知道的。

那就對了，《金剛經》、《易筋經》一竅不通，他絕不是方丈。他想各種可能，最符合邏輯的是武林每三十年有一個下油鍋大會，所有掌門人齊聚一堂，脫光衣服跳到油鍋裡，炸酥炸脆方可出鍋，他一定是被真方丈拉來頂包的。越想越接近真相，但一時還跑不了，山上面的和尚換班盯著他，山底下那些也絕不是知客僧，而是怕他衝破重重關卡，為他設置的最後一道牆。他翻箱倒櫃，看有什麼辦法逃出去。櫃子底層有幾卷少林寺住持的記錄，打開翻看，一天一頁，攢了三千多頁。隨便翻一

頁，他用毛筆在旁邊寫幾個字。之後他愣住了，一樣的字跡，的確是方丈，一個不學無術的方丈，架上那些經書從來沒讀過。

他足不出戶地連讀讀了三天三夜的筆錄，在第四天早晨合上最後一頁，倒頭就睡。傍晚醒來，兩個師弟給他送飯，他看著他們鋪席支桌，將每樣小菜分碟盛出來。他先不吃飯，走過去拿住持記錄，問他們文思清是誰。

十六師弟說她是崑崙公子的女人，已經在寺裡待了快兩個月了。

方丈點頭說：「那就對了，不是她待了兩個月，是我一直不放她走吧？」方丈把筆錄翻到那一頁給他們看，「尋龍屠狼大會那天寫的，把文思清帶回少林寺，近期要和她談一談，我要談什麼？」

兩個師弟不說話，他們也不知道。

方丈合上筆錄，抬頭說：「少林寺不能進女人，我讓她在這兒住了兩個月，一定是要談件大事。」

當然沒法問文思清「知道我要跟你談什麼嗎」，那就先讓她說。他問她在這兒住得還習慣嗎。文思清不說話。方丈知道問得不對，和一幫和尚住一起，她可能習慣嗎？他換個問法，問她在這兒過得好不好。她說有時候好，有時候糟，但總算沒死掉。文思清是認真的，面無表情，那種劫後餘生看淡生死的語氣，聽得方丈都想給她道個歉。

他給她斟茶，躲開她怨念的眼神，看大門外的落葉。文思清雙手握杯小酌一口，她說沒有直接的那種好，好的都是苦盡甘來，兩個小和尚把她綁起來，怎麼掙扎都沒用。她撓花了弟弟的臉，還被裝進了麻袋裡，扛過去說要孝敬八光。「本來他都要放了我了，不知道看上我哪一點了，可能是手指長手腕細，他說絕不會放過我的。他把我拽進小屋，要我把衣服脫了，換上他給我備好的那一套。他在門外等，不知道他什麼嗜好。我想沒有刀、沒有繩子，我用什麼辦法可以自殺。我試著咬舌

頭，只是疼，根本不可能流血而死。再進來時他見我還沒換，他說他數五十個數，不然他給我換。我把自己的衣服一件件脫下來，穿上他給我的。不知道是什麼衣服，只是很寬鬆，袖口、腰上都要用帶子繫。我雙腳拖著地面出了小屋，背靠著門。他對我上下打量，說了一句話，這才是習武之人。

「你能相信嗎，他要收我為徒，他說看我骨骼奇特，是習武的好料子，上好的料子，說我這種骨質不管誰教，總之是要超過師父的。我說我不學了，我都二十多了，做你徒弟早晚給你丟臉。八光師父一個勁兒地搖頭，說你別想跟別人學，崑崙公子也未必打得過他。我能怎麼樣呢，我若不拜他為師，不知他會對我做什麼。」

文思清停下來，又喝了一口茶，問方丈練過武嗎。方丈低頭看著手掌。文思清說：「你當然練過，你還打過我一掌呢。聽說當時你為了奪方丈之位，殺了幾十個和尚。」她沒留意到方丈一臉震驚，繼續說：「我是沒練過武，八光師父做什麼，我就跟著他做什麼，練了兩天說我不行，怪我什麼都不會，就從扎馬步開始。大太陽底下，他拿小棍盯著我，不讓我動。後來看我哭了，估計是失望了，他嘆口氣，陪我一起扎馬步。又紮了兩三天，藏經閣裡的沈老前輩都聽不下去了，一個勁兒地罵他是蠢材，接著講了一堆武學道理。我聽不懂又記不住，就看到八光師父一邊點頭一邊冒汗。最後沈老前輩說，照你這麼胡亂教，東剪西裁，再好的料子恐怕都得被你剪得連手帕都不夠做。說著他從藏經閣走出來，八光師父後來告訴我，沈老前輩已經好多年沒出閣了。他背著手出來，瞇眼看著我，說確實不錯，轉身對八光師父作揖，說沈某想收這個女娃娃為徒，不知八光世兄是否應允。沒見沈老前輩對誰那麼恭敬過，八光師父說這是江湖規矩，跟人借徒弟總要走一個客氣點的過場。可八光師父卻跪下了，說，『師父若收我二人為徒，我二人無以為報。』沈老前輩

也不跟他爭辯，轉過來對我說，『你是我第五個徒弟，也是我的關門弟子。』八光師父叫我磕頭。其實他不說我也知道，老人家一百多歲了，磕一磕也是我的福氣呢。我得叫沈老前輩師父了，但他不讓八光師父叫他師父。八光師父表面上不叫，私下裡就喊我師姐，越喊越高興，我都攔不住。他說更高興的是沈老前輩有事情做了，活著不是耗神等死了，起碼要等到我出師。說完他瞅著我笑，說我這麼笨，師父得活到二百歲才能把我教出師。我就是笨啊，師父教我一遍，旁邊跟著學的八光早練熟了，我卻練幾百次也練不好。但是奇怪呢，倘若只用師父教的招式，我和他對打，八光竟打不過我。」

把話說完，文思清忽然頓住了，彷彿魚刺卡在嗓子眼，她睜大眼睛望著一直在傾聽的方丈。茶水涼了，文思清雙手捧起咕咚咕咚喝光。方丈還在想，這些和他要談的有沒有關係，他問：「當時我對你還說過別的嗎？」

「你說，你要和我談的事情關乎江山社稷，可是小五子和江山社稷能有什麼關係呢？」

方丈低頭翻筆錄，經文一竅不通，卻已把這三千頁日記倒背如流。江山社稷，那是皇位。方丈一路往前翻，兩年前去過一次京城，趕回來為沈老前輩過了一百一十歲大壽，曾建議他入我少林，被沈老前輩婉拒。他再往前翻，去京城做什麼，上面寫著覲見五公主，太子被崑崙公子劫持，要求少林寺連同各大門派務必救出太子。倘若完成，朝廷重賞少林寺，繼續奉少林寺為天下第一門派；倘若太子死於非命，少林寺必定被夷為平地。

後面還有一行字，下面畫道橫線加重：當心三王爺加害太子。他合上筆錄，望著門外的秋色皺眉，問她：「小五子是誰？」

「就是你們說的崑崙公子啊，可我一直認他是小五子。」

「和我一樣，中了斷魂掌？」

「嗯，跟你一樣，什麼都不記得了。」

「有沒有可能，小五子其實是太子？」

文思清撥浪鼓似的搖頭，說：「你這是中了斷魂掌，不然你絕不會這麼想。尋龍屠狼大會那天那麼多人，見著小五子，一大半人都要衝上去復仇。是不是崑崙公子，他們會不知道嗎？」

「萬一那些人都是三王爺安排好的，要把太子當崑崙公子殺了？」

文思清搖頭，低聲說不可能，崑崙公子已經夠不可思議了，她怎麼可能會嫁給太子。方丈說過去的事記不起來了，這也是他瞎猜的。至於小五子到底是誰，等見到他後慢慢查問吧，他問她還打算再在少林寺待多久。

「我不再關著你了，你現在隨時可以離開。」

文思清說不知道，在少林待了近兩個月，不好的都在變好，不習慣的都在變習慣，就在這兒等小五子。他若來接她，當天就和他下山；他若不出現，就陪師父待到二百歲。然後她問方丈：「你呢，要在少林寺待多久？」

方丈弓身斟茶，說想不明白，過去什麼樣的野心讓自己一步步熬到這個位置，自己天生不該是這裡的人。說話間茶水溢出來了，他放下茶壺說：「就在這兒一直待下去吧，我走了，這些人怎麼辦？」

忽然起陣微風，兩片紅葉吹到房間裡，落在茶壺邊，方丈撿起來一片，夾在指間。文思清將另一片捻在手指上，起身向大門走去。秋日傍晚的陽光延綿而悠長，她回頭看到自己斜長的影子映在達摩佛像上，她要嫁給小五子，不管他是誰，不管未來發生什麼事，一輩子總要嫁給他一回。

第七章　喬文君

1

小五子用手指點著，還有七個人輪到他。他在隊伍裡往後看，扛包裹的、推車的、抱孩子的，浩浩蕩蕩，七十人都不止，而且還只是一扇門，嘉峪關的士兵開了四個口給百姓出關。初冬，越往北越冷，走出塞外應該已是天寒地凍。每天都有上千人出塞離家，朝廷到底幹了些什麼，讓這些百姓背井離鄉，去塞外受苦挨凍找活路？

他從南京出發，走了好些時日才到嘉峪關。風聲最勁的時候，還在揚州的賭場躲了幾天。那些金條還在，以他的賭技，輸出去費勁。他也不敢大贏，每天贏點打尖住宿的費用就夠了。天生的本事，幾根金條做本錢，能在揚州白吃白喝一輩子。後來，南北的賭客陸續回家貓冬，再玩下去太顯眼了。小五子打算撤了，他把本錢收好，多出來的銀子，分一半散給賭場裡的博頭、櫃主、趕羊的和帳房，剩下的一半雇艘大船，沿著長江西去。他走走停停，路過大山大河的地方就讓船停一天，上岸轉一圈，直到重慶府才改陸路北上。

都知道他是崑崙公子且混進了丐幫，從山海關進的中原，這次他要繞一圈回田獨。邊塞二十六關十八路，他算準不會有人在嘉峪關守著他。很奇怪，親爹親媽不記得，從居庸關到鐵門關，從函谷關到陽關，倒是記個門兒清。

前面還有五個人，好半天才過去兩個，守城士兵拿著畫像，在每個人面前比畫一陣兒，確定不是才放行出關。估計是找他，崑崙公子。畫像這東西，小五子根本不擔心，那張通緝令在肉舖邊上掛了兩年，都沒

看出來畫的是他。多少表示點尊重，他蹲下來摳一塊泥，搓成泥球按在嘴角上。

痣是有了，但不是說臉上長痣，痣上長毛嗎，他拽根頭髮揪成幾段，裹在泥巴裡搓第二個泥球，猶豫要不要換個痣上去。應該真一點兒，只剩下最後一道關，走出嘉峪關，往東往北，就可以回到田獨了。他確定文思清會在那裡等他，笑靨如花地站在肉舖門口。沒準兒還有錢老闆，告訴他剛剛殺了一頭豬，就等著小五子回來一起過年呢。他提醒自己進鎮子以前要好好洗個澡，別狼狽得像條野狗一樣回到她身邊。

歸心似箭，隊伍卻卡在第三個人那裡，守城士兵拿著畫像比對了半天，眉頭緊鎖，依然想不明白。士兵找來長官，指著面前的少婦說：「李大人，雖然她是女的，可是她長得和崑崙公子實在太像了，我們該不該扣下她？」

真是個難題，長官盡量放鬆，不願讓屬下看出自己也被難住了，他反問屬下：「這上面有寫崑崙公子一定是男的嗎？」屬下搖頭，說寫了面部特徵，寫了身高臂長，但確實沒說崑崙公子的性別。「那就按照規定帶走嘍。」

屬下不住地點頭，李大人果然有勇有謀，智慧過人。他手臂一揮，叫兩個士兵把少婦綁了起來。

少婦張大嘴巴嚇蒙了，掙扎著問他們：「畫像上的人滿臉鬍子，我怎麼就像他了？」屬下可不管，李大人這麼要求的。他讓人把少婦送到李大人行營，請李大人驗驗是不是崑崙公子。

小五子看著她被押走，腦中始終響著一句話：「英雄不在本事，在膽識。」那就上吧，他跨出一步喝道：「你們要幹什麼！」

士兵們打量著他問：「你要幹什麼？」

　　小五子沒回答，他因另外一個黑衣男人分了心。他順著往後找，很快在隔了三個人的位置找到了另一個穿白衣服的。兩個人他都見過，一個黑衣、一個白衣，一個漂亮、一個醜。漂亮的那個滿臉刀疤，醜的那個皮膚特別好，連痘都不長。想不起在哪兒見過，但肯定是在這幾個月的逃亡路上。遼闊河山裡的芸芸眾生，同一個人見過兩次已經很奇怪了，兩個人第二次出現，一定有問題。

　　先排著隊，眼前這麼多當差的，估計也不敢怎麼樣，反正他在前面，一旦透過，就找個地方藏起來。他眼睛往前看，耳朵聽後面的腳步聲。前面就剩一個人的時候，大門關上了，士兵上了城樓，說去別的地兒排隊吧，他們要午休了。小五子前面那個不幹了，說：「我知道你，你剛接班一刻鐘就要午休？」

　　士兵打個哈欠，說：「不是我要午休，是這扇大門該休息了。」

　　你爭不過當差的，別看你是男的，惹急了也說你像崑崙公子，送到李大人營房去驗貨。百十來人就地解散，混到後面三支隊伍裡。小五子低著頭，去最遠的那支隊伍。他搶得慢，幾乎是站在了隊尾，左右沒見著黑白兩隻鬼。隊伍往前進了幾步，感覺後面有人喘著粗氣，那兩個人又站在後面了。

　　小五子低頭看腳面，是見過，在黃鶴樓，本不該去那麼顯眼的地方，可管不住嘴，那可是天下第一樓，就算被人認出來，從樓頂推下去，也要吃頓好的再摔死。這兩個人分坐兩桌，每人點兩盤菜。當時客人多，店小二建議小五子和別的客人拼桌。小五子趕忙拒絕，硬著頭皮點了一桌子菜，說自己要宴請朋友。於是店小二找黑衣、白衣商量，他們也是不答應，跟小五子一樣，各自加了幾道菜。事情發展到這兒也沒什麼，直到把菜上齊，小五子發現兩人面前的八菜一湯是一模一樣的。黃鶴樓美味千百種，一道兩道相同都不應該，八道菜一樣，十有八九是

來盯梢的。小五子放下筷子結帳走人，出門右轉進了一個巷子，在一家客棧開了間二樓上房，從窗戶盯著門口。兩人倒也沒跟出來，反而細嚼慢嚥了半個時辰，並排下了樓，不認識一般，相互不說話。在黃鶴樓門口，一個向左，一個向右，頭也不回地分道揚鑣。

可能是下戰帖，比武前的較勁，或是某個祕密幫派在接頭。是不是過於小心了？小心駛得萬年船，用不著一萬年，保我到田獨就好。現在看來並非太小心，他們是衝他來的，把氣都呼到脖頸上了。他回頭直視他們，兩人反而左顧右盼不看他。他閉眼盤算，先排著吧，跑到哪兒，這倆貨都得跟屁股後面。

下午太陽上來暖和一些，路面都化成泥漿，蹬腿出去能把泥點甩到前排的後腦勺上。天色漸暗，泥漿又凍得邦邦硬。終於排到頭了，下一個就是他。小五子摸摸嘴角上的痣，指肚感受著痣上的毛，向前跨出一大步。

守城士兵斜眼看他，舉一天畫像，早用不著這個了。他讓小五子抬頭，把嘴角上那泥點擦掉。小五子說這是痣，上面還有毛呢。守門的沒接茬兒，把畫像重新打開，看一眼畫上的人，看一眼小五子，皺著眉頭，讓旁邊士兵請李大人過來。

看樣子要出事了，小五子看著士兵走過去，拉著李大人的手臂比畫，之後兩人一起朝這邊走來。後面的人催他快點，退是退不出去了，身後全是人。關外倒是空曠，就隔一道門檻，邁過去就是一大片凍硬了的泥地，但是弓箭手都在城樓上呢，守了一天百無聊賴，可算逮著一個拉弓射箭的機會。

後面的人還在催，小五子回頭看一眼，居然是白衣男子罵罵咧咧的，不停嘴，小五子祖宗十八代都被他問候了一遍。後來把黑衣男子都罵急了，轉身問他罵誰呢。白衣男子直翻眼皮，說誰排前面他罵誰。黑

衣男子跳起來，越過中間幾個人的頭頂，扇了白衣男子一巴掌。白衣男子愣了一下，捂著他那又醜又光滑的臉，推開前面幾個人，一腳朝黑衣男子的肚子踹過去。黑衣男子挨了一腳，第二腳有所準備，雙手抱住白衣男子的大腿。白衣男子的一條腿被抱住，另一隻腳蹬著地，伸手去摟黑衣男子的脖子。場面有些混亂，兩人扭成一團，滾在地上。小五子看明白了，分明是臭無賴打架，看起來也不會什麼武功，怪不得從武昌漢口，一路跟著他到了嘉峪關，都不跟他動手。

離老遠就聽李大人喊怎麼回事。守門的指著小五子說：「李大人您看看，這人像不像？」李大人瞪大眼睛，但不是看小五子，而是指著地上翻滾的黑衣白衣發火道：「我問你這是怎麼回事？都火燒眉毛了，你還堵著門口不抬屁股！」守門的嚇著了，連忙讓人把尋釁滋事的兩個人抓了起來。小五子還擋在守門的面前，守門的衝他吼起來：「趕快給我滾出去，不然連你也抓起來。」一個識眼色的屬下推了他一把，小五子連人帶包摔在了門檻外。大門在身後緩緩合上，裡面傳來李大人的喊話聲：「因為這兩個人，今天誰也別想出關！」

小五子撿起包裹爬起來，摸摸嘴角的痣，竟然沒有摔掉。他仰頭看一眼，城門上的弓箭手陸續收弓撤崗。背對著大門，他走出幾步，面前一片蒼涼，雪片從空中落下來，飄飄蕩蕩，他大步往前走，要趕在雪下大以前找到過夜的地方，哪怕只是一個樹洞。

2

睡到一半他想起來了，他們在裝，三腳貓的功夫是裝的，吵架也是裝的，兩個人保他順利過關，別被官府抓走。李大人關不住他們，從牢

裡跑出來，他早晚是他倆的。之後小五子就睡不著了，裹在樹葉裡翻來覆去。

　　嘉峪關以北一片坦蕩，寸草不生，小五子一直走到天黑，也沒見著個樹洞山洞。聽說還要往前走小一百里才有個輝山鎮，小五子又累又睏，把摻著白雪的樹葉乾草攏成一堆，鑽進去對付一夜，萬一明早還沒凍死，就去鎮上加幾件衣服，雇輛馬車往田獨去。

　　他睡到凌晨出發，走到下一個天黑才到鎮上。天寒地凍，腿都凍得打不了彎了。他犯懶找家客棧，跟店老闆說開間最好最大的客房，有三個火灶的那種。身上還有幾根金條，痛快點花掉，沒準兒哪天死到金條前面去。

　　進了房間，他又睡了一覺。夜裡醒來從窗戶看去，外面又下雪了。他下樓讓小二做碗麵條。小二進廚房轉了一圈，回來說麵條要等，麵要現和。小五子問他，炒菜米飯餛飩水餃，哪個快。小二撓了撓頭，說麵條快。

　　那還說什麼呢，麵條。他讓小二去做，他坐在這裡等。小二哼著小曲出去，沒一會兒背袋麵粉回來，卸在廚房問他想吃什麼口感的，有嚼頭的，還是軟和點的。就是麵條，正常什麼樣，他吃什麼樣。他說著去關門，見風雪裡一黑一白從遠處走來。夜色裡，白的扎眼，黑的看不見，不過掛了一身的雪，感覺白衣男子牽一個雪人往客棧來。

　　他掏出碎銀子放桌上，說自己肚子不舒服，先不吃了。小二跑出來拉他手臂，說：「麵我都和好了，這麼晚，你讓我賣誰去！」

　　小五子皺眉望著他：「你誰也不該賣，我麵錢都給你了啊。」

　　「可是麵條沒人吃啊！」小二不依不饒，抓著他的手臂不撒手，「早告訴你時間長，你說可以等的。」

　　小五子把著樓梯扶手，甩不掉他的手，就悶頭往上走。小二也是能

扛五十斤麵粉的體格，手臂抓不住就去抱他大腿。

門吱的一聲開了，一陣冷風吹進來，人還沒進來，白衣男子就讓小二弄點吃的。小二鬆開手，和小五子一起回頭看。黑衣白衣對了個眼神，黑衣男子手臂一展，做了個邀請的手勢說：「這位公子，留下來一起吃點吧。」

小二這次要一百個確認，你們是三個人，吃麵條，而且誰也不許走。

明確過後，他滿心歡喜地去廚房和麵了。小五子靠著椅背坐他倆對面，身子都快出溜到桌子下面去了。他先表態：「我知道你們在找我。」

倆人沒說話，他感覺這兩個人在控制著情緒。白衣男子張了幾次嘴，都被黑衣男子按住了手腕，好像要克制住什麼濃烈的情感，別爆發出來。

後來白衣男子還是忍不住了，不顧黑衣男子的反對，起身把椅子踢開，撲通一下跪在地上，大聲痛哭，說：「少幫主，你真不記得我們了嗎？」小五子騰地跳起來，但不是扶他，而是向後退了兩步。黑衣男子剛才一直攔著他，此時嘆了口氣，事已至此的嘆息聲，也跟著跪了下來，埋怨白衣男子道：「叫你不要相認，這不是給崑崙大哥平添負擔嗎？」

小五子讓他倆快起，有事慢慢講。白衣男子把筷子掰成段，擺出一幅簡易的地圖說：「咱們是崑崙派，世代住在大漠以西的崑崙山下。你是我們的少幫主，前幾年你涉足中原，得罪了不少武林門派。後來你消失了，江湖上的人找不到你，崑崙派也找不到你。老幫主急火攻心，帶著崑崙派幾十個弟子穿過沙漠，一路往東，跟我們說找不到少幫主的話，就永遠不要回崑崙山了。」白衣男子說一半，黑衣男子接著往下說：「崑崙派弟子這幾年分散在各地找你，汴梁的大會我倆也去了，恨自己本事

不夠，沒能力把你從大漠仙人和蓬萊閣老手裡救出來，只好一路跟隨。在金陵你用計甩掉二老後，我們便跟著你一路來到了這裡。」

「二老都被我甩掉了，你們倆反而沒跟丟？」

「我們也曾疑惑，以崑崙大哥的本事，自然早發現我們倆了。」黑衣男子說，「但是白師弟說，沒準兒崑崙大哥想起了同門情誼，才沒戳破。」

「他叫白師弟？」小五子左右看看，「那你就是黑師兄？」

「不，我是白師兄，他是白師弟，我跟師弟碰巧同姓白。」黑衣男子湊近半個身子，低聲說，「崑崙大哥回想一下，大漠、蓬萊二老帶你走的一個月，尚且遇到了不少尋仇的；你獨自北上的這段時間，是不是一個仇家都沒見到？」

白衣男子終於說話了：「為少幫主掃清障礙，是我們應該做的。」

前面什麼崑崙山崑崙派，小五子差點兒就信了，給你崑崙公子這名號的，三歲小孩都能猜出是崑崙派，真正有想像力的身分是百花谷少谷主，再不濟也是丐幫幫主。兩人一個喊「少幫主」，另一個卻叫「崑崙大哥」，故事沒編完就算了，口徑先統一一下行嗎？但後兩句話倒不假，一路沒仇家，他還以為是自己藏得好，殊不知是這黑白配一前一後地替他開路殿後。那他們找他到底幹什麼？先陪他們演一會兒，小五子問：「我爹怎麼樣？」白衣男子搖搖頭，眼淚又要湧出來了，哽咽著說老幫主身體不大好，天天盼著少幫主回來。小五子看出來了，白衣男子最能演，老幫主少幫主，磕頭下跪的，入戲還挺深。麵條上來了，等了半個時辰，就上來兩碗白麵。黑衣男子問菜呢，弄點醬油也行啊。小二說醬油得等，沒有現成的。

那可有得等了，豆子發酵都不知道需要幾個月！小五子說就這麼吃吧，他呼嚕著麵條說：「回去轉告我爹，孩兒有件要事得辦，事情一辦

完，我馬上次去。」

黑衣男子搖頭，嚥下嘴中的麵條說：「還是跟我們回去吧。」

白衣男子的筷子早掰沒了，他去別桌找筷子，在小五子身後那桌說：「少幫主，你不知道老幫主有多想你！」

小五子點點頭，他明白了，不是尋仇，也不是什麼故人，他們是受僱帶他去見一個人。

3

這次小五子不想跑了，也跑不了了，身邊多兩個人照顧他也挺好。他慢慢發現這倆人也沒多大本事，跟大漠蓬萊沒法比，就是跑得快，騎馬技術好。通常都是黑衣人騎一匹馬在前面，白衣人和小五子駕一輛四匹馬車，在一里開外跟著。還是有尋仇的，橫刀立馬，問車裡面坐的是誰，這時黑衣人便去跟他們交涉，下馬作揖。仇家自然下馬還禮，只要仇家腳著地，白衣人立馬駕車就跑，根本不給他們上馬追趕的機會。

估計約好的，每回都是，白衣人往前跑三十里，再右轉跑十里，然後駐紮等黑衣人趕上來。只剩他們倆，白衣人還要演，比如小五子問他，崑崙派的絕招是什麼。白衣人深深嘆口氣，說自己年少時偷懶，把崑崙一點兒絕學得皮像肉不像，看著好看，使出來卻殺不了人。他找塊空地，掄手臂耍一通，問他現在的崑崙一點絕能打幾分。

崑崙一點絕？問你崑崙派絕學是什麼，就起了這麼一個不負責任的名字。小五子說能打一百分，二百分，中了斷魂掌之後，他是「一點」不會，「絕」也不會了。這時候白衣人又要演了，感同身受的那種難受

表情，望望天，望望地，眼眶溼潤，勸小五子別難過，「老幫主不是一直告誡咱們嘛，英雄好漢，武功在其次，最重要的還是人品。你要是一個好人，哪怕沒武功，被人活活打死，那也是死了的英雄好漢！」多愁善感，一般都要演到黑衣人過來會合。黑衣人馬都不下，持著鞭子說：「走吧，那邊等著交貨呢。」

那邊是哪裡呢？嘉峪關往東日夜趕路，過了烏海再往前就是沉獅谷。

這天難得住了店，次日清早居然沒有催他上路。黑衣人出門辦事，留白衣人在客棧裡看著小五子。白衣人說，沉獅谷就是崑崙派的老巢，他想想又補半句，暫時的老巢，老幫主年紀大了，白師兄先去招呼一聲，讓他老人家有個心理準備。

那交貨地點就在沉獅谷了，聽名字有點熟，但江湖上唬人的名字，無非就是獅虎熊豹。黑衣人一直到午後才回來，後面跟著一老一少兩個人。

老的也不算太老，四十多歲，一起來的小夥子喊他齊師叔。他進來就問人在哪兒呢，也不等白衣人介紹，就目光鎖定小五子，奔到他面前，彎下腰，幾乎是貼著臉又看一遍，起身說：「很好，你們倆誰跟我算下帳？」

果然是賣小五子。髒活累活黑衣人幹，用腦子的事要白衣人來。他們到門口算帳，黑衣人留在房間，盤腿坐在小五子旁邊，盯著他問：「不需要給你點穴吧？」小五子說不用，他哪兒也不去。黑衣人點點頭，但還是不放心，拉起小五子的手，捧在手心裡。一時間小五子有點害羞，跟他強調自己真不跑。黑衣人說：「我知道，所以沒點你穴。」說完還摸摸他的手背，衝他笑笑，那意思是你放心，大家好聚好散，我們不折磨你。

他們在門口討價還價，小五子聽懂了，這職業有點像保鏢，不過保的是人。你要找誰，管他活的死的，哪怕是躺在墓裡面的，他們倆也能把棺材挖出來，完好無損地給你送到家。黑衣人握著小五子的手說：「早看見你了，反正你往北走，就想等著過了嘉峪關再跟你說。」

小五子努力抽出手，點點頭說：「你們倒是圖省事。」

兩人在外面吵起來，齊師叔喊道，說好的價錢，臨時翻倍。白師弟說：「你們沒說這人這麼顯眼，路途又遠，躲了多少仇家才送到沉獅谷的，翻倍都是少跟你要了。」

齊師叔冷笑，說：「當初價錢是你們開的，說找崑崙公子，你們就應該知道這四個字的份量。」

白衣人也笑，說齊師叔的話在理，問屋裡的白師兄準備得怎麼樣了。

黑衣人說掌控之中，說完還不忘摸摸小五子的手背。白衣人說：「不行就弄死他，當我們沒來過，崑崙公子份量重啊，我們哥倆兒就是扛著他屍體，向各門各派要份子錢，要的也比你給的多。」

原來為這個摸的手，黑衣人用拇指扣住小五子手腕，小五子感到手臂一陣酸麻，再不叫命就沒了。七分痛，小五子十二分地叫出來。外面兩人不說話，估計是互相瞪著，看誰先服軟。最後是錢袋落地的聲音，齊師叔加了錢，他說：「把人帶出來吧。」

送上車的時候，白衣人還要演一波，他先把小五子綁在馬車座位上，扯一塊布蒙上他的眼睛，叮囑他回去要懂事，孝順一點兒，老幫主這幾年為他操碎了心。小五子說：「好，兩位師弟在哪裡，下次我去看你們。」

白衣人愣了一下，黑衣人搶到他前面，說：「江湖之遠，何必再

見。」

　　馬車動了。原來小夥子跟來是幹力氣活兒的，他在前面趕馬。齊師叔坐到小五子旁邊，說：「你別見怪，路不好走，綁著你，是怕你被顛出去。」

　　果然夠顛簸，起車就往下衝，五臟六腑都被震得重新排了一下位置。

　　進谷之前，齊師叔在旁邊發出一陣怪叫，也不知在跟哪個禽獸打招呼。後來沒聲了，車子也不再衝得那麼狠。把車停下來，小夥子把小五子抱到一個房間，解開繩子。齊師叔說：「你先休息一下，晚上還有好多事等著你幹。」可這也不是床，摸起來就像一塊鐵板。小五子點頭，說：「齊師叔太客氣了，還盼早點見到貴幫幫主。」

　　等半天沒人說話，估計是出去了。小五子把眼罩拿下來，反而嚇了一大跳，一片漆黑，一絲光亮都沒有，就好像有人給他套了一個更大的眼罩。他腳蹚地往前走，一直摸到牆。房間裡是空的，沒門沒窗。他捋著牆走，都是實牆，摸不到暗門機關。摸完四面牆應該是一圈，他站住想了一下，走回去再摸一次牆角，不是直角，比直角大一半，這是一個六面牆的蜂巢一樣的房子。

　　他們怎麼進出呢？小五子回到房子中央仰躺下來，頭枕著鐵板，身下一陣陣涼氣。他想起錢老闆那張血冰床了，挖在豬圈下面，當時就是他扶錢老闆下去的，那麼重的傷，睡幾天就好了。他也睡，睡一覺就好了。快睡著時，他自言自語道：「對啊，這也是個地窖。」

4

這一覺睡得夠飽，睜眼時也不知道是白天還是黑天。小五子揉揉肚子，還不算太餓，翻身趴在鐵板上繼續睡。半睡半醒間聽見有人喊他，老鼠似的偷偷摸摸地用那種氣聲呼喚：「崑崙公子，你在哪兒？」

氣聲是聽不出男女的。小五子站起來，腳踩著鐵板喊：「在這兒呢，在你下面！」

外面人不喊了，小五子頭頂窸窸窣窣的，真像是老鼠在打洞。沒一會兒天窗被撬開，一根繩子扔了下來。小五子抓住繩子往上爬，上面的人著急了，連忙說：「等一下，你太重啦，都快把我拽下去啦。」

這回是真聲，一個小丫頭的聲音。小五子仰頭等她，外面已經黑了，原來一覺睡到了夜裡。他聽見她一路小跑遠去，又一路小跑回來，在天窗探出半張臉，笑著說：「這回好啦，我把繩子綁樹上啦。」

雖然不會武功，但他也不是殘疾，抓繩子往上爬總沒問題，片刻之間就爬出了天窗。他張望一圈，地窖在一片園林之中，三十步外有個掛燈籠的房子，幾個傭人在裡面進進出出。小五子把繩子收好，將天窗合上，把草墊子蓋到天窗上。小丫頭十四五歲，就是個小孩子，肯定跟他中斷魂掌前沒關係。小五子問她：「是誰讓你來救我的？」

小丫頭微微一笑說：「到時候你就知道了。」

「嗯，」小五子趴到草叢裡，看著周圍的情況，低聲說，「我們怎麼出去？」

小丫頭指著掛燈籠的房子，說：「從前門進去，推開後門就可以出去了。」小五子瞇眼看過去，又有兩個人從裡面出來，一個抱著豬頭，另一個裝了一推車的豬下水往外運。看樣子是個廚房，大半夜的還在趕

做酒席。顯然不能從那兒進出，不然一會兒廚師就要抱著他的腦袋出來了。小五子搖頭問她：「你是從哪裡進來的？」

小丫頭指指左邊，又指指右邊，後來她也編不下去了，從草叢裡站起來拍衣服上的土，朝小五子努嘴說：「算了，我逗你玩的，我不是來救你的。」

小五子沒明白，問：「那你這是怎麼回事？」

「沒怎麼回事，」小丫頭說，「幫主叫我帶你過去啊。」

這太傷人了，小五子深吸一口氣，他都要哭了，噙著眼淚質問她：「我就那麼好逗嗎？」

沒想到他反應這麼大，小丫頭也不好意思了，但既然問了，她承認道：「你是挺好逗的。」

小五子不想搭理她，起身往反方向走，小丫頭在後面喊他：「你就跟我走吧，跑又跑不了。」

小五子一口氣吐出來，站在原地。很快，小丫頭到他身後了，她讓小五子走前面，往前走再右轉，從草叢裡穿過去。果然是從廚房進去，廚師夥計停下手裡的活兒看小五子。

小丫頭喝斥：「還不幹活去，崑崙公子也是你們看的嗎？」這麼小的丫頭，在谷裡的身分可不低。小五子掃了一眼廚房，肉還挺多，兩扇豬掛在鐵鉤上，還有一頭被剖開的牛放在案板上，不過沒主食，也沒素菜，這倒有些奇怪。

從後門穿出去要走段石板路，隱約能看到遠處房間的窗戶透著光。儘管不想說話，可還是好奇，小五子說：「為什麼廚房這麼遠？什麼好菜端過去都涼了。」

小丫頭在後面偷笑，她說：「那些肉又不是給人吃的，根本就沒熱

過，你還擔心涼掉。」

他問：「不給人吃，那是給誰吃的？」小丫頭又笑起來，提醒他走直線，掉下了石板路，可就不大安全了。本來兩側就看不見，現在更是陰森森的瘮人。他把油燈放低，低頭看腳下的石板。左側忽然一聲嘶吼，小五子嚇得往右跳一步，這時右面又叫了起來。左右都有，小五子不敢再跳了，把油燈放在石板上一動不動。

小丫頭又咯咯咯地笑了，說放心走嘛，牠們在鐵籠裡。小五子問是什麼東西。小丫頭說：「你想啊，我們叫什麼谷？」

沉獅谷，小五子慢點走，貼在小丫頭前面，恨不得拉起她的手。不能老想獅子，他問小丫頭叫什麼名字。小丫頭說她叫小玉，本來該叫大玉的，但她打小不喜歡，就跟她娘商量，讓她先叫著小玉，如果有妹妹了，就把小玉這名字還給她，自己改回大玉。結果一直到死，她娘都沒能給她生個妹妹。

小五子想告訴她，其實他沒那麼在乎她叫什麼，小丫頭講了五分鐘，小五子默不作聲。

走到掛燈籠的房前，小玉把門推開，一陣香氣撲面而來。銀梳銅鏡紅紗帳，小五子一時結巴起來：「這……這……這是姑娘的閨房吧？」他打定主意不進去，小玉再小，也是個女的，況且真的太小了。

小玉先邁過門檻進門，說：「我哪有這麼好的福氣，這是我們家小姐的房間。歷來沒什麼人來沉獅谷，我們也沒準備像點樣子的客房，還請公子委屈一下，在小姐房間沐浴更衣，幫主還等著見你呢。」

進這房洗個澡，還不知道誰委屈誰呢。他往裡走幾步，小姐不在，床下面擺著一雙青色繡花鞋，沐浴間在最裡面。小五子撓撓頭，問：「你們家小姐是哪位？」

「是幫主的女兒啊。」

小五子說：「我知道，我是問她姓什麼叫什麼。」

小玉捂嘴又要笑，這半個時辰都在沒完沒了地笑，是在笑他鄉巴佬一樣問來問去的嗎？小五子做出一個打住的手勢，說：「回答完你再笑，我陪你笑。」

小丫頭看出他惱火了，嘴上憋住，眼睛卻還在笑，她說：「你問小姐是誰，小姐是你夫人啊。」

小五子讓她慢點說：「夫人在你們這兒的方言裡是什麼意思？」

小玉彷彿剛知道，原來夫人是方言。她還挺認真，說夫人就是老婆、媳婦、相好的，接著抬高半個聲調說：「公子今晚要當新郎官了呀。」

小五子再看看小姐的閨房，心有點慌，問她：「你又在逗我玩？」

「沒有，知道你開不起玩笑，我再也不敢逗你了。」

「我怎麼就開不起玩笑了？」他皺眉問，「你們大老遠地請人把我抓來，關在地窖裡，再讓你一路看著我，這不是新郎官應有的禮遇啊？」

也不知道小姐看上他哪兒了，面前這個人笨死了，什麼都要問。她再跟他講一次，小玉說：「因為我們怕你這回又跑啦。」

5

小玉催了幾次，小五子沒應聲。他泡在木桶裡一直在思考，想明白之後他從水裡出來，也沒穿他們準備的新衣服，而是將原來的髒衣服一件件穿上，套進沾滿泥點的靴子。他叫小玉進來，說：「你殺了我吧，我不能娶你們家小姐。」

　　小玉望著他，一開始她以為他是在報復她，開那種莫名其妙的玩笑。

　　確定小五子是認真的，小玉就反覆講，我們家小姐有多漂亮，比我好看一百倍一千倍，你要是過了這個村，就是再走上十萬八千里，也找不到這個店了。

　　小五子搖頭道：「管她如何美貌，但我心裡有別人了。」

　　「你心裡有誰，我幫你殺了她，不就好了嗎？」

　　真是養獅子的地方，小丫鬟講話都這麼生性。他不想再糾纏這些，只問小玉：「婚我是不結的，你殺不殺我？」

　　小玉哪敢殺，說：「你死了，我們家小姐嫁誰去？」

　　小五子說：「隨便嫁給誰。沉獅谷這麼大的莊園，如果你家小姐真如你說的那麼好看，還愁沒有人娶嗎？」

　　小玉眉毛一挑，可傲嬌了，背著手說：「想娶我們家小姐的人都得排長隊，比滿大街要飯的還多。」

　　小五子愣了一下，但還真能感受到，想娶她們家小姐的人應該挺多的。

　　「只是，我們幫主點名要嫁給你崑崙公子。」

　　「還不是你們小姐要嫁？」

　　這是要圖他點什麼，武功沒有了，他還有什麼價值？他把手伸到懷裡摸九宮圖，崑崙山莊保過他的命，真信了他有好幾張，把女兒捨了，拜過天地，這九宮圖就是沉獅谷的了。

　　小五子點點頭，也不是認同什麼，每次想明白一件事，他都會不自覺地點點頭。他一句話不說，轉身就往外走。小玉反應遲鈍，看他出了門，才意識到這是要跑，趕緊追出去，從後面點了他的穴，拽著他的肩

膀拖回閨房。她說：「我又不殺你，你瞪我幹嘛？婚還是要結的，你要是死了，或是跑了，我今晚不就被餵獅子啦？」

她把他放到床上，猶豫要不要給他換上新郎官的衣服，拿衣服比畫了兩下說：「算了，把你這髒衣服脫下來，小姐要吃我乾醋呢。」她在屋裡找繩子，要把他綁起來，跟小五子承認自己是第一次點南海真人的穴，「沒想到真把你定住了，但一會兒穴位衝開了，你又要跑了。」她先綁腳，纏了十幾圈，卻打了個一拽就開的蝴蝶結。然後她問雙手放在前面綁，還是背過去綁。小五子說放前面吧，結婚而已，何必上大刑似的。

「你看，你還是願意說話的。」

她聽他的，雙手纏前面綁個蝴蝶結，讓他等著，她可背不動他。小玉出去晃了一圈，將廚房餵獅子的小推車推進來，把他拖進車裡，告訴他：

「我們快走吧，沒準兒已經晚了。」

傍晚從地窖裡出來，折騰到現在已是深夜了。這個點兒結婚，小五子甚至懷疑：「你們家小姐是不是早就死了，拉著我辦陰婚陪葬？」小玉忙摀住他的嘴，求他不要瞎說，提醒他別忘了自己是誰，那麼多人找他尋仇，白天搞得大張旗鼓，什麼人都來，這婚也結不俐落啊。

小五子點頭稱是，然後發現小玉沒騙他，穴道果然被衝開了，他先解開雙手，在推車裡前傾一下，又把腳上的蝴蝶結拽開。隨時可以跳下車的時候，他又不想跑了。這姑娘腳快，輕功好，反正跑出去也要點個穴再抓回來，就在車裡，跟坐轎子一樣也挺好。

後來還真坐轎子了。小玉推了一刻鐘，終於快到辦婚禮的大廳了。遠處有一頂轎子停在門口，他看見蓋著蓋頭的新娘，從身形上看不是頤指氣使的胖小姐。

新娘被攙進門後，小玉招呼腳伕們過來，新郎官也要坐轎子，別偷懶，一直抬到大廳裡去。上轎之前，小五子看了一眼大廳上的牌匾，左右兩個燈籠將三個金字照得反金光。小五子心頭一緊，問小玉：「你們幫主姓喬吧？」小玉點頭。小五子說：「你們家小姐是比你漂亮，別說比你，比文思清、吳思若和蘇子瑤加起來都要好看，因為她是喬文君啊。」他不想上轎了，直接朝「獅吼幫」三個大字走過去。他知道，他應該娶她的，怎麼都要給她一個交代。

6

確實沒請外人，齊師叔做主持，進來一個報一個，百十來人都是獅吼幫的弟子。大廳的正位擺著兩張太師椅，喬幫主抱著外孫坐右手邊。上次說過的，那是小五子的兒子吧，孩子沒生下來，他就消失不見，弄得喬幫主無處辯解，怪不得他現在看小五子的眼神跟要冒火似的。左手邊椅子上放個牌位，寫著「獅吼幫幫主夫人喬李氏」。陰陽相隔，這算岳父岳母了。

認真算起來，自己父母也應該在場，十有八九不在人世了，立兩個牌位列在高堂，可是上面寫什麼呢？張王氏，李趙氏？小五子連自己姓什麼都不知道。

獅吼幫是江湖大幫，這麼多弟子，一路報下來要小半個時辰。小五子看新娘，她坐在椅子上，臉在蓋頭下面，正低頭看著腳尖。那就這樣吧，別去想文思清，也別惦記吳思若，蘇子瑤也對不住了，孩子都有了，就別再問他到底喜歡誰這種話了。

一一報完名後，齊師叔把大門關上，意味著賓客到齊，再來的算不

速之客。但還不能馬上拜堂，走了好幾年，他們得編個故事把獅吼幫、喬幫主的面子找回來。喬師叔拉來一個老太婆，說：「婚姻大事自古就兩條，頭一條是父母之命，這第二條，我們來聽聽媒妁之言。」

媒婆磕磕絆絆，背稿子似的，半文半白地把故事講完。她說各位都知道，喬幫主只有一個女兒，家無男丁。幾年前喬夫人還在世，托她為女兒找個如意郎君，能當半個兒子用的女婿，自此撮合了他們倆。郎有情，女有意，新婚在即，不巧夫人身患重疾，臥病在床，郎中診斷，唯有苦寒之地三千年的高麗參才能救喬夫人的命。這位崑崙公子二話不說，當晚就前往東北，走遍長白山尋找高麗參。這一走就是幾年，直到今日午後，崑崙公子終於帶回了這根三千年奇參。可惜喬夫人早已仙逝，沒能趕上這大喜的日子。

喬幫主頻頻點頭，其餘弟子起鬨似的喝彩。不知道為什麼，故事編得越離譜，小五子越覺得喬幫主這幾年過得不容易。幾個孩子抱進來一個老樹根，說這是三千年的高麗參。這就有點過了，還好沒怎麼做文章，裝模作樣地走了個過場。場上全都是獅吼幫的人，百十來個人關起門來自欺欺人，之前是有多羞恥。

齊師叔掐著時間，說時辰已到，兩位新人開始拜堂。小五子和喬文君並排站在一起，背對喬幫主，面朝緊閉的大門。齊師叔先喊「一拜天地」，小五子腰都彎下去了，喬文君說：「再等等，賓客都到齊了嗎？」大家互相看著，該來的都來了，不該來的都是要找崑崙公子尋仇的。齊師叔清清嗓子，又喊遍「一拜天地」。這時大門突然打開，門外沒有人，一支箭從外面飛進來，連同上面的紅條幅紮在房梁上。條幅上寫著「西北六公子恭祝喬姑娘大婚」，沒他小五子什麼事。喬幫主一躍上去，摘下房梁上的箭，對著大門口說：「六公子前來恭喜喬某，何不進來喝杯喜酒？」

　　這是在亮獅吼功，他的聲音硬邦邦的，彷彿可以用錘子敲。幫裡的弟子都練過，小五子一時頭暈得要倒，小玉趕緊拖椅子過來。坐下來時還能看見那句話的回音，像被敲碎一樣，每個字都在大廳裡飄來蕩去。那些字越來越輕，慢慢落到地上。遠處傳來六公子的笑聲，他說：「喬幫主無意邀請，我也就不便叨擾，崑崙公子好福氣！」

　　這是在說我嗎？小五子撐著站起來。六公子的笑聲越來越遠，蓋頭下面的喬文君說話了：「既然沒有人來，我們就開始吧。」

　　索性把大門全敞開，兩個人對著門外一拜天地，轉回來朝喬幫主和牌位二拜高堂，然後都轉半個身，夫妻對拜。彎腰下去，小五子一陣陣想哭。他要喝酒，把自己喝得酩酊大醉。

　　開始大家還放不開，看小五子一杯一杯地把酒灌到肚裡，覺得崑崙公子果然豪氣，紛紛向他敬酒。小玉提醒他少喝一點兒，西北六公子這一去，不知道還會帶什麼人回來。那就讓他們來吧，他不怕尋仇，不怕折磨，管他一刀捅死還是千百刀地去剮他，他都不怕了。可總還剩點什麼讓他心生恐懼，他怕的不是恨，怕的是愛啊。他怕自己不愛卻要廝守，他怕自己深愛卻要離別。那就這樣吧，別等我了，文思清；很高興認識你，吳思若；而蘇子瑤呢，不管我之前與你如何，在這裡跟你說聲對不起。他抱著酒罈搖搖晃晃，從一桌走到另一桌，抱每個人的肩膀，希望對方是仇家派來的，掏出匕首一刀捅進他心裡。

　　他失望了，酒越喝越多，視線越來越花，最後癱坐在地上看人們相互碰杯。喬幫主把外孫帶過來，說這孩子暫時隨他姓喬，叫喬彬。喬幫主要孩子喊他一聲「爹爹」，叫出來的那一刻，小五子號啕大哭，他哭著要去抱孩子，嚇得孩子直往外公懷裡鑽。喬幫主說他喝多了，要齊師叔扶他回房。

　　出了大廳，小五子還死攥著酒罈不鬆手。他問怎麼搞的，他怎麼就

是孩子他爹了，怎麼之前就沒有拜過堂。齊師叔冷笑，把他放下來讓他自己走。他看著小五子每邁出兩步就往地上摔一次，說：「怎麼做的你不清楚？幾年前連喬姑娘一起，你抓了五六個獅吼幫的人，別的幫派被你放走時，都要少手臂掉腿的，唯有我們獅吼幫，被你關了兩天一夜，毫髮無損地出了崑崙山莊。以為你崑崙公子要跟我們交朋友，可真是交啊！這兩天一夜裡你對喬姑娘幹了什麼，讓她出來之後給喬幫主生了個外孫？」

齊師叔還在苦笑，黑暗裡一絲蒼涼。小五子又一次站起來，請齊師叔早點休息，自己堅持往掛著紅燈籠的房子走。自己過去到底是個什麼樣的人，沒有了記憶，人會變好嗎？他跟跟蹌蹌地走到房門前，指著頭頂的燈籠數了幾遍，每次都不一樣，四個，八個，六個，七個，他雙手向前一推，進了房門。

到了洞房，他清醒一些了，揉揉眼睛，看見喬文君在床邊等著他。還剩最後一個程序，以新郎的名義去掀她的蓋頭。站起來的時候雙腿打彎，他深吸一口氣，一步步朝床邊走去。喬文君讓他先別過來。他說：「我知道。」但他什麼都不知道，只是站不穩，雙腿打絆撲到床邊。喬文君再一次警告他：「但凡你碰我一下，我一定殺了你。」

「我知道，」他在床邊站起來，「我不碰你。」

喬文君自己拿掉蓋頭，盯著小五子。儘管不喜歡，但喬文君的樣子還是讓他有些痴了。她示意他後退，再退一步。沒關係，不動就站穩了。然後她皺眉看著他問：「你知道什麼？」

「我知道我禽獸不如，對你做了很多惡行，這場婚事就是給獅吼幫的一個交代。沒關係，我做了那麼多錯事，你怎樣都行，怎麼解恨怎麼來，你殺了我吧。」

「你沒做錯什麼。」

「你是說當時你是自願的？我不記得了，當時什麼樣？」

喬文君笑了，讓他別抖，坐下來再說，需要喝杯茶解解酒嗎。小五子搖頭，坐在椅子上等她說話。她把耳環鐲子摘下來，一件件放到首飾盒裡，目光似乎迴避著他說：「沒什麼當時，我跟你幾乎不認識，孩子當然不是你的，只是彬彬的父親我不能講。你名頭大，當時又消失了，他們逼問我彬彬到底是誰的孩子，我自然而然就想到你了。」

7

喬文君答應他，一旦有機會，肯定幫他逃出去。說這話時是新婚的第七天，一大早丫鬟們就把點心送到房間裡。那時喬文君剛起床，把在椅子上熬了一宿的小五子叫醒，讓他到床上繼續睡。剛換地方，小五子一時睡不著，休息不好，胃也燒得慌，側臥在床看喬文君吃桂花糕，聽她承諾道：「你放心，我下次出沉獅谷時，就想辦法把你帶出去。」

小五子眨眨眼睛不說話，他難受好幾天了，天冷得地上沒法睡，每晚窩在椅子上，一個星期下來渾身就像散了架。這六天他沒出過門，天天都是飯菜送進來，在房裡吃。首先喬文君不相信他，怕他跟喬幫主把實情都講出來；再就是小五子自己也沒想好該怎麼辦，獅吼幫的人看他的眼神都不對，都當他是淫魔，因為他玷汙了喬姑娘，才做了獅吼幫的女婿。要是澄清呢，跟喬幫主告狀，說你那外孫不是我的，我崑崙公子跟你們家沒關係，又能怎樣呢？喬幫主會拍拍他的肩膀，說委屈你了，然後把他放了嗎？不會的，既然你跟我女兒沒那個，那就在這兒殺了你吧，不是我女婿，你就是武林公敵啊。逃出去是最好的辦法，跟喬姑娘出去辦事，逮機會就往北跑回田獨。他問她哪天再出去。喬文君說不上

來，有事才能出沉獅谷，沒事她爹不讓她隨便往外跑。大概何時呢，喬文君還是不知道。那就反著問：「你上一次出去是什麼時候？」

「崑崙山莊的大會。」

「我知道，再上一次呢？」

「也是崑崙山莊，將近三年前。」

小五子倒吸一口涼氣，繼續問：「再再上一次呢？」

喬文君還在回味那一次的出門遠行，她說那次出去時間可長了，差不多小一年，去了好多地方，只是崑崙山莊就去過兩回。頭一次是被他抓過去的，後來跟爹爹會合，先去了黃山，又去了少林寺，還去了京城。八月十五那天去崑崙山莊，他卻出事了。

「不用講那次了，」小五子打斷她，「我問你，上上一次是哪年？」

喬文君被問住了，仔細想了想，回答他：「我就出去過那兩次。」

「你活了二十多年，只出去過兩回，然後你還告訴我說，下一次出去就幫我逃跑？」

「是啊。」喬文君也捋清了思路，前半生平均十年出去一次，以後相夫教子，也許二十年都不會再出沉獅谷了。不能讓小五子在這椅子上睡半輩子，自己當然也不會真的嫁給他。心情一下子很糟糕，她讓小五子先睡，別和她說話，她要好好想想。

想了一上午，一直到午飯端進來，她才告訴半睡半醒的小五子：「我們不會永遠困在這裡的，用不了幾年，他一定會來沉獅谷，把我和彬彬帶走。他答應過我，事情一辦完，就會把我們娘倆兒接走。」

小五子翻了個身，背對著她問，他是誰。問完他就知道了，當然是孩子的父親。火灶裡發出劈里啪啦的燒柴聲，冷風頂著窗縫往裡擠，感覺又要下雪了。他說：「剛睡著的時候想起一件事，你說你這輩子就出

去過兩回，上次就不說了，第一回出去，你就急急忙忙地跟剛認識的男人生了個孩子？」喬文君不說話。小五子看著火灶裡被吹亂的火苗，問這是個什麼樣的男人，有了孩子不敢認，還能讓她死心塌地地等。喬文君還是不吭聲。小五子車軲轆話問了好幾遍，終於把喬文君問急了，甩臉說：「我就是個賤種、蕩婦，你滿意了吧？」

一個屋簷下，一旦吵架，兩個人都不舒服。小五子又躺了一會兒，確定睡不著，披件外套坐在門外的臺階上看風雪。沒多久喬文君也出來了，拿了兩個小馬扎，一人一個並排看著白茫茫的世界。小五子張了幾次嘴，最後講出一句真心話：「你說孩子是我的，置我於此，我不怪你，因為你以為我死了嘛，反正我名聲也不好，本來就要下十八層地獄，多個淫魔的稱號，也下不到第十九層。你跟誰好，也不關我的事，我只是覺得你很好，我希望你命也能好一點兒。」

「你當時就是這麼說的，一模一樣。」喬文君挑起一個樹枝，在地上胡亂畫著，「你說我很好，希望我過得好一點兒。」

小五子扭頭看著她：「真的假的？」

「真的，不是我栽贓你，是你說的。你說，日後喬幫主要是逼問你孩子是誰的，你就說是我崑崙公子的。」小五子忽然有些激動，站起來在雪地裡走了幾步。

喬文君問他：「是不是都想起來了？」

「沒有，一點兒沒想起來，我高興的是，不管我是崑崙公子，還是小五子，我這個人沒有變。」

雪越下越大，他在雪地裡走了一圈，回來時褲腿都硬了，但神清氣爽。他說：「我大概知道孩子父親是誰了，我當時知道嗎？」喬文君點點頭。這讓小五子有點不明白了，我沒變，難道他變了嗎？他要再確認一次：「是恭祝你大婚的那個嗎？」

喬文君笑了：「單祝我一個人，還說什麼崑崙公子好福氣，酸溜溜的。」

「為什麼是他呢？」

「你們倆當時有個計劃，如果不是你出事，中了斷魂掌，我早就嫁給他了。你們關係很好的，你仔細想想，以他的箭法，在崑崙山莊，怎麼可能一次又一次地射偏，他根本就不想殺你。」

8

萬一十年出不了沉獅谷，喬文君可以一直聊六公子，但他們在一起的時間加起來才三五天。有時小五子懷疑，這個六公子是假的，只有那三五天是真的，後面所有的六公子，都是她這幾年在思念裡幻想虛構出來的。

他不想聽他們如何相識相愛、私訂終身，這一塊沒假。至少在她一次又一次的描述中，已經修訂得天衣無縫。他要聽喬文君講別的，關於六公子與他崑崙公子的，找找裡面的破綻，進而判斷她是在騙人還是在被騙。

可惜除了愛情，喬文君對六公子的了解少得可憐。六公子告訴她，他要辦一件大事，事情辦成就來接他們娘倆兒。小五子笑了，問喬文君，六公子到底要辦什麼事。他問了幾次，喬文君才承認，講不出口，她也不相信六公子口中的大事。

「他要當太子，繼承皇位。」她說，「我是相信他，但不能因為我信他，他就這麼騙我！」

　　喬文君不信的事，小五子反而要認真想想。他在田獨殺豬賣肉的時候，門口貼告示的巡捕就說過，崑崙公子罪大惡極的事情還不是殘害武林，官府通緝他，是因為他從宮裡把太子劫走了。後來知道自己是崑崙公子，他也曾想過，太子被我劫哪兒去了？錢老闆是太監，好像叫常公公，自然和太子失蹤有關係。除此之外，他再就不認識從宮裡出來的人了。假如六公子真是太子呢？不對，他幫三王爺做事，臥薪嘗膽，伺機篡位。可是三王爺瞎嗎？自己侄子不認識？所以說，六公子所謂的大事，十有八九是在哄她，只有一種可能，就是輔佐三王爺登基，然後給他當乾兒子，做太子。

　　喬文君說，這件大事是要小五子幫他一起做的。小五子問，幫他做什麼。喬文君也不知道。那知道什麼呢？六公子本名鄭明宇，大家之所以叫他西北六公子，是因為他父親鄭令龍當年一手撐起了西北鏢局。雖然鏢局在山西大同，但鄭令龍憑著一身功夫和豪爽性格，交了不少朋友，黃河以北的貨物往來，基本都要跟西北鏢局打個招呼。六公子排行老六，鄭令龍五十歲才有的他。他上面有五個哥哥，最小的都要比他大十多歲，大哥要比他大三十歲。鄭老爺子是開鏢局的，頭五個兒子學的都是外家功夫，唯有六公子練的是弓箭。

　　她問小五子：「你知道他五個哥哥是怎麼死的吧？」

　　「我聽說是被我殺的。」

　　喬文君笑道：「真是的，有機會我也想中一次斷魂掌，自己幹過的事，還要聽別人說。」笑過之後，她認真地說：「其實不是你殺的。」

　　小五子也沒特別驚訝，他清楚自己幾斤幾兩，這輩子殺豬還行，殺人的本事真沒有，何況還是一次殺五個，除非他們是四條腿，跟畜生一樣跑過來，而自己手裡剛好有把殺豬刀，手腕一轉開膛破肚。在田獨老虎都殺過，人嘛，就一個何員外，還是於心不忍才下的手。

喬文君說：「鄭令龍是你殺的，西北鏢局的掌門人，不知怎麼就得罪了你崑崙公子了。那是早先的事情，你帶著人血洗了大同。當時你還要殺六公子，可惜他不在，跟著三王爺去了京城。他的五個哥哥當時都在場，打不過你崑崙公子，你也沒動他們，就說想報仇來崑崙山莊找你。他們知道打不過你，給老爺子辦過喪事後，都投到了三王爺門下。」

小五子越聽越不對勁，打斷她說：「先不管我能不能做出這種事，我沒有武功，我確定，換多少年前，我都沒本事殺人。」

「你是崑崙公子，但你不代表崑崙公子，你先聽我講完，我一會兒再跟你解釋。」喬文君說，「你一直沒殺掉六公子，他那五個哥哥也沒機會找你報仇，就這麼相安無事地過了一兩年。後來你改主意了，不但不殺六公子，還想跟他合作什麼事。潮閣寺的事你應該聽說過，京郊的一座破廟。」

「我知道，我聽人說，我是在那兒殺死了他的五個哥哥。」

「對，那天你中了斷魂掌，在潮閣寺落腳，不巧被六公子和他的五個哥哥圍堵在裡面，寡不敵眾。我後來聽六公子說，唯一能幫你的常公公還被你綁起來了。」

「誰？哦，啞巴錢老闆，不知他人在哪裡，出去之後我要找他聊聊。」

小五子說，「後來他們是怎麼死的？」

喬文君讓他自己想：「兄弟六個堵到廟裡殺你，五個死掉了，剩下一個所謂落荒而逃的就是六公子。你想，你沒本事殺他們，那是誰殺的他們？」

「六公子殺了他的親哥哥？」

「不殺他們，死的就是你。」

　　為什麼？喬文君也不知道。小五子提著水壺去燒水泡茶，一直盯著壺蓋不說話。水開以後他拎著熱水回來，往茶杯裡放一把碧潭飄雪，倒水時他問她要嗎，喬文君搖頭說謝謝。她去茶几上拿一塊玫瑰糕吃起來。等茶的時候他問：「崑崙公子是誰，我又是誰？」

　　「你是誰我不知道，崑崙公子是誰我也不知道，因為你們一直在隱瞞身分。」喬文君咬一口玫瑰糕，細細嚼完才繼續說話，「我被你們抓去過一回，和我三個師兄，從咸陽帶到崑崙山莊，和很多門派一樣，被你軟禁了幾天。這幾年我就一直在想，你不是崑崙公子，你現在不會武功，那時更不會。崑崙公子不是你，是很多個武林高手，以你崑崙公子的名義去執行任務。不知道是不是你網羅的，但崑崙公子不是一個人，而是個組織。」

　　「百花谷？」

　　「什麼？」

　　「沒事，後來這些人去哪兒了？」

　　「別的我什麼都不知道了。」

　　嗯，茶葉漸漸落下去，小五子喝下第一口茶，碧潭飄雪，怎麼看也不像窗外的飄雪。不能再等喬文君了，他要自己想辦法出去。先不回田獨，要先搞清楚自己是誰。從田獨出來一直就沒個目標，被人追，他跑，被人打，他躲，每一天都隨波逐流。但這不是小五子啊，沒本事不代表沒骨氣。在田獨的賭場被人出千羞辱，他尚且知道拿刀報仇，現在跟過街老鼠似的，除了躲山洞就是進樹洞。他不想這麼過了，他要迎上去，把那些傷害過他的人，一茬兒一茬兒地找回來。

9

　　婚禮後，喬幫主找他聊了一次。他希望小五子學武，過去的事他們不聊，往後他們就是一家人了，他盼崑崙公子能夠踏上正途，以後帶著獅吼幫，做些讓武林中人稱讚的事情。這話挺明顯，意思是他死後，獅吼幫就是他小五子的了。他要小五子拜師，教他獅吼功，從氣運丹田練起。小五子委婉謝絕。肯定不是真教他功夫，他快三十了，傻子都知道，練什麼都來不及了。喬幫主要的是師徒名分，現在是我女婿，還不便說你什麼，等做了我徒弟，以後處處都要管著你。

　　喬幫主讓他再考慮一下，這可是獅吼功，一般弟子練不到的，他們也就是練練拳腳功夫，傳男不傳女，喬文君都沒有練過。小五子心想那就好，沒練她脾氣都不怎麼樣，要是練了大嗓門，就成純種母老虎了。小五子想說，正因為是獅吼功，更不用考慮了。他偶爾見過他們練功，紮起馬步，掌心向上，有多大冤屈似的，衝著山谷又喊又叫。尤其師兄弟對練，面對面就是吵架，喊一兩個時辰不帶喝水的，看誰先把對方吵倒。

　　來不及拜師學藝，他在計劃逃跑，崑崙公子不是一個組織嘛，也不見誰來救他。有天晚上他把這個想法跟喬文君說了，他說：「等不了你下次出門了，天天坐著睡，我也睡夠了。你告訴我誰在守大門，出門怎麼走。

　　出去混好了，我帶著六公子回來看你和兒子。」

　　「你出不去的，」喬文君勸他，「別做傻事。」

　　「你別管我傻不傻，告訴我怎麼出去就行。」

　　「你出不去！我怎麼告訴你？我都沒出去過！」

小五子冷笑，睜眼說瞎話：「你明明出去過兩回。」

「那是我爹帶我的，我自己出不去。」

「好吧，隨便你。」小五子決定靠自己，每天天不亮就出門，貼著高牆在園子裡瞎蹓躂，一直到晚上才回來。連走三天，他把園子摸得門兒清，現在閉著眼睛都能找到廚房假山後花園，連之前關他的地窖都找到了。可是大門在哪裡？高牆被他遛十幾圈了，也只是圍成一圈的牆。難道真出不去？不可能，沒有人會造一圈實心牆把自己封死。

他去跟小玉打聽，不好直接問，聲東擊西地繞了一大圈：你們平常怎麼買菜買衣服啊？客人怎麼進沉獅谷啊？你知道正常的生活中應該有門這個東西嗎？

「我們有啊。」小玉說。

「不是每個房間的門，是連接你們和外面世界的大鐵門。」

「有啊，兩扇大鐵門，打開就出去了。」

「你沒開玩笑？」

「早不跟你玩笑了，知道你開不起玩笑，我幹嘛自討沒趣？」

那就好，大鐵門，總能找得到。這天他又繞著牆走了一圈，牆，牆，牆，從牆一直走到牆。那鐵門在哪裡呢？回去的時候他幾乎死心了，晚飯飽飽地吃了一頓，拉起兩張椅子就開始睡覺。睡到他猛地醒了過來，他知道哪裡有大鐵門了。對著黑暗他發了一會兒呆，他在想把鐵門設在那裡的可能性，沒準兒真是這樣。他起身到床前，在月光下最後看一眼熟睡的喬姑娘，推門走了出去。

他先去廚房，挑兩把稱手的刀揣在懷裡，然後從後門穿出去，踏上兩側養獅子的那條路。他摸著鐵欄杆，這些不是鐵籠，是鐵門，小玉所說的兩扇大鐵門，打開就能出去了。他往上看看，因為鐵門由獅子把

守，不是很高。他抓著欄杆爬上去，兩隻腳跨到鐵門外，只要跳下去，就能逃出沉獅谷了。

不知是聽見聲了，還是聞著味兒了，兩隻睡了的獅子正努力醒過來。

牠們抻了抻前腿，走到欄杆下面等著他。牠們也不叫，仰頭張著大嘴，沒一點兒恐懼，自信滿滿地等他跳下去，送到嘴裡來。

小五子兩腳鉤住鐵欄，騰出兩隻手握刀。刀光閃出的那一刻，獅子開始低吼了。真奇怪，獅子一害怕，小五子也害怕了。他把刀握緊，低聲講三遍：「我小五子從來不怕四條腿的。」越講腿越抖，第三遍講到一半，小五子鞋底一打滑，掉下去了。

兩隻獅子各自退半步，小五子臉朝下摔在雪地裡，還好刀沒脫手。兩隻獅子試探著向他靠攏過來。小五子吞下一口雪，咬牙站起來，雙手舉刀面朝著左右兩側的獅子。雪地裡三個生物十條腿，大家都是不進不退。小五子突然從兩隻獅子中間穿過去，背對著鐵門向前跑了幾步。獅子一前一後地追上來，這就是他要的，聽聲音都知道牠們在什麼位置。他一個轉身，朝撲過來的獅子一刀下去。

從脖子往下，前一隻獅子直接開膛破肚，濺了小五子一臉血。血盆大嘴還沒有合上，就倒在了大雪裡。第二隻獅子一步步往後退，小五子轉身跑幾步，獅子保持著距離跟在後面，不敢貿然前撲，但也不放過小五子。

換平常還好，邊走邊等機會，可是現在這麼大的雪，一腳伸雪裡，還要拔出另一隻腳才能邁出去，怕是走不出二里路就沒什麼體力了。

要速戰速決，小五子轉身衝著牠後退，右手的刀貼著腰，左手的刀舉過頭頂。退到第三步，他保持著姿勢仰躺在雪地上裝死。他知道獅子會過來咬他喉嚨，確保他已死。如果是從他身上踏過來，他就挑起腰旁

右手的刀剖牠的腹，如果繞到頭頂，他就挑起左手刀，割牠喉嚨。

　　獅子也不再吼叫，悄無聲息地觀察，四周靜得一塌糊塗。雖然他還睜著眼，可只能看見頭頂的下雪天。雪落進他的眼睛，融成淚水流到眼角，他眨眨眼睛，聽不到獅子的腳步聲，無論從哪裡過來，總該有踩在雪裡的咯吱聲。時間慢得可以在心裡數數，他聽見有人在上面喊：「小五子，小心頭頂！」

　　一個黑影從他腦袋上撲過來，他左手揚起，一刀插進牠的腹股溝，卻怎麼也提拉不起來。獅子一口咬住他的右臂，腹股溝的刀拔不出來，右臂動不了。小五子左手接過右手的刀，向牠脖子捅去。獅子吃痛鬆開他右臂，小五子側身打滾，翻下斜坡。獅子沒有跟上來，窩坐在雪裡喘著粗氣。

　　左手還有一把刀，右臂咬得都見著骨頭了。小五子撐住站起來，看一眼鐵門，已經有七八個人站在門裡面。剛才說話的是喬文君，喬幫主在她旁邊，再旁邊有小玉和齊師叔。沒時間跟他們說話，小五子爬上坡，跟殘喘的獅子對視。牠身上中了兩刀，一刀在脖子上，看起來是皮毛之傷；腹股溝那刀狠些，右後腿幾乎掉了一半。牠三條腿站起來，後面嵌著刀的那條腿幾乎懸在半空，一聲聲低吼，不知是拚命還是哀求。

　　這回小五子要出擊了，他朝獅子撲過去。獅子伸出兩隻前爪迎擊。這是虛招，在牠背上捅刀沒用，他一個急停躍到獅子身下，刀插進牠腹部，手腕使勁往上挑，一直到脖子，獅子的身體徹底被剖開，那些心肝肺胃腸肚洩洪一般糊在他臉上，喘氣都是血腥潮溼的味道。

　　他等獅子死透，才從牠身下鑽出來。小五子雙腿發軟，在雪地上跪了一會兒，抓兩把雪擦擦臉，起身看鐵門裡的人。兩隻獅子都被他宰了，若這時鐵門打開，跑出一個兩條腿的把他逮回去，就真沒意思了。

　　他左手拿刀，右手抱著左手，說：「喬幫主、喬姑娘，諸位後會有

期。」看來沒人要抓他，喬幫主衝他點點頭，問他跟百花谷什麼關係，這千歲刀練得不錯。小五子愣了一下，說：「就是殺豬的功夫，哪來的千歲刀。」喬幫主笑笑，轉身走了。喬文君說保重，跟著她爹離開。小玉還想跟他開玩笑，她說：「崑崙公子，早點回來，你這一身的血，我去燒水給你洗澡。」

　　小五子在心裡數三個數，一、二、三，轉身就跑。自由以後他什麼都不怕了，管他前方還有幾隻獅子，哪怕是鬣狗狼群他也不怕了。雪地不好走，一腳深一腳淺，跟跟蹌蹌，行動緩慢。管他多慢呢，每邁出一步，至少還是向前走。

　　兩側都是山崖，中間一條小路夠他向前跑的。已經是清晨，沉獅谷不像田獨，中午天才亮，但起碼還要再跑一個時辰才能看見日出。速度雖慢，但他大步往前。跑步時他想出了沉獅谷先去哪裡，文思清、吳思若、蘇子瑤、錢老闆、南海真人，三個女人先不考慮，錢老闆肯定什麼都知道，找他問清楚，然後找南海真人去報那一掌之仇。

　　前面的路逐漸變寬，他忽然想起，殺豬這本事就是錢老闆教的，吊起來不行，要把豬放出來，跑起來殺，這就是千歲刀啊。錢老闆也好，常公公也好，他是百花谷的人了。既然是武功，肯定是要衝人來的，上次殺老虎，這次宰獅子，什麼時候他才有膽量對人下手呢？

　　跨過小溪他停下來，喝一口水，抄起刀繼續跑。跑著跑著自己還樂出聲來，誰說我什麼都不會，以後人送外號「千歲刀小五哥」。太陽就要上來了，已經有光從崖頂的林子裡透過來。前面又變窄了，估計繞過這兩座山，就是一條陽光大道了。

　　他提一口氣，告訴自己跑三千步再停。轉了個彎，有人在前面等他，越跑越近，是小玉。一定有條捷徑，令小玉跑到他前面。他先放慢腳步，在離小玉幾百尺的地方加速，從她身邊跑過。小玉在後面喊他：

「崑崙公子，水已經燒好啦，鍛鍊得差不多了，早點回去休息吧。」

小五子腳下不敢停，說：「你先回去，我隨後就到。」他猛衝兩里地，見小玉沒追上來，他跑得更快了。兩具屍體攤在前面的雪地上，他放慢腳步走過去，靠近屍體時他幾近崩潰，原地轉了一圈，明白自己再也跑不出去了。

就是被他殺死的那兩隻獅子，沉獅谷，這是個山谷，是個圓圈啊。他想放聲哭出來，想出山谷不僅要殺獅子，還要會輕功，上得了懸崖。那也不管了，既然出來了，就再往前跑吧，哪怕跑死在外面，也不回去洗個安逸的熱水澡。

跑吧，小五子，打從出田獨，你就一直在跑，這次讓你在沉獅谷跑個夠。沒有希望，他反倒跑得更暢快了。他把刀收起來，甩著手臂跑在陽光下。還是一樣的路，前面變寬，再往前是小溪，他水也不喝了，繼續跑，再前方路面變窄，繼續往前，兩側的懸崖高至上千尺，小玉還在原地等著他。

「我不回去，你放心，我肯定不回去！」他朝小玉大吼，加速超過她。

已經跑了兩個時辰，他清楚下一個時辰的路線，變寬，小溪，變窄，兩側千尺的懸崖，小玉。他找有積雪的地方踩，要每一腳都是腳印，每一腳從雪裡拔出來，每一腳踏進新的雪裡。一腳下去，他踩進了雪下面的繩圈裡，繩子迅速箍緊他的右腳腕，整根繩索向上提。小五子嘴裡喊著「我不回去」，右腳套在繩圈裡倒掛在空中，像一桶井水一路上升，一直升到上千尺的懸崖，吊在鐵架旁邊。

四周沒有人，面前是一個小木屋。冷靜下來後的小五子明白了，這不是獅吼幫在抓他，這是山頂獵人自製的陷阱。

木門打開，有人從小木屋裡出來，穿了一身野獸皮毛，頭頂戴一個

狼頭的帽子，看樣子要在山頂度過這個冬天。見繩上掛的是人，那人也很意外，慢慢往這邊探。貌似是個女獵人，這麼大的風雪，還是倒著看，小五子也看不清楚。走近時，她問了一句：「少谷主？」

　　說話間起風了，小五子腦袋朝下，在繩子上搖搖晃晃，偶爾剛要看清楚，又被風吹了半個圈。他看不到，但知道都有誰叫過他少谷主，想仰頭望去，卻是深淵。他聽見女獵人在後面泣不成聲。她說：「天啊，本以為要等到春天才有機會救你。」她哭著去抱住他，摸他倒著的臉問：「你是怎麼跑出來的啊？」

第八章　吳思若

1

遇見小五子那天，吳思若做了個夢，夢見自己在池子裡洗澡，倒上牛奶，撒上花瓣，水裡吃，水裡睡，一直沒出來過。可她總是感覺洗不乾淨，都泡出褶子了，還一遍又一遍地用手搓。洗到第三年，她終於扛不住了，從池子裡走出來，赤身裸體，水淋了一地。她站在銅鏡前，雙臂環抱著胸，哭道：「洗不掉了，怎麼辦啊，我真的洗不乾淨了！」

之後她在夜裡醒過來，二樓的客房。頭天晚上她到的揚州，睡到現在天還是黑的。她睜著眼平躺在床上，不知道幾點了。樓下的賭場依然喧譁，賭場掌櫃的怕不熱鬧，不知從哪兒請來一位老先生，沒日沒夜地在那兒唱評彈，一口蘇州話，也聽不懂他唱的是什麼。就當是背景音樂了，贏錢的時候沒人注意到他，只有輸錢的人，一文不剩還捨不得離開賭場，耷拉著腦袋，聽老先生唱那些英雄好漢出門就造反的故事。

賭鬼她見多了，給他們倆膽兒都不敢造反。以前在紫竹院，對面就是一賭場，吳思若就沒見過他們打烊。紫竹院是青樓，按理說夠熱鬧的了，可再怎麼春色蕩漾，也有累了睡覺的時候。感覺對面賭場開的是接力流水席，有贏有輸，有去有回，賭桌上的油燈都不帶斷捻兒的。

吳思若十四歲進紫竹樓，被老鴇練兩年，十六歲開始掛牌子，一直待到二十一歲才被她師父大漠仙人贖出去。五年裡，她見得最多的就是讀書人和賭鬼。讀書人最麻煩，吟詩作賦還得讓吳思若唱出來，清唱不過癮，要彈琵琶古箏唱。賭鬼乾脆多了，隔三岔五就有贏錢的過來，大把撒銀子，說把你們頭牌叫出來。贏來的錢，出手也大方。非要挑缺點

的話，就是這些人有點急，進來就脫衣服上床，完事就想走，氣兒還沒喘勻呢，褲子已經穿上了，滿口大話：「今天手氣這麼好，過去再押幾把，我能把這紫竹院贏下來。」

吳思若幹那麼多年，也沒見哪個能贏下紫竹院的，連回頭客都沒有，連本帶利的，都輸回去了。那時她還不叫吳思若，在紫竹院的時候叫芙蓉月，再往前叫小月，也沒個姓。沒爹沒娘，打記事起就跟著師父，有一搭沒一搭地練功，反正師父獨寵她，把天捅個窟窿也不會怪她。十幾年來，基本上師兄師姐負責受罰，她負責恃寵而嬌。人家練到掌掌致命了，她這仙人掌打出之前，還得捧著仙人球拍幾下。

後來師父終於著急了，跟她談：「掌法還可以苦練，但是你幾乎沒有內力，再練已經來不及了。」

「那就不練唄。」吳思若反過來跟師父講道理，「上個月來的那個道士，說自己什麼什麼功練了三十多年，還說什麼冬練三九，夏練三伏，一分耕耘方有一分收穫，結果劍還沒拔出來呢，就被師父你一掌拍暈了，一個多月不吃不喝，守著綠洲餓死了。早死晚死都是命，早知道這樣，吃那三十年的辛苦幹嘛？」

大漠仙人想了想，差點兒讓這小姑娘把習武之道給扭曲了，說碰到他是例外，如果遇到江湖上的芸芸眾生，多練一分總是好的。

「那我不離開你就好了，」吳思若說，「反正怎麼練也打不過你。」

大漠仙人搖頭說：「我大你幾十歲，總要比你先死的，我死了你怎麼辦？」

「不還有師兄師姐嗎？」

大漠仙人沉默了，看著吳思若，最後看得她都有些發毛了。大漠仙人提醒她：「他們替你受了這麼多年的罰，我死後，他們第一個捅的就是你。」

　　師父說得沒錯，吳思若知道，有時候師兄師姐看她就是一副「早晚弄死你」的眼神。但現在練不是來不及了嗎？她想，不行到時候我找個地方躲起來。大漠仙人點點頭，說：「你的事師父也想了很久了，總算有了個兩全的辦法，我要送你去朋友那裡學武。你練出來了最好，就算沒練出來，也沒人知道你的下落。」

　　他們從羅布泊出發，花了兩個多月時間才到江南。吳思若第一次出大漠，一切都是新鮮的。不要說市集、飯館和水鄉，她甚至都沒見過這麼多人。師父陪她連逛了三天，帶她去金銀店買首飾，去絲綢店挑料子，七八個顏色，選不出哪一個。吳思若數著泥鍋泥碗，玩泥滾蛋，一個個淘汰。

　　後來，師父看心疼了，拿出銀子，跟夥計說一種顏色一匹，全扛到紫竹院。那是吳思若頭一回聽說紫竹院這個名字，她放下布料問師父：「他們是紫竹派的嗎？」

　　紫竹院比大漠好多了，燈紅酒綠，八仙桌上宴席不斷，裡面的師姐也好看，而且有幾個跟立了大功似的，那些婆子和龜奴都圍著她一個人伺候。第四天一大早，師父要走了，囑咐她：「好好練功，別老想著玩。給你備了八匹絲綢，我打聽過了，一匹布能做二十件上衣、三十條褲子，想穿新衣服了就找人定做。過十年師父再來看你，到時候試試你的功夫，就知道你有沒有偷懶。」

　　十年！吳思若想跟師父一起回去。揚州雖好，可也不用逛十年啊。大漠仙人提醒她：「你又忘了，你是來學藝的，腦子裡還想著玩？」吳思若不說話了，看著師父把銀子裝進兩個大箱子搬下樓。走的時候也不讓她送，嚇唬她，學藝不精，就不要出紫竹院了。吳思若要過很久才明白，這句話不是嚇唬，此後七年，她真的一步都沒能走出紫竹院。

　　原來這裡不叫師父，外人叫她窯婆子，本門弟子喊她媽媽，而且媽

媽不止一個，每個媽媽帶十來個弟子。吳思若的媽媽姓王，一把年紀還伶牙俐齒的，跟她說了紫竹院的各種好。王媽媽問她叫什麼。吳思若說小月。

王媽媽還在等她說。沒了，就叫小月，她也不知道自己姓什麼，從小就這麼叫。名字沒特點，王媽媽端盆花過來，說：「以後你房裡就養這盆芙蓉，就叫芙蓉月吧。」

「那我姓芙嗎？」

「姓芙蓉！」

吳思若沒聽出她在抬槓，還挺高興自己的月字留住了，加的姓也不錯。王媽媽問她多大了。吳思若左手比畫一，右手比畫四，說自己十四歲。

「還早，」王媽媽說，「你可以再練兩年。」

紫竹派都練什麼呢，房間裡放一口缸，裡面沒有水，一隻腳邁進去，然後在缸沿上坐著，什麼都不幹，手不許扶，腳不許著地，一坐就是一天。到晚上也不讓你安生，渾身痠痛剛躺到床上，王媽媽提了一籃子雞蛋進來，叫她起來，等會兒睡。雞蛋不是給吳思若補的，王媽媽撿十個雞蛋放在床中央，讓吳思若平躺上去，把雞蛋枕在腰下面。

「明早雞蛋碎掉一個，一鞭子，碎兩個，兩鞭子，十個全碎，加五鞭，我要打你十五鞭。」

沒準兒真會打，吳思若側過身，小心翼翼地把雞蛋摟在懷裡。睡到一半被一鞭子抽醒了。鞭子抽在後背，吳思若縮在床頭，瞪大眼睛看著黑暗房間裡的陰影。

「我讓你平躺在上面，可不是側著睡。」王媽媽手拿鞭子，說完就推門出去了。

　　吳思若從床頭慢慢平滑下來，向上挺著腰，咔嚓咔嚓地做了一晚上潮溼的夢。醒來時雞蛋都碎了，十五鞭打了她快一上午，後背開裂，血從衣服裡滲出來。吃過中飯，吳思若要繼續坐缸沿，後背疼得都直不起來了。

　　晚飯睡覺前，王媽媽又拿了十個雞蛋過來。

　　「我教你一招，」王媽媽說，「屁股使勁往下翹，你要借用肩膀的力量，挺住胸才能挺住腰，之後繃緊不動，起碼保住一個，保一個少打六鞭。」

　　吳思若不說話，也絕不會哭，她瞪著王媽媽，目送她出門。王媽媽走到門口，轉轉身扶著門框說：「芙蓉月，你給我記住了，你有多大委屈，多大仇，都給我嚥回去，練不出來，你死在這兒我都不掉一滴眼淚。要是你練出來了，做了紫竹院的頭牌，總有我王媽媽巴結你的那天。到時候你有多大仇，多大恨，隨便你怎麼折磨！」

　　吳思若想了想，吹滅蠟燭躺進被窩，照著王媽媽的方法做。屁股還沒夾緊，就碎掉一個。無所謂了，反正明早也是全碎。入睡之前她盡量想些好事，早上一床的雞蛋湯，從上到下十幾層被縟，都被人換成新的了。就這一點挺好的，在紫竹院，王媽媽不要求她幹一丁點兒的家務。

　　早上醒來奇蹟發生了，居然有三個雞蛋沒有碎，吳思若恨不得把這三個雞蛋生吃掉。但七鞭子還是要挨的，不知是王媽媽下手輕了，還是自己經打了，好像沒那麼疼了。第三天早上又退回去，十個只留住一個，賞九鞭。反反覆覆，八個月過去，基本不會碎雞蛋了。偶爾碎一兩個，王媽媽也捨不得下手打她了。坐缸沿更是輕車熟路，她現在蕩著腿在缸沿上吃飯、背詞、彈琵琶，幹什麼都穩穩的。

　　王媽媽開始訓練她撥弦唱曲了，這些她理解，會點才藝總比種地的農婦好一些。可是練八個月的坐缸沿和睡雞蛋到底有什麼用呢？王媽

媽回答得直接，一個練女上位，一個練女下位。吳思若第一次聽說這兩個詞。

「女上，女下，這是什麼功？」見王媽媽一頭霧水，吳思若說了來紫竹院學武的目的，得學點一招制敵的真本事，「師兄師姐都等著師父一死掐死我呢，尤其是大師姐。」

王媽媽眨巴著眼睛，大概明白她師父是怎麼把她騙過來的了，也明白這孩子在大漠長大，沒見過世面，什麼都不懂。怎麼回答，她得好好想一想，最好有個答案能讓她不懷疑，自己日後不必再解釋，大家都省心，一勞永逸。

王媽媽想了三天，把揚州城裡走江湖的、耍把事的都打聽了個遍，晚上讓廚房炒兩個菜，和吳思若好好喝了一頓酒。吳思若第一次喝酒，一口下去辣得直往外哈氣。王媽媽又給她斟了一杯，說：「你師父說得沒錯，把你送到紫竹院，就是讓你練功來了。」然後她講了男和女，男人是陽，功夫要一天一天練，十年二十年才有所成，而女人是陰，學武練功有先天優勢，不用像男人那麼辛苦，一拳一腳地練，在紫竹院，她可以把男人練好的內力一點一點吸到自己的身體裡。

「採陽補陰你聽說過嗎？」

吳思若點頭：「好像聽說過，但不是採陰補陽嗎？」

「那是男人嚇唬我們的，自欺欺人。」

王媽媽喝口酒，想了想，也許可以把自己推翻，換個更巧妙的表述，她說：「有些男人會的，採陰補陽，不但不把內力給你，還要把你的內力吸過來。這時候就像鬥法，誰法力強，誰就能把對方吸垮。那怎麼辦，怎麼辦？」王媽媽講了兩遍，直到吳思若盯著她時，她才說，「你要更加努力地練功，一旦到床上，絕不能給對方喘息的機會！」

十四歲練女上女下，到第二年，吳思若要學習琴棋書畫。王媽媽解

釋這是要誘敵深入，功夫練好，在戰場上打仗是一回事，把敵人勾引到戰場，又是一門技能。到十六歲終於要掛牌接客了，價高者得，最終奪標的是一個三百多斤的老員外。看起來身體還行，只是太胖，走兩步整幢樓都跟著顛，要四個人把他架到二樓，才不至於把樓梯的木階全部踩折。

吳思若迎來了第一個對手。那天晚上王媽媽去房間，跟她說了幾句話，並把油燈換成紅蠟燭，在床上鋪一條白綾，將酒菜擺在桌上，把客人請了進去。王媽媽邊賠笑邊後退，面對著兩人關門出去。然後她還是不放心，叫龜奴搬兩個小凳守在門前。萬一有意外，真的，退雙倍錢也不能讓芙蓉月被這胖員外壓死在房間裡。

開始她還能笑出來，她清楚地聽見員外坐下來吃東西，吳思若在他身後喝斥：「開始吧，你還等什麼！」可沒多久她就笑不出來了，吳思若沒有了喝斥，反而不斷地哀求，求他不要這樣，求他放過她。似乎客人沒聽她的，到後來吳思若聲嘶力竭地哭，大喊：「王媽媽救我，王媽媽救我！」

兩個龜奴實在聽不下去了，從板凳上站起來要衝進去。王媽媽張臂攔在門前，指著他們說：「誰也不許動，今晚挺不過去，以後也就是個短命姑娘。」

再往後吳思若沒聲音了，不知是活是死，只是腳下在震動，胖員外每動一下，感覺整個紫竹院都被帶得一起顛。房子都要塌了，兩個龜奴緩緩坐下來，搖著腦袋低頭看地面。晃動越來越劇烈，忽然一聲轟響，其他房間的窯姐兒和客人都出來往這裡看。王媽媽擺手讓他們回去，一隻手捂著嘴屏息等待。要等好久，時間慢得彷彿每個人都死了幾分鐘。房門輕輕拉開，老員外整理好衣服走出來，塞給王媽媽兩個元寶，慢悠悠地下了樓。

王媽媽看著手裡的銀子，邁進房門。似乎狂風颳過，染了血的白綾被吹到牆邊，地上全都是碎了的瓷碗酒杯和飯菜，四條腿的床斷了兩根，像一個山坡面對著房門。吳思若的衣服被扯爛，散亂的頭髮擋住半張臉，她裹在紅紗帳裡，縮在斜下來的床尾處。王媽媽走過去，把銀子放在床邊，將紗帳一層層打開。她沒有死，還有溫度，臉上的淚還沒乾。王媽媽把她的頭髮捋到後面，露出她的眼睛。吳思若瞪著她，已經沒眼淚可流了，過了好半天才啞著嗓子說出一句話：「我贏了。」

　　此後她一直贏，第一年，第二年，第三年，一百個，二百個，五百個對手，她從來沒有輸給過他們。偶爾刺痛，可她的確能感受到那一股內力熱流進到她身體裡的滿足感。每個對手她都會記下來，叫什麼名字，家住在哪裡，當什麼官，發什麼財。一半是因為成就感、得意，另一半居然是愧疚，她覺得在自己成長的道路上有這麼多人幫她，一旦有機會，功成名就那天，照著花名冊上的住址，欠人家的那一份，總要還回去的。

　　每三天一次，王媽媽要她喝一種涼藥，麝香和水銀混在一起，特別香，又特別硬。有時候跟客人在房間，打一個嗝，滿屋子都是怪異香味。

　　這還不是她最怕的，她最怕水銀從嗓子眼裡蹦出來，像小鐵球一樣在地上亂滾。她問王媽媽喝這個做什麼。王媽媽從任督二脈到急火攻心解釋了半天，後來自己也編不下去了，直截了當地問她：「每個女人都會生孩子的，對吧？」

　　吳思若點點頭，她說她明白了。然而她沒明白，她要到很久之後，一輩子都生不出來孩子的時候才明白，王媽媽和她師父毀了她一生。

　　你看不到真相，當所有人都對你說謊時，你會以為那是真的，你就應該那麼做。紫竹院的規則是什麼，姑娘都是來練功的，互相搶生意，

就是搶能送你內力的那個男人。姑娘們背地裡罵別人是婊子，就是這個
意思吧，定期給她送功的男人，被別的姑娘搶走了。

第三年秋天，她也搶了其他姑娘的男人。一個讀書的公子，吳思若
見過他好幾次，每次都是找丹姐。這天晚上，他還是摟著丹姐的肩膀
上樓。

吳思若在二樓一直盯著他，照王媽媽教的辦法，兩個肩膀各露出一
半，朝周公子媚笑。果然在夜裡，公子敲了她的門，兩人摸著黑對弈鬥
法。完事之後，他不緊不慢地穿衣服，長吁一口氣，跟她說：「雖然傳
功這事挺扯的，但你是我見過最賣力氣的。」

這算誇她嗎？吳思若問他怎麼稱呼，去哪裡能找到他。公子隨便說
了個名字住址，吳思若在心裡默念幾遍，他剛一出門，就點燈記在花名
冊上。

第二天，紫竹院炸鍋了，丹姐站在天井往上罵，她在紫竹院做了五
年的頭牌，是誰家的婊子，這麼沒大沒小！吳思若推門出去，低頭看著
丹姐，猶豫何時動手，師姐師妹今天是不是要切磋一場。丹姐完全不怕
她，今天若是輸了，守了五年的頭牌就要讓給芙蓉月這個小丫頭了。她
雙臂抱胸，越罵越難聽，說她就是一賤貨，人盡可夫的蕩婦，兩條腿合
一個時辰都皮癢，不夾點東西渾身難受，幹嘛待在紫竹院啊，送她到邊
塞，在軍隊裡玩個痛快該有多好。

吳思若抓著圍欄，一點一點洩下來。也許在說謊，她師父、王媽
媽、大漠裡的師兄師姐、紫竹院的所有姑娘，他們都在說謊，唯有丹姐
在講真話，她信任她的師父，她信任她師父的朋友王媽媽，她相信他們
都是為她好，而他們讓她做的，鼓勵她做的，她想持之以恆努力去做
的，居然全是羞恥，一生之恥。

2

　　吳思若是在那天晚上見到小五子的，快十個時辰之後，她在揚州客棧，夜裡醒來，看著頭頂的一片漆黑，想熬到天亮去吃點東西。公雞打鳴的時候她反而有些懶了，側身對著窗外，看著太陽一點點升上來。扛到中午她昏昏欲睡，夢到小五子，夢到自己離他越來越遠，再睜開眼睛時天又黑了。並不是真的安靜，樓下賭場的喊叫押注聲時不時傳進來，只是她能分得清，那是外面的聲音。房間裡很靜，靜得她能聽到一隻蜘蛛在牆角織網。

　　她想她怎麼還不死，睡了那麼久，應該睡死才是，為什麼還能睜開眼睛，看著這到不了頭的黑暗。而且還餓，肚子叫得已經讓她聽不到蜘蛛在編網。好比睡不死，她知道她餓不死，只會死去活來。她憋足力氣，給自己一掌仙人掌。除了疼，什麼用都沒有，毒蛇是不會被自己咬死的。

　　她把頭髮紮起來，扮成男裝下了樓。要穿過賭場才是飯堂，如果吃飽了，想回房間休息，也要穿回賭場才能上樓，而且不是正對著，要拐三四個彎才能把飯堂和客房連接，掌櫃的在這一點上費盡心機。那些押中者的歡呼尖叫聲，一驚一乍地刺激著往來的客人們。

　　她沒興趣停留，在老先生的蘇州評彈聲中找到通往飯堂的出口，人來人往，好不容易擠到門口，吳思若停下來往回看。她看到了小五子，他坐在桌前，半睡半醒地硬撐著頭，贏下銀子還要莊家撥給他，他就要睡著了，頭沉下去，又猛地醒過來，抓著銀子要押注，莊家告訴他：「下一把吧，剛才叫你押，你睡覺。」

　　老先生唱著：「那畢娘聽，她是羞不勝，但聽她句句言詞觸奴心。」

　　吳思若走過去，離得越近，心跳越慌，什麼都看不到，眼裡只有小

261

五子，直到一對色子飛過來，吳思若才意識到，她看小五子，而有人在
看她。

那人沒想傷她性命，來勢不快，吳思若伸手即握住一個色子，另一
個色子打中她的眉心，彈到地上。她朝人群看去，或莊或閒，大家各忙
各的，唯有一個人和她對視。同樣也是女扮男裝，一身黑衣，吳思若想
在哪裡見過她。這個就在崑崙山莊，也上了高臺，頭一個叫文思清，說
是小五子的老婆。這個是救她的那個，叫什麼名字呢？話到嘴邊想不起
來了。進山海關那陣兒，小五子跟吳思若說過，要是有前生今世，她就
是他第一個對不起的。哦，她叫蘇子瑤。

人群中她倆互相望著，小五子硬撐幾次，終於收起銀子，躺在長椅
上睡著了。吳思若確定，就像不知道她在這裡，小五子也不知道蘇子瑤
一直跟著他。她看見蘇子瑤將面紗放下來，走到小五子身旁，抓一把碎
銀子，朝吳思若扭了扭頭，意思是我們飯堂見。

就兩個人，蘇子瑤點了十六個菜、一壺女兒紅，轉身看到吳思若的
眼神，問道：「怎麼了？他有的是錢，他在這兒吃飽了玩兒，玩兒好了
睡，咱們倆就不能吃點好的了？」

吳思若笑了，眨著眼睛說：「當然要吃好的，妹妹只是想再加兩個
湯。」

菜都上齊了，反而吃不了幾口，彼此印象都不錯，兩個女人聊個不
停。但還是不一樣，吳思若叫他小五子，蘇子瑤叫他崑崙公子。吳思若
問她什麼時候找到小五子的，蘇子瑤說崑崙公子根本就沒丟過。她說南
京江裡翻船的時候，她就知道崑崙公子在藏金條的隔層裡，但她不能
說，三個百花谷谷主都不是大漠仙人和蓬萊閣老的對手。她失聲尖叫，
裝作小五子淹死了。上岸以後她找機會溜出來，隨江面的棺材一起走。
直到夜裡，小五子爬出來，上了秦淮河的花船。不知道和那幫船上的賤

貨都幹了什麼，反正等了快一個時辰，小五子才換身新衣服被送下船。然後她就跟他到了揚州，賴著不走了。

吳思若一陣難受，花船她也曾坐過，還以為是練功的好地方。她盡量不想這些，夾兩口菜，問蘇子瑤既然都到揚州了，為什麼不索性現身，陪他一起走。蘇子瑤湊前一點兒，低聲跟她說：「因為還有人跟著他，兩個人，一黑一白，都在賭場裡守著他。你一會兒進去就能看見，正坤桌一個，後乾桌一個，裝作來賭錢的，身上又沒錢，莊家催了，就押個一文兩文的。」

吳思若好奇：「這兩個是什麼人，要麼抓人，要麼放人，一直跟著算怎麼回事？」

蘇子瑤說：「聽師父講過，他們叫黑白鏢人，江湖上專門幫忙尋人的，不管你要誰，只要出夠了銀子，管他是活人還是死人，早晚送到你面前。」

「哥倆兒手頭這麼緊，看來小五子這單給的錢不多。」

「前天他們倆還吵架來著，我在窗下聽到的。白衣男人想抓上崑崙公子就走，黑衣男人說不急，看他出揚州往哪兒走，順路就跟著，省點麻煩；不順路再抓他也不遲。兩人吵了一個晚上，後來白衣男人開始翻舊帳，『當初不讓你接這單，你非要接，崑崙公子是誰都能找著的嗎？還把別的事都推了，風裡來雨裡去，一文錢不進帳，你讓我喝西北風啊？』可黑衣男人講原則，他說行走江湖靠的就是誠信，一件事沒做完，怎能急著攬另一件事。」

吳思若也沒見過黑白鏢人，就覺得蘇子瑤學得挺像。她倒杯酒，說：「一會兒我去對付穿黑衣服的，你對付穿白衣服的，然後我們就拉上小五子上路吧。」酒被她一口喝乾，蘇子瑤握著酒杯不動，提醒她：「我們打不過黑白鏢人的。」

吳思若說：「你都打不過，我就更不行了。」蘇子瑤點頭，說只能靜觀其變，說完還是不喝酒，筷子也放下了。吳思若讓她多吃點菜，這可是揚州的蟹黃獅子頭。

蘇子瑤搖頭，笑了笑，表情忽然凝住，認真跟她說：「你不要再跟著我們了。」

吳思若被嚇到了，不清楚她是怎麼回事，反應了一陣兒，說：「我沒想跟著，我也是碰到的。還有，什麼叫跟著你們？你們是誰，你和小五子就是你們了，對嗎？」

吳思若問了一連串問題，蘇子瑤一句話都不說。吳思若又給自己倒了一杯酒，第二杯下去，她拍桌子，把小二叫過來，問他是什麼酒。小二說女兒紅，十八年的紹興女兒紅。吳思若苦笑：「我是在紫竹院喝大的，你說這是紹興女兒紅，一滴兒一缸嗎？」小二為難，說水多少兌了一點兒，但肯定沒兌一缸。吳思若不想和他爭，讓他上原漿，價錢不是問題。小二站原地不動，說這是揚州，又不是紹興，哪來的原漿女兒紅。吳思若指著牆上的木板：「那麼大的字，原漿紹興女兒紅，是我瞎了，還是你瞎了？」

她站起來要打小二，掌櫃的過來解圍，承認字是他寫的，但字是字，酒是酒，寫字就是輔助客人喝酒的心情，他寫紹興女兒紅，就為了讓客人喝這酒的時候，能體會到喝女兒紅的樂趣。

「夠了！」蘇子瑤喊停，她一直靠在椅背上，看著他們吵。她讓掌櫃的去忙，至於小二，女兒紅也好，狀元郎也好，只請他現在走開。反而對吳思若，她一眼都不看，重拾起筷子夾菜吃，貌似也吃不動了。注意力集中在菜上，就是為了忽視對面的吳思若。她夾起獅子頭，盯著裡面的肉餡和蟹黃，漫不經心地說：「我剛才已經很客氣了，還假裝跟妳親近，和妳一起吃飯，就是希望你能聽明白我的話，離崑崙公子遠一點兒。」

「為什麼？」吳思若有點蒙，「妳到底是個什麼樣的女人，說變臉就變臉。」

「因為妳不配他！」語氣之冷漠，即使旁觀者都會寒心。蘇子瑤把獅子頭放碗裡，用筷子挑碎，低頭聞了一下，「我喜歡吃獅子頭，但這個我不碰，因為這個壞了，肉餡其實不錯，五個月的黑豬的前腿肉，可惜這蟹黃不行，不知從哪個臭水溝裡撈上來的，和這麼好的肉餡攪在一起，把整個獅子頭都毀了。」

3

她是離開紫竹院才改叫吳思若的，二十一歲，在揚州待了七年，被師父贖回。回去以後，多餘的話她不問，每天只睡兩個時辰，醒來就去練功。既然沒有勇氣去死，就得拼了命地好好活著。

後來，吳思若回到紫竹院，她想去滅門，從王媽媽到龜奴，到丹姐，到紫竹院的每一個姑娘，誰也逃不掉，滿門抄斬。然而她做不到，她看著紫竹院前門庭若市，賭場裡贏了錢的那些人，還是揣了銀子就往對面跑，她居然情不自禁地笑了。嫖客，妓女，拉皮條，都是些寡廉鮮恥的人，憑什麼他們就該死，憑什麼她吳思若就能寡廉鮮恥地活著？

寡廉鮮恥能怎樣呢？不會缺塊肉，也不會少條手臂，甚至能讓你更有風情更嫵媚。遇見小五子後她知道了，羞恥的人生會讓你沒有資格去愛別人。「資格」這個詞有多可怕，我能，但我沒有資格。

回到房間連睡兩天，她感覺自己病了，裹在被子裡一夜一夜地咳。第三天中午她下樓吃東西，穿過賭場時忍不住地多看小五子兩眼，然後她看見蘇子瑤在遠處盯著她。

　　她不想再討嫌，沒資格做的事情，就不要再去做了。但師父要她在揚州等他，說有大事商議，而且她病得越來越重，沒辦法離開揚州。她忍住不下樓，反正連下床的力氣都沒有。第六天夜裡，身體好些了，她走下樓梯，穿過賭場，發現小五子已經不在了，而那些人 —— 蘇子瑤和黑白鏢人都不見了。

　　黑白鏢人動手了嗎？她問小二怎麼回事，賭場裡應該叫趕羊的，羊是羊牯，生手菜鳥進來，先會被他們削一遍。吳思若問他：「之前坐這裡的那位公子哪兒去了？」

　　趕羊的正埋頭數賞錢，一遍數不對，又來一遍，兩遍都數完才抬頭說：「你要找他翻本兒？人都走啦。」

　　自己走的就好，吳思若問他去哪裡了。趕羊的不理她，低頭數第三遍銀子。這意思再明顯不過了，吳思若拿兩貫錢給他。趕羊的連同這兩貫錢一起數，數完之後說：「我幫他買的箱子，幫他雇的船。我說明兒白天再走，他非要今晚走。你趕緊去江邊碼頭，興許還來得及。」

　　她問清楚怎麼走，黑夜裡追過去。不算遠，小半個時辰就追到了江邊，離老遠就看見兩個船伕幫他搬行李。吳思若記得他沒行李，看了一會兒她明白了，箱子是做樣子，空手上船反倒令人起疑。

　　小五子獨占一艘大船，不遠處還有幾艘小船，整夜停在江邊，只等客滿起錨。她看見黑白鏢人趕到江邊，上了後面的小船。吳思若猶豫要不要也上那艘船，這時有人在後面點了她的穴。

　　偷襲她的人是蘇子瑤，她繞到前面笑著說，送到這裡就可以了，接下來就不用麻煩吳妹妹了。吳思若看著她，想解釋自己並沒想跟小五子。

　　可為什麼要跟她解釋呢？她乾脆不說，只說黑白鏢人上了後面的船。

吳思若一客氣，蘇子瑤反倒不好意思了，糾結片刻，還是沒給她解穴。她說：「以吳妹妹的功力，一個時辰之後穴道自然會衝開，勞煩你欣賞一會兒江景。」然後她朝江面走出幾步，似乎過意不去，轉身又對她說，「我再警告你一次，下一次就是殺了你，然後扒光你的衣服，哪兒高掛哪兒。」

　　她愈發覺得蘇子瑤恐怖，不是做事狠，而是一點兒徵兆都沒有地變臉。她看著蘇子瑤跑過去，在離江邊不遠時停下來換成女裝。船伕離老遠就衝她喊：「不上啦不上啦，這兩位公子包船了！」蘇子瑤向黑白鏢人求情，說小女子命苦，趕著去奔喪，請二位公子通融一下。黑白鏢人低聲商量一番，穿白衣服的揮手讓她上來。而小五子呢，開船之前他左顧右盼，看有沒有人跟著他。真夠可以的，吳思若笑出聲來，四個人跟著他，還以為自己聰明絕頂、神出鬼沒。

　　大船先開走，又過一炷香的工夫，小船也跟著起航，江面又恢復了寧靜。起碼過了兩個時辰，吳思若還站在原地動不了。蘇子瑤的功力勝她三五倍不止，一個時辰衝開的話，是高估吳思若了。

　　直到東方既白、江水漲潮，吳思若才能活動。剛開始渾身發麻，她癱坐在地上。後來下雨了，她還是站不起來，努力讓自己轉過去，不看江面，渾身溼透地看來時的路。被大漠仙人從紫竹院接走時也是這樣，連騎了三天三夜的駱駝。在紫竹院練了七年的採陽補陰，現在連趕路都會渾身痠痛，還沒到綠洲便從馬上摔下來，動也動不了。她坐在沙礫上喘著粗氣，師父提醒她早點上馬趕路，不然等起風就跑不出去了。

　　她搖頭，啞著嗓子一句話也說不出來，於是再一次地搖頭。她想死在這裡。後來果真颶風了，那些碎沙像海水一樣洶湧，一層層地翻滾起來。

　　兩隻野駱駝受驚發毛，嘶吼著逃竄。大漠仙人沒法馴服兩隻，一怒

之下將牠們全都擊斃。彷彿掉進海水裡，駱駝剛倒下來，就淹沒在流沙裡全然不見了。吳思若也差不多，沙石淹到她腰間，淹到她胸口，最後脖子以下全都埋進去了。尋死成功的一刻，她反而掙扎起來，她喊師父救她，她求師父別讓她死在這裡。

可流沙已淹到了鼻子，抓著她的頭往上拔自然是身首異處。除了絕望地喊，吳思若沒有哭，但她第一次看到師父哭了。他說：「你別著急，你要是死這兒，師父就陪你一起埋進來！」後來她看見了，流沙已到頭頂。

師父徒手挖她四周的沙子，流沙每淹三尺，他拼了命也要保持住每挖三尺的速度，不讓吳思若被淹沒。

大概過了一個須臾，風終於停了，大漠仙人一點點地把吳思若從沙子裡掏出來。他背著她回去，吳思若在他背上睡了大半宿。差不多也是這個時候，東方既白，她從師父背上醒來，透過肩膀看著師父又走了兩里路，她說沒必要救她，自己像一張寫錯的宣紙，就該揉成一團扔掉，難道還可以接著往下寫嗎。師父背著她，又走出幾十步，說：「也許我是故意寫錯的。」

「所以我恨你。」

大漠仙人沒說話，也沒把她放下，他慢步前行。吳思若仰頭看到前面大朵大朵的雲，她知道快到了。她說：「師父，萬一我還活著，你別叫我小月了，也不叫芙蓉月，我想好自己叫什麼了。」

「吳思若，」她說，「從此我叫吳思若，吳是吾，是我，思是想念，若是你，不知道那個你是誰，但既然活著，就得盼點什麼，哪怕盼不到。」

「以後就叫你吳思若。」

她伏在師父背上笑了笑，即使盯著看也不易察覺的微笑。前面下雨了，沙漠裡的雨只下一片雲的範圍，遠遠望去就像一個斷點的水柱。那些零零散散的七色光芒已經準備就緒，一等雨停，就彼此相連，成為一道彩虹。

雨沒有停，吳思若可以走路，告誡自己一百次，能動的時候還是去了岸邊，站在小五子上船的地方，對著江水又哭又笑。可能沒有哭，只是雨太大了，一顆顆地打在臉上。她朝江面大喊，彷彿要讓埋在沙漠裡的芙蓉月也聽到，她遇見這個若了，雖然她沒資格去愛，但她可以活下去，她可以用盡餘生想念他。

4

大漠仙人帶蓬萊閣老來到揚州，說要給他看樣寶貝。頭幾天住在那家有賭場的客棧，蓬萊閣老輸了個精光，順便幫大漠仙人也輸了不少。好像大漠仙人有輸不完的錢，前五十兩銀子剛砸進去，又有二百兩齊整整地裝在盒裡，擺在蓬萊閣老面前。三番五次，蓬萊閣老不拿了，扭頭把銀子推回去，說：「你要是想用千八百兩銀子，把我的九宮圖換走，我還是趁早給你打張借條。」

「銀子而已，」大漠仙人說，「就是三萬五萬兩，也不能叫寶貝。」

大漠仙人讓他放心玩，把賭癮過足了再聊。可蓬萊閣老不是小五子，武功那麼高，看人搖色子就跟瞎了眼似的，那種最次的羊牯都能把他贏得暈頭轉向。連玩幾天，蓬萊閣老自己放棄了，天生不是賭博的料。他給大漠仙人寫欠條：「從你這裡借了一萬兩有沒有，算利息還你一萬五！」

大漠仙人看著他笑，說：「其實我借了你三萬五，不過無所謂，數目你隨便寫。」

蓬萊閣老倒吸一口涼氣，仰頭看大廳棚頂，三萬五，買這賭場都夠了。他咬牙寫了張五萬兩的欠條，按過手印後推過去。

大漠仙人拿過來，一字一句地讀了一遍，一揚手把欠條揉成了粉末。

「說讓你過足癮，肯定是不要你的錢。」大漠仙人問他玩好了沒有，要不再換個地方玩。大漠仙人去門口看柱子上的仙人刺，蓬萊閣老知道那是記號，以前師父教過。蓬萊閣老一直沒用著，師兄弟老死不相往來，自己又不願收徒弟，不像大漠仙人，二十多年收了百十來個弟子。好像大漠仙人改了一些，左改成右，南改成北。約莫一個時辰，兩人到了一家客棧，門口一片銀杏林，風起時嘩啦嘩啦的。

大漠仙人那個女弟子也在這裡。二師兄一百多個弟子，蓬萊閣老就記住這麼一個女娃娃。他記得臉，不知道叫什麼名字，好像是崑崙公子的相好的。客棧環境不錯，大漠仙人乾脆把整家客棧包了下來，將其他客人趕走，進揚州城抓來兩個廚子，換著樣兒地給蓬萊閣老做菜吃。光有好菜也不下酒，大漠仙人隔天又請來一個戲團隊，生旦淨末丑，一個不少地在臺上翻跟頭。

大漠仙人問蓬萊閣老怎麼樣，這裡住得還舒心嗎。蓬萊閣老說好是挺好，但能不能把那個女娃娃支走，她在他緊張，酒都喝不下去。大漠仙人看著桌面，菜沒吃幾口，筷子都被他扎到桌子裡去了。

不是因為年紀大，蓬萊閣老年輕時就這樣，見著漂亮姑娘，滿臉通紅，渾身不自在，不是掰筷子，就是捏湯匙。那時候師兄弟三人關係還不錯，他大師兄，後來的南海真人總是笑話他，說：「你就一直這樣吧，沒姑娘能看上你。」沒外人的時候，蓬萊閣老還能據理力爭，不行就跟

大師兄打一架。可要是有外人在，比如大師兄後來娶進門的嫂子在，蓬萊閣老就結結巴巴地說不明白了，乾脆再捏碎兩個勺。還好嫂子淑珍對他不錯，給他臺階下，跟南海真人說：「以後會有好多姑娘喜歡你三師弟的，他那個叫少年感，哪像你，看字畫比看我還親。不關己的事情，一點兒好奇心都沒有。」

算一語成讖，蓬萊閣老真遇到一個跟他兩情相悅的女人。他克服緊張，每天都提醒自己說話別結巴，看她別臉紅。後來有了靈兒，再後來一拍兩散，那麼多人，那麼多事，像一拳打在鏡子上，一下子全都碎掉了。

想起往事，蓬萊閣老一時難過，一聲不吭地連喝了幾罈酒。喝到深夜，大漠仙人讓那個女娃娃扶他回房間。蓬萊閣老指著夜路警告她：「你別碰我，我能走回去。」然後也不知道自己走的是不是直線，只知道女娃娃一直跟在他後面，怕他摔倒，隨時去扶他。走到分岔口，他停步，左右看看哪一條更像回房間的路。他問後面的娃娃叫什麼名字，女娃娃說她叫吳思若，讓他往右邊走就行。他點點頭說好名字，嗯，好名字，然後摔倒在左邊的路上。

第二天，他的狀態好多了，再見著吳思若也不再浪費餐具，心情不錯時還上去唱了兩段。他灌女娃娃酒，盼著她能喝多，送她回房間，把昨天的人情還上。吳思若千杯不倒，結果他又喝多了，他記得走右邊，記得走直線，結果上樓梯時還是摔了個跟頭，被吳思若扶到床上。

天天這麼喝，確實比在蓬萊閣好多了。但天下沒有不散的筵席，吃喝飲用都是二師兄承擔，也該識趣點告辭了。這天晚上蓬萊閣老主攻大漠仙人，一次又一次地跟他碰杯。他說：「吃你的，住你的，賭的還是你的銀子，這些都是我欠你的，反正九宮圖在我這兒也沒用，所以你也不用拿什麼寶貝跟我換了，我送你了。」

「說一不二，寶貝還是要給的。」

大漠仙人讓吳思若去後廚加兩個菜。蓬萊閣老明白這是在支走吳思若，他看著大漠仙人，大漠仙人看著吳思若，彷彿在等她走遠，才把寶貝亮出來。可是，好奇心啊，蓬萊閣老還是忍不住地催他快點，讓他看看是什麼寶貝。見大漠仙人沒反應，蓬萊閣老乾脆伸手到他懷裡掏。

「不在我身上。」

「那你放哪兒了？給師弟看看。」

大漠仙人笑了笑，轉頭又盯著吳思若。

「她去拿了？」

「差不多，我帶你來揚州看寶貝，已經看了幾天了，你居然還問我，寶貝是什麼。」大漠仙人指著吳思若的背影說，「她就是寶貝啊。」

5

不可能，一切都太糟糕了，雖然你是我師父，雖然你養過我，救過我，教了我武功，可你也噁心了我七年，甚至噁心了我下半輩子。蓬萊閣老離開後，大漠仙人和吳思若談了這件事。她明確跟師父講，她是吳思若，不是芙蓉月，跟蓬萊閣老生活一年，陪他吃一年，跟他睡一年，怎麼可能提出這種要求！吳思若覺得不用再談了，她收拾包裹，準備離開。她讓大漠仙人想清楚，不甘心的話，就在這客棧把她殺了，一旦她走出房門，他們師徒恩斷義絕。

吳思若說完轉身繼續收拾東西，她聽見大漠仙人在身後嘆息，此時聽來愈發假情假意。她背對著他，等他一掌打死她，哪怕是仙人掌，滴

水不進，枯竭而死，也勝過永遠活在他的陰影下。可大漠仙人捨不得殺她，包裹收拾好時，他站在門口說：「你走吧。」

出門的時候，大漠仙人已經備好馬車。他從車裡拿出一個箱子，說：「為師一直想送給你，也算是我們師徒一場的紀念。」她問他是什麼，他示意她看看。她把箱子打開，一些莫名其妙的小玩意兒，一些首飾，一些衣帽，但都是用過的。

「到底是什麼？」

「妳仔細想想。」

肯定有點意義，她一件一件翻，沒一樣是她的，甚至都不算二手貨，耳環只有一隻，項鏈還是斷的，但當她把耳環和項鏈擺在一起的時候，她想起來了，這是丹姐戴過的。她拿起金鑲玉的戒指，這是王媽媽一直戴在中指上的。一頂深青色帽子，那是紫竹院的龜奴的。她把所有的東西放回去，想了想，抬頭問：「所有人你都殺了？」

「我知道妳下不了手。」

不是下不了手，而是他們沒有罪。說不出感激，也怪不著他，她合上箱子，原封不動地還給大漠仙人，說既然過去了，就像流沙一樣埋起來吧。她不用馬車，給她一匹馬就行。大漠仙人牽出兩匹，說：「為師送一送你。」吳思若皺眉看他，搖著頭。「之所以讓妳來揚州，我又帶閣老來揚州，是想帶妳去個地方。」

她也不知道去哪裡，大漠仙人騎馬走在前面，說不著急，揚州城往東三十里就到。吳思若在後面慢慢跟著，走出客棧的銀杏林是一片稻田，田裡有農民在勞作。大漠仙人感慨：「要是當初沒跟師父走，不學武，老老實實種一輩子田也挺好的，至少不像現在這樣提心吊膽，機關算盡。拿妳去換九宮圖，就是個幌子，我就是希望妳在蓬萊待一年，好知道他在練什麼功，偷《三藏經》的人是他，還是妳大師伯。」

「我以為偷《三藏經》的人是你。」

「是我就好了。我是想偷來著，誰讓我害怕師父，下手晚了。我們被師父趕下山，互相提防，離得越遠越好，南海、大漠、蓬萊，三個人畫了那麼大的三角形，但那個人總有三掌練成找到我的時候。一掌打死還好，拿斷魂掌和蓬萊掌羞辱我，可是生不如死。所以早在二十多年前，我就開始準備禮物，投其所好，希望對方念舊情，讓我死個痛快。我愛錢，妳大師伯愛字畫，這二十多年來，我幫他收集了好字好畫。妳三師叔好色，但他不是普普通通的淫魔，而是很覷腆的那種，總要下點功夫，找到那麼一個女人，美貌、聰明、年輕，甚至還精通房中術，徹底把他拴住。妳以前問過我，為什麼送妳去紫竹院，因為打從妳還是嬰兒的時候，從我收養妳的那天，妳就是我想送給他的禮物。」

吳思若停下來，盯著他。貌似快到了，前面又是一片銀杏林，大漠仙人招呼她跟上來，「看完妳就走，相忘於江湖，各不相欠。」

已是斜陽西下，陽光灑在銀杏葉上，感覺全身都被金光籠罩。林子深處有一個宅子，四進的大院。大漠仙人下馬，帶著她穿過每一個院子。

大院裡差不多有十幾個人，看到大漠仙人鞠躬致意。「他們的身手都不錯，」大漠仙人說，「守得住我要給妳看的東西。」吳思若跟著他，左右張望。走到頭了，還沒見到是什麼東西。大漠仙人在後門停下來，敲了敲上面的鐵鎖。不一會兒，兩個中年人端著兩個大盆，小跑著過來。一盆是滿盆的菜，另一盆是幾百個饅頭。端饅頭的人打開鎖，推開大門。

吳思若以為有什麼，門外只是一片金燦燦的銀杏林。腳下是往來多了而踩出的一條土路。大漠仙人走出院子，端饅頭的轉身端起盆跟上來。大漠仙人問他，這兩個月怎麼樣。他說都挺好的，沒有死的。

「盡量都活著，我要用他們。」

幾人在一片草坪前不走了，吳思若走近才發現，那是一張蓆子。大漠仙人招呼她，就是這裡了。說完他把蓆子掀開，吳思若完全傻掉了。蓆子下面是一個百尺深的大坑，底下全是人，上千人之多，衣衫襤褸，臉上混著血，混著泥，甚至還混著尿液糞便，一個個伸出手臂往上看。大漠仙人朝端饅頭的點點頭，那人把饅頭倒下去，之後是菜，潑水一樣地灑進去。菜葉子澆到他們的頭上臉上，他們撿起來塞進嘴裡，再去抓別人臉上的菜。

「這是什麼？」吳思若問。

「我去紫竹院，幫妳殺掉那些窯婆子窯姐兒，清理衣物時發現，你還有個本子忘在那兒。從第一個到第一千多個，多大年紀，哪兒的人，叫什麼名字，你都認認真真地記下來了。我心疼妳啊，這些都是從我們小月床上爬下來的，怎麼能放到江湖上，任由他們瞎說呢？於是師父花費十萬兩，用了半年多的時間，僱人把他們一個個都找回來，一千多個人，除了幾十個死了的，都給妳找齊了。」

吳思若看到了那個公子，她從丹姐那兒搶來的，半夜來敲她的房門，好像臨走時還說她賣力氣。有個老頭兒很眼熟，人雖然不算胖，可是皮膚一層一層跟沙皮狗一樣窩在一起，剛搶了半個饅頭坐在地上吃。她想起來了，她的第一次，三百斤的老員外。

吳思若跑幾步去銀杏樹下嘔吐，吐過一次還是噁心。她摳著嗓子眼，胃裡吐不出來，眼淚倒是止不住地往外湧。大漠仙人走過來，輕拍她後背，讓她注意身體，千萬別死了。「當然，更不能尋死。妳死了，妳那個小五子看見這些人，會很傷心的。幫師父做點事，只要妳去和蓬萊閣老住上幾個月，這些人我幫妳埋了就是。」

實在吐不出來了，吳思若站起來，滿眼淚水地看著大漠仙人問：「為

什麼，那麼多師姐師妹，長得好看的，比我聰明的，那麼多女孩，為什麼偏偏選中我？」

　　「命吧，」大漠仙人又嘆一口氣，望著斜陽說，「有些人就是生來命苦。」

第九章　蘇子瑤

1

　　蘇子瑤知道那一黑一白兩個怪物有問題，水路轉陸路，跟了一路，就是衝著小五子來的。但不知道是吉是凶，明明要殺小五子，卻把絆腳石全給清除了。過了嘉峪關，他們終於動手了，兩個人把他掠上馬車，日行八百里向北狂奔。一直到那個小旅館，他們請來了獅吼幫的齊師叔，蘇子瑤才明白，這事跟獅吼幫有關，喬幫主要小五子。

　　他們要小五子做什麼呢？蘇子瑤跟到懸崖頂就下不去了。大門在前方合上，齊師叔的馬車彷彿墜落一般向下俯衝。等到天黑，谷裡依稀閃著燈籠，鞭炮和嗩吶聲時不時地傳到谷頂，該不會是搞什麼活捉小五子的慶典吧？晚些時分，六公子也來了，那麼高的功夫，一身白衣踩在雪上都不留腳印的。她看到他一個人進去，又看到他一個人出來，連他也沒能搶出小五子，那留給蘇子瑤的只能是等待。

　　她用劍掏了一個樹洞，墊上枯葉睡在裡面。吃的還好，奇形怪狀的樹上還有一些奇怪的果子，有毒沒毒總要吃了才知道；沒有果子，還可以挖草根。一夜狂風，她在樹洞裡凍得瑟瑟發抖，四周隱隱發出咔嚓咔嚓的斷裂聲。快天亮時，轟然一聲巨響，樹幹攔腰折斷，雪片直接打在她的臉上。蘇子瑤從沒頂的樹洞裡站起來，她知道想盡辦法也要造一幢房子了。

　　這很奇怪，她跟蹤一個人，保護他，那個人被抓到谷裡，她居然要造一個房子守在門口。頭幾天她還邊砍樹邊問自己，真的要在這裡過冬嗎？

回百花谷通報谷主，可能是更好的辦法。造一個房子要二十七根木梁，她多砍三根作為備用。三十根木頭攤在懸崖上時，她不再猶豫，無論如何都要把房子造好，大雪封山，她回不去了。

一間房子四面牆、一個頂，天氣太冷，她把時間安排倒過來，每天正午睡覺，夜裡拚命蓋房子，才不至於讓自己凍死。後來，房子蓋好了，她在屋子裡點上火堆，暖洋洋地睡了一天一夜。

獵人生活終於開始了，沒有弓箭，她提著劍，在山上繞了兩個時辰，看到一匹孤狼。她以為狼不怕她，就按照小時候長輩們告誡的，不要和狼對視，狼向你走過來時，站著別動，不要後退閃躲，要裝作你一點兒都不怕牠。這些她都反著來，她看著狼的眼睛往後退。那匹孤狼向她走幾步，盯著她，忽然轉身跳了起來。她提劍追狼，踩著雪，抓著擋在面前的每一棵樹，踏過結成冰的河流，追了兩個時辰，終於把牠逼到懸崖。孤狼前方是上百米的懸崖，她求牠不要跳崖自殺。她不敢再往前，向後退了幾步。

狼在崖邊一動不動，一人一狼，對峙到天黑。到最後蘇子瑤也耗不起了，索性拔劍衝上去。孤狼向後退兩步，後腿險些踩空，回頭望一眼深淵，露出獠牙朝蘇子瑤撲過來。

禽獸是不會自殺的。夜裡，蘇子瑤吃著烤狼肉，想明白了這件事。實力再懸殊，也存在「不是你死，就是我死」的可能性，為什麼偏偏是我死？她用劍將狼身一片片地切開，扔到火裡烤熟。還有一個顯而易見的小事，蘇子瑤現在才想到，你要吃狼，狼本來也是要吃你的。

一頓吃了一小半，剩下的一大半她扔在雪地裡，提劍守在不遠處。夜裡果然還有匹狼聞著味來了。蘇子瑤趴在雪坡上，從這匹狼吃下第一口開始數，一、二、三，跳起來將狼頭斬落。把狼皮剝下來，衣帽有了，被縟也有了，將狼牙嵌木棒上，連武器都有了。

　　有人從沉獅谷出來，帶來的消息是崑崙公子娶了喬文君，成了喬幫主的女婿。那個人姓劉，谷裡負責食物儲備的，從始至終都沒有看出蘇子瑤是女人。也是她故事編得好，說自己家有妻小，得罪了朝廷，被滿門抄斬，來北方只想做一名獵戶。那個人帶酒來，蘇子瑤請他吃狼肉，三五杯下去，得知兩人早就有事，喬文君的兒子就是崑崙公子的。蘇子瑤醉得更快了，再喝上兩杯，就倒在狼皮上不省人事了。

　　醒來時反倒想通了一些事，好像小五子說過，人是不會變的。她喜歡崑崙公子，不管他做了什麼事，崑崙公子還是她的崑崙公子。這麼想著，心情反而更好了，她要弄更多的狼皮，不止狼皮，還有獅子皮、老虎皮，再打一把椅子，套上虎皮坐上去，每天威風一百遍。就算只做一名獵人，也要把生活搞起來。

　　可是打不到狼了，血肉殘骸放到雪地上，幾天都沒人理會。也許要新鮮的、活的。她把自己當誘餌，到處躺，看著白濛濛的冬日陽光，躺到手腳凍僵了，也沒一個四腿禽獸過來聞聞她。

　　還要滿山尋找獵物，她提著劍，像是找野獸化緣似的，學各種獸叫，低頭找腳印。連著三天空手而歸，天空中一隻禿鷹嘶鳴而過，她仰頭看著，再看看週遭漫山的白雪，她明白了，她真的可能是方圓百里唯一沒有冬眠的動物了。

　　她把狼骨殘骸收起來，化了雪水熬湯喝，算著剩下的這點狼肉狼骨，夠不夠她熬到正月。事實上她已經記不住日子了，一天又一天，但她知道臘月一定沒過去，沉獅谷的燈籠好久不亮了。

　　要換一個打獵方式，找不到，追不到，就看看有沒有死耗子撞到她這隻瞎貓。她挖乾草，搓成長繩，套一個圈，掛根骨頭扔到谷底。懸崖四周她扔了十幾根，在屋裡造了一個絞盤，十幾根繩全都繫在上面。只要有動物踩進繩套，繩子動一下，她就使勁收緊。每天醒來第一件事是

給火堆續柴火，第二件就是盯著絞盤上的繩子，然後就沒有第三件事了，一直到睡覺。

這根本不是辦法，你不能釣魚一樣地釣獅子老虎。狼肉早吃沒了，那些狼骨也已經煮了三四次的雪水喝湯。是不是要對這個世界說再見了，真是諷刺呢，她五歲練功，練了快二十年，雖不是一流的高手，但行走江湖總不至於是無名小輩，到最後卻餓死在這裡。

事情總會有轉機，如果生下來都是一個奇蹟，那麼活下去也不應該有多難。這天早上，絞盤終於動了。她掄著手臂轉絞盤，確定是野獸，越轉越吃力。有一陣兒，她沒力氣了，絞盤還往回放了幾圈，一直拉到頂，從門縫能看到一個黑影吊在桅杆上。她將絞盤固定，提刀出去。

推開門的一刻她失望了，那是個人，就算餓死，也不能人肉入口。她放下劍，繞著倒掛的男人走了一圈，哭著抱住他，摸他倒著的臉問：「你是怎麼跑出來的啊？」

2

看來是要在山頂過年了，大雪封路，一個人出不去，兩個人照樣沒有辦法。往大了說，就是來一支軍隊，一樣得在冰天雪地的懸崖上遭罪。

吃的總還有辦法解決，雪地上兩頭獅子，夠他們吃一陣兒的。他們挨到天黑，實際上是小五子一覺睡到夜裡。蘇子瑤把他套繩圈裡一點點放下去，小五子卸下繩索，摸黑找了一大圈，希望沉獅谷的效率別太快，別當天就把屍體清理乾淨。靠近鐵籠的地方，他找到了兩具屍體，

一公一母，也不知道哪頭口感好一點兒。公獅子略輕，他拽著尾巴走在雪地上。慢慢看到繩子時，黑暗中一聲低吼，月光下一個黑影罩在他頭頂。

他們又弄來一頭新獅子？在這一點上，沉獅谷的效率夠高的，一天沒獅子渾身難受。小五子不敢回頭，拖著獅子勻速前行，可面前的陰影卻越來越大，獅子加速上來了。

小五子右手抓尾巴，左手摸摸身上，沒帶刀下來，只有兩條路可以選擇——拖著死獅子逃跑；扔下死獅子，撒腿就跑。赤手空拳，他當然不能做獅子的盤中餐。他腳步加快，還是沒能擺脫身後的陰影。他跨著步子往前跑，死獅子在身後的雪地上蹚出一條道，但凡有希望，就不要鬆開右手的獅子。單腳已經踩進繩套裡，左手拉著繩子，朝上面的蘇子瑤喊著：「快拉我上去。」

小五子催她快點，繩子開始往上提，身體一下子倒掛起來，腳套在繩圈裡，小五子騰出兩隻手死命拽著屍體尾巴。追上來的獅子朝倒懸的小五子撲過來。他閃開左手，獅子撲了個空，從屍體上翻了個跟頭。等牠做好跳躍姿勢，再一次撲過來時，只咬到死獅子的頭。繩子在一點點上升，獅子不鬆口，小五子不鬆手，最後連牠都被提了起來。離地面三四十米的時候，這頭獅子也害怕了，牙床緊合，四肢在半空中一動不動。

小五子，死獅子，還有這隻活獅子，都在這根繩子上一下下地升起來。上面的蘇子瑤拽不動了，速度越來越慢，有那麼一陣兒還在往下沉，定在半空中一動不動。最後一個辦法，你死我活，總不能空手回去，餓死在上面。小五子將死獅子尾巴纏在左手臂上，空出右手，隔著死獅子去戳獅子的眼睛。第一下沒有戳到，他左手臂使勁，把屍體往上拽，伸右手到能夠到牠眼睛的位置，一下戳上去。獅子緊閉眼睛，不敢

咬他手臂，也許牠也清楚，但凡一鬆口，又咬不到小五子手臂，自己將跌入深淵。

開弓沒有回頭箭，小五子自言自語給自己打氣，戳不到眼睛，就插牠的鼻孔。手伸進去，獅子呼吸的熱氣從指尖傳過來。牠發出悶聲，彷彿在警告。小五子嚥了口唾沫，盯著自己的右手，盯著獅子的牙。

他朝上面喊，指揮蘇子瑤將繩子盤住，停下來，看誰能耗過誰。獅子的聲音越來越低沉，終於忍不住的一刻，朝小五子手臂咬過去。小五子抽回手臂，眼睜睜看著獅子的兩排獠牙在手指前一口咬空，揮舞著前爪墜入深淵。小五子收回右手，抓住死獅子，長吁一口氣，朝上面喊了幾下，卻發不出聲音，他一點兒力氣都沒有了。

獅子肉不好吃，比狼肉還難吃，蘇子瑤吃了兩頓就上吐下瀉。小五子問：「還有獅子頭，你吃嗎？」蘇子瑤弄錯了，她以為是揚州的獅子頭，可現在能吃的就是血盆大口的獅子頭。小五子將獅子頭剖開，掏出獅腦烤成雞蛋一般口感的食物，餵給蘇子瑤。他沒告訴她這是什麼，他明確知道，只有一點一點地吃下這隻獅子，他們才能活過這個冬天。

可是哪天過年呢？蘇子瑤愈發虛弱，但每天晚上仍堅持著到崖頂，看沉獅谷的紅燈籠點起來沒有。夜夜都是黑的，是不是難熬的日子就特別漫長。陽光充足的一個正午，小玉突然出現在懸崖上。她和那個少年一起來的，當初和齊師叔把他帶進沉獅谷的耿直少年。小五子忘了他的名字，或者根本就不知道他的名字。兩個人一人一輛車兩匹馬，裝滿了蔬菜和牛羊肉，還有沉獅谷的點心，一股腦兒地卸在他們的小木屋前。

小玉說，他們昨天夜裡就出發了，在山上找了一個上午，還一直擔心崑崙公子早已經死了，回去沒法跟小姐交代。

「小姐也想過來的，怕谷裡的人察覺。這不是，一有機會就讓我送東西來啦。」小玉講話的時候一直盯著蘇子瑤，她說怪不得拼了命地往外

跑，原來山上也有個小姐姐。小五子開始沒接茬兒，小玉停不住嘴地誇獎蘇子瑤，說她漂亮，說她年輕，說著說著語氣都有些酸溜溜的了，說他們家小姐還真沒法跟蘇姐姐比，也沒她這麼好的福氣，他們家小姐只配給崑崙公子養孩子！

小五子適時打住她，他說：「蘇子瑤不是我的，你們家文君小姐也不是我的。之所以跑出來，原因不便多講，但絕沒有傷喬姑娘的心。」

不傷喬姑娘，但似乎傷了蘇姑娘，一直到他們告辭，蘇子瑤都沒多說一句話。回去的時候他們只坐一輛馬車，留下一輛車兩匹馬給他們。小五子一路送他們到山腰。他問他們什麼時候可以出發，離開沉獅谷。小玉說再等幾天，過了正月，雪慢慢化掉，山路就好走多了。

「過了正月？」小五子皺眉問，「現在不是才臘月嗎？」

「年早就過啦，今天都正月十六啦！」

「那谷裡怎麼沒有掛燈籠放鞭炮？」

「原來你在等我們。」小玉告訴他，以前年是過的，獅吼幫身處塞北，常年苦寒，年反倒要過得熱熱鬧鬧，有滋有味，「今年沒張羅，還不是因為你！」

小五子指著自己，瞪大眼睛問：「是因為我跑出來，攪了大家興致嗎？」

「要知道你跑了，也就罷了，問題是他們不知道。」

「他們是誰？」

「就是江湖上跟你有仇的那些人，聽說你做了獅吼幫的女婿，一個個過來尋仇。我們喬幫主嘴又硬，絕不肯承認你跑了，不在谷裡。結果三天兩頭，一輪一輪地跟這些人比試，弄得幫主傷病在床，大家也就沒心情過年了。」

小五子往谷裡看去，沒有紅燈籠，但所幸也沒人披麻戴孝。送走小玉和耿直少年，天已經黑了，閉著眼睛也能摸清木屋周圍幾百米的路。待得夠久了，正月都要過去了。去年是怎麼過的，在田獨，和錢老闆、文思清，三個人炒了幾盤菜，喝了兩罈酒。那時他還有情緒，錢老闆不肯說他是誰，他給錢老闆下藥，把他綁在床上問。現在知道了又如何，崑崙公子的日子可比小五子慘多了。

　　他們還帶來了酒，兩口大鍋可以炒兩個小菜。小五子把飯菜做好，打開一罈酒。喝到第二壇時，蘇子瑤也過來陪他一起喝。兩個人沒話，她還沒有痊癒，不敢多喝，但總覺得應該陪著小五子，就當是補過除夕。喝到後來，蘇子瑤搬來第三罈酒，問他還喝嗎。他搖搖頭，大口喝光碗裡的酒，看著蘇子瑤說：「我想明白了，我不是崑崙公子，以後誰喊我崑崙公子也沒用，我就是小五子。」

　　蘇子瑤低頭想想，反而給自己倒了一碗酒，喝下一小口，問：「所以，你不會和我再有什麼瓜葛？」

　　小五子沒回答，手在雙膝間搓著，說：「已經正月十六了，有車有馬，準備也有，我們明天就出發。」

　　「去哪裡？」

　　他不回答，她又問不出口，好像過了一百年那麼久，她問：「去找文思清？」

　　小五子起身去餵馬，一直走到門口，才回頭跟她說：「對不起，蘇子瑤。」

3

到了十一月，即使是河南少林寺也開始飄雪了。這天早上，文思清將積雪清掃乾淨，照例到廚房去熬粥。兩位師父，就算沈師父不喝，八光師父總還是要吃飯的。

八光走進藏經閣的院子，看著四周伸了個懶腰。哈欠打了一半，他半張著嘴低頭看地面，彷彿被水澆過一般，院子裡一片雪花都沒有。他發了一會兒呆，將剩下的一半哈欠打完，衝進廚房。

文思清也在發呆，衝著咕嘟咕嘟的白粥，時不時往爐裡扔點樹枝，扇兩下扇子，火不能太大，但也不能讓它滅掉，要用文火將白粥煮熟。

八光在門口站了一會兒，他問：「沈老前輩今早出閣了？」

「沒有啊。」文思清頭也沒抬地回答。手裡的樹枝有點長，她決定掰一半扔進去，估計用不著另一半，粥就可以上桌了。文思清起身拿出三個碗，在桌上擺成一排，計時器一般地默數著「五、四、三、二、一」，端起鍋，依次將粥倒進三個碗裡。不需要勺子，每次就要溢出來的時候，她手握鍋把一收，一碗粥剛好盛滿。三碗裝滿，鍋裡還剩半碗。顯然，文思清有點失望，今天又沒算準。

「八光師父，喝完你那一碗，把剩下這半碗也喝掉吧。」她說。

八光點點頭，剛才的話還沒有問完，他說那院子的雪是誰掃的。

「當然是我掃的，難不成是你早起夢遊掃的？」

「真不是沈老前輩？」

文思清抬頭笑起來，說他好大的膽子，現在都想要沈老前輩掃院子了。

「你用什麼掃的？」

「當然是掃把，難不成……」這次她說不下去了，難不成也得是掃把啊，不然掃雪用什麼呢？用抹布？用簸箕嗎？

八光沒聽她說完，就跑回到院子裡，低頭找寶貝一般檢查著地面。文思清端粥出來時，他正用雙手撐著地面，趴在地上看。文思清看了一眼，隨口問道：「這是練什麼功？」腳下沒停，走到藏經閣前，將白粥放在門口臺階上，對裡面喊一句：「師父吃飯啦！」

沈老前輩沒應聲，倒是八光站起來，瞠目結舌地看著她，擋住她的路。文思清看他眼神那麼痴，像是動了邪念，以為他又犯病了，要他讓開。八光嚥了口口水，喉結就像是小老鼠走了一圈後，說：「師姐，你現在已經是當世前五的高手了。」

文思清皺眉，喊聲師姐，蹭著學藝也就算了，怎麼一天比一天狗腿。

她繞過傻掉了的八光往廚房走，說：「你先喝粥吧，不然涼了。」

摸到廚房門時，沈老前輩在閣裡笑了兩聲，說：「八光世兄真的是後知後覺，思清的功力，怎麼到今日才有所察覺？」

八光面向藏經閣鞠躬說話：「之前只知道師姐功力大漲，方才看院中地面，不曾殘留一片雪花，才知師姐已是當世前五。」

沈老前輩沉默一陣兒，不讓他喊師父，八光倒是聽了，但是老喊文思清師姐，總覺得怪怪的。文思清站在廚房門前，說：「師父快喝粥吧，我又不和人打，排第幾又有什麼用？」

「真要是排名，倒也未必是當世前五，」沈老前輩說，「我四個徒弟的武功已在思清之上。」

「那師姐不是剛好第五？」

文思清笑起來，說：「八光師父，你這麼排，要把師父放哪裡啊？」

八光拍了一下腦門兒，糾正說不是第五，是前面有五位高手。

沈老前輩沉吟一陣兒，說還有一個人要在思清前面，百花谷谷主。

文思清直點頭：「是啊，小五子可是他們少谷主呢。」

「那就是第七，也不錯了。」八光跟領導總結似的，結束了這場排名大會，進到廚房喝粥。可沈老前輩過不去，一整天都在思考這件事，到晚上的時候，他說自己不出閣了，已不算當世之人，不知他的四徒弟向問和有沒有練成無為掌，但就算練成了，也不能傷及任何人，總之是「人不犯我，我不犯人」的本事。如此說來，思清確實已是當世前五。

文思清沒感覺，但是沈老前輩來了鬥志，從此要文思清加緊練習，每日只能睡兩個時辰。他自己更是不睡覺，用這兩個時辰想想，明日要讓她怎麼往下練。

八光幾十年夢寐以求的就是跟沈老前輩學藝，真到練的時候他反倒退縮了，每天在房間裡睡八個時辰都嫌不夠。倒不是怕苦，年少學藝的時候，比這個苦多了，他是被文思清打擊到了，他發現自己無論怎麼練都比不上文思清，一套新學的動作猛練幾十遍，都沒有文思清剛學打得好。

少林寺也要過年，張燈結綵，淨虛、淨空兄弟倆忙裡忙外，把豆腐青菜做出花來。光是豆腐都要調出各種肉味，素雞、素鴨、素紅燒肉，連豆漿都要反覆配比，做出牛奶的味道。主要是因為哥哥悟出了一個道理，做事不在多，黃牛犁地一輩子，也要被殺了吃肉；做事要準，準到讓自己無可替代。等到大家習慣了你的廚藝，離開你不行的時候，自然就有人教你功夫了。

可是沒人吃，除夕夜做了一桌子菜，太像雞鴨魚肉了，聞著就犯噁心。擺出來無所謂，多少有點過年的氣氛。沈老前輩還是沒出閣，聽大家在院子裡吃飯閒聊。過了午時，文思清對長輩叩頭上香，先是對八光

師父，一個頭磕下去，急得八光跪下來跟她對拜。之後是對沈老前輩，怕他聽不到，文思清有意磕得響一些。最後是對自己的父母，沒有牌位，只有那個骨灰盒。文思清磕著頭說，父母在上，思清現在過得很好，請二老在黃泉之下不必記掛。

之前的叩頭，淨虛、淨空都跟著，到文思清的父母時，他們就不好磕頭了。祭拜過後，哥哥盯著骨灰盒，問文思清：「人家都有名有姓，為什麼你父親這兒寫著文宰相啊？」

文思清不說話，八光讓兄弟倆趕快把桌上的假雞假鴨收拾掉，回菜園子。子時已過，丑時鐘響的時候，文思清向沈老前輩請安，說自己先回，請師父早點休息。她知道師父不睡覺，但這句話總要說的。換平常，沈老前輩會應一聲，表示聽到了。這一次，沈老前輩問她：「文之興是你父親？」

文思清愣了一下，說家父叫文再興。沈老前輩嘆息一聲，說原來他連名字都改了，之興，再興，極盡討好之意。文思清想反駁，張了幾次口，又覺得沒必要爭。反倒是沈老前輩關切地問道：「他已經過世了？」

兩朝宰相，一朝覆滅，那麼大的事情，文思清已不知從哪裡講起。她只是點了點頭，又怕沈老前輩看不到，便「嗯」了一聲。

「也是，我都已經百歲有餘。」

「家父在世時，與師父相識？」

「何止認識！」沈老前輩話鋒一轉，問道，「妳既是宰相之女，為何流浪於江湖？」

文思清笑起來，早就不是啦，文家得罪了朝廷，早就沒落了。

沈老前輩嘆了口氣，隔著一道門都能聽出他幾十年的傷。文思清等了一會兒，說自己先下去了。沈老前輩叮囑她先回菜園，這幾天不用再

上來練功，他累了，他要休息幾天，等過些時日歇好了，他會讓八光叫她上來。

文思清說師父保重，藉著夜色出了院子。真的累了嗎？下山的時候她想，師父之前可是從來不睡覺的，而且這次一歇就要好幾天。他年紀那麼大了，死亡那個繞不過的拐角，可能早早就在那兒等著他了。該不會是要去了吧，少林寺的說法叫圓寂。回到菜園，躺在床上，她不免擔憂起來，她怕再也見不到師父了。真是的，早知道剛才是最後一面，是永別，她還有好多話想說出來的。

4

這一天在揚州還是喝酒，吳思若知道，就算夜夜笙歌，這也是最後一夜了。師父大漠仙人的計劃不是如此嗎？讓她吳思若去服侍蓬萊閣老，換來一張九宮圖，交易完成，一切就可以結束了。

把蓬萊閣老當客人，就照著紫竹院的流程走，敬酒，聽曲，相談甚歡，酒過三巡後扶客人回房，上床一同休息。看起來是順其自然的結果，只不過客人早就把錢給了老鴇。他們師兄弟有些奇怪，話沒講透，確實也不方便明說，「師兄我要睡你徒弟」，或是「師弟，我把徒弟送你睡」。兩個人心照不宣，乾杯喝酒，講著不痛不癢的話，看著對方乾笑。後來大漠仙人說了一句：「我技藝不精，我徒弟吳思若一直仰慕師弟的身手，想晚點去你房間，跟你學點什麼。」

這倒簡單了，原來不需要假模假式地培養感情，說「我跟你學東西」就行了。她懶得再喝酒了，只等著曲終人散，去蓬萊閣老房間熬過這一晚。這時蓬萊閣老反倒沒話找話，問她多大了，練了幾年的功夫，

到底是他蓬萊閣老的哪一種本事吸引了她。吳思若不想跟他聊下去，她想一句話結束話題。她說自己其實沒學過幾年功夫，之前一直在紫竹院來著。

顯然知道這裡，不然不會愣那麼久，他問她去那裡做什麼。她說賺錢啊。

「賺什麼錢？」

「你在裝傻嗎？」吳思若反問道，「當然是賺客人的錢。」

「青樓的姑娘？」這句話不是問她，是轉頭問大漠仙人，「你拿青樓女子打發我？」

蓬萊閣老不幹了，起身要走。大漠仙人好說歹說，把他留了下來。蓬萊閣老跟他師兄吵了起來，聽了幾句吳思若明白了，一把年紀，滿臉的褶子，他要的是感情，他居然相信真會有年輕姑娘愛慕他，委身於他。吳思若冷笑兩聲，喝起酒來。大漠仙人還在跟他解釋，說吳思若生性是放蕩了一些，但是骨子裡還是個單純姑娘，「她若不是打心裡愛上了你，怎麼可能不收錢，就去你房裡？」

「九宮圖不算錢？它比錢還值錢，無價之寶！」

媽呀，就這羅圈話，還指望有人愛他。吳思若打斷他們的爭論，直截了當地問蓬萊閣老：「你是不是嫌我髒？」

蓬萊閣老被問住了，看著她說不知道，多看幾眼他也知道，吳思若太美了，悶頭喝了一杯酒說：「確實不知道，我沒碰過妓女。」

感覺心被扎了一下，吳思若也不說話了，兩個人不喝酒也不出聲，並排坐著看前方，就好像曲子彈得有多好聽一樣，直勾勾地看著。不能怪他，誰讓自己是紫竹院出來的，血淋淋的事實，沒準兒小五子的反應比他還要激烈。

「不然，你從這裡面選一個，帶走吧。」吳思若指著彈曲的姑娘說。

　　蓬萊閣老搖著頭，目不轉睛地看著前方。吳思若笑了，不該笑，但真是有些可愛，這麼大歲數了，為人處事竟然還有少年感、孩子氣。蓬萊閣老長吐一口氣，也不知道對誰說，只說他睏了，要回去睡了。

　　吳思若問：「要我扶你回去嗎？」

　　「隨便你。」

　　這什麼意思？看著他起身，她想明白了，蓬萊閣老不是睏，是困惑了，他希望她來做決定。吳思若看著大漠仙人，他衝她點點頭，說：「拿到九宮圖，明天一早我就去竹林，把這些人都埋了。」

　　「我知道你不會埋的，」吳思若說，「但我那時一定死在你面前。」

　　「我知道。」

　　不然就死吧，人生最後一次妥協。她大步跟上去，但沒有追上蓬萊閣老，離他幾尺遠，跟著他走。黑夜裡，兩個人一胖一瘦，始終保持著距離，穿過整座庭院，直到徹底聽不到身後的評彈聲。

　　蓬萊閣老沒鎖門，進來就開始翻東西。吳思若跟進來之後，把大門鎖上。蓬萊閣老將九宮圖找出來，扔到她面前。他說：「我答應拿九宮圖換你，說話要算數。至於你，拿了這張圖，隨便你怎麼選擇。看得上我，就留下來；看不上我，拿上你的九宮圖走人，現在它已經是你的了。」

　　還真有點喜歡上他了呢，你說到做到，我吳思若憑什麼反悔？她寬衣解帶，蓬萊閣老倒是羞澀起來，打了手勢，希望她背過去。外面的衣服是帶子，內衣是繩結打的扣子，肚兜褪下，整個後背都露在蓬萊閣老面前。

　　她問可以轉過來了嗎，蓬萊閣老在身後沒說話，只聽到他粗重的呼吸聲。

她說不然就熄掉蠟燭吧，又不好一直這麼站著。蓬萊閣老還是沒說話，吳思若放下手臂，無所事事地看著大門上的雕文。

「你父母是誰？」

「啊？」

什麼意思，這種事情要聊父母助興嗎？她說她無父無母，被師父收養，在大漠長大。蓬萊閣老又不說話了，持續發出奇怪的聲音。過了一會兒吳思若反應過來，他是在哭。她轉身問他怎麼了。蓬萊閣老瞬間崩潰，尖叫著讓她穿上衣服。

「是因為我背後那一小塊胎記嗎？」她問，「要是討人嫌，我轉過來就好了。」

「我讓你穿上！」

真沒想到，整個晚上羞辱的頂點居然在這裡，脫掉的衣服要一件一件穿上。繫那些扣子要比解開更煩瑣。她咬著牙，是那種忍住痛哭的苦笑表情，背對著他，把衣服穿好。轉轉身時，她徹底驚呆了，蓬萊閣老的臉已經哭花了，那一臉的褶子都在往外溢眼淚。他睜大眼睛，看了看她，慢慢冷靜下來，自言自語道：「我明白了，明白了，他真的是狠毒！」

吳思若問他是誰。

「你師父。我終於想明白了，他這二十幾年是怎麼折磨我的。」吳思若在他面前彷彿是空氣，蓬萊閣老眼神空蕩蕩的，「你把這九宮圖拿走吧。」

「就這樣了？」吳思若把那張九宮圖折起來握手裡，看著蓬萊閣老。

「千萬別給你師父。」

吳思若搖頭說：「這不行，我要給他，才能換回我要的東西。」

「他根本不是要九宮圖！」蓬萊閣老喊起來，「他就是要你和我發生苟且之事。」

「什麼苟且之事？」

蓬萊閣老讓她趕快走，東南西北，出門隨便往哪裡，永遠不要再和他見面，這個仇他早晚要報。可吳思若來了脾氣，就是剛才那個詞，整個晚上都在被羞辱，一次比一次狠！她拔劍出來，明知沒有用，但絕不想服軟。她將劍尖對著他逼問：「什麼苟且之事，你把話說清楚。」

吳思若將劍尖往前探，抵住他的喉嚨。蓬萊閣老沒有躲閃，血順著劍尖往下流。吳思若搖晃了幾下，在燭光裡乾笑幾聲。她鬆開劍柄，受傷一般，一步一步地走向門口。

5

文思清算著日子，說是歇息幾天，這都十幾天過去了，也不見沈老前輩喚她上山練功。沒人管她，她也沒放下功夫，一樣一天只睡兩個時辰，醒來就開始練功。她本來對功夫沒什麼興趣，一開始是因為不拜八光為師，誰知道他會不會又變為「扒光」，後來跟著沈老前輩，也是八光為了偷師，催著她跟沈師父請教武功。

學了幾個月，背了各種武學心法，她知道崑崙公子的功夫是假的。怎麼傷的那麼多人不知道，但不可能像他們傳的那樣神乎其神，騰空轉一圈，能戳瞎十幾雙眼睛。不是因為小五子失憶，忘了功夫，是他根本沒功夫。這樣她反而有了動力，現在是天下第七，以後練到第一第二，小五子就再也不用見他們就跑了。

師父沒傳話，八光倒是每天下來一趟。他現在逼她喊他師弟，若喊他師父，他跟你急。他說好些時候，他都以為師父在藏經閣裡圓寂了，一整天沒聲音，門口的飯菜一直擺到天黑，也不動一口。有的時候他受不了，擔心師父真的不聲不響地死在裡面，想進去看一眼，可剛一推門，就聽到師父「唔」的一聲。知道他還有口氣，退出門外，把門口擺著的那些換成熱飯熱菜。

　　「但也只是有口氣，年歲大了，也差不多了。」八光耷拉著腦袋說，「從此以後，你必須叫我師弟，師父不肯收我為徒。倘若哪天他不在了，你喊我一聲師弟，江湖上的人也知道，我是沈老前輩的弟子。」

　　文思清看著他，想不明白他到底圖什麼。「你也幾十歲的人了，在少林寺也待了這麼多年，武功再高，每天也只是三頓飯一張床，要那些名分圖什麼呢？」

　　再過來時，八光心情好多了，他說今天師父說話了，還一氣兒吃了兩碗飯。他收回空碗，問師父還要不要加菜時，師父在裡面說：「雖然文相負了我，可也是我負文相在先。」

　　「文相就是你父親吧，師父想通了，」八光說，「原來他一直在回想這幾十年的恩怨。」

　　文思清睜大眼睛，不明白父親和師父之間到底有什麼恩怨。她沒見過父親幾次，父親快七十才得的她。印象裡，父親就是個老爺爺。所有人都說他一人之下、萬人之上，那一人是嘉和皇帝。那師父和父親是什麼關係呢？師父以前也在朝廷裡做大官嗎？

　　想不了那麼多了，新年過後，少林寺忽然熱鬧起來，一下子進來好多俗家弟子。最高興的還是淨虛、淨空兄弟倆，來了這麼多小字輩的弟子，他們就成了寺裡的前輩了。他們帶著這些師弟們東走西看，每天都把師弟們領進菜園子，拜見武藝高超的小姐姐。他們說，小姐姐本來是

崑崙公子的女子，之前一點兒不能打，來少林寺練了幾個月，已經是天下一等一的高手。之前那些惡人，現在都不敢來少林寺挑釁了。還好不用她露兩手，兄弟倆說什麼，那些俗家弟子就信什麼，一副高山仰止的表情望著小姐姐。

文思清才不想見這麼多人，她躲在房裡不出來，已經沒法在園子裡練武了。有天中午八光過來，說希望文思清去看看師父。可是看什麼呢？

隔著藏經閣的門，八光還讓她不要說話，知道師父在裡面就好。

下午文思清上山，搬把椅子對著藏經閣一動不動地坐著。暮色將至時下雪了，一片片雪花落到頭頂，落到嘴角，舔起來甜甜的。師父在藏經閣裡咳嗽了兩聲，喊文思清的名字，他說：「你功力又長進不少，坐了這麼久，我才聽出你也來了。」文思清站起來，鞠躬說本來不想打擾師父，看看師父就走。她等了一會兒，覺得該告退了，走到院門口時，沈老前輩說：「你進來吧。」

第一次進藏經閣，裡面幾乎是全黑的，只能看到黑暗深處有些許微光。沈老前輩說：「你往裡走，我為你點了蠟燭。」

文思清在兩排經文之中越走越深，裡面的光越來越強烈，原來藏經閣這麼深！

走到最深處時，文思清回頭看了一眼，從進門到現在，差不多已走了上千尺。她轉回頭，第一次見到師父的真容。文思清坐下來，等待師父說話。

過了有一會兒，師父說：「不必了，你下去休息吧。」

文思清沒明白，指著自己問：「是說我嗎？」

沈老前輩搖了搖頭，說：「八光奉了茶放在門口，我讓他不必麻煩了。」

「剛才有人說話嗎？」

文思清向門口方嚮往去，長長的走廊一片漆黑。哦，她明白了，這麼遠的距離，她聽不到，但師父聽得一清二楚。那就能解釋，為什麼有時師父一天都沒聲音了，因為他們在外面聽不到。只有師父想對他們說話時，他們才能聽到師父的聲音。

沈老前輩說：「知道我叫你來是做什麼吧？」

文思清點點頭，又搖了搖頭。隱約知道，但真的講不清楚。

「聚散有時，一晃你已跟我學了近百天。適合你的，師父都已經教授於你，接下來就要看你自身的悟性，能把多少變成自己的本事了。」沈老前輩說，「你跟師父師徒一場，總得讓你見我一次，知道我長什麼樣子啊。」

文思清瞇眼笑起來，沈老前輩又點了幾根蠟燭，把四周照得明晃晃的。

「你坐近一點兒看。」

文思清湊過去，師父著一身灰袍盤坐在地，看起來很高很瘦。原來師父不是和尚，頭髮還在，最多算是帶髮修行。全白的頭髮與鬍子連成一片，一雙眼睛被燭光映得大大的。

沈老前輩問她看好了沒有，因為長期在閣裡，眼睛不適應強光。文思清說再等一下，再看五秒鐘，就可以永遠記住師父了。她一邊望著師父，一邊在心裡數著，果不其然，心裡數了五個數，沈老前輩手一揮，連之前的那根小蠟燭一起全給揮滅了。

周圍一片漆黑，一點兒光都沒有。文思清好半天沒說話，沈老前輩問她：「怎麼了？我不習慣光，你是不是也不習慣這麼黑？」文思清說不是，她只是有點好奇，師父怎麼會像畫上的人物。沈老前輩問她哪幅

畫。她想不起來了，但千真萬確見過這麼一幅畫。這幾個月在少林寺，之前在田獨，再之前被賣來賣去地輾轉漂泊，要是真有這麼一幅畫，一定是在文府見過。可是文府掛出來的一百多幅畫，她張張瞭如指掌，絕沒有一幅畫畫的是師父，那是在哪裡見過呢？

她問沈老前輩，跟她父親到底如何相稱，「我確定在父親那裡見過您的肖像。」

「如何相稱？」他慢悠悠地重複著文思清的問題，回答著，「我與文相早年間以君臣相稱。」

「家父既為文相，那師父一定就是皇帝了。」

文思清也沒有特別驚訝，她父親文再興做過兩朝宰相，輔佐過四任皇帝，說起聖上，雖不能說是司空見慣，但起碼不會大驚小怪。讓她高興的是，她想起在哪兒見過師父了——仁豐皇帝的畫像。當年他們家被抄家，給父親強加的諸多罪名之一就是私藏前朝皇帝的畫像，有逆反謀權之嫌。

當然還有其他罪名，當差的李大人宣讀「奉天承運，皇帝詔曰」，嘰裡呱啦地說得父親渾身都是罪。

師父說了很多，說當時不理朝政，鑽研武學，丟了江山，任由孫子林父子一路打進京城。「孫子林就是當今嘉和皇帝的父親，」沈老前輩說，「他帶著他的幾個兒子，打得我軍節節敗退。」

一場惡仗連打三十六日，倘若不是文相死守太原，不要說一個多月，恐怕一個禮拜即被攻陷。眼看氣數已盡，他不願做亡國皇帝，愧對列祖列宗，硬要退位做太上皇，讓太子繼承皇位。孫子林父子在山西已經勢如破竹，他還在給太子舉辦登基大典，搞退位儀式。

新皇登基不到一個月，孫子林便攻破了太原，一路帶兵打進京城。攻城那一夜，紫禁城裡亂成一鍋粥，娘娘們爭著往車裡裝首飾，太監們

蒐羅著金銀細軟。混亂中只有蘇皇妃什麼都不要，一再地追問皇上去哪兒了。

後來有人在後山發現，皇上投河自殺了。

仁豐太上皇看著大家爭搶財寶的場面，憤恨羞愧，一氣之下將後宮二百五十多人全部擊斃，唯獨留下一直惦念皇上的蘇皇妃。

「我是皇上，他是太子，如果要自殺，也應該是我。」沈老前輩說，「我才該自盡謝罪，可我卻以他日復辟為由，帶著蘇皇妃和孫子逃出京城，苟活了幾十年，一直到現在。」

黑暗中，師父嘆了口氣，說剛逃出來時確實想著王朝復辟，那時還認為，如果武學修為足夠，便可以號令天下，一舉反攻，剿滅孫子林父子。

他收了三個弟子，打算練就斷魂掌、仙人掌和蓬萊掌，再依仗九宮圖上的路線，打回紫禁城。只是幾十年過去了，號令天下還沒做到，三個弟子反倒起了內訌。他將弟子趕出師門，明白自己已無力回天，便徹底放棄了江山。

「所以說，我父親背叛了你。先給你做宰相，後來又給新朝皇帝做宰相。」

沈老前輩點點頭，說：「都過去了，我也想明白了，是我有負於文相在先。機緣巧合，又讓我收了你做關門弟子。除了無為掌，我已將畢生所學全部教給了你，接下來就看你自己的造化了。今晚所言，你自己知道就好，切不可說與外人。」

文思清明白了，這次是真的永別了。她給他磕了個頭，也不知道這頭是磕給師父的，還是給前朝的皇帝的。文思清起身朝門口走去，從黑暗走到黑暗，夜空中的點點星光，反倒顯得明亮了。

6

冰天雪地的季節，繼續往北迴田獨，小五子也知道不合適。蘇子瑤建議先南下中原，一邊走一邊打聽。倘若沒有文思清的消息，那麼就先到南京百花谷，谷主會給他備好盤纏馬車。那時已春暖花開，再做回田獨的打算也不遲。

小五子問：「如果我是少谷主，那麼百花谷谷主和我是什麼關係？肉舖的錢老闆呢，也就是你叫常公公的那個？前年冬天聽你跟他說話的口氣，什麼百花谷谷主有令，說明他也是百花谷的，那他為什麼把我掠走？他到底是敵是友？大一點兒說，我崑崙公子和你們百花谷又是什麼關係，你們是真對我好，還是耍弄我？」

他一氣兒問了好多問題，蘇子瑤一個都沒回答，她說不急於這一時片刻，等到了南京，谷主自然會一五一十地講給他。

人推車尾，馬拉車頭，他們大概用了三天才繞出沉獅谷。出去的一刻，小五子不忘回頭看一眼，谷底懸崖，被困數月，自己此生應該不會再來了。過去這兩年發生了好多事，從蘇子瑤出現，到遇見吳思若，到何員外被滅門，他還親手殺了已經瘋癲的何員外，到他成了丐幫幫主，被三王爺、六公子追殺，被馬長老控制，參加尋龍屠狼大會，發現自己竟然是當夥計時一直想成為的那個人——崑崙公子，被大漠仙人和蓬萊閣老挾持，從船底逃跑上岸，往北撞到黑白二鬼，被帶到沉獅谷逼婚，入了洞房，發現老婆喬文君是假的，兒子是六公子的……他望著越來越遠的沉獅谷想，放過自己吧，這麼下去，真要扛不住了。

塞外沒問題，日行三百里，四下荒涼，空無一人，道路暢通；過了嘉峪關，人開始多起來，他們知道不能這麼大搖大擺地趕路了。蘇子瑤

說要進城餵馬，順便裝扮布置一下。她把他扔在郊外的一個涼亭，自己駕著馬車去了市集。中午出發，太陽都落下去了，還沒有回來。小五子一直蜷縮在涼亭裡等待，說是涼亭，簡直就是一個大風口，夾雜冰雪的寒風將亭子吹個通透。小五子又餓又冷，開始時還在涼亭裡邊走邊跺腳，後來連跺腳的力氣都沒有了。他將雙手插在袖子裡，蹲坐在座位旁一動不動。

偶爾有人經過，騎馬的，趕路的，也許還有崑崙公子的仇家，往這邊匆匆看一眼，見有人凍死在亭子裡，事不關己，繼續趕路。晚一點兒時，小五子閉上了眼睛，因為睜著眼睛，眼珠子都凍得難受。醒來時天已經全黑了，蘇子瑤還沒有回來。小五子想站起來，但雙腳已經凍得沒有知覺。

他雙臂抱著柱子，一點點往上蹭，站起來後朝市集方嚮往去。

遠處有個大鬍子男人趕著馬車過來，看眼涼亭裡的小五子，揚起馬鞭喊了聲「駕」。眼看就要和亭子擦身而過，小五子喊住了他：「這位大哥，請留步！」

大鬍子男人勒住馬韁，馬前蹄上揚，車停住了。他坐在馬車上打量著小五子，小五子把後半句說完，問他有沒有吃的，救濟兄弟一口。

再簡單不過的意思，大鬍子男人還是好好思索著他的話裡是否有話，問他到底有何居心。能有什麼居心？就是太餓了。小五子指指自己肚子，表示餓一天了。大鬍子男人遲疑了一下，用要扒光他的眼神又打量了小五子一遍，然後掀開簾子對車裡說：「娘子，我們就在這兒稍停一下，看看他是否是黑松寨派來的奸細。」

裡面的人也不知道說了些什麼，大鬍子男人連聲說好：「你不必下車，在裡面歇著就好。若是黑松寨的人，我直接把他解決了。」說完他還轉頭瞪了小五子一眼。

大鬍子男人跳下馬車，將馬韁繩拴在柱子上，並拿著一個包裹走進亭子，在小五子對面坐了下來。

小五子對他笑笑，極盡討好之意。大鬍子男人打開包裹，裡面有一隻燒雞、兩斤醬牛肉和一壺捆好的酒。燒雞還是熱乎的，一層層地冒著白氣。大鬍子男人撕下雞腿，一口咬下去。

光掉口水可不行，總得說點什麼。小五子看看馬車，問大鬍子男人：「車裡面那個是你娘子？」大鬍子男人警覺起來，說車裡面沒有人，整架馬車上只有他自己。換以前，小五子一定會懟回去，說車裡面坐著的，如果不是人，那就是狗。今天嘴不能太臭，肚子還咕咕叫個不停。他不自覺地蹲到男人身前，往前探個頭，就能咬到雞腿了。大鬍子男人當他不存在，每口下去都能咬出油汁。眼看只剩最後一口了，小五子克制不住了，失聲叫道：「等會兒！」

大鬍子男人停下來，嚼著雞腿看他，問他怎麼了。

「就這一口了，給我行不行？」看他猶豫，小五子補充道，「不白吃你這口雞腿，等我有了力氣，若黑松寨的經過這裡，我幫你解決。」

大鬍子男人盯著他，說：「你果然認識黑松寨的人！」

「根本就不認識！」小五子激動地站起來，「黑松寨那幫禽獸不如的狗東西，我怎麼可能認識！不要說認識聊天，見一次都怕瞎了眼睛，聽一次都怕爛了耳朵！」

這可能是他最後的一點兒力氣了，他在亭子裡繞著圈地咆哮，把話喊完便癱坐在地上，喘著粗氣。大鬍子男人公鴨一般地笑起來，有那麼一陣兒，小五子還聽到了女人的笑聲。他朝馬車的方嚮往去，大鬍子男人故意咳嗽一聲，撕一塊雞肉扔過來，說：「好好吃你的東西，不要東張西望！」

小五子接過雞肉，大口咬下去，三下兩下便吃完了手裡的肉。身子暖一些了，他坐近一點兒，看大鬍子男人把紙袋裡的牛肉撕成一條一條的。

小五子說黑松寨的人就是一群瘋狗，沒什麼本事，還到處亂吠。

大鬍子男人高興了，遞給他一塊醬牛肉，說原來兄臺是明白人，剛才錯把兄臺當成黑松寨的人了。小五子說不知者不怪，本來還想客套兩句，可是嘴裡塞滿了牛肉，支支吾吾得說不出話。大鬍子男人說，這醬牛肉有些冷了，還請兄臺不要介意。小五子說太客氣了，冷牛肉配燒酒，越喝越有。說著他解開燒酒壺，見大鬍子男人沒阻攔，咕咚咕咚喝下去半壺。大鬍子男人不言語，小五子把手伸進紙袋抓肉，每次伸手，都假模假式地關心打聽兩句，以轉移視線。比如大哥是怎麼惹著黑松寨的啊，黑松寨派了多少走狗來殺你啊，你這是打算往哪兒逃啊……一次拋一個問題。大鬍子男人沉吟著思考怎麼回答，小五子的手快去快回，肉已經從紙袋裡轉移到他嘴裡。

他問一句，吃一口。大鬍子男人答了些什麼，他一句也沒聽進去。一隻燒雞、二斤醬牛肉，連整壺酒也基本被他一個人喝掉了。他將紙袋翻過來抖抖，吃掉最後一口肉渣，狠狠地打了個飽嗝，這時才認真聽大鬍子男人講述他的故事。

吃飽喝足，該放輕鬆才是，可是他越聽越緊張。其實大鬍子男人也沒說什麼，他說他本來姓齊，是黑松寨的廚子，和黑松寨的大小姐眉目傳情，有了感情。別看他其貌不揚，廚藝可是一絕。也許就是因為俘獲了大小姐的胃，才進而把她的心也俘獲了。後來，他們被黑松寨的劉寨主發現了，劉寨主把他關進了地牢，想要拆散這對鴛鴦。就在要處死他的當晚，劉大小姐假傳寨主密令，命人將他放出。兩人帶上兩口鍋一口灶，連夜私奔。他們是上個禮拜跑出來的，七八天來馬不停蹄，想一路

下江南，找個無名小鎮隱姓埋名地生活。

　　大鬍子男人說完，還自我陶醉地憧憬著未來。他問小五子去過江南沒有。小五子點點頭。

　　「聽說那邊是魚米之鄉，江南是不是什麼都有，河裡田裡隨手一抓，都是下廚的好食材？」

　　「是吧，我也不清楚，我以前是殺豬的，但是在北方殺豬，更北邊，田獨。」

　　小五子說完，往後退了兩步。他在看大鬍子男人的反應，天下人都知道崑崙公子從田獨來。這個大鬍子男人有問題，又是大小姐，又是廚子，又是地牢，又是私奔，故事講得這麼俗不可耐，一定是編出來的。黑白二鬼替師父找崑崙派掌門人的故事，編的都比他強。

　　毫無疑問，大鬍子男人是衝他崑崙公子來的，蘇子瑤到現在都還沒回來，肯定也和大鬍子男人有關。小五子一邊打著哈哈，一邊走出涼亭，說：「我跟大哥投機，聊了這麼久，還沒見過嫂子呢。」說完，他快步往馬車方向走。剛才聽聲音，車裡的女人中氣不足，那麼近的距離，都沒聽見她說的是什麼。小五子計劃先上馬車，把那所謂的「娘子」劫持，就算不是娘子，肯定也是大鬍子男人心愛的女人，到時候再看有沒有活路可走。小五子摸著懷裡，兩把刀都在，他抓住一把刀的刀柄。

　　大鬍子男人在身後笑他：「那是我的娘子，你急著見什麼？」聽聲音還沒追上來，小五子大步走過去。忽然前方傳來一陣馬蹄聲，七八個人騎馬過來。小五子回頭望，齊大鬍子起身從涼亭跳過來，把小五子推進車裡，低聲說：「先上車再說。」

　　車裡沒有娘子，摸起來就是一身紅衣紅蓋頭。齊大鬍子解開韁繩，坐到前面趕馬車。他到底什麼來頭？講了半天廚子與小姐私奔的故事，結果連個女人的影兒都沒有。大鬍子男人駕著馬車不緩不急地上了路。

馬蹄聲越來越近，快交匯時，為首的一個人喊住大鬍子，讓他停一下。聽聲音很熟悉，小五子知道是他的仇人，追查崑崙公子的。他抓起車裡的紅綢緞，豎著耳朵聽他們說話。

那人問大鬍子男人是什麼人，這麼晚幹嘛去。

大鬍子男人反問他：「是不是黑松寨的人，要殺要剮，你們就地解決，反正黑松寨，我和我娘子是絕對不回去了。」

「你娘子？」

大鬍子男人哈哈大笑，說：「你們沒想到吧，我和你們劉大小姐早已是生米煮成熟飯啦！」故事這麼俗，簡單易懂，那人聽到這兒，就知道怎麼回事了。

那人盯著大鬍子男人，說：「我們不是黑松寨的人，但想一睹你娘子的美貌。」

大鬍子男人生氣了，冷笑道：「我娘子可不是人人都能見得的！」

說完他抽了一鞭子，馬嘶長鳴，車卻不動。他轉身站起來看，一個矮胖的男人抓著車尾。大鬍子男人臉色突變，說話也結巴起來，說：「你們到底是誰，想要對我娘子幹什麼？」

那人笑了笑，忽然拉開車簾。車裡確實坐著一位紅衣新娘，頭上還蓋著蓋頭。他不放簾子，小五子也不敢動。那人點起蠟燭，伸進去晃了晃，最後將蠟燭留在裡面，放下簾子說了句：「蠟燭就送給你娘子做賀禮吧。」說完他朝車尾的矮胖子點點頭。胖子鬆開手，馬車往前溜了點。

幾個人上馬繼續向北趕路。大鬍子男人也不急，慢悠悠地趕著車往南走。小五子揭開蓋頭，頭探出車外，看著大鬍子男人的背影，說了句「謝了」。大鬍子男人揮舞著鞭子笑道：「沒猜錯的話，你應該就是崑崙公子，剛才那餓死鬼的樣子，可一點兒都不像。」小五子手握刀柄，問

他是什麼人。大鬍子男人又抽了下鞭子，回頭說道：「怎麼剛分開幾個時辰，就不記得我啦？我下午不是跟你說好，去城裡裝扮布置一下，順便把馬餵了？」

小五子看過去，自己怎麼瞎成這樣，原來就是那兩匹馬。他再看看齊大鬍子，真是的，黏的和真的一樣。只有那雙眼睛眨巴眨巴的，還能看出是蘇子瑤。

7

文思清和八光坐在港口旁的茶攤前。二月的南京，春寒料峭，但長江上的輪船已經熱鬧了起來。長工們排著隊在碼頭卸貨裝貨，客船不時靠港離港，上船的人北上中原，下船的人進入南京，更多的是送行、接客的人群。出了少林寺，他們沒回田獨，文思清說，她要來南京見個前輩。八光陪她等了幾天，每天問一百次，她到底要見誰，那個人還在不在南京。

文思清說：「在的，她一定在這裡，只是她還沒有想好，要以何種理由去拜見這位前輩。」

他們上個星期到的南京，從少林寺出來，走了十幾天。本來正月十六時，文思清就要收拾行裝上路了，八光手足無措，在藏經閣的院子裡打轉。沈老前輩讓他下山去送文思清。八光說，送不送下山倒無所謂，佛門重地，諒歹人也不敢撒野。不過出了少林寺，江湖凶險，文師姐一個女孩子家，難免會被別人欺負。沈老前輩沉默一陣兒，批准他一路把文思清送到田獨，只是八光萬不可以淫心大起，破了色戒。

要送到田獨，可就得計劃計劃了。文思清一天就收拾好行李了，八光的行裝卻三五天都收拾不完。彷彿要出門遠行，再也不回少林寺一般。八光把能帶的全都裝進去，有一塊抹布，他實在裝不下了。估計也是再也不想幹擦桌子的活兒了，他連用了三盆水，把它洗乾淨，工工整整地疊好，放在桌子上。

文思清見過這抹布，之前是黑的，幾盆水洗白後引起了她的注意。她拿起來查看，是一塊奇形怪狀的羊皮，兩個巴掌大，握在手裡剛好可以抹桌子。她問他哪兒來的，八光朝藏經閣努努嘴，說：「師父送我的，之前都是布的，一使力就爛。師父送我這張羊皮的，用了好幾年了，結實耐用，主要是特去油，不管桌子上有什麼油，一抹就掉。」

「這是九宮圖啊。」文思清拿著抹布說。

「我當然知道九宮圖。」八光笑了，那意思是說，雖然他多年沒出少林寺，但江湖上的事，他都知道，如果這張是九宮圖，他能拿它當抹布嗎？

文思清走到藏經閣，將抹布放在門口臺階上，說：「弟子和八光將九宮圖奉還給您老人家。」

「你拿走吧。」沈老前輩在閣裡說，「我幾十年前給過文相一片，不知他有沒有傳給你。」

原來九宮圖是按片算的，文思清說，父親母親都沒給過她這個，可能家破之時被抄走了。沈老前輩說了聲「嗯」，要她多保重，踏入江湖一切小心，如果遇見他那三個心術不正的弟子，不要與他們攀同門交情，也不要和他們有不必要的爭執，「你的本事和他們差得還遠，我不想日後他們挾持你來威脅我。」

文思清回答：「弟子明白。」

　　沈老前輩說：「有兩個人你可以信任，一個是丐幫的前任幫主向問和，我授了無為掌給他，你盡可以叫他一聲師兄，他也會拿你當小師妹待。另一個人是百花谷的谷主，我之前跟你說的那個發現皇上不見了的蘇皇妃，就是她。」

　　原來蘇皇妃是百花谷谷主，而小五子是少谷主，透過她總能找到小五子。文思清朝藏經閣叩首，望師父保重身體，希望有生之年，可以再見一次師父。

　　「無須再見了。」沈老前輩說，「下山就是去外面的世界闖蕩，倘若只為了再見一次師父，那豈不是哪兒也不去，留在寺中即可？」文思清愣在原地，師父在閣裡說了最後一句話：「去吧。」

8

　　行到揚州的時候，一臉鬍子的蘇子瑤遇到了吳思若。那天他們入住當地最大的客棧，還是樓下賭場樓上住宿那種。小五子一身新娘裝扮，不方便進賭場，即使只能躺在樓上聽，他也堅持住這家。

　　前幾夜有些不愉快的事情，蘇子瑤已懶得卸妝了，她就黏著一臉的大鬍子，躺在小五子身邊。越到夜裡人越多，開大開小的聲音時不時傳到樓上，良辰美景，卻和一個假大鬍子共處一室，平躺一張床。小五子側身對著蘇子瑤，見她的胸脯一起一伏，便半起身伏在她身上，求她一件事。兩人距離不過半尺，蘇子瑤眼神慌亂，磕磕巴巴地說：「有什麼要求儘管吩咐，壓我身上幹什麼？」

　　小五子把金條拿出來，放在她胸口：「你去幫我換成銀子，在賭場輸掉。」

蘇子瑤起身，瞪大眼睛看著銅鏡，可能全是這一臉鬍子惹的禍。

「你輸了錢，我就當是過癮了。」

她拿起金條，穿上外套下了樓。出門之前，小五子還在房間裡喊：

「不用出去換的，一般賭場都給兌銀子！」

還真值不少銀子，打雜的小工忙前忙後地把銀子搬到賭桌上。那就輸光吧，她一把一把地往桌上堆銀子。對面有個賭客一直在贏，右手押注，右手收錢。蘇子瑤看著臉熟，直到有個獻殷勤的小工過來，說要幫他換成銀票，他抬起左手讓小工走開時，蘇子瑤才想起在尋龍屠狼大會上見過這個人，這個人一隻手，混在丐幫裡，是吳思若的師弟。

反正都是輸，她一邊押銀子，一邊四處張望，看吳思若在不在這裡。

轉身看了一大圈，吳思若卻從她面前、「一隻手」的身後過來了。她喝了不少酒，搖搖晃晃地摟住「一隻手」的脖子，坐在他腿上，衝他耳邊吹氣。吳思若越親密，「一隻手」就越緊張，之前贏家的氣質都沒了，連續幾把押錯。看牌的小哥都懶得伺候他了，一個個跑到大鬍子男人身後來。

他倆怎麼跑到一起去了？蘇子瑤皺眉看著吳思若，「一隻手」不斷勸她：「師姐，別這樣，讓五幫主看見，我又要欠他一條命。」

吳思若撒嬌說：「就是要讓他看到，明天我們去南京，要讓百花谷的人都看到，我跟你在一起，他小五子永遠沒戲。」

「一隻手」嚇壞了，把手頭的錢押完，匆匆上了樓。吳思若留在她對面，低頭喝酒，偶爾抬頭，看見蘇子瑤在看她，便指著「他」問：「看什麼看？」

蘇子瑤衝她笑笑，將桌上的銀子兌成銀票，剩下的碎銀子打賞給小

工，起身上了樓。小五子一直在等她，見她進門就誇她，賭技不錯啊，一根金條用了一個多時辰才輸光。蘇子瑤把銀票扔過去，小五子看到上面的數字目瞪口呆：「你怎麼可能贏，是輸了不給錢，反倒打劫了對手嗎？」

蘇子瑤沒回答，說她睏了，先睡了。她熄滅油燈，背對著小五子，面朝窗口躺下。小五子興奮得一時睡不著，拿起銀票翻來覆去地看，最後將銀票捂在胸口，做起美夢來。

蘇子瑤一直沒睡，睜眼就能看到窗外的月光。她想吳思若要幹嘛，就算昭告天下，自己和小五子沒任何關係，也不至於找「一隻手」那樣的做墊背的。快天亮時，小五子反而睡得更沉，呼嚕聲一次比一次響。有人走出客棧，將馬從馬廄裡牽出來。蘇子瑤起身從窗口張望，她看見吳思若上了馬，離開客棧，向南跑去。

「一隻手」從客棧裡追出來，喊著：「師姐，等一下，我陪你去南京，還不行嗎？」「一隻手」掏劍進馬廄，隨便砍斷一匹馬的韁繩，騎馬追了出去。

睡夢中的小五子「唔」了一聲，不知道又夢到什麼好事了。馬蹄聲漸遠，蘇子瑤躺下來想了想，她搖醒小五子，說：「我們現在出發，去南京吧。」

小五子半夢半醒，說本來就是要去南京。蘇子瑤坐起來，看著窗外，「一隻手」也不見了蹤影。清晨霧氣升起來，蘇子瑤搖搖小五子，她說：

「這次去南京，肯定會碰到很多人、很多事，至於你是做小五子，還是回來做崑崙公子、百花谷少谷主，取決於你自己。」

小五子又「唔」了一聲，坐起來揉著眼睛，問她剛才說什麼。蘇子瑤看著他，笑了笑說：「我說，我們出發吧。」

第十章　文思清

1

總要有個人死的。

文思清一整天都在回想這句話。那天早上她做了個夢，夢見有個戴面紗的女人走到她面前，不聲不響地，就那麼哀怨地看了她好半天，臨走的時候說了那句沒頭沒腦的話：「總要有個人死的。」

「誰死，你又是誰？」她追下山去問。可那時她已經快醒了，在快追到她、已經看見她背影的時候，她大口喘著粗氣，索性睜開了眼睛，那女人反而消失了。

此時文思清身處南京一家客棧的床上，偶爾有馬車從窗外的街上經過。天未亮，她翻個身想繼續入睡，找到那個女人，問清楚，要是她不肯回答，就扯掉她的面紗，記住她的臉。

然而一時卻睡不著了，她彎著腿，身子蜷成一團，緊緊地抱住被子，直到賣早點的小販在街上吆喝起來，她才勉強睡了一覺。可惜夢沒有續上，這次是一個慶典，一百多個人聚在空場。似乎是過年，放鞭炮、寫春聯，她在人群中東張西望，看著大家飲酒划拳，亂成一團，居然沒有一個她認識的人。

死一個人，一群人搞慶典，一反一正的兩個夢，到底在搞什麼？那天吃中午飯時，她還對八光說起了早上的夢。他們坐在飯館門口的方桌前，看著往來的行人，她問：「是誰要死呢？那個女人是誰呢？為什麼要對我說呢？」

八光看了她一眼，不知如何接話，權當她是自言自語吧。八光繼續

揉手心裡的雞蛋，時不時地抬手看看，雞蛋揉得怎麼樣了。他已經十幾年沒吃過這東西了，在少林寺吃青菜豆腐，像雞蛋、牛奶和韭菜這種不殺生的食物，也算是葷腥。以前吃煮雞蛋，最重要的是剝皮，像是一種儀式，要先將雞蛋敲一個小裂縫，然後手心朝下在桌上揉，把雞蛋皮揉開，但不至於碎掉，最後再像削蘋果一般，一圈一圈地剝開，每一層越窄越好，中間還不許斷，一個雞蛋皮能拉成一尺多長，捅直了攤在桌子上。他伸出兩手食指，各摁一頭，像剛打出一套好拳一般，滿意地點著頭。

「到底是誰呢？」文思清問。

「啊？」

「總要有個人死的，那是誰要死，又是誰對我說的這句話呢？」

八光眨巴著眼睛，一臉為難，一個夢的事情，至於討論小半天嗎？他拿起剝好的雞蛋，問她吃不吃。文思清搖頭，看到他把雞蛋放回到碟子裡，反問他：「既然不吃，為什麼要剝成這樣？」

「因為儀式感，」他說，「因為無聊，時間又長又難熬。」

這已經是他們守在碼頭的第五天了，昨天說好不來了，要麼去百花谷，要麼離開南京，向南出發。早上文思清又臨時變卦，拿她荒唐的夢說事兒，她說：「今天有大事，不知道多大的事，有人要死，我們先別動，再去碼頭坐一天。」這次他終於跟文思清明確下來，最後陪她一天，明天要還是坐在這兒，跟個傻子似的守著，他寧願回少林寺，給沈老前輩掃院子去。

兩個人就在桌前那麼坐著，看著來往的行人，呼吸著揚起的塵土。下午最睏倦的時候，八光玩起了新把戲。他一口將大碗茶喝光，吐出掛在嘴角的茶葉，找塊抹布將茶碗擦乾淨，單手抓著空茶碗的碗沿，讓文思清看好了。他手腕一抖，茶碗在桌子上轉了起來。文思清看了一會

兒，沒明白，問他到底要她看什麼。

「繼續看，沒完呢。」

那就再看一會兒，除了茶碗在原地打轉，什麼都沒發生。到底看什麼呢？她看看茶碗，又看看八光。八光嘆了口氣，跟她解釋起來，那種感覺就像是，你講了個笑話，還要一本正經地解釋，笑點在哪裡。

「你看這個碗，它在原地轉，跟定住了一樣，不亂跑。」

「哦。」

「還有，它一直在轉，差不多一炷香的時間了，還沒有停下來。」

文思清點點頭，又「哦」了一聲。八光皺眉望著她，問她老「哦」什麼。「沒哦什麼，你說的我都看到了呀，還有呢？」

「這是手腕上的功夫！」茶碗還在桌子上轉，八光把袖子撸起來給她演示，「手腕一抖，茶碗原地打轉，轉得時間越長，說明手腕越有準頭，功力越深。」

「哦！」這回是真心的了，她明白了，說來說去，原來是功夫。

「沒有十幾年的內力是做不了的。」八光說，「記得分寸感，力大了它會跑，晃來晃去摔到桌子下面；力小了，轉幾圈它就停了。」

文思清點著頭，表示明白他的意思。知道就好，八光長吐一口氣，放心了，解釋了一通笑點，但起碼聽懂了，這笑話為什麼好笑。雖然現在笑不出來，沒準兒日後回想起來，還會隱隱覺得蠻好笑的呢。

八光喊店家，再來一個茶碗，不要茶，空碗就行。他把碗推給文思清，說：「該你了。」

「該我什麼？」

「練功夫啊，每天坐在這兒無所事事，功夫都荒廢了，起碼手腕上的功夫要揀一揀啊。」

「手腕上的功夫？」

八光點著頭，告訴她，別以為練功就是練內力、練招式，手腕同樣要練。武林之中高手對決，二流高手殺人，無非就是一劍把你捅死，但有些人，不但殺了你，還能在你身上刺出一個梅花，或是一個八卦的劍花來，這些就是一流的高手，他們練的就是手腕上的功夫。

文思清聽懂了，真是開眼界的一課。原來江湖那麼大，什麼人都有。

那就從現在練起，她右手五指向下，握著空茶碗的碗沿，問八光：「這樣對嗎？」

「沒什麼對不對的，」他說，「剛開始嘛，就是要試錯，錯個上百次，自然就知道什麼是對的了。」

那就先照錯的來吧，文思清倒數三二一，順時針擰下去。茶碗在桌面上轉起來，原地空轉，不亂跑，也沒有停下來的意思。八太陽能在桌前盯了一陣兒，兩個轉動的茶碗一前一後，文思清的那個比自己的還要穩，看起來一兩個時辰都不會停下來。怎麼會這樣呢？本以為要轉個一百來次，結果一次就過了。下午才剛剛開始，接下來要怎麼做，才能打發這漫長而無聊的時光啊？

八光把自己的碗停下來，留文思清一個人的在桌上轉。他用碗底敲著桌面喊店家續茶，一大口喝下去，又續上一碗。然後他就像個石獅子一樣，一動不動地坐在桌前盯著面前的街道。街上的人在動，車在動，他眼珠不轉地放空發呆，直到一個稍有姿色的少婦從眼前走過，他不自覺地轉頭看過去，一直目送到她在路口轉彎。

少婦消失，還有少女經過，一個個都盯著看，目送到街角可不行。文思清連咳嗽幾聲，提醒八光注意，身為佛家弟子，不要忘了淫戒，不要再惹過去的姦淫之亂。八光轉轉身，滿臉通紅，他解釋只是不小心多

看了兩眼。在少林寺清修十幾年，他早已物我兩忘，男也好，女也好，哪怕是豬狗牛羊，對他來說，都不過是一副皮囊。

「真的嗎？」文思清反問他。

似乎被問住了，八光一時沒說話，低著頭，十指交叉在桌下，過了好一會兒他抬頭說：「確定無疑，他們只是皮囊。」

文思清看著他的眼睛，似笑非笑，抬手隨便指了街上一個還不錯的女孩，問他這個又算什麼。八光順著她手指的方嚮往去，只見一個穿紫衣的女孩騎馬行進，又盯了有一陣兒，趁她還沒有消失，他轉頭講：「皮囊。」

文思清點點頭，又指了一對同行的女孩，問他那兩個呢。八光看過去，兩個女孩起初並排走在路邊，而後在前面的岔口分開，一個往左，一個往右。八光左右都看一看，回答道：「皮囊，皮囊。」

於是有了新的樂趣，比轉茶碗、剝雞蛋還能打發時間的新玩法。文思清不斷地指著路上的女人，八光一次比一次迅速地回答「皮囊」二字。後來文思清換了個玩法，她不再問這個呢，那個呢，她直接指著女人們問漂亮嗎。八光的回答還是不變，依然是皮囊，當然無所謂漂亮不漂亮。

看來真的有進步哦，文思清忽然指著一位趕路的車伕。車伕坐在車前，手握著韁繩，滿臉的絡腮鬍子，她問：「這個呢，漂亮嗎？」

八光看過去，這次沒能第一時間回答。文思清在旁邊摀著嘴笑起來，說：「終於不是皮囊了，對不對？一臉的鬍子，可漂亮了呢。」

八光的臉又紅了，盯了一會兒車伕，忽然抽了自己兩巴掌，沮喪道：「淫心還是未淨，漂亮！」

文思清哈哈大笑，看到八光的臉越來越紅，她也感覺哪裡不對勁了。

她看過去，就是一個駕車的車伕啊，就算是漂亮，也只能是坐在車裡面的娘子啊。

「你能看到車裡的女人，是不是？」

「沒有，是趕車的人很漂亮。」

文思清站起來，瞇著眼睛盯過去，那麼密的鬍子，臉上皮膚卻乾淨得要命，手也小，腳也小，好像是女扮男裝。假如她是女人，文思清應該在哪兒見過。那個茶碗還在桌子上轉，她伸手壓住碗邊，不自覺地朝她走過去。沒看錯，文思清認出這個女人了。

2

頭天晚上他們還在揚州的客棧，小五子拿根金條，讓蘇子瑤替他去賭。蘇子瑤贏了不少，換了銀票上來。小五子本想抱著銀票美美地睡上一覺，可一個時辰還不到，蘇子瑤就把小五子叫醒，她說：「我們出發吧。」

小五子揉著眼睛，問她去哪裡。她說：「去南京。」

「我知道的，早就說去南京，」小五子說，「我們最終都要去南京。」

小五子坐起來，打了個哈欠，隔著蘇子瑤推開窗戶看了看，天還沒有亮，月牙還嵌在夜色裡。他哈欠打了一半，停住了，伸手將半張著的嘴巴慢慢合上，警惕地看著緊閉的房門，低聲問：「有人發現我了？」

「沒人發現你。」蘇子瑤說，「為什麼說有人發現你呢？」

「因為你要拉我趕夜路。」

蘇子瑤搖頭，確定沒有危險，之所以叫他起來趕路，是因為她實在

睡不著。「如果你還是睏，可以在車上睡。」她說，「反正我來趕馬車就好了。」

蘇子瑤說完背過身去，紮起頭髮，套上黑色的男人長衫，將鬍子貼在臉上。小五子從後面看著她，右手無名指剃著眼角上的髒東西。蘇子瑤催他準備一下，愣坐在床頭幹什麼。

「你在撒謊。」小五子說。

她頭也沒回，小指在嘴角抹著膠水，拿起假鬍子，將銅鏡轉到能看見小五子的位置，問道：「怎麼看出來的？」

「你的背影告訴我，你在撒謊。」

她把鬍子對準，一下子貼在臉上，再按按沒黏牢的地方，轉身朝小五子笑了笑。這算回眸一笑吧，一臉的鬍子露出一口白牙，小五子表情僵住，雙手搓著臉，下床洗漱。

但真的有問題，白天坐在車裡他還在想，之前還在賭場玩得好好的，回來就急著要走，也許是在那裡遇到了什麼人，追一個人，或是躲一個人。蘇子瑤一路揚著馬鞭，跑了一早上加一上午都沒打算休息。小五子掀開簾子，頭伸向車外，只見蘇子瑤揮著鞭子，還要留意兩側的路人。他看看前方的路，又看看頭頂的日頭，路線沒有錯，的確是往南京去。這是在追人，可昨晚在賭場，她到底碰到誰了呢？

他想，問也沒用，以蘇子瑤的性格，要是想說的話，她自己就說了。

這麼快的馬車，在路上顛來顛去，左右都沒得扶。後來他乾脆躺下來，迷迷糊糊地睡著了。大概在下午，忽然一個急剎車，小五子在車裡翻了個圈，醒過來。明顯感覺蘇子瑤在掉頭，馬車開始往回走。他抓著車桅坐起來，馬車速度變緩，慢慢在路邊停下來。他聽見蘇子瑤在車外

問：「你師姐呢？」

「跟個老頭兒走了。」外面一個男人有些虛弱地回答道。

小五子聽過這聲音，很熟，應該跟他打過不少交道。他手抓著簾子，先不急著掀開，給自己十秒鐘，想想他是誰。蘇子瑤還在問話：「什麼老頭兒？」

「一個男的，有些年紀，頭髮都是白的。」

「他跟你師姐走，為什麼把你留在這兒？」

「我師姐把我綁起來的，他們倆說是要去南京百花谷，不想讓我跟著吧，讓我回揚州。是我自己好奇，讓我走，我不走，非要一路跟著，逼得師姐又折回來，將我綁在這兒。」

蘇子瑤笑了兩聲，說句「謝了」。小五子在車裡感覺馬車在掉頭，重新面朝南京的方向。

那男的在車外罵起來，嚷嚷著：「你問的，我都說了，怎麼還不放我下來？」

蘇子瑤笑道：「你還是留在這裡的好，我怕後面還有人要問你。」

「問個屁！本來就是想讓我在這兒晒死烤死，能碰著一個你，就算不錯了。求求你，放我下來，我欠你一條命還不行嗎？」

「一隻手」！小五子想起來了，不掀簾子就能聽出來，自己這兒還欠著三條半的命，還敢去跟別人賒帳？小五子喊著：「停車！讓我下來，要欠也是欠我的命！」

外面的「一隻手」問道：「五幫主也在？」

小五子打開車門，看見「一隻手」雙腳拴著繩子，倒掛在樹上。救他下來其實不難，身上還揣著那兩把宰過獅子的殺豬刀，隨便一把飛出去，砍斷繩子，「一隻手」就下來了。但那是掉下來的，兩人多高的半

空中，臉朝著路面，何況他還只有一隻手，撐不住地面，救和沒救也算是一回事了。

　　他只好下車，過去繞著樹走了一圈。找不到繩頭，仰頭向上看，繩子收在快兩人高的樹幹處。雙手舉起來，使勁蹦都夠不到。蘇子瑤應該沒問題，腳尖點兩下，就能上去把繩子解開，但他又不想找蘇子瑤幫忙。背著手尋思了一會兒，小五子跟他商量道：「這樣吧，我要爬樹上去救你，多少會比較狼狽，算兩條命。」

　　「可你只救我一次。」

　　「行，那就救你一次，你自求多福。」

　　小五子掏出殺豬刀，單眼瞄準繩子，舉起刀準備飛出去。「一隻手」腦子慢，先是催他，看他舉刀晃了一會兒，才明白接下來可能發生的事，繩子割斷，他從空中掉下來，然後摔死。他連說：「別別別，五幫主，您還是上樹救我吧。」

　　「上樹救你是幾條命？」

　　「兩條，」「一隻手」說，想了想，他又補充道，「救一次就夠。」

　　「那是剛才，現在我不高興上去了，要漲價才能上去。」

　　「那就三條，四條五條六條，都行！」

　　「說得這麼輕鬆，你原本就打算賴著不還吧？」

　　「一隻手」說：「還，一定還，這輩子還不完，下輩子托生到好人家，我繼續還。你看我之前也沒有躲，沒有賴帳嘛，江湖之遠，人生漫長，總有我還完你五幫主的那一天。」

　　「一隻手」吊在繩子上，還跟他比畫著解釋。小五子聽著聽著忽然走神了，叫他等一會兒，跟他確認一下剛才的話：「你剛才說，你師姐跟人走了？」

「啊。」「一隻手」點頭，但在半空中看起來，總感覺怪怪的，像是使勁勾頭。

「是吳思若嗎？」

「奇怪了，我那麼多師姐，你怎麼知道是她？」

「是她嗎？」

「一隻手」使勁勾著頭。小五子知道那是點頭，一刀飛出去，綁著雙腳的繩子應聲而斷，「一隻手」下墜，小五子上前幾步，逮到什麼抓什麼。

可惜沒抓住，最終還是讓「一隻手」摔在地上。小五子左手握著一把衣服的碎布，右手攥著一綹頭髮。「一隻手」在地上哼哼唧唧。小五子問他，是不是摔得太狠了。

「狠倒是沒多狠，」「一隻手」用他的一隻手，捂著剛被薅下來一綹頭髮的頭皮說，「扯得我腦袋疼！」

小五子把他拽上車，讓蘇子瑤繼續趕路，約莫要一個時辰，才能到南京。「一隻手」一直想不通，趕車那大鬍子怎麼是女人。小五子問蘇子瑤：

「昨天夜裡是不是見到了吳思若？」

蘇子瑤沒回答。

「所以，你在追她？」

蘇子瑤還是沒出聲，但他猜她應該在車外點著頭。車輪滾滾，小五子問她：「是什麼人劫走她的，為什麼要去百花谷？」

「我真的不知道，」蘇子瑤終於說話了，過了好半天，她又加了半句話，「回少谷主。」

「是啊，」小五子自嘲道，「我居然還是百花谷的少谷主。」

蘇子瑤沒接荏兒，「一隻手」倒是插話進來，低聲對小五子說：「我師姐去百花谷，就是去找你。」

小五子愣了一下，看著他。

「一隻手」接著說：「她求那老頭兒給你看病，說你可能在百花谷。」

「什麼病？」小五子問他。

「斷魂掌。」「一隻手」指著自己的太陽穴說，「腦子不好使的病。」

小五子皺著眉，思索什麼人要治他的斷魂掌。「一隻手」也識趣，不再多嘴。一時間，車裡車外三個人，誰也不說話，只聽到蘇子瑤時不時的「駕」聲。

外面熙熙攘攘，聲音嘈雜起來，車速也慢了下來，估計是到南京地界了。小五子將簾子撥開一條縫往外看，兩三里外橫亘一條大江，那就是到長江口了。

蘇子瑤說：「先到碼頭，一會兒我們要下車換船，過了長江就是百花谷了。」

「一隻手」要探頭往外看，小五子警告他，小心把命丟在這兒，也不看看跟誰坐在一輛車上。哦，「一隻手」明白了，旁邊可是人人得而誅之的崑崙公子。

蘇子瑤將馬車慢慢停下來，看著江面上的每一艘船和每一個上船下船的趕路人。

掃一眼就知道，茶攤那邊有一點兒不對。門口有一個光頭和尚和一個女人，先是那個光頭和尚老盯著她看，不一會兒他旁邊的女人在桌前起身，朝她走過來。遠一點兒還看不清，她手握著鞭子，隨時準備揮出去。

走近一些，她看清楚了，那女人是文思清。在田獨見過她一次，當時大雪封山，蘇子瑤還喝過她一碗羊湯；在崑崙山莊見過她一面，湊上吳思若，三個女人在臺上，被下面的烏合之眾審視。

　　逕自走過來，的確是衝她來的，莫非認出她蘇子瑤了？她摸摸臉上的鬍子，假裝不在意，故作輕鬆地朝左右兩側望去。就這麼左看右看，反而有了新發現，目光突然落在左側一個白髮長者身上。只見他跟一個女人同行，從東邊往茶攤過來，準備入座；而那個同行的女人，正是她追了一天的「一隻手」的師姐。

　　小五子在車裡也看到了他們倆，他失聲叫出了她的名字：「吳思若。」

3

　　吳思若以前見過大師伯，不是去南海，是大師伯來的羅布泊。八月盛夏，羅布泊最熱的時候，陽光底下晒一會兒，頭頂都能冒白煙。出了綠洲，往沙漠走幾步，那麼毒的太陽，沙子上的光都變形了，騎在駱駝上看人看天，看沙漠裡的沙蛇、紅柳和仙人掌，一切都是影影綽綽，有些恍惚。

　　那年吳思若十三歲，去紫竹院，還是第二年春天的事情，那時那刻的她，還分不清什麼是愁，什麼是悲傷。所有的關於大師伯的記憶，都還在她無憂無慮的年紀裡。大師伯是正午到的，一年中最熱的一天，一天中最熱的一刻。隨同他來的還有兩個僕人，嚴重脫水，基本上剛踏進院子，就癱倒在地上奄奄一息了。即便功力如大師伯，也要連喝幾杯水，在陰涼處坐上半個時辰，才能緩過來。

　　下午她師父大漠仙人吩咐弟子挑了幾十桶井水，將冰泉池填滿，請他大師兄坐進去，一直泡到日落。晚上他開了酒席，宴請大師伯和他帶來的兩個僕人。那兩個僕人雖然被吳思若和她的師姐們用一瓢一瓢的井水灌活，能走路，能說話，可面對滋著油花的烤全羊和一桌子的葡萄美酒，竟一口也嚥不下去。大師伯反而胃口出奇地好，大塊吃肉，大口喝酒，喝到興起時，喊他那兩個僕人，去把給二師弟帶來的禮物搬上來。

　　兩個可憐的人啊，用了兩個月的時間長途跋涉來到這裡，一下午沒吃沒喝，已經兩腿發軟，虛脫到路都走不動了。他們從外面把禮物帶進來，三十張從南海帶過來的海龜殼。吳思若這時才知道，原來大師伯從南海來。

　　可海龜殼算什麼禮物呢？是磨了做粉吃，還是背在身上防身？她師父拿起一張掂量了一下，看清楚上面的紋路，點了點頭，又拿起第二張，比較過後，問道：「大師兄掌力已精進到如此程度了？隔著這麼厚的龜殼，竟可以一掌將海龜擊斃？」

　　南海真人嘆了口氣，搖頭道：「也只是擊斃，力氣大一些而已，若說讓我在這龜殼上使斷魂掌，就是連打它三掌，對這萬年龜也起不到半點作用。」

　　「再練個十年，你的斷魂掌怕是要遠勝於我的仙人掌和三師弟的蓬萊掌了。」

　　「哪裡，哪裡，十幾年不見，二師弟還是這麼會捧殺。」

　　吳思若聽不懂，更不明白哪裡好笑，能讓兩個人面對面地哈哈大笑。

　　後面的話，她更加聽不懂。大師伯提議：「反正十幾年天天只練一掌也無聊，不如咱們兩個換掌學學，他日讓三師弟見到，羨煞你我二人，如何？」

她師父沉思片刻，舉起葡萄酒杯，和大師伯一飲而盡，反覆強調：「好說好說，何不在我這兒多待幾日，咱們來日方長。」

　　大師伯果然在羅布泊待了好多天，差不多有一個月，那兩個丟了半條命的僕人都已經休養過來，恢復元氣了。他們胃口大開，除了吃烤肉、摘葡萄，還能鑽到沙漠裡捉沙蛇，放在罈子裡泡酒喝。師父和大師伯倒是不再進食了，彷彿一頓大餐頂半年，不吃不喝，覺也不睡，每天就在突厥人留下的石頭城裡切磋武藝。

　　吳思若不懂，都是大師姐跟她說的。她說：「天下最厲害的三掌，師父和大師伯占了兩掌，師父把仙人掌教給大師伯，再換來大師伯的斷魂掌，以後他們就是武林中最厲害的兩大高手啦。」

　　「那之前呢，之前是幾大高手？」

　　大師姐瞪著她，彷彿覺得她笨得不可理喻，手指戳著她腦門兒說：

　　「我剛剛跟你講過，天下最厲害的是三掌，之前當然是三大高手了！」

　　哦，她明白了，搞了半天，原來是三進二的晉級，最終就是為了淘汰一個。可有必要那麼辛苦嗎？師父和大師伯沒日沒夜地在石頭城練功，吳思若睡覺的時候，他們在練，吳思若醒來的時候，他們還在練。有時她心疼他們倆，把沙蛇從兩個僕人的酒罈子裡撈出來，給他們煲湯喝。她小火熬一個時辰，再放一個時辰，等瓦罐涼一涼，捧在懷裡給他們送去。可不知道他們練的什麼功，剛靠近石頭城，她就被一股力道震開了，瓦罐碎掉，蛇湯灑了一身，順著衣角往下滴，還有一隻快熬化了的沙蛇掛在肩膀上。

　　之後她就不敢去了，遠遠地坐在自家屋頂上看著。終於有一天黃昏，師父和大師伯突然不練了，兩人站起來相互瞪著。先是大師伯發問：「原來你在唬我，教我的仙人掌全都是假的！」

師父冷笑一聲，說：「大師兄，你千山萬水從南海過來，我還以為你有些誠意，不承想你竟自己編了一套斷魂掌，來羅布泊換我的真本事。」

大師伯重重地「哼」了一聲，說：「我看你的真本事，編得也不錯！」

話音未落，大師伯先動了手。師父向後退三步，側身閃出右邊的半個圈。大師伯及時收手，向左邊攻去。這時師父已經一掌擊過來，化守勢為攻勢。兩個人此消彼長，一時分不出勝負，在石頭城裡周旋起來。

仙人教的弟子都爬到屋頂上觀戰，想不通這麼多人上來，屋頂還沒有塌。最後上來的是那兩個僕人，他們有些尷尬地坐在一角，盯著二人交戰，有時為南海真人叫好，有時又忍不住地為大漠仙人喝起彩來。兩個僕人那麼專注，時不時地大喊著「好」，弄得屋頂上的弟子都不看師父和大師伯打架了，看他們倆就已經很有趣了。

大家心裡千般疑惑，吳思若先問出口，她說：「你們做下人的，也能跟主人學功夫嗎？」

「南海真人不收弟子的，」其中一個回答，「他只招僕人，但又教我們功夫，督促我們練習，實際上跟徒弟沒兩樣。」

「但不許我們喊師父，」另外一個補充道，「只能叫他主人。」

哦，原來還有這樣的人。大師姐來了興趣，她提議：「既然我們師父和你們師父在切磋，不，是你們主人，不如我們做晚輩的也下去比試比試。」

「那為什麼要下去呢？」頭一個回答的僕人問道，「就在這兒練練手好了。」

「在屋頂？」吳思若驚訝道。

大師姐可不服軟，站起來說：「那就在屋頂吧，但先跟你們講好，誰要是不小心摔下去，有個三長兩短，可不能賴上我們。」

　　「哈，」另外一個起身應戰，「聽你這口氣，好像一定是我們摔下去一般。」

　　口氣都不小，兩個人真比起來的時候，可就一般般了。別說是給對方一拳一腳了，站在瓦片上就直打晃。倆人除了用眼神盯盯對方，握緊拳頭做做樣子，全部精力都集中在下盤，一動不動，生怕比對方先掉下去。也是，兩個人都不大，大師姐那年也才十八，那個年紀大點的僕人，也不過十六七的樣子。吳思若看看就沒意思了，繼續看石頭城裡的對決。

　　裡面還是未分高下，但顯然大師伯已多了些疲態，師父勸他不要再打下去了。「你，我，加上三師弟，本來就不分伯仲。」師父說，「如果在中原約個地方，就是打上三天三夜，三年三十年，也絕不出勝負。倘若去你的南海，不出三個時辰，潮氣和海風上來，我出手遲重，必定不是你的對手。但此時是在我的羅布泊，你早晚會體力不支，完敗於我。」

　　不知大師伯是聽進去了，還是沒了力氣，一掌比一掌緩慢。師父也配合著他，放慢掌勢。然而，大師伯終歸嚥不下這口氣，他忽然發力，連攻十幾掌，不等師父反擊，就跳出石頭城，三步兩步地上了屋頂，一把抓住剛剛站穩的大師姐，朝石頭城裡的師父喊話：「我大老遠地過來看你，總不能就這麼灰溜溜地走，隨便送我條人命，讓我殺你個徒弟，我自己就走了。我南海真人，永不再踏入你羅布泊。」

　　大師姐嚇得臉都白了，屋頂上的弟子一個個想逃，又不敢直接跳下去，只能坐在瓦片上，屁股一點點地往旁邊蹭。唯有師父最為鎮定，沒有追出來，站在石頭城裡衝著他微笑，輕吐一口氣，提醒他：「你只能

灰溜溜地走。」

大師伯的左手抓得更緊一些了，他抬起右手，勾起拇指、中指，扣在大師姐的喉嚨上，彷彿隨時能把她的喉管整根掏出來。

師父搖著頭，臉上保持著微笑，再次提醒他：「你要是動一下我的弟子，我不管你是不是我大師兄，你都別想走出羅布泊了。」

大師伯喘著粗氣，渾身發抖，胸中似乎有一團火急著吐出來。他一把將大師姐甩開，大師姐跟砲彈似的朝石頭城飛過去。師父上前幾步，抱住大師姐。所有人都望著她，看到大師姐還活著，都鬆了一口氣。而此時，屋頂上咚咚兩聲，多了兩個窟窿，碎磚碎瓦從窟窿裡掉下去。一轉眼的工夫，大師伯已經跳下了屋頂，向沙漠中遠去。

那兩個僕人呢？教他們武功的主人可沒把他們帶走。有人趴在窟窿邊上尖叫起來。吳思若爬過去，透過窟窿往下看，只見那兩個僕人仰躺在屋裡的地面上，已經死了，脖子上血淋淋的，而從喉嚨裡抽出來的，是兩根還滴著血的喉管。

4

儘管十餘年沒見，但在賭場看見他的第一眼，吳思若就認出他來了。

為了洩憤，能把自己的兩個徒弟殺死，並親手把他們的喉管拔出來。圖什麼呢？顯得自己本事大嗎？告訴對手，自己不是那麼好欺負的？這種人，她一輩子也忘不了。

「一隻手」先上去的，後來是那個假大鬍子，等她離開賭場的時候，南海真人正好進來，頭髮更白了，但以前也不黑，也不年輕，滿頭銀灰色。

吳思若跟他擦肩而過，似乎聞到了他身上的血腥味兒。回到客房，她平躺在床上，思考著應該做點什麼。這是個機會，雖然一下子也說不清這是個幹嘛用的機會。哄他對付師父？求他把竹林的喪屍坑填了？倒是有好多事可以利用他，可這些對她來說都不重要，因為這都是她吳思若自己的事情。

是啊，到底怎麼了呢？她自己的事情不重要，那還有什麼是重要的？

有那麼一件事，一定要他去做，解開小五子的斷魂掌。她不知道有沒有這道理，你給對方一掌，對方深受其毒，再補上一掌，就能把之前那掌消掉。反正仙人掌沒有，就是不小心給了親爹一下，也只能看著他不吃不喝，熬過一天算一天。可萬一能解呢？就算解不了，也要問清楚，小五子從哪兒來，做什麼的，當初為什麼給他這麼一掌……把這些捋明白，也算是為小五子做一件事吧。

她站在窗前，盯著客棧門口，隔著一堵牆，都能聽到隔壁「一隻手」的呼嚕聲。眼看快天亮了，南海真人沒離開，也沒上樓，吳思若披上衣服，想下去再看看。剛把門打開，窗外傳來聲音。她踮腳走過去，從窗口看見南海真人出了客棧，騎馬遠走。

她去敲「一隻手」的房門，告訴他，現在退房，他們出去尋一個人。

話剛說完，她就後悔了，此行凶吉未卜，何必拉上他，白搭一條命？她說算了，轉身下樓，出客棧牽馬。「一隻手」反而追了出來，大老遠地衝她喊：「師姐，等一下，我陪你去南京，還不行嗎？」

根本沒有生他氣的意思，她等他一起，一直趕到中午，在一家飯館前，才重新看見南海真人。她裝作若無其事，和「一隻手」坐在離他不遠的桌前，招呼店小二：「把你們家最貴的菜都上來。」

南海真人側過頭衝她笑，說：「跟了一路，果然很辛苦。」

「一隻手」回頭看看南海真人，又看看吳思若，低聲問道：「師姐，咱們一路追的就是他？」

吳思若沒理會「一隻手」，起身走到南海真人面前，鞠躬作揖，說：「弟子十年前曾跟大師伯有過一面之緣，昨日突然遇見，卻不敢相認，還請大師伯見諒。」

大概就是這樣的開場白，紫竹院的幾年不是白待的，跟男人聊天找話，吳思若還是有那麼一套的。她先說南海真人去羅布泊的那年夏天，說起他的斷魂掌，師父的仙人掌，話鋒一轉，直接提起九宮圖。南海真人來了興趣，拐著彎地跟她盤道，試探她對九宮圖了解多少。

「九宮圖，弟子是一點兒都不知道，」吳思若說，「只是剛好有那麼幾張在身上。」

她不等他質疑，直接抽出一張拍桌上。南海真人拿起那張羊皮，端詳了好半天，說道：「這是我三師弟閻老的那張，其餘還有哪幾張，都在你身上？」

「以大師伯這樣的輩分，不會是想強搶我這張吧？」

南海真人打著哈哈，將九宮圖放回桌上，說：「你就算有，也不會隨身帶著。」

「那你就當我只有這一張好了，這張我孝敬您了。」吳思若招手結帳，吩咐店小二，「把這兩桌全算我帳上。」

她放下銀子，笑笑起身，沒有拿九宮圖，回到自己的桌前。「一隻

手」始終在猶豫，身後是大師伯，要不要去拜見一下。照理說，自己早已被師父逐出師門，此時也不該行同門之禮，何況他們師侄倆已經聊起來了。吳思若剛才點的好酒好菜全都端到他桌上，可卻只有他一個人吃。他聽到他們聊斷魂掌，聊九宮圖，好像還聊到了師父，聊到三師叔蓬萊閣老。

吳思若坐回來對「一隻手」說：「我今天和大師伯去趟南京，到百花谷會一會崑崙公子，此行凶多吉少，你就不要跟著了。」

「崑崙公子不是你的意中人嗎？怎麼會凶多吉少？」

吳思若瞇眼睛瞪著他，最後冷冰冰地扔下一句：「你走吧。」

嘴上說「回揚州等我」，卻要他一起出飯館，把大師伯留下來。一套又一套，把「一隻手」完全繞矇了。剛要走出門，只聽到大師伯在身後問著：「我拿你一張九宮圖，你要我做什麼？」

吳思若轉轉身，看著南海真人。他把桌上的九宮圖扔過來，又問她一次：「要我做什麼？」

「先去趟百花谷，」吳思若接過九宮圖說，「會一會崑崙公子。」

5

雖然是叫別的女人，喊的是吳思若，文思清聽到小五子的聲音，心都要化了。她問：「是你嗎，小五子？」

小五子沉默幾秒，直接從車上下來，望著文思清。這是怎麼了，三個人都在。他問她，這段時間都在哪裡。文思清回頭看一眼，八光從茶攤朝他們走過來。小五子奇怪：「這和尚又是誰？」

不等文思清回答，蘇子瑤搶話說：「那是淫賊田扒光啊。」

「一隻手」聽說後，掀開簾子朝外面望去，感慨道：「原來田扒光就長這個樣子，怪不得碰到女人，都是姦淫為主，引誘為輔。可是他怎麼出家當和尚了？」

「就是當和尚，也是花和尚吧。」蘇子瑤說。

說話間，八光已經走過來，對文思清喊了一聲「師姐」。

「這又是怎麼回事？」小五子完全被繞迷糊了，他問道，「你什麼時候有門派了，田扒光怎麼成了你的師弟，那你們的師父又是誰？」

一時間解釋不清，蘇子瑤見縫插針，說她是百口莫辯。文思清留意到，她剛才把鬍子摘了，甚至把盤起的頭髮都放下來了。她是在嫉妒，不高興遇見她文思清，可那邊還有一個呢？文思清轉過去，看看南海真人身旁的吳思若。算上自己，她手指點著，一、 二、 三，三個女人，是不是太多了？她看著小五子，一下子明白那個夢了。就是那句話，總要死一個的，原來在這裡等著她。一妻一妾，齊人之福，才只需兩個女人；若是一心一意，一生一世，恐怕死一個還不夠呢。

吳思若先看見的假大鬍子，坐在馬車上四處張望，十有八九是從揚州跟蹤她過來的。之後她看到茶攤上的和尚和文思清，這還沒有聯想到，直到文思清朝假大鬍子走過去，兩個人並排出現在同一畫面時，吳思若算看明白了，那是蘇子瑤啊，那是另一個深愛著小五子的女人。好像是多了一點兒，感情也變得麻煩起來。反正她會退出，最後為小五子做點什麼，體面地離開這裡。過去不體面，難以啟齒，她不配，她要讓小五子把愛獻給匹配的人。她背過身，不去看她們，這時聽到了一個聲音：「吳思若。」

她回頭望過去，她知道，就在那輛車裡，小五子在呼喚她。怎麼辦？她還在計劃體面地離開呢。

有人告訴小五子，吳思若旁邊的是南海真人，使斷魂掌的那個。小五子一直盯著他，一直盯到自己點頭，轉身爬回車裡，將身上的殺豬刀、九宮圖都卸下來，把車裡的金條全裝上，問「一隻手」有沒有匕首一類的東西。「一隻手」沒有，但他早就發現座位底下有一把。小五子抬起座位，撿起那把匕首掂量一下，指甲在刀刃上輕輕劃了一個道，好用就行。他把匕首揣進懷裡，下車的時候經過蘇子瑤，他示意著南海真人，問她：「他跟我多大的仇？」

　　「你要幹嘛？」

　　「跟他聊聊。」

　　小五子說完朝南海真人和吳思若走去。文思清快步跟上來，小五子轉過身，看著她，求她不要動。

　　「我沒那麼蠢，不會武功，還趕著過去送死。」小五子說，「原地看著就行。」

　　文思清看著他走過去，聽到他大聲打招呼：「閣下是南海真人吧？」

　　南海真人抬頭看他，一時想不起來他是誰。

　　小五子自我介紹：「在下小五子。」

　　說說而已，沒有作揖，沒有寒暄，直接坐到南海真人的旁邊、吳思若的對面，喊店家上酒。店家過來解釋，說他們家是茶攤，只賣茶，不賣酒。

　　「那別人家賣嗎？」

　　「別人家當然有的賣，只是……」

　　小五子掏出金條放在桌上，一字一頓地說：「誰家賣酒，你買過來，賣給我。」

　　店家領會了，趕到街對面抱了兩罈酒過來。小五子把茶水倒掉，往

茶碗裡斟滿酒，將桌上的金條遞給店家。南海真人看在眼裡，舉著茶碗說：「你若有心請我喝酒，移步到對面就是了，何必這麼破費？」

小五子也端起茶碗，哈著腰說：「真人千金貴體，怎能隨便移步？本來就應該人在哪裡，酒到哪裡。」

南海真人哈哈一笑，跟小五子碰了下杯，兩個人一口喝下去。文思清和蘇子瑤見這邊沒事，也都陸續過來，站在他身後，以免有什麼突發狀況發生。連乾了幾碗酒，小五子一句正經話沒說過，一直說在田獨養豬，怎麼賺錢的事情。倒是一罈酒轉眼喝光了，小五子抱著空罈子，氣不打一處來，一把將酒罈摔碎。一把抽出三根金條，喊店家這次痛快點，一次給他買三罈過來。店家想拿金條，又礙於這麼多人看著，說其實不用再出金條，剛才那一根，怕是八十罈、一百罈都夠了。小五子要店家收著，請南海真人喝的酒，一根金條只能喝一罈，要是能喝一百罈，他就拿一百根金條來買。

店家把金條收走，叫人趕快搬三罈好酒過來。除了店家，包括圍觀看熱鬧的人，誰看著都心疼這金條花得不值。南海真人向後一靠，說：「五公子這麼破費，看來不只是找我喝酒這麼簡單吧？」

「酒是小事，本來就是在下想請真人的，他日還想花重金請真人幫我個小忙。」

不知是對幫什麼忙好奇，還是對重金兩個字感興趣，南海真人讓他說來聽聽。

「閣下名號南海真人，自然長居南海，對那裡瞭如指掌，不瞞您說，我前兩年在南海購置了一個島，最近發現……」小五子說到一半，向周圍看看，除了蘇子瑤、文思清和吳思若這三個女人，還有「一隻手」和八光，還有店家和一些圍觀者等他說出來。小五子跟他商量，能不能借一步說話，近一點兒，只給他一個人聽到。

南海真人又是哈哈一笑，連聲說「好」，身子側過來，與他離近一點兒。小五子右手捂著嘴，湊在他耳邊，輕輕說：「我買的這座小島，最近發現了……其實我也不知道。」南海真人皺了皺眉，突然感覺有利刃從後背穿過，只聽小五子接著說：「現在你已經知道了？一掌之辱，捨生相報！」說著小五子左手發力，又把匕首使勁往裡扎，刀尖都快從胸前穿出來了。

南海真人咬著牙，不顧後背湧出來的血，大吼一聲，手勾到後背，抓著小五子的手，一把將匕首拔了出來，並將小五子推了出去。小五子將茶攤撞倒，躺在地上，蘇子瑤、文思清和吳思若，三個女人，趕到他身邊。

看來南海真人沒事，從後背扎到前胸，站起來拉伸一下，血似乎就止住了，簡直就是怪物。他走到小五子面前，鞋底踩著他的臉，低頭看著他說：「留你條性命，是要問你幾句話，你中過斷魂掌？」

小五子右臉貼著地面，左臉貼著南海真人的鞋底，即便如此，還要努力地輕蔑一笑。

南海真人把腳挪開，蹲下來，摸了摸他的脈，沉思道：「這掌不是我打的。」

所有人都愣住了，小五子睜大眼睛看他。

「我殺你輕而易舉，用不著騙你。」

小五子強撐著坐起來。

「還記得打你這掌的人長什麼樣嗎？」話剛問完，南海真人自己都搖頭苦笑了，「斷魂掌，斷魂掌，當然是不記得了。我先不殺你，你給我好好活著，等我查出是誰在冒用我的斷魂掌，我再取你狗命。」

南海真人說完，背身走回去，坐在剛才的茶桌前繼續喝酒。雖不至

於感激，但不能傻到繼續跟他搏命。三個女人扶他起來，一步步朝對面的馬車走去。南海真人在後面喊住他：「就這麼走了嗎？」

小五子晃了晃神，想起了規矩，他伸出左手，說是這隻手捅的，手背朝下放在桌面上，抄起剛才的那把匕首剁下去。忽然，南海真人拉了一下他的左手，匕首剁了個空，刀尖扎在桌面裡。

南海真人舉起他的左手看著，就像在陽光底下看一塊劣質的玉石，說道：「捅我一刀，一個爪子就還了？」

「那你要什麼？」

真南海人朝眾人看去，目光落在蘇子瑤、文思清和吳思若身上，問道：「三個都是你的大小老婆？」

小五子想了想，點了點頭。

「五公子，你挑一個給我殺吧。」

小五子直搖頭，指著自己說：「你還是殺我吧，禍不及妻兒。」

「我說了，不殺你，但你現在要還我一條命。」

小五子咬牙瞪著他。

南海真人繼續說：「你來選，雖說都是喜歡的，總有深淺吧，選一個你沒那麼喜歡的。你最好聽我的，別逆著我，你如果不選一個，我三個全殺。」

小五子感覺氣都喘不上來了，他回頭看著吳思若，看著蘇子瑤，看著文思清。

八光搶過來說：「你要是把我師姐殺了，我拿命跟你拼。」

「你弄錯了，」南海真人微笑著說，「不是我要殺誰，是這位五公子要殺誰，我全都聽他的。」

八光轉身催促文思清：「師姐，告訴他，你是誰，你是誰的徒弟？」

「你不要管了，讓小五子選吧。」

小五子將每個人看過一遍，轉轉身閉上眼睛，說：「我選不了，你把三個都殺了吧，連我也帶上。」

「好像玩法有問題，選一個，讓她死，是有點殘忍。」南海真人想了一會兒，把規則梳理一遍，說，「這樣吧，選一個你最愛的，最捨不得她死的那個，保她活下來，剩下兩個我來挑，這樣好一點兒吧？」

南海真人等了一會兒，提醒他這是最後的機會，沒得換了。他從五開始倒數，之後是四、三、二、一。小五子喊出「蘇子瑤」。

「留下蘇子瑤。」他說，「我小五子這二十多年，活過兩輩子，文思清和吳思若是我這輩子的，我薄情也好，深情也好，我總還記得，能還得上。蘇子瑤是我上輩子的，我跟她有過什麼感情，我全都不知道，我欠她多少，我也不知道。我要她活著，就算我以後也沒法愛她，但起碼不再虧欠她。」小五子說完，看著文思清和吳思若說，「對不起，文思清。對不起，吳思若。」

吳思若衝他微笑，文思清早已哭得稀里嘩啦。南海真人指了指蘇子瑤說：「這兩個人，你再挑一個？讓她死，或是讓她活，咱們把它玩下去。」

「你殺了我吧。」蘇子瑤說，「少谷主，你早該選我的，反正我跟你也沒什麼了，不如放過她們兩個。」

南海真人不耐煩了，說：「你們好囉唆，剩下的我來吧。」他讓文思清和吳思若上前一步，站在小五子面前，蘇子瑤回到他的安全區。忽然一陣狂風大作，小五子頭昏目眩，不由得閉上眼睛。大概十幾秒鐘後，他睜開眼睛，看見文思清和吳思若都還站在面前，一個都沒有死。小五子痛哭起來，從來不服軟的他，這次跪了下來，連聲說：「感謝南海真人，晚輩這次受教，以後再不敢狂妄了。」

　　南海真人笑了，那神情跟得道高僧一樣，他雲淡風輕地點著頭，臨走時說：「這算是個小小的教訓，不必感激我，你捅我一刀，我殺你個女人，以後你我還是朋友，隨時來南海找我。」

　　小五子越聽越皺眉，轉轉身，又一次地跪了下來。死掉的是蘇子瑤，她躺在地上，一口氣都沒留，脖子上血淋淋的一團。南海真人硬生生地把她的喉管一整根地摘了出來。

　　總要有個人死的。

第十一章　百花谷

1

　　吳思若建議下葬，小五子反問：「往哪兒埋，你們要把蘇子瑤埋在哪兒？」八光問了一句，這姑娘是從哪裡來的，死了，也要送回那裡。

　　「百花谷，」文思清說，「她是百花谷的人。」

　　是啊，小五子想，從沉獅谷出發，說好終點是百花谷的，你回不去，我就帶你回去。從碼頭過去，文思清和八光打前站。小五子一路抱著蘇子瑤的屍體，不上馬，也不上車，吳思若和「一隻手」陪著他一路走。直到傍晚，小五子才答應把蘇子瑤抱上車，自己騎馬緩緩跟在後面。走到谷口已是深夜，文思清二人已經通知了百花谷，蘇子瑤的兩個丫鬟如琴、如詩，正隨著她和八光在谷口等候。

　　如琴好一些，上車見過屍體，確定是蘇子瑤，咬著嘴唇忍住不哭，還不忘對小五子鞠個躬，對五幫主表示感謝。如詩則抱著蘇子瑤哭個不停。

　　大家在谷口停留片刻，騎馬下谷。一行人也沒點火把，就藉著星光，一點點向谷底走去。夜空中，成片成片的螢火蟲在他們身前身後飛舞，隱約還能聽見如詩在車裡抱著蘇子瑤低聲哭泣的聲音。

　　如琴、如詩和文思清、八光，為了接他們，走得比較遠。如琴說，還要走一個多時辰才能到百花谷的谷口，而且還要走棧道，過棧橋，進洞穴。小五子騎在馬上，不時地回頭看車裡面的如詩和蘇子瑤。有那麼一兩次，他的眼神剛好撞上吳思若和文思清。兩個人的反應不同，吳思

若是輕輕搖頭，文思清是一直望著他，直到小五子的眼神躲開。他明白她們的意思，吳思若搖頭，是要他別太難過，而文思清的意思則是，但凡你需要我，我始終在這裡。

誰也不需要，之前三選一，現在一拖二，小五子反省自己到底怎麼了，前腳還在流亡逃命，活得跟狗一樣，後腳就以為自己將享齊人之福，一妻一妾，一妻兩妾。他看著面前的螢火蟲，看得到星星點點，可伸手去抓，卻什麼也抓不到，甚至連那一點點的光都不見了。

行了快兩個時辰，山路已被堵住，一塊巨大的岩石擋在前方，這就是所謂的百花谷的谷口吧？岩石下面留了一條縫隙，人要側身才能過得去。

七八個人下馬棄車，如詩抱著蘇子瑤的屍體最後一個下來。如琴對如詩低聲叮嚀幾句，小五子聽不到，但能猜到是鼓勵她振作起來。不管怎麼說，都要把蘇子瑤的屍體平安地送到谷裡。如琴大聲問她聽明白了沒有，如詩擦乾眼淚，點了點頭。她要如琴幫忙，將蘇子瑤的屍體綁在自己後背上，和其他人一起，從岩石下面的縫隙鑽過去。

岩石後面是另一番景象，即使天還未亮，小五子也能看到一層層白氣從下面升上來。低頭看去，白氣一直過膝，已看不到腳下的路面。如琴囑咐大家：「先不要動，這白氣是從谷底升上來的，我們現在就踩在懸崖邊上，如果亂走，說不定哪一步，就從懸崖上掉下去了。」

每個人都站住不動，等如琴的指示。如詩反倒朝東南方走去，那裡很明顯是一個上坡，十米二十米的樣子，她在向上抓。這時小五子等人才注意到，那上面有兩根繩索，通往霧氣繚繞的谷底。

如詩抓起頭頂鎖鉤，起跳前對大家說：「那我們一會兒百花谷見。」

說完，她順著繩索向下滑去，片刻間便消失在白霧之中。

「不是一起走嗎？」小五子沒明白。

如琴說：「不行的，我們還是要規規矩矩地從棧道下去。」

小五子問她：「那得走多久？」

如琴看看天色說：「最少兩個時辰，大家不熟悉路，慢一些，三個時辰也到了。」

「那如詩呢，她多久能到？」

「她現在應該在谷底了。」

「那為什麼不走索道，是那個繩索太危險？」八光問她。

如琴笑了，說：「那個索道安全得很，別說各位身懷絕技，就是一點兒功底也沒有的人，只要牢牢抓住鎖鉤，閉上眼睛，心裡數二十個數，再睜開眼時，兩腳也已經踩在下面的地面上了。」

「憑什麼不讓我們走，只有你們百花谷的人才能用？」

「倒也不是，只是各位第一次來百花谷，還是照規矩來好一點兒。」

「規矩？」八光嘿嘿笑著，「你這規矩邪門，比少林寺的規矩還沒道理。」八光不願聽她的，逕自朝東南坡的索道走去。腳下看不到路，走出十幾步後，他一步踩空掉了下去，整個人消失在白霧中。如琴急著要去救他，只見八光手一撐，腳在懸崖壁上一蹬，又跳了上來。如琴停住腳步，喊他趕緊回來。八光不理會，一路走到索道下。

「八光師父！」如琴在後面喊他，「你若這麼下去，接下來一個月可有罪受了！」

「怎麼？我這麼下去，百花谷的人還能把我囚禁拷打不成？」八光單手抓著鎖鉤衝她笑道，之後他招呼文思清，「師姐，要不要一起走？數二十個數的事，總好過再走兩三個時辰。」

文思清說：「我們客隨主便，還是聽如琴的安排。」

倒是「一隻手」躍躍欲試，舉著他那剩下的一隻手喊：「八光大哥，

等等我！把我也捎上！」

　　吳思若低聲警告「一隻手」：「你信不信，你要是敢過去，我就把你踢下去！」

　　「一隻手」愣了一下，看著小五子，等他拿主意。小五子也對他搖搖頭。「一隻手」又掃興，又折面子，把那一隻手放下，喊道：「八光大哥，我得留下來保護他們！」

　　八光又等了片刻，確定沒人跟他一起走，說了句如詩說過的話：「那我們一會兒百花谷見。」說完腳一蹬，順著索道滑了下去。

　　如琴急壞了，八光人都不見了，她還往下面望著，急得跺腳說：「但願他命大，內力夠深厚，不至於命喪谷底。」

　　小五子問她：「到底什麼情況，命都要搭上？」

　　文思清也擔心起來，問道：「下面果真有什麼危險嗎？」

　　「一時也解釋不清，」如琴轉身說，「我們走著看吧。」

　　說是走著看，其實又看不到，即使太陽初上，眾人仍沒法透過白霧看清腳下的路。如琴要大家跟著她走，大概走出幾百米，腳下一顫一顫的，小五子明白，自己已經走在棧道上了。如琴說，右手邊是山體，但不要摸，怕有蛇貼在上面等待覓食。

　　「鐵鏈在左手邊，」如琴說，「盡量離山體遠一點兒。」

　　小五子伸左手摸去，在腰間位置摸到了那根鏈子。吳思若和文思清悄悄商議了一下，文思清在前，吳思若在後，兩人想把小五子夾中間保護他。走幾步，小五子明白了，他停住不走。這段時間已經活得很丟臉了，還要被兩個女人保護，倘若真從這裡摔下去，剛好給他丟臉的人生畫上一個羞恥的句號。他站著不動，要文思清先走。僵持了一陣兒，文思清和如琴只好先走幾步。目測隔了三十米的距離，前面的人來不及拉

住他了，小五子才抓著鐵鏈走起來。

「一隻手」就難過了，他走在最後，前面是吳思若，左邊是鐵鏈，右邊是趴著蛇的山體，可他缺失的剛好是左手，抓不著鏈子，只能用右手摸山，給毒蛇送過去當早餐。倒著走可以捋著鏈子，他試了一下，那麼窄的棧道，說不上哪腳就踩空了，下面還顫顫悠悠的，倒著走也許死得更快。

倒著走死得快，腦子轉得也快，沒走幾步，他想到一個辦法，轉轉身看著吳思若的背影，跟她商量：「我可以抓你衣服嗎？」

「啊？你要幹嘛？」吳思若頭也不回地問。

「我右手閒著，抓你衣服，就好比鐵鏈了。」

「我衣服不結實的，一扯就破。」

「我不扯你衣服。」

「那如果你掉下去呢？你能鬆手？」

「當然要抓著你衣服……」說著說著，「一隻手」就明白了，他如果踩空掉下去，就算抓住了吳思若的衣服，也無非是手裡多兩塊布條，再數二十個數摔死。倒不如保師姐衣衫整齊，美美地進百花谷。

一陣風吹過，棧道有點晃，沒處下手的「一隻手」只能蹲下來摸著腳下的木板。吳思若轉身扔過來一條紅色衣帶，讓他纏在手上。她在這頭攢著，萬一有什麼閃失，她能把他拎上來。「一隻手」心頭一陣感動，感動到還低頭聞了聞帶子的味道，連在一起看就有點猥瑣了。吳思若眉頭一皺，拽了兩下帶子。「一隻手」好不容易拿到救命稻草，怎會讓她再抽走？他緊緊攢在手裡，快步跟了上去。

第一條棧道的盡頭是一個洞穴，鞋底是溼的，有一層積水。裡面沒那麼大的白霧，水氣在洞裡凝結成水珠附在岩壁上，時不時地有水滴落

在頭頂，打在臉上；沒有落在身上的水滴就滴在積水上，時不時地「滴答」一聲，好像時間發出了聲音。小五子仰頭看上去，太陽已經升上來了，哪怕在洞裡，也能看到光線將水珠照得剔透。

洞穴看不到頭，越走越黑。踩著水泊，聽著水聲，小五子等人走了一炷香的工夫，直到漆黑一片的深處。

「到頭了。」如琴在黑暗中說。

幾個人停下來，等她下面的安排。如琴蹲下來，在地上劃拉一圈，估計東西早放在那裡的。不一會兒，她找出一個火摺子打火，但沒有燃紙，也沒有點蠟燭，只是藉著一閃而過的光芒，拿出一個藥瓶。如琴讓大家把手伸出來攤開。

火摺子不大，四周又是漆黑一片。如琴在每個人的手心上放了一粒藥丸，彈珠那麼大。小五子放在鼻前聞了一下，無色無味。他問她這是什麼東西，幹嘛用的。

「就這無色無味，還是谷主研究了十幾年才做到的呢。」如琴笑道，「這是將虞美人的根發酵三個月，再搗爛製成的，之前可是惡臭無比，後來加了夾竹桃花和丁香花的花粉，才算把臭味遮住。」

「那要我們做什麼呢？」

「當然是吃咯。不然我打開這扇石門，怕你們會挺不過去。」

原來這裡有扇石門。小五子把藥丸放嘴裡，沒有水順服，只能咬碎再咽。原來無色無味只是表面，藥丸崩開的那一刻，哪怕是在嘴裡，都能感受到一股強烈的惡臭。小五子一陣反胃，忍住沒吐出來。如琴蹲下來，拾起一個水瓢，在面前的池子裡打了兩瓢水，遞給他們，讓他們就著水嚥下去。小五子連喝了兩大口，打了個飽嗝。他責怪如琴，既然有水，為什麼不先打給他們。

「解藥在藥衣裡面，外面這層藥衣很厚的，總要咬開了，才能嚥下去。」如琴解釋道，「不然一會兒中了毒，怕是都毒死了，這解藥還在胃裡沒有化開呢。」

原來是解藥，那又會是因為什麼中毒呢？所有人都強忍著把藥吃下去。如琴接過大家遞過來的水瓢，在面前的石板上敲了敲，然後左右滑動，剛好扣住一個螺旋。原來瓢底是有凹槽的，小五子剛才完全沒發現。

如琴轉了兩下，石門打開，出現水簾洞般的景象，一座棧橋斜著向下伸去。不遠處是瀑布，飛流直下，落到地上一下子溫和起來，匯成溪流從橋下流過。路也安全許多，棧橋寬闊而平坦，兩側有繩索鏈著。

小五子走了上去，他抬頭向上看，上面霧濛濛的全是水氣。他明白了，之前的白霧是這瀑布、溪流匯聚形成的。棧橋雖然長，但很好走，可以一路小跑著過去。走到一半，小五子聞到一陣芬芳，沒那麼重，淡淡的清香一絲絲地透過來。小五子忍不住深吸了兩口，問如琴：「這是什麼花的味道？」

如琴衝他笑笑，還沒有回答，就聽見「一隻手」在後面讚嘆道：「太好聞了！太香了！」說完他大口呼吸，隔著吳思若，小五子都能感覺到後脖頸處一股股的熱氣。喘著喘著，聲音越來越急促，忽然「咣當」一聲，「一隻手」從棧橋上掉了下去。吳思若馬上拉住帶子，在「一隻手」失去知覺鬆手前，把他拉了上來。

如琴從隊伍最前面走到隊尾，她看著昏迷的「一隻手」，摸了摸他的喉嚨兩側，問道：「他沒吃解藥？」

小五子搖頭，不是說沒吃，是他也不知道。

如琴在「一隻手」身上拍了拍，從他衣服裡找到了那粒解藥，捏碎，塞進他嘴裡。「他把藥藏起來了，假裝自己吃過。」

「他中的是什麼毒？」

「就是你聞的這個花香，虞美人的花香和水氣混在一起，就會產生劇毒。」

如琴說著，小五子還情不自禁地又聞了一下，他看著躺在棧橋上的「一隻手」，問：「我們要等多久，他才能醒過來？」

「今天是醒不過來了，還好發現得及時，不然怕是要命喪於此。」

如琴說完將「一隻手」背起來，又走到了隊伍的最前面。這麼香的花，卻有劇毒！以前總覺得，百花谷有這麼好聽的名字，一定一片芬芳。

這倒也沒錯，不過現在看來，百花谷也可以叫百毒谷。小五子問：「你之前說的八光從纜繩下來，可能會命喪於此，是因為沒有服下這虞美人的花香的解藥？」

「八光本事那麼大，這虞美人對他應該構不成什麼威脅，只是谷裡的百花的毒卻需要聞這一路的虞美人才可以解。」

小五子恍然大悟，點著頭。

「八光不一定會死，谷主會救他的，但要遭幾個月的罪。」

走到盡頭是一片高草，如琴等人從橋上下來，撥開高草走進去，面前是一片花海。各種香氣混在一起，一層一層地往臉上撲。小五子有意抬頭尋找繩索，繩索的下方，是躺在地上昏迷不醒的八光。文思清跑過去查看。小五子要跟過去，如琴一把拉住他，說：「少谷主先別走，沈總管知道你來，早就在前面守候，等著對你宣讀谷主指令呢。」

「誰？」

小五子往前方看去，只見花叢深處有一幢房子，門口站著幾個人，為首的是個四十歲上下的男人，他雙手背在身後，翹首以盼的樣子。

哈，百花谷的大總管，小五子再熟悉不過了，在田獨相處了兩年，他是不讓他偷吃肉的錢老闆，是說話尖聲尖氣、只能裝啞巴的常公公。哦，原來他還有個身分，百花谷的沈總管。

2

小五子向錢老闆走去，本來想敘舊，畢竟有兩年的情義。如琴提醒他：「到了百花谷，少谷主別忘了行谷中之禮。」

「那要怎麼行？」

如琴給他做示範，先朝錢老闆走去，雙手抱拳，長跪在地，說道：「卑職拜見沈總管！」

小五子想笑，這都哪兒跟哪兒啊，皇宮那一套怎麼搬這兒來了？如琴起身後，一直給小五子遞眼神。小五子猶豫要怎麼做，以前在田獨賣肉的時候，也沒見他整這一套啊。小五子雙手抱拳，身子卻一直彎不下去。後來錢老闆等得不耐煩了，說道：「免禮，快快起身。」

小五子愣了一下，他什麼都沒幹啊。以前錢老闆是發不出聲的，這回嗓子好使了，眼神怎麼還不行了呢？雖說是免禮，但畢竟當了他兩年的掌櫃的，小五子還是喊了聲：「錢老闆。」

錢老闆沒接茬兒，看著小五子身後的吳思若和「一隻手」，說：「你們一路過來，辛苦了。」

小五子以為他沒聽見，清清嗓子，大點聲又說了一遍：「錢老闆！你好！」

這回聽見了，他看了看小五子，生生地不接話，對隨行人員一招

手，那人遞過來一個黃色布袋。錢老闆從裡面抽出一個卷軸，大聲說著：「谷主令到！」

如琴提醒他：「這回得行禮了。」

「怎麼行禮？」

「就當你要接聖旨。」

「我又沒接過聖旨！」

小五子話沒說完，「撲通」一聲，如琴先跪下了，額頭點著地。這都是幹嘛呀？小五子皺眉看著她，這幫人把百花谷當皇宮了嗎？吳思若也識趣，知道留在這兒左右為難，招呼「一隻手」去旁邊轉轉。谷主令是給他小五子的，他還不能走，但他小五子可不跪，跪天跪地跪父母，一個百花谷谷主令有什麼好跪的？

倒是錢老闆最會解圍，朗聲道：「少谷主不必行此大禮！」然後又低聲叮囑一句，「稍微鞠個躬，我要打開宣讀了。」

那就恭敬一下吧，小五子身子不動，只是把頭低下，默哀悼念一般。

錢老闆把卷軸打開，宣讀道：「谷主有令，從即日起，丐幫幫主五幫主崑崙公子官復原職，依舊為百花谷少谷主！欽此！」

小五子沒聽錯，全都讀完了，還加了句「欽此」。他抬頭看見錢老闆收起了谷主令，向他行起谷中之禮，後面的人跟排練好了一般，跟著錢老闆行禮。別人沒資格報姓名，只說：「屬下拜見少谷主！」只有錢老闆，終於說出了真名，他說：「屬下沈志基拜見少谷主！」

啊，原來你叫沈志基。小五子看他作揖鞠躬，有意等了一會兒，說：「免禮，快快起身！」

行過禮後，錢老闆才像個人，他朝小五子笑道：「以後你是少谷主，

不再是被我呼來喝去、給我賣肉的小五子了。每次見你，我都要對你行禮。」

小五子瞇眼看他，思索錢老闆到底有幾句實話，先裝啞巴，再裝太監，這次又是大總管，到底唱的哪出啊？倒是有一件事可以確定，錢老闆對他還不錯，倘若要坑他害他宰了他，早幾年在田獨就下手了。

總還是有知遇之恩，小五子拉著他到一邊說話，他問錢老闆：「分別那天，三王爺帶著西北六公子和丐幫馬長老去錢記肉舖，我和文思清從田獨跑了出來，你是如何脫身的？」

錢老闆說，當時已經被打傷了，不過他們不是衝自己來的，見小五子跑了，就掉頭追了出去。他在肉舖養了幾天，是蘇子瑤趕來，把他接到了百花谷。來南京的路上，蘇子瑤對錢老闆承認道，自從那年冬天，她在田獨發現了小五子，她就沒有走，一直躲在離肉舖不遠的房子裡，隔三岔五地就過去看看。

「就在附近守著，我這次進了獅吼幫，她也是這麼把我救出來的。」

說完兩人沉默了一會兒，小五子說，「蘇子瑤被南海真人殺了，你知道吧？」

錢老闆點頭道：「我也是昨日才得知此事。」

小五子審視著他，忍不住要抬槓，回答的都是什麼啊，官話套話也太多了吧？要是早幾天得知，蘇子瑤還替我在揚州賭錢呢。

可是他說不出口，這不是個開玩笑的日子，這幾天都不會有能開玩笑的好天氣。抬槓的話到嘴邊變成一聲嘆息，小五子搖頭說：「是我連累了她。」

錢老闆沒說話，小五子也講不下去了，他想說蘇子瑤不能白死，早晚要給她報仇。可他知道，這些話說出來，自己心裡一百個沒底。他是

打不過南海真人的，到時自己死了也就算了，怕是連累了文思清和吳思若也跟著喪命。兩人一時沒說話，時間已接近中午，太陽正當頭頂，小五子低頭，幾乎看不到自己的影子。沉默了一陣兒，錢老闆主動講起蘇子瑤，說：「那年冬天，蘇子瑤找你找到田獨去了，認出是你，要把你帶走，被我攔住了，我其實當時絕不希望你和百花谷再有任何瓜葛。」

「所以你之前就是百花谷的人？」

錢老闆點點頭。

「跟現在一樣，也是大總管？」

「對。」

「那我也是？我是少谷主？」

「是。」

「於是我中了斷魂掌之後，你就把我弄到田獨藏了起來，結果你沒想到，還是被蘇子瑤找到了？」

錢老闆沒回答，但小五子知道他猜對了。再見到故人，攢了一連串的新問題想要問他，已經不再是在田獨時最基本的關於「我是誰」的問題了。新的問題更具體，比如，我為什麼能當上百花谷的少谷主？崑崙公子到底是誰給我的身分，是你們百花谷給的嗎？崑崙公子結了那麼多仇家，但我一點兒武功都不會。我在崑崙山莊見過他們，每一個仇家都認識我，連瞎了的人都說聲音一樣，那麼崑崙公子肯定是我。我沒武功，卻又面對面地傷了他們或他們師兄。我想只有一種可能，有人在替我，也就是所謂的崑崙公子抓人、傷人，而我，無非就是露個面，告訴他們，這事是我崑崙公子幹的。那麼替我幹這些的，十有八九就是百花谷的人。

「我過去跟你們這麼幹，到底是為什麼？」

一連問了七八個問題，錢老闆只是沉吟，一個問題都沒回答。但小五子能看出來，這些他全都知情。小五子說：「你過去不講也就算了，現在就像你說的，我官職比你大三品，我命令你講出來，總行了吧？」

錢老闆反而大笑起來，他說：「你官職比我大三品，可有比你官職更大的人命令我不許講出來。」

「是百花谷谷主嗎？」

「谷主現在在閉關，過幾天就會出關，你早晚會見到她老人家的。」

錢老闆說，「等你見到谷主，還是讓谷主給你從頭講起吧。」 錢老闆說完便往屋裡走，走到門口轉身看著小五子，招呼他進來，「別愣著了，看有什麼要忙的，明天一大早，我們還要把蘇子瑤下葬。」

3

靈堂設在百花谷的西北角，門口是一片白玉蘭，但蘇子瑤的最後一夜，卻不是在這裡過的。如琴、如詩把她的屍體抬到了她們倆的臥房，又是沐浴更衣，又是化妝梳頭，一直折騰到天亮，才踏著白玉蘭的芬芳，把她送回靈堂。

那天小五子睡得早，沒吃晚飯就上床睡了，以至於次日天還未亮，他就醒了。他坐在床頭髮了一會兒呆，穿好衣服出門，他想去靈堂看看。晨光中，他看見如琴、如詩抬著蘇子瑤的屍體走進靈堂。她們也看到他了，三個人相互看著，都沒有說話。他揮手讓她們去忙，先不去打擾。他在外面等了一會兒，也不見二人出來，索性去別處轉轉。

同樣是谷底，但百花谷不大，不像地處西北的沉獅谷那般大開大

合，四外一片蒼茫。這裡幾乎所有的空地都利用上了，要麼種花種樹，要麼蓋涼亭、建迴廊，小半個時辰就可以走完一圈。這裡大概有二十幾間房，他也不知道谷主在哪間，所以盡量輕手輕腳，不出聲。再回來的時候，靈堂的大門已被鎖上，他坐在門口的臺階上，看著連成片的白玉蘭。莫名其妙的，他居然盯著一隻蜜蜂，數牠到底在幾朵花上面採過蜜。

下葬在兩個時辰之後，除了谷主，百花谷的所有人都參加了。墓碑上還刻了字，估計是請人連夜趕出來的。也不一定，武功好的人，手指點石頭，能跟用毛筆在紙上寫字一樣輕鬆。墓碑上寫著 —— 蘇妃蘇子瑤之墓。

小五子想，這可能是百花谷的規矩，有官有品，有叩拜禮，還有聖旨一般的谷主令，一切都是按皇宮的規矩，在蘇子瑤之前加一個「蘇妃」也不算過。

抬棺，下葬，入土，最後將墓碑立上面。一切儀式完成後，小五子叫所有人先走，最後請文思清和吳思若也先離開。臨走前，文思清對蘇子瑤鞠了個躬，低聲道：「蘇姐姐，本來應該殺我的。」

吳思若看她一眼，又看看小五子，說：「大家一起死了，總好過現在。」

是啊，一起死了，該有多好。人們離開之後，小五子終於可以和蘇子瑤單獨待一會兒了。他以為自己能說很多話，像那些話本故事裡講的那樣，活人可以對死人講個不停。事到自己身上，一句話都講不出來。他在墓前站了很久，最後還是說了一句話：「你放心，不可能讓你白死，我今天把話放這兒，我小五子早晚替你報仇。」

當然，他心裡明白，他做不到，但說出來言之鑿鑿，擲地有聲。他怕蘇子瑤真能聽見，他怕蘇子瑤聽出他的心虛，死不瞑目。

其實心裡還有好多話，說不清楚，總結出來就是難過。他難過的是，蘇子瑤如此愛他，卻這般下場；他更難過的是，蘇子瑤如此愛他，自己卻沒辦法愛她，哪怕只有一點點。

那麼，他愛誰呢？文思清？吳思若？他不敢想，但似乎心裡早知道，應該是吳思若。大概七是她，十有八九是她，百分之百，當然是她！為什麼愛她呢？那文思清呢？不能想，沒法面對。真像文思清說的，早點死了就好了，把這些難以啟齒的祕密，和他這條賤命一起，挖坑埋了吧。

不能厚此薄彼，也沒任何談情說愛的念頭，之後小五子乾脆兩個人都不理會，偶然碰到也是客客氣氣，畢恭畢敬。百花谷的人，他倒是認識了不少。谷中多為女子，而且都是宮女的打扮。為數不多的幾十個男人，說起話來，也都是太監的腔調。小五子有天想明白了，錢老闆那個沈總管，其實就是太監總管，這些男人應該是真太監。

沈總管時不時地會給他介紹谷中的情況，他先說百花谷的環境，從沈老前輩說起。他說，雖然沈老前輩只將斷魂掌、蓬萊掌、仙人掌，教給了三位徒弟，但百花谷谷主還是學到了花卉培育技巧，並以這些花粉花香製作了毒性成分不一、解藥只有百花谷才有的各種毒藥。

沈總管掏出一束植物，說：「這些都是以前宮中才有的奇異花卉，這是天竺進貢的彼岸花，它的花粉含有劇毒，只要吸入，便從口舌開始生瘡，直至全身，潰爛而死。」

說著說著，似乎擔心小五子不信，他還深深吸了一大口，吐出舌頭給小五子看。什麼事都沒有，口舌沒生瘡，沒潰爛。

「為什麼說只有我們百花谷能解這一味毒呢？」沈總管又要講課了，「因為毒藥源自彼岸花，解藥自然也要在彼岸花身上找。將它的根部搗成泥，敷在生瘡之處，可以癒合併抑制潰爛蔓延。」他把根部揪下來，放

嘴裡嚼起來，咔哧咔哧地說，「倘若像我這樣嚼，也相當於搗成泥了。而且我從小吃到大，早可以抵抗彼岸花的花香，再吸一大口，也沒關係。」

錢老闆果然又吸了一口，這口更大更長，彷彿在顯擺內力，讓小五子見識一下，他一口能吸多少氣。然後他又吐出舌頭，除了彼岸花的根嚼爛後紅彤彤的一片，確實沒瘡。

真羨慕你能抵抗劇毒之物，但不管怎麼說，你的生殖器還是被切了。

小五子裝作若有所思，假模假式地問道：「宮中的奇花異草源自沈老前輩，前朝也曾是沈家天下，那這個沈老前輩應該就是皇帝或太子吧？」

錢老闆頓了一下，裝作彼岸花的根太難嚥的樣子。他盯著小五子，嚼了十幾下，承認道：「實不相瞞，沈老前輩做了三十年的皇帝。」

小五子回想著，問道：「我以前在田獨，聽說書的講，近百年來，做了三十年皇帝的只有沈成浩一人。而且史書記載，他已經駕崩發喪了，怎麼會是沈老前輩呢？」

錢老闆意識到自己講太多了，他好為人師，但小五子不是好學生，跟他講點知識，總能找各種證據來論證。錢老闆忽然換了張嘴臉，賠笑道：「祖師爺的事情，我怎麼敢亂說，這裡面是真是假，還是由少谷主你日後慢慢探尋吧。」

錢老闆想假惺惺地結束對話，但小五子不幹，揪住這一話題追問：「錢老闆，不，常公公，不不，沈總管，你本名叫沈志基，同樣姓沈，你不會是沈老前輩的後代吧？」

錢老闆笑了，說：「我這是沈老前輩賜的國姓，我要真是太子皇帝

什麼的，怎麼還在這裡當太監？哎呀，我的事情少谷主也可以日後慢慢
探尋。」

　　整不了，官腔打得賊好，他那種好，是假得恰到好處。每回話題聊
尷了，錢老闆被逼問到死角，他就玩這一套，擺明了告訴你，我不想跟
你聊了，別再煩我了。但小五子還挺喜歡跟他聊的，他知道得多，說話
還有漏洞，每聊一次，都能推出一兩個真相。如果能聊個一年半載，小
五子一定可以把自己的過去全推導出來。

　　有一回小五子催他，什麼時候能見谷主。錢老闆口誤，說出了「母
后身體有恙，要遲些時日相見」的話。話剛說出口，就意識到不對，隨
即改說「谷主身體不適」，等等。小五子裝作沒聽見，但對谷主和面前
這個太監的關係已經掌握了七八分，他確定他們是跟本朝作對的前朝
餘孽。

　　有天聯想到沈總管沈志基這個名字，小五子打趣道：「志基志基，
這名字起得好，志在登基嗎？」

　　沈總管連忙打哈哈，說：「我一個太監，連後都沒有，還想著什麼
皇位啊？」

　　小五子能聽出來，錢老闆這話，算是有意無意地默認了。他和谷主
很有可能是太子和皇后的身分，把百花谷搞成這樣，宮女，太監，行大
禮，心裡盼的肯定是復辟。

　　小五子問沈總管是在哪兒出生的，其實他想知道的是，錢老闆是生
在皇宮，還是平常百姓家。

　　沈總管環顧百花谷，說：「我就長在百花谷。」

　　小五子點點頭，跟隨沈總管的視線，一起巡視百花谷的二十多棟房
子，直截了當地問：「那我生在哪幢樓？」

沈總管皺眉看他，他明白了，這麼問是在詐他呢。他搖搖頭，又打起官腔來，笑道：「少谷主這樣的富貴身分，百花谷怎麼能容得下？」

「那我到底是在哪里長大的？」

「你長大的地方，可比這裡好太多了。」錢老闆伸出食指，指向一個方向。小五子看看日頭，知道他指的是西北方向。錢老闆說：「你是在山西太原長大的。」

「太原，哪裡就比百花谷好了？」嘴上這麼問，小五子卻想著，這不是他預設的答案，說皇宮，說百花谷，怎麼又跑出一個山西太原？他問：

「江湖上人人叫我崑崙公子，我本家姓什麼？」

「我聽說你姓孫，叫孫天奇。」

「我叫孫天奇？」小五子慢慢說出自己的名字，似乎想在這三個字裡找到和自己有關的東西，「聽說？你聽誰說的？」

錢老闆似笑非笑，含糊其辭地說：「我聽天下人說的。」

「誰又是天下人？」愈發接近真相，小五子愈發著急，「我父親是誰，母親又是誰？」

「我實在不能講，」錢老闆想了想，長嘆一口氣，說，「我只知道，你母親早已不在人世，她被你父親殺死了。」

錢老闆說完離開，小五子追出去。他背對著小五子，搖了搖手，要他別跟過來。小五子看著他的背影，如鯁在喉。

「我爹為什麼會殺我娘？他究竟是什麼人？」

4

孫天奇。

原來他叫這個。沒有錢老闆，不好接近吳思若和文思清，八光還躺在床上治療花毒，只有「一隻手」能陪他解悶。

午後，小五子拉「一隻手」玩一個無聊的遊戲，他讓「一隻手」反覆問他：「你叫什麼名字？」小五子依次回答，小五子、少谷主、五幫主、崑崙公子，這回又有了一個新名字，孫天奇，可能這才是他真實的名字，不會再變了。

半個多月後，小五子終於見到了百花谷谷主。也不算見到，隔著一道紗簾，隱約能看到對方的輪廓。前五分鐘，小五子一句話也沒聽進去，一直有種衝動，他想把紗簾拽下來，好好看看。如果換作別人，紗簾早被他扯下來了，可是谷主有一種說不上的威嚴，讓小五子不敢輕舉妄動，第一次這麼安靜。

谷主說著說著，忽然問道：「少谷主，我剛才說的話，你都聽進去了嗎？」

小五子想都沒想，直接回答：「都聽進去了。」

「好，聽進去就好。」谷主說，「我年紀大了，忘記剛才說什麼了，你能不能把我說的話重複一遍？」

一句話也沒聽著，但這種長輩對後輩的叮嚀，總是有標準答案的。小五子挺直身子，朗聲回答道：「谷主剛才說，希望我孫天奇，好好練武用功，日後帶著百花谷的人涉足武林，救各路英雄於危難之際，重振百花谷的門威！」

谷主嘆了一口氣，頗為讚許地點了點頭，說：「你能從我的話裡，

領悟到這麼多，也真是難得。我剛才只是說，我這幾天身體不好，沒能早點見到你，我問你在谷裡住得可還舒適。」

沒法辯解了，再耍小聰明，就成潑皮無賴了。小五子乾脆承認，鞠了個躬，說：「谷主果然洞察了我的心思，說實話，我剛才一直好奇，紗簾後面的谷主是何種樣子。」

「我自然明白你的心事，也難得你今天這麼穩重，倘若你真的扯開了紗簾，你的雙手恐怕已經不在了。」

小五子攤開自己的雙手看，兩隻都被剁，那豈不是連「一隻手」都看不起他了？忽然起了一陣風，紗簾在下面露出一個口子，谷主說：「那你就把手伸過來吧。」

小五子愣住，下意識地把手縮了回去。谷主又說了一遍：「我現在命令你把手伸過來。」

似乎難以拒絕，小五子往前坐了一點兒，身子前傾，雙手從紗簾下面剛吹開的口子伸過去。

「我要看看你中斷魂掌的傷。」

原來只是號脈。谷主手指冰冷，剛碰到他手腕時，小五子還打了個冷戰。不同於郎中號脈，谷主的手指壓在手腕上一動不動，一炷香都要燒完了，她沒說話，也不抬手，手指還是那麼冷。小五子大概能感覺到，她的指甲很長，估計有半根手指那麼長。

差不多都要睡著了，谷主說話了，她說：「你是三年前中掌的，大概八月中，兩日後，你完全失去記憶，有長達半個月的昏迷期。你現在所能想起的，最早到那一年的秋天。」

「對，我能記起的就是在錢記肉舖醒過來，睜眼看到的是錢老闆。他當時是啞巴，寫字告訴我，說是山上採草藥時發現了昏迷不醒的我，然

後把我帶了回來。」小五子說，「當時也是傻，這都能信，他一養豬的，採什麼草藥！」

谷主笑了，說：「也難為他了，你只昏迷半個月，他不單要把你帶到田獨，還得抓緊時間，在你醒來之前，把錢記肉舖開起來。」

「我當時應該發現的，牌匾、殺豬刀、案板都是新的，連豬都是小豬崽兒，生生被我養肥的。」

谷主放開小五子手腕，說：「我沒有能力醫好你的這一掌，還好沈總管沒有讓你習練任何武功，引你走火入魔。」

「那我以前有沒有武功？」

「你沒有武功。不過，在你剛出生的十二個時辰內，有人給你輸了一股真氣，成了你的內力。」

「我也想到過，自己應該沒半點功底。只是，我作為崑崙公子，結了那麼多仇家，得罪了那麼多人，到底是怎麼回事？」

谷主回答他：「你能得罪那麼多人，是因為你帶著兵，你手下有高手，他們幫你抓了這些武林人士，帶到崑崙山莊，再由你慢慢審訊折磨。」

「我哪兒來的兵？」小五子問，「我為什麼要審他們呢？」

「因為你要別人為你所用，達成你的目的。」

「我為百花谷做事？」

「不為百花谷，」谷主停頓一下，說，「是為你自己做事。」

「我自己要做什麼？是為了九宮圖嗎？」小五子跟她講臨走的時候，沈總管給過他一張九宮圖，上面什麼也沒有，就是一張破羊皮，「谷主若需要，我把九宮圖拿給你。」

「不用了。」谷主說，「九宮圖的事情，我早聽說過，怕只是以訛傳

訛，沒有實際用途。我幾十年前見到過其中的一張兩張，知道上面毫無內容，只是擔心武林人士為爭奪它，拚個你死我活，死傷無數。」谷主希望小五子能盡快把這些集全，當著武林人士的面銷毀，以免他們互相殘殺。

一席話把小五子講得熱血沸騰，他拍胸脯立誓，要把這些圖集全，獻給谷主，屆時由谷主當眾銷毀。

谷主又嘆了一口氣：「誰來銷毀倒不重要，我只是希望，以後武林少些禍事。」

「已經有些禍事了。」

小五子說了田獨何員外的滅門慘案，他講了那天在後廚目睹的一切，他躲在豬肚子裡，才逃過一劫。他講了何員外提劍把那些中掌的人全部砍死，之後又把碗託付給他，求他去救向老幫主。最後一段講起來有些難過，何員外越來越瘋，以至於後來沒有辦法了，小五子在河邊請他吃了最後一頓烤肉，然後親手把他捅死了。

「我沒本事，」小五子說，「殺了兩回，才把何員外殺死。」

「這不怪你，南海真人、大漠仙人、蓬萊閣老，不知是哪一個下的毒手。」

「不管是誰，反正我看那人是三掌都練成了，以後誰也打不過他了。」

「那倒未必，我向師弟練成無為掌後，自然不會怕他。可不知他現在身在何處，是死是活都不清楚。」

「何員外說，他在京城，讓我拿這個碗去救他。」小五子掏出碗遞給谷主，「就是這個奇怪的說不上是鐵還是銅的一個碗。谷主，你看看這裡面有什麼玄機？」

百花谷谷主接過來查看一番，還給他，說：「你趕快拿回向師弟的鎮幫之寶，我不想睹物思人。」

小五子把碗接過來。

谷主問道：「何員外當時有沒有跟你說過，向師弟出關這一天，要頂住他的百會穴，再取膻中穴？」

小五子恍然道：「的確說過，你不提，我都差點兒忘了。」

「這次你一定要記住，千萬不要弄錯順序了，否則將心血倒流，經脈盡斷。向師弟一世英雄，可不能被你害死了。」

小五子點點頭，表示記住了，這次牢牢記住，絕不會忘記。

谷主又補充道：「一方面，何員外委託過你，找到向問和，帶他出關；另一方面，我在百花谷也擔心他的安危。你既然是百花谷的少谷主，總要為谷裡做點事情。當前百花谷最重要的事情，就是救出向問和。」

這是要出發的意思了，離開百花谷。在這裡待了十幾天，沒想到跟谷主的第一次見面，竟是告別。忽然還有點感傷，小五子深鞠一躬，對谷主說請多保重，轉身出了門。

他出門右轉，大步朝蘇子瑤墓走去，「一隻手」一路在後面跟著他，小五子讓「一隻手」離他遠點，他要去跟蘇子瑤說兩句話。「一隻手」停住腳步，看著小五子上山走到墓前，徒手挖墓碑下的泥土。

一直挖到天黑，蘇子瑤的棺材才露出來。小五子抬起棺材蓋，看著躺在裡面的蘇子瑤。百花谷的人事先放了些防腐的奇花，使得蘇子瑤的屍體比常人還光澤亮麗。小五子俯身貼近，對她的屍體說：「我手太髒了，就不碰妳了。妳果真還是死了，下葬那天，我還以為妳能像田獨說書人講的那樣，閉氣十幾天，沒心跳，沒呼吸，看起來死了，半個月之

後睜開眼，就像剛睡醒一樣，活蹦亂跳的。妳下葬那天我守著妳，讓所有人先走，然後把棺材的釘子拔掉。因為我害怕萬一妳醒過來，漆黑一片，出不來怎麼辦？今天已經是第十七天了，還是沒有奇蹟發生。我今天就要走了，從這裡出去，離開南京，往北去京城。在這裡妳要，妳要⋯⋯」

小五子說著說著哽住了，連說了兩遍「妳要」，一著急眼淚掉了下來，最後帶一點兒哭腔地說：「謝謝妳。」

小五子將棺材蓋合上，並用土埋起來，他站起來對一直在遠處觀望的「一隻手」喊道：「叫上所有人，我們出發了！」

第十二章　太子殿下

1

　　小五子決定去京城，想帶走的人不願意北上，不想帶走的人，卻時時磨著小五子，想要跟他一起走。八光就是這樣，去不去京城不重要，但他一定要離開百花谷。只要能遠離這兒，隨便去哪兒都行，回少林寺他都願意。

　　小五子就不明白了，百花谷，顧名思義，全是女人，他要真是和尚，離這兒遠點，小五子敬他一句「得道高僧」。可他是八光啊，田扒光啊，在這百花叢中，好比魚兒回到大海，為什麼還要走呢？

　　小五子把八光問住了，他瞪大眼睛，跟入定似的一動不動，過了好半天，才結結巴巴地辯解：「我現在真的是和尚了，就算之前六根未淨，但來百花谷之後，我完全能做到清心寡慾了。」

　　八光是透過索道下來的，他中了百花谷的花香之毒，靜養了一個星期才甦醒。剛睜開眼睛的時候，他發現自己動不了，但這還不算意外，房間裡處處透著不對勁。為什麼這麼香？連蠟燭都能燒出香薰的味道？為什麼床這麼軟？為什麼帷帳是粉色的？除了自己一動不能動，其他都似曾相識，好熟悉啊，這不就是他以前經常去的地方嗎？瞄準一個目標，鎖定她家的位置，等到華燈初上，從窗口溜進去，這就是女人的閨房啊。

　　他聽見門口有人笑，兩個女人的笑聲，也不知道頭一個講了什麼，那麼好笑，另一個姑娘笑個不停，最後竟然笑得上氣不接下氣，發出嬌喘之聲。隔了一個帷帳、一扇屏風，再加一道門，八光都能看見那姑娘花枝亂顫的身影。

笑聲越來越近，兩個姑娘甚至推門進來了。八光意識到自己只有兩個小指能動，他咬牙屏息，用兩個小指發力，硬生生地將自己的半個身子撐了起來。他向後靠在床頭，大口喘著氣。兩個姑娘說著話，收起屏風，走到床前，看到八光滿頭大汗，一副無助又驚恐的表情。

「八光師父，你醒啦？」

「你趕快休息，」另一個說，「我們來幫你上藥。」

她們倆一人抓著八光的一隻腳，把他從床頭拽了下來。那可是他借助兩個小指的力氣，一點點蹭上去的。感覺就像是一隻烏龜爬了一個冬天，終於從院子的這一頭爬到了那一頭，結果過來一個孩子，簡單粗暴地把它又拎回去了。

他八光也有這般無力的一天，也許是死了。腦子裡有這種念頭，兩個姑娘的樣子也變得模糊起來，聲音也模糊，喊喊喳喳的。頭一個女孩打來一盆水，另一個女孩將一壺藥液倒進去，洗好毛巾，先擦他的臉、耳朵、脖子，然後把扣子解開，脫掉他的衣服褲子。頭一個女孩也拿出一條毛巾，兩人一上一下，分工明確，像擦桌子一樣，在他身上抹了起來。可他畢竟不是桌子，看著面前的女孩，他大口喘氣，大口嚥口水，一時間所有的羞恥感都浮上心頭，急得暈了過去。

再睜開眼，還是在床上，看窗外，天已經黑了。他檢查了一下，不只是小指，整隻手都可以動了，脖子也能扭了。兩個女孩眨巴著眼睛看著他，問他：「八光師父，好些了沒？」

八光皺著眉，發力將自己撐起來，打量這兩個女孩，問道：「我是活著，還是死了？」

「當然是活著，」一個姑娘說，「如果你死了，我們還有必要天天給你上藥嗎？」

另一個姑娘只是笑，回味著：「怎麼會以為自己死了？」說兩句又

愈發覺得好笑，一時半會兒都沒法停下來。

八光想起來了，剛才就是這姑娘，花枝亂顫的，從頭笑到尾。之前還以為她是聽到了多好笑的笑話，原來是笑點真的低。八光問：「這是哪裡，我躺在這裡多久了？」

頭一個姑娘說：「八光師父，這裡是百花谷啊。你中了花毒，已經有一個星期沒下床啦。」

他想起來了，是自己莽撞，貿然入谷，才有如此下場。八光點點頭，也不知道說什麼，只說：「你不用說每句話時，都叫我八光師父的。」

「知道了，八光師父。」

之前笑點低的姑娘笑夠了，這句話倒一點兒沒聽出好笑，她拿起一個藥壺，說：「差不多了，我們得幫你上藥了。」

八光連忙做出打住的手勢，讓她等會兒，問她這是什麼藥。

「八光師父，這是解花毒的，防止你全身麻痺而死。」不怎麼笑的姑娘說，「我們把毛冬青和威靈仙搗在一起，再調和薄荷和樟腦，混在清水裡揉搓擦拭。」

「每天都搓？」

「當然每天都搓了，一天還要三次，每次要小半個時辰呢。」

「都搓哪裡？」

「就搓你啊，還要搓哪裡？」笑點低的姑娘把話接過來，自己笑起來。

「全身都搓？」

頭一個姑娘點點頭，說：「八光師父，你這狀況是全身麻痺，我們肯定不會漏下任何一個部位。」

八光還有話要問，想了半天，實在問不出口了。

愛笑的姑娘打來一盆清水，將藥液倒進去，洗著毛巾說：「問那麼多幹什麼，正好你現在醒著，我們擦拭一遍給你看不就完了嗎？」

說話間，愛喊「八光師父」的姑娘又拽起他的雙腳，把他拖回床上，脫下了他的衣服。幾乎全裸的時候，八光無力反抗，他大口呼吸，任憑她們擦拭揉搓，任憑自己老邁的軀體展現在她們面前。前後持續半個時辰，兩個姑娘有說有笑，全然無視面前的肌膚，好像那不是男人身體，好像那真是一張桌子一面牆，完全是在勞動。八光仰躺在床上，看著棚頂，眼淚從眼角流出。他在少林寺待了十幾二十年，也未能剷除邪念；而此刻，在這兩個姑娘面前 —— 一個愛笑，一個愛叫八光師父，在她們摘果子、擠羊奶一般的勞動氛圍中，他的淫心徹底戒除了。

2

「一隻手」當然要和小五子在一起，欠了那麼多條命，跑了找誰索命去？主要是「一隻手」自己要跟過來。江湖險惡，這個五幫主，又是崑崙公子，又是少谷主的，那麼多人想要取他性命，他倒是福大命大，一路活到現在，別說是被剁手，連根手指頭都沒掉。吳思若和文思清也一起上路，先別問選誰，走一步看一步，大不了將事情料理完就近找個地方出家，小五子想。

臨出發的時候，小五子去見了錢老闆。兩人一時沒話，錢老闆叫人準備酒菜，說是要給小五子送行。小五子讓他別忙乎，他們一會兒就要出發了。「而且，我不是來跟你告別的，」小五子說，「我是來叫你跟我們一起走的。」

　　錢老闆乾笑，那種一看就是在朝廷混了幾十年的假笑，他說：「少谷主，你就別逗老夫了。我一把年紀了，在百花谷混混還行，偌大的京城，可不得把我走迷路嘍？」

　　小五子沒說話，他嘆了一口氣，斜眼看著錢老闆。知道你在敷衍，可你稍微，稍微認真一點兒敷衍啊。你說你在京城會迷路，跟我在這兒裝鄉巴佬，可你是常公公啊。錢老闆也反應過來，自己這謊撒得不接上下文。

　　他躲開小五子的眼神，轉頭往門口看，找話題說：「怎麼風這麼大，大太陽還頂在頭頂。」他說了半天，小五子也不接荏兒。他轉轉身，看著小五子，有些為難地撓了撓頭，「唉」了一聲，說：「算了算了。」最後他朝廚房的方向喊，「別準備了，沒有餞行飯，少谷主一會兒就走！」然後他頓了頓，尖著嗓子喊道，「我跟他一起走！」

　　小五子、文思清、吳思若、「一隻手」和八光，以及嘴碎的錢老闆，分坐三輛馬車。當晚他們就出了南京，不到十天就出了江蘇，然後再往北進了山東，經過泰山、德州，轉眼就進了濟南府。本來是不打算多待的，住上一兩天，在周邊轉轉就直奔京城。

　　可能是濟南府太好玩了，大大小小上千個泉眼，就算是周邊，一時半會兒都轉不完；再加上魯菜是八大菜系之首，吃一頓就走，大家都覺得不過癮。小五子決定多待兩天，反正離向老幫主出關還有些時日，與其在京城瞎轉，不如先在濟南府玩個夠。

　　旅行是別人的事，要說小五子最喜歡的，還是去賭兩把。第二天，他就摸到了當地最大的一家賭館。走到門口，他卻有些怯了。他想起蘇子瑤了，想那時自己不敢下去賭，讓蘇子瑤替他賭了半宿。他不能再碰這個了，哪怕只是為了悼念蘇子瑤。可他又捨不得走，站在門口，聽裡面嘩啦嘩啦的色子聲，那簡直是人間最美好的聲響，聲聲打在他心上。

他回去找「一隻手」，拿出賭本，叮囑他不許出千，替他去玩幾把。

「一隻手」伸出他的左手臂，小臂到頭，光禿禿的，不見手掌。這幾年怕被人嘲笑，「一隻手」永遠都是左手插兜，不讓人看出來自己哪有問題。

他對小五子揮了揮左臂的袖子，說：「五幫主，我都這樣了，人家不要我，就已經燒高香了，我還能出什麼千啊？」他其實不想玩，跟小五子恰恰相反，「一隻手」一點兒賭癮都沒有。當初在田獨，不是為了賭，是為了贏錢騙錢才去的賭坊。

「一隻手」被拉到賭場，滿臉的不情願，小五子說：「你進去不要貪心，不多玩，就押十把，一把二十兩銀子，前五把跟莊，後五把跟閒。」

小五子拿出二百兩銀子，再次叮囑他：「老老實實的，只押十把，不漲注，也不減注，每次只用二十兩。看你一會兒出來是四百兩，還是一文都不剩。」

「一隻手」臉上沒有一絲興奮，他木然地點著頭，進去了。小五子在外面聽聲數著，每次開色盅，都有人興奮歡呼，有人發火罵娘，各種聲音一起冒出來，唯獨聽不到「一隻手」有什麼動靜。以前真沒看出來，小五子想，他這麼淡定。數到第十把開色盅，「一隻手」出來了。

小五子問他：「怎麼樣，輸了贏了？」

「輸了。」

「輸了幾把，還剩多少？」

「全輸了，」「一隻手」攤開右手說，「一兩都沒剩。」

小五子皺著眉，轉著眼珠問：「十把全輸了？」

「對，十把。」

「每把二十兩？」

「對，就照你說的，不押二十一，也不押十九。」

「是前五把押莊嗎？」

「嗯。」

「後五把押閒？」

「沒錯。」

「那不應該啊？這麼巧？」

小五子有些懷疑，他審視著「一隻手」，不自覺地上前搜他的身。在他衣服上拍兩下後，「一隻手」來情緒了，大聲質問小五子：「是不是覺得我沒押，一把沒玩，直接把你的銀子匿下來了？」

「一隻手」甩開小五子，轉身往大路上走。小五子跟在後面，反而不好意思了，解釋說自己錯了，他才想明白，真要騙他錢，也得剩個二十兩、四十兩，一兩不剩，有點假，肯定不是騙子能幹出來的事。「可是，十把全輸，這個更假，而且還是換著押的！」

「一隻手」停下來，表情跟小五子一樣困惑，說：「我是想騙你錢來著，贏了多要點兒，輸了就少拿點兒。可是我也沒想到，開十把色盅，一把都不出啊。」

這應該是真話了，小五子看著他笑了，問他：「你本來要騙我多少？輸了你也拿，要不要臉？」

「輸了，我就少抽點兒，肯定給你剩二十兩。」

「如果贏了呢？」

「給你剩四十。」

「哦，你贏錢，最後還算我輸一百六？」

說完，兩人哈哈大笑。接近中午，他們找酒樓吃飯。上了二樓，小五子又掏出一張銀票，叫店小二準備一桌上好的酒席。「一隻手」問他：「輸了那麼多，你還能吃上好的酒席，你是把棺材本都用上了吧？」

　　小五子愣了一下，回答他：「還真是棺材本，只不過這是劫來的棺材本。」

　　本來他想講當初他是怎麼被大漠仙人和蓬萊閣老挾持，怎麼劫了一支喪葬隊，怎麼把他關在棺材裡，怎麼在棺材夾層處發現三十多根金條的。

　　可是「一隻手」不打聽，眼神飄忽，在想事情。店小二每上一道菜，還報一次菜名，不一會兒，整張桌子都擺滿了。小五子拿起筷子，在桌子上磕齊，跟「一隻手」說：「別想了，吃飽了再說。」

　　可「一隻手」還在想，想了半天，他告訴小五子，剛才在賭場，他對面一直坐著一個人，兩個女人坐那人旁邊，左擁右抱的，看起來是個當官的，一個叫他李大人，另一個又叫他李駙馬，沒準兒還真是娶了公主，成了駙馬爺。

　　「駙馬爺調戲民女？」

　　「那不重要，主要是他也在押，一次押五百兩，跟我押的剛好相反，」

　　一隻手說，「我是先五把莊，再五把閒，他是先五把閒，再五把莊。」

　　「你要說什麼呢？」小五子問。

　　「我要說的是，他十把全中了，而我十把全賠了。」

　　「所以呢？他五百兩，你二十兩，你覺得他在弄你？」

　　小五子夾著菜，嘴裡咔哧咔哧的，他示意「一隻手」吃東西，這事

就算過去了。但「一隻手」不甘心，筷子都不拿，努力回想，似乎要把賭場的十把賭局全過一遍，最後得出結論說：「有人在幫他搗鬼。」他身子前傾，看著小五子，「他看起來是一個人，其實不是，後面那些押注的、看熱鬧的、跟著起鬨的，都是他的人。」

「他不是左擁右抱嗎，怎麼又是一個人了？」

「不是這個意思，我是說，他不是單槍匹馬地來。」

小五子對他笑笑，搖著頭，不知道「一隻手」怎麼了，鑽到裡面出不來了。

「你想啊，他是李大人、駙馬爺，怎麼可能自己跑過來賭？況且我明顯能感覺到，這些色盅在搖色子的時候，被人動過。」

「怎麼動？」

「吹氣，從桌板下面震桌子，用暗器擊打色盅，反正他們都是高手，用的手段比我們當年在田獨用的，高明多了。」

小五子撇撇嘴，任由「一隻手」講述賭場裡的各路神仙。一桌子飯菜被他吃了一大半，最後他拿起毛巾擦擦嘴，下樓結帳。走出酒樓的時候，他說：「說得這麼神，那就去看看？」

「可是，」「一隻手」為難起來，「我還沒吃午飯呢。」

3

一進門，小五子就看見他了，坐在一把紅木椅子上。那兩個女人果然在他旁邊，一口一個「李大人」「李駙馬」地叫著。小五子示意「一隻手」別過去，找個角落觀察一下。確實是他「一個人」，旁邊的幾個

人都不正常。拿扇子的、扛鎬的，好像真是傳說中的「漁樵耕讀」。還有他坐的那把紅木椅子，跟別人的也不一樣，兩側帶扶手，他跟個太師一樣地靠著。

小五子拿出一沓銀票，交給「一隻手」，跟他說：「你先上去，跟他反著押，等你輸光了，我再過去。」

他讓「一隻手」快去，自己坐在原地看著。顯然，李大人不記得「一隻手」之前玩過，或者是不在乎，除了專注收銀子，他眼裡面沒有任何人。荷官舉著色盅在身前轉了幾圈，放在桌上，告知在場的人開始下注。

絕對沒錯，那幾個「漁樵耕讀」全在「看熱鬧」，沒一個往上押的。「一隻手」離老遠看看小五子。不想暴露，小五子故意擋住臉，往別處看。直到「一隻手」抽出一張銀票押上去，小五子才看回來。

荷官等了一會兒，差不多的時候，喊了一聲：「買定離手！」他搖了一下色盅上的鈴鐺，掀開罩子，把點數展示給眾人。有人歡呼雀躍，有人捶胸頓足，那幾個假冒的書生、農夫也跟著起鬨，可是他們一文都沒下嘛。李大人贏，從紅木椅上起身，把桌上的錢全都攬在懷裡。兩個女人嘰裡呱啦，說：「你這把贏這麼多，也不分我們姐倆兒一點兒？」

李大人不高興了，怒斥她們：「錢都給過了，還好意思跟我張嘴要，嘰嘰歪歪！再多嘴，把你倆賣青樓去！」

兩個女子說：「李大人，我倆本來就是青樓女子啊。」

李大人撓撓頭，想說點更狠的嚇唬她們倆，他指著對面的「一隻手」說：「再說話，把你倆從青樓贖身，再賣給他！」

兩個女人嚇壞了，有一個看了兩眼「一隻手」，嚇得哭了出來；另一個年長些的，一聲不敢吭。沒人說話，搖色開盅也來得快一些。轉

眼，「一隻手」又連輸了三把，加上李大人旁邊的女人還在哭，他有點急了。

五幫主說的，把這點銀票輸完，他就過來。「一隻手」數數手裡的票子，還有七八張，一股腦兒地全拍在桌上。李大人摸了摸銀票的厚度，衝他笑了，說道：「就這點兒了吧，要不然你跟我一起押？」

「不必，我偏愛跟你反著來。」

「那我押閒。」

李大人嘴上說押閒，卻把銀票放在了莊上。「一隻手」拿起銀票，正要落閒位，小五子過來了，拽把椅子在「一隻手」旁邊坐了下來，假裝不認識他。小五子跟「一隻手」說：「這位兄臺，不要這樣，賭牌搖色子嘛，最怕有牌氣，有色子氣。要不然這樣，我們合作一下。不瞞你說，我其實研究色盅很多年了，可惜一直沒有賭本，今天我就拿你這幾張銀票做賭本，贏了錢，咱們二一添作五，怎麼樣？」

「一隻手」拿著銀票，瞪大眼睛看著小五子，估計以他這樣的智力，得反應一會兒才能明白，小五子是在假裝跟他不認識，他要配合著把這場戲唱完。「一隻手」想了想，中間還皺了皺眉，最後說道：「不行，你愛找誰找誰去。」

小五子滿腦子問號，心裡說了一萬遍：在座的誰幫個忙，幫我把這貨打死。他朝「一隻手」眨巴著眼睛，賠笑道：「給個面子，哥，借小弟一半？」

「一隻手」輕蔑一笑，還哼了兩聲，說：「沒面子，誰認識誰啊，跟誰套近乎呢？兜裡沒錢，你他媽湊過來幹嘛呀？」

小五子深吸一口氣，抬屁股讓椅子離「一隻手」遠點。他伸自己懷裡摸了摸，就一點兒碎銀子，一張票子都沒有了。那點碎銀錢加起來沒一兩，他有些自嘲地問荷官：「這點不讓押，是吧？」

荷官沒說話，「一隻手」搶話道：「別說押不了，沒錢，你就不該坐在這兒。」

小五子又摸摸懷裡，後悔沒帶殺豬刀來，不然就把他的另一隻手也給剁了。起身就走，又不甘心，小五子只好坐在桌前搓著雙手。

折騰一圈，「一隻手」反倒冷靜了，手頭的銀票，不但不全下，還抽出兩張，讓人換點發票子來。這是在磨小五子呢，一次押個二三兩，看他能在這兒坐多久。小五子坐在旁邊，搓了幾下手，也不在乎誰贏誰輸了。

他起身準備先撤，背對賭桌的時候，李大人喊了聲：「少俠，請留步。」

小五子站住不動，看看在場的所有人，起身的就他一個，況且，全場他最年輕。但是，少俠？打從記事起，從田獨到濟南府，還沒人這麼叫過他。他轉轉身看著李大人，指了指自己，問道：「是我嗎？」

李大人點點頭，伸手示意他先坐。小五子慢慢坐下來，眼睛不離開他片刻。李大人拾起一沓銀票，推到小五子面前，笑道：「少俠若有雅興，盡可拿屬下的銀票去玩。」

他身邊的兩個女子不幹了，頭一個也不哭了，說：「你好偏心哦，我們在這兒陪著你傻坐了一天，竟沒有一個陌生人拿的錢多！」

頭一個連撒嬌帶抱怨，另一個就放肆多了，握緊拳頭，要去捶打李大人胸口。李大人一時間羞得滿臉通紅，連喊幾聲：「住手！」

青樓女子才不管這個，一個捶胸，一個去拿賭桌上的銀票，賭館似乎成了窰子。混亂中李大人清咳兩聲，小五子能聽出來，這是個暗號或是指令。果然，之前拿扇子的那位醜公子從後面躥出來，一手一個，抓著兩個姑娘的後脖頸，把她們拎出了賭場。

李大人看著他們出門，確定沒人再煩他，又開始盯著對面扛鎬的農

夫。也不咳嗽，可能扛鎬的也不會了，盯了好半天，才知道是在叫他，那就暴露吧。農夫走到李大人身前，放下鐵鎬，躬身等李大人指示。李大人低聲跟他說了幾句話，農夫點頭說「明白」，起身也離開了賭館。

農夫出去後，小五子注意到，他把鎬忘在了桌前。反正暴露了，也不用裝種地的了，可是李大人到底要他去幹嘛？他朝小五子微笑，說道：「那少俠就收下銀票，咱們玩上幾把？」

小五子拿過銀票，掃了一眼，五百一張，差不多小一萬兩。小五子抬頭看看，銀票給了他，李大人桌前是空的了，他笑著說：「那怎麼行，錢都給了我，您拿什麼玩啊？」

李大人怕他有所顧慮，彎腰拽了一下紅木椅子上的坐墊，原來下面還有一個暗盒。他抽出來厚厚一沓，全都是大數額銀票。雖說是駙馬爺，可你這是把國庫搬來了吧？李大人拽出十幾張，說：「您儘管放心玩，屬下這邊有的是。」

為什麼自稱屬下呢？小五子打量著他，基本可以確定了，李大人認識他，以前認識，沒中斷魂掌的時候。可是，他認識的是崑崙公子，還是百花谷的少谷主呢？

「那我拿您李大人的錢玩，贏了怎麼辦，輸了又怎麼辦？」

「贏了，您儘管拿走，如果您不小心輸了，屬下再給您一些錢，做回去的盤纏。就當是屬下攀高枝，跟您交個朋友。」

言必稱屬下，那就先玩著。李大人抬手讓荷官搖色盅，色盅放下，眾人押注。李大人問他：「少俠想押哪裡？」

剛一上手，也聽不出色子點數，小五子抽出一張五百兩的銀票，押了個閒。

「那我就押莊，免得您中了，沒得抽。」同樣五百兩，李大人放到

「莊」字那一處。

「一隻手」這回打算多押，拿三張二十兩的銀票在算。一陣思量後，他決定跟李大人，把銀票放在他那五百兩的上面。

荷官喊著「買定離手」，然後攤開雙手，給大家看一眼，證明自己手上沒活兒。他撥了一下色盅上的鈴鐺，揭開罩子，所有人看過之後，大聲喊了一句：「閒中！」

在場的全都跟著李大人押，這是他今天第一次輸。小五子反倒興奮不起來，轉著眼睛思索問題出在哪兒。

「願賭服輸。」

李大人笑著把銀票推過去，這笑容有點假。小五子想了有一會兒才繞明白，他在假裝強顏歡笑，就是說，他輸得可開心了。第二把還是輸，第三把也輸。既然李大人能故意贏，自然也能故意輸。小五子全聽過一遍，搖色盅沒問題，放色盅也沒問題，大家押注的時候，沒人碰過那東西，荷官喊過「買定離手」，攤手給大家看，也是乾淨的，然後他撥了一下色盅上的鈴鐺。停！這個鈴鐺有問題。

小五子伸手示意，先別揭罩子，他把押注的銀票拿起來，跟對方商量：「李大人，這樣，我改主意了，我們兩個對調一下，怎麼樣？」

李大人哈哈哈地假笑，說：「少俠說了算，屬下怎樣都好。」

小五子把兩張五百兩的票子換了位置，讓賭局繼續。李大人朝荷官點點頭，荷官又要去碰那個鈴鐺。小五子抓住他手腕，叮囑他：「別碰鈴鐺，直接揭罩子。」

荷官為難，手停在色盅上方等待指令，直到李大人又點了點頭，他才揭開罩子，喊了聲：「莊中！」

果然如此，玄機就在鈴鐺上，第四把小五子終於輸了。李大人收下

銀票，一副假開心的樣子，還朝小五子豎拇指，說道：「少俠果真了得，這麼多把，才讓屬下僥倖贏了一次。」

難過的是「一隻手」，前三把都跟著李大人押，一直輸；第四把看出門道了，要麼是五幫主厲害，要麼是李大人故意輸，反正他改跟五幫主，把錢全投了進去，一把輸沒了。接下來換他搓手，搓完手心搓手背，連看好幾把，鼓起勇氣，跟小五子商量：「少俠，借我點銀子使。」

「你誰啊？」

「我？」他看著小五子說，「我是『一隻手』啊。」

小五子拉起他左臂，把袖子撸上去，沒有手的手臂萎縮得像個小拳頭。小五子跟沒見過似的，大驚小怪：「還真是一隻手，哪兒去啦？」

「那個，被你剁了。」

「開什麼玩笑，我都不認識你。」

小五子說完，就不再理他，繼續跟李大人賭。「一隻手」跟掛在陽臺上的鹹臘肉一樣無所事事，在旁邊看了幾把，默不作聲地起身走了。

「一隻手」走後，小五子又玩了半個時辰，他知道李大人有問題，是衝他來的，只是想不通，為什麼要故意輸錢給他。反正先贏著，有錢拿，他也懶得戳穿鈴鐺的問題，只是寄希望於「一隻手」能聰明點。那麼明顯的事情，把他支走，就是要他回去搬救兵嘛。

半個時辰過去了，不見「一隻手」回來；一個時辰過去了，還是不見他帶人回來。倒是之前出去的農夫回來了，把立在賭桌旁的鎬扛起來，跟李大人說：「事情都辦好了。」

什麼事情呢？小五子跟著李大人，往門口看去。外面多了個侍衛隊，十幾個人的樣子，背對著大廳守在門口。透過人縫，還能看見一頂紅轎子停在街面。又是這一套，他小五子太熟悉了，點了穴，或是綁了

人，塞進轎子裡劫走。

可這把還是贏，小五子把錢攬過來，抽一張五百兩銀票，隨便押個莊、押個閒，然後一張一張數著桌面上的盈餘，把一厚沓銀票揣進懷裡。

荷官搖色，放盅，喊注，撥下鈴鐺，開色盅，管它莊中閒中，想都不用想，小五子中。流程走完，小五子突然起身往外走，頭也不回地邊走邊說：「這把不要了，改天請你吃飯。」話還沒說完，他已經走到門口了。

十幾個侍衛跟一群石獅子似的，雙手背過去擋著道。小五子裝作跟自己沒關係，怼著手臂肘往外擠。居然沒人要拿下他，還真被他擠出去了。他再往前走幾步，繞過紅轎子，拿扇子的那個醜男人不知道是從哪兒冒出來的，一下子擋在了他前面。小五子想想，轉身往回走，扛鎬的農夫又一次擋住他。

李大人小跑著出來，滿臉熱情地說：「這位少俠，您急什麼，先吃個飯再走。」

小五子看著他，質問道：「怎麼，李大人，贏了錢，就不讓我走嗎？」

「哪裡哪裡，就是覺得少俠一表人才，屬下想讓少俠去我那裡小敘一下。」

「改日再說！」

小五子轉向找出路，自然又有人擋面前。看樣子跑不了了，束手就擒吧。奇怪的是，他們又不抓他，只是背著手擋著，一步步地逼著小五子後退。他再轉身，其他人也圍上來了，眾人把小五子圍成一個圈，只留一個豁口是通往轎子的。小五子先順著退幾步，再試試腳下不動。這

些人就像移動的牆，用胸膛頂著小五子走。要不然打一下看看呢？反正被掠走，按李大人這種把人賣到青樓的喜好，他小五子往後也沒什麼好事。

小五子深吸一口氣，右手握拳，一拳打在面前的侍衛身上。他沒武功，自然也談不上內力，這一拳打下去，能不能打青都不知道。這時奇蹟發生了，被打的那個侍衛「啊」的一聲慘叫，飛出去十幾丈遠，結結實實地摔在地上。小五子驚到了，抬手看著自己的手心，這是怎麼了，神龍附體嗎？還是吃了什麼大力丸？

他再試一次，這次換左手出拳，第二個侍衛飛得更遠，叫得更慘。他兩手攤開一起看，一定是百花谷。他想明白了，在那裡住上十多天，聞著沁人花香，相當於別人苦練十多年。感謝谷主，小五子微笑著想，從此以後，我也不討厭你常公公了。

「那就對不住了！」他一下子信心爆棚，握緊雙拳，一拳一個，將兩人打飛，轉身又去打身後的幾個人。只是他們人太多，每打倒一個，就會有新的人進來補位。但這很過癮，小五子跟踩了風火輪似的，在人群裡忽左忽右，一挑三四十人。他一邊出手，一邊咆哮：「還有誰？」

可是人怎麼打不完？打倒那麼多，剩下的還是能把他圍成一個圈，似乎還越打越多。直到一拳已經打出一半了，他忽然停住，看著侍衛的臉，問道：「我見過你。」

侍衛蒙在原地，踮著腳尖，不知何時跳出去。

「我打飛過你，是不是？」

侍衛點著頭，有些含糊地「呃」了一聲。

「我打飛過你幾次？」

「這次能飛，就是第八次。」

小五子放下拳頭，嘆了口氣，轉半個圈，把侍衛的臉都看過一遍。確實，個個都被他打飛好幾次，他讓面前的侍衛讓讓，要看看周圍的街面。

　　打飛那麼多，現在地上卻只有一個侍衛，他正拍著屁股上的塵土，一路小跑著，往這邊趕呢。

　　小五子在人群裡找到李大人，皺著眉問道：「你到底是什麼人，誰的駙馬爺，搖色子陪著我輸？在這兒陪著我打，你到底在跟我玩什麼？」

4

　　「一隻手」確實傻，完全不知道小五子身陷險地，看不出李大人另有所圖，一路罵娘地回到住處，剛好趕上他們在吃晚飯。文思清跟客棧借的廚房，做了一桌子飯菜。他找副碗筷，盛滿白飯，坐下來跟他們一起吃。

　　中午就沒吃，光思索賭館作弊的李大人，餓了一下午，此時胃口大開，三口兩口吃掉一碗。他端著碗去廚房轉了一圈，回來說：「鍋裡沒有了，哪兒還有飯？」

　　吳思若看著他，越看越不對勁，問道：「你自己回來的？」

　　「是啊，怎麼了？」

　　「小五子呢？」

　　「他有錢不借我，我又沒錢，我就自己回來了。」

　　「以後你跟我說話，帶上師姐兩個字，記住了嗎？」

　　「記住了。」「一隻手」心不在焉地回答，忽然又想起些什麼，補充

道，「師姐。」

文思清挺好奇的，跟他打聽：「你們去哪兒啦，他不借你錢？」

「一隻手」本來要說賭場來著，腦筋一轉，覺得可以小小報復一下，他說：「逛窯子唄，不然什麼地方還用得著花錢啊？」

吳思若問他，哪家窯子。「一隻手」也不知道濟南府哪家青樓有名，他先說虛的，說裡面姑娘好看，一個個可有風情了，門臉還特別大，鎮宅的東西也奇怪，東邊立一石獅子，西邊立一關公。

八光打斷他，問道：「醉生樓，是不是？」

「什麼？」

「那家店是不是叫醉生樓？」

「真有啊？」「一隻手」隨便說的，被這麼一問，反倒含糊起來。

「是醉生樓。」八光回想著說，「但你把方位弄錯了，不是東西向，門口的南邊是關公，北邊是石獅子。」

大家都停下來，看著八光，弄得他有點難為情。最後八光自己給自己墊了句話下臺階，他自言自語說：「沒想到這麼多年了，醉生樓還沒變。」

既然真有醉生樓，「一隻手」索性放開了編，他說：「門口看著豪華，裡面其實不貴，一個姑娘五兩銀子。我跟五幫主借五兩銀子，他不給，我說二兩半也行，我就一隻手摸姑娘，跟她們商量商量，只付一半的錢。二兩半，他也不借。你們知道他說什麼嗎？你們知道他說什麼嗎？」一隻手問兩遍，也沒人接荏兒，他乾脆自問自答，「他說，他多五兩銀子，寧可找倆姑娘，也不借我。」

「那是他為你好。」八光寬慰他。

「哪兒為我好了？」

「有些事開了頭，就一發不可收拾了。」

文思清咳嗽一聲，八光識趣，不言語了。吳思若似笑非笑，看著文思清說：「我不知道妹妹怎麼想，我的建議是，先讓小五子回來。當然，你做主。」

文思清也這麼想，可是她一女孩子家，進窯子找男人，那不是肉包子打狗嗎？讓誰去合適呢？她跟錢老闆商量，說：「錢老闆，您最年長穩重，小五子以前也是您的人，就拜託您跑一趟吧。」

錢老闆提醒她，肉舖錢老闆是假的，自己只是個宮裡的，進去一張嘴，人家龜奴、老鴇都得把他趕出去。文思清轉身求「一隻手」，說：「不然，我借你五兩銀子，你去把小五子找回來？」

「這才是肉包子打狗，有去無回。」吳思若說，「你給他拿五兩，明天他都不一定回來。」

「那找誰呢？」

吳思若對八光撇嘴，說：「這不是現成的嗎？連醉生樓的石獅子都知道。」

八光連忙搖頭，往後退。文思清也覺得這是個好辦法，說：「那就你去吧，正好這也是一次難得的考驗。你要是經受住了，以後也不用懷疑自己了。你要是沒經受住考驗，那就放棄吧，以後也不用老折磨自己了。」

兩個女人勸了八光好半天，吳思若說：「我們不聊考驗、劫難什麼的，你就是去找小五子回來，有這麼費勁嗎？」

「一隻手」樂呵呵地補充道：「你快去吧，一會兒五幫主都完事了。」

錢老闆在一旁看熱鬧，八光被說動，決定出門的時候，他還趕過來

塞給八光五兩銀子，說：「高僧，你要是實在忍不住，就把這五兩銀子花出去。」

當然不能花，八光攢著銀子，推門出去。閉著眼睛，都能走到醉生樓。他在門口徘徊了一陣兒，從石獅子和關老爺之間走了進去。

他站在大廳中央往上看，從一樓到三樓，鶯歌燕舞，打情罵俏，那麼熟悉，這就是田扒光的舒適區啊。他不斷提醒自己，他是來找人的，把小五子找出來，他就離開這兒。這麼暗示果然有用，他一路向上，把每個房間都過了一遍，沒見到小五子，那就趕緊走吧。下樓的時候，有個姑娘倚在門口衝他笑，問他：「你怎麼了？」

「沒怎麼？」

「那你這麼慌張，幹什麼呀？」姑娘說，「沒怎麼，你就慢慢下樓啊。」

八光放慢腳步，一步一個臺階地往下走。後面的姑娘還在笑，聲音傳過來輕飄飄的：「不然進來喝壺酒，歇一下吧。」

好像有回聲，似乎是從山谷裡傳出來的聲音，在他腦海裡蕩來蕩去的。樓梯一節節往下，就要到一樓時，他忽然折回來，走到姑娘面前，把五兩銀子交給她，歇一下就歇一下，怕什麼呢，進去喝壺酒。

姑娘等八光進來後把門關上，還是倚在門口，只不過這次在門裡，八光在房間裡。她笑著說：「我沒和和尚同房過，看你的樣子老當益壯，讓人期待呢。」姑娘說著開始脫衣服，就在八光面前，一件件地把衣服脫下。八光望著她直嚥口水，臉上卻痛苦得滿眼含淚。

就讓時光定格在這裡吧，後續的發酵要到兩天之後，文思清再次見到他。她問八光，那天經受住考驗了嗎。八光點點頭，也不多說話，像是回避這一話題。

文思清當然很高興，說：「那天錢老闆給你五兩銀子的時候，我擔心壞了，生怕你破戒，挺過來就好，那你現在把銀子給我吧。」

八光看起來悔恨不已，低聲說：「我花了。」

「花哪兒了？」

八光不說話。文思清生氣了，指著他的鼻子怒斥道：「那你還跟我點頭？當初下山的時候，你是怎麼跟師父保證的？師父說你還得五十年，才能六根清淨，我看你啊，一百年都不夠。你還是別當和尚了，繼續當你的田扒光得了！」

八光低著頭，只說：「不是這樣的。」

「那是怎樣的？」文思清問，「你倒是說啊。」

他沒辦法說，「但那一天在醉生樓的情形真不是這樣的，以後可能講給你，可能永遠不會講出來，但我現在只能說，事情絕不是你想的那個樣子。」

5

八光去醉生樓找小五子後，「一隻手」越編越亢奮，最後把青樓描述得漏洞百出。最早當然是吳思若發現了問題，這裡面她再熟悉不過了，「一隻手」連青樓和窯子都分不清楚，追問兩三句，就問出來了。

「一隻手」只好承認，跟青樓沒關係，他和五幫主一天都在賭館，裡

面有一個自己帶椅子來的駙馬爺，帶了幾個人故意輸錢給五幫主，一把就是五百兩，十把五千兩，按八光的算法，是一千個姑娘。「姑娘真有那麼便宜嗎？」「一隻手」問。

「這麼大的事情，」吳思若質問，「你說他去逛窯子了？」

「是他趕我走的，贏了那麼多，一兩都不借，硬生生把我趕了出來！」

「他是讓你回來通風報信！」錢老闆急得喊了出來，「故意輸那麼多，肯定有問題！」

他們趕車過去，到賭場的時候，天已經有些黑了。離老遠就看見小五子在賭場門口，一個一個地打身邊的侍衛。每一下都是剛剛碰到對方，對方就像小五子有多高深的內力一般，彈出去老遠。

打了一個多時辰，這些人還在配合小五子。既然請不動，又不願強行把他綁走，這似乎是最好的辦法，配合他打來打去，待他筋疲力盡倒下來，再把他抬到轎子裡。小五子明顯累了，之前還是碰一下，再彈出去，現在出拳無力，隔著空氣侍衛們就往外蹦。小五子大口喘著氣，給自己打氣一般，凜然道：「還有什麼人，都給我上來！」

幾個人都挺納悶兒的，小五子什麼時候有這麼大本事了？這麼好打，「一隻手」也想上去過過癮。跑進人群裡，看準一個侍衛，使足力氣，一掌擊過去。哎？他沒飛出去，腳都沒移動一下。可能發力的方式不對，「一隻手」蓄力，再打第二掌。

這些侍衛陪小五子玩了一個多時辰，摔了百十來次，正愁有氣沒處撒呢。不知從哪兒冒出來的「一隻手」，簡直就像自己跑進來的出氣筒，侍衛們總算可以正常地打上一架了。侍衛側身躲過「一隻手」的第二掌，一掌擊在「一隻手」的後背上。「一隻手」暈暈乎乎地就要倒在

地上了。旁邊另一名侍衛急忙喊道：「別把他打死了！」

　　是啊，打死他，就沒出氣筒了。侍衛亡羊補牢，在「一隻手」就要倒下去的一刻，一把把他從地上撈起來，對著他的前胸又來一掌。這次「一隻手」是要仰躺下去，但還是被侍衛提了起來。前胸後背都打過了，換個新鮮的玩法，侍衛把他拋到空中轉圈。

　　轉圈也分好幾種，拋得低，但轉速快的；轉速沒那麼快，但是拋得很高，一時半會兒下不來的；最刺激的是第三種，高空大風車，拋得又高又快。當「大風車」的過程中，「一隻手」一陣陣噁心，感覺自己有好幾次還沒來得及吐出來，就又給嚥下去了。有時在空中還能看見小五子猶如蓋世英雄一般，輕描淡寫地將這二十多名侍衛一一擊倒在地。這不符合武學精神啊，「一隻手」想不明白，怎麼五幫主今天運氣這麼好，賭桌上大小通吃，出來打架，也能一拳幹倒一大片？

　　李大人一再地拍手，那口氣聽起來就是阿諛奉承，他說：「少俠果然是少年英雄，屬下這二十多位侍衛，還不比少俠的一根小指頭。」

　　「照李大人這種打法，別說二十位，」小五子邊打人邊說，「就是兩百位、兩千位，我也一樣給你打倒！」

　　李大人對小五子行禮作揖，懇求道：「屬下在這裡替我的這些下人們，謝少俠不殺之恩！」

　　我倒是想殺他們，小五子想，個個跟能無限復活、幾百條命一樣，反反覆覆地折磨人。他看到大家都來了，忽然感覺很露臉，很想顯擺一下，一拳一腳出得還挺像那麼回事，那些侍衛似乎飛得更遠了。

　　文思清和吳思若看著很不解，不知道這個李大人的葫蘆裡裝的是什麼藥。錢老闆倒是一直在皺眉，他認識這個李大人，其實他再熟悉不過，只是沒聽說他娶了公主，成了駙馬爺了。哦，他叫李準駙，據說名字是自己改的，原名好像叫李準基，要麼就叫李準隆。改成「準駙」，

那是下定決心要娶公主了，估計這幾年已經實現了，只是不知道娶的是嘉和皇帝的哪位公主。

錢老闆不想他認出自己，也看出李準駙沒有傷害小五子的意思。他正轉身要走，李準駙卻認出了他，在後面喊他：「常公公，請留步。」

錢老闆只能回頭裝糊塗，問：「這位大人是？」

李準駙畢恭畢敬地跑過去說：「常公公，您貴人多忘事，我是九門提督小李子，以前每個月都給您上兩回貢的。幾年不見，這筆錢花不出去，我都給您留著呢。」

錢老闆想想，也沒法否認，他不說話，算是默認了。李準駙笑瞇瞇的，繼續說：「我以為當年中秋之亂，您慘遭不測了呢，沒想到您施的是金蟬脫殼之計。」他說著，看了看正在激戰的小五子，低聲說，「太子這幾年一直跟您在一起？」

「當年崑崙公子把太子從宮裡挾持出去，」錢老闆問道，「你一定知道吧？」

「當然，當然，不瞞您說，我找了近三年，今日老天有眼，終於讓我找到太子。」

錢老闆看看賭場，笑道：「這幾年一直在賭場裡找，一定很辛苦吧？」

李準駙有些緊張，辯解道：「都知道太子好這一口，當初離開京城的時候，我就下令說，別的地方不用尋，去哪兒守著賭場就對了。那常公公您呢，太子怎麼一直在您身邊？」

「我一路追蹤，最終從崑崙公子手裡救下了太子。當時想過送太子回去，但宮裡的三王爺，你也知道，一直覬覦皇位，再加上太子，」常公公說著，指了指自己的太陽穴，「這裡受了點傷，怕敵不過三王爺。」

李準駙回頭看看小五子，說：「我見他第一眼就看出來了，想請太子回宮，又不敢動強，只能先這麼耗著。」

「我當時也是跟你這般為難，又沒有李大人這麼大的本事，只好在暗中保護太子，只等見到李大人，由你迎太子回宮。」

幾句話說得李準駙飄飄然，頻頻點頭道：「以後還需要您在皇上身邊多替微臣美言幾句，雖然聖上現在聽不著，但總有醒來的那一天，還要您繼續提攜小李子。」

「我年事已高，只想在江南養老安樂，宮裡恐怕是回不去了，以後太子還需要你來輔佐。」

李準駙回頭看著激戰正酣的小五子，問錢老闆：「那微臣現在如何是好，還請常公公指教。」

「事到如今，不如就把真相告知太子。」

李準駙點頭稱是，朗聲要眾侍衛停戰退下。小五子早看見他在和錢老闆說話，知道他們認識。李準駙朝他走過來，忽然下跪叩首，大聲道：「九門提督李準駙，叩見太子！」

小五子有點蒙，他看著李準駙後面的錢老闆，誰知他也跟著跪下了，說：「太監總管常公公，叩見太子！」

腦子嗡嗡作響，他看看文思清，看看吳思若，看看「一隻手」，大家的表情裡都有震驚。小五子一直在想，我是太子，又是崑崙公子，是我弄錯了嗎？三年前中秋夜，太子不是被崑崙公子劫走的嗎？

第十三章　李準駙

1

　　那就別打了，小五子一停手，二十幾個侍衛跟著一起停，之前摔出去的也都爬起來，原來都是陪太子殿下玩的。小五子左右看看，街對面有一家文相居，看起來不錯，兩畝地大小，三層樓高，估計是設宴請客的地方。小五子指指文相居，按他的意思是在這兒設個宴，擺上一桌菜、兩壺酒，互相先盤盤道，看看自己這個太子是真是假，這個李準駙是什麼來頭。大家邊吃邊聊，邊喝邊觀察。誰承想自己話都說出口了，李準駙卻搖頭，他說：「不用了吧，太子殿下有所不知，臣走南闖北，找了快三年，好不容易找到了，咱們就趕緊回京城吧。」

　　小五子看著他，不說話，張了兩次嘴，繼續看著他。他在想，太子對臣子應該什麼樣，尤其是在被下面的人拒絕的時候，應該說點什麼好。他還沒想好怎麼說呢，李準駙馬上又改口了，他說：「太子殿下，不然咱們邊趕路，邊設宴？」

　　小五子上身向後靠，瞇著眼睛看他，問：「怎麼邊趕路邊設宴？」

　　李準駙拍了兩下手，對面文相居傳來轟隆隆的下樓聲。大門推開，上千個手持兵器的侍衛從裡面出來。這麼小的門，這麼多的人，全出來還得一炷香的工夫。文相居有四個面，一千多個侍衛從大門出來後分向左右，讓出正門，將另外三面圍住。

　　小五子看看李準駙，不知道他弄這麼多人，到底要幹什麼。又回頭看看文思清、吳思若、常公公和八光，他們都跟他一樣困惑，都震驚於這聞所未聞的鋪張。

「準備吧。」李準駙說。只見他伸出手掌，對著近前的幾個侍衛，手心向上抬了抬。剛才在賭場扛鎬的農夫，也是跟小五子搏鬥時摔得最狠最遠的那個，竟然是他們的隊長。他看到李準駙的手勢，點點頭，向前走幾步，站在李準駙和侍衛們之間，高喊道：「起駕！」

「唰」的一聲，所有人整整齊齊地踩了下右腳。隊長喊：「一！」侍衛們統一蹲下，左腿朝前，右腿向後下彎撐著地面。隊長走過去，將文相居的大門關上，然後退後幾步，對準備好的侍衛們喊道：「二！」小五子看見侍衛們好像從地上撿起了什麼東西，之後都用力抓著。隊長喊：「三！」

這聲「三」長一些，似乎也更用力。侍衛們鉚足勁地嘶吼一聲，一個個努力地站起來。緊接著，讓小五子瞠目結舌的畫面出現了，那幢三層樓的文相居，居然硬生生地被這一千多個人抬了起來。

隊長做了個往這邊來的手勢，一千多人扛著文相居朝他們走來。湊近一點兒，小五子看到每個侍衛都扛著一根鐵桿，而這根鐵桿正是從樓底板伸出來的。一千多根鐵桿在樓底板下縱橫交錯，剛好能撐住整棟樓，也能令侍衛將整幢樓扛走。但還是太沉了，那可是三層樓啊，小五子感覺他們每走一步，都能在地上砸個坑出來。離小五子只有兩三尺遠時，隊長喊了聲：「落轎！」這些人慢慢蹲下來，彎腰將鐵桿卸下來，一寸一寸地下移，直到將文相居穩穩地放置在地上。

李準駙將文相居的大門打開，右手向前，請小五子進去。當然，現在不是小五子了，是太子殿下。小五子回頭看看，示意文思清、吳思若她們一起來。文思清的表情有點不對，她抓著門環，滿臉通紅，氣都有點喘不勻，隨時要暈倒的樣子。

小五子向前要扶住她，旁邊的吳思若搶先將她攪了起來。文思清好像哭了，臉上有淚水。是不是不接受我做太子？小五子想，可我又不是

故意的，況且我現在是真是假都不知道。但也來不及多想，李準駙高聲喊道：「有請太子殿下入座！」

這麼有儀式感，這幾年做夢，哪怕是做白日夢，也不敢想自己會是太子。所有禮儀他都不懂，他站在門口不知道太子進殿是先邁左腳，還是先邁右腳。反正不會是兩腳一起跳進去，對吧？常公公走過來，攙住他，幾乎兩腳騰空一般，大步走了進去。雙腳下落時，他的雙腿有些發軟。文相居哪裡只是個飯堂，裡面雕梁畫棟、長桌御宴，這簡直就是宮殿，一個可以行走的宮殿。現在想一想，李準駙把紅木椅搬到賭場算什麼呀？人家可是帶著一幢三層的文相居走來走去呢。

吳思若和文思清跟在後面進來，吳思若左顧右盼，和小五子一樣，一時無法看懂這李大人是什麼路數。文思清那股難受勁兒還沒緩過來，雖然也是左右地看，卻越看越深情，越看哭得越厲害。最後進來的「一隻手」可就完蛋了，一副沒見過世面的樣子。八光也挺驚訝的，但沒「一隻手」那麼沒出息，畢竟前幾年走南闖北，大家閨秀、小家碧玉的閨房宅子都去過了。可是這裡比那些要大氣，這麼大的房子，蓋起來都得三五年，更別說沒軲轆，全靠人扛著走了，這可不是一個小工程。「一隻手」還在驚嘆，甩著他那空袖子指手畫腳、一驚一乍地說：「五幫主，我跟你混就對了！

我早就知道，我沒跟錯人。說實話，能有本事把我降服的，肯定不是一般人，不是天子，就是太子！」

「一隻手」大驚小怪的，小五子也不讓他閉嘴。有這樣一個人挺好，自己不知道說什麼了、心裡有一百個問題解答不了、還需左右觀察的時候，「一隻手」可以說個不停，避免冷場。

李準駙請每個人入座，小五子自然坐主位，李大人坐他左邊，常公公坐他右側，至於文思清和吳思若，都坐在他對面。李準駙招呼人給

大家倒茶，之後拍了兩下手，侍衛隊長小跑著出去，很快傳來「起駕」的口令，接著是一、二、三。

小五子坐在位子上，感覺整個房間都被抬起來了，但又那麼穩，根本就沒有一顛一顛的搖晃感，茶杯裡的水都看不出晃動。他起身走到窗前，窗外的景色一點點往後退，房子確實在移動。李準駙走到他身後，弓著身子陪他看窗外。小五子看著窗外的暮色，頭也不回地問道：「李大人，整幢文相居都是你從京城帶來的？」

「正是。」

「夠穩的，運這幢樓，花了你不少功夫吧？」

「這都是臣應該做的。」李準駙說，「這一千多人都是精挑細選出來的，不只是力氣大，還要耐力好，有常性，更重要的是……」

「身高還要一樣，絲毫不差，是嗎？」小五子關上窗戶，轉身打斷了他的話。

「太子殿下所言極是，只是……有些許的……」

李準駙支支吾吾的，就是不說出來。剛做太子不到半個時辰，小五子就明白了朝廷裡的生存法則，從下往上論，說你「所言極是」，其實就是說，你說的不對，至於什麼是對的，下面的人也不敢輕易說，就給你留一口子，「只是」「有些許的」什麼的。你要是追問，他就講出來；你要是不問，起碼做臣子的沒犯錯。換平常，以小五子的性格，他肯定不問，憋死你。只是這次他真挺好奇的，頭兩條是力氣大、耐力好，這第三條倘若不是身高一樣，那又是怎樣做到這麼穩的呢？他讓李準駙說出來，別支支吾吾的。李準駙低著頭只說「是，是，是」，就是不往下說。小五子讓他快點，後來提醒他：「你平常做官，怎麼說是你的事，但別跟我來這一套。

以後在我這兒，要是再這麼含糊不清的，小心掉腦袋！」

「是，是。」李準馳低著頭，舌頭都打結了，他搶在小五子發作前，搶在小五子喊「拉出去斬了」之前，趕快說出真相，「太子殿下，您其實是對的，就是身高一樣。選出來的這一千多人，他們的身高是一模一樣的。」

小五子背著手看他，搖著頭：「不對，肯定不對。傻子都能從你的表情中看出來，我剛才說錯了，你現在又反口說我講得對。只要是太子講的，就都對，是不是？」他不想聊了，轉身問房間裡的幾個侍衛：「這裡除了李準馳，誰還能管事？把他給我替下來！」

李準馳趕快在小五子身後跪下來，求太子饒他一命，他說就是。小五子已經不指望他再說什麼了，繼續問侍衛：「這裡誰管事？」

李準馳跪在地上連珠炮似的回答：「其實開始選的標準是身高都一樣，可是您坐在裡面有些顛，後來您提拔了微臣，微臣苦想了三天三夜，終於想明白了，光是身高一樣還不行，主要是肩膀要一樣高，畢竟要把鐵桿扛在肩上行進。」

早說不就完了嗎，弄得這麼費勁。侍衛群裡站出來一個小夥子，毛遂自薦說：「太子殿下，我行，我能替李大人把事情做好。」

小五子面帶笑意地看著他，話確實是自己問的，他一時半會兒還不知道怎麼回覆。小夥子以為自己說錯話了，指著李準馳補充道：「我說錯了，不是李大人，是這個姓李的蠢貨！我肯定能幹得比他好。」

這回小五子知道怎麼講了，他笑著重複小夥子的話，問道：「你肯定能幹得比他好？」

「肯定比他好。」他拍著胸脯保證，「說實話，這姓李的啥都不幹，說是找太子，找殿下您，可是這三年，每天就是遊山玩水，扛著這房子跑東跑西的，窮折騰我們。」

小五子點點頭，說：「你很好，還能做李大人的事，那一會兒就看

看，李準駙肯不肯讓你替他做事吧。」

小夥子沒明白，李準駙聽出來了，小五子這是要放了他，他跪地上咚咚咚地磕頭謝恩。小五子轉身，讓他起來，說：「這事其實幹得不錯，只是有點鋪張了。」

「是，是。」李準駙忐忑地回答，「所以只帶了一棟樓上路，文相家裡的花園和池塘就沒有抬到江南來。」

「什麼文相？」

「就是京城，朝廷裡的……」

李準駙這次沒想遮掩，張嘴就要回答，不過被「一隻手」的尖叫聲打斷了。廚房陸續上菜了，一盤盤菜由侍女端上來擺在桌上，「一隻手」驚呼道：「這裡還有廚子！」他拿起筷子，站起來夾了一塊蜜汁蹄髈，感覺嚼得嘴裡直冒油。他看著擺盤的宮女又尖叫道：「還有宮女！」之後又看了看常公公，深吸一口氣，說，「還有太監！全了！宮裡有的，這兒都有！」

常公公想讓他閉嘴，可是一張嘴，又是尖聲尖氣的，貌似是在證明有太監這事，「一隻手」說得對。常公公嘆口氣，拿起筷子夾了一口藕夾。

「一隻手」湊過來，笑瞇瞇地問：「常公公，這菜我都沒吃過，你之前在宮裡應該常吃吧？」

常公公憋著一口氣，他右手拿筷子，左手握著「一隻手」椅子的扶手。感覺他把氣全撒在椅子上面了，弄得「一隻手」的椅子咔嚓咔嚓響。

他強顏歡笑，示意「一隻手」坐下來說：「想吃什麼，夠不到的，常公公給你夾就是。」

「一隻手」笑嘻嘻的，自言自語道：「果然是太監出身，就是會照顧人，回頭我⋯⋯」話說一半，他又尖叫起來，想往上蹦，屁股卻黏在椅子上抬不起來。

小五子走過去，見椅子上沒東西，也不知道「一隻手」到底唱的是哪出。他問「一隻手」：「怎麼了？」

「一隻手」額頭上直冒汗，跟要斷氣了似的，磕磕巴巴地說：「燙⋯⋯燙！」

小五子注意到，常公公握著「一隻手」的椅子的扶手，那就是在發內力，把椅子逼熱逼燙。常公公甚至還逼出吸力，「一隻手」幾次想逃都不得，喘著粗氣呻吟。

小五子問常公公：「會死人嗎？」

「會。」

小五子愣了一下，問道：「所以，你不是跟他鬧著玩呢？」

「沒鬧著玩，我想弄死他。」

這麼搞有點大，小五子撓撓頭，他替「一隻手」求情：「挺好的孩子，就是嘴欠了點，差不多就放了吧。」

「一隻手」也哀求道：「對對對，常公公，不不不，錢老闆，我對您也沒惡意，就是開個玩笑，您就把我當個屁，放了吧？」

過了好半天，常公公才點了點頭。小五子端起茶水，倒在「一隻手」

的椅子上。水剛落上去，椅面上就「吱吱」地冒著白氣。溫度降下來了，可是「一隻手」還是起不來，直到常公公把手拿開，一隻手才「噌」地一下從椅子上跳起來。他離開飯桌，推開文相居的大門，跳了下去，和扛房子的侍衛們一起步行去了。

大門打開，大家才看到，天色已晚，再不吃晚飯，可就要入夜了。很快就有宮女將「一隻手」溼漉漉的椅子抽走，換了把新椅子放在原位。小五子也不想回他的太子主位了，索性坐在這把椅子上。

剛才「一隻手」被燙的時候，李準駙已經將那名積極踴躍的小夥子處理掉了。他把農夫隊長叫過來，低聲吩咐他把二五仔帶到廚房，處理掉後，直接從窗口扔出去。農夫隊長多問了一句：「怎麼處理掉？」

李準駙盯著他，嫌他腦子太笨。他讓隊長湊過來，耳語道：「這種事情，你要讓我講那麼明白嗎？我讓你把他帶到廚房，我還說了，處理完從窗口扔出去，你還問我怎麼處理？怎麼處理，你去問廚子。」

隊長恍然大悟，表示他明白了，剛才是想多了。他朝李準駙眨了眨眼睛，一臉壞笑地說：「簡單直接最好。」

「對，簡單直接最好。」

隊長揪著小夥子的頭髮就往廚房走，小夥子求李準駙饒他一命。見姓李的不說話，他又求太子殿下救命。可是小五子正忙著救「一隻手」呢，根本不知道身後發生了什麼。農夫的力氣很大，揪著頭髮，能把小夥子提到半空，三步兩步就離開了大堂。之後廚房裡一陣慘叫，當然，全被大堂中「一隻手」的叫聲湮沒了。

「一隻手」逃出去的時候，農夫隊長也回來了，他俯身在李準駙耳邊向他報告：「全都處理好了，他現在留在廚房，給廚子改刀、擇菜。」

李準駙笑笑，拍拍農夫隊長的肩膀，誇道：「很好，非常好。」

隊長貌似很得意：「就按照您的意思，簡單直接地把他處理掉。」

「對，簡單直接。」李準駙笑笑，忽然變臉，質問道，「按照我意思？

我他媽是這個意思嗎？」

隊長蒙了，回憶道：「您說的，怎麼處理，讓我去問廚子。」

李準駙無奈地嘆了口氣，指了指他，說：「把你這身皮扒下來，你也去廚房摘菜、改刀吧。」

隊長想多問兩句，他真心想知道自己到底哪裡錯了，可是李準駙不給他機會。李準駙走到小五子面前，又一次變臉，滿面春風地從桌下拿出兩罈酒，說自己在找太子的過程中收藏了一些好酒。兩個罈子一模一樣，都是陶罐紅蓋，他仔細辨認了一番，指著左手邊的那壇，說：「這兩壇都是紹興名酒，這壇是女兒紅，女兒剛生下來的那天，當父親的就釀下這罈酒，起碼要等一十六年，女兒出嫁那天，才能打開品嚐。」

李準駙介紹完第一壇，準備介紹第二壇，誰知被之前不吭聲的八光搶了白。八光靠著椅背，扯著嗓子問：「那第二壇一定是狀元郎了，是不是？」話到嘴邊，被人堵住了。李準駙摸著罈子上的紅布，卡在原地。八光接著搶話：「那一定是，兒子剛生下來的那天，當父親的就釀下了這罈酒，本來要等到兒子考上狀元後再打開來慶祝。可是這一等，可不止十六年，沒準兒要等上二十六年、三十六年。要是他的子子孫孫都不爭氣，不學無術，等上六百年，這罈酒都不一定喝得上。」也不知道哪裡好笑，八光說完，還自帶音效一般，「哈哈哈哈」笑個不停。

李準駙的臉都綠了，他迅速調整狀態，仍然面帶笑意地請示小五子：「太子殿下，那咱們就打開喝吧。」

「李大人，先別急著開酒！」八光說，「我剛才說的對不對啊？」

李準駙皺著眉頭看八光，不知道自己哪裡得罪他了，他這明顯是在故意找碴兒。能看出來，這假和尚武功不錯，應該比剛剛把椅子燒燙的常公公還要好，真要是打起來，他李準駙倒也不怕。首先，他做了幾年的九門提督，可不是白練的；再就是這千人侍衛中起碼有幾十名好手，真要圍攻這和尚，可不是剛才對太子殿下那種鬧著玩的把式了。可眼下

不宜發作，這麼多人看著，更何況他是太子帶來的人。他「哈哈哈」地乾笑幾聲，吹捧道：「這位高僧果然見多識廣，李某人著實佩服。」客套話起了個頭，他也講不下去了，乾脆強行結束話題，「對，你說得對。」

「雖然我說得對，可酒是你的，打開之前，你總得給五幫主介紹一下啊。」

還沒完沒了了，這是要逼我動手嗎？李準駙愣了愣，再次調整狀態，摸著第二罈酒說：「這第二壇呢，叫狀元郎，如果生下來的是兒子，當父親的就釀下這罈酒，等兒子日後……」他說了一半，實在不想重複下去。

小五子把酒罈拽過來，拿下紅蓋子，示意大家就這麼喝吧。小五子拎起酒罈，給每個人都倒上。別人都已經習慣了，酒在面前的杯中倒滿，「謝謝」都不用說。他不就是小五子嘛，田獨肉舖的夥計出身。唯有李準駙誠惶誠恐，受之不恭的樣子，恨不得跪下來接酒。

菜也陸續上齊了，小五子看著一桌子飯菜，還愣了一下，說巧不巧，居然全是自己愛吃的。就算有些年沒吃過了，但一看菜品的成色，就知道合自己的胃口。李準駙詔媚說：「太子殿下，這都是按您的口味準備的，廚房裡的四位廚子，都是您之前的御用廚師。儘管您消失了幾年，可我把他們都留住了，就等著您回來呢。」

「這都是我之前愛吃的？」小五子指著這些飯菜問。

李準駙點了點頭，似乎很得意。其實不問，小五子也知道，不管吃過沒吃過，都是他的菜。那麼他和李準駙一定很熟，而這個李準駙自然是朝廷大臣，他說自己是太子，十有八九沒跑了。

小五子瞪了一眼常公公，倘若我是太子，失憶之前在宮裡，他就認識我。這幾年，又是裝啞巴的錢老闆，又是尖聲尖氣的太監，又是百花谷的沈總管，講了那麼多，沒一句實話。那就先吃飯喝酒吧，小五子端

起酒杯，誰知道裡面盛的是女兒紅，還是狀元郎。舉杯的時候他開了句玩笑，說：「那這房子呢，也是我喜歡的，給我留的？」

這有點像抬槓，也沒指望對方回答，可是李準駒居然又點頭，他說：「當時您說喜歡文府，便責令章武水章大人連根把文相居拔起，之後幾次出京，住的都是這幢房子。」

小五子的酒杯已經在嘴邊了，他停下來，盯著李準駒，問：「誰是章武水？」

「以前的九門提督，過去一直跟著您幹來著。」

「現在呢，人在哪裡？」

李準駒猶豫不決，小五子喝斥他，快講出來。他說：「章大人以前官運很好，順風順水，一路高升，後來因為辦事不力，出了點差錯，被您治罪斬首了。」

小五子追問：「他出了什麼差錯？」

這下不隱瞞了吧，索性全講出來，但還是要跪下來說。李準駒說：

「太子殿下明察，所謂差錯，就是這幢房子，就是您剛才問我的問題，是身高一樣，還是肩膀一般高。章大人老糊塗了，找了一千多個身高一樣的侍衛，但肩不一樣高，行進起來自然搖晃。有一次，這房子顛得實在厲害，桌上的茶都灑出來了。您當時大怒，問我們這些做下人侍衛的，誰能替章大人做事，您當時問了三遍。微臣那時還只是章大人的副手，可是太子殿下有困難，自然要赴湯蹈火。於是微臣站出來，表明我可以勝任，保證您在裡面可以四平八穩地到達目的地。」

「然後呢？我怎麼處置章大人的？」

「跟平常一樣，找個理由把章大人問罪斬首了。」

小五子深吸一口氣，他是個什麼樣的太子啊？儘管這幾年，他並

不覺得善良是美德，可他也從來沒想過，自己會是個壞人，一個十惡不赦的惡人。那就把酒喝了吧，希望這一切都是假的。然而就算他不是太子，他也是崑崙公子，也是個人人喊打的過街老鼠。

他仰頭將杯中的酒一口氣喝掉，猛地把酒杯摔在地上，然後他一一望著與他同行的這幾個人。常公公面無表情，看起來這些他早就知道，見怪不怪。八光和尚是刮目相看的表情，沒想到你小子比我狠多了，去少林寺的，應該是你才對。小五子看看吳思若，她則和他一樣恍惚疑惑，只是比他多了一絲心疼。小五子沒法心疼他自己，吳思若卻比他還要難受。他又看看文思清，她還沉浸在悲傷之中，不是為小五子，是莫名其妙地自我感傷，看著桌上的碗筷掉眼淚，似乎是在睹物思人。

小五子忽然想起了些什麼，他走出幾步，推開大門，手抓著門環，上身後仰，看房外的牌匾。李準駙還在喊著：「殿下，小心！」小五子已經走回大堂，他問李準駙：「這幢樓叫文相居？」

「對，文相的府邸。」

小五子走到桌前，拿起文思清面前的碗，看了看碗底，上面寫著「文相府上」。他渾身發抖，坐到文思清旁邊，雙唇打顫地嚥了兩口唾沫，眼淚就要溢出眼眶了。他啞著嗓子問道：「思清，這幢房子是不是你家的？」

2

文思清是在天快亮的時候離開的。他們喝了一整夜的酒，女兒紅，狀元郎，兩罈酒喝完，又換上汾酒、米酒。原來不只有紹興名酒，尋找太子的這幾年時間裡，李準駙走到哪兒，都會蒐羅當地最好的酒帶

上。房子在夜裡持續行進，眾人推杯換盞，最後是房子不見，人開始晃起來。

以前文相府的人不喝酒，無論是車伕、夥夫，還是管家，只要進了大門，都是滴酒不沾的。文思清的祖父和父親幾代為官，家族的規矩如此，不可以貪杯誤事。連根拔起，抬出京城，變成了文相居，反倒是觥籌交錯，一醉方休了。

是啊，文相府怎麼改成文相居了呢？可能是不想太顯眼吧。以至於在賭場門口，文相居就立在街邊，她都沒看出來，這三層樓竟是自己的家。

直到她走進去，房間裡的陳設格局都沒有變，她彷彿能看到自己童年少年時的痕跡——在這張桌子吃飯，在那扇屏風後面玩耍，從樓梯上跑下來，一路歡笑著跑出大門。那時祖父還在，父親還在，母親還活著。她呼吸急促，險些暈倒，吳思若扶著她，找張椅子坐下。桌上已經擺好碗筷，還是熟悉的花紋圖案。她拿起來，看看碗底，絕對沒有錯，是自己的家，是她長大的文相府，連碗筷桌椅都保持原樣，那碗底上寫著「文相府上」。

倘若小五子沒發現，文思清永遠不會說，她不知道自己家族的滅門跟他有什麼關係。眼前這個失憶的、沒有身分的男人，以前是小五子，後來成了崑崙公子，這次搖身一變，又成了太子，一人之下，萬人之上，他到底對文家幹了些什麼，這些她都不確定。

坐在長桌一角，她盡量克制，可眼淚還是止不住地往外流，想的越多，越悲傷。後來，小五子看出來了，拿起她手上的碗，問：「思清，這幢房子是不是你家的？」

她大概愣了幾秒鐘，硬擠出一絲笑容說：「哪有，我家哪有這麼氣派？」

小五子還在看她，顯然，他不信文思清的話。文思清端起酒杯，高聲建議大家先吃飯喝酒。「折騰了一整天，我都快餓死了。」她說。

小五子不動，其他人也不好起身舉杯。文思清俯身貼著小五子耳朵低聲講：「家裡出事的時候，我還小，又是女流之輩，我什麼都不知道，所以不要再問我了。何況，你也什麼都不記得了。趁我們現在還一無所知，把這頓酒喝完吧，他日再見，你我還不知道如何面對呢。」

小五子沒吭聲，他不敢看她。文思清再次端杯站起來，說：「在座的都是我新認識的朋友，大家為了小五子，東奔西跑地漂泊了這麼久。現下終於知道，他是太子，是皇宮裡的人，又有御前侍衛保護，以後大家再不必躲躲藏藏了。就算諸位心性清高，不願去討榮華富貴，也至少能過上太平日子。我先替小五子把這杯乾了。」

文思清說完，將杯中酒一飲而盡。所有人都看著小五子。八光等不及了，他可不管這些，文思清怎麼著也算是他師姐，他第一個站起來捧場，喝掉。之後是常公公，表示田獨承蒙她的照顧，雖為長輩，也要敬她一杯。再後來是吳思若，也沒多餘的話，說喜歡不喜歡，總還是跟她在崑崙山莊面對過生死、在茶館親歷了蘇子瑤被殺，無論如何，也要把這杯酒喝掉。

只剩下小五子了，他沒有起身，但把酒倒滿，一口喝掉，緊接著又倒第二杯、第三杯。太子喝酒，李準駙哪敢乾瞅著，你一杯，我三杯，你三杯，我九杯。九杯酒下肚，他滿嘴的酒氣，招呼廚房：「把這一桌子飯菜撤掉，換上新燒的菜。」

小五子讓他等下，問他：「這些菜不是剛上來嗎？怎麼要換掉？」

「上來個把時辰了，太子殿下。」

「可還沒有涼啊。」

「是，可是您摸一摸，已經溫了。」

小五子碰下盤子邊，基本還算是溫熱。他想了想，問李準駙：「所以，我過去是這樣的？這麼多菜，稍微一放，我就讓人重做？」

李準駙點了點頭。

「以後不必了。」他說。

「本來就該換的，您是太子，又不是尋常百姓，怎麼能吃剩菜剩飯？」

「我說，以後不必了！」小五子打斷他。他又喝掉一杯，李準駙這回不敢跟著喝。小五子放下酒杯說：「不用重做，以後連做都不用做了，叫廚子們先回京城吧。」

「那您以後吃飯怎麼辦？」

「走到哪裡，吃哪裡！」小五子走到窗前，推開窗戶，對李準駙吼道，「你往外看看，天天有趕路的，有餓死在路上的嗎？」他指著外面扛著房子的侍衛說，「我跟他們吃一樣的。」

李準駙明白了，但著實為難，太子怎能跟侍衛一樣吃糠咽菜？所以反過來理解，這一千多名侍衛，吃的要和太子一樣，大魚大肉，山珍海味。

這麼一來，伙食費肯定不夠了。李準駙說：「我著手去辦。」

李準駙走進廚房，又看見了那個要頂替他的小夥子，小夥子正在菜板前一邊抱怨，一邊切著蘆筍。本來就一肚子氣，眼下正好可以拿他撒氣。

李準駙走過去，左手抓著他頭髮，右手奪過他手裡的刀，在小夥子的右腿上扎了一下。然後他伸手要，一個看懂了的廚子遞過來第二把。李準駙瞄準後，在他左腿上又扎了一刀。右腿那一刀，好像觸及了動

脈，血噴出來，濺到了李準駙的臉上。兩刀一左一右插在小夥子腿上，他要死不活地躺在地上哼哼唧唧。李準駙伸手，始終沒表現的農夫隊長遞給他一條白手帕。李準駙接過來，擦了擦臉上的血，命令所有人：「刀就這麼插著，誰也別給他拔下來，誰要是想拔，就插自己身上！」

沒人敢出聲，李準駙要求廚子把衣服脫下來，換上侍衛的衣服，同時將廚子的白衣服交給農夫隊長，讓他挑幾個不中用的侍衛，穿上這些衣服，一會兒到太子面前晃一圈，說自己是廚房的廚子，給太子跪下來謝恩。他指著脫下來的衣服說：「領賞之後，就早點滾回京城吧。」

隊長接令要走，李準駙叫住他：「等會兒！我話還沒講完呢，你走什麼走！」

農夫隊長愣在原地，搓著雙手，也許真是農民出身，此時要是給他一把鎬，他還能自在點兒。

李準駙交代第二件事，「現在是盤纏不夠用了，」他說，「需要派人快馬加鞭向朝廷要些銀票來。可是朝廷也不好去。」話說一半，他又把自己否定了，找到了太子，挺大的一份功勞，人還沒見著，就伸手要銀子，到最後立多大功都被抹平了，「這樣，你帶幾個侍衛扮作強盜，看沿途哪家宅子大，富得流油，去搶他幾票回來！」

農夫隊長問：「搶多少？」

李準駙笑了：「這話說的，你得看他們有多少啊。要是家底就一萬兩，你能搶出三萬兩？」

「全搶光？一文錢都不給人剩？」

「當然搶光！」李準駙又樂了，不是有多好笑，而是這農夫出身的隊長好用是好用，可總問一些不可理喻的問題。還剩不剩錢給人家，為什麼要剩呢？奇怪了，錢這麼好的東西，沒有理由剩下來一些啊。

　　雖然不認同，但農夫隊長懂了。他接令離開，李準駙再次喊住他：「等會兒！我跟你說了多少遍了，等我把話說完，你再走！」

　　農夫隊長一臉無辜，還是搓著手，低聲解釋：「我以為你說完了。」

　　不解釋還好，解釋兩句，把李準駙的怒火勾起來了。他路過躺在地上的小夥子，將插在他腿上的刀子拔了出來，對著隊長比畫。小夥子雙手掐著大腿根慘叫，這叫聲似乎讓李準駙冷靜了下來，真把隊長殺了，他就無人可用了。他慢慢壓住怒火，說：「我這回說完了，你去辦吧。記得，每次都要聽到我告訴你，我說完了，你才可以走。」

　　隊長俯首致意，面朝李大人，一步步退出廚房。李準駙經過慘叫的小夥子身邊時，又將刀插回到他的腿上。這次他已叫不出聲了，只有微弱的氣息。趁自己還沒暈過去，小夥子得想想為什麼，可能是位置不對，好狗不擋道，躺在這一走一過都能經過的地方。他雙臂撐著地面，拖著全是血的雙腿往牆邊移。

　　李準駙懶得管他了，轉身對那幾個已換上侍衛服裝的廚子交代：「以後就穿這身衣服，該下廚就下廚，如果有人來打聽，你們就說是駐紮在廚房的侍衛。」這次不等廚子走，李準駙說完就要離開廚房，走到門口想起來，補充道：「對了，從明天開始，飯菜要做一千份，不單我吃，太子要吃，咱們這些兄弟也要吃到你們做的鮑魚龍蝦。」

　　「但我們是御廚，我們只給宮裡做宴，」一個貌似有風骨的御廚站出來，反駁道，「我們不伺候下人。」

　　這事是讓人生氣，但怎麼著也不能殺廚子，一路上的飯菜還得有人做。就算往菜裡面擤鼻涕、吐痰，也防不住啊。能怎麼辦呢？衣食者為大，李準駙撓頭看著他，好一陣兒才找到說辭：「他們也是宮裡的人，他們都是皇上的左膀右臂！」

　　他可不能再等反駁了，說完就出去了。來到大廳，又是另一番

景象。

　　剛剛進廚房，也就兩炷香的工夫，外面的人已經乾掉了五六罈酒。有人已經喝倒，伏在桌上；有人拿著酒罈，只要碰到還醒著的，就一定要碰壇喝。

　　「五幫主帶頭喝的，他喝得最多，」「一隻手」提著酒罈，站在李準駙旁邊說，「他一個人就乾了三罈酒。」這時李準駙才意識到，「一隻手」上來了，他不跟部隊行軍了。

　　李準駙朝太子走去，此時小五子已經喝多，靠在座位上，不省人事。

　　他要扶太子就寢，轉身又問吳思若和文思清：「你們兩個，誰是太子妃？」

　　兩個女人瞪大眼睛，迴避了那麼久、那麼敏感的一個話題，被李準駙這麼不經意地帶了出來。李準駙又催問一遍：「快點！誰是太子妃，準備侍寢啊？」

　　吳思若看著文思清問：「侍寢，是洞房的意思吧？」

　　文思清搖著頭，並非不是，而是不知道。李準駙問了兩遍，也不見有人應聲，他自言自語道：「真是的，機會來了，也不知道把握。」

　　李準駙蹲下來，後背對著小五子，雙手從身後抱住小五子的腰，一挺身就把他背了起來。李準駙踏上樓梯，把小五子往臥室裡背。有兩個侍衛趕過來，說是要搭把手，被他一個眼神攆了回去。

　　說實話，在把握機會這一點上，沒人能比得上他李準駙。想頂替他的位置，開玩笑，過去十年，淨是他頂別人，可不見誰有本事把他替下來。

　　李準駙這名字，可不是蓋的，狀元中榜的文章，都不比他這三個字

來得巧妙。他研究了很久，飛黃騰達的最高級別在哪兒，皇上天子，就不用說了，這要看命。別說平民百姓，有些皇子就算生在皇宮，都不一定能坐上龍椅。宰相、欽差呢，這要看運，運勢好時，權傾朝野；但要是走背運，站錯隊，一個不小心就被滿門抄斬，九族都跟著遭殃。權高且牢固，思前想後，最穩的就是駙馬爺了，跟朝政黨爭無關，誰來做皇帝，駙馬爺都享榮華富貴。只要公主活著，駙馬爺就沒法被罷免；就算公主死了，駙馬爺的兒子還是皇上的外孫。再說了，他也沒本事做宰相。駙馬似乎不需要真才實幹，但其實要學要練的可多了。樓下那兩個小妞，根本不行，機會都到眼前了，不知道該幹什麼、該怎麼樣把太子的心抓住。他李準駙什麼樣呢？一個公主都不認識，長得肥瘦美醜都不知道，但照樣敢叫這個名！慢慢來唄，老皇帝二十七個公主呢，早晚有一個是他的。可惜自己是男的，不然此時對太子下手，一保一個準兒，現在是太子妃，過兩年就是皇后、皇太后了。

李準駙把小五子扶上床，猶豫要不要幫他更衣沐浴。他去脫鞋子、扒衣服，衣服脫到一半，想想還是算了，反正再殷勤，也當不上太子妃。被人當場抓包，別說是駙馬爺、九門提督，怕是脖子上的這顆腦袋瓜都保不住。

他給小五子把被子蓋好，吹滅蠟燭，黑燈瞎火的，還不打算離開。

萬一太子做噩夢喚人，或是忽然醒來要喝水呢，做奴才的，要心細一點兒才是。摸著黑，他在一把太師椅上靜坐，腦袋不斷下沉，竟睡著了。

他是被呼嚕聲吵醒的，一睜眼，呼嚕聲就聽不見了。閉眼剛睡一會兒，轟隆隆的呼嚕聲又吵得要死。試驗幾次，他確定那是自己的呼嚕聲。

那就是犯了大錯，呼嚕聲洪亮不說，還時不時地轉調，呼嚕嚕變成

嗚嗚嗚，轉眼又變成呵哈哈。以前在京城，幹活累身體疲，還能睡得實一點兒。這幾年出來找太子，不是在賭場坐一天，就是躺在這行走的房子裡，跟姑娘們學討女孩喜歡的話術，居然把打呼嚕這臭毛病給慣出來了。

　　還好太子沒醒，畢竟喝了不少酒。李準駙喝一口茶，掏出手絹，擦擦額頭上的汗，黑暗中聞到一股血腥味。手絹放在鼻子下面，深吸兩口，是血的味道。估計是在廚房時用來擦臉的手絹，那額頭上應該是紅的，手上也是紅的。這時他愣住了，不是為這血，是想到了一件更重要的事情，關乎一生的大問題，這麼大的呼嚕聲，哪個公主敢嫁給他啊？

　　李準駙又靜坐了一會兒，這次沒睡著。下樓之前他想明白了，要是真娶不到公主，沒人敢嫁他，那就再改一次名字 —— 李準富，反正發音都一樣。改名這事，越改越有前途。李準駙之前，他爹媽給的名字還是李準福呢。再就是他想明白了，當不上駙馬爺，他就跟太子混，鞍前馬後做奴才。以後他登基了，也不用封自己什麼官，免得給了烏紗帽，又找機會把烏紗帽摘下來，給錢、給田、給女人就行。不當駙馬，他反而可以活得更風流。

　　他下來的時候，酒都喝完了，一個喝得比一個多，癱在地上、椅子旁。他招呼侍衛過來，把他們扶上樓，照顧好他們，不然明天太子醒來，看到這樣子，成什麼體統！

　　果然是豪宅，一樓吃飯，二樓做菜，三樓全是客房。侍衛們兩人一組，將醉酒賓客一個個往樓上背。李準駙看著他們忙乎，忽然問道：「少個人，那個姓文的小姑娘呢？」

3

　　小五子再醒來時，發現文相居少的已不是文思清一個人了，八光和尚和常公公也在夜裡離開了。他猜測，應該是文思清先走的。待眾人酒醉，她推開門，從行進的房子裡跳出去，逆著人流往南走。他不知道她要去哪兒，也許她自己都不知道，但肯定不是田獨，那已是所有憧憬承諾破碎的地方。這文相居就是她兒時的家，她從這裡離開，無處可去，無家可歸。

　　可能走出兩三里路，八光追上來了。他和她一起離開少林寺，一起來的南京，當然要跟她一起走。常公公，小五子在思索這個人，他為什麼要走，他們是去京城，皇宮啊，那裡不是他待了二三十年的地方嗎？或許是怕小五子追問吧。沒別的理由了，常公公知道太多，卻一句話都不講，同去京城的話，抵不上小五子一路的盤問。還不只是問話這麼簡單呢，他現在已經是太子了，倘若他還是滿嘴胡話，沒半點誠意，小五子當然要把他關入地牢，反覆折磨。如果是我，小五子想，也會跑得遠遠的。

　　還好，吳思若還在，「一隻手」出出進進，躥上躥下，也沒有不告而別的意思。中午，小五子到吳思若的房間坐了一會兒，也沒多說話。這時候也不便多說什麼，哪怕只是露出一點點歡喜的情緒，都顯得他倆是狗男女。他坐在桌前，看她讀書，若不是窗外的景色不斷移動，怎麼看，這都不像是一幢移動的房子。坐了一下午，看了一下午灰塵浮在陽光裡，到最後他說出五個字：「你不要走了。」吳思若放下書，望著他，沒有答應，也不是拒絕。小五子繼續說：「起碼等我查到我到底是一個什麼樣的人。」

　　小五子說完下了樓。李準馳正躲在廚房裡，一個上午都在忙著數銀

票。昨天夜裡，農夫隊長帶人打劫了一家鹽商，掠來三萬多兩的銀票。李準駙數了一遍又一遍，就彷彿那不是搶來的錢，是剛從錢莊取回來的自己的錢一般。農夫隊長站在他面前，等他數到第三遍時問道：「李大人，這些錢夠了吧？兄弟們做沒本錢的買賣，把人家洗劫一空，還想著送回去一些。」

李準駙沒應聲，他還要數一遍，這次確切的數字是三萬五千六百七十七兩。他的眼珠轉了兩圈，盤算了一下，又數第五遍，然後將錢分成兩堆，每堆是一萬七千八百三十八兩。多年的老規矩了，一半留作公用，一半留給自己。可多出來這一兩怎麼辦，規矩就是規矩，放在自己那堆就是貪汙了，可不是好官，那是昏官、貪官；可是放在公用那一堆，他又覺得吃了大虧。思前想後，面前的農夫隊長讓他靈光一現。他把這一兩銀子扔給他，說道：「拿去，跟你的兄弟們分一分。」

隊長接過這一兩銀子，在手裡捏了捏，為難道：「李大人，您賞得太多了。」

李準駙了解他的為人，知道他是真覺得多，絕對不是諷刺。這種農民出身的武將好養活，肥都不用施，澆澆水，晒晒太陽，就能長出沉甸甸的麥穗。李準駙頭也不抬，他打算再數一遍，別出什麼差錯，一世英名，毀在這點銀子上。

農夫隊長還捏著那一兩銀子，說：「以前都是多出幾文給我們，這次是一兩，實在是有點多。」

「那就帶你的兄弟們去吃點好的，李大人賞你們的，哪有要回去的道理？」李準駙說著把錢收起來，一半交給帳房先生，作為這幾天的開銷；一半揣進自己兜裡，多出來那一兩，還賣了個天大的人情。這麼聰明的頭腦，說實話，他只想做駙馬，不做宰相，主要是為了讓那些大臣們有路可走。

房子繼續前行，晝夜不停。跑了快十個時辰，轉眼就要出山東了。下午時分，有官兵堵住了行進的道路，為首的王姓武官騎在馬上，揮舞著大刀喊著：「捉拿歹人。」

其他士兵跟著幫腔，話音不齊地問道：「昨晚臨淨縣內的鹽商張老爺家遭洗劫，是不是你們幹的？」

李準馳吩咐眾人保護太子，他出去看看。三兩句話就搞清楚了，大家是一起的。太子被找到的事，先不用說，重要的是，李準馳要讓他明白，站在他面前的可是九門提督李大人。武官的反應還可以，他馬上換了副嘴臉，說：「昨晚臨淨出現了歹人、強盜，下官心繫李大人，是前來保護李大人的。」

那就敲筆竹槓吧。李準馳表示，昨晚不止那個姓張的鹽商被劫，他也被搶了不小的數目，不知道他們把案子辦得怎麼樣了，錢有沒有追討回來。武官愣了一下，很快明白過來，這是在要錢，就看他要多少了。武官請示道：「請問李大人，歹人搶走了多少？」

就還是三萬多吧，搞太大也不合適。李準馳這次說雙數，二四六八十一類的，免得一會兒拿到手，又是一筆爛帳。武官想了想，回覆道：「下官今天中午抓了一夥強盜，剛好搶了這些數目，應該就是從李大人這裡搶的。」

「人，我就不要了，給他們一次改過自新的機會。」李準馳說，「可是這錢呢，還要麻煩王大人多出力了。」

武官明白了，說：「李大人，您先趕著路，下官這就去取，一會兒給您送過來。」等到李準馳點頭，武官喊了聲：「收隊！」兩千人的隊伍，整齊劃一地把道路騰出來。

下午時，錢果然送來了，二一添作五，一人一半，誰也不要占誰便宜。

之後他便一直陪太子，他能看出，小五子情緒不對。為官這麼多年，這點察言觀色的本事當然要有。於是他扯閒篇，什麼離譜，什麼好聽，他就扯什麼。他說：「太子殿下，您失憶的原因主要是白龍馬下凡，教了您十二字神功，神拳神腿，神槍神棍，神掌神力，這項神功練得越深，能記起的天上的事越多，能想起的地上的事越少。」

這馬屁拍得真可以，小五子聽後都想笑。呀，這不就是所謂的「龍心大悅」嗎？他得多問兩句，說：「我都這麼大本事了，以後天下都是我的，為什麼還要吃苦練功啊？你這話不可信啊。」

李準駙被問得滿臉漲紅，換別人，就可以說「我又不是你肚子裡的蛔蟲，我哪知道你是怎麼想的」。跟太子可不行，他先打太極，撓著頭說：「您講過來著，下官記性不好，一下子給忘了。」

「記性不好就不要做官了，回去種田吧。」小五子輕描淡寫地說，「種田再種不好，那活著都是累贅。」

李準駙苦著臉，忽然激動起來，叫道：「您苦練十二字神功，是為了一件大事，而武林中，沒人有本事幹這件事，您只能自己修練！」

「什麼大事？」

「飛到月亮上，把嫦娥接回來，把那隻兔子也帶回來。」

小五子看著他，也是夠蠢的，剛才差點兒信了，真以為有件大事要辦。他不想再跟他貧了，嘆口氣說：「我這太擠了，讓我透口氣。」

李準駙看著兩畝大的大堂，皺眉想著，這裡還擠？

「就這麼一棟房子，我那些朋友都沒得住，看到你能夠占一間房，我很是欣慰啊。」

這回他明白了，這是要攆他走。李準駙連滾帶爬地跳出去，說：「屬下去給太子殿下抬樓！」

　　小五子坐到窗口，看到李準駙果然替下了一名侍衛，跟著一起抬。小五子說：「李大人，等到了京城，就把文相居遷回原址，改回文相府，物歸原主吧。」

　　李準駙肩上扛著鐵桿，很是吃力，好半天回覆一句：「遵命！」

　　小五子躺下來，看著天花板，隆隆聲中，房子依然在前進，最多三天，他將抵達京城，一切答案就將揭曉。先閉會兒眼睛吧，睡一覺，再睡一覺，等睜眼時就是皇宮了，到那時自然水落石出，他也想知道，他小五子，到底是個什麼樣的人。

第十四章　方丈

1

進京那天，小五子在那間移動的房子裡，在三樓臥室的大床上，搖搖晃晃地做了個夢，他夢見文思清回來找他了。文思清上了三樓，見小五子在熟睡，也不著急叫醒他，一聲不響地等他醒過來。見他睜開眼睛，文思清說：「我還是捨不得你，回來看看你。」小五子連忙下床，拉住她說：「我們一起回京城，跟我去皇宮吧。」文思清搖頭，對他微笑，手指冰涼，任他攬著，她說：「你還是先帶吳姐姐回去吧，我爹爹、爺爺，都是被宮裡的奸人所殺，我還不知道是誰，要是讓他看見我還活著，而且跟你在一起，我怕他在背後使壞。」小五子說：「怕什麼，我現在是太子了，又不是人人喊打的崑崙公子，誰要是敢給我使壞，我把他滿門抄斬。」最後四個字讓文思清頓了一下，她把手從小五子的手裡抽出來。

小五子也知道自己說錯話了，他馬上轉移話題，說：「這樣吧，我回京第一件事，就是養二十條狼狗，天天不餵食，就讓牠們餓著。等我把這個人查出來，逮住他，直接扔進狗屋，我讓他連骨頭都不剩！」文思清聽著頭皮發麻，勸道：「你現在是太子了，不用那麼殘忍吧。真查出來是誰，把他賜死就好了。」小五子搖頭反駁道：「你十幾歲就沒爹沒娘了，被賣來賣去，換著主子伺候，想到這些，我比你還難受。」小五子噙著淚，繼續說：「我過去是有點輕浮，說話做事不過腦子，有時候傷了你的心。但我今天告訴你，你那骨灰盒不用成天抱著了，父母不在，你還有我呢，你可以信任我，我會永遠永遠地把你當作我的親人來

對待！」文思清後退一步，抱緊骨灰盒，說：「你不要碰，我會把他們葬了的，我也不會一直依賴他們，像個長不大的小姑娘。我就不跟你去皇宮了，我要去少林寺，把骨灰交給我師父，葬在嵩山上。」文思清說完，面對著小五子往後退，到門口時，轉身下了樓。小五子光著腳，一路追下去，看著文思清從大門跳出去，小五子打開窗戶對文思清喊：「你也懷疑是我，對不對？你害怕殺死你全家的那個惡人是我！」文思清回頭望著他，衝他搖頭，聲音哽咽地表示：「不會的，不會是你，老天爺不會對我這麼殘忍。」說完她離開了，小五子看著她的背影消失在千人的行軍隊伍之外。他的身體開始發燙、搖晃，眼看就要從房子裡摔出去了，這時他醒了。

真討厭，還沒死，繼續活著，還要面對這些死結一般的問題。醒來後，他一直在回想，好像不僅僅是夢，以前在田獨，傍晚時分，和文思清在山坡看著日落烤肉的時候，似乎也說過這番話，找到你仇家，我一定幫你報仇，殺他全器具麼的。可那時還沒有吳思若啊，兩個人都不知道，小五子有天會成為太子啊。

「哪是有天會成為太子？」他自言自語，「一直是太子，我是有天知道了，自己過去是太子。」

正午時分，小五子他們終於到了京城。街上的人也多起來了，這麼大的房子在鬧市區閃轉騰挪，竟然可以毫無阻礙。小五子在窗前看了一會兒，明白有人在前面清路，前方道路上的行人及擺攤的商販，早就被這些侍衛趕走了。小五子皺皺眉，疑惑自己過去是不是也這般蠻不講理。

樓梯上傳來腳步聲，李準駙上來請示：「太子殿下，要不要在入宮之前準備一下？」

「準備什麼？」小五子問道。

李準駙沒敢說，一如既往地支支吾吾。

吳思若在旁邊打量著小五子，出來這麼久，一身破爛衣裳，補丁都不知道打了幾個了。「可能是要你換身體面點的衣服吧。」她說。

說到李準駙心裡去了，他連連點頭。

小五子抬起雙臂，看看自己這身衣服，說道：「既然這樣，那就先不進皇宮了，先去文相府看看吧。」

李準駙愣住了，問道：「我們不是一直在文相府嗎？」

「我說的是真文相府，去這房子應該在的地方！」小五子喊了出來，又冷靜一下，說，「我要去那兒看看。」

李準駙命令農夫隊長朝文相府開拔。差不多過了半個時辰，小五子感覺房子下沉，文相居停在街右側，對面就是以前的文相府。李準駙陪著小五子和吳思若下來，站在街道中央，他看著曾經的文相府。本來是想找到文思清的痕跡的，真到了原址，他發現也沒什麼好看的，幾年沒人打理，宅子都荒廢了。

小五子往裡走去，園林裡都是老樹上的枯枝和瘋長的野草，林子深處的涼亭斷了一根柱子，亭子頂斜扣在石桌石椅上。穿過園林是一個池塘，很意外，裡面居然還有水，水面漂滿泛黃的落葉和翻著白肚的死魚。時不時有野貓探出前爪，想撈兩條死魚吃。

目之所及，皆是破敗景象。小五子在裡面轉了一圈，出來之後又對著文相府看了半分鐘，轉身指著那棟房子，吩咐李準駙：「把這房子移回去，原封不動地擺到原處。」

李準駙弓著身子說是，隨後低聲讓人備一輛四匹馬的馬車，轎子要夠大、夠寬敞，再備一身華服。受命的侍衛小跑著去準備。小五子瞇眼想了想，讓李準駙把房子放回去之後，將園林、池塘都打掃乾淨，那些

死樹、死魚都換掉，再重新蓋一個亭子。

李準駙重複了兩遍，說蓋最好的，一定要擋雨遮陽的。最後他忐忑地問了一句：「太子殿下，把文相府打理好，您是要住進來，還是給誰留著？」

「誰也不進來，」小五子說，「在裡面養二十條狼狗，把他們訓練得凶狠一點兒，要到咬人吃人的程度。」

李準駙尋思片刻，臉上掛著笑，一副我懂你的表情。小五子沒看明白，但實在懶得多問，免得他又「這個」「那個」的支支吾吾。

之前去籌備的侍衛把馬車趕了過來，並雙手奉上華服。李準駙請小五子上車更衣，並宣布太子要起駕回宮。

小五子沒接衣服，看著馬車的棚頂，說：「就用這架馬車，先帶我去趟少林寺。」

李準駙嚇了一跳，趕快提醒他：「太子殿下，少林寺在河南。」

「我知道。」

「往返一趟，又要耽誤些時日。」

「我知道。」小五子看著他，問，「怎麼了？」

李準駙磕巴了半天，說：「那咱們先回宮，見過皇上和五公主，讓他們知道太子找到了。您歇上幾天，再南下少林寺，怎麼樣？」

小五子斜眼看他，質問道：「我要怎麼樣，需要你教嗎？」李準駙嚇得低頭，不敢吭聲。小五子又補了一句：「我就是不想這麼快進宮，我還沒想好當上太子後該怎麼辦！」

2

　　李準駙十四歲進侍衛隊，沒讀過什麼書，從站崗放哨的扛刀小兵做到九門提督，摸爬滾打了快十五年，做官的道理早就爛熟於心。他知道想往上爬，光是諂媚肯定不夠，那只能讓龍心大悅。說不定皇上哪天心情不好，正反話一想，斷定你是個馬屁精，你的為官生涯可能就到頭了，沒準兒命都到頭了。那還得靠什麼本事呢？具體方法說不清楚，簡單點說就是，你得讓主子覺得你好用。李準駙是個好使的傢伙，說話辦事能做到人家心裡去，這便是常言說的「察言觀色，揣度聖意」。其實這東西最不可信，「察言觀色」，就是看眼神啊；「揣度」更不可靠，完全靠猜的，猜中了，飛黃騰達，猜錯了，腦袋都不夠賠。

　　李準駙才不信這個，他要暗中做調查，比如這一次，太子說要去少林寺，那他是尋仇還是報恩，殺敵還是會友呢？他可不敢察言觀色地猜，他派幾個人先跑一趟，四處打聽。打聽到少林寺的方丈去過崑崙山莊，參加了尋龍屠狼大會，會後還把文思清掠到了少林寺。文思清他見過，當晚不告而別的那個女孩，據說文相居就是他們家的。看太子那副魂不守舍的樣子，應該很愛她，為她著迷。

　　「那方丈掠走了她，把她關了起來……」李準駙自言自語，他還沒捋清楚，為官的心思用得太多，智商這一塊就成了他的短板。他捻著手指算，文思清是太子的朋友，方丈是文思清的敵人，那方丈就是太子的──他忽然驚呼起來：「太子這是要去少林寺殺敵尋仇了！」明白這一層，就可以做萬全的準備了，他讓農夫隊長就近找三千精兵。

　　隊長望著他：「三千兵力，到哪裡去找？」真是的，打劫派他去，調兵這種事，也要他來幹。

　　李準駙說，去找當地的知府縣令，就說太子從京城前往少林，讓他

們派些兵力保護。隊長都接令出去了，李準駙又叫住他，讓他別提太子，就說是朝廷大員出巡。

「僅是朝廷大員還不夠，」隊長為難道，「知府縣令都不聽的。」

「那你就暗示他，」李準駙說，「你暗示他，來的是太子，是五公主，但別說是他們。」

「怎麼暗示？」

「笨死了！你就說，」李準駙有點急，智商雖然不高，武功雖然不高，但是說話技巧上，他可是信手拈來，「你就說，具體是誰要保密，不方便明說，但一定是太子、五公主這個級別的人物。」

原來還可以這樣講，農夫隊長反應片刻，恍然大悟地笑起來，真是跟著李提督，每天都能學到新東西呢。這麼說話，調兵也便利，面對太子、五公主這個級別的主子，那些知府縣令恨不得自己帶兵，前來支援。

「兵馬銀票送過來就好了，」農夫隊長學會了，舉一反三，和本地官員打官腔，「到時候我自會多提攜你幾句。」

事情辦得順利，去少林寺的隊伍一天比一天壯大，每天都有新兵加進來。有一天吳思若騎在馬上次頭看，浩蕩大軍行在崎嶇山路上，從山頭一直連到山尾。是看錯了嗎？吳思若揉揉眼睛，瞪大雙眼想看得再真切一點兒，從京城過來時只有二百人啊，怎麼現在一看，兩萬人都不止呢？

李準駙跟她解釋：「太子是什麼人，皇上的兒子，日後的天子，那自然是皇恩浩蕩，人人都想加入了。」

原來小五子這般屬害，她看看小五子，以後還真不能總欺負他了。

人湊齊了，接下來就是探口風了，看看太子對少林寺到底是什麼態

度。他找人做好文章，曆數少林寺這幾年犯下的八宗罪，找機會讀給小五子聽。當然都是編的，只不過編得還不夠過分，他添油加醋，全換成殺人放火、強搶民女的罪。扣這一頂帽子還不夠，行至嵩山腳下，他又安排人哭喪擋路，說是要管事的下來，聽她講一講冤情。小五子從轎子上下來，示意她講出來。為首的女人滿腹委屈，她說，少林寺最近擴建修廟，要把他們家的房子拆掉，把種小麥的一畝二分地占了。當家的男人不讓拆，請村民幫忙守家護院，結果昨晚少林寺十八羅漢下山，用大力金剛指把他們當家的給打死了。

事情不算複雜，欠債還錢，殺人償命，哪個和尚下的手，把他拎出來，還你條命就是了。主要是他們哭得小五子頭皮發麻，毛骨悚然。講話的是個女人，穿著白孝服，看起來是當家的的老婆，每說半句話都要頓一頓，哭號一通再往下說。後面是兩個七八歲的孩子，一兒一女，沒準兒是兩個兒子，或是兩個女兒，誰知道呢？孝帽做得太大，完全看不到臉，就一個大大的白帽子套在頭上。母親在前面哭訴冤情時，他們在身後揮著小手，一把一把地撒紙錢，有幾張還飄到了小五子頭髮上。真是六月沉冤，飛雪連天。

小五子勸他們別著急，他雖不是少林寺的，但肯定幫他們討個說法。

他回到轎子裡，把李準駙叫到窗邊，問他申冤的事情應該怎麼辦。李準駙拍著胸脯說：「太子殿下，您儘管放心，交給我來辦。」

小五子想了想，尋龍屠狼大會時方丈也出席了，西北六公子、丐幫長老，在他面前都是小角色，好像他一出手，就把那兩個人摁住了。而且，聽說方丈在少林寺還不算一流的高手，羅漢堂的十八羅漢各個都要比他厲害。

小五子只是在回想，李準駙以為太子還在猶豫，再次力薦自己。小

五子說：「不是我信不過你，只是少林寺高手如雲，我怕咱們不能全身而退啊。」

「太子殿下，您多慮了。那方丈就是吃了熊心豹子膽，也不敢和朝廷作對啊。」

李準駙這段話說得頗有表演性質，他一邊說，一邊轉身，朝隊尾眺望。小五子隨著他的眼神看過去，吳思若跟著一塊兒看，浩浩蕩蕩的隊伍一直連到河水的那一邊。吳思若睜大眼睛，這時才反應過來：「呀，李準駙，原來你早都準備好了！」

李準駙的意思是，別看少林寺都是和尚，其實皆為巧言令色之徒。無論犯下何種罪行，都有可能被他們搪塞過去，所以要先給他們一個下馬威，之後再慢慢地審。小五子表示可以，就按他說的辦。

李準駙拍了拍胸膛，抿著嘴「嗯」了一聲，接著像一隻驕傲的公雞往山上走了幾步，他朝隊伍大喊：「三軍將士聽令，包圍少林寺！」

哪來的三軍將士，就是叫起來有氣勢吧。真要是三軍將士，也輪不到他一個九門提督來指揮。

不到半個時辰，兩萬名將士把少林寺圍了個水洩不通。可是奇怪了，一個露面的和尚都沒有。不都是高手嗎？內力深厚，一隻蚊子飛上山都能聽得見，怎麼兩萬多人都爬上來了，裡面也沒個動靜？李準駙看著少林寺死氣沉沉的大門，說：「太子殿下，您先按兵不動，讓我來！」

v 他走到門前，閉著眼睛推開門，進去就大喊道：「把你們這兒所有喘氣的都給我叫出來！」

李準駙睜開眼睛，嚇了一大跳，和尚們都聚在大堂內，個個掌心向上，拇指掐著食指，觀音坐蓮一般地盤坐在蒲團上。他們都目視前方，一動不動，也不看他。李準駙深吸一口氣，別害怕，雙腿不能抖，太

子還在外面看著他呢。他握緊雙拳，又叫了一通：「方丈呢，給我滾出來！」

一個個都在裝死，李準駙都這麼找打了，少林寺的一眾僧人還能容忍他。這時，人群後面有人微微動了一下，方丈從牆邊站了起來。他神情睏倦，跟剛醒一樣，問題是臉色還蠟黃，看起來體力不支，晃徘徊悠地走過來。

那就不怕了，「驕傲的公雞」又挺起胸膛，朝方丈怒斥道：「整個少林，就你一個會喘氣的嗎？」

方丈承認道：「確實就我一個喘氣的。」

「那這些都是死人不成？」李準駙走過去推了幾個和尚，可是個個定住了一般，一動不動。他又試了幾個人的鼻息，果然都不帶喘氣的，但是脖子上有溫度。這就有點瘆得慌了，他指著那些和尚問方丈：「這是活人，還是死人？」

「活人。」

李準駙皺眉想想，有些結巴地問道：「那怎麼都不喘氣？」

方丈解釋：「本寺的弟子正在修練閉息大法，所謂閉息，自然是不呼，也不吸了。」

李準駙手指點了半天，一句話也問不出來。他回頭看了眼轎子裡的太子，知道可以問什麼。他說：「你可知道我是誰？」

方丈走近來看，他不認識李準駙，就是看一百年也沒用，但看這架勢，應該是朝廷派來的欽差。李準駙身後的農夫隊長這幾天開竅了，知道倘若方丈直愣愣地說不認識，李準駙的臉面肯定掛不住，便在後面用口型提示他：「李……大……人。」

方丈看懂了，雙手合十，喜笑顏開，說：「原來是李達仁大人。」

「算你識相，也還記得我。不過，你說一次大人就行了，不用說兩次。」

方丈愣了一下，又看看李準駙後面扛鎬的那個人，這次他沒給口型提示，不知道接點啥。可他是和尚頭子啊，打從進寺修行那天，他就知道，冷場的時候說這四個字最管用了：「阿彌陀佛。」

「大概三年前，我和你在皇宮裡有過一面之緣。」李準駙說，「你當時被五公主召見進宮，就在五公主面前，你接下投名狀，應下來的是什麼，你可還記得？」

「阿彌陀佛。」

「我問你，是否還記得！」

「善哉善哉。」

「你當時說了什麼，請回答我！」

方丈嚥了口唾沫，不是健忘，是真的不知道。自從中了南海真人的斷魂掌，談未來還好，一旦聊過去，就神情恍惚。他雙手合十鞠躬，請李準駙稍做歇息，他去去就來。

李準駙以為他要出去，結果他哪兒也不去，就穿梭在閉息的和尚裡尋找。這種情況方丈早有準備，想不起來的地方就問慧根。倒不是因為慧根跟他年頭久，而是他記性好，雖然不識字，看不懂書，寫不了信，但是過耳不忘。只要是誰無意中提起過，哪怕是最無聊的家長裡短，他都能記得明明白白的。可是，慧根長什麼樣，方丈此時卻忘記了。他一個個貼近了看，臉都快貼上了，也想不起來慧根的樣子。

實在沒辦法，方丈搖醒一個小和尚，問他：「慧根呢？」

小和尚揉著眼睛，看到這麼多官兵，嚇了一大跳。他起身穿過幾個和尚，指著一個已經長出頭髮的和尚說：「這就是慧根。」

李準駙不耐煩了，他在等，太子也在等啊，他說：「我問你話，你老找什麼慧根？」

「阿彌陀佛。」

方丈爭取時間，趕快把這個長了頭髮的和尚叫醒，低聲問道：「慧根，三年前，我在皇宮接的投名狀是什麼？」

有求必應，最喜歡別人跟他打聽事了，慧根說：「方丈，這個投名狀我再熟悉不過了，前前後後你一共提過四次，第一次是剛從京城回來時，你給沈老前輩過生日，從京城帶來定福居的點心，最上面那幾塊還被壓碎了。」

「你就直接說是什麼吧。」方丈打斷他。

慧根眨巴著眼睛，不怪方丈記性不好，細節都不關心，怎麼可能記得住。他嘆了一口氣，直截了當地回答他：「玫瑰糕。」

「這是什麼暗語？」

「你從京城帶回來的點心。」

「你弄錯了，我問的是，我從京城領的投名狀是什麼？」

慧根說：「你答應五公主，三年之內把崑崙公子抓到。」

原來跟崑崙公子有關，這個人耳濡目染，方丈不用多問。他轉身，看著李準駙，朗聲說：「李達仁大人，我接的投名狀是，三年之內把崑崙公子抓到。」

李準駙也蒙了，剛進來時還一副活死人墓的樣子，說是閉關閉息。問兩句話，又要叫醒一個人，讓這個人把慧根找著，再跟他打聽。這都是怎麼了？李準駙撓著頭，說兩句話，情緒接不上，剛才那點氣勢都沒了。他要重來，朗聲提氣問道：「請再說一遍，你答應五公主什麼了？」

「我答應五公主，三年之內，抓到崑崙公子。」

「如今，期限已近，人呢？」

方丈低聲問慧根：「崑崙公子他人呢？」

「你根本沒抓著，」慧根說，「他在崑崙山莊被大漠仙人和蓬萊閣老搶走了。」

方丈額頭冒汗，知道不能照慧根的原話回答，記性雖然不好，但這點人情世故總還是懂的，說了那些話，就是承認少林寺武藝不精，矮人一頭了。

李準馱搖頭道：「你們這幫和尚啊，一個個好吃懶做，幹什麼都不積極。你知道本大人這幾年來日夜兼程，辦成了什麼大事嗎？我把太子找回來了！」

把太子找回來了？方丈一頭霧水，太子是走丟了，還是離家出走，為什麼要找回來？慧根拉拉他袖子，提醒他：「太子是被崑崙公子劫走的。」

腦子轉三圈，這裡面的因果他想明白了，怪不得要抓崑崙公子。接下來就是表演了，方丈先演大驚，隨後又大喜，感慨道：「善哉善哉，太子還活著，是嗎？我以為太子早被崑崙公子殺害了。李達仁大人真是神通廣大，令老衲刮目相看。」

「太子不但活著，此刻還到了少林寺，就在門外等候。」

「太子來了？」方丈驚道，「老衲現在就去迎接太子！」說完，他轉身對和尚們大吼一聲，「出關！」

所有閉息的和尚全都站了起來，大口呼吸，彷彿要把這段時間閉息丟掉的氣，全給補回來。

李大人點頭道：「你們少林寺，真不把我李準馱當回事，原來是說醒就能醒的。我李準馱來了那麼久，也不見你們醒來迎接。」

方丈連忙解釋：「我們少林寺人口眾多，每天的伙食開銷就是一大筆錢。五十年前，前輩高僧為了解決生計問題，創立了這一套閉息大法。每當香火錢緊張的時候，就讓眾弟子修練這閉息大法，挺過這青黃不接的幾個月。」

這倒是新鮮，以靜制動，一睡幾個月，錢都省下來了。方丈說話時，李準駙朝出關的和尚們望去，只見他們亂作一團，把能找到的乾糧，使勁往嘴裡塞，比丐幫的吃相還難看。方丈也覺得丟人，一聲怒吼，讓他們把乾糧都放下，列隊集合。

雖是幾月未進食，但還有點名門正派的樣子，大家強撐著站起來，在門前排成兩列。方丈跨出門，朝小五子的轎子喊道：「少林寺恭迎太子駕臨！」說完他帶頭叩首。

小五子從轎子裡出來，帶著吳思若往寺裡走。跨過門檻時，方丈抬頭看了一眼，讓自己牢牢記住太子的樣子。慧根卻看痴了，他拉著方丈說：「不好了，太子被調包了，這是崑崙公子。」

方丈警告他，不要開玩笑，禍從口出。旁邊的小和尚幫腔道：「這就是崑崙公子，我跟您在崑崙山莊見到過。」

方丈看看別人，還有幾個和尚也在點頭。那就是出大事了。他忽然跳起來，命令所有和尚擺開羅漢陣。

「將崑崙公子拿下！趕快救太子！」

和尚們手持棍棒，將為首的小五子和吳思若圍住，他們互相看著，崑崙公子拿下了，太子又在哪兒呢？

3

　　達摩堂一片混亂，人群中李準駙喊了聲：「住手！」之後他做了個手勢，農夫隊長一聲令下，兩萬散兵大踏步向少林寺靠攏，把少林寺包得更緊了。

　　方丈不記得李準駙，但確定他是朝廷命官，先抓崑崙公子，還是先保太子，他自有輕重，聽他的就對了。方丈命和尚們停手，看李大人怎麼說。

　　可李大人沒好話，上來就是一頓痛罵，他喝斥每一個和尚：「你們這幫社會閒散人員，朝廷把你們組織到這個廟裡，每年撥三千兩銀子供你們吃，供你們喝，可你們不但不知道感恩，還敢對太子動粗？」

　　「我們是保護太子。」方丈辯解道。

　　「怎麼保護的？我問你怎麼保護的！」李準駙說著小跑過去，畢恭畢敬地把小五子扶起來，替他撣去身上的灰。

　　眼前的這個人就是太子？方丈用力回想著，他低聲問慧根：「是不是搞錯了？」

　　慧根也糊塗了，自己最引以為傲的記性竟然出了錯，他自言自語道：「明明是他啊。」

　　「數百年來，你們少林寺一直是武林第一大門派。」李準駙指著和尚的光頭說，「我跟你們說，朝廷早就看你們不順眼了，一直想把你們這武林第一門派的招牌扯下來，再召集各門各派，重新競標。你看看人家丐幫，比你們少林寺的人還多，但人家不花朝廷一分錢，每年反而向朝廷上繳五千兩稅銀！」

　　方丈連忙辯解道：「丐幫的人衣不蔽體，渾身惡臭，他們那副樣子

走街串巷，實在有損國威，聖上臉上也無光啊。」

李準駙嘆了口氣，說：「我又何嘗不知，這就是朝廷這幾年一直在爭論的焦點啊！」

小五子左右看著，開始時還火藥味十足，但很明顯，李準駙演不下去了，他沒力氣了，發火也是很耗體力的。那就我來吧，小五子清清嗓子，指著方丈叫囂：「少廢話，趕緊給我把崑崙公子交出來，三年前我假裝不會武功，跟他出皇宮，就是為了探尋他的底細。崑崙公子這小賊武功是強，可跟我沒法比，三下兩下，就被我打得落花流水，倉皇而逃。我聽說，他就躲在你們少林寺，快把他交出來！」

方丈說：「崑崙公子不就是……」

「你還敢頂撞我！我問你什麼，你就給我答什麼。」小五子說，「你是否曾親赴崑崙山莊，見過崑崙公子？」

「話雖如此，但我可不是為了見他，才去的崑崙山莊。」

「我問你什麼，你答什麼！是，還是不是？」

「是。」

「你承認就好。我問你，崑崙公子有一個老婆，叫文思清，是，還是不是？」

小五子問完這句，沒看方丈，而是先回頭看了看吳思若，生怕她不高興。還好，吳思若心眼沒那麼小，她雙手上揚，笑著讓他問下去。那就好，他先玩一會兒再說。他轉轉身看方丈。這問題沒坑，方丈沒猶豫，說：「他是有個老婆叫文思清。」

「說是或不是就行，大家都趕時間，不用講那麼多。」

方丈點點頭。小五子接著問：「離開崑崙山莊，你是不是把她請到少林寺來了，安置在菜園子裡，還讓兩個和尚好吃好喝地供著她？」

「是。」

「你是不是跟她說過，要等崑崙公子過來接她？」

「是。」這次回答的是慧根，答過後，他低聲對方丈解釋，「這件事您不知道，但我都記得。」

方丈瞪了他一眼，對小五子點頭道：「是。」

「崑崙公子乃是本朝第一逆賊，你少林寺為本朝第一大派，窩藏崑崙公子，不正是與朝廷為難，和我這個太子作對嗎？」

方丈答不上來，慧根對他咬耳朵。他聽完學話講給小五子：「我拿下崑崙公子的老婆後，已第一時間通報五公主，請她派人埋伏在周圍，活捉崑崙公子。」

「我只問你，是，還是不是，不用講道理教育我！我再問你，你以前是否見過我？認識我？」

「見過，認識。」

「在哪裡見過？」

「在崑崙山莊。」

小五子又問：「在崑崙山莊，你見到了我，也見到了崑崙公子，還抓到了崑崙公子的老婆。本朝皇帝常年昏迷，此等要事，你該通報於太子我，為何捨近求遠，偏要請命於遠在京城的五公主？」

方丈回答道：「我那時不知你為太子，只以為你是……」

小五子又打斷他，追問道：「你見到我了，不知道我是太子，你以為我是誰？」

「你是……」

「不要狡辯了。李大人！」

李準駙趕緊過來，躬身道：「微臣在。」

「李大人，你是什麼時候認出我是太子的？」

李準駙回答：「屬下見太子第一眼，便已認出。」

「你我以前素不相識，你是怎麼認出我的？」

素不相識？李準駙這就不會答了。他為難幾秒，說道：「太子有真命天子之相，身上散發的光芒，非尋常可見。」

李準駙說完長吁一口氣，在心裡誇自己一百句「好樣的」。誰知那口氣只吐出來一半，小五子接著又問：「還有呢？」

「還有，還有，」李準駙把那口氣憋回去，翻眼皮沉思著，他靈光一現，補充道，「還有，屬下這幾年來日日夜夜心繫太子，見到太子時，自然是喜出望外，哪有照面不識的道理？」

「說得好！」

這回總算放心了，把那口氣吐出來吧。

「哪怕是普通百姓，一眼即知我是太子，可這少林寺高僧，與我長談數日，卻假裝不認識我，不知我身分，李大人如何看？」

隔山打牛，隔我李準駙打方丈，這我最拿手了。李準駙諂媚道：「太子殿下有所不知，少林寺除了閉息大法這一套神功外，還有一套絕學，練到最高境界就是裝聾作啞，我看方丈已然修練到深不可測的程度。」

小五子搖頭道：「何止是深不可測，簡直是深不見底、高山仰止，方丈怕是已經練到了指鹿為馬的境界。我說完了，方丈你請講吧！」

小五子說完向後退一步，還真是把舞臺中央留給了方丈。方丈雙手合十，滿腹委屈，憋了好半天，終於說了一句：「阿彌陀佛，善哉善哉。」

那該怎麼辦呢？少林寺這麼多人，連同方丈該怎麼弄呢？說實話，

小五子也不知道。這時外面傳來一聲怒吼：「崑崙小賊，你害老夫幾個月說不出話，今天老夫要拿你開開嗓！」

這是誰啊，哪來的蔥薑蒜？李準駙守護到小五子身前，對外面喊著：「你要找的崑崙公子早就藏起來啦。再說，你又是什麼人，敢來我們這裡撒野！」

他不說少林寺，說我們這裡。方丈也聽出，李準駙言語裡已經把少林寺看扁了。乍一聽，方丈也沒聽出對方是誰，猶豫要不要把這場子找回來。

李準駙站在小五子前面，跟個大雕似的張開雙臂，擋著小五子左右看不著。小五子把他踹開，走到門口，外面還是那兩萬散兵，也沒見誰在門口。他回想著，弄得人家幾個月說不出話，自己也沒這本事啊。有兩個詞倒要想一想，「老夫」，那說明年紀不小了，老頭子了；「開開嗓」，這個很奇怪，吟詞唱戲嗎？還要吼兩嗓子開一下。未見其人，先聞其聲，對啊，這是獅吼幫的喬幫主啊。

小五子走到方丈面前，大聲問道：「你們少林寺和崑崙公子內外勾結，該當何罪？」

方丈擦擦腦門兒上的汗，低頭道：「是。」

「我沒問你，是還是不是，我問你該當何罪？」

「全憑太子處置。」

小五子指了指門外，說：「我現在給你一個將功補過的機會，你該怎麼辦？」

「明白。」方丈對眾弟子命令道，「堵住來客！」同時不忘加一句，「你們要拚盡全力，只要能保太子平安，朝廷自然不會虧待我們！」

這些和尚聽明白了，方丈話裡有話，他這是要見機要挾朝廷，逼上

面多發些好處。他們有氣無力地站起來，更誇張的是，有十幾個站都站了，雙腿一軟又倒下去了。小五子沒那麼有經驗，李準駙自然一聽就懂。他看著這些出工不出力的和尚，又看看一臉無辜的方丈，質問道：「你這是在威脅朝廷嗎？」

方丈瑟瑟發抖，直擺雙手，上下牙打顫地回答道：「阿彌陀佛，我們少林寺哪敢跟朝廷談條件？只是大家連飯都吃不上了，所謂閉息大法，也只為苟活，不知道能不能保護得了太子。」

「這還不是要挾？赤裸裸的要挾！這簡直就是拿太子做人質的要挾！」

李準駙怒不可遏，前傾著身子咆哮，按照他的性格，哪怕自己的老婆孩子在方丈手上，他都不慣著方丈。

小五子奇怪了，他問李準駙：「就算方丈不肯幫咱們，山上山下不還有兩萬精兵嗎？」

精什麼兵，李準駙有苦說不出，那都是跟當地知府縣令要的，領盒飯過來湊數的。他當然不能說，這可是欺君之罪，只能寄希望於給方丈施壓。一直沒說話的吳思若笑了出來，她對方丈說：「方丈大師，你聽我說一句，我是個外人，還是個女施主，朝廷能不能撥款的事，我說了當然不算。只是我覺得呢，倘若太子真的是在你少林寺出了事，別說以後能不能跟朝廷要到銀兩，只怕五公主啊、老皇帝啊，會揮兵南下，剷平了這嵩山少林。這閉息大法，你們怕是也練不成了。」

這番話方丈聽進去了，確實不能死在他這兒。他命令眾弟子擺羅漢陣，等候強敵。小五子提醒方丈，可能是獅吼幫的喬幫主，大家用棉花塞住耳朵。

大概等了一炷香的工夫，喬幫主終於上山來了。他是一個人來的，見到方丈，先是寒暄兩句，「一日不見，如隔三秋」之類的，然後又問

滿山那些生火燒飯、打盹兒睡覺的官兵是怎麼回事，不是朝廷的狗官又來找麻煩吧。李準駙臉色不好看，但忍著沒發作。方丈裝糊塗，說：「我不知道啊，我今天醒來之後，就一直沒出門。」

喬幫主愣了一下，說：「好幾萬人，把山都圍死了，你不知道？」

「不知道，確實沒出門。」

喬幫主四周觀察了一下，見這些和尚擺著羅漢陣，耳朵裡都塞著棉花，小五子被奉為上賓的樣子，估計他們要聯合起來對付他獅吼幫了。

可獅吼幫就來了他一個人，一對這二三百，下面還有兩萬，一對這兩萬零二三百，還是先講道理吧。他巡視一圈，怒視著小五子，質問道：「崑崙小賊，老夫今日來就是跟你討個說法的。我花重金好心請你回沉獅谷，你若天性放浪，難以管教，那跑則跑已，我也不強捉你回來。可你為何去而復返，還對我下毒，令我失聲？」

說話前，小五子就在對他微笑，這番話講完，小五子還在對他笑。喬幫主想起來了，他戴著耳塞，啥也聽不見。他朝小五子做了個手勢，兩個食指貼在耳邊向外擴，那意思是，你把耳塞拿出來，我跟你說兩句話。

小五子其實全聽見了，耳塞一點兒不管用，他一個字都沒落下。他雖然在僵笑，心裡卻在想喬幫主的問話。自己搭了半條命從沉獅谷跑出來，就是給他倆膽兒，他也不敢再回去。再就是哪來的毒藥，好像還是啞藥。

給別人下就算了，可這是獅吼幫當家的啊，人家是靠嗓子吃飯的，確實有點過分了。

那能怎麼辦呢，小五子想，摘下耳塞說，這事不是我幹的，肯定沒用，沒準兒人家還覺得我在狡辯。那就別摘了，既然能裝聽不著，那麼也能裝看不著。他心裡直搖頭，臉上保持笑容，雙目無神地看著喬幫主。

　　見小五子不配合，喬幫主又做了一次拔耳塞的手勢。小五子無動於衷。那就跟方丈談談，他能聽得到。喬幫主朝方丈雙手合十說：「方丈大師，請崑崙公子把耳塞摘掉。」

　　「阿彌陀佛，有什麼話，你跟我說就行，」方丈說，「等你下山，我自會轉達。」

　　那就是不肯摘，你不摘我摘！喬幫主大步朝小五子走去，這時有兩個和尚跳過來，擋在他和小五子之間。喬幫主伸出左右手，和兩個和尚各對一掌。本來獅吼幫也不是以掌力見長，而這兩位僧人也不是少林寺一等一的高手，雙掌對雙人，竟然打了個平手。又不是跟少林寺有過節，糾纏下去沒意思，喬幫主腳下騰挪，想從左側繞過去，卻發現身後有三個和尚扯住了他的衣襬，令他轉不過去。

　　「想以多打少嗎？」

　　「阿彌陀佛，只想請喬幫主收手，咱們有話可以從長計議，細細道來。」

　　「我是想跟你們好好說，可你們全裝聽不到，看不著，把我當傻子！」

　　喬幫主吼了兩嗓子，但不是獅吼功，只是嗓門比較大，完全是因為太憋屈了。他雙拳對四腳，被這一幫和尚打得手忙腳亂。喬幫主心想，這是要逼他使獅吼功了。

　　喬幫主向後跳了一大步，運氣發力，全身被熱氣籠罩，週遭的幾個和尚已無法近身。唯有方丈等幾位高手可以與之抗衡，但已來不及趕過去，只得反向保護小五子。方丈站在小五子身前，屏息相抗。只見喬幫主張大了嘴，等了一會兒，只是發出沙啞的吱吱聲。半分鐘後，喬幫主似乎也沒力了，全身的熱氣散去，癱軟在地上。

這就是威震兩江的獅吼功，李準駙半張著嘴巴，看著癱倒的喬幫主。

今天他算是長了見識，原來武林的門檻這麼低，誰都能搞點威震江湖的東西出來。以前總說朝廷與武林是相互忌憚的，武林忌憚朝廷七八分，朝廷也忌憚武林二三分。現在看來，武林裡要都是喬幫主這種人，那麼朝廷的這種忌憚也就是在自己嚇自己。

那就不勞方丈大駕了，他九門提督李準駙可以空手擒拿獅吼幫幫主。

他跟農夫隊長要根繩子，走過去將喬幫主的雙手捆在後面，打了個豬蹄扣。

豬蹄扣也叫雙環結，小五子再熟悉不過了，那是殺豬的標準打結方式，一隻手腕套一個環，中間伸出一根長繩，可以把人像待宰的豬一樣吊起來。慧根還在跟方丈補著課，他說：「以前獅吼功不是這樣的，很厲害的。」

方丈狠狠地瞪了他一眼，冷冷地說：「我知道，我只是記性不好，我不是傻瓜！」

按照慧根的理解，記性不好和傻子是一回事，但他沒有爭辯，吸一口氣，沉默抗議。方丈此時腦中全是謎團，但起碼有一件事能確定，這個「初次見面」的喬幫主算是徹底廢掉了，而且估計就是被冒充太子的崑崙小賊所害。

崑崙小賊在幹嘛呢？小五子也有點難受，眼前這個無力的老人，怎麼說也是自己拜高堂時喊過爹的，他不能看喬幫主身陷如此境地。他讓李準駙給喬幫主鬆綁，解開豬蹄扣。

「太子殿下，怎麼處置這個喬幫主？」 李準駙問小五子，「是活捉回京城，還是就地處決？」

「也不用捉，也不用殺，放他走吧。」見李準駙還不明白，小五子補充道，「他就是要抓我回去做女婿。」

李準駙眼珠轉三圈，頗為詭異地笑了，說：「這事好辦，他之前抓你回去做女婿，咱們這回以牙還牙，把他女兒抓回宮裡做太子妃。」

吳思若看看小五子，揶揄他：「你可以啊，太子還沒當上呢，倒是預定了好幾個太子妃。」

小五子想反擊，看喬幫主的樣子，也不想在他面前太輕佻。這時傳來清脆的聲音，一個孩子喊著「爹爹」，搖搖晃晃地跑過來，抱住小五子的腿。

李準駙見小五子沒抗拒，反而把孩子抱了起來，趕緊拍馬屁，直接叩拜兩三歲的彬彬：「屬下李準駙叩見，叩見……」他轉身問身旁的親信，「我叩見誰？太子的兒子，我應該叫什麼？」

親信哪裡會知道，連連搖頭，跟著李大人做就是了。這幾個親信，加上農夫隊長，跟著李準駙跪了下來。李準駙帶著他們，叫不出彬彬的稱謂，乾脆連磕三個頭，默默起身。

「真是笑話！到底誰是太子？」

外面傳來男人的聲音，一男一女走了進來，男的是西北六公子，而他身旁的女人則是喬文君。她看見地上的喬幫主，趕快扶他起來，跟方丈討了碗水，餵給喬幫主。有些氣力後，喬幫主盯著小五子問：「崑崙公子，你為何如此陰毒，廢我獅吼功？」

這回小五子不能裝聽不見了，他看著喬幫主，想真誠地解釋，但他發現喬文君在對他微微搖頭，又輕輕點點頭。小五子沒明白，左右看看，這邊是西北六公子，那邊是喬文君，自己懷裡抱的是他們的兒子，那麼這位父親中的啞毒……他大概明白了，這對狗男女。

第十五章　午門問斬

1

　　喬文君跟六公子說，我不想跟你吵架。但實際上，那天晚上的吵架就是從這句話開始的。說完「我不想跟你吵架」，他們就開啟了吵架模式。

　　吵架是沒有邏輯的，一個話題說不過你，就換個話題，挑個新毛病繼續吵。他們從東吵到西，從傍晚吵到入夜。說來說去，核心問題還是，那包啞藥是怎麼回事。

　　那是正月之後的事，小五子逃跑後，沉獅谷雖不至於春暖花開，但總算是冰雪融化，可以出去轉轉了。經父親同意，喬姑娘坐上馬車，一路往上，出了沉獅谷，準備去集市買點布料首飾。其實這些都是讓小玉去買的，她直接去見了六公子，在集市盡頭的來祥客棧。大堂的店小二沒有多嘴，問她「打尖還是住店」什麼的。她直奔二樓，呼吸急促，一路走到拐角的房門前，六公子已經打開房門等著她。一進門，她就撲到六公子懷裡。也許是因思念，她在他懷裡放聲哭出來。六公子左臂抱著她，伸出右手，在裡面把房門關上。

　　一直到傍晚，夕陽西下，喬文君才從床上坐起來。她撥開窗子往下看，小玉已經替她買好了東西，馬車停在客棧門口，等她出來一起回沉獅谷。

　　「我得回去了。」她說。喬文君關上窗戶，背對著六公子穿衣服，之後等了好一會兒才轉轉身看著他，長嘆一口氣，「太晚回去，我爹又要疑神疑鬼了。」

六公子沒說話，就那麼深情地望著她。喬文君捨不得，但必須要離開。她盡量把衣服穿慢點，再慢一點兒，最後連大衣都已經穿好了，又解下來重繫裡面的扣子。

「不然，你跟我走吧。」六公子在身後說。

喬文君苦笑，搖頭道：「我爹什麼樣子，你又不是不知道，他要是不管我，我早就跟你走了。」

「那就別讓他管你了，我帶你走。」六公子遞給她一包藥，說，「你回去就收拾行李，今夜子時就動手。入睡之前，你把這包藥放到茶裡，給你爹喝了，讓他安心睡到天明。我夜裡去沉獅谷接你，帶你離開。」

喬文君不接，問他：「這是什麼藥？」

「這是啞藥。」六公子說，「但你放心，藥效只有八個時辰。等他恢復功力，我們已經逃得遠了，這事就成了。」

「這不可能，那是我爹。」

喬文君拒絕了他，彎腰把鞋子穿好，準備出門。六公子顯然不高興，忽然來了一句：「那我先殺崑崙公子好了。」

喬文君站在門口，皺眉看著他，奇怪他為什麼這麼說。

「你還是不想出來，畢竟嫁了崑崙公子，只想在沉獅谷廝守，等他哪天回來。」

「你怎麼會這麼想？我跟你有彬彬的，這婚姻跟小五子一點兒關係都沒有。他完全是為了你，背了這黑鍋。」

六公子冷笑，說：「真是一日夫妻百日恩啊！你倆才睡了幾天啊，就已經叫他小五子了，就開始幫著他說話了。」

喬文君眼神堅定地告訴六公子：「我倆沒事，你別多想。」

六公子只是笑，滿臉的譏諷，他語氣刻薄地說：「你們倆有沒有事，

是你們倆的事，和我沒有任何關係。」

喬文君急了，還嘴道：「跟你沒關係？這孩子是不是你的？當初是不是你找了一大堆理由，說娶不了我？當初是不是你讓我說，這孩子是崑崙公子的？你說崑崙公子消失了一段時間，可能是死了，現在人家出現了，你倒是吃起醋來了？你讓我怎麼辦？你當我想嫁給他嗎？我想嫁的人是你啊！」

連發一通火，她眼淚都掉下來了。她抹掉眼淚，走到窗前，推開窗戶往下看。小玉等得無聊，已經從馬車裡出來，站在雪地裡直跺腳。

六公子心軟了，安慰她幾句，說：「我當時是這樣說的，我說時機一到，我肯定會娶你。可是現在要娶你時，你卻推三阻四，我才會多想。」

喬文君想了想，是啊，等了好幾年，不就是在等這一天嗎？可為什麼當這一天來了，自己反而會有點不舒服呢？她走到六公子身前，接過他手裡的藥包，說：「你要答應我，別殺崑崙公子。我跟他沒什麼事，你放心吧。」她說著話，一路走到門口，關上門之前，六公子聽見她說，「你二更時分過來接我。」

2

小五子和吳思若趴在泥地裡，聽著遠處喬文君和六公子吵架，隻言片語逐漸讓兩個人清楚了喬幫主啞掉的來龍去脈。顯然，吳思若更震驚，原來喬文君不是小五子的老婆，原來他只是替別人養孩子。吳思若湊到小五子耳邊，低聲問：「是誰把你綁過來的？」

小五子不敢出聲，只是朝百尺之外的六公子努了努嘴。

「為什麼要綁你呢？」吳思若問。

還是不能說話，自己滿嘴的泥巴，要吐出來，才能把話講清楚，但這「呸」的一聲，別說六公子，武功弱點的喬文君都能聽得清清楚楚。他用手抹了一下脖子，那意思是，他綁我，是要殺了我。

吳思若看明白了，接著往下問：「他幹嘛要殺你啊？」

天啊，這讓我怎麼不出聲就跟你講清楚？可能想殺我滅口吧。比如那啞藥，明明就是六公子的，假借喬文君之手，非要嫁禍給我，讓喬幫主這個老糊塗對我恨得咬牙切齒。到底怎麼弄的呢，以後有機會還是要問個明白。但現在還不是聽故事看熱鬧的時候，趁他們吵得凶，咱們先想辦法逃命。小五子指指左邊，又指指右邊，示意從哪條路跑出去。

吳思若這才意識到，是哦，他們得想辦法逃出去。她挺起身，左右看看，兩邊都不太好出去，無論上山還是下山，都要驚動那對狗男女。吳思若想了想，建議他們往後挪，換個地方，至少別在原地待著等死。可又不能站起來走過去，兩個人匍匐在泥漿裡，一點兒一點兒往後蹭。小五子無所謂，可惜了吳思若一身的白衣服白鞋。往後蹭了幾十米，一棵砍倒的大樹橫在後面，擋住去路。但也差不多了，已經聽不到那邊的吵架聲，意味著這邊小聲說話也沒問題了。風吹過樹葉沙沙作響，小五子藉著風聲把泥巴輕輕吐出來，大口喘著氣。吳思若讓小五子幫忙，弄些泥巴糊到她後背的白衣上。小五子也不客氣，雙手捧著泥漿，把她後面抹了個遍。然後他趴下去，讓吳思若給他也在後背上抹一抹。

「你本來就是泥人了，還抹什麼？」

也是，看看袖子前襟就知道。他嘆口氣，看著前方。吳思若還是想不通，用手臂肘頂了頂小五子，問道：「他們倆弄出來的孩子，為什麼說是你的呢？」

「當年以為我死了吧，說是崑崙公子的，死無對證。」

「可你早知道，是嗎？」

「拜過堂之後知道的。」

「那你早講啊。」

「人家的事情，我講出來幹嘛？」

「那是人家的事情嗎？你跟人家拜堂，那是我和你的事情。」

還好聲音不大，不然喊出來，像是這邊也要吵一架。六公子似乎聽到點動靜，轉身往這邊看了一眼，一片漆黑，也不見有人經過，便轉回頭繼續跟喬文君解釋。這邊的兩個人不說話了，撐起下巴並排看著前方，看著那兩人頭頂上的月亮，彷彿他們不是趴在泥漿裡，而是坐在屋頂上蕩著腿相互依偎著賞月。那些風也變得暖了，泥土也變得芬芳了，情不自禁地要把手從泥漿草根裡穿出去，去握對方的手。

這邊如此美好，那邊卻越吵越厲害，最後六公子撂了句狠話：「既然他是太子，那你快早早跟他進宮，日後做你的皇后吧！」

喬文君「你你你」地說不出話來，負氣跑下了山。六公子要追下去哄她，下山之前，他還是要來這邊看看，嘴上說「文君別走」，腳下幾個大步跨過來，拔劍朝小五子剛才躺倒的地方扎下去。上來就下死手，對小五子殺之而後快，吳思若臉色都變了，小五子把她的手握得更緊一點兒，彷彿六公子要殺的不是他，而是吳思若。

兩劍下去，六公子也知道這泥巴裡沒有人，他劍尖朝地，在周圍十步見方的地方平蹚了一遍。他停下來，四處張望，目光掃過這邊時，並沒有看到月光下的兩個泥人。喬文君已然下山，漸漸消失不見。六公子只好放棄這一片泥地，提劍追了下去。

小五子和吳思若聽見他的腳步聲越來越遠，看樣子已不會再回少林

寺。小五子拉著吳思若從泥漿裡站起來，雙腿早就發麻，一下子站立不住，一個踉蹌，用手撐住地。吳思若在身後問道：「他為什麼要殺你？他絕不至於蠢到懷疑你，嫉妒你，要把你殺死的程度。你和他到底有什麼過節？」

「我不知道。」小五子朝東邊望過去，天已泛白，朝陽之下，露珠化成一層層的水氣往上升。他抹了抹被泥巴糊住的臉，說道：「叫上李準駙，我想早點回皇宮看看。」

3

到了京城，小五子要送吳思若一套好衣服，作為少林寺泥沼相救、把白衣弄髒的補償。千挑萬選，吳思若在集市選中了兩件，再往下就不知道哪件好了。小五子說：「兩件都要了，這件你見五公主穿，這件你見父皇穿。」

吳思若嚇了一跳，原來在這兒等著她呢，她堅絕不跟小五子進宮。小五子說：「那不行，文思清沒跟我去，你吳思若再不跟我去，顯得我小五子出來這幾年，一個女人都沒撈到。這就不是面子的問題了，這是有損國威啊。這事要是傳到天竺、東瀛、高麗，會被諸國王子取笑的。」

明白他在開玩笑，吳思若也沒法跟他較真，原則性地直說不去。小五子悄聲問她：「是不是顧慮守宮砂的事情？我小五子從來就沒往心裡去。」

「你真從來沒往心裡去嗎？」吳思若反問。

「那又能怎麼樣？」小五子承認有，「我恨自己沒早點碰上你，這怨

不了你。」

吳思若道：「總有一天，你的後宮佳麗越來越多，你就犯不上在我這裡遭這份心罪了。」

小五子堅持要帶她，一激動還說出了直接封她為太子妃這種話。吳思若急了，吼道：「我吳思若配不上你，行不行？」

小五子撂下狠話：「哪天要是讓我看到你配上誰，我就殺了那個人。

我把你能配得上的男人全殺光，讓你今生今世，只能找我小五子一個男人。」

吳思若還是搖頭，跟他講：「你要是要的話，我現在就給你，但是別讓我跟你回去了，不然哪天真有太多的事傳到你耳朵裡，那可真是有損國威了。」

小五子眨巴著眼睛看她，他當然想不到，吳思若在講自己的出身。他只說：「你要是不跟我進宮，咱們就在這兒耗著，我也不去做太子了。」

說到做到，小五子果然不提進宮的事了，他叫李準駙備了些傢伙什，每天跟個紈綺子弟一樣遛鳥、鬥蛐蛐。吳思若開始以為他在賭，賭誰先服軟。後來發現，他真的不在乎要不要當太子。她想到權宜之計，先跟他進去看看，等小五子跟五公主、皇上相認了，她再找機會溜出來。

吳思若把改主意的事告訴他，小五子要把鳥籠蛐蛐籠砸了。

五公主知道李準駙回來了，想在宮中祕密宴請他。李準駙榮幸之至，覺得這是駙馬的待遇。小五子覺得這樣有意思，他要吳思若和「一隻手」

化妝成李準駙的跟班，混入皇宮，先偷著樂一般地觀察，找好時

機，再給五妹一個驚喜。

幾個人照小五子在丐幫的方法化，臉上塗上黑泥，黑黝黝一片，要是不動，都不知道那幾個是人。

進了皇宮，他們開始好奇張望。門口一個太監不讓李準駙帶隨從進去。小五子不忿，也是有恃無恐，跳起來跟太監打了起來。公主在裡面傳喚道：「既然是李大人的親信，就讓他們進來吧。」

打從進門，小五子就盯著五公主，自己的親妹妹，果然好看。就是不在皇宮裡，不說她是五公主，放諸四海，她也是一等一的漂亮女人。李準駙也意識到，小五子可能失禮了。他忙向五公主介紹：「此人跟我南征北戰，東伐西討，立下了汗馬功勞。」

公主冷笑道：「你個九門提督，有什麼南征北戰、東伐西討，最南是前門，最北是安定門，最東是東直門，最西也就是西便門。」

說話間，小五子還不時偷看公主，覺得李準駙所言極是，就那四個字——貌若天仙。

五公主問李準駙：「崑崙公子可帶回來了？」

李準駙答道：「小人不才，讓崑崙公子從少林寺跑掉了。」

「讓你去押一個人，出去一晃，幾年才回來，人還跑了。」五公主大怒，「我看你這九門提督是不想幹了吧？」

李準駙低頭，不敢吭聲，時不時偷看小五子，心想你倒是幫一下啊，我這都要被拖出去斬了，你還在旁邊看熱鬧？

五公主又問：「可否有太子的消息？」

李準駙又看看小五子。他朝李準駙眨眼搖頭，也是，太子當然比公主大，他讓你演，你就放心大膽地發揮吧。

李準駙鼓足勇氣，賣了個關子，他說：「江湖上傳言，太子已為百

花谷的少谷主崑崙公子所殺。」

「你這個人真是糊塗至極，還是沒有看出其中的蹊蹺。」五公主說，「我今天告訴你個祕密，太子和崑崙公子本來就是一個人。幾年前，太子臥底到百花谷，就是為了查清前朝餘孽。我聽說那個百花谷還在惦記著他們的沈家天下，谷中依然養著大量的宮女和太監，我們的太子就是化名為崑崙公子進入武林的。」

李準駙問道：「那麼，百花谷的人到底是敵是友？」

公主把他面前的盤子推到地上，怒道：「你這個飯桶，別吃了！」

小五子這時接話：「李大人，公主的話我都聽明白了，我早跟你說過，進宮之前，先填填肚子，你以為朝廷的飯碗那麼容易端啊？」

公主瞪大眼睛，問道：「什麼人，這麼大膽！我和李大人說話，輪不到你插嘴！」公主繼續問李準駙，「既然崑崙公子和太子是一個人，你跟我說一個死了，一個跑了，你到底還想不想要這個九門提督的位子？」

李準駙不敢回答，偷看小五子，想要不想要，那不是你太子說了算的嗎？小五子拍拍胸膛，意思是我來。他往前走兩步，故意插科打諢，言語放肆，後來甚至還說自己餓了，伸手過來抓肉吃。

五公主被激到大怒，讓人把這個人拉出去斬了。小五子覺得可以與公主相認了，他把臉上的泥抹掉，說：「五妹，你這是想殺崑崙公子啊，還是想殺太子？」

五公主愣了一下，仔細看著小五子，忽然眼淚都掉下來了，她搖頭道：「我想了你三年，你還這麼戲弄我？」

這不是鬧著玩嘛。之後小五子給她介紹了「一隻手」和吳思若。吳思若把長髮落下，露出女容。見五公主情緒穩定了，小五子又開始胡編

亂造，他說：「我已經和吳思若拜堂成親了，只等著見過父皇，便可以冊封她為太子妃。」

五公主聽得直皺眉，故作微笑，上前和吳思若寒暄，忽然之間變臉，喊道：「來人哪，把這些冒充太子的反賊給我拖出去！」

小五子以為她也在開玩笑，沒當回事，說：「五妹，你別鬧了，叫人加菜，是吧？這菜已經夠了，不用再加了。」

五公主乾笑一聲，說：「那你就多吃點，以後可就吃不著這麼好的飯菜了。」

小五子這時才有點蒙。公主接著下命令，說：「這幾人妖言惑眾，全部押入大牢！」

太子原來不行，管事的還是五公主，李準駙這牆頭草左右看看，雖然不明就裡，但是立即轉變態度。他對五公主說：「不用再叫人上來了，這事我九門提督最在行！」

「一會兒有你更在行的事呢。」五公主衝他笑笑，點點頭，「你也一起去地牢，陪陪他們吧！」

頃刻之間，到底怎麼了？小五子自以為聰明絕頂，此時也摸不清五公主到底是什麼情況了。他低聲問：「李大人，我這個太子是真的嗎？」

「是真的。」

「那她這個五公主是真的嗎？」

「是真的。」

「那押我們去大牢這事也是真的嗎？」

「我看不假。」

沒等小五子想明白，他們已經被五公主的侍衛拿下了。五公主問身邊的太監小順子：「李大人這次過來，都有誰知道？」

太監小順子答：「只有李大人的隨從，和門口的幾個太監宮女。」

公主對小順子說：「半個時辰內，把這些人全找到，殺掉。」接著她問小順子，「什麼該說，什麼不該說，你都知道吧？」

「出了這門，我就是個啞巴。」

「也不用，」五公主說，「有人問起，你就說，李大人接回一個假冒太子的人，已經被我處決了。」

4

小五子在牢裡仍然想不明白，五公主已經在外面忙著給他這次的冒失擦屁股了。

關進大牢的第二天，三王爺就進了一趟宮，他如野獸般聞到了獵物的氣息。三王爺帶人在宮裡轉了一圈，沒看到小五子。他找到五公主，打著哈哈，剛泡好的茶，還沒喝下第一口，就忙不迭地問：「聽說太子回京了，你們兄妹團聚，我這做皇叔的很是高興，給你們送份賀禮。」

五公主倒是不著急，慢慢喝兩口茶，告訴三王爺：「三皇叔的消息果然靈通，的確來了一個冒充太子的小賊，我估計他就是奔著三皇叔的這份重禮來的。此人被我當場戳穿，就地處決了。三皇叔有空也幫我查查，這些人什麼來頭，誰在給他們撐腰？」

三王爺臉色大變，說：「我哪有時間去查五公主要找的人啊？」

「我聽說，這幾個小賊是從西北方向過來的，那不正是三皇叔您的地盤？」

「西北大了，要是各個為非作歹的人，都找我來是問，怕是皇兄醒

來，也不肯啊。」

　　茶果然一口沒喝，三王爺帶人離開了。他碰了一鼻子的灰，出宮後就讓親信查明，當天出了什麼狀況，這幾人身在何處。

　　查也是白查，親信到晚上次報說：「宮中的太監和宮女全部被換掉了。」

　　小五子這幾天一直在地牢，出來這幾年，他早就習慣被關起來了。三間聯排的大牢，小五子在最中央，左邊是「一隻手」，右邊是李準駙。彼此看不到，但說話能聽見。小五子對他們吩咐：「在地上掘個洞，夠你們鑽過來的，兩個人往中間會合。」

　　他一邊命令他們快點挖，一邊催問道：「吳思若在哪間牢房？」

　　他知道問了也白問，他們是被一起關進來的。小五子不知道，他們倆當然也不知道。小五子喊了幾聲吳思若，不見她應答。此時小順子帶領一幫侍衛進了地牢，一路走到小五子的牢房前。挖洞的兩個人也停了手。

　　雖然是小順子，但他年紀也不小了，起碼在宮中待了十年八年了，自己是真是假，他該知道。小五子上前走幾步，問道：「你可認得我？」

　　「自然認得。」小順子倒是沒隱瞞，「但我勸太子啊，最好不要再跟奴才多說話了，要不然這些人全得死，我小順子也性命不保。」

　　說完小順子畢恭畢敬地站在牢門口，貌似在等一個大人物。過了一炷香的工夫，地牢鐵門打開，五公主走了進來，她讓獄卒打開牢門，進了小五子的牢房。

　　五公主看看地上的殘羹剩飯，問：「這是你一天的伙食？」

　　「你還有臉問我？」小五子哭笑不得，「我們丐幫的伙食都比這強。」

「那你就別吃了。」

五公主一腳把地上的殘羹剩飯踢翻。她把門口的兩名獄卒叫到跟前，問其中一個：「這飯菜都是你送的？」

獄卒點點頭。

五公主給他左右臉各一個耳光，轉身又問另一個獄卒：「他這身囚服，是你給他換上去的？」

另一個獄卒也點點頭。

公主再來兩個耳光。

兩個獄卒不解，囁嚅道：「啟稟公主，地牢就是這樣的飯菜，關進地牢的人也都得穿這套囚服。您這是說，伙食好還是不好啊？」

「你們知道這裡關的是誰嗎？出了地牢，我都得給他下跪叩首！從現在開始，他一天的飯菜由御膳房供給，把這身囚服給我換了。要是這人在牢裡出了一點兒毛病，你們誰都別想活！」

小五子問道：「你想把我伺候到什麼時候？我在錢記肉店的時候，也是這樣對待將要上砧板的豬的。」

「那哥哥就在這兒一直待到過年吧，」五公主似乎被逗樂了，她忍住笑，一本正經地說，「等要殺豬的時候，我再請哥哥出去幫忙。」

「既然你肯叫我哥哥，我也就斗膽問一句，」小五子提議道，「你把我的夫人吳思若跟我關一塊兒吧。」

「吳姑娘我有更好的安排，」五公主笑道，「哥哥就不要操心了。」

她轉身對小順子說：「把吳姑娘推到午門問斬，這點絕無半點虛假，立即斬首！」說完她對小五子笑笑，那表情似乎還有些許嫵媚，她說，「你確實是太子，以後要做皇帝的，我殺了你的女人，那時你盡可以報復我，但現在，還是我五公主說了算。」

5

李準馹和「一隻手」連夜挖通道地，把三間牢房打通後，三個人一起進了西面「一隻手」的牢房。

「一隻手」說：「我早已察看好地形，把西側的牆打通，我們就可以逃出地牢。」

小五子問李準馹：「一般要犯在午門是幾時問斬？」

「午時居多。」

小五子讓他們抓緊往西邊挖，說一定要在午時之前逃出去，拼了命也要救吳思若。他一直惦唸著這件事，充滿愧疚，要不是他逼她一起進宮，她也不會遭此大難。他只能摳著手指數數，盼望早一點兒出去。

「一隻手」喊著「挖通了」，小五子急忙鑽過去。等到過去，才發現這又是一間牢房，小五子讓他們繼續往西挖。

李準馹提出一個問題：「你說，我們午時之前要趕到午門，但問題是，我們在裡面也看不到天色，現在是什麼時辰都不知道，沒準兒吳姑娘早死了。」

小五子癱坐在地上 ， 大概幾秒鐘之後，吼著叫他們快點挖：「活要見人，死要見屍。」

而那邊，小順子已經在跟兩名太監交代，把吳思若的頭蒙上，帶到午門按期發落，一會兒把人頭提回來。

兩位劊子手看著沙漏，摘下吳思若的頭套，說：「時辰差不多了。」

另一個劊子手拿出紙筆，問她還有什麼要說的。

「我們哥倆兒當了十年劊子手，殺人無數，我們得讓每一個死在我們

刀下的人，明白你的死跟我們哥倆兒沒關係，以後做鬼，也別來找我們麻煩。」

吳思若沒什麼想說的，要說也是心裡話，也許跟小五子真的是相見恨晚，沒能讓他喜歡上一個乾乾淨淨的自己，要是還能有下輩子，她肯定在茫茫人海裡早早地把他找出來，一輩子跟著他。頭一個劊子手又問一遍，有沒有什麼要說的。吳思若搖頭道：「無話可說。」

另一名劊子手接過紙筆，在紙上寫了幾個字，說：「這是你講的，按個手印吧。」

吳思若看到紙上面有四個大字 —— 無話可說。將死之人，卻忍不住笑了。吳思若手指伸嘴裡，使勁一咬，用血按了個手印，眼淚也滴在了紙上。

拿著頭套的劊子手問：「那就讓我們給你戴上頭套吧？」

吳思若說：「不必了，能否勞煩大哥拿個銅鏡，擺在我面前，我想看著自己死。」

奇怪的要求，但還挺特別。銅鏡遞過來，放在地上，吳思若低頭看著鏡子裡的自己，等劊子手舉刀下刀。忽然鏡子裡出現一個蒙面人，對著持刀的劊子手拍了一掌，劊子手手起刀落。吳姑娘一閉眼睛，再睜眼時，一個人頭滾到了她的身前。

另一個劊子手慌了，扔刀就跑。蒙面人一躍而上，在身後一掌將他擊斃。吳思若明白此人要救她，她剛要說話，蒙面人衝她搖了搖頭，替她鬆綁後示意她快走，走得越遠越好。吳思若原地站了一會兒，扭頭離開了午門。

連續挖了幾個牢房，每個牢房裡面都關著一個或是神志不清或是早已絕望的重犯。「一隻手」後來提醒小五子：「我師姐可能早就死了，而

且這個牢房沒個頭，我們還是想別的辦法吧！」

小五子問：「你告訴我有什麼辦法？你告訴我，有什麼辦法！」

「一隻手」無奈不語。小五子趴在地上，徒手往前挖。外面有獄卒進門的聲響。李準駙建議：「咱們還是快點回去吧，他們要是看你不在牢房，不定會出什麼事呢。」

小五子不願前功盡棄。剩下兩個人對了下眼神，明白進來的獄卒是送飯的。太子的飯菜比他們的好得多，挖了這麼久，早已飢腸轆轆，不然等吃飽了，再回來繼續幫他幹活吧！

想想而已，太子在上，李準駙怎麼敢抗旨？三個人一句話都不說。李準駙忍不住了：「好吧，我去挖。」

小五子回頭看看「一隻手」，最後他也頂不住了，趴下來幫忙。「一隻手」和李準駙一邊挖，一邊低聲抱怨：「這一夜加一天，我們挖了六十多間牢房了，整個地牢都快被我們打成一個大通鋪了。」

「我懷疑它是圓形的，」李準駙說，「再挖幾天，估計咱們就能回到最初的那個起點，吃上好的飯菜了。」

那為什麼不直接回去等飯菜呢？這問題像咒怨一樣，一直纏著他。忍不了的時候，李準駙一推手，說：「我不幹了，你們愛誰幹誰幹！」

「我命你繼續挖，你在違命抗旨？」小五子反問。

「你算什麼啊，命令得了我嗎？我跟你說，我早就在外面找人托關係了，沒幾天就能被放出去，用不著在這裡給你當苦力了！」李準駙喊道，「像你們這樣，打通裡面沒用，打通外面才是王道！」說完，李準駙撅著屁股一間一間地往回爬。

「一隻手」瞠目結舌，指了指李準駙離開的那個洞，說：「五幫主，那你也別可著我一個人一隻手使喚了，我房裡有牌九，我去拿回來，以

後誰輸了誰去挖。」

　　說完他也鑽過去了，一時半會兒沒回來。小五子知道只剩下自己了，他開始一點點地挖。為了解悶，他不斷地自言自語，然後忽然站起來，這些話都是以前對吳思若講的，可是，世界上再也沒有她了。後來挖不動了，他就坐在原地，像個孩子一樣哭了出來。他的記憶只有三年，那麼他是不是也像個三歲的孩子一樣，一下子承受不了這麼多的劫難。

　　放聲大哭以後，他感覺好多了，更加拚命地往前挖，挖到最後一間，牢裡坐著一個活死人，披頭散髮，雙目緊閉，地上的飯菜早已發霉，看來已多日沒有進食。小五子急著出去，也沒有搭理他，繼續挖了兩個時辰，土已經挖光了，露出堅韌無比的花崗岩，這應該就是牢房的盡頭了，可是他卻一點兒辦法都沒有，他挑著地上發霉的飯菜吃了個精光。吃完摸摸老頭兒的鼻息，自語道：「有吃有喝的，你練什麼閉息大法啊？」

　　沒有任何回答。過了一會兒，小五子覺得此人面熟，想了半天才記起，此人是何員外家的老管家。小五子對他說：「你怎麼躲這兒來了？不管你為什麼在這兒，我正好想跟你打聽個人，你們何幫主的師父向問和長什麼樣？現在在哪兒？」

　　小五連續用了幾招，揪他耳朵，衝他耳朵眼號叫：「飯菜來了！」此人還是一動不動。小五子開始把他當沙袋練拳腳，但他就是堅如磐石，雷打不動。到後來，小五子都折騰睏了，躺他旁邊睡了一覺。

　　睡到半夜，小五子忽然想通了，拍著腦門兒說：「我笨死了，你就是向問和。」

　　之後幾天，小五子出奇地興奮，對著獄卒每天送來的飯菜查日子。八月十五那天，小五子覺得向問和的身體出現了異樣，他渾身在抖，且

越來越厲害，整個牢房都跟著顫抖了。小五子記起谷主告訴他的兩個穴位，按著次序點下去，大概一炷香的工夫，向問和忽然倒地。小五子以為記錯順序了，不小心錯殺了向問和，隨即跪地，磕了幾個頭：「我小五子既然犯下彌天大錯，就在此為你守靈三日。」

守到第二天，小五子挺不住了，竟然睡著了。再醒來時，他看見地上幾十碗飯菜全都成了空碗。向問和早已醒來，自言自語說自己沒吃飽。小五子激動了半天，說：「前輩，我真擔心您好不容易活過來之後，再撐死了。再說這些飯菜都餿了，就算沒撐死，也得丟半條命。」

向問和打了兩個響嗝，盯著這個年輕人，問穴位是不是他點的。

小五子講了何府滅門的事情，講了百花谷谷主教他的點穴順序。向問和沉默許久，連嘆幾口氣，詢問小五子，是何人滅了何員外一家。

「那人蒙著面，」小五子說，「其實你的三位師兄我都見過，跟他們說過話，但是仔細想想，我還是無法判斷出是哪一位，因為當時蒙面人說話的時候壓著嗓子。」

向問和問他是怎麼講話的，小五子學了幾句，向問和說，此乃氣聲。

說話時聲帶未動，連是男是女都無法分辨，更別說分辨出是哪位師兄了。

說完這些，他不想再提何府了。向問和說，神功練成之後，他還需要些時日恢復元氣，現在體力與常人無異。等恢復後，他就能把小五子從這深牢大獄中救出。

6

　　小五子在牢裡面待著，陪著向老前輩。三王爺當然不放心，都說在宮裡見到了太子，總不至於是捕風捉影。沒隔幾日，他又帶人去宮裡轉了一圈，後來找到五公主，跟她商量道，倘若太子在宮中，就讓他見一面，叔侄二人聊聊登基大事；倘若太子不在宮中，下落不明，那麼三年之約也已到期，天下人可說不得他三王爺是奪權篡位之人。

　　「太子武藝微末，怕是早被三叔藉機殺掉了吧，何必來找我要人？」

　　公主譏諷道，「至於登基的事情，我五公主說話算話，父皇三年未醒，太子不見蹤影，自然該由三叔料理朝政。只是我勸三叔不必心急氣躁，一副勝券在握的樣子，七日後，我自會安排登基大典。」

　　聽起來話裡有話，那就更加不放心。三王爺派人打探，得來密報，皇宮地牢的某間牢房裡，關押著一個穿華服的男子，飯菜異常豐盛，是每日從御膳房端去的，此人可能是太子。

　　三王爺眉毛一挑，連夜派人把此人祕密押回王府。抓捕持續了一夜，次日，見到此人，三王爺愣在原地，被抓來的是九門提督李準駙。

　　「一隻手」是看著李準駙被帶走的。本來是「一隻手」暫住在小五子的牢房，每日有御膳吃，每天有新衣穿。李準駙過來把他趕走了，讓他回自己的牢房，說：「你要是聽話呢，等我出去後，自然會把你帶走。不然，小心我出去以後弄死你。」「一隻手」沒辦法，只能鑽回自己牢房，每天再有御膳，也就是聞聞味兒，從洞裡看看，今天又是什麼好吃的。

　　李準駙被帶走那晚，「一隻手」在隔壁聽到一陣騷動，牢門打開，幾個獄卒把李準駙提走了。「一隻手」那時還自言自語道：「果然把外面打通，要比把裡面打通好使。」

五公主是第二天聽說的，三王爺從牢房押走了一個人。她趕緊派人去看，回報說，太子依然在牢中，只是他們誤抓了李大人。其實，目前牢裡的人也不是太子，而是「一隻手」，小五子正在向問和的牢房裡，跟他談天說地呢。但五公主不知道，她惦記著離登基之日只剩兩天了，她命人把太子帶回宮中，沐浴更衣，準備登基。

　　「一隻手」是第二個被帶走的，他想李準駙果然講信用，派人救他來了。只不過救他來的是一幫太監宮女，他們把他抬出牢房，並好吃好喝地伺候著，直到換上龍袍的時候，「一隻手」嚇壞了。再傻他也知道，這是皇帝的衣服，龍袍加身，難道他才是太子？

　　「一隻手」仔細回想了一下自己的過去，不像小五子，所有的事情，他都記得清清楚楚。後來他認定，他的爹媽一定是養父母，老皇帝定是有什麼難言之隱，把他寄養在那裡，現在是回宮登基的時候了！他將雙臂從龍袍裡伸出來，看著自己僅存的一隻手說：「原來這才叫一手遮天啊！」

　　有太監過來稟報，說五公主在外面候著，準備向他請安、請罪，順便告訴他，明天的登基大典事宜。「一隻手」想到五公主陰晴不定、心狠手辣，連忙讓太監回覆說：「你回五公主說，太子累了。」

　　可是「一隻手」卻睡不著，可能是這輩子也沒睡過這麼好的床，他把伺候他的小太監叫過來，說：「咱倆換床睡唄，太軟的我沒法睡。」

　　小太監誠惶誠恐，跟他換了房。當晚「一隻手」聽到一陣窸窸窣窣的聲音，有人密報，小太監死在了太子房裡，凶手已不知去向。「一隻手」知道是衝他來的，他讓知情的人先瞞著，誰也不許說出去。

　　這些小太監嚇死了，他們早聽前輩太監講過，聽了不該聽的、見了不該見的，必死無疑。其中一個爭寵的小太監主動過來對「一隻手」說：「太子，您應該把知情的人全殺掉滅口，這事由我來辦，我出了這

個門，保證就是個啞巴。」

「一隻手」看看他，又看看諸位宮女太監，對眾人道：「你們把他殺了滅口吧。」

宮女太監的火早就憋大了，一起撲上來，捂死了這個小太監。

經歷這一番風波，「一隻手」冷靜下來，他傳密旨，說要見見他的五幫主。他知道說他「一隻手」是太子，就是自我欺騙，他只是住在五幫主的牢房，吃著他的御膳，穿著他的華服，被人錯認為了太子。大難不死，他明白了，太子皇帝這差事，也不好幹。

天亮之前，「一隻手」帶侍衛進入地牢，走到最深處的牢房。小五子看見他的服飾嚇了一跳，問道：「你別說你這太子之位，是玩牌九贏回來的。」

「一隻手」嘆了口氣，讓侍衛打開牢房，跟他說這幾天遇到的蹊蹺之事，想跟小五子換衣服。「一隻手」這邊脫下來，小五子那邊還沒來得及穿上呢，又一幫侍衛進了大牢，把被打了個半死的李準駙送了回來。

五公主這邊找瘋了，登基大典馬上就要開始了，卻不見太子的蹤跡。

五公主命小順子，就算把京城翻個遍，也得把太子給她找出來。小順子提醒公主：「不管怎麼說，您得上朝了。」

五公主是硬著頭皮進的大殿。文武百官到現在都不知道，今天誰當皇帝。沒看見太子，自然是三王爺坐定了皇位。其中一個大臣，洋洋灑灑地宣讀了一個多時辰的老皇帝的豐功偉績，而老皇帝卻一直睡著，不省人事呢。

有人喊著：「時辰已到！」

那個大臣也真是厲害，文章還剩那麼長，說收就收，一句話簡短總

結，說臣子們擁護當今聖上為太上皇，萬歲萬歲萬萬歲！眾人也不能反駁，跟著一起山呼萬歲。五公主不幹了，說：「我父皇鞠躬盡瘁，豈能三言兩語就概括？不行，把文章讀完！」

大臣愣了一下，繼續讀稿子，又讀了一個時辰，百官皆已睏倦，哈欠連天。令官又一次喊：「時辰已到！」

那位大臣的文章再次卡在了嗓子眼，他重複總結道：「臣子們擁護當今聖上為太上皇，萬歲萬歲萬萬歲！」然後眾人再次山呼，聲音卻比之前微弱了許多。

五公主再次反駁：「我父皇執政近三十年，豈能為三兩個時辰所概括，不行，必須把這些全部宣讀完！」

大臣繼續宣讀，「嘉和八年，二月初五，聖上賞菊，贊菊花之美，乃為天下花卉所難及。嘉和八年，二月初六，聖上探望趙貴妃，說，希望你身體能快些好。嘉和八年，二月初六下午，聖上贊御膳房廚師做的一道新菜，並命名為雞跳牆。嘉和八年，二月初六傍晚，聖上二次探望趙貴妃，並送去一朵菊花，及雞跳牆；趙貴妃病情仍未有好轉，一刻鐘後，聖上去王貴妃寢宮過夜。午夜過半，聖上興奮至極，把王貴妃、李貴妃、楊貴妃召入房中，共議國家大事。嘉和八年……」

「差不多夠了。」三王爺起身打斷大臣，說，「早上天沒亮就開始大典，現在天都黑了，皇兄的豐功偉績還沒講完一半。」

公主接話道：「那就讓文武百官早些休息，明日繼續。」

「說好今日登基大典的，五公主為何頻頻拖延？」

雙方黨羽，爭執不下，五公主知道今天是頂不過去了，只好宣布大典開始。

傳令官喊道：「恭請皇上登基！」

　　三王爺整整衣衫，緩步走到寶座前，轉身對文武百官朗聲說道：「今天大典，辛苦各位愛卿，這皇位我三王爺受之有愧，實乃我皇兄膝下無子，順位於我。」

　　眾人皆下跪，山呼：「萬歲萬歲萬萬歲！」

　　三王爺第一次被如此歡呼，有意拖延了幾秒，整整衣衫又喊了句：「列位大臣平身！」

　　可是百官仍長跪不起。

　　三王爺整整衣衫又說一次：「眾位愛卿平身！」

　　百官還是不起。

　　三王爺腦後冒出一個聲音：「平身！」

　　百官齊聲答：「謝萬歲。」

　　然後他們紛紛起身。三王爺以為勞累一日，出現了幻聽幻視。他轉身一看，只見小五子身穿龍袍，早已坐在九龍寶座上。

7

　　小五子登基後，立即辦理了兩件事情：第一件事是，查尋當年害文宰相被滅門的罪魁禍首；第二件事，盡快集結兵力攻打海南島，捉拿逆賊南海真人。這兩件事中的第一件，是為文思清所辦，後一件是為蘇子瑤所辦。唯有吳思若被問斬之事，小五子無法立即復仇，思量著如何進展。

　　向問和老前輩已被接入宮中，小五子封他為御前大將軍。這官職具體要幹什麼，向問和也不知道，但御前兩個字他明白，就是在皇帝身邊

待著。小五子有時候想和向老前輩學武功，向問和跟他說，當年師父教他無為掌的時候，第一件事就是讓他自廢武功，心無旁騖，方可繼續往下練，「那麼，陛下之前練的是什麼功呢？」

是啊，什麼功呢？小五子隨口一說，說是神掌神力。向問和好奇，那是什麼。問題是小五子也不知道，他說今日太晚了，明天展示給他看。

晚上，小五子命人將桌子鋸掉一角，再稍許黏合。第二天拉來向老前輩，要跟他比比，是他的神掌神力厲害，還是向老前輩的無為掌厲害。小五子先一掌劈下那個桌角。然後輪到向老前輩使用無為掌，一掌劈下去，桌面晃動，地上都震得起了塵土，感覺要山崩地裂了，抬手時桌子卻紋絲不動。兩個人屏息等待，一般不都是這樣嗎？看起來沒變化，等上個一分半分，整個桌面會突然崩塌。

可是這次沒變化，一頓飯都吃完了，桌子還完好無損地立在那兒。向問和自己都不敢相信，自己花費近十年練成的掌法竟毫無威力。他一再地搖頭，又反覆說，師父一定另有深意。

小五子也夠討人嫌的，從地上抓隻活螞蟻放到桌面，說：「我知道，這劈桌子也實在是難為你，咱們先拍死隻螞蟻，怎麼樣？」

奇恥大辱，向問和苦笑一下，一掌拍下去，一樣的山崩地裂，手掌一開，那隻螞蟻在桌面上一動不動，沒一會兒，竟毫髮無損地爬走了。向問和看著自己的手心，半天說不出話。

小五子哈哈大笑，道：「你這無為掌果真是無所作為呢。」

向問和苦思冥想，一夜之間，竟然滿頭白髮。他把自己關在小黑屋裡苦苦練習，練到深處，不止桌子，甚至連一張白紙都無法擊碎。他覺得自己廢了，主動找到小五子，辭去職務，他說：「別說是在御前保護皇上了，我連個手無縛雞之力的書生都不如，連個御前侍郎都不配。」

小五子說：「向老前輩，你為人忠厚，出去後，別把失掉武功之事告知旁人。武林人士忌憚無為掌之名，諒他們也不敢與你為難，這樣可保住性命。我小五子行走江湖數年，你見我會武功嗎？不會。我跟你說實話，我之所以能坐上皇位，是因為我有自己的處事原則──嘴上凶一點兒，能嚇走對手最好，嚇不走對手，就趕緊跑路。」

把向老前輩送走，小五子要找點新樂子了。雖然李準駙和「一隻手」都不怎麼樣，但總算是同甘苦一起過來的。他想給他們加官晉爵，李準駙原來是九門提督，升成什麼好呢？有天小五子忽然有了靈感，讓人在京城又開鑿四扇城門，命李準駙為十三門提督。李準駙似乎也沒那麼高興，九門，十三門，不都是北京城嗎？

可實在不知道該給「一隻手」什麼官位好。小五子想到可以成立一個反賭協會，讓他做會長。小五子命他以後再對賭徒講賭博的危害時，不要再伸出他有手的那條手臂，要將他斷了的手的手臂揮舞給大家看。榮升會長後，「一隻手」辦的第一件事，就是在宮中成立了第一家賭場。他為官執政的思路很清晰，先用三個月把那些太監宮女培養成賭徒，再大刀闊斧地反賭。

五公主還是隔三岔五地來給小五子請安，這次行君臣之禮後，小五子遲遲不喊平身，就讓五公主跪著。小順子在旁邊勸道：「公主最近身子不大好，陛下就讓公主起來吧。」

小五子笑道：「你這小順子倒是夠忠心的，但是我聽說啊，我不在的這幾年，京城百官送你的銀子也有十萬八萬了吧？」

然後他遞給小順子一張名單，小順子跪著爬過來接住，他看也不看，直喊冤枉。小五子對公主道：「他說冤枉，難道是我查錯了？要不五皇妹，你來查查？」

公主依然跪著回答：「小順子跟著我多年，一、我信得過，二、就

算他真的拿了點碎銀子，也不是什麼大事，還請聖上放他一條生路，我讓他把銀子全退回去就是了。」

「皇妹快快請起，一時間跟下人動氣，竟然忘了你還跪著。」小五子說完吩咐人過來，同時做了個手掌下劈的手勢，說，「斬了，就在這兒給我斬了，讓我和公主都看著。」

侍衛抽刀而出，刀起刀落，小順子人頭落地。小五子讓侍衛別把屍體拖走，先留在這兒，他還要和公主聊幾句。侍衛退下，小五子和公主之間隔著屍體。公主不敢直視小順子的人頭。小五子問道：「處斬吳思若的事，是他辦的吧？聽說辦得還不錯？」

「命令是我下的，跟小順子沒有關係。」

「皇妹不是生氣了吧？你殺我夫人，我動你一個下人都不行嗎？我在牢裡面天天想，穿著這身龍袍也在想，吳思若怎麼著你了，二話不說，你就問斬？」

公主回答：「過去的事，你都不記得了。」

「記不記得，關吳思若什麼事？」

「剛才你跟小順子算了一筆帳，那我也跟你聊聊吳思若。嘉和二十年七月，紫竹院招進來一個十四歲的小姑娘；嘉和二十二年，她成了紫竹院的頭牌，甚至在整個揚州城都赫赫有名。你要是想知道這個姑娘是誰，也不用問我五公主，要是聖上有機會下一趟江南，找人打聽一下，就知道我為什麼要殺吳思若，為什麼覺得她配不上你了。」

小五子瞪大眼睛看著她，好半天沒說話。他喊人進來，讓他們把小順子的屍體收了。他看著下人清理屍體，轉身對公主說：「我們倆配不配的事，你說了不算，但是你和誰配不配的事，卻是我這個做天子的說了算。

　　你也不小了，我不在的這幾年，你代父皇治理朝政有功，現在我回來了，登基了，你也該找個人嫁了。」

　　那麼嫁給誰呢？得給五公主找個最「般配」的人，最好能噁心她一輩子。早朝結束後，小五子調侃李準駙說：「李大人，我第一次見你的時候，你身邊的跟瘋子似的一妻一妾哪兒去了？」

　　李準駙愣了一下，義正詞嚴道：「那是朝廷要犯！她們是羅剎國派來的女間諜，意在腐蝕我朝官員，密謀裡應外合顛覆政權！」

　　小五子笑問：「羅剎國來的金髮碧眼，怎麼長得和我們一樣啊？」

　　李準駙說：「她們自幼學習中原文化，潛入我國已久，所謂近朱者赤，耳濡目染，不但說話口音改了過來，長得也和我們越來越像。」

　　「你覺得我會信嗎？」小五子說，「我就是告訴你，以後要注意，因為你不再是十三門提督了，你的這些問題，整個朝廷的文武百官都會盯著，你就要當駙馬了，我準備把五公主許配給你。」

　　李準駙撲通一跪，謝主隆恩。

　　翌日早朝，小五子宣布兩件事，一是不顧百官的勸諫，追封吳思若為皇后；二是擇吉日，將五公主嫁給十三門提督李準駙。五公主得知消息後，在宮中鬧了一通，堵住小五子道：「我等你三年，你這麼對我？」

　　小五子讓太醫開些鎮定的藥方，讓公主服了之後早些休息。公主在夜裡幾次哭醒，卻沒有力氣起來。禮官過來問公主的出嫁日期，小五子問他該是什麼日子。禮官拿起皇曆，挑了幾個良辰吉日。

　　小五子打斷他：「良辰吉日，不應該由我來定嗎？我覺得哪天好，難道有錯嗎？」

　　禮官低頭，連說：「陛下說得是。」

　　「那就通知五公主，明天出嫁。」

第十六章　婚禮大典

1

出嫁前夜，五公主在宮中大鬧，小五子讓太醫開些鎮定的藥方，讓五公主服了之後早些休息。她在夜裡幾次哭醒，卻沒有力氣起來，據說連上出嫁的轎子，都是被太監宮女們抬上去的。

秋去冬來，喬文君帶著彬彬來了一次皇宮，她還帶來了一個消息，喬幫主上個月病故了。正是六公子那包所謂的啞藥，折磨了喬幫主大半年之久，終於令他撒手人寰。雖然只是做過假夫妻，小五子還是要求後宮對喬姑娘行貴妃之禮，對彬彬行太子之禮。

當然，二人沒有同房，以禮相待。有一次喬文君問小五子，他是怎麼從沉獅谷跑出來的，那個喬裝的獵人又是誰。

小五子嘆息不語，又開始想念蘇子瑤了。想到自己的斷魂掌和蘇子瑤的死都是拜南海真人所賜，一氣之下，他把那個桌角又拍掉了：「我過去見這個老賊只占口舌上的便宜，三個姑娘哪個死，讓我來挑。我跟個孫子似的，閉著眼睛讓他殺。七日內，我必然南攻拿下海南島，為蘇子瑤復仇！」

小五子知道喬文君的難處，一個女人帶著孩子，不好行走江湖。他有個想法，把彬彬留下來，自然不是做太子，先養大了再說。他承諾給彬彬找最好的太傅，定會把他撫養成人。幾番承諾，喬姑娘含淚告別自己的親生兒子。

送走喬文君，他要「一隻手」去請個太傅來。剛過半個時辰，就又傳喚「一隻手」，問他太傅找得怎麼樣了。

「一隻手」完全蒙了，他辯解道：「這不是你才跟我提的事情嗎？」

「都過去半個時辰了！」小五子發飆，「現在就給我去找，我再給你半個時辰。」

半個時辰後，「一隻手」領來一位老先生。小五子簡單詢問幾句，封他為太子太傅，從即日起，不管太子身在何處，需每日伴讀。

獅吼幫的人還在京城等著喬姑娘。他們對喬文君說：「沒了喬老幫主，我們這些喬幫主的弟子最後的任務就是，把你平安送回沉獅谷。以後我們弟兄幾個，混跡江湖，各安天命，就不再麻煩喬姑娘了。你若是有事，只要在沉獅谷插一面獅吼幫的旗子，我們就算赴湯蹈火，也會趕來相助。」

喬姑娘勸大家別走，她說：「我爹我娘創建的獅吼幫絕對不能毀在我的手裡，我們現在就一起回沉獅谷。」

出城的那天，京城下雪了，喬文君回頭望著漫天飛雪，心想這段時間經歷了多少的事情。她盼望往後的日子能安生一點兒。

2

吳思若被救出來以後，一直跟著救她的那個蒙面人。一連走了幾日，蒙面人很少說話，一直未向吳思若表明身分。有幾次他趕她回去，讓她不要跟著自己。吳思若說：「你救我一命，起碼得讓我知道你是誰，以後有機會，我才能報答你。你要是什麼都不說，我就一直跟著你好了。」

有兩回蒙面人試著甩掉她。吳思若都想盡辦法跟上了，甚至還用上

了在街上喊抓賊的手段。

蒙面人一路向南，一直走到大路盡頭，坐上了海邊的客船。吳思若讓後面的漁夫開船跟著他。

行船三個月，兩艘船停靠在海島，蒙面人眼看甩不掉她，反而要她跟自己去個地方。之後穿過兩座山，差不多日落時分，他們來到山腳下的兩座墓前。蒙面人揭開面紗，此人正是蓬萊閣老。

蓬萊閣老指著一座墓說：「跪下來磕頭，這是你娘。」

吳思若看他眼神堅定，知道所言應該不假，跪下來恭敬地磕了三個頭，記住了墓碑上的名字 —— 吳淑珍。

她說：「我跟我娘一個姓，這我從來沒想過。那我父親呢？」

蓬萊閣老不語，吳思若看明白了：「你認識我父親，所以那天你害怕了，你怕你以後見著我父親不好交代。」

蓬萊閣老令她以後不準再提這件事。吳思若問他：「旁邊那個小墓叫章志瑤的是誰？」

蓬萊閣老沉吟道：「是你。」

吳思若有些蒙了，看著上面的日期，轉身問道：「我二十多年前便已經死了？」

說完這句，樹林裡傳來一陣笑聲。蓬萊閣老對著樹林喊道：「你也跟了夠久了，該出來了吧！」

是大漠仙人，吳思若出於慣性，正要叩拜師父。蓬萊閣老扶住吳思若的肩膀，內力傳來，令吳思若的身子躬不下去。

大漠仙人笑道：「三師弟的內力果然日益精進。」

蓬萊閣老道：「我和你以後不再是師兄弟的關係。」說完又對吳思若道，「以後你和他也不再是師徒關係，再也不要叫這個禽獸師父。」

大漠仙人哈哈大笑，自謙道：「說我是禽獸，可我與三師弟相比還差得遠呢！上一次我把我最美的女弟子獻給三師弟，本來想問問這個吳思若伺候得是否到位，但是見你從法場救她，又把她一路帶到海南，便知你們真的是處出感情來啦！」

蓬萊閣老聞言，向前拍出一掌。大漠仙人閃身一躲，道：「伺候得好不好還沒說呢，別忙著滅口啊！」

二人越打越凶，但是彼此都顧忌對方的神掌，並未拚盡全力。

樹林裡傳來內力深厚的聲音：「兩位師弟，跑到海南來，也不到我府上坐坐，忙著在這兒切磋什麼功夫？」說著，一個人影飛了過來，拉起兩人的左右手將二人分開。

見是南海真人，吳思若「啊」了一聲。南海真人衝她笑了笑，說：「上次在南京沒殺你，這次又惹得我兩位師弟大動干戈，唉，那位蘇子瑤死得可惜啊！」隨後南海真人衝著墓園朗聲道，「向師弟，你也看了很久了，快出來吧！」

向問和拍拍手，走了過來。

南海真人問道：「我剛才一直在尋思，要是他們倆真的出了殺招，我若不跳出來，向師弟是否會出手相攔？」

向問和笑道：「二師兄和三師兄平日關係那麼好，肯定打不起來。我剛練成無為掌，想藉機觀摩一下仙人掌和蓬萊掌的精髓，要不大師兄你也跟他們玩一會兒，小弟再觀摩觀摩斷魂掌的精髓？」

南海真人說：「咱別耽擱時間了，師妹還在我府上候著呢。她知道你們今天要來，讓我出來迎接你們。」

幾人施展輕功先行離去，吳思若施展不出，落在了後面。向問和說：「我陪姑娘慢慢走。」

蓬萊閣老信得過向問和的人品，便說：「在壽南山下萬龜灘等你們。」

吳思若雖然到得最晚，但是見到南海真人的第一句話就是：「你還真在這兒養龜，生意越做越大。」

蓬萊閣老提醒吳思若：「別亂說話，這些龜都是大師兄用來練斷魂掌的，一隻烏龜活了一二百年，被大師兄在殼上拍那麼一掌，昨天在哪兒下的蛋都想不起來了。」

最後一個見到的是百花谷谷主，吳思若見過她，只是從未猜到，自己與她還有這樣的淵源。

吳思若看到祠堂中的一個牌位上寫著 —— 愛妻吳淑珍之位，忽然激動不已，問：「南海真人，吳淑珍是你過世的夫人？」

南海真人點點頭，不願與她多答。

吳思若接著問：「那章志瑤是你的女兒？」

南海真人又一愣。吳思若馬上說：「我就是章志瑤。」

能看得出來往事翻湧，南海真人都要哭了。吳思若撲上去喊了一聲：「爹！」

南海真人忽然抬手要劈下去，吳思若身前冒出一個人替她擋了一掌。

此人是蓬萊閣老，中的正是南海真人的斷魂掌。

他們並不如何地擔心，師父當年之所以將這三掌分別教給三個弟子，就是因為他們可以互相牽制。本門弟子中了掌，休養些時日即可恢復內力，並無性命之憂。但是，如果中了斷魂掌，又接著中了其他任何一掌，就會有生命危險。沈老前輩為防止弟子叛亂造反，可謂用心良苦。後來有人偷走了《三藏經》，沈老前輩又潛心自創無為掌，收向問

和為弟子，以制衡這位尚未查出的逆徒。

南海真人發現受掌的是蓬萊閣老後，警告大漠仙人：「三師弟恢復內力之前，你不得靠近他半步。」

大漠仙人反擊道：「大師兄說得真好，你打了第一掌，就想誣陷我打第二掌。倘若偷學三種掌法的人是你，回頭你再對三師弟拍個仙人掌，那我找誰說理去？」

百花谷谷主表示：「我本來想說，在這十二個時辰內，我可以看著三師兄。但我乃一介女流，既然是在大師兄的府上，還是由大師兄做主吧！」

南海真人安排道：「向師弟，你與三師弟同住，我和二師弟一間房。」

然後轉身向蓬萊閣老賠了個不是。

蓬萊閣老並不領南海真人的情，直接質問道：「大師兄你那一掌要是衝我來的，我做小的，絕對不生你的氣。可你那一掌打的卻是愛女，這個事我跟你沒完。」

吳思若指著蓬萊閣老問：「你？你是我爹？」問完她想了好半天，自言自語道，「我現在明白你為什麼怕見我了，從古至今，就沒有你這樣的爹。」

南海真人問大漠仙人：「這個姑娘之前叫你師父，原來那晚是你把她抱走的。」

大漠仙人倒是邀功道：「怎麼樣，大師兄，看我把這姑娘養得又漂亮，又水靈，三師弟第一次見她的時候眼睛都直了，那我能違了他的意嗎？當即就把她送給三師弟做賀禮了。」

大漠仙人自鳴得意，說話間被抽了一巴掌。打他的是百花谷谷主，

她喝斥道：「夠了，你別再講了！」

幾人聚在這兒，本來是要商量如何應對皇帝帶兵攻打海南島一事，因為吳思若，幾十年的恩怨情仇全都攤開了。

六個人中最年輕最痛苦的是吳思若，她癱坐在椅子上，情緒瀕臨崩潰。她對蓬萊閣老說：「你那夜說過，讓我走得遠遠的，再見到我，一定會殺了我。你現在就說到做到，殺了我吧！」

蓬萊閣老不語。吳思若跪地請求蓬萊閣老殺了她，百花谷谷主把她扶起來說：「既然躲也躲不過去了，索性全都說給你聽。」

3

南海真人是沈老前輩的弟子中成家最早的，他和吳淑珍生了一個女兒，沈老前輩為她取名為章志瑤，小名靈兒；大漠仙人是三個弟子中練功最刻苦的一個；蓬萊閣老風流成性，四處拈花惹草；百花谷谷主不算是師父的弟子，只專心培育奇花異草。

一日，這樣平靜的生活被打破了。先是大漠仙人發現了這個祕密，他偷偷告訴了南海真人，並在後山的隱蔽山谷，撞破了蓬萊閣老和吳淑珍的姦情。一開始他們三兄弟商議，先不讓師父知道，直到大師兄察覺，章志瑤並不是他的親生女兒，吳淑珍才承認這孩子是她與蓬萊閣老的骨肉。

沈老前輩知道此事後勃然大怒，他將章志瑤抱走，道：「真人想殺了這個女孩，閣老想把她養大，我現在就算強迫你們師兄弟重歸於好，隨著這個女孩一天天長大，你們的嫌隙仍會越來越深。」他對眾人說：

「我現在就把這個女孩從懸崖上扔下去，生死有命，富貴在天，你二人再也不許提這件事了。」

幾名弟子跪地聆訓，師命不可違，他們眼睜睜地看著女孩被師父拋下懸崖。吳淑珍發瘋了一般，跟著跳了下去。沈老前輩令南海真人與蓬萊閣老跪到次日天亮，不許下山。

其實，沈老前輩早已算好用多大的力氣可以將孩子掛在懸崖下的樹枝上，不至於摔死。他想趁兩弟子跪地反省之時，將章志瑤找到，送到某戶人家寄養，以了結這段恩怨。可是當夜，他只發現了吳淑珍的屍體，襁褓中的孩子已經不見蹤影。

谷主對大漠仙人道：「沒想到是你將孩子抱走了，有人陰險一時，真沒想到，你能陰險一世。」

南海真人表示：「幾十年前沒能解決的恩怨拖到了今天，我還是一樣的看法，我要殺了她。」

蓬萊閣老哀求南海真人：「如果大師兄心中還有怨恨，那我願代小女一死。」

吳思若冷冷地笑道：「我用不著你替我死，你還得好好風流呢！」

此言似乎比那一掌還要痛，蓬萊閣老像洩了氣的氣球，反覆重複道：「爹替你死……」

「這事我也有責任，」大漠仙人說，「當年我不該告訴大師兄，三師弟和嫂子相好的事。吳思若這個事，小弟做得也有點過了。我有一個兩全其美之策，既然大師兄練的是斷魂掌，不如給吳思若一掌，讓這幾十年的恩怨就此了結。」

乍一聽，此法有些突兀。仔細想來，似乎不無道理。吳思若此時已經生不如死了。

谷主說：「當年吳思若是個嬰兒，死也就死了。現在她已二十多歲，

是咱們師門的後人，而且她也沒做錯什麼，不能說打就打。」她又問吳思若，「大多數人的一輩子，一半是痛苦，一半是快樂。有人好一些，有人壞一些，但是從來沒有人像你這麼不幸，九成的苦，一成的甜，可能你自己也是這麼想的吧？」

蓬萊閣老傷感道：「就那一成的甜，還是對你們那少谷主崑崙公子的單相思，她為他差點兒被斬首！女兒，爹也想通了，可能，大師兄給你這一掌，對你對我都好，你以後都不會再怕面對我了。等你重新開始的那一天，爹把前半輩子欠你的債一點點還給你。」

百花谷谷主提醒道：「姑娘你要想清楚，挨了這一掌，你這二十多年的恩怨情仇就全了了。如果你不願接受這個結果，雖然我武功不如他們，但依然會鼎力相助。」

向師弟接話道：「我和谷主立場一樣，當年師父教我無為掌就是為了避免同門相殘，大師兄要是執意劈下這一掌，我定以無為掌奉還。」說完他回想了下小五子的做人道理，偷看了一眼自己的手掌。

大漠仙人也勸吳思若：「你就不要再做皇后夢了，皇上已經冊封了皇后。」

「果真有此事？」其他人問道。

「確實如此，不信你們去打聽，我若有半句虛言，讓我也中大師兄一掌。」

這是吳思若遭受的更大的一次打擊，聽完大漠仙人的話，她湧著眼淚摘下小五子送她的銀鐲。蓬萊閣老問她：「這是為何？」

「他既然有了皇后，我失憶之後也要重新做人，不用再拿這個鐲子睹物思人了。」吳思若轉身對南海真人說，「大師伯，你動手吧！」

吳思若看著南海真人發力，掌就要劈過來的時候，她隱約聽到大漠仙人說了一句話：「我說小五子冊封皇后，半句不假，但是他冊封的是

你。他以為你死了，所以他追封你為皇后！」

吳思若忽然後悔，想要躲閃，可已然來不及了。她感到頭暈目眩，想起了小五子所有的好，說了句：「小五子，我對不起你！」淚如泉湧，倒在了地上。

4

小五子力排眾議，揮師南下。此次討伐海南島的開路先鋒是李準駙，小五子命五公主作為將軍家眷隨軍督戰。因為吳思若，他一直記恨著她。

路上，他對五公主笑道：「我就是想讓你親眼看見，你是怎麼變成寡婦的！」

「你現在就可以殺了他，就他這個窩囊廢，何必讓十萬將士給他陪葬？」

小五子嘆了口氣說：「哎呀，你這麼一提醒我，我倒是捨不得殺他了。」

行軍途中，小五子找機會又問了李準駙：「我讓你查的文宰相滅門一事，可有眉目？」

李準駙回道：「文宰相一案，朝廷並沒有備案，相關人員都已離世，線索全無，無從查起啊！」

「可文思清活下來了！」

李準駙接不上話。小五子提醒道：「趕快查吧，我怕你這回是有去無回啊！」

李準駙嚇得從馬上摔了下來。

小五子瞅著他一身戎裝，說：「李將軍，這還是我第一次看你穿這身衣服。」

一路上，各種困難險路，小五子都讓李準駙先走，每回還都笑道：「這可是李將軍立大功的機會啊！」

李準駙次次都硬著頭皮說：「謝主隆恩，屬下在所不辭。」

當夜，小五子、李準駙及五公主三人在大營商定進攻之事，小五子講：「我雖是當今聖上，但是此次前來只是督戰，一切由李將軍說了算。」

李準駙一本正經地說：「最好的戰術是敵不動我們就按兵不動。」

見小五子不信，他又講了一大堆狗屁理由，氣得小五子急了，一腳把他踢開，說：「你以為我們帶十萬大軍，拿著軍餉來海南島旅遊啊！聽說南海真人能以一敵萬，那幾大高手好像都在山上，我覺得你這按兵不動的計策很好。這樣吧，我留九萬九千五按兵不動，你帶五百人抄小道前去壽南山探探路。萬一你全軍覆沒了，咱們還能保存實力。」

李準駙知道此戰必死，直看公主什麼意思。五公主說：「這是皇上給你立功的機會，還不趕快謝主隆恩？」

李準駙跪下來哆哆嗦嗦地講了一大堆馬屁話，領命前去。

公主冷冷道：「我記得你曾經說過，你不捨得殺他，想讓這個廢物陪我一輩子？」

小五子說：「但是我現在明白了，我要是捨得殺你，也就捨得殺他了。五公主聽令，命你帶五萬大軍從正面進攻萬龜灘，拿下南海真人的老巢。」

公主咬牙盯著他，最終還是領命而回。

5

　　大家本來是為了商討應對皇帝南征的對策，經過這場變故，似乎每個人都很疲憊。百花谷谷主有氣無力地問南海真人：「十萬大軍來襲，該如何應付？」

　　南海真人說：「我早已布置妥當，大家今天可以放心休息，明天起來，我給大家分配任務。」

　　幾人知道大師兄向來言出必行，也都放心回房睡覺了。

　　谷主和吳思若住一間，大師兄說過，兩日後，吳思若醒來，將跟個全新的人一樣，所以不必操心。

　　向問和與蓬萊閣老住一間，蓬萊閣老晚上幾次想要去探望吳思若，都被向問和勸住：「吳思若是你女兒，但是谷主也在那房間睡著呢，你這麼過去，算怎麼回事？你急什麼？」

　　但是這天晚上，向問和醒來，發現蓬萊閣老還是出去了，估計是看吳思若去了。等了一會兒，蓬萊閣老悄悄回來，躺在床上。向問和說了一句：「要是再出去，小心師弟對你施無為掌了。」

　　蓬萊閣老「哦」了一聲，一覺睡到天亮。

　　南海真人和大漠仙人一間房，他看大漠仙人坐立不安，便嚷嚷道：「你今天不睡，弄得我也不能睡，明天沒法面對大敵。」

　　大漠仙人還是來來回回地在房間裡走。

　　後來南海真人乾脆醒過來說：「你要是睡不著，咱哥倆兒喝兩杯。」

　　倒酒時，南海真人悄悄在酒裡下了點蒙汗藥，此細節被大漠仙人發現，趁南海真人取下酒菜的時候，調換了酒杯。

　　南海真人回來後也察覺到了，便故意把大漠仙人的筷子弄到地上，

趁大漠仙人拾筷子之時，又調了酒杯。

大漠仙人彎腰，偷偷震了一下桌角，將對方的筷子震掉，說：「大師兄，你的筷子也掉了，有點遠，你自己拾吧！」

南海真人說：「掉就掉吧，我乾脆用手抓算了。」

大漠仙人急了，快速調換酒杯，後來誰也分不清哪杯有藥哪杯無藥了。他們哈哈大笑，舉起各自的酒杯，南海真人說：「喝了吧，大師兄還能害你啊！」

「我怕大師兄害了你自己。」

「那咱就賭一賭。」

倆人說罷，一飲而盡。

6

次日，百花谷谷主被遠處山下的雷鼓聲震醒，她顧不上吳思若，直接去敲南海真人房間的門，結果半天不應。蓬萊閣老和向問和也聞聲趕來，推門而入，發現倆人還躺在床上呼呼大睡，便上前把他們搖醒。南海真人先醒，起來之後有些亢奮，大家察覺到可能出了事。大漠仙人緩緩醒來，說起昨晚蒙汗藥的事情，自己一覺睡過去，毫無察覺。

看南海真人的表現，是中了蓬萊掌和仙人掌兩掌。大軍壓境，眾人也無暇查明真相，便趁南海真人短暫清醒時，問他怎麼安排。

南海真人說有一條小路可以逃走，叫眾人隨他前去。

蓬萊閣老背著吳思若，南海真人不高興了，說：「我就帶你們去，不帶這個人去。」一時瘋瘋癲癲地坐在地上撒潑。蓬萊閣老讓大家先走，

不連累他們，自己留下來保護吳思若。

百花谷谷主說：「我不知道偷祕笈的那個人是不是你，你會不會用三掌。如果不是你，說明你是真傷了，你留下來毫無用處，以後你想疼，也沒處疼吳思若。而且你忘了吳思若是什麼身分？皇后！你守在這兒必死無疑，還是跟我們先走吧！」

這時候「嘭」的一聲，蓬萊閣老中了一記悶棍倒地。向問和扔掉棍子，拍拍手，對谷主說：「師姐，別怪我魯莽，事出緊急。現在大師兄性命堪憂，不能再讓三師兄束手就擒了。」

大漠仙人架起蓬萊閣老，跟著南海真人往懸崖上衝。山路越走越窄，大漠仙人質疑，這根本不是逃生之路。中了掌的南海真人可不管，一路衝到懸崖邊，先是喊著：「衝啊，跑啊！」最後來了一句，「吳淑珍，靈兒，我也來找你們了！」說完縱身跳了下去。

名震江湖的南海真人就那麼摔死了。蓬萊閣老醒來，知道大師兄跳崖之事後，嘆息道：「他昨天打我的只是普普通通的一掌，逆徒不是他。」

向問和質疑道：「昨天晚上，你趁我睡著出去了一趟，到底去哪裡了？」

蓬萊閣老解釋，他只是想看女兒，在門口站了一會兒沒有進去，估計谷主也在房間。

谷主瞪了他一眼，警告他：「還好你沒有進去，否則我跟你玉石俱焚！」

蓬萊閣老馬上說道：「仙人一直睡在大師兄的身旁，有什麼異動你該知道吧？現在大師兄死無對證，你這麼厲害，居然拿蒙汗藥哄騙我們？」

感覺蓬萊閣老和大漠仙人都在賊喊捉賊。向問和說：「我現在不想

錯殺你們其中一個，我們先找路逃出去。回頭找到叛徒，我必代師父清理門戶。」

7

李準駙出征那天戰戰兢兢，他騎在農夫隊長的馬上，像個女人一樣抱著隊長的腰，向著山谷進軍。騎出去沒多遠，李準駙就說：「大家跑累了，稍微休息一下吧。」

隊長質疑道：「李將軍，十里路，我們已經休息五回了。」

李準駙引用了一大堆兵書上的古句，向他闡明保存體力的重要性，反覆強調道：「你們死不足惜，還有九萬九千五百的大軍，等著我李準駙來統帥。」

說著，上面掉下來一個人，李準駙喊道：「有暗器！」

眾人後退十餘米。隊長看清楚掉下來的是個人，感慨道：「李大人，他們居然拿人當暗器襲擊我們！」

李準駙讓大家不要動，等敵人暗器用光，他們再過去。許久不見上面再扔人，他讓隊長過去瞧瞧是什麼人。隊長匯報說，是南海真人。

「死了沒有？」李準駙低聲問。

隊長回答：「已死。」

李準駙大喊：「小心南海真人，快快撤退！」自己卻持劍衝了上去，對著屍體一頓亂砍，手忙腳亂中，還割到了自己的腿。

五公主這邊損傷最多，幾位高手不識小路，都是從五公主這邊突圍。

大漠仙人和蓬萊閣老即將擒獲五公主時，百花谷谷主上前說：「此人與我有舊交，且是崑崙公子的親妹妹，二位交給我來處置吧。」

二老放下公主，繼續殺敵。百花谷谷主對公主道：「我心中一萬次地想殺你，但此時崑崙公子在宮中，仍需要你多多扶持。我先留你一條性命，待崑崙公子坐穩了皇位，再殺你不遲。」

五公主冷笑道：「他已把我許配給李準駙，我已無法繼續扶持公子，留我何用？」

「五公主手段高明，不管如何打壓，相信你總有翻身奪權的那一天。」

谷主說完，一掌將公主推了出去，公主穩穩地落在馬上，上山而去。

五公主繼續趕路，帶人行至壽南山，僅剩空城一座。得到稟報，有一女子昏倒在後院廂房。公主過去一看，正是那個死而復生的吳思若。她讓人把吳思若抬回陛下的大營，走至一半，她改了主意，讓人把她送回自己的大營，並封鎖消息。

李準駙帶著五百士兵誅殺了南海真人，一進大營，他就眉開眼笑，時不時地暗示小五子，自己有多厲害。這時，一個快馬加鞭趕來的密使進了大營，遞給小五子密奏，上面寫著：「當年抄斬文宰相一家的乃……」

李準駙好奇，問道：「陛下，難道我夫人也傳來捷報？」

小五子搖搖頭說：「不是，這上面寫的是，我該怎麼賞你。」

「賞什麼啊，」李準駙自言自語，隨即醒悟道，「平定南海，乃國家之大計，臣之責任，微臣不該領陛下賞賜。」

小五子讚賞道：「李大人，自從你娶了五公主，是越來越有見識了

啊。那就照你說的，不賞了，退下吧！」

李準駙遲遲不起，忍不住問道：「陛下真不賞啊？」

「賞！朕不但要賞你，還要重重地賞你。等你跟朕班師回朝，朕把二十件寶貝全都賞給你。」

小五子帶著「一隻手」去搜查壽南山，「一隻手」因貪吃，在烏龜窩裡翻了半天，最終在烏龜蛋下找到了一張九宮圖。想起小五子一直在收集這東西，他隨手拿回去請功。

清繳的時候，小五子在一間房子裡發現了他送給吳思若的銀鐲，並在祠堂和廂房查看了一番，斷定吳思若沒有死。她在這兒住過，小五子想。

公主從吳思若身上搜出一張羊皮，私自存了起來。吳思若醒來後，公主發現她前言不搭後語，完全不知道自己的過去。公主明白，她中了斷魂掌。施掌之人南海真人已死，吳思若再沒有治癒的希望，公主猶豫不決，此時，外面有人傳令：「皇上駕到！」

公主讓人將吳思若安頓好，然後慌忙起身迎接。

小五子沒好氣地問公主：「吳思若到底有沒有被斬？」

公主本來想將吳思若送還給小五子，但這句話將她激怒了。公主反唇相譏道：「如果我問你，小順子死沒死，你怎麼回答？死了就是死了！」

公主回房對吳思若說：「你就是我的宮女，名叫子柯，這次隨我出行摔了腦袋。以後你還得在我身邊伺候著，隨叫隨到，不得離開我半步。」

公主出門之後，吳思若自言自語道：「我還以為我是什麼富貴命呢，原來就是個伺候人的宮女。」

8

班師回朝，途經百花谷，小五子現在已經是皇帝了，不便去百花谷。谷主待他的態度讓他一時難以分辨是敵是友，但總還有潛在的危險。他下了一封詔書，命百花谷在一個月內解散，谷中的奇花異草盡獻於皇宮。否則，百花谷會是第二個壽南山。

回到宮中，小五子就本次征討論功行賞，唯獨沒有賞李準駙。小五子在早朝上說：「退朝以後，朕要親自賞你。」

李準駙興高采烈，心情大好。退朝後，小五子將他帶到了文相府。聽到屋內傳來的狗吠聲，李準駙還一再地吹捧，說皇上有遠見，二十個寶貝由二十隻狗守著，很是穩妥。

「數是沒錯，但你沒弄明白寶貝是什麼，這二十隻狗就是二十件寶貝。」

小五子讓人打開門，一腳把李準駙蹬了進去，然後關上門，裡面傳來陣陣慘叫。兩分鐘後，小五子讓人看看，這人死沒死。李準駙被架出來時血肉模糊。

小五子恨恨地說：「你這個人挺好玩的，我很喜歡你，無意殺你，只是深仇大恨，我保不了你。我問你一個問題，你若如實回答，我就賜你死個全屍。你要是膽敢騙我一句，以後公主跟我要你屍體時，就到這二十隻狗的肚子裡找去吧！」

小五子繼續說：「文府被抄家時，抄得的財產兩萬四千兩，都到哪裡去了？你當時只是一個小小的九門提督，諒你吃了熊心豹子膽，也不敢這麼對文家。你現在告訴我，是誰指使你幹的？」

李準駙在被咬爛的衣服裡掏出一張手諭，他說：「陛下，上次您讓我

查文家的案子，我便整日坐立不安。這道手諭，我一直隨身帶著，我確實是受了宮中貴人的指使。您可能貴人多忘事，但是您看看這道手諭，您自己的字跡，您總該認得出來吧？」

小五子雙手發抖地接過手諭。

李準駙跪在地上說道：「文思清的父親與三王爺結為同黨，不斷地質疑您的太子身分，企圖廢儲，甚至宣稱找到了您本非皇子的證據。後來，您連夜下了這道手諭給我這個最不起眼的九門提督，我以山匪的身分洗劫了文家，得到了陛下的賞識，至此，平步青雲，一路做到了今天的駙馬。」

小五子看著他，手中的劍依然沒放下。

李準駙跪地講述：「當年文武百官多反對立儲，因為您只是老皇帝在山西征戰時的私生子。朝中多數官員收受了三王爺的賄賂拉攏，形成三王黨，其中文家勢力最大。我李準駙雖懦弱無能，但是得到了您的信任，在您處於風雨飄搖之際，為您清除了異己，擴張了勢力，鋪平了登基之路。」

小五子見手諭落款處為崑崙公子，問道：「所以當我要報復和殘殺這些人時，不方便說自己是太子孫天奇，只落款為崑崙公子？」

李準駙點點頭。

小五子想到自己曾對文思清說，當上太子的第一件事就是養群狼狗，天天不餵食，就讓牠們餓著，等他把害她全家的人逮著，直接將其扔進狗屋，讓那人連骨頭都不剩。

小五子提著刀，讓人把小黑屋的門打開。眾人勸阻，連李準駙都求道：「陛下，讓我替您一死。」

小五子讓眾人退下。狗在小黑屋裡叫個不停，小五子把門打開，進了小黑屋。

過了許久，裡面的狗吠聲停止，小黑屋的門被推開，小五子渾身是血地拎著刀出來，對跪地的李準駙說：「你去養傷，朕錯怪你了。」

小五子回想起那一天，他把文思清從老虎洞中救出來，對她講，自己這個也不知道是什麼本事，兩條腿的都打不過，四條腿的，哪怕獅子老虎，他都不怕。那時候真好，那天真好，路雖然泥濘，但走著走著，文思清就趴在他背上睡著了。

9

公主幾次求見，都被小五子拒之門外，於是對吳思若（也就是子柯）更加苛刻。

有幾次子柯頂嘴，被公主體罰。子柯養好身體後，試圖逃出皇宮。她在皇宮裡走啊走，迷路了，甚至與皇帝擦肩而過。小五子只看到她的背影，並沒看到她的臉，他對身邊的太監吩咐道：「這個宮女是新來的吧，一點兒禮數都不懂，問問主子是誰，讓主子好好管教。」

子柯這次受的體罰更加嚴重，她始終想不明白一件事，她問其他的宮女：「我們為什麼要一直留在宮裡伺候這個主子？」

一個宮女回答：「因為我們從小就被送進宮裡伺候公主。」

子柯繼續問：「那你要永遠在這裡伺候公主給人家當奴才嗎？就沒想過出宮，自由自在、隨心所欲地過日子嗎？」

很多宮女從小就被告知，你要一輩子伺候主子。乍一聽子柯的問題，還真的讓她們思考了一下，自己這輩子該幹嘛。想得腦殼疼，她們的回答是，把公主伺候好了，就有機會伺候皇上；把皇上伺候好了，就

有機會被寵幸；被皇上寵幸了，就有機會升為貴人；貴人做好了，就有機會做妃子；妃子做好了，就有機會做皇后，那就是一人之下萬人之上了。

一番話聽得子柯腦殼疼，她目瞪口呆地嘆息道：「加油吧，祝你們成功！」

大家拼了命地想當皇后，誰能想到，這個飽受公主凌虐的子柯就是當今被追封的皇后啊。

公主本來想折磨吳思若，結果不到一個月，吳思若就攪得眾宮女情緒不穩定，公主宮中亂作一團。有一天，公主在後花園裡怒斥吳思若，吳思若早就學會了左耳進右耳出的本事，瞪大眼睛誠懇地望著她，其實一句話也沒聽進去。公主遠遠看到皇帝過來，便讓眾宮女帶著吳思若趕快走，自己迎上去請安。

小五子問五公主：「李準駙的傷好後，你就應該離開皇宮了吧？」

「我家夫君不知道得罪了誰，被人放瘋狗咬了個半死。他怕那個人再放瘋狗，便叫我在宮中避避風頭。」

小五子裝糊塗問：「這是誰幹的？竟敢對駙馬爺下毒手，哥哥幫你好好查查。」說完他岔開了話題，問道，「剛才那宮女遠遠一看，感覺挺熟悉的，叫什麼名字？」

「這個丫頭叫子柯，哥哥後宮佳麗三千，該不會連我的宮女也要搶走吧？」

小五子嘆息道：「都說皇上嬪妃無數，我就沒碰上，妃嬪悉數從我身邊離開了。」

10

那日幾大高手下山後，誰也沒先走，在山下靜坐了幾天幾夜，等待蓬萊閣老將傷養好。百花谷谷主說：「就這麼無所作為地查下去，也不是辦法。不如大家先各自回去休息，總有一天，叛徒會露出馬腳，我和向師弟肯定要誅殺此人。」

大漠仙人和蓬萊閣老彼此咬定就是對方，向老前輩卻想著，可不要查出來，待我回去好好研究一下，無為掌到底是怎麼個無為法，再來清算這一切。

百花谷谷主則剛接到谷中信使的密報，當今聖上勒令百花谷解散，將谷中那些劇毒無比的奇花異草通通上交。其他人表示，南海真人已亡，在叛徒查出來之前，谷主千萬不要跟朝廷對著幹，況且皇上是百花谷的少谷主，有事還好商量。

「聽說向師弟就是在小五子的幫助下出關的，」百花谷谷主說，「如果方便的話，請向師弟做個人情，幫去說說話。」

向問和婉拒，說：「不管怎樣，咱們在皇帝眼裡，都是江湖中人。我這人情再大，也大不過孫家的天下。」

百花谷谷主點點頭。

下山時，向問和特意找了根結實的木棍，其他人驚異：「丐幫又不是當年的丐幫了，何必東施效顰，學洪七公弄一個打狗棍。」

向問和無奈道：「自從練就了無為掌，出手必是殺招，但是有些人罪不至死，拿根棍子教訓一下足矣。」

向問和向眾人告辭，打算集結丐幫弟子前往田獨鎮，祭奠前任幫主何振生。

　　蓬萊閣老一路北上，查到吳思若在宮中給公主當宮女。他覺得自己的閨女怎麼能被人當下人使喚，傳出去，他的臉往哪兒放？於是進了京城後，他每天都在皇宮外的大樹上，像猴子一般躥來躥去，查看宮中地形，並尋找女兒的位置。

　　有一回，他見到公主訓斥自己的女兒，很是心疼，於是偷了套太監服，混入宮中，每日在宮中賭場尋找機會打探消息。宮內高手如雲，但更難的是，那個叫子柯的宮女根本就不知道自己就是她爹。策略一時沒想到，屈辱倒是受了不少，那些小太監嘲笑他，得活得多沒出息啊，一把年紀了，還跑到宮中當太監。

　　有回給皇上請安，他有想過跳出來跟皇上講，你要找的皇后正給公主當宮女呢，但隨即想到，這麼大的事情，公主可不敢瞞著，肯定是皇上嫌棄吳思若的身世，下放到公主身邊。沒有辦法，蓬萊閣老天天買醉度日。

　　父女倆就這麼誤打誤撞，一個當了太監，一個當了宮女。不同的是，吳思若一心想著出去，帶著希望；蓬萊閣老早已絕望，醉生夢死，每天能看上女兒兩眼已經足夠了。

　　有天蓬萊閣老喝多了，癱倒在花園的灌木叢裡，一個相識的小太監路過，要拉著他的腿拖回房。稍一使力，竟拽掉了蓬萊閣老的褲子，然後他衝著太監房大喊：「快來看啊，原來他是帶把兒的！」

　　蓬萊閣老驚醒，一掌擊向小太監，小太監頓時瘋掉。更多的太監趕來圍觀，見小太監瘋言瘋語，起鬨讓蓬萊閣老脫褲子驗明真身。蓬萊閣老一著急連給這些太監一人一掌，沒被打到的人一邊跑一邊喊有刺客，蓬萊閣老忙向公主寢宮方向跑去。

　　大內侍衛好幾百號人，將蓬萊閣老困在吳思若的房間內。吳思若被蓬萊閣老拿住，一開始還說：「你拿我當人質是沒用的，他們早就煩死

我了，我又沒犯死罪，殺又沒藉口，所以你要是殺了我，等於幫他們辦了件好事。」

蓬萊閣老心中一動，望著她，覺得此時她還是那個嘴上不饒人的吳思若。他要抱著她，吳思若卻東躲西藏，問他一掌把人打瘋掉是什麼功夫。

蓬萊閣老哭道：「我就是來把你帶走的，你是我女兒！」

大兵破門之前，她終於相信面前這個老頭兒就是她的父親了。

小五子早朝時聽說宮裡抓了個刺客，便命人帶上來審問。小五子一看是蓬萊閣老，樂了，看他一身太監服，打趣道：「閣老還真是煞費苦心啊，潛伏幾個月啦？現在都不會站著尿尿了吧？」

「一隻手」稟報，蓬萊閣老是來宮中搶一個宮女的。小五子聽說蓬萊閣老要找的是自己的女兒，問道：「閣老的姑娘在我的宮中？真是讓我蓬蓽生輝！」

蓬萊閣老喝斥小五子，說他忘恩負義，見異思遷。小五子沒聽明白，就說把蓬萊閣老的姑娘帶上來，讓他瞧瞧長什麼樣。

帶上來之前，「一隻手」對小五子說了幾句悄悄話，說一夜之間，宮裡多了十多個瘋太監，問他該怎麼辦。小五子說：「你既然能開個賭場，那就再開個瘋人院吧！治好了算你大功，治不好，你也住進去吧。」

這時候聽到一個熟悉的聲音：「奴婢子柯叩見皇上。」

一時間，吳思若以前說過的所有話，和這道聲音混成一片。小五子忙讓她平身。子柯遲遲不肯平身：「家父罪大惡極，奴婢不敢起身。」

小五子的聲音都顫了，他幾乎可以確定她就是吳思若，連喊幾句：「平身，平身！」後來他乾脆把她扶起來，含著眼淚抱著她，帶著哭腔喊

著：「吳思若，是我啊，小五子啊。」

吳思若慌慌張張地問：「小五子是誰？您不是皇上嗎？再說，誰是吳思若啊，我是子柯啊！咦，我怎麼連個姓都沒有啊，爹，我姓什麼啊？」

「沒事，我以前也沒姓，就叫小五子。」隨後他明白了，轉身問蓬萊閣老，「斷魂掌？」

蓬萊閣老點了點頭，那些士兵還在壓著他。小五子反覆走了幾圈，對那些士兵喊道：「放了！把國丈給我放了！」

小五子和蓬萊閣老在議事房議事，小五子還是像剛才那樣反覆踱步，問道：「誰幹的？」

蓬萊閣老回答：「南海真人。」

「你當時在場？」

蓬萊閣老點點頭。

「那你讓他打這一掌？你是她親爹！」

蓬萊閣老回答：「她當時想挨這一掌。」

「吳思若挨掌之前說過什麼？」

「她說告訴小五子，我對不起他。」

「她是對不起我！」小五子朝蓬萊閣老吼，「你們在場的，誰他媽對得起我了？要不然你們就把她殺了，我也就死心了。弄成這樣送到我面前，算怎麼回事！」小五子撸起袖子，給蓬萊閣老看，「你看看這些，這是我怕自己忘了，以前刻下的字。看看這個瑤字，蘇子瑤！我對她毫無感覺，誰知道我們倆以前什麼樣！」

小五子朝蓬萊閣老喊了一通。蓬萊閣老問：「陛下要是看著心煩的話，請允許我把她帶回去。」

「你敢！我這個月就娶她。」

小五子找公主發了一通火，他說：「吳思若沒死，是我錯怪你了，但是你他媽把她藏起來做宮女！」

公主冷冷道：「你滿口除了文思清就是吳思若，你從來沒有考慮過我的感受，是嗎？」

「我他媽憑什麼想著你啊，我他媽二十七個姐妹，你以為你是誰啊！

我大婚之後三日內，你就跟李準駙去南海。」

「去南海幹嘛？」

「我封他為南海王了，行不行？我現在就封他，你立馬給我滾蛋。」

公主要哭了，看著他說：「你怎麼可以對我這麼狠？」

小五子說：「哭什麼哭，趕快給皇后請安去！」

宮女正在給吳思若試皇后的婚裝，幫她試衣的兩個宮女，一個是要從公主的宮女一直做到皇后的「勵志姐」；另一個是以前常常被吳思若質問「你憑什麼要永遠伺候你的主子」的那個宮女。感覺這幾個宮女的精神都恍惚了，一個認為，公主的宮女怎麼可以一下子做了皇后；另一個認為，子柯怎麼可能一翻身比她的主子都高上一級。

大家都恭喜吳思若，可她此時還如在夢中，她想不通，事情怎麼會變成這樣。那個皇帝才見她一面，就要強制她嫁給他。

宮女勸道：「那可不是一面啊，你可是被追封的皇后啊！」

吳思若瞇著眼睛，左思右想，怎麼也找不到那種興奮的錯覺。

公主向她賀喜，做宮女這段時間，子柯還是頭一回見公主對人家行禮。兩個女人假意寒暄了一陣兒，把宮女支走。吳思若問道：「你早知道我是皇后，以前我就想不通，你警告我，千萬別讓皇上見著我，你說，我腦子摔壞之前惹怒過皇上，是你拼盡全力保住了我的性命，如果皇上

再見到我，非斬了我不可。這些是不是你講的？」

公主沒否認。

吳思若問她為什麼：「你是不是一直想殺我，我失憶是不是你弄的？」

「我要想殺你，就直接把你弄死好了，何必還讓皇上有機會認出你。至於你失憶是誰弄的，我也聽說了，是你自己，你想忘記過去的一切。」

11

婚禮大典。除了文武百官，小五子還請了些武林人士。做了皇帝後，再看到這些人，不禁感慨萬千。三王爺帶著六公子送來賀禮。

眾人其實近不得皇上，都是遠遠地望著，能和皇上說上話的也就吳思若一人。小五子一直想不通，為什麼現在跟吳思若在一起的感覺，與以前跟她在一起的感覺，那麼不一樣。後來他想明白了，不用擔心，不管記憶失去多少，人還是沒有變的，他們就是天生一對，她總會愛他。

婚禮開始時，有侍衛通報，百花谷派人送來賀禮。小五子問，什麼賀禮，來了多少人。侍衛回答，都是些奇花異草，來的只有一個女人。小五子心中大喜，回宮前，要求百花谷解散和將植物上交的事，谷主都照辦了。他問侍衛來的這個人年紀有多大。侍衛回答說是年輕女人。小五子明白了，那就不是谷主。他讓侍衛把花草存放在穩妥的地方，搜搜這個女人身上是否有武器和毒藥，再放她進來。

進來的女人讓小五子大吃了一驚，喬姑娘、方丈及三王爺也都吃了

一驚，此女正是文思清。

文思清恭敬叩首道：「聽說陛下今日大喜，百花谷香主文思清代谷主前來賀喜。」

小五子愣了一下，問道：「你怎麼來了？我找你找得好辛苦！」

吳思若低聲問小五子：「既然你找她找得那麼苦，我這時候是不是應該裝作吃醋的樣子啊？」

小五子沒回答她，吳思若覺得有點折面子，高聲道：「皇上皇后已領百花谷的心意，文姑娘請回吧。」

文思清看了看小五子，說道：「那在下就告辭了。」又對吳思若說，「吳姐姐，你贏了，我這就回去。」

小五子失聲叫出來：「你別走。」

吳思若偷看小五子，發現他的注意力都在文姑娘身上。奇怪了，你這個皇帝怎麼這麼苦情呢？前兩天你看我就是這表情吧，你怎麼瞅誰都這樣啊？文思清仍繼續往宮外走。

吳思若低聲跟小五子說：「你看她根本就不想走，進來的時候一眨眼，出去的時候得一炷香，現在還沒走到第五根柱子呢。」

吳思若朗聲道：「文姑娘，先不要走，姐姐記性不好，想問問你，陛下還認識幾個像你這樣的姑娘？」然後又低聲對小五子道，「你看，唰地一下，又回到第一根柱子了。這姑娘真好玩，我幫你把她留下吧。」

小五子和吳思若即將洞房，見小五子要解她衣服，吳思若一下就慌了，羞澀地說：「陛下，差不多就可以了，還要來真的啊？我現在也就見過你兩三面，何況你還是當今聖上，我這心態還沒從宮女調整過來呢。你要是個殺豬賣肉的，我覺得咱倆還挺般配的，沒準兒就從了你。」

「我過去就是殺豬賣肉的。我跟你一樣，也中過斷魂掌。你睡一覺醒來，發現自己是個宮女。我比你還慘，我是一覺醒來，我老闆催我去殺豬。」小五子把備好的銀鐲子拿出來戴在吳思若手上，說，「這是我過去送你的。以前也有個姑娘，像我苦戀你這樣苦戀著我。我對那個姑娘什麼感覺，我全記得，所以我理解你對我的感覺。聽你的，咱慢慢來，一切都會好起來的。」

當晚兩人和衣而睡，吳思若想著小五子的話，想恢復哪怕一丁點兒關於他的記憶，可她什麼都想不起來。

次日，小五子見文思清，問她百花谷的情況，怎麼忽然間成了百花谷的香主了。

「百花谷已經解散了，這是沈總管給我的封號，他說……我來見你，不能比蘇子瑤蘇姐姐的職位低。昨天你要是真讓我回去，我都不知道去哪兒。我在百花谷等了你那麼久，都不見你來接我，我沒有怪你，全天下人都知道你很忙，你在忙著追封吳姐姐為皇后嘛，忙著替蘇姐姐報仇嘛。」

小五子知道她吃醋了，過去哄她兩句。文思清問他：「你一個封皇后，一個替她報仇，皇上你答應我的事可還放在心上？那個人查出來沒有？」

小五子臉色大變，結結巴巴地給文思清編了一個故事，說那個人早就被他五馬分屍，惡狗分食了。也不知道文思清信了沒有，反過來撒嬌問：

「陛下什麼時候冊封我為皇妃？」

小五子以為撒個謊，會讓一塊石頭落了地，沒想到心裡更難受了。他許諾即日就冊封。

12

　　轉眼半年有餘，武林中風平浪靜，只是宮中接連出現怪事，大公主、二公主、三公主、七公主、九公主，十一公主直至二十七公主，接連有十三位公主意外死亡，她們或是出外巡遊遇險，或是睡覺時心臟驟停，或是騎馬打獵時被山賊亂箭射死。小五子苦苦追查，沒有任何線索。本來是一個個意外事件，但是集結到一塊發生，這其中必有玄機。小五子加強對其他公主的保護，之後一個月內，竟沒有意外發生。如果是有意為之，必然還會繼續作案，就此停手，導致宮中出現了各種鬼怪傳說。

　　小五子曾召集武林的一些前輩來宮中商議，並向他們說明各個公主的死因。向問和對其中五個公主的死因沉思不語，小五子單獨留下他。

　　向問和講道：「令我百思不得其解的是，這些都是沈老前輩的功夫，早已失傳，連我這個關門弟子也沒有學到。」小五子問了他三遍，向問和十分肯定。

　　臨別前，小五子問他，無為掌練得怎麼樣了。向問和沮喪地說，此掌法練得越深，功夫越弱，現在連個螞蟻都拍不死了。小五子叮囑他：「記住那八個字，嘴上高調，手上低調。你不能死，也不能示弱，那個逆徒，全江湖唯一懼怕的就是你。」

　　前往南海的五公主像個不速之客一樣，忽然回到皇宮。小五子雖然不時地嫉恨五公主，但心裡總是覺得對她有些虧欠。生活在李準駙這樣的窩囊廢身邊，五公主一定度日如年。就在五公主回來的前一天夜裡，他還夢見五公主殺了李準駙，以至於第二天見到五公主時他還神情恍惚，直接問她：「你真把他殺了？」

　　公主盯了他幾秒，點了點頭，道：「殺了。」

小五子很懊惱，嘆息道：「李準駙雖然笨了點，窩囊了點，馬屁拍得也有點甜得齁嗓子，但對我還是有十二分的忠誠的。你把他殺了，不就等於是我害了他嗎？」

公主和皇帝冷了幾日後，主動詢問那些死掉的十幾個姐妹是怎麼回事。小五子表示，記錄都在刑部，還找他問什麼。

「你離開那三年，宮中沒有出現一次這樣的事情。自從你娶了皇后和妃子，便接二連三地出意外，你不覺得該查查這兩個女人嗎？」

吳思若當時就在他身邊，皇帝幫著皇后，公主碰了一鼻子灰，悻悻離開。

公主自回來，便碰到了一系列的意外事件，比如房梁掉下來險些把她砸死，比如乘坐的馬車，馬兒受驚，拉著馬車在街上橫衝直撞……公主因此加強戒備，讓人祕密跟蹤吳思若及文思清。

吳思若最先發現自己的宮中出現了奸細，問清楚後聯合文思清到小五子那裡告了一狀。小五子把公主叫來，狠狠地訓斥了她一頓，讓她回她的海南島當她的寡婦。公主無奈，只能接旨離開。

剛出城門，小五子跟「一隻手」就騎馬帶人追了上來。小五子把公主拉到一邊悄悄講：「我知道你是對的，我也知道有人要殺你，所以我必須把你罵走。你現在回海南島也是無依無靠，我讓人給你找了個地方，你先安頓下來。一旦查出凶手，我會立即接你回宮。」

快馬加鞭，兩天一夜，三個人行至汴梁。小五子對公主道：「我的記性不好，他們告訴我，這是我過去的藏身之所。其實我也不記得，哥哥過去是怎麼待你的。我們倆產生過一些誤會，我有待你不好的地方，原諒哥哥，畢竟是親兄妹，我不會拋棄你的。」

公主有些感動地對他說：「豈止是兄妹這麼簡單。」

小五子不解，帶她先進了崑崙山莊，並翻出之前藏下的九宮圖。小五子沒來過幾回，公主倒是輕車熟路，就像在自己的寢宮一樣。

　　小五子問她：「我的藏身之處，你為何如此熟悉？」

　　「我過去經常來，和你一起來。」

　　小五子讓「一隻手」留下來照顧公主，有什麼消息可直接密報他。

　　公主送別他時，掏出一張羊皮說：「這是當時在壽南山，吳思若受傷時，我在她身上找到的。其實本來想馬上給你，連吳思若一塊給你。只是，我一時無法說服自己接受，再加上你的態度，就全壓了下來。我知道你一直在收集這個，你要集全了拿它做大事。」

　　小五子接過來說：「其實這東西沒用，我有好幾張了，拼來拼去還是一片空白。」

　　「也許收集全了，你就知道了。你要相信我，崑崙公子，過去的事，你都不記得，但是你要永遠相信我，我五公主絕對不會傷害你。」

　　小五子開玩笑說：「你這個妹妹真有意思，我對你軟一點兒、好一點兒，你就對我梨花帶雨的，你是典型的吃軟不吃硬啊。」

　　「你為什麼叫小五子？」

　　「因為我失憶前在手臂上刻了個『五』，還有『百花』『瑤』這些字。

　　那這個五字肯定是我的名字，小五子嘛。」

　　五公主盯著他的眼睛，一字一句地問他：「你有沒有想過，你這個五，是我五公主的五？」

13

　　小五子回宮之後，貼身太監給了他一張紅布，上面是一些數字。小五子盯著這些數字，問太監哪兒來的。太監見其他宮女太監在場，悄悄說了一句話。小五子說知道了，然後一個上午都心事重重。

　　小五子先到吳思若房裡走了一圈，全程一語不發，直勾勾地盯著她。

　　吳思若問他怎麼了，神神道道的，「就你這個樣，我過去怎麼會喜歡上你啊？而且還是個殺豬的？」小五子說今天累了，他先去休息了。

　　小五子進了一間寢宮，對著紗帳裡正在睡覺的女人道：「我知道你根本沒睡，我這有一張紅布，上面有一些數字。這上面畫了叉的數字是一、二、三、七、九、十一直至二十七，一共是十三個數。這半年裡，依次死掉的公主是大公主、二公主、三公主、七公主、九公主、十一公主直至二十七公主，共十三位公主。這其中還有一個沒有畫叉的，你在上面畫了無數個圈，就是畫不了叉，這個數字是五。起來吧，或者就躺在那兒，給我講講為什麼。」

　　小五子把紅布還給她，問文思清：「十三個，我以前就有疑惑，拿到這組數字，我就更不明白了，我二十七個姐妹，為什麼單單挑這個數字的公主來殺。」

　　「因為這十三個，加上五公主，她們都姓孫。」

　　小五子苦笑道：「這些姓孫，其他的不姓孫嗎？」

　　文思清肯定地回答：「不姓孫。你有二十七個姐妹，沒有哥哥沒有弟弟，你知道為什麼嗎？」

　　「我知道，因為老皇上無子，才把我從太原召回來當太子的。」

「嘉和皇帝在外面生了個你，就是個兒子，回到宮裡，卻生了二十七個女兒，你難道不覺得奇怪嗎？她們都是被常公公，也就是你的錢老闆，掉過包的平民家的女嬰。」

小五子下意識地重複了句：「掉了包？」

「這些名單上沒有的數字，四、六、八、十，一直到二十六，這些本應該是皇子的。當年常公公為了保你做太子，自宮來到宮裡，一路做到了太監總管，成了皇帝最信任的人。每次有妃子懷孕，太醫都會在常公公的授意下診斷為女胎。臨產期一到，生下來的男孩即被抱走埋掉，同時送進來早已備好的女嬰替換。」

小五子問：「那你為什麼單挑真公主來殺？單挑姓孫的來殺？你殺的都是我親姐妹，我叫什麼？我叫孫天奇，我也姓孫。」

「你真以為自己姓孫啊？二十七個公主，不管是真是假，都不是你的姐妹。」

「那我是誰？常公公為什麼要保我做太子？」

「你是崑崙公子。」

小五子叫道：「我知道我是崑崙公子！常公公為什麼要保我，他跟我是什麼關係？」

文思清告訴他：「常公公叫沈志基，當年孫家打入皇宮的時候，他還是個孩子，是被蘇皇妃，也就是百花谷的谷主帶出了宮。沈志基成長於南京，後來生了一個兒子，叫沈辟朝，也就是復辟皇朝的意思。次年，他聽說孫家皇帝在太原與一余姓女子生下一名皇子，且嘉和皇帝尚無其他子嗣，於是便收買了太醫，將男嬰與自己的兒子沈辟朝調包，並殺掉了余姓女子，謊稱其暴斃。沈志基也下狠心閹掉了自己，去宮中當了太監。二十餘年間，他成了皇帝最親信的人，並聯合太醫將每一個出生的

505

男嬰調包為女嬰，保你做太子直到皇帝。」

小五子過了半天才緩過神來，問：「那我是孫天奇，還是沈辟朝？」

「你也知道，早幾年你做太子的時候，以崑崙公子的名義冷酷無情地殺人無數，你為什麼這麼做呢？如果你是孫天奇，是嘉和皇帝的親兒子，你便用不著心虛，不必害怕。正因為你不是孫天奇，你是沈辟朝，才不得不有眾多惡行。你問我常公公是誰，那我告訴你，他是你父親，確切點說，是你的父皇。」

「你是常公公派來的？百花谷派來的？你怎麼可能在一夜之間對我一點兒感情也沒有。」

「就算我對你沒感情，但是也沒殺了你，對不對？」

小五子盯著她，問道：「你家的事情，你全知道了？」

文思清回答：「你都不敢跟我承認，我是百花谷派過來的第二任香主。」

小五子問：「第一任是誰？」

「南海真人讓你選一個你最愛的女人，並且把她殺掉的蘇子瑤。你真以為你倆青梅竹馬？你真以為她愛你愛到不惜為你去死？她是可以為你去死，因為你就是她的任務，你沒欠她那麼多，她一生都是為了復辟而活。」

小五子仔細回想了一下，自語道：「那她多少對我還是有些感情的，有些事我能看出來，但是你已經變得很冷酷。來這邊，殺了所有姓孫的人，再想辦法讓我知道，我就是沈辟朝，讓我安心地做沈家的皇帝，就是你的任務？」

「我還有第二個任務，谷主怕你像過去一樣不肯當皇帝，已留了後手。」文思清說著指指自己的肚子，低聲道，「我替他們懷了沈家的龍子，也就是你的兒子。」

第十七章　終局

1

　　小五子拽著文思清來到太上皇的寢宮，對著昏迷不醒的嘉和皇帝說：「我跟你沒血緣關係，我有記憶這幾年，還未能和你說上一句話。但不管怎麼說，我叫了你幾年的父皇，騙了你幾年，我們沈家的人還殺了你的兒子孫天奇。當年，你滅了我們沈家王朝，留下我一個獨種，現在我們沈家讓你斷子絕孫，我們兩家也算是扯平了。」

　　他轉身問文思清：「他是怎麼受傷的？我是怎麼受傷的？」

　　「你那夜忽然要拜見嘉和皇帝，想把全部實情告訴他，請求他降罪於你，廢掉你這個假太子。當時蘇子瑤是你的太子妃，發現你已將事情全盤托出，便出手想要殺了嘉和皇帝。」

　　小五子聽後，對嘉和皇帝說：「不管怎麼講，我還是你的兒臣，我總得盡孝。」他跪下來，磕了三個頭，讓文思清拿來紗布，「我給父皇換一次藥。」

　　小五子將皇帝陳舊的、綁了好幾年的紗布一圈圈地打開，皇帝的頭部已血肉模糊。文思清說：「這是宮裡的規矩。當年那個太醫說，嘉和皇帝醒來之前，不得打開紗布，以免動了真氣。」

　　小五子說：「作為兒臣，我總要做些什麼。」

　　紗布打開之後，小五子發現其中有一塊有些異常的白布，原來是一塊羊皮。小五子轉身問道：「這個太醫是什麼人，他怎麼會有九宮圖？」他把羊皮收好，給嘉和皇帝換了新紗布，繼續問道，「我當時為什麼要找嘉和皇帝請罪？這是死罪，就算我不要天下，他也不會放我出去

的。」

文思清說：「你著了魔了，為了一個女人，或者死，或者得到嘉和皇帝的特赦，與她私奔。」

小五子搖頭，說：「我是太子，想和那個女人在一起，我父皇也管不了，你別拿這個騙我！」

「你是娶天下女人都行，唯獨這個女人不可以。」文思清跟小五子要那塊紅布，展開了對小五子說，「你拚死拚活，要麼死，要麼和她在一起的那個女人，就是五公主。」

小五子要慢慢捋一下和公主這段時間的種種過往，公主第一次見到吳思若時的那個表情，和恨不得挖了她心的嫉妒心；公主那麼熟悉崑崙山莊的構造，和他分別時，難捨難分的樣子。而他呢，卻把她嫁給了窩囊廢李準駙，去南海打仗的時候還把她派為先鋒，希望她去送死。

小五子在房間裡連走了幾圈，外面有太監通報：「聖上今天不要早朝了，三王爺帶著重兵將皇宮圍了起來，看來是來者不善。」

小五子笑道：「去，肯定去，我小五子半點武功不會，也絕沒在任何高手面前 過，何況我現在做了皇帝，還怕他一個三王爺？」

早朝，文武百官進殿。除了城外的大軍，小五子發現殿中也多了幾個人。六公子帶著太醫站在三王爺的後面，三王爺還牽著一個女孩。小五子先是問六公子，最近和喬姑娘可好，又轉而問太醫，太醫是不是很掛念嘉和皇帝的傷勢，上次太醫替嘉和皇帝包紮後，都還沒有人動過呢。

太醫結結巴巴地說：「卑職醫術不精，只是怕其他人不小心傷了龍體，沒有別的意思。」

小五子轉而問三王爺：「你這麼一大把年紀了，還貴為王爺，這麼早起來上朝，所為何事啊？還是在家裡遛遛鳥，逗逗蛐蛐，哄哄孫子孫

女，享受天倫之樂比較好。」小五子繼續說，「三皇叔，那是你的孫女吧，那朕得叫她一聲侄女。」

六公子接話道：「侄女倒不用叫了，你喊她一聲女兒才對。」

小五子坐直，喊了一聲：「放肆！」

其他官員恭敬道：「陛下息怒。」

六公子道：「這的的確確是陛下您的女兒，難道陛下不認得了嗎？這是屬下在汴梁的一處農戶家裡找到的，這個女孩小名叫甜甜，是五年前陛下與一位女子在崑崙山莊所生。當時陛下您還是太子，怕嘉和皇帝知道，故而將其寄養在那戶農家。」

三王爺彷彿排練話劇一般，轉身問六公子：「那孩子的母親是誰呢？甜甜已經五歲了，她不知道自己的母親是誰嗎？」

有人問甜甜，小女孩回答道：「我娘是苗翠花，我爹是劉大柱。不是，不是上面的那個皇帝。」

六公子繼續道：「那就對了。陛下，您當時和那個女子知道事態嚴重，給了些銀子，讓苗翠花和劉大柱代為撫養，並不得告訴孩子自己的親生爹娘是誰。」

小五子道：「朕多年前中了斷魂掌，當然，南海真人這個老賊已經被朕除掉了。但是這幾年，朕發現一件怪事，朕做過的不記得的事情，有人找朕；朕沒有做過的事情，還是有人找朕，或者撈點銀子，或者強塞給朕一個兒子。你們都別笑，朕經歷過，相信六公子比誰都清楚，現在六公子又要強塞給我一個女兒？」

眾人一陣哄笑。六公子恭敬道：「這個女孩確確實實是皇上的骨肉，微臣辛苦找到，不圖有功，但求無過，好彌補上次的過錯。」

「好啊，那你講出來，孩子的母親是誰，她娘在不在朕的後宮。在的話就讓她娘把她帶走，朕重重賞你。」

「臣不敢講，怕陛下怪臣妖言惑眾，當場斬了臣。」

「你儘管講，文武百官都在，」小五子說，「只要你說得有理有據，孩子的母親也認，朕怎麼可能殺你？」

六公子道：「孩子的母親是……」

此時太監喊道：「五公主駕到！」

公主見到孩子悄然一驚，隨即對孩子搖搖頭，過來向陛下請安。小五子說她旅途勞頓，趕快回去休息。

五公主道：「聽說三王爺又把兵帶來宮外救駕，三王爺的這番好意，打我替父皇代理朝政的時候就領過幾次了。皇兄就讓我在旁邊聽著，或許我有些經驗可以分享給你。」

「朕正在問六公子那孩子是誰的呢，那皇妹也一起來聽聽。你見過這個孩子嗎？聽說叫甜甜。」

五公主凝視孩子，說不認識。

六公子轉身問甜甜：「你可認得她？」

五公主悄悄對她使眼色。甜甜先說了個認，又說不認識。小五子問：「剛才不是讓你講出來，孩子的母親是誰，你現在又讓孩子指認五公主做什麼？就算她是朕的孩子，五公主可是朕的親妹妹，你這是唱的哪出戲？

你要是再講下去，朕可真要怪你妖言惑眾，當場斬了你了！」

六公子賠著笑，說：「臣可能真的弄錯了，山村野夫的孩子，被人抱過來，冒充陛下的骨肉，我太輕信那些小人了，臣向陛下請罪了。」說著拽著孩子的手腕，撲通一聲跪下。

小五子雖然功力尚淺，但是知道六公子對孩子使了內力。他看見孩子忍住沒哭，但是已經開始渾身顫抖。此時最心痛的是五公主，她正要

起身跑過去，就被小五子拉住，小五子低聲說：「先忍一下，我大概知道了。」

小五子朗聲道：「平身！」

六公子拉著孩子站了起來。小五子知道，孩子雖疼痛不已，卻忍住沒有喊過一聲疼。五公主在他耳邊帶著哭腔低聲說：「我們的女兒，救她。」

小五子點頭道：「我知道，這孩子太像你了。」

六公子說：「幾日前，有奸人將這孩子送到臣的府上，說是陛下您的骨肉，並從我這兒騙了些銀兩。現在看來，這孩子和那些壞人是一夥的。上天有好生之德，不如讓臣替陛下動手，以絕後患。」說完一掌拍了下去。

小五子起身時已來不及，孩子倒地身亡，一個女人瘋瘋癲癲地撲了上去，哭著說：「娘對不起你！」

此人正是五公主。

六公子在旁邊幫腔道：「五公主不要嚇唬在下，您冰清玉潔，貴為公主，怎麼可能生下這山野孩子。」

五公主上前要與六公子動手，可她的武功遠不及他。五公主回頭對小五子哭道：「沈辟朝，他殺了我們的女兒！是你不讓我救她的！」

小五子讓侍衛將六公子押下去，但此時侍衛皆換成了三王爺的人，他們只是靠近，並不聽令。六公子問小五子：「陛下，我只問您一句話，您是姓沈，還是姓孫？前朝餘孽沈志基是您什麼人？他揮刀自宮，混進皇宮，做了二十幾年的太監，相信在場的文武百官都與他略有交情，此人便是常公公。」六公子走近些說，「你就是沈志基，也就是常公公的兒子，沈辟朝。相信各位大臣一時無法想明白這其中的蹊蹺，前朝餘孽跑到我們孫家的朝廷潛伏了二十幾年，並且將自己的兒子送進宮中當了

太子。我今天帶來了一個人，可以讓他給大家講講，這二十幾年來都發生了什麼事情。」

2

二十多年前，年輕時的太醫忽然被人劫走。在一個偏僻的小黑屋裡，他的頭罩被取下來，眼前的人便是沈志基，也就是後來的常公公。沈志基跟他說：「皇上在這邊逍遙快活，留下了一個孩子叫孫天奇。為了彌補皇上的愧疚之情，他把你留下來照顧他們母子倆，沒帶你回宮，你是不是很失落？我現在給你指條明路，你若配合我，我保你享受榮華富貴，成為本朝第一太醫。」

太醫問他什麼事，沈志基繼續道：「下藥毒死那個余姓女子，寫摺子稱她暴斃。然後將皇子孫天奇殺掉，我給你一個男孩換上。你若不同意，既然你已經看到了我的樣子，那我自然不會讓你活著回去。」

太醫本來言語流暢，自此一嚇，變得結結巴巴。

由於太醫手裡有兩條人命，沈志基便對太醫放了心，他吩咐太醫：「以後再見到我，要稱我為常公公。開局不錯，我要去宮裡跟他們磨上二十年。」

沈志基站在宮門前的太監招募處，糾結了許久，一咬牙一跺腳，還真的進宮做了太監。

在宮裡稍微站住腳後，沈志基以常公公的身分對皇上說：「太醫這些年照顧皇子孫天奇有功，可否調回宮中？」

嘉和皇帝一拍腦門兒，說：「朕差點兒把他給忘了，趕快召他回來，朕要重用。記著，將皇子安排好，不許帶回宮中。」

　　適逢妃嬪臨產，常公公都會帶著太醫去做診斷。太醫對妃嬪們講，恭喜，是一個公主；出門後又對常公公說，這胎是皇子。

　　這麼多年報喜的聲音不斷地傳入嘉和皇帝的耳中，「恭喜陛下又添了一位公主」。嘉和皇帝與常公公述說苦悶，說自己尚無子嗣，三弟又對皇位覬覦已久，該如何是好。常公公提醒：「陛下在太原不是還有一位皇子孫天奇嗎？」

　　皇上又是拍拍腦門兒道：「瞧朕這記性，睡死得了！」

　　常公公於是去了太原，在賭場待了兩個時辰，看著小五子輸個精光。

　　他說：「公子要是還沒有盡興的話，我這還有十兩銀子，拿給公子耍耍。」

　　小五子面對這麼善心的陌生人，貧嘴道：「我跟你說啊，真輸光了我也還不起，你也別惦記著拉我去皇宮裡當太監。」

　　「這十兩銀子贏了儘管拿走，輸了我一分不要，只是買你兩個時辰，聽我跟你講幾句話。」

　　小五子伸手說：「你再給我十兩銀子，我聽你講四個時辰。」

　　二十兩銀子輸光，小五子聽他講了四個時辰。天快亮時，小五子坐在窗前一時回不過神。常公公道：「這由不得你做決定，我們忍了十幾二十年，就等這一天了。走吧，跟我上路，去京城做太子。」

3

　　三王爺下令拿下本朝第一逆賊沈辟朝、皇后吳思若、皇妃文思清、太醫，以及五公主，並將文思清打入地牢，細細審問誰是真公主，誰是

假公主；至於沈辟朝、吳思若、五公主，推出午門立即斬首。

六公子請願道：「太醫坦白有功，先不要動大刑。五公主很有可能是嘉和皇帝唯一的子嗣，是您的姪女，可否留她一命，先押入地牢？」

「也好，免得天下人說我六親不認。但是我的登基大典今日就要舉行。」

上次登基大典，念的是嘉和皇帝這麼多年的政績，這次三王爺接的是小五子的位置，文官又改讀小五子的劣跡。三王爺已沒有了競爭對手，想慢慢享受這一刻，他找出昨夜備好的文章，讓文官一個字一個字地讀，讀他一天一夜才好。文官大聲讀著，內容無非是小五子對一個人封了兩回皇后的小事。

而此時，小五子和吳思若被押上了囚車，奔晌午門。小五子對吳思若愧疚道：「太子妃時讓你死了一回，當上皇后又要讓你死一回，朕對不住你啊。」

吳思若笑道：「你還朕朕朕的呢，要不要點臉？你早知道自己是個假皇上，還逼我成親啊？為你死兩回，好像我多愛你似的。」

小五子和吳思若已並排跪在斷頭臺。吳思若說：「這一幕我見過，我當時說的好像是要一個鏡子。」

小五子問：「你以為化化妝，漂亮一點兒，閻王爺就能讓你投個好人家？」

吳思若若有所思，說：「不是，我記得好像是要照鏡子，說要看著自己死。」

小五子嘆息道：「上次是公主的手下小順子殺你，還能讓你死得痛快，這次他們不會讓你死得那麼順心了。」

吳思若道：「你真行，跑過來裝太子，還把人家公主勾到手了。你這輩子還能不能幹成點正事？」

小五子道：「你覺著我不行，有一個人對我佩服得可是五體投地，那就是你師弟『一隻手』。我去哪兒他去哪兒，我進宮他也進宮，我賭大他也賭大，就連我去丐幫要飯，他也跟著。」

吳思若又想了一陣兒，問：「碗呢？」

「什麼碗？你還沒死呢，你再堅持著清醒一小會兒行不行？」

「我醒著呢，五幫主，我碗呢？現在丐幫可是我吳思若做主！」

小五子看著她，眼淚嘩地就掉下來了，他問吳思若：「你回來了？我是小五子呀！」

「我知道，你哭什麼呀？哎？誰把咱倆綁這兒的啊？你又幹什麼壞事連累我了？」

小五子望著她，劊子手的刀向吳思若脖子揮去，小五子「哇」的一聲痛哭出來。

宮裡，三王爺趁文官宣讀小五子惡行的空當兒換上了龍袍，他自語道：「那個逆賊比我瘦，回頭得把咱府上早做好的那一套拿過來。」

幾個親信跪下道：「王爺英明，王爺有先見之明。」

三王爺衝他們一人踹了一腳，道：「王爺？你他媽才是王爺呢！」

幾個人修正道：「陛下英明，陛下有先見之明。」

龍袍穿好後，三王爺也等得不耐煩了，他讓文官別讀了。文官總結道：「於是我們將本朝最大的逆賊繩之以法，午門問斬。」

傳令官宣布，新皇登基。文武百官跪地，山呼：「萬歲萬歲萬萬歲！」

三王爺特意等了十幾秒，揮手道：「平身。」眾人未起，三王爺再說一次：「眾愛卿平身。」他感覺事情又有些不對勁兒，驚慌地回過頭，皺眉道：「你怎麼坐在這兒？」

一個聲音道：「眾愛卿平身。」

坐在九龍寶座上的是六公子。

劊子手刀落之際，一個色子打到他的刀面上，刀被震飛。「一隻手」

與眾人衝了上來，他還特意去看了眼落地的色子，歡呼道：「果然是六！這寶刀我要了。」說著一掌將劊子手劈死，奪下寶刀。

蓬萊閣老上來對「一隻手」吼了一聲：「色子是我打的，你有個屁本事，我是來救我女兒的。」

「一隻手」納悶兒道：「我的色子去哪兒了呢？」

隨後，大漠仙人也衝了上來，他幹掉了另外一個劊子手，為小五子鬆綁。

蓬萊閣老罵道：「我就知道你不安好心，一路上都跟著我。」

向問和帶著丐幫弟子也來救駕，小五子問：「那個瞎子關長老呢？」

向問和回答：「那個逆賊不知怎麼看出我的無為掌真的是無所作為，要把我這個前任幫主廢掉，我只能帶著幾個弟子跑出來了。」

「我不是告訴過你八個字嗎，怎麼露餡了呢？」

「我記著呢，就是關長老逼著我，讓我露兩手給弟子們看看。結果我連個螞蟻都拍不死，實在是撐不住了。」

小五子道：「我知道這貨，就知道讓幫主露兩手。」

來的人雖然都是高手，但是官兵也有五百人左右，纏鬥半個時辰，才得以脫身。大家跑出去幾里路，進入一片荒林稍作休息。

蓬萊閣老神情嚴肅，對眾人道：「容我和我女兒講兩句話。」

蓬萊閣老走過去，對吳思若說：「爹也老了，可能見你的機會越來越少了，讓爹再好好看看你。」蓬萊閣老心中五味雜陳，忍不住將吳思

517

若抱在懷裡。

吳思若推開他：「閣老，你還是好自為之吧。」

蓬萊閣老一步步向後退，含淚道：「爹真沒幾天活頭了，你就原諒我吧。過去所有的事，都是我的錯，你一點兒錯也沒有，永遠不要怪自己。爹欠你的太多太多了。」

「蓬萊閣老，你幫我辦一件事情，事成之後，你便不再欠我的。」

蓬萊閣老怕忘記，咬破手指，撕下一塊布，慌張地講：「你說，爹記下來。」

吳思若道：「揚州城往東三十里有一個莊園，莊園裡有一個坑，你幫我把坑裡的人都殺了，我認你作父親。」

蓬萊閣老在布上寫下的幾個字是：揚州，東，三十里，坑，殺。

蓬萊閣老指著小五子道，「你……照顧我……照顧……照顧好她。」

向問和來了一句：「師兄你怎麼了？」

蓬萊閣老自語道：「誰？師兄？」然後指著大家問，「你們剛才誰對我下了斷魂掌、仙人掌兩掌？」

向問和喝道：「二師兄！」

蓬萊閣老問：「他是誰？」

向問和正要出手，大漠仙人落荒而逃，蓬萊閣老看看布上的字，看看日頭，向反方向跑去。

六公子坐在龍座上，讓人給三王爺賜坐，並請出太醫。賽扁鵲勝華佗戰戰兢兢地走出來。六公子對三王爺笑道：「剛才太醫並沒有把故事講完，還有那麼一點沒來得及說。所以三王爺，你先不要急嘛，等太醫講完了，我們再慢慢商議。」

又回到二十多年前，太醫將常公公指定要殺的孩子放進搖籃，將搖

籃裡的孩子抱在懷中，凝思了很久，然後他抱緊孩子，衝進了雨中。

他要去西北鏢局找鏢頭，也就是六公子後來的養父。太醫與鏢頭坐在客廳。太醫跟他講：「我是宮中來的太醫，你一家幾十人的口糧不必顧慮，你若將這個孩子養大，並將你一身的本事教給他，不只我保你，當今聖上也會保你一生榮華富貴。」

鏢頭問道：「難道他是皇子？」

太醫道：「這我就不能說了。如果走漏了消息，不但榮華富貴，就是你們西北鏢局也將在武林中消失。」

鏢頭點點頭：「老夫明白了，太醫請放心。」

倏忽二十幾年，這個孩子已成為西北鏢局的第六個公子。他和五個哥哥離開西北，投奔三王爺。一日騎馬射獵，六公子百發百中，幾位哥哥抱怨：「父親對你如此偏愛，將一身的武藝悉數教給了你。」此時太醫的馬車停下，他掀開車簾問道：「閣下可是六公子？在下有些事情要和六公子商量，可否上車同行？」

密室中，太醫對六公子道：「我暫且沒有辦法將你的身分向嘉和皇帝全盤托出，他太信任那個常公公，弄不好我們兩人都要被殺。六公子暫且忍一忍，爭取拉攏三王爺為你鋪路。總有一天，天子之位是你的。」

六公子登基後要殺三王爺。三王爺罵道：「沈辟朝一個外姓人，登基之後也沒有殺我；你一個孫家的子孫，登基之後反而要趕盡殺絕！」

百官跪地為三王爺求情，六公子只好留他一命，將三王爺的兵權奪下，並許諾買下上好的金絲雀和京城最好鬥的蟋蟀，送給三皇叔，讓他頤享天倫之樂。

其間六公子聽說法場被劫，他面無表情，知道小五子也沒有能力打回京城，便宣布退朝了。

4

小五子一行人無處可逃，便前往崑崙山莊附近的苗翠花、劉大柱家。

兩位老人得知甜甜已死，痛苦不已。小五子想去牢中救回五公主和文思清，其他人勸他，倘若幾大高手都在，也許還有希望，現在比如向老前輩，除了無為什麼都沒有，去了地牢也是送死。

吳思若恢復記憶之後，覺得和小五子在一起挺好，但總是有些自卑。

小五子極力開導她：「前段時間，皇后你都當了，讓你做個農婦反倒不好意思了。」

吳思若自語道：「也不知道揚州城的事辦得怎麼樣了。」

文思清在牢中不斷地被六公子審訊，六公子問她：「所有的公主裡，哪些是孫家的，哪些不是。」

文思清說：「所有的都是孫家的，只有五公主不姓孫，你去把她殺了吧！」

六公子一氣之下把除了五公主之外的剩下的所有公主都殺了。文武百官紛紛上摺，六公子把帶頭的幾個官員斬首抄家，百官不敢言語。

文思清有天被兩個獄卒的抱怨聲吵醒：「你一個和尚，跑到大街上姦淫婦女，還要不要點臉？」

文思清衝到門口一看，兩個獄卒正架著一個和尚往裡走，那和尚正是八光。文思清問道：「師弟，你又犯淫戒了？」

八光嘆著氣，搖搖頭，被獄卒扔進另一間牢房。

蓬萊閣老站在坑前發呆，下面的人都伸著手等著發食物。蓬萊閣老

看著手中布上的血字，想不明白自己來這兒幹嘛。大漠仙人在他旁邊說：「三師弟，你來這兒幾天了？」

蓬萊閣老一臉茫然地看著他，問：「三師弟？你是誰啊？」

大漠仙人沒回答，接著問他：「你在這兒幹嘛呢？」

蓬萊閣老拿出手上的布給他看，說：「這是我的字，我站在這兒已經十天了，還沒想明白我為什麼要殺死他們。」

大漠仙人道：「你十天沒吃沒喝嗎？」

「是啊，怎麼一點兒都不餓呢？」

「因為你中了一掌仙人掌，中了一掌斷魂掌。仙人掌我倒是很精通，至於斷魂掌，小弟可就不懂了。」

蓬萊閣老很感激，說：「謝謝，你分析得很有道理。那我再問你，我為什麼要殺這些人？我在替誰辦事？」

大漠仙人又一通大笑，道：「你在替你女兒辦事。你有個女兒，小的時候被我偷走了。我把她養大，養得可漂亮了。後來我把她賣到紫竹院，她花名在外，全揚州的人都知道你女兒。而這些人呢，都是以前點過你女兒的，都是你女兒的常客。我後來想想，不能讓他們把這個事傳出去，毀了你女兒的名聲，便幫你把他們全都抓到這兒來了。」

蓬萊閣老此時似乎恢復了神志，轉過身來問他：「我女兒是吳思若？

你要毀她一輩子？」說著一掌擊向大漠仙人。可是以他此時的功力，根本打不著大漠仙人。

「你清醒了，說明你就要完了。看看你那張布上寫的是什麼，先把你要辦的事辦了吧。」

蓬萊閣老又看看布，大喊著：「爹替你報仇了。」

說罷，他跳到坑裡，對著每個人連拍幾掌。隨著他的傷勢越來越

重，掌力也越來越弱，那些人逐漸圍住他，向他壓去。

大漠仙人一通大笑，用腳撥著旁邊的土，後來乾脆拿著鐵鏟，一鍬鍬地把坑埋上。

小五子那日正在午睡，吳思若披頭散髮地闖了進來，坐下來就開始大哭。小五子問她怎麼了，她只是哭，哭到上氣不接下氣的時候，她抽噎著說：「我夢見我爹死了。」

小五子說，做夢而已，幹嘛當真。他花了一下午的時間，才把吳思若哄好。

5

六公子問太醫：「我父皇當年留給我母親的那塊羊皮在哪裡？你一直說在你身上，該還給我了。」

太醫保證道：「我沒什麼武功，生怕被人家抓住搜出來，我把它藏在了一個特別穩妥的地方，陛下請隨我來。」

打開嘉和皇帝頭上的紗布，發現裡面什麼都沒有。太醫解釋不清，然後仔細地看那塊紗布，驚道，有人換藥了，把那塊羊皮取走了。

六公子變臉問太醫：「我娘當年是被你殺的吧？」

太醫慌張下跪：「那真是身不由己，我已經盡力保陛下到今天了。」

六公子嘆息道：「我也是身不由己啊，殺母之仇怎能不報？」

隔天，六公子便將太醫處死。之後，他把喬姑娘接到了宮中。六公子對喬姑娘說：「你一直問我要辦什麼大事，我什麼時候才能娶你，你現在也看到我辦的大事是什麼了，你就等著當你的皇后吧。」

喬姑娘這一次卻不想嫁給他了，她說：「你要當你的皇帝，為什麼要殺我爹？」

六公子盯了她許久，最後扔下一句話：「你不做皇后也可以，我追封你為皇后。」

大漠仙人給蓬萊閣老立了根小棍，上面刻著「蓬萊閣老之位」，想了想又弄了一個小棍插在旁邊，寫著「南海真人之位」。他跪下來給他們倆一人磕了一個頭，說：「不管怎麼說，你們倆一個是我大師兄，一個是我三師弟，咱們三個鬥了幾十年，一晃你們倆都沒了，我留在這世上也沒什麼意思。說來也好玩，有人一生享榮華富貴，有人一生紙醉金迷，有人一生聲色犬馬，我大漠仙人一生不圖這些，我就想看你倆過得不好。結果你倆說沒就沒了，我活著都沒什麼樂趣了。」然後他又找了根木棍，上面寫上「大漠仙人之位」，插在他們倆後面，跪道地：「我大漠仙人也想死，但是你倆死後再也沒人打得過我了，我膽子又小，不敢自殺，弄個小棍，陪你們倆得了。」站起來後，他又補了一句，「別總來找我，我長年不在家。」

剛一轉頭，有人在他胸口拍了一掌，大漠仙人目瞪口呆，道：「不可能是你，不可能！」然後倒下來將那三根木棍壓倒。

六公子見文思清，問她那張羊皮是不是在小五子那裡，並且直言道：「我知道你倆沒感情，他殺了你全家，你攪得他坐立不安，殺了我十幾個姐妹。你告訴我羊皮在哪兒，你這樣的人我要重用，不會讓你死。」

文思清跟他繞了一圈，她知道他要的是包皇上腦袋的那張羊皮，於是騙六公子說：「三王爺有一次來看皇上，帶著一大捆紗布在裡面待了半天。

你去問問他吧，嘉和皇帝總不能自己把那塊羊皮消化吸收了吧？」

三王爺有苦說不出，他說：「你看我這天天忙著養鳥、養蛐蛐的，哪敢搞什麼羊皮呀？」

「給你三個時辰送到皇宮，不然你也知道，你侄兒是什麼性格。」

「你殺了我得了，我真沒有。你瞧我這點本事，養幾個家丁，還被你策反了。我院裡還有一套龍袍，估計這輩子穿不上了，就送給陛下了，那個能比羊皮值點錢吧？」

六公子冷冷地看著他，不說話。三王爺試了各種方式，他跪下來獻龍袍，六公子不接；他讓人當場把龍袍燒了，讓人把鳥和蛐蛐還給六公子，六公子不要。三王爺撲通跪下，哀求道：「你還是殺了我吧！」

六公子拂袖離開。回去見文思清，到那兒一句話不說，坐了一會兒又準備走了。獄卒問：「陛下今天還要動刑嗎？」

「今天不用了，給她三個時辰，好吃好喝地供著她。要是她還是什麼都不講，也別推到午門了，就在這兒斬了。」

獄卒得令，打開牢門，他要動手了。文思清被手鐐腳鐐銬住，無法施展功夫。進去的劊子手也不多說廢話，拔起刀就要砍。此時，一和尚從之前小五子挖的洞裡鑽出來，推開劊子手，牢中大亂。

半個時辰左右的纏鬥後，八光身負重傷，被文思清背著逃出皇宮。文思清哭著說：「師弟，我這就帶你回少林寺。」

八光搖搖頭說：「不必了，我永遠也無法修練成佛，就讓我死在這兒吧。」沒一會兒，八光就暈倒了。

文思清上山采些野菜，想了想，搖醒他問：「你要是想吃葷的，咱們今天就破一次戒吧。」

八光搖搖頭，喃喃自語道：「我一直在找你，聽說你被關進了地牢，我就想盡辦法也進去了。我偷人家的錢財，人家見我是和尚，揮揮手讓我滾蛋，就當是香火錢了。我去飯店吃白食，老闆一見我是和尚，就說

放他走吧，反正那些素菜也不值錢。但我得進來救你，沒辦法，拿出最擅長的本事，找一個姑娘把她撲到。其實我什麼也沒幹，那姑娘尖著嗓子喊，救命啊，強姦啊，那些當兵的一下子就全部來了。我姦淫過那麼多女子都沒被抓住過，這次我還沒碰那姑娘呢，就乖乖地跟官兵走了。我走得比他們還急，就想看看你在牢裡好不好，過得怎麼樣，有沒有人欺負你。」

說完八光又昏迷不醒了。文思清在旁邊吃著野菜，自怨自艾地說，苦死了，她越說，吃得越多，最後苦得她淚流不止。

6

三王爺和五公主不好殺，六公子要把他們流放到北方。路上，這兩人各懷心事，三王爺惦記著什麼時候能把五公主甩掉，自己往南跑。五公主惦記著什麼時候能把三王爺甩掉，自己往汴梁跑。

行至內蒙古，北風夾雜著雪花，異常寒冷。三王爺看自己的鳥和蛐蛐都被凍死了，傷心起來，他說能不能繞道去南邊，再去買些鳥和蛐蛐。公主知道他也不願北上，便花錢買通了押送人員，兩人帶著車隊，向南而去。

行至河南境內，二人對各自的目的心照不宣，公主對三王爺道：「三皇叔，從我父皇，到我，到小五子，到六公子，你算是鬥了四任皇帝，其實也累了吧？」

三王爺表示，到今天才發現，遛鳥和鬥蛐蛐是怎麼有意思，當皇帝有什麼好的啊，天天都擔心被人推下去。

「既然皇叔已經打算與世無爭地過太平日子，那侄女就給你指一個好

地方，那邊四季如夏，有陽光、沙灘、椰樹、海浪，還有無數找不著家的烏龜，皇叔可以去那邊盡享天倫之樂。」

三皇叔問她在哪兒。

五公主答道：「我不是在海南待過一陣兒嘛，隨便找一個海島住下，六公子都沒興趣帶兵去打你。」

一眨眼，小五子與吳思若等人已在農家生活了半月有餘，有時候幫苗翠花與劉大柱做些農活。「一隻手」時不時地跑到農村夫婦那兒吹噓，說他們的主子小五子可是上一任皇帝。這對夫婦竟然沒有反應，「一隻手」問他們：「你們知道上一任皇帝叫什麼嗎？是什麼年號嗎？」

別說上一任，就連這一任，這對夫婦都不知道。「一隻手」氣得衝他們大叫：「你們這幫小民、草民，就知道放牛種地，天大的事都不知道，還能有什麼大出息！」

「一隻手」非常想給他們講大道理，可是這對夫婦只知道忙自己手裡的活兒，無暇聽他教育。小五子把「一隻手」叫過來，說不幫忙就算了，還耽誤人家幹活。

傍晚時，小五子對吳思若嘆息道：「我們沈家的天下，先是被他孫家奪去，然後我們又殺了他們孫家的太子，之後他們又要將我斬首示眾。上面打打殺殺，你看這些百姓，還是一如既往地耕種、吃飯。我們沈家和孫家這樣搶來搶去的，到底有什麼意義呢？」

遠處一陣馬蹄聲，幾個人迎出去，是五公主來了。

可能是嫉妒，吳思若看見她很不樂意，諷刺她：「是不是你皇兄讓你帶路過來找我們啊，我猜啊，明天就得有百萬大軍殺過來了。」

公主看了眼小五子，轉身要離開。吳思若怕小五子回頭怪她，嘴上又不服軟，繼續說：「你現在走也沒用啊，人家都知道我們住這兒了，你任務完成了就要跑，是嗎？」

公主這幾個月，又死女兒，又被軟禁，一路上顛沛流離，早就氣壞了。她轉身大罵吳思若：「你到底想怎樣？你就是一奴才，伺候我的宮女！」

吳思若笑道：「喲，拿宮裡說事了？那還不趕快拜見皇后？」見她不拜，吳思若等了一會兒又說，「你倒是快點拜啊，這『平身』倆字我憋了半天了。」

小五子讓吳思若閉嘴：「行了，朕來了。」

八光傷勢越來越重，他執意不回少林寺。有一天他向文思清請求，說：「總看你抱著那個盒子，我也給你帶過來了。我一直想，我死後能不能也燒成灰裝在盒子裡，讓你也這麼成天抱著。」

文思清瞪大了眼睛，仔細想了想，盒子裡面裝的是她爹娘，把八光放進來算怎麼回事。

「是這麼個道理，」八光問她，「那你以後就抱倆盒子？算了，不夠麻煩的了。」之後就不再提這件事了。

有一次，八光覺得自己不行了，就要死了，他說有件事壓在心底，一直想跟她講，但是不敢說。文思清問他什麼事，八光想想，搖搖頭說算了，他還是把這些話帶到地下去吧。

文思清生氣，威脅他：「你要是不講出來，你死了我也不給你燒紙，我永遠都不會再想起你。那些想著你的，也都是恨你的，被你欺負過的女人，你自己看著辦吧。」

八光緩緩地說：「那天我去妓院找小五子。」

「這事你講過，你還說，全天下的女人在你看來都是皮囊。但是我一直不明白，既然你已經覺得全天下的女人都是皮囊了，那為什麼還認定自己無法修練成佛？說自己愧對少林寺，就是不回去呢？」

八光道：「我已戒了淫戒，可是我又破了情戒。我不敢說，我一直

覺得我不配說這個，也不配破這個情戒，喜歡上這個人。我那天是覺得全天下的女人都是皮囊，但我沒說全，我想說的是除了你，全天下的女人都是皮囊。」

文思清沒接話，她不知道怎麼應對。她背身過去，說自己要睡覺，其實淚眼蒙朧地看著身邊的草地。過了一會兒，文思清以為八光睡著了，便打開盒子，將她父母的骨灰一點點地撒了出去，她說：「爹，娘，你們放心走吧，有一個人會一直陪著我，一直對我好的。」

八光攔住她，問她在幹嘛。

「你死了之後，我就把你的骨灰放在這盒子裡，天天捧著。」

八光這輩子也沒有感受過這種溫暖，震天響地一般哈哈大笑，隨後氣息更加微弱了。

文思清在盒子的底部看到一張羊皮，掏出來。八光笑了，說：「我就知道世界上的抹布都是一對的。」說著拿出自己的羊皮，「沈老前輩曾說，本來無一物，何處惹塵埃，便把它給我了。」

文思清說：「我去過他的藏經閣，除了塵埃就是塵埃啊。」

八光哈哈大笑，一陣兒過後，斷氣圓寂。

文思清將八光火化，裝進了盒子。

夜裡，大軍壓境，小五子將所有的人叫起來。眾人想盡辦法殺出一條血路，最後從山路逃跑。他們知道過不了多久，官兵就會找到這邊來，此地不宜久留。吳思若說：「昨天猜得真準，就是五公主把官兵帶過來的。」

眾丐幫弟子也跟著起鬨，讓五公主受委屈。小五子急了，警告所有人：「從現在開始，你們有誰再敢懷疑五公主，我就跟他以命相拚。」

大家不知道到哪裡躲藏，吳思若說：「你還記得當年方丈誇下海口，說把崑崙公子放在少林寺，整個武林都打不進來嗎？」

「那是他吹呢，少林寺什麼本事，我還不知道啊！一個李準駙就能把他們嚇得半死，個個去練閉息大法。」

「去試試吧，萬一真有本事呢？」

眾人隔天便逃到了少林寺。方丈不讓上山，一再跟大家解釋，此為香火淡季，沒什麼糧食，還是請各位施主另投別處吧。

小五子道：「不就是錢的事嗎？」他摸摸自己全身，轉身問吳思若有嗎。

吳思若笑道：「後宮開支緊張，我也沒有啊，公主總有吧？」公主又摸了摸自己渾身上下。向問和慌了，總不至於向丐幫拿吧？

眾人既然上來了，一時也不願下山，那就守在門口。一日一夜過去，大家明白不拿出銀票，方丈是不會開門的，便決定退去。這時候過來一批人馬，大概有千八百人，為首的人喊：「衝啊！殺啊！殺啊！」

一行人知道已無處可逃，小五子仰天長嘆：「我今日將命喪於此！」

7

眼力比較好的「一隻手」喊道：「這不是李準駙嗎？」

小五子氣得跑了過去，一腳把李準駙踹下來罵道：「你什麼玩意兒，你整我是吧？」

李準駙賠笑道：「我這不是開玩笑呢嗎？」

小五子道：「你看我笑了嗎？你仔細看看，我笑了嗎？」

「我把銀票帶來了。」李準駙說，「你當年不是問我，抄沒的文宰相家的那些銀子哪去了嗎？我哪敢承認都被我這天下第一貪的李大人搜刮

來了。我告訴你，我在南海也搜刮了不少，那些草民被我搜刮得一個個都想跳海自殺。我沿著海岸線修了一千里長的鐵柵欄，誰都不許給我自殺，都給我活著幹活！」

小五子接過銀票，問他：「公主不是說你死了嗎？」

李準駙轉過去質問公主：「你說我死了？我成全你們倆，讓你去找那兔崽子，你說我死了？」

小五子踹他一腳，問他：「說誰呢？」

李準駙不敢回答。小五子問公主：「當時你是怎麼講的，你明明說你殺了他的。」

「你想想你當時怎麼問的？我能怎麼答？」公主說。

隔了幾日，六公子領五千精兵打到了少林寺。李準駙帶兵和那些人廝殺，最後被殺得片甲不留。五千精兵圍住少林寺，逼他們交人。方丈過來勸他們：「這回不是銀子的事，你們還是趕緊出去吧。」

下午時分，文思清一人失魂落魄地回到少林寺。小五子希望她能夠求情，讓方丈多留他們幾日。文思清一聲不吭，也不理會小五子，只是將兩張羊皮扔給他。小五子追上她，文思清警告說：「不要再跟過來，否則我不客氣了。」

九張羊皮已經收集到八張，小五子讓吳思若幫他把羊皮縫合成一整塊，只差最重要的一塊。到目前為止，大家還不知道這張圖到底是用來幹嘛的。如果是神功祕笈還好，練成了就打出去；萬一是張藏寶圖，攔手裡也沒有用，方丈現在連銀子都不要了。

翌日，那些官兵又打進來，錢老闆帶人過來解圍。

錢老闆道：「這次除了來解圍，還有就是將這張羊皮送過來。」

小五子問他羊皮從哪裡來的，錢老闆的回答前言不搭後語。雖然已是父子，小五子卻不得不懷疑他的目的。

九宮圖拼好之後，上面什麼也沒有，一片空白。小五子用盡辦法，火燒、灑血、泡酒裡、泡米湯裡，都不管用，只是一張縫好的羊皮。小五子對著它發呆，外面傳報，六公子的兵又打來了，這次真的是十萬大軍。

十萬大軍已經殺進少林寺，少林寺的所有人都往後山轉移。危急時刻，藏經閣裡傳出震耳欲聾的誦經聲，方丈都沒有聽過此文，十萬官兵紛紛倒地不起。

眾人將少林寺收拾乾淨，小五子帶著吳思若、五公主，與文思清長跪在藏經閣的門前。沈老前輩在幾個時辰後說了第一句話：「請門外的沈公子進來。」

沈公子就是小五子了，他推開藏經閣的大門走進去，走的正是當年文思清走過的那條路。他跪倒在沈老前輩面前，問他這是何種功夫。沈老前輩表示這是無經咒，不立文字，見性成佛。

小五子覺得奇怪，打從進少林寺，人人都叫他小五子，沈老前輩是怎麼知道他是沈辟朝的？

沈老前輩緩緩說道：「貪戀紅塵也慚愧，但總得讓你知道，我就是你的太爺爺。」

當年，沈老前輩逼他的兒子即位，並為自己辦了一場假國葬。亡國後，他帶著蘇皇妃與孫子沈志基從地宮逃出。後來，他招了三個弟子，教他們斷魂掌、蓬萊掌、仙人掌。由於他只想著復辟王朝，缺失了對弟子的管教，使得他們兄弟不和。他一生做錯過兩件事，第一件事是貪生怕死，棄了朝廷，棄了天下；第二件事便是沒教育好弟子。晚年，他又收了向問和，將無為掌教給了他，自此閉關。

小五子問：「那向問和就是您最後的弟子了？」

沈老前輩說：「還有一個弟子學了不少本事，此人便是文思清。」

小五子明白了。當年向問和說有些公主死於沈老前輩的手法，也就是說，文思清學了沈老前輩的功夫，殺了她們。

小五子問道：「既然你知道地宮之路，能不能帶我們打回去？」

沈老前輩婉言拒絕。

小五子又問：「九宮圖怎麼看，總得告訴我吧？」

沈老前輩說了幾句禪宗的話，讓他自己去思索。

小五子沒事就盯著那張九宮圖看，而且不讓任何人進他的房間。一日，李準駙冒冒失失地闖進來，小五子把他痛罵了一頓。李準駙一臉委屈，瞅瞅桌上的圖，抱怨道：「又不是看見你什麼祕密，不就是一張地宮圖嗎，有什麼好看的？」

小五子警覺地問道：「你怎麼能看出它是地宮圖？」

「你也不想想我是幹什麼的，我是九門提督啊，天天就守著宮門。但是我就是感覺它像地宮，裡面什麼樣我從沒進去過。據說裡面有各種機關暗器，稍有不慎，可能全軍覆沒。都不用別人埋，直接死地底下了。」

小五子問他：「這就是一張羊皮，什麼都沒有，你怎麼看出它是地宮圖的？」

李準駙接過來一看，說：「原來這是縫線啊，我剛才眼花了，以為是畫的呢。當我什麼都沒說，那這肯定不是地宮圖了。」

李準駙說完就出去了。小五子盯著這張羊皮，專門看縫線處，他忽然明白了，這些縫線就是通往宮中的路線。一時眼花，這些縫線慢慢有了顏色，羊皮彷彿著了色的一幅畫，展現在小五子面前。他一下子想明白了，這些羊皮不是隨便扯的，他們是按照線路裁下來散落在江湖的。

8

李準駙拿出搜刮來的金銀財寶招兵買馬，湊齊十萬大軍，浩浩蕩蕩地向京城進發。六公子不得民心，他的軍隊屢戰屢退，最後只能退守皇宮，負隅頑抗。

李準駙依據羊皮上的線路，兵分九路從九門道地攻進去。

皇宮裡，六公子不斷地接到敗訊。百官商議時問：「陛下，還有什麼良策？」

六公子沉吟許久道：「明日諸位守住要塞，我要冊封皇后。」

百官皆驚，勸皇上不要胡來，國難之際，怎能輕舉妄動。

六公子反問：「有誰覺得這場仗我會勝？」

百官沉默。

六公子道：「那便是我必敗。我六公子絕對不會向他投降，你們諸位中任何人有疑慮，我即刻準你們返鄉。我六公子既當上過皇帝，若我沒能娶喬文君為皇后，那就是白活了一回。」

喬文君直至今日才知，這樣的男人沒有嫁錯。

隔日，六公子問親信：「這些都是請求返鄉的奏摺？」

親信回答道：「自有了您的那句許諾，一半以上的官員都遞了奏摺。」

六公子站起來，命令親信把這些人殺掉，將屍體堆在地宮的門口。

李準駙作為開路先鋒，走在十萬大軍的後面。地宮大門被攻開之後，副將報告說，門口只有屍體，沒有一兵一卒。李準駙讓十萬大軍讓開一條路，衝到最前面，對著屍體一陣砍殺。看到都是他熟悉的官員，李準駙收劍入鞘，嘆息道：「張大人、王大人，我過去沒少給你們塞銀

子啊，還想著以後你們能提攜我呢，怎麼死到我李準駙前面去了？」

冊封典禮如期舉行。小五子帶著幾位高手衝了進來，六公子道：「小五子，當年你冊封吳思若的時候，我對你可是行的君臣之禮啊，而且安安靜靜地把大典看完。現在我封喬文君為皇后，禮尚往來總可以吧？」

小五子看到嘉和皇帝也被打扮了一番，抬到了現場。小五子讓眾人放下刀劍，向太上皇、皇上行最後一次君臣之禮，並等待典禮完成。

整個過程中，喬姑娘都眼含熱淚，她等這一天等很多年了。冊封典禮即將結束的時候，喬文君忽然拔劍刺入六公子的心臟，對六公子含淚道：「我殺了你，是因為我要給我爹報仇。」同時拿出貼身的匕首，插入自己的心臟，繼續說，「可是我太愛你了，我還要為你報仇。」

彬彬衝過來抱住媽媽的腿痛哭，六公子奄奄一息道：「彬彬來，喊聲爹。」

彬彬結巴半天，只喊了一聲「父皇」。喬文君對小五子說：「我只求你們一件事，不管你們誰做了皇上，留我們彬彬一條性命。」

說完，喬姑娘隨六公子而去。

幾年前，崑崙公子在崑崙山莊，恭敬地遞給被他打殘的少林寺弟子一張請帖：「剛才就顧著跟你們玩耍了，都忘了說正事了。勞煩你們回去請你們方丈於八月十五日夜來崑崙山莊小聚，我有九宮圖要和大家一起賞賞。」小五子又喊道，「把獅吼幫的人帶上來！」

李準駙拖著獅吼幫的幾個弟子及喬姑娘進來了。小五子道：「我就不動手了吧，你們來吧。我這出手必傷人，萬一死了怎麼辦，傷了和氣。」

李準駙像放出來的狗一樣，對著幾個人開始打。小五子忽然衝上去踹了一腳李準駙，罵道：「讓你打這個女人了嗎？你瞎了眼啦，這麼漂亮，你也下得了手？把其他人都給我拖走，我要好好審審這個姑娘。」

小五子打量了她一番：「真可惜，這麼好的姑娘早早就嫁人了。」

喬姑娘臉上一紅，道：「公子不要亂說話，我還身居閨中。」

小五子道：「那就奇了怪了，你懷孕的事情，你們喬幫主不知道？」

「還請公子保密。」

小五子道：「我是能保密，你這肚子不能保密啊。孩子他爹呢？死哪兒去啦？」

喬姑娘忽然有一種幸福的感覺，她說他辦大事去了，等他把事辦完，他就來娶她了。

「他真的娶你？」

喬姑娘肯定地說：「當然會娶我！」

「你早點回去吧，把請帖拿上帶給你父親，別動了胎氣。」

喬姑娘手持請帖走到門口，轉身問道：「公子，我能求你件事嗎？你走南闖北，而且……心狠手辣，如果有天你見著他了，能否別傷他，留他一條命，好來娶我。」

小五子問道：「說吧，他叫什麼名字，我答應你。」

喬姑娘對他深鞠一躬，又一次滿臉通紅地說：「西北的六公子。」

六公子嚥氣之時，嘉和皇帝連咳幾聲醒過來了。眾人目瞪口呆，嘉和皇帝瞅了一圈，指指小五子，指指五公主，就這倆人他認識。小五子連忙攜五公主向嘉和皇帝請安。嘉和皇帝先對五公主揚揚手，讓她起來，然後對小五子說出了醒來後的第一句話：「別叫朕父皇，沈辟朝，朕不是已經批准你帶著五公主走了嗎？」說著他看了看宮殿四周的裝飾，說，「你們倆在這兒成親，成何體統！」

小五子疑惑道：「你當時批准我帶著你的五女兒私奔？」

當年小五子要去找皇上，公主在後面拉著他，說：「我錯了，你說

得對，我們應該再忍一忍的。」

小五子道：「我忍不了了。我就是一枚棋子，我太累了，我想馬上帶你走。」

公主哭喊道：「你不可能帶我走的，說完你就會死在這兒！」公主還要拉他，小五子使勁把她推開，問她備好馬車沒。公主說：「備好了，其實我們現在就可以逃掉的，用不著跟父皇講。」

「敢做不敢當，那不是我沈辟朝。」他在進尚書房前對公主說，「如果我半個時辰後還沒出來，你就趕快逃。」

公主轉身淚眼蒙朧地離開。她碰到了太子妃，此人是蘇子瑤。蘇子瑤客客氣氣地問她：「太子去哪兒了？」

公主回答：「太子去找父皇了。等太子出來，我讓他去見你。」

蘇子瑤笑道：「太子去找父皇，五公主您哭什麼呀？」

「可能是剛剛看一個話本太入戲了吧。」五公主說完，便藉故離開。

蘇子瑤猜想到有大事發生。

小五子跪在皇上腳下，道：「叫您幾年父皇，心中萬分對不住您，我沈辟朝，敢進這個門，敢跟您講這些事情，就沒有打算活著出去。一切聽從父皇發落。」

皇上說：「朕捨得你死，五公主也捨不得你死啊，沈辟朝。」

小五子一愣。皇上從龍椅上起來，小五子欲起身扶他，皇上讓他繼續跪著。

「你當朕今天才知道？朕自己的兒子朕能不認識？打朕見你第一眼，朕就知道，朕的兒子肯定不是你這副德行。朕有二十七個女兒，卻沒有兒子，這事太醫肯定摻和進來了。衣、食、住、行，朕就連喝碗粥都有可能被你們毒死。即使把你們除掉，朕那三弟還虎視眈眈。朕能怎

麼辦？朕一個兒子都沒有了，朕只能看著你們作。還好你這孩子本性不錯，知道讓朕頤養天年，沒急著殺朕，朕也就認你這個兒子了。你就這麼走了，朕怎麼辦？你在皇宮，還能幫朕穩住常公公、太醫這些人，三王爺那邊也不敢輕舉妄動。你先把公主安頓到一個穩妥的地方，三日後，朕發國喪弔唁五公主，然後你給朕幾年的時間，讓朕把他們一個一個都除掉，之後再封你個南海王西北王什麼的，你就和朕的五女兒幸福地生活吧。朕呢，太醫一除，再想辦法生個一兒半女，也用不著你來接班。」

小五子感激出門，剛一出去，就聽到身後有人給了皇上一掌，回頭一看皇上已倒下，頭部受到重創。小五子過去救皇上，又來了一個人，對小五子說：「讓開！」

小五子跪下來求道：「你放過他吧。」

那個女人道：「這不是你說了算的，一掌打死他，你來做皇帝。」

小五子搖搖頭：「我不能做皇帝，願意的話，你就做你的皇太后，垂簾聽政好了。」

那人看了蘇子瑤一眼。蘇子瑤搖頭道：「我沒有身孕，太子根本不理我，天天和那個五公主膩在一塊兒。」

那個女人說：「如果你執意如此，我願意等，等你從頭再來。」

小五子絕望地搖頭：「不要給我斷魂掌，五公主還在馬車上，我不能忘了她。」

那人走過去，給了小五子一掌，小五子登時倒在地上。她對蘇子瑤吩咐道：「把他帶回百花谷。」

常公公背太子出宮時，被一個太監認出來了。常公公殺了那個人，並將他的臉劃花，扔進了池塘裡。宮門口，常公公遇見了一個老熟人。那人將其他侍衛殺死，打開宮門，放出了常公公。他嬉笑道：「常公公

眼力果然厲害，隱藏這麼多年，還能知道我是三王爺的眼線！」

躲在箱子裡的太醫慌亂中將身上的羊皮拿出，為皇上包紮頭部。

公主在宮外的馬車上，小順子對她說：「主子，都快一個時辰了，你要等的那個人還沒出來。到底是誰啊，讓我們五公主等？我去把他揪出來。」

有人密報，宮中大火有刺客，公主換回衣服，跑回去招呼眾人救駕，問太子在哪兒，皇上在哪兒。

皇上問過沈辟朝後，讓他們平身：「你們都是誰啊，都幾點了，跑這兒來撒野？」

五公主說：「父皇，您已經昏迷了好幾年了，中間已經換了兩任皇帝了。」

「那三王爺呢？」

五公主回答說他沒當上。皇上說：「那就好，現在誰當政啊？」

眾人指了指地上的六公子，半個時辰前他是皇上。

嘉和皇帝瞇眼看了看，說：「有點眼熟，這不是三王爺的人嗎，他都當上皇上了，三王爺還沒當上？現在還是不是孫家的天下啊？」

一個女聲傳來：「今天是，明天就不是了。」

嘉和皇帝一回頭，被擊了一掌，這回他是真的死了。

文思清收掌後，說了一句：「谷主請。」

向問和對百花谷谷主說：「原來逆徒是你。」

谷主說：「你知道得有點晚了，這樣很好，至少沒耽誤我的事。」

小五子問道：「何幫主一家三十多口人都是你殺的？」

百花谷谷主點頭。

「當年我那一掌也是你打的啊？南海真人是你殺的？」

谷主都點頭承認。

文思清走上前來，她已經顯懷了，手中依然抱著盒子。

吳思若問小五子：「肚子裡的孩子是你的吧？」

谷主對文思清交代道：「已經有一個太子了，就是你肚子裡的這個，去把那個太子殺了。」

文思清面無表情地向彬彬走去，小五子要擋著她的路。谷主命令道：「誰擋你的路，你就殺誰！」

小五子斷定文思清不會下手，可是文思清手掌一劈，痛下殺手。

小五子以為自己死了，看見面前倒下的是錢老闆。錢老闆奄奄一息地對谷主道：「母后，你毀了我一生，我把命都給你，求你放了我的兒子吧。」說著他去抱文思清的腿。

谷主道：「殺了他，把他們父子倆都殺了，你肚子裡的那個才是太子，他們倆不當皇上，我還要當我的太后。」

文思清又下一掌，殺掉了錢老闆。當她面對小五子的時候，她卻遲遲無法下手，往事浮在眼前，虛劈一掌後，她掩面而去。

谷主道：「那我只能自己來了。」

此時，向問和跳了出來。

谷主喝道：「向師弟的無為掌就不要出來獻醜了吧，無為，無為，無所作為，連你們丐幫都知道，你就苟活到死算了。」

向問和表示：「雖然我資質差，師父教的功夫我越學越差，但總得接你一掌再死，否則無顏面對三位師兄和師父啊。」

谷主使出三掌合力向向問和打去，向問和伸出雙手迎掌。兩人對掌半分有餘後，谷主忽然癲笑起來，她跑過去抱起沈志基，瘋了一般地說：

「孩兒啊，娘對不起你，娘給你唱歌。」

向問和看著自己的雙手說：「師父果然英明，這無為掌本不能殺害任何生靈，卻可以將任何打你的掌原封不動地還回去。無為，無為，無所作為，又無所不為。」

谷主抱起沈志基進到大殿。大家跟了上去，谷主阻攔說：「你們別進來，我一會兒就好，我一會兒就好。」

大家等了有一刻鐘，忽然谷主說道：「我好了，你們進來吧。」

小五子手臂下壓，他一個人先過去，他看到谷主已換上皇太后的服裝，懷裡抱著已換上龍袍的沈志基。

9

幾年後，小五子向少年皇帝彬彬請求，帶五公主和吳思若出關重歸故里。少年皇帝問垂簾聽政的五公主：「姑姑，你說呢？」

五公主道：「既然跟我有關，那還是請三王爺做決定吧。」

三王爺忙道：「你們說了算，準準準，都準。」然後低著頭看從南海帶回來的烏龜在地上亂爬，「你們可不準回南海，都在這兒陪著我。」

小五子帶著吳思若及五公主回到了田獨鎮，小五子指著面前的店說：「那就是以前的錢記肉舖，現在連牌子都沒了。」

幾個人進入院子，荒草叢生。一個穿龍袍的小男孩從裡面跑了出來，後面還跟著一個瘋癲的女人。小男孩說：「大熱天的，我不想穿這麼多，熱死了。」他的娘就是文思清，此時已經瘋了，完全不會在意身邊多了幾個人，只是喝斥她兒子道：「沈定坤，你要記得，你是太子，

一定要扭轉乾坤。」

　　幾人看著有些心酸，吳思若說：「要不然跟她商量一下，把孩子抱回來吧？」

　　公主道：「孩子沒了，他娘怎麼辦？」

　　小五子嘆了口氣，說：「咱們誰要是會斷魂掌就好了，一切可以從頭再來。」

- 完 -

江湖之遠：
過去與現實交錯扭曲，往事如碎片打亂拼接

作　　者：蔣峰

發 行 人：黃振庭

出 版 者：崧燁文化事業有限公司

發 行 者：崧燁文化事業有限公司

E-mail：sonbookservice@gmail.com

粉 絲 頁：https://www.facebook.com/
　　　　　sonbookss/

網　　址：https://sonbook.net/

地　　址：台北市中正區重慶南路一段六十一號八
　　　　　樓 815 室

Rm. 815, 8F., No.61, Sec. 1, Chongqing S. Rd.,
Zhongzheng Dist., Taipei City 100, Taiwan

電　　話：(02)2370-3310

傳　　真：(02)2388-1990

印　　刷：京峯數位服務有限公司

律師顧問：廣華律師事務所 張珮琦律師

定　　價：699 元

發行日期：2023 年 11 月第一版

◎本書以 POD 印製

國家圖書館出版品預行編目資料

江湖之遠：過去與現實交錯扭曲，
往事如碎片打亂拼接 / 蔣峰 著 . --
第一版 . -- 臺北市：崧燁文化事業
有限公司 , 2023.11
面；　公分
POD 版
ISBN 978-626-357-792-3(平裝)
857.7　　112017308

電子書購買

臉書

爽讀 APP